Henry James
The Portrait of a Lady

•

한 여인의 초상 2

창 비 세 계 문 학

26

•

한 여인의 초상 2

•

헨리 제임스

유명숙·유희석 옮김

창비

차례

•

한 여인의 초상 2

일러두기
1. 이 책은 Henry James, *The Portrait of a Lady* (W. W. Norton & Company 1995)를 번역 저본으로 삼았다.
2. 본문 중의 각주는 옮긴이의 것이다.
3. 원문에 프랑스어로 표기된 부분은 각주에 '(프)'라고 표시하고 그대로 옮겼다.
4. 외국어는 가급적 현지 발음에 준하여 표기하되, 일부 우리말로 굳어진 것은 관용을 따랐다.

한 여인의 초상 2

28장

다음날 저녁, 워버턴 경은 친구들을 만나러 다시 호텔로 향했고, 거기서 일행이 오페라를 보러 나갔다는 것을 알게 되었다. 그들의 칸막이 관람석을 이딸리아식으로 느긋하게 찾아가볼 생각으로 마차의 기수를 돌렸고, 표를 구입하고 입장해서 ── 이류 극장 가운데 하나였다 ── 휑뎅그렁하니 넓고 조명이 흐린 실내를 둘러보았다. 방금 막이 내려서 친구들을 여유 있게 찾아볼 수 있었다. 관람석을 두세줄 훑어본 그는 가장 큰 관람석 중 하나에서 눈에 띄는 숙녀를 손쉽게 찾아냈다. 무대를 바라보고 앉아 있는 이저벨 아처를 관람석 커튼이 부분적으로 가렸고, 그 옆자리 의자에 등을 기댄 오즈먼드 씨가 보였다. 두사람만 있는 것 같았다. 다른 사람들은 휴식 시간을 틈타 비교적 서늘한 로비로 나간 듯했다. 이 흥미로운 한쌍에 잠시 눈길을 주던 그는 올라가서 훼방을 놓을까 망설였다. 그러다가 이저벨이 그를 봤다는 판단이 섰고, 그로써 마음을 정했다. 일부러 피하는 인상을 줘서는 안된다고. 위층으로 올라가다 그는 층계에서 천천히 내려오는 랠프 터칫과 마주쳤다. 그의 모자는 삐뚜름하니 권태를 드러냈고, 늘 그렇듯이 주머니에 손을 찌르고 있었다.

"자네가 아래 있는 걸 방금 발견하고 내려가는 중이었네. 적적해서 친구가 필요하거든." 랠프의 인사였다.

"좋은 친구들이 있는데 버리고 온 거군."

"내 사촌 동생 말인가? 아, 손님이 있어서 날 원하지 않더군. 스택폴 양과 밴틀링은 얼음과자를 사 먹으러 까페로 나갔네. 스택폴 양은 얼음과자를 무척 좋아하거든. 그들도 날 원하지 않는 거 같더군. 오페라는 형편없어. 세탁부처럼 보이는 여가수들이 공작처럼 허세를 부리며 노래를 불러대는 거야. 정말 우울하군."

"집에 가는 게 좋겠어." 워버턴 경이 진솔하게 말했다.

"우리 아가씨를 이 칙칙한 곳에 남겨놓고? 아, 안되지. 내가 돌봐 줘야만 하네."

"친구가 많은 것 같은걸."

"그래, 그래서 돌봐줘야 하는 걸세." 랠프가 계속 우울함을 장난스럽게 과장하면서 말했다.

"그녀가 자넬 원하지 않으면, 나도 마찬가지일 가능성이 크지 않겠나."

"아닐세, 자넨 다른 문제지. 내가 한바퀴 도는 동안 관람석에 가 있게."

워버턴 경이 관람석에 들어서자, 이저벨이 아주 오랜 친구나 되는 것처럼 살갑게 맞이해서 이 아가씨가 어떤 이상한 시간의 나라를 탐험하는 걸까 하는 그런 막연한 생각이 스쳐지나갔다. 워버턴 경은 전날 소개받은 오즈먼드와도 인사를 나눴다. 워버턴 경이 관람석에 들어온 다음 오즈먼드는 에둘러 말하는 출중한 능력을 이젠 포기함직하다는 듯이 무덤덤하게 거리를 두고 침묵을 지켰다. 워버턴 경은 아처 양이 오페라를 배경으로 광채를 발한다는, 아니 심지어 득의만면하다는 느낌을 받았다. 하지만 언제나 반짝거리는 눈에, 재바르고 생기 발랄한 이저벨이기에 그가 잘못 본 것일 수도 있다. 게다가 그녀의 응대는 마음의 평정을 드러냈다. 정교하고 계획적인 친절을 드러내는 자태가 완전히 평정을 유지하고 있음을 보여줬다. 가엾은 워버턴 경은 순간순간 혼란스러움을 느꼈다. 이저벨은 여자가 할 수 있는 한 최대한 격식을 갖춰 그를 단념시켰다. 그렇다면 저런 고운 자태와 말씨, 무엇보다도 보상하는 듯한, 기대를 불러일으키는 듯한 어조로 말할 권리는 없지 않은가? 그녀의 목소리에는 상냥함의 기교가 묻어났다. 하지만 왜 그에게 그런 기교를 부리는 걸까? 다른 사람들이 돌아왔다. 휑한 무대에서 통속적이고 익숙하고 그저 그런 오페라가 다시 시작되었다. 관람석이 커서 앉을 자리는 어두운 뒤쪽에 얼마든지 있었다.

그가 30분 정도 앉아 있는 동안 오즈먼드는 이저벨 바로 뒤에 앉아 무릎에 팔꿈치를 대고 앞으로 몸을 숙이고 있었다. 워버턴의 귀에는 아무 소리도 들리지 않았다. 그 어둑한 구석에서 극장의 희미한 조명 아래 윤곽을 뚜렷이 드러낸 우리 젊은 숙녀의 옆모습 외에 아무것도 보이지 않았다. 다시 휴식 시간이 되자 이번에는 아무도 움직이지 않았다. 오즈먼드는 이저벨과 이야기를 나눴고, 워버턴은 구석에 남아 있었다. 하지만 오래 머물지는 않았다. 그는 곧 일어나서 숙녀들에게 작별인사를 했다. 이저벨은 더 있으라고 권유

하는 말을 한마디도 하지 않았지만, 그럼에도 그를 다시 혼란에 빠뜨렸다. 왜 그녀는 그의 가치관 중 잘못된 것 하나에 그토록 주목하면서, 올바른 가치관에는 조금도 관심을 보이지 않는가? 그는 혼란에 빠진 자신에게 화가 났고, 그러다가 화가 난 것에 화가 났다. 베르디의 음악은 그에게 위안이 되지 못했다. 극장을 나온 그는 길도 모르면서, 별빛 아래 그의 슬픔보다 더 무거운 슬픔이 드리운 구불구불한 로마의 비극적인 거리들을 지나 호텔로 향했다.

"저 신사는 어떤 사람인가요?" 그가 자리를 뜨고 난 다음 오즈먼드가 물었다.

"흠잡을 데 없는 분이에요. 그렇게 보이지 않나요?"

"잉글랜드의 절반을 소유하고 있다 — 이게 그분의 인물평이랍니다." 헨리에타가 소견을 말했다. "그러고도 자유로운 나라라고 하다니!"

"아, 굉장한 재산가인가요? 행복한 사람이로군요!" 길버트 오즈먼드가 말했다.

"그걸 행복이라고 부르나요? 가엾은 사람들에게 소유권을 행사하는 걸?" 스택폴 양이 외쳤다. "소작인들이 그의 소유인데, 수천명이 있거든요. 소유한다는 건 기분 좋은 일이지만 전 물건으로 충분해요. 전 피와 살, 정신과 양심을 소유하겠다고 우기지 않아요."

"제가 보기엔 당신도 한두사람 소유하고 있어요." 밴틀링 씨가 익살맞게 제안했다. "당신이 날 좌지우지하는 것처럼 워버턴이 소작인들을 마음대로 하지는 못할걸요."

"워버턴 경은 대단한 급진주의자예요." 이저벨이 말했다. "아주 앞선 생각을 하고 있지요."

"그분 돌담이 아주 앞으로 나와 있긴 해요. 대장원이 거대한 철제 울타리로 둘러싸여 있는데, 둘레가 30마일은 될걸요." 헨리에타가 오즈먼드 씨에게 참고 삼아 알려주었다. "그 사람이 보스턴의 우리 급진주의자들과 토론하는 걸 보고 싶네요."

"그 사람들은 철제 울타리를 지지하지 않나보군요?" 밴틀링 씨가 물었다.

"사악한 보수주의자들을 가둘 때만 지지하죠. 당신과는 깨진 유리의 윗면을 깔끔하게 다듬어 그 너머로 이야기를 나누는 것 같아요."

"그 개혁 대상인 개혁론자를 잘 압니까?" 오즈먼드가 이저벨을 향해 말을 이었다.

"제게 쓸모가 있는 만큼은 잘 알아요."

"그게 얼마큼인가요?"

"글쎄요, 저는 그 사람을 좋아하는 걸 좋아해요."

"'좋아하는 걸 좋아한다'니, 아, 그거야말로 열정인걸요!" 오즈먼드가 말했다.

"아닌데요," 그녀가 다시 생각해보았다. "싫어하는 걸 좋아하는 쪽으로 해두죠."

"그럼 저를 부추겨 그분에게 열정을 갖게 만들 작정인가요?" 오즈먼드가 웃으면서 말했다.

그녀는 잠시 아무 말도 하지 않았다. 그러고는 그의 가벼운 질문에 어울리지 않게 진지함을 드러냈다. "아니에요, 오즈먼드 씨, 당신을 감히 자극할 생각은 없어요. 어쨌든 워버턴 경은," 그녀가 좀 더 여유 있게 덧붙였다. "아주 좋은 사람이에요."

"재능이 뛰어난가요?" 그가 물었다.

"뛰어난 재능을 타고났지요. 그리고 보이는 그대로 훌륭해요."

"잘생긴 만큼 훌륭하다는 그런 뜻인가요? 아주 잘생긴 사람입니다. 참 가증스러운 행운아네요! 굉장한 영국 귀족인데다 똑똑하고 잘생겼고, 당신의 특별한 호의를 누리는 마무리까지! 제가 시샘을 낼 만한 사람이군요."

이저벨은 흥미를 갖고 그를 지켜보았다. "언제나 누구를 시샘하시네요. 어제는 교황이더니, 오늘은 가엾은 워버턴 경이군요."

"제 시샘에는 악의가 없어요. 파리 한마리 다치게 하지 않아요. 전 그 사람들을 해치고 싶은 마음은 없어요. 그들이 되고 싶을 따름이에요. 그래봤자 자해 행위죠."

"교황이 되고 싶으세요?" 이저벨이 말했다.

"그러면 아주 좋겠어요. 하지만 그러려면 일찌감치 뛰어들었어야죠. 하지만 왜," 오즈먼드가 되짚었다. "워버턴 경을 가엾다고 합니까?"

"여자는, 아주아주 착한 여자는, 남자에게 상처를 주고 나서 때로 가엾게 여기지요. 그게 친절을 베푸는 심오한 방식입니다." 처음으로 대화에 끼어든 랠프의 교묘한 냉소주의가 너무나 투명해서 실제로는 천진하게 들렸다.

"맙소사, 제가 워버턴 경에게 상처를 주었다는 건가요?" 그런 생각은 난생처음 해본다는 듯 이저벨이 눈썹을 치켜뜨고 물었다.

"네가 그랬다면 당해도 싸다고 해야겠지." 발레 장면의 막이 오르자 헨리에타가 말했다.

이저벨은 이후 만 하루 동안 그녀가 상처를 입힌 것으로 추정된 사람을 보지 못했다. 하지만 오페라 관람 이틀 후 까삐똘리니 박물관의 회랑에서 그곳의 명물인 '죽어가는 검투사'의 조상 앞에 서 있는 그와 우연히 마주쳤다. 이번에도 길버트 오즈먼드가 포함된 일행과 함께 까삐똘리니 박물관[1]에 왔는데, 일행은 계단을 올라 첫 번째, 가장 훌륭한 방으로 들어왔다. 워버턴 경은 지체 없이 그녀에게 말을 붙였지만 곧 나가려던 참이라고 말했다. "그리고 로마도 떠날 작정입니다." 그가 덧붙였다. "작별인사를 드려야만 하겠네요." 모순되게도 이저벨은 그 말을 듣고 섭섭한 마음이 들었다. 이건 아마도 그가 다시 구애할까봐 걱정하는 걸 그만뒀기 때문이리라. 딴 생각을 하고 있었던 것이다. 막 유감의 뜻을 표하려다 자제한 그녀는 즐거운 여행이 되길 기원한다고 말했다. 그러자 그는 다소 어두운 얼굴로 그녀를 바라보았다. "절 아주 '변덕스럽다'고 생각하실까봐 걱정입니다. 지난번에는 더 머물 것처럼 말씀드렸는데요."

"오, 아니에요, 마음은 얼마든지 바꾸실 수 있죠."

"그런 모양입니다."

"그럼 편안한 여행이 되시기를 빌어요."

"제가 빨리 갔으면 하시는군요." 워버턴 경이 씁쓸하게 말했다.

"절대로 그렇지 않아요. 하지만 전 작별인사가 싫거든요."

"제가 뭘 하든 관심이 없으신 거죠." 그는 처량하게 말을 이었다.

이저벨은 잠시 그를 주시했다. "아," 그녀가 말했다. "약속을 지키지 않으시네요!"

그는 열다섯살 소년처럼 얼굴을 붉혔다. "제가 약속을 지키지 않는다면 저도 어쩔 수 없어서입니다. 그래서 떠나는 거예요."

"그럼 안녕히 가세요."

"잘 있어요." 그리고 나서도 그는 머뭇거렸다. "언제 다시 뵐 수 있을까요?"

---

1 고대 로마의 중심지이자 유피테르 신전이 있던 까삐똘리노 언덕에 자리한 박물관.

이저벨은 머뭇거리다 신통한 생각이 떠오른 듯 말했다. "결혼하시고 난 다음 언제 뵈어요."

"그런 일은 안 일어날 겁니다. 당신이 결혼하고 난 다음이 될 테지요."

"그래도 되겠네요." 그녀가 웃었다.

"그렇군요, 그럼 되겠네요. 잘 있어요."

그들은 악수를 했고, 그는 그녀를 호사스러운 방에, 빛을 발하는 대리석 고미술품들 사이에 남겨놓고 떠났다. 그녀는 한가운데 앉아서 그 조상들을 멍하게 바라보았다. 그 영원한 침묵에, 말하자면, 귀를 기울이면서 그 아름다운 텅 빈 면상에 눈길을 보냈다. 위대한 그리스 조각품을 오래 바라보고 있으면, 적어도 로마에서는, 그 숭고한 정적의 영향을 느끼지 않을 수 없었다. 의식儀式을 치르기 위해 큰 문을 닫고 난 다음 평화의 거대한 장막이 서서히 영혼에 내려앉는 그런 느낌 말이다. 로마에서 특별히 그렇다고 말하는 까닭은 로마의 분위기가 그런 인상과 절묘하게 매개해주기 때문이다. 금빛 햇살이 그런 인상과 섞여들면서, 그토록 선명하지만 이름만 남은, 공허에 불과한 과거의 깊은 정적이 장중한 마법을 거는 것 같았다. 까삐똘리니 박물관의 창문은 부분적으로 덧창이 내려 있었고, 윤곽이 뚜렷하고 따스한 느낌을 주는 그늘이 드리워져 조상들은 좀더 온화하고 인간적으로 보였다. 이저벨은 그 조상의 정적인 우아함에 매료되어, 그들의 공허한 눈이 자신들의 경험 중 무엇을 응시하고 있고, 그들의 이국적인 말소리가 현대인의 귀에 어떻게 들릴지 궁금해하면서, 거기에 오래도록 앉아 있었다. 그 방의 짙은 붉은색 벽 때문에 조상이 더 두드러져 보였다. 윤이 나는 대리석 마루가 조상의 아름다움을 비췄다. 이전에도 본 작품이었지만,

다시 기쁨을 느꼈고, 당분간은, 다시 혼자가 되었다는 사실이 기뻐서 즐거움이 더 커졌다. 하지만 드디어 삶의 더 깊은 조수潮水로 주의를 돌리면서 집중이 흐트러졌다. 이따금 관광객이 들어와 '죽어가는 검투사' 앞에 멈춰서 감상하고 다른 문으로 나가며 반질반질한 복도에서 발소리를 냈다. 반시간이 지나서 일행을 앞지른 게 분명한 길버트 오즈먼드가 다시 나타났다. 그는 뒷짐을 지고 예의 탐문하지만 답을 바라지 않는 웃음을 머금고 그녀 쪽으로 천천히 걸어왔다. "혼자 계시는 줄 몰랐군요. 일행이 있는 줄 알았습니다."

"최고로 훌륭한 친구들과 같이 있었어요." 그리고 그녀는 안티누스와 목신의 조상에 눈길을 주었다.

"이 조각상들을 영국 귀족보다 더 훌륭한 친구라고 하는 겁니까?"

"아, 영국 귀족분은 얼마 전에 갔어요." 그녀는 일부러 건조하게 말하고 자리에서 일어섰다.

오즈먼드는 그녀의 건조한 말투에 주목했고, 이것이 그의 물음에 흥미를 더했다. "전날밤 들은 이야기가 사실인가봅니다. 그 귀족분에게 좀 박정하게 대하신 것 같군요."

이저벨은 순간 패배한 검투사에게 눈길을 주었다. "그건 사실이 아니에요. 마음을 써서 친절을 베푼걸요."

"바로 그런 뜻으로 한 말입니다!" 이렇게 대꾸하면서 길버트 오즈먼드가 아주 유쾌하게 웃음을 터뜨렸기 때문에 그가 왜 웃었는지 설명할 필요가 있겠다. 우리는 그가 원본과 진품, 우월하고 정교한 물건을 좋아한다는 걸 알고 있다. 영국 귀족계급의 아주 훌륭한 모범으로 간주되는 워버턴 경을 만난 지금, 그런 귀족의 청혼을 거절함으로써 그가 선별한 수집품에서 중요한 자리를 차지하는 자격을 얻은 젊은 숙녀를 좋아하기로 한 자신의 계획에 그 스스로 새삼 매력을 느낀 것이다. 길버트 오즈먼드는 영국 귀족의 지위를 높이 평가했다. 남달라 보여서가 아니라—그 점은 쉽게 뛰어넘을 수 있다고 생각했다—확고한 현실성 때문이었다. 그는 자신에게 영국 공작의 지위를 부여하지 않은 운명을 원망했고, 이저벨의 행동이 이례적임을 가늠했다. 그가 결혼할 수도 있는 여자라면 그런 행동을 하는 게 지당하리라.

29장

이미 서술했듯이 워버턴 경과 이야기를 나눌 때 랠프 터칫은 길버트 오즈먼드의 개인적인 장점을 인정하는 데 뚜렷이 선을 그었다. 하지만 이후 로마에서 같이 지내는 동안 오즈먼드의 행동거지를 보고 그가 자신의 인색함을 반성했을 개연성이 높다. 오즈먼드는 하루의 몇시간을 이저벨과 그 일행이랑 보내면서 그들로 하여금 함께 지내기 가장 편한 사람이라는 생각을 하게 만들었다. 그가 이를테면 재치와 쾌활함을 겸비했다는 사실을 누군들 간과할 수 있으랴. 바로 그런 이유로 랠프 터칫은 그가 예전에 겉으로만 친한 척한 것을 오즈먼드의 탓으로 돌렸다. 이저벨의 악의적인 사촌 오빠조차도 그가 지금은 아주 유쾌한 말동무임을 인정하지 않을 수 없었다. 그는 언제나 유쾌했고, 정확한 사실에 근거한 지식과 적절한 어휘 구사는 내 담뱃불에 친구가 붙여주는 성냥불처럼 편리했다. 그가 즐기고 있는 건 분명했다. 뜻하지 않은 기쁨을 누린 적이 거의 없었던 만큼, 그는 거의 박수갈채를 보내고 싶은 심정이었다. 그의 기분이 눈에 띄게 고조되었다는 건 아니다. 그는 기쁨의 음악회에서 큰북을 손가락 한마디로도 건드릴 사람이 아니었다. 귀에 거슬리는 높은 어조를, 그의 표현을 빌면 마구잡이로 해대는 헛소리를, 그는 끔찍이도 싫어했다. 아처 양이 때로 너무 조급하게 열의를 드러낸다는 생각이 들기도 했다. 그런 단점이 있다는 것은 유감이었다. 그 점만 아니면 사실 단점이 하나도 없다고 할 수 있었기 때문이다. 상아로 된 손잡이가 손바닥에 착 감기듯 이저벨은 그의 전반적인 필요에 딱 맞았을 텐데. 속생각을 요란스럽게 드러내는 사람은 아니었지만 그의 감정은 강렬했고, 로마의 5월이 막바지로 치닫는 동안, 보르게세 공원[2]의 소나무 그늘 아래서 그는 작고 향기로운 들꽃, 이끼 낀 대리석 사이에 놓인 울퉁불퉁한 산책로와 어울리는 만족감을 경험했다. 그는 모든 것이 마음에 들었다. 한꺼번에 그렇게 많은 것이 마음에 든 적이 없었다. 옛날의 느낌, 옛날의 즐거움이 되살아났다. 어느날 저녁 숙소로 돌아가는 길에 그는 쏘네뜨를 써서 '다시 찾은 로마'라는 제목을 붙였다. 하루 이틀 뒤 그는 딱 떨어지는, 정교한 시를 이저벨에게 보여주면서 이딸리아에서는 삶의 중요한 순간들을 시신詩神에게 경의를 표함으로써 기념한다고 설명했다.

보통 그는 즐거움을 하나씩 음미했다. 뭔가 틀렸고 뭔가 추하다는 느낌이 종종 아프게 와닿기 때문이었다. 이 점을 그는 인정했으리라. 실현 가능한 행복이라는, 정신을 풍요롭게 하는 이슬이 그의 마음에 내려앉는 적은 거의 없었다. 그런데 그는 지금 행복했다. 인생의 어느 순간보다도 더 행복하다고 할 수 있었고, 이런 느낌의 근거는 상당히 탄탄했다. 그것은 간단히 말해 성공의 느낌이었다.

---

2 원래는 전원주택으로 설계되었지만 지금은 박물관으로 이용되고 있음.

사람의 마음에 가장 기분 좋게 와닿는 감정 말이다. 오즈먼드는 성공했다고 그렇게 자주 느끼지는 못했다. 이 점에 관한 한 그는, 그 자신 너무도 잘 알고, 자주 상기했듯이, 포만에 대한 조바심이 있었다. "아, 아냐, 난 운명의 응석받이가 아니었어. 운명이 내 응석을 받아준 적이 없었어." 그는 속으로 이렇게 되풀이하곤 했다. "정말이지 내가 죽기 전에 성공하게 된다면, 완벽하게 그럴 자격이 있는 거야." 그는 이런 혜택을 받을 '자격'이 전적으로 남몰래 성공을 동경한 데 달려 있으며 그런 활동을 통해서만 자격을 얻게 된다고 너무 쉽게 합리화하는 경향이 있었다. 그의 이력에서 성공이 전무한 건 아니었다. 이곳 혹은 저곳의 목격자에게 그는 이미 거둔 막연한 성공에 만족한다는 인상을 주기도 했다. 하지만 그가 올린 개가 중 어떤 건 이제 너무 오래전 일이며, 또 어떤 건 너무 쉬웠다. 이번의 성공이 생각보다 힘이 덜 들었고, 쉬웠다면 — 다시 말해 단기간에 이뤘다면 — 그가 아주 예외적인, 자신이 그럴 수 있다고 생각한 것보다 더 큰 노력을 들였기 때문이었다. 자신의 '재능'을 어떻게든 보여주기 위해 이것을 혹은 저것을 갖고 싶다는 욕망은 젊은 시절 그의 꿈이었다. 하지만 세월이 지남에 따라 진품임을 입증하는 데 따라붙는 조건이 점점 더 천박하고 혐오스럽게 느껴졌다. 얼마나 마실 수 있는지 보여주기 위해서 맥주잔을 끝없이 비우는 것과 다르지 않았다. 박물관에 걸린 무명작가의 그림에 의식이 있어서 주시하고 있다면, 너무나 탁월하지만 완전히 무시당한 스타일을 인정받아 마침내 대가의 작품임이 밝혀지는 특별한 즐거움을 누렸으리라. 이 처녀가 약간의 도움을 받아 발견한 것은 그의 '스타일'이었다. 이제 그녀는 그런 즐거움을 누리는 데 덧붙여 세상을 향해 이 사실을 공표하리라. 그 자신은 아무런 수고 없이 그녀가 그를 위해 그 일을 해주리라. 그렇다면 여태껏 기다린 게 허사가 아니리라.

예정된 출발 일정 조금 전에 우리의 여주인공은 터칫 부인으로 부터 다음과 같은 전보를 받았다. '6월 4일 피렌쩨 출발 벨라조행. 다른 계획 없으면 동행. 로마에서 꾸물대면 안 기다림.'

로마에서 꾸물대는 건 아주 즐거웠지만, 다른 일을 하고 싶던 터라 이저벨은 이모에게 곧 합류하겠노라고 알렸다. 길버트 오즈먼드에게 그렇게 했다고 말하자, 그는 이딸리아에서 겨울은 물론 여름도 여러번 보냈으므로 성 베드로 성당의 서늘한 그늘에서 좀더 머물러 있겠노라고 답했다. 자신은 열흘 후에야 피렌쩨로 돌아갈 거고, 그러면 그녀는 벨라조를 향해 이미 떠났을 터, 그럴 경우 몇 달이 지나야 다시 만나게 될 거라고 했다. 이런 대화가 오간 곳은 이저벨이 머무는 호텔의 화려하게 꾸민 큰 응접실이었다. 저녁 늦은 시간이었고, 다음날 아침이면 랠프 터칫이 사촌 여동생을 데리고 피렌쩨로 돌아가기로 되어 있었다. 오즈먼드가 방문했을 때 이저벨은 혼자였다. 사층에 머물고 있는 '유쾌한' 미국인 가족과 친교를 맺은 스택폴 양은 끝없는 계단을 올라 그들을 만나러 가고 없었다. (그녀는 여행하면서 아주 자유롭게 친구를 사귀었는데, 제일 소중하게 여기는 인연 중 몇건은 객차 안에서 맺어졌다.) 랠프는 다음날 아침 여행 채비를 하러 나갔고, 노란색이 주조를 이루는 수많은 가구에 파묻혀 이저벨이 혼자 앉아 있었다. 의자와 소파 들은 오렌지색이었고, 벽과 창문은 자주색 커튼과 금박으로 덮여 있었다. 거울과 그림의 틀은 크고 화려했고, 높고 둥근 천장에는 시신詩神과 아기 천사의 나신이 채색되어 있었다. 오즈먼드에게 그 방은 목불인견일 정도로 보기 흉했다. 가짜 색깔과 겉만 번주그레한 화려함은 저속하고, 허풍스럽고, 거짓투성이의 이야기와 같았다. 이저벨은 로마에 도착했을 때 랠프가 선물한 앙뻬르[3]의 저서를 손에 들고 있었다. 하지만 책을 무릎에 올려놓고 손가락을 막연하게 짚고 있을 뿐 진도를 나가려고 조바심을 내는 것 같지 않았다. 그녀 옆의 탁자에 분홍색 얇은 종이를 축 처진 베일처럼 드리운 등불이 켜 있어서 방에 기묘하게 어슴푸레한 장밋빛이 감돌았다.

"당신은 돌아오겠다고 하지만 누가 압니까?" 길버트 오즈먼드가 말했다. "세계 일주 항해를 시작할 가능성이 더 높겠지요. 돌아올 의무가 없는데다 하고 싶은 대로 할 수 있으니까요. 온 우주를 돌아다닐 수 있죠."

"글쎄요, 이딸리아도 우주의 일부죠." 이저벨이 대답했다. "가는 길에 들를 수도 있어요."

"세계 일주 항해를 하다가요? 안돼요, 그러지 마세요. 우리를 괄호 안에 넣지 말고 독자적으로 한장章을 내주세요. 여행 중인 당신을 만나고 싶지 않습니다. 여행을 마치고 난 다음 보는 쪽이 나아요. 당신이 지치고 싫증이 났을 때 만나면 좋겠군요." 오즈먼드는 잠시 후 이렇게 덧붙였다. "그런 당신이 오히려 더 좋을 겁니다."

눈을 내리깐 이저벨은 『로마사』의 책장을 손가락으로 넘겼다. "절 조롱거리로 만드시네요. 아닌 척하시지만 그럴 의도가 엿보이네요. 제가 여행 다니는 데 경의를 표하실 리 없잖아요. 우스꽝스럽다고 생각하시겠죠."

"어디서 그런 저의를 읽으셨나요?"

종이칼로 책의 가장자리를 문지르며 그녀는 같은 어조로 말을 이었다. "제 무지와 실수를, 그리고 세상이 내 것인 양 돌아다니는

---

3 장 자끄 앙뻬르(Jean Jacque Ampère, 1800~64). 프랑스의 비평가·학자·여행가, 『로마사』의 저자.

걸 아시잖아요. 단지, 단지 그렇게 할 수 있는 재력이 있다는 이유만으로. 여자는 그렇게 해서는 안된다고, 주제넘고 우아하지 않다고 생각하시는 거죠."

"아름답다고 생각합니다." 오즈먼드가 말했다. "제 생각을 아시면서. 여러번 말씀도 드렸잖아요. 삶을 예술작품으로 만들어야 한다고 말한 거 기억 안 나요? 처음엔 좀 충격을 받으신 것 같았어요. 그래서 내가 보기에 당신이 삶을 갖고 하려는 일이 바로 그거라고 말해줬죠."

그녀는 책에서 눈길을 들었다. "당신이 세상에서 제일 경멸하는 건 서투른, 멍청한 예술이에요."

"그럴지도 몰라요. 하지만 당신의 삶은 아주 선명하고 아주 훌륭한 예술처럼 보입니다."

"이번 겨울에 일본에 갈 거라고 하면 비웃으시겠죠." 그녀가 말을 이었다.

오즈먼드는 미소를, 선명한 미소를 지었지만 웃지는 않았다. 대화 분위기가 농담조는 아니었기 때문이다. 사실 이저벨은 진지한 기색을 보였다. 그는 이전에 그녀가 그러는 걸 본 적이 있었다. "당신은 사람을 깜짝 놀라게 만드는 상상력을 갖고 있어요."

"제 말이 그 말이에요. 황당한 생각으로 치부하시잖아요."

"일본에 갈 수만 있다면 이 손가락 하나라도 내줄 수 있어요. 제일 가보고 싶은 나라예요. 제가 오래된 칠기를 좋아하니 믿음이 가시죠?"

"저는 오래된 칠기를 좋아한다는 핑계를 댈 수도 없는걸요." 이저벨이 말했다.

"더 좋은 핑계가 있어요. 돈이 있잖아요. 제가 비웃는다는 생각은 완전히 틀렸습니다. 왜 그런 생각을 하게 됐는지 모르겠군요."

"당신은 여행할 돈이 없는데, 저는 있다는 게 웃긴다고 생각하셔도 놀랄 일은 아니죠. 당신은 모든 걸 알고, 전 아무것도 모르니까요."

"그러니까 여행하면서 배워야죠." 오즈먼드가 미소를 지었다. "게다가," 그는 강조하듯 덧붙였다. "제가 모든 걸 아는 것도 아닙니다."

그가 이런 말을 진지하게 하는 걸 이저벨은 이상하게 생각하지 않았다. 그녀는 삶에서 가장 유쾌한 일화가, 그 더없는 행복이 끝난다는 생각을 하고 있었다. 로마에서의 너무 짧은 며칠을 그녀는 그렇게 표현했는데, 곰곰이 생각을 해봤다면, 위풍당당한 망또로 겹겹이 휘감아 성장盛裝하던 시대, 길게 늘어뜨린 옷자락을 시동侍童 혹은 역사가歷史家 들이 들고 있는 작은 공주의 형상에 이 며칠을 비유했으리라. 그 나날을 흥미롭게 만든 것이 주로 오즈먼드 씨 덕분이라는 결론에 도달하기 위해 그 순간 고심한 것도 아니었다. 그녀는 이미 그의 진가를 충분히 인정했다. 하지만 그들이 다시 만나지 못할 위험이 있더라도 결과적으로 그것도 좋다고 생각했다. 그게 나을지 모른다. 행복한 일은 되풀이되지 않는 법이다. 그녀의 모험은, 낭만적인 섬에서 자주색 포도를 마음껏 즐긴 다음 미풍이 불자 포도를 치워놓고 다시 바다로 향하듯, 이미 다른 색깔을 띠었다. 이딸리아로 다시 돌아왔을 때 있는 그대로의 모습을 좋아한 이 특이한 남자가 기억과 다르다고 느낄 수도 있다. 그럴 위험이 있다면 돌아오지 않는 편이 낫다. 하지만 돌아오지 않기로 한다면 이 장章이 끝난다는 게 더 애석하다. 그녀는 순간 눈물의 근원을 건드리는 아픔을 느꼈다. 이런 느낌 때문에 그녀는 말을 하지 않았고, 길버트 오즈먼드도 말이 없었다. 그는 그녀를 바라보고 있었다. "어디든 다 가봐요." 이윽고 그가 낮고 다정한 목소리로 말했다. "모든 걸 다 해봐요. 삶에서 모든 것을 뽑아내세요. 행복을 누려요 — 승리를 거둬요."

"승리를 거두라니, 그게 무슨 뜻이죠?"

"아, 하고 싶은 일을 하라는 거죠."

"승리한다는 건 그럼 실패한다는 뜻이네요! 하고 싶은 모든 시시한 일을 하는 건 종종 정말 피곤한 일이니까요."

"바로 그겁니다." 낮은 목소리로 오즈먼드가 재빨리 말을 받았다. "방금 말한 대로 당신은 언젠가 지칠 겁니다." 잠시 멈추었다가 말을 이었다. "그럼 당신에게 하고 싶은 말은 그때까지 기다렸다가 하는 게 나을지도 모르겠군요."

"아, 무슨 말씀을 하실지 모르니 뭐라고 조언할 수도 없겠네요. 하지만 전 피곤하면 끔찍해져요." 비논리적인 게 당연하다는 듯 이저벨이 덧붙였다.

"믿을 수 없군요. 때로 화를 내실 때는 있겠지만. 그건 그럴 수 있어요. 본 적은 없지만 말이죠. '짜증'을 부리진 않을 게 확실해요."

"제가 이성을 잃을 때도요?"

"당신은 그렇지 않아요. 오히려 평정을 찾을 겁니다. 그러면 분명 너무 멋질 겁니다." 오즈먼드가 진지함을 고상하게 드러내며 말했다. "정말 멋진 광경이 될 겁니다."

"지금 평정을 찾으면 좋겠네요!"

"저는 걱정 안해요. 팔짱을 끼고 찬사를 보낼 겁니다. 아주 진지하게 하는 말입니다." 그는 양 무릎에 손을 올려놓고 상체를 굽혔다. 얼마 동안 그의 눈길이 마루를 향했다. "제가 하고 싶은 말은,"

드디어 눈길을 들며 말을 이었다. "당신과 사랑에 빠진 걸 알게 되었다는 겁니다."

그녀는 벌떡 일어났다. "아, 그런 말씀은 제가 지치고 난 뒤로 미루시죠!"

"다른 사람들에게서 그런 말을 듣는 데 지치고 난 다음에요?" 앉은 채로 눈만 들어 그는 그녀를 바라보았다. "안돼요, 지금 들어주든지 말든지 그건 좋을 대로 해요. 어쨌든 지금 말을 해야겠네요." 등을 돌리다 멈춰선 그녀가 그를 내려다보았다. 두사람은 그런 상태로 잠시 남아 있었다. 그들은 인생의 결정적인 시기를 의식하는 넓은 시야의 눈길을 주고받았다. 그러고서 자리에서 일어나 그녀에게로 다가온 그는 너무 무람없이 굴었을까봐 염려하는 듯 아주 정중하게 말했다. "당신을 정말 사랑합니다."

그는 감정을 배제하고 이 말을 조심스럽게 되풀이했다. 반응을 기대하지는 않지만 털어놓지 않으면 안되는 사람처럼. 그녀의 눈에 눈물이 고였다. 열리는 쪽인지 닫히는 쪽인지 알 수 없었지만 정교한 빗장이 미끄러지는 듯한 느낌이라고 해야 할 날카로운 격통에 따른 눈물이었다. 그가 거기 선 채로 한 말은 아름다우며 고결했고, 그를 초가을의 황금빛 대기로 감싸는 것 같았다. 하지만 그녀는 ―그를 계속 보고는 있었지만― 심정적으로 그의 말에서 물러섰다. 이와 유사한 다른 만남에서 물러섰듯이. "아, 제발 그런 말씀을 하지 마세요." 그녀는 이 경우에도 선택하고 결정해야만 한다는 두려움이 스민 열정을 담아 말했다. 그 두려움은 모든 우려를 불식해 마땅해 보이게 만드는 바로 그 힘, 참으로 멋지고 신뢰할 수 있는 열정이라고 생각하는 깊은 내면의 어떤 느낌 때문에 더 커졌다. 은행에 넣어둔 상당한 액수의 돈처럼 그것은 거기 있었다. 손을 대면 그 돈이 모습을 드러내리라.

"당신이 제 말에 큰 의미를 둘 거라고 생각하진 않아요." 오즈먼드가 말했다. "내세울 게 거의 없으니까요. 제가 가진 게 제게는 충분하지만 당신에게 충분한 건 아니에요. 저는 재산이나 명성, 기타 외적으로 유리한 어떤 조건도 갖추지 못했어요. 따라서 당신에게 아무 제안도 할 수 없습니다. 제 속마음을 털어놓은 건 당신이 불쾌하게 생각하지는 않을 테고, 언젠가 즐거운 마음으로 돌이켜볼 수도 있을 거라고 믿기 때문입니다. 그런 믿음이 제게 즐거움을 준 건 확실해요." 그는 그 앞에 서서 사려 깊게 이저벨 쪽으로 몸을 굽혀 말을 이어나갔다. 강인하고 세련된, 세월이 살짝 느껴지는 얼굴을 드러내면서 집어든 모자를 천천히 돌리는 그의 동작에는 어색함이 한껏 품위 있는 떨림으로 나타날 뿐 서툴러 보이지는 않았다. "너무나 단순해서 이런 상황이 고통스럽지는 않아요. 제게 당신은 언제나 이 세상에서 가장 중요한 여자로 남을 겁니다."

이저벨은 그같은 역할을 맡은 자신을 열심히 주시했고, 그런 자리를 상당히 품위 있게 빛낸다고 생각했다. 하지만 그런 자기만족의 말을 그녀가 입 밖에 낸 것은 아니었다. "저 불쾌하지 않았어요. 그런데 불쾌하지 않더라도 마음이 불편하고 어지러울 수 있다는 점은 염두에 두셨어야죠." '불편'이라는 말을 하고 보니 우스꽝스러운 단어라는 생각이 들었다. 하지만 멍청하게도 그 단어가 떠올랐다.

"충분히 염두에 두었어요. 물론 놀라고 당황하셨을 겁니다. 하지만 그뿐이라면 지나가겠죠. 그리고 제가 부끄러워하지 않을 뭔가를 아마 남겼을 거예요."

"뭘 남길지는 모르죠. 어쨌든 정신을 못 차릴 정도로 당황한 건 아니에요." 이저벨이 다소 창백한 미소를 띠며 말했다. "생각을 못할 정도로 마음이 괴로운 건 아니에요. 그리고 우리가 작별해야 한다는 게, 제가 내일 로마를 떠난다는 게 잘됐다는 생각이 드네요."

"물론 그 말에 동의할 수는 없습니다."

"전 당신을 전혀 몰라요." 그녀는 불쑥 덧붙였다. 그리고 거의 일년 전 워버턴 경에게 같은 말을 했음을 떠올리고 얼굴을 붉혔다.

"떠나지 않으면 더 잘 아시게 될 겁니다."

"언젠가 그렇게 되겠지요."

"그러기를 바랍니다. 저는 아주 알기 쉬운 사람이거든요."

"아니, 아니에요," 그녀가 힘을 주어 답했다. "그 말은 진심이 아니네요. 당신은 알기 쉽지 않아요. 당신보다 알기 어려운 사람은 없을 거예요."

"글쎄요," 그가 웃었다. "제가 제 자신을 알기 때문에 그렇게 말하는 거예요. 큰소리친다고 할 수 있겠지만 사실이거든요."

"그러실 거 같아요. 아주 현명하시니까요."

"당신도 그래요, 아처 양!" 오즈먼드가 큰 소리로 말했다.

"지금은 그런 느낌이 들지 않네요. 어쨌든 이제 그만 가시는 게 좋겠다고 생각할 만큼은 현명해요. 안녕히 가세요."

"신의 가호가 있기를!" 그녀가 내주지 않은 손을 잡고 길버트 오즈먼드가 말한 다음 이렇게 덧붙였다. "우리가 다시 만난다면 저는 그대로일 겁니다. 우리가 만나지 못해도 그대로일 거예요."

"고맙습니다. 안녕히 가세요."

이저벨의 손님에게는 뭔가 평온하면서 단호한 데가 있었다. 본인의 의지로 갈지언정 가라고 해서 갈 작정은 아닌 것 같았다. "한가지 더. 저는 지금까지 당신에게 아무 부탁도 하지 않았어요. 앞으로 절 생각해달라는 부탁조차 말이지요. 그건 인정하셔야 할 겁니다. 하지만 부탁할 일이 하나 있어요. 저는 며칠 후에야 집에 돌아갈 겁니다. 로마는 아주 쾌적하고, 저 같은 마음 상태의 사람에게 아주 적합한 곳이니까요. 아, 이곳을 떠나는 걸 아쉽게 생각하신다는 것도 저는 알아요. 하지만 이모님이 원하시는 대로 하는 게 맞아요."

"이모님이 원하시는 것도 아니에요!" 이저벨이 귀에 익숙치 않은 목소리로 외쳤다.

오즈먼드는 이 말에 맞장구를 치려고 할 참이었던 것 같았는데, 마음을 바꾸고 간략하게 대답했다. "아, 그래요, 이모님과 같이 가는 게 맞아요. 딱 맞아요. 제가 주제넘었다면 용서하세요. 뭐든지 예법에 맞는 일을 하도록 하세요. 절 잘 모른다고 하시는데, 제가 예법을 얼마나 중시하는 사람인지 아시게 될 겁니다."

"관습적이신 건 아니죠?" 이저벨이 심각하게 물었다.

"당신이 그 단어를 발음하는 방식이 마음에 드네요! 천만에, 전 관습적이지 않아요. 관습 그 자체랍니다. 무슨 말인지 아시겠어요?" 그리고 그는 미소를 지으면서 잠시 말을 멈추었다. "설명해드리고 싶군요." 그리고 갑자기 맑고 자연스러운 목소리로 재빨리 덧붙였다. "다시 돌아오도록 해요. 우리가 나눌 수 있는 이야기가 너무 많아요."

그녀는 눈을 내리깔고 거기 서 있었다. "좀전에 부탁할 일이 있다고 하시지 않았나요?"

"피렌쩨를 떠나기 전에 제 딸아이한테 한번 가주세요. 빌라에 혼자 있어요. 누이 집에 보내지 않기로 했거든요. 저랑 생각이 워낙 달라서요. 가엾은 아버지를 아주 많이 사랑하라고 말해주세요." 길버트 오즈먼드가 조용하게 말했다.

"기꺼이 가서 만나볼게요." 이저벨이 대답했다. "그 말을 전할게요. 다시 작별인사 드려요."

이 말이 떨어지자 그는 서둘러 정중하게 작별을 고했다. 그가 가고 난 후 잠시 주변을 둘러본 그녀는 생각에 잠긴 듯 천천히 자리를 잡은 후 손을 맞잡고 다른 사람들이 돌아올 때까지 보기 흉한 카펫을 응시하면서 앉아 있었다. 그녀의 동요는─동요가 조금도 줄어들지 않았으니 말이다─아주 고요했고 아주 깊었다. 오늘 일어난 일은 그녀의 상상력이 지난 한주 동안 마주하려고 준비해온 것이었다. 하지만 그 일이 일어나자 그녀는 멈춰섰다. 상상력이라는 그 숭고한 원칙이 웬일인지 숨을 죽였다. 이 아가씨의 마음이 이상하게 작동하는지라 나는 보이는 대로 독자에게 제시할 따름이지, 전적으로 그럴듯하게 만들겠다는 생각은 하지 않고 있다. 앞서 말했듯이 그녀의 상상력은 뒤로 주춤 물러났다. 상상력이 결국은 건널 수 없는 어떤 애매한 공간이 있었다. 겨울 해 질 녘에 바라보는 황야처럼 모호하고 다소 위험해 보이기까지 한 어스름하고 불확실한 지대였다. 하지만 그녀는 아직 건널 생각이 아니었다.

30장

이저벨은 사촌 오빠와 함께 다음날 아침 피렌쩨로 돌아왔다. 랠프 터칫은 기차 칸의 규율을 대체로 불편해하는 편인데, 사촌 여동생이 길버트 오즈먼드의 편애를 받은 곳으로 각인된 도시로부터 서둘러 멀어져가는 기차에서 보낸 시간은 썩 기분 좋게 받아들였다. 더 큰 여행 계획의 첫 단계를 이루는 시간으로서 말이다. 스택폴 양은 뒤에 남았다. 밴틀링 씨의 도움을 받아 나뽈리에 잠깐 다녀올 계획이었다. 터칫 부인의 출발 예정일인 6월 4일까지 사흘이 남아 있었고, 이저벨은 팬지 오즈먼드에게 가보기로 한 약속을 마지막 날에 지키기로 했다. 그녀의 계획은 잠깐이나마 마담 멀의 제안을 받아들여 약간 수정될 것처럼 보였다. 마담 멀은 아직 터칫 부인 집에 머무르고 있었는데, 곧 피렌쩨를 떠날 예정이었다. 다음 목적지는 또스까나 산중에 자리한 귀족 가문의 고성이었다. 마담 멀이 사진으로 보여준, 총안이 설치된 그 거대한 성벽을 보니 그들과의 친분이 ─ 그녀의 말로는 '태곳적'부터 알고 지냈다고 했다 ─ 소중한 특권처럼 여겨졌다. 이저벨은 이 운 좋은 여인에게 오즈먼드 씨가 딸을 찾아가봐달라고 요청했다는 말은 했지만 사랑을 고백했다는 말은 하지 않았다.

"아, 그랬구나!⁴" 마담 멀이 말했다. "나도 떠나기 전에 그애한테 가보면 좋겠다고 생각했는데."

"그럼 같이 가면 되겠네요." 이저벨이 합리적으로 제안했다. '합리적'이라고 말한 까닭은 마지못해 한 제안이었기 때문이다. 그녀는 홀로 이 작은 순례 여행을 떠날 작정이었다. 그게 더 마음에 들었다. 그럼에도 마담 멀에게 크나큰 경의를 표하기 위해 신비로운 기분을 희생할 용의가 있었다.

마담 멀이 고운 자태로 생각에 잠겼다. "어쨌거나 우리 둘 다 갈 필요가 뭐 있겠어. 떠날 채비로 둘 다 할 일도 많은데?"

"그래요, 그럼 저 혼자 가도 돼요."

---

4 (프) Comme cela se trouve!

"혼자 가도 될지 모르겠네. 잘생긴 독신남의 집에 말이야. 결혼은 했었지. 아주 오래전의 일이기는 하지만!"

이저벨은 눈을 크게 떴다. "오즈먼드 씨가 집에 없는데 무슨 문제예요?"

"사람들은 오즈먼드 씨가 없는지 몰라, 알겠어요?"

"사람들이라고요? 누구를 말씀하시는 거예요?"

"모든 사람들이지. 하지만 문제가 되지 않을 수도 있어."

"가보시려고 했잖아요? 저는 왜 안된다는 거죠?"

"난 볼품없는 아줌마지만 자기는 아름다운 아가씨니까."

"그렇다 쳐도 전 가보겠다고 약속했거든요."

"약속을 아주 중시하나보네!" 연장자인 여자가 살짝 놀리는 투로 말했다.

"저는 약속을 아주 중요하게 생각해요. 놀라셨어요?"

"자기 말이 맞아." 마담 멀이 소리내어 생각했다. "그 아이에게 잘해주고 싶은 거야. 정말 그런 생각이 들어."

"아주 잘해주고 싶어요."

"그럼 가서 만나봐. 아무도 모를 테니까. 나도 가보려고 했는데 자기가 간다고 해서 그만뒀다고 전해줘. 아니," 마담 멀이 덧붙였다. "전할 것도 없네. 관심도 없을 텐데, 뭐."

이저벨은 보란 듯 덮개 없는 마차를 타고 오즈먼드의 집이 있는 언덕 꼭대기 길을 구불구불 올라가면서 "아무도 모를 테니까"라는 말의 의미를 생각했다. 항로를 정할 때 일반적으로 위험이 산재한 해협보다 탁 트인 바다를 선호하는 이 숙녀는 이따금, 아주 이따금, 적절치 않다고 느껴지는 애매모호한 말을 툭툭 던졌다. 알지도 못하는 사람들의 천박한 비판에 이저벨 아처가 왜 신경을 써야 하는가? 그리고 은밀하게 해야 할 일이 있다면 자기가 그런 일을 할 수 있는 사람이라고 마담 멀은 생각하는 걸까? 물론 아니다. 그렇다면 다른 뜻으로 한 말이 분명하다. 떠나기 직전에 분주해서 미처 설명하지 못한 뭔가가 있는 게 분명하다. 언젠가 다시 말을 꺼내리라. 어떤 문제들은 명확히 짚고 넘어가야 직성이 풀렸다. 오즈먼드 씨의 거실로 안내받아 들어갔을 때 다른 방에서 팬지의 피아노 치는 소리가 들렸다. 소녀는 피아노 '연습'을 하고 있었다. 숙제를 빼먹지 않고 하고 있구나 생각하니 기분이 좋아졌다. 팬지는 곧 옷맵시를 가다듬으며 손님을 맞이하러 나왔다. 눈을 크게 뜨고 열심을 다해 아버지 집에서 주인으로서 예를 표하려고 말이다. 이저벨은 반시간가량 앉아 있었고, 팬지는 보이지 않는 철사줄의 도움으로 날아다니는 무언극의 요정처럼 상황에 대처했다. 혼자 조잘거린다기보다는 이저벨이 그녀의 일에 관심을 보이는 만큼 이저벨의 일에 정중하게 관심을 보이면서 담소를 나누었다. 가꾸어진 사랑스러운 흰 꽃을 이렇게 코앞에서 직접 본 적이 없는 이저벨은 놀라움을 금치 못했다. 이 아이는 정말 교육을 잘 받았구나. 우리의 여주인공은 찬사를 보냈다. 지도 편달에 따라 얼마나 예쁘게 만들어졌는지, 그럼에도 얼마나 꾸밈없고 자연스럽고 천진한 채로 남아 있는지! 이저벨은 언제나 성격과 속성의 문제를, 소위 깊은 내면의 비밀을 탐구하기 좋아했다. 그리고 여태 연약해 보이던 이 어린아이가 실은 다 알고 있는 게 아닌가 멋대로 상상의 나래를 펴기도 했다. 그녀가 보여주는 극도의 솔직함이 자의식의 극단에 불과한 것은 아닐까? 아버지의 손님을 기쁘게 하기 위한 연기인가, 아니면 순결한 천성의 솔직한 표현인가? 이저벨이 오즈먼드 씨의 아름답고 텅 빈 어두운 방에서 —— 창문에는 열기를 차단하기 위해 반쯤 차양을 드리웠고, 여기저기 넉넉한 빈틈을 통해 찬란한 여름 햇살이 스며들어 빛바랜 색깔이나 흐려진 금박을 비췄다 ── 보낸 시간과 그 집 딸아이와의 대화는 이 문제를 확실하게 해결했다고 말할 수 있겠다. 팬지는 진짜 백지였다. 티 하나 묻지 않은 하얀 표면으로 남아 있는 데 성공한 것이다. 그녀는 교태를 부리거나 속임수를 쓰거나 성질을 낼 줄 몰랐고, 재능도 없었다. 두세가지의 작지만 섬세한 본능이 있을 따름이었다. 친구가 되어줄 사람을 알아보고, 실수를 피하며 오래된 장난감이나 새 옷을 망가뜨리지 않는 본능 말이다. 하지만 그렇게 연약하다는 것은 한편으로는 애처로운 데가 있었고, 운명의 손쉬운 희생자라는 느낌이 들 수도 있었다. 그녀는 저항할 의지도 힘도 없고, 자기 자신의 중요성을 인식하지도 못하리라. 그녀는 쉽게 미혹되고, 쉽게 파괴되리라. 그녀의 힘은 전적으로 언제 어디에 매달려야 할지를 아는 데 놓여 있으리라. 팬지는 다시 집 구경을 하고 싶다는 손님과 함께 집 안을 돌아봤고, 여러점의 예술작품에 대한 자신의 견해를 피력했다. 팬지는 자신의 장래와 할 일들, 아버지의 계획에 대해 이야기했다. 자기중심적이어서가 아니라 귀한 손님이 기대해 마땅한 정보를 주는 게 옳다고 생각해서였다.

"알고 싶어요." 소녀가 말했다. "로마에서 아빠가 까뜨린 수녀님을 만나러 가셨나요? 시간이 나면 가뵌다고 하셨거든요. 시간이 안 났을 수도 있어요. 아빠는 넉넉하게 시간 잡는 걸 좋아하시니까요. 제 교육에 관해 말씀을 나누고 싶어하셨어요. 아시겠지만 제 교육이 아직 끝난 건 아니에요. 수녀님들이 가르쳐주실 게 더 있는지 모르지만요. 하지만 끝났다고 하려면 아직 멀었죠. 언젠가는 아빠가 직접 집에서 가르치겠다고 말씀하셨어요. 지난 일이년 동안 수녀원에서는 고학년을 가르치는 선생님들의 수업료가 아주 비싸졌어요. 아빠는 돈이 많지 않으세요. 그러니까 저 때문에 돈을 많이 쓰시게 되면 마음이 아플 거예요. 제가 그럴 만한 가치가 있다는 생각이 안 드니까요. 전 뭘 빨리 배우는 쪽이 아니고 기억력도 좋지 않아요. 이야기를 들은 건 기억해요. 특히 재미있는 내용이면요. 하지만 책에서 배우는 건 잘 외우지 못해요. 제일 친한 친구가 열네살밖에 안됐는데 수녀원에서 퇴교했어요. 영어로는 뭐라고 하죠? 도뜨[5]에 손을 대지 않기 위해서죠. 영어에는 그런 말이 없나요? 그런 일이 잘못은 아니겠죠? 결혼시킬 돈을 남겨두려고 그런 거니까요. 아빠도 그래서 저축하시려나봐요. 절 결혼시키려고요. 결혼하려면 돈이 너무 많이 들어요!" 팬지는 한숨을 쉬고 말을 이었다. "아빠는 그래서 절약해야 한다고 생각하시나봐요. 어쨌든 전 결혼을 생각하기에는 너무 어려요. 그리고 좋아하는 신사가 없거든요. 아빠만 빼고요. 우리 아빠만 아니면 아빠랑 결혼하고 싶어요. 낯선 사람의 아내가 되느니 아빠의 딸로 남아 있을래요. 아빠가 보고 싶지만, 생각하시는 것만큼은 아니에요. 너무 오래 떨어져 있었으니까요. 대개 방학 때만 아빠와 같이 있었어요. 까뜨린 수녀님이 조금 더 보고 싶어요. 하지만 이 말은 아빠에게 하시면 안돼요. 아빠랑 다시 만날 계획이 없으시다고요? 아주 섭섭하네요. 그리고 아빠도 섭섭하실 거예요. 여기 온 사람들 중에서 당신이 제일 좋아요. 이건 대단한 찬사는 못돼요. 많은 사람들이 오는 건 아니니까요. 아주 멀리서 이곳까지 와주셔서 감사해요. 전 아직 어린아이에 불과해요. 아, 그래요, 전 어린아이들이 하는 일이나 하는걸요. 이런 일들은 언제 그만두셨나요? 나이를 묻고 싶지만, 그래도 되나 모르겠어요. 수녀원에서 나이는 절대 물으면 안된다고 배웠어요. 사람을 당황하게 하는 그런 질문을 하고 싶지 않아요. 제대로 교육받지 못한 것처럼 보이잖아요. 저 자신도 당황스러운 일을 당하고 싶지 않고요. 아빠는 모든 일을 지시해놓으세요. 전 잠자리에 아주 일찍 들어요. 해가 저쪽으로 지기 시작하면 정원으로 나가요. 아빠는 햇볕에 타면 안된다고 단단히 당부하셨죠. 저는 언제나 경치를 즐겨요. 언덕 풍경은 너무나 우아해요. 로마의 수녀원에서는 지붕과 종탑만 보이거든요. 피아노 연습은 3시간 해요. 썩 잘하지는 못하지만요. 피아노를 치세요? 언젠가 한번 들려주시면 정말 좋겠어요. 아빠는 제가 좋은 음악을 들어야 한대요. 마담 멀이 몇번 쳐주셨어요. 마담 멀의 제일 좋은 점은 그거예요. 정말 재능이 있으세요. 저는 그렇게 잘 치지 못할 거예요. 그리고 목소리도 별로예요. 작은 소리밖에 못 내요. 석필로 글씨를 쓸 때 나는 찍찍 소리 같아요."

이저벨은 그녀의 정중한 요청에 부응하기 위해 장갑을 벗고 피아노 앞에 앉았다. 그녀 옆에 지키고 선 팬지는 흰 손이 건반 위에서 날렵하게 움직이는 것을 지켜보았다. 연주를 마친 다음 이저벨은 작별 키스를 해주고, 소녀를 꼭 안아주면서 그녀의 얼굴을 한참 들여다보았다. "착한 딸이 돼서 아버지에게 기쁨을 드리렴." 그녀가 말했다.

"그게 제가 사는 이유라고 생각해요." 팬지가 대답했다. "아빠는 즐거운 일이 많지 않으세요. 슬픈 분이에요."

이저벨은 흥미를 갖고 그녀의 주장을 경청했는데, 흥미가 없는 척해야 하는 게 거의 고문처럼 느껴졌다. 그런 척한 것은 자존심과 일종의 체면치레 때문이었다. 이저벨의 머릿속에는 다른 생각들도

있었다. 그녀는 팬지 아버지 이야기를 하고 싶은 강한, 하지만 즉각
억누른 충동을 느꼈다. 아이가 하는 말을 들으면, 아이에게 말을 시
키면 정말 기쁠 화제가 있었다. 하지만 그 점을 의식하자마자 아이
를 이용한다는 생각에, (이저벨은 자신의 죄를 이렇게 규정했으리
라) 자신의 매혹된 상태를 오즈먼드 씨의 섬세한 감각이 포착할 수
도 있는 곳에서 숨결로 드러낸다는 생각에, 이저벨의 상상력은 전
율하며 침묵했다. 그녀가 왔었다 ── 그녀가 왔었다. 하지만 1시간
머물렀을 뿐이다. 피아노 의자에서 얼른 일어난 그녀는 그러고 나
서도 잠시 머뭇거리며 남아 있었다. 조그만 소녀를 팔로 감싸고, 아
이의 귀여운 가냘픔을 더 꼭 끌어안으면서 거의 부러운 마음으로
그녀를 내려다보았다. 이저벨은 인정하지 않을 수 없었다. 길버트
오즈먼드와 아주 가까운 이 순진한, 자그마한 아이에게 그에 관한
이야기를 했다면 열렬한 기쁨을 느꼈으리라고. 하지만 그녀는 한
마디도 하지 않았다. 팬지에게 다시 키스를 해주었을 따름이다. 그
들은 현관의 객실을 지나 안뜰로 열려 있는 문까지 같이 걸어갔다.
그 지점에서 어린 안주인은 멈춰서서 뭔가를 동경하는 듯 그 너머
를 바라보았다. "더이상 가서는 안돼요. 문지방을 넘지 않겠다고
아빠께 약속드렸거든요."

"아버지 말씀을 따르는 게 옳아. 언제나 이치에 맞는 일을 당부
하실 테니까."

"언제나 아버지 말씀대로 할 거예요. 그런데 언제 다시 오실 거
예요?"

"유감이지만 한동안 못 올 거 같구나."

"가능한 한 빨리 오시면 좋겠네요. 전 아이일 뿐이지만," 팬지가
말했다. "오시길 언제나 기다릴게요." 그렇게 말하고 그 자그마한

아이는 높고 어두운 문간에 서서 이저벨이 밝은 회색의 탁 트인 안 마당을 가로질러 대문 너머의 밝음으로 사라지는 것을 지켜보았다. 대문이 열리자 눈부시게 밝은 빛이 펼쳐졌다.

31장

이저벨은 몇달 만에 피렌쩨로 돌아왔고, 그사이 사건이 많았다. 하지만 그동안 그녀에게 일어난 일을 상세하게 다루지는 않겠다. 방금 서술한 사건이 일어나고 일년 후, 빨라쪼 끄레센띠니로 돌아 오고 얼마 안된 어느 늦은 봄날을 기점으로 다시 그녀에게 주목하 도록 하겠다. 이날 그녀는 터칫 부인이 손님 접대용으로 쓰는 수많 은 작은 방 중 하나에 혼자 앉아 있었는데, 표정과 태도로 보아 손 님을 기다리고 있는 것 같았다. 열려 있는 높은 창문을 초록색 덧 창이 반쯤 가렸지만, 정원의 밝은 빛이 넓은 틈새를 통해 들어와 방을 온기와 향기로 채웠다. 우리의 여주인공은 손을 뒤로 깍지 긴 채 한동안 그 근처를 서성거리다가 막연한 불안감을 드러내며 창 가에 서서 밖을 내다보았다. 주의를 기울이기에는 너무 심란한 듯 공연히 제자리를 맴돌았다. 하지만 손님이 집 안으로 들어오기 전 에 흘깃이라도 볼 요량으로 그러고 있는 건 아니었다. 저택 입구가 고요하고 적막한 정원 쪽으로 나 있는 게 아니었으니 말이다. 그보 다는 일련의 추론을 통해 그 사람이 도착하지 않았으면 하고 바라 는 것 같았고, 그렇게 생각하려고 애쓰는 표정이었다. 세상을 구경 하면서 보낸 일년간의 경험으로 그녀는 자신이 더 진지해졌고, 분 명 더 진중해졌다고 생각했다. 그녀는 ─ 이렇게 표현했으리라 ─

세상을 주유했고 수많은 인간사를 개관했다. 그러므로 이년 전 가든코트의 잔디밭에서 유럽 답사를 시작한 올버니의 그 들뜬 처녀와는 아주 다른 사람이 되었다는 게 그녀의 생각이었다. 그녀는 지혜를 수확했고, 과거의 경박한 아가씨가 삶에 대해 짐작도 못했을 아주 많은 걸 알게 되었다고 자부했다. 지금 그녀의 생각이 현시점에서 불안하게 배회하기보다 회상의 나래를 폈다면, 흥미진진한 그림들을 아주 많이 환기할 수 있었으리라. 풍경화도 있고 초상화도 들어 있는 이 그림들 중 후자의 수가 훨씬 많았다. 이런 풍경을 배경으로 나타날 몇몇 인물들을 우리는 이미 만난 바 있다. 그중에는, 예컨대, 우리 여주인공의 언니이자 에드먼드 러들로우의 부인인 온유한 릴리가 있었는데, 그녀는 여동생과 다섯달을 보내기 위해 뉴욕에서 건너왔다. 남편은 두고 왔지만 아이들을 데리고 와서 이저벨은 조카들에게 골고루 아낌없이 베풀면서 시집 안 간 이모 역할을 톡톡히 했다. 여정이 끝날 즈음, 법정에서 개가를 올리는 와중에 몇주를 겨우 빼낸 러들로우 씨가 급행으로 대서양을 건너와 가족을 데리고 집으로 돌아가기 전 한달을 빠리에서 같이 보냈다. 러들로우 집안 아이들은 미국의 관점에서 보더라도 아직은 본격적인 관광을 하기에 적절한 연령이 아니어서, 언니와 함께 있는 동안 이저벨의 행동 반경은 제한되었다. 릴리와 아이들은 7월에 스위스에서 그녀와 합류해 화창한 여름날들을 알프스 계곡에서 보냈는데, 풀밭에 들꽃이 만발하고 여자나 아이 들이 더운 날 오후 시도함직한 등반에서 쉴 수 있는 밤나무 그늘이 많은 곳이었다. 이후 그들은 프랑스의 수도에 도착했고, 큰 비용을 들여 빠리를 숭배하는 의식을 치른 릴리와 달리 이저벨은 시끄럽기만 하지 공허한 곳이라고 생각했다. 이즈음 그녀는 덥고 북적거리는 방에서 손수건에 감춰놓은 약병의 자극적인 향을 들이켜 정신을 차리듯 로마에서의 추억으로 기운을 차렸다.

러들로우 부인은, 앞서 말했듯이, 빠리에 제물을 바쳤지만, 그 제단 앞에서 의구심과 놀라움이 불식된 건 아니었다. 남편이 합류하고 난 후, 그가 자신의 생각에 전적으로 맞장구를 쳐주지 않는다는 데 추가로 좌절감을 느꼈다. 그들은 이저벨을 화제로 삼았다. 하지만 에드먼드 러들로우는, 예전에 언제나 그랬듯, 처제가 하거나 혹은 하지 않은 일 때문에 놀라거나 괴로워하거나 어리둥절하거나 환호하기를 사양했다. 러들로우 부인은 생각이 아주 많았다. 그녀는 때때로 이저벨이 귀국해 뉴욕에 집 — 예컨대 우아한 온실이 있고 자신의 집에서 모퉁이만 돌면 있는 로시터 댁 같은 집 — 을 사서 정착하는 게 너무나 당연한 일이라고 생각했다. 그러다가 이저벨이 대단한 귀족들 가운데 한명과 결혼하지 않은 데 놀라움을 감추지 못했다. 러들로우 부인은 대체로 개연성이 있는지 여부를 꼼꼼하게 따져보는 사람은 아니었다. 그녀는 이저벨이 유산을 물려받은 걸 자기 일처럼 뿌듯하게 생각했다. 몸매가 좀 빈약하지만 그래도 눈에 띄는 미모의 여동생에게 유산이 적절한 배경을 제공한 것처럼 보였다. 하지만 릴리가 그럴 법하다고 생각하는 방향으로 이저벨의 발전상이 나타나지는 않았다. 릴리가 이해하기로 발전은 사교적인 만남이나 만찬과 신비스럽게 연결된 무엇이었다. 이저벨이 지적으로 대단히 향상되었다는 것은 의심의 여지가 없다. 하지만 사교계에서는 이렇다 할 승전보를 울리지 못한 걸로 보였는데, 전리품에 찬사를 보내려고 릴리는 마음의 준비까지 한 터였다. 그런 성취에 대한 그녀의 생각은 아주 막연했지만 이저벨에게 기대한 게 바로 막연한 개념에 형태와 내용을 부여해달라는 거였다. 이저벨이 뉴욕에서 인기가 있었으니 유럽에서도 인기가 있어야 마땅하지 않은가. 러들로우 부인은 이저벨이 뉴욕의 사교계에서 누린 이점을 유럽의 사교계에서도 누릴 수 있는지 알고 싶다고 남편에게 물었다. 우리는 이저벨이 멋진 남자들의 청혼을 여러번 물리쳤음을 알고 있다. 그것이 모국에서 성취할 수 있는 과업보다 격이 떨어지는지 여부는 민감한 쟁점이겠지만 말이다. 그녀가 이런 명예스러운 전리품들을 공개하지 않았음을 내가 딱히 의기양양한 기분으로 다시 언급하는 건 아니다. 이저벨은 언니에게 워버턴 경의 청혼 이야기를 하지 않았고, 오즈먼드 씨의 심경에 대해서는 넌지시도 비추지 않았다. 말하고 싶지 않다는 것 외에 침묵의 이유는 없었다. 아무 말도 하지 않는 게 더 낭만적이다. 남몰래 로맨스를 깊이 들이마시면서 이저벨은 그 진기한 책을 영원히 덮어버릴 마음이 없듯이 가엾은 릴리의 조언을 구할 생각도 없었다. 하지만 릴리는 이런 세세한 구별에 관해 알지 못했고, 따라서 여동생의 연애 경력이 이상하게도 용두사미가 되었다고 단정했다. 이저벨이 자주 오즈먼드를 떠올리는 데 비례해 그에 관해 침묵을 지켰기 때문에 이런 인상은 사실로 확정되었다. 이런 일이 자주 일어났기 때문에 러들로우 부인은 때때로 이저벨이 예전처럼 당찬 처녀가 아니라는 느낌을 받았다. 큰돈을 유산으로 물려받는 기막힌 행운이 이렇게 괴이한 결과를 낳았다는 건 당연히 명랑한 릴리를 당혹스럽게 했다. 이저벨이 '별나다'는 그녀의 막연한 느낌은 더 강해졌다.

그러나 우리 젊은 숙녀의 당찬 면모는 친척들이 귀국하고 난 다음 최고조에 달했다. 그녀는 빠리에서 겨울을 나기보다 더 멋진 일들을 상상할 수 있었고, 마담 멀과의 서신 교환이 상상의 나래를 펴는 데 기여했다. (빠리는 어떤 면에서 뉴욕과 아주 비슷했다. 빠리는 재치 있고 논리정연한 산문과 같았다.) 11월 하순의 어느날 언니와 형부 그리고 아이들이 리버풀에서 출항하는 배를 타기 위해 기차로 떠나고 난 후, 이저벨이 유스턴 역 플랫폼을 돌아서 나올 때보다 더 선명한 해방감을, 비할 바 없이 대담하고 분방한 자유로움을 느낀 적이 없었다. 향응을 베푼 건 좋은 일이었다. 그녀는 그 점을 충분히 의식하고 있었다. 우리가 알고 있듯이, 그녀는 자신에게 좋은 일들을 엄수했고, 늘 무엇이든 충분히 좋은 일들을 찾으려고 노력해왔다. 마지막까지 주어진 이점을 누리기 위해 부러워한 것 없는 친척들과 빠리에서 같이 온 것이기도 하다. 리버풀까지도 동행할 용의가 있었는데, 형부가 부탁이니 그러지 말라고, 그러면 언니가 안절부절못하면서 말도 안되는 질문을 해댈 게 뻔하다고 말했다. 이저벨은 열차가 떠나는 것을 지켜보았다. 차창 밖으로 위험스럽게 몸을 빼내 작별 의식을 시끌벅적하게 즐기고 있는 장조카에게 손으로 키스를 날리고 걸어서 짙은 안개가 드리운 런던의 거리로 돌아왔다. 세상이 그녀 앞에 놓여 있었다. 원하면 뭐든 할 수 있었다. 이 모든 것에 전율을 느꼈다. 하지만 지금 당장 그녀의 선택은 그래도 신중한 편이었다. 유스턴 광장에서 호텔로 그냥 걸어서 돌아가기로 한 것이다. 11월 오후라 일찌감치 어스름이 깔렸다. 가로등은 안개가 자욱한 갈색 대기에서 흐릿한 붉은빛을 띠었다. 우리의 여주인공은 하녀를 데리고 오지 않았고, 유스턴 광장에서 피커딜리까지는 상당한 거리였다. 하지만 이저벨은 그에 따르는 위험을 적극적으로 즐기고 더 많은 감각을 맛보기 위해 일부러 길을 잃으면서 — 친절한 경관이 쉽게 바로잡아주면 실망하면서 — 그 유람을 마쳤다. 사람 사는 모습을 구경하는 게 너무 좋아서 어스름이 깔린 런던 거리들의 양상 — 움직이는 군중, 서두르는 승합마차들, 불을 밝힌 가게들, 불빛이 너울거리는 노점들, 모든 것에 서린 희미하게 빛나는 안개 — 까지도 즐겼다. 그날 저녁 호텔에서 그녀는 마담 멀에게 하루 이틀 뒤 로마로 출발하겠다고 편지를 썼다. 피렌쩨에 들르지 않고 베네찌아로 우선 갔다가 안꼬나[6]를 경유해 로마로 갔는데, 샤쁘롱[7] 없이 하인 한명만을 대동한 채 이번 여행을 마쳤다. 랠프 터칫은 겨울을 코르푸[8]에서 보내고 있었고, 스택폴 양은 작년 9월 『인터뷰어』지의 전보를 받고 미국으로 돌아갔다. 이 신문사는 쇠퇴일로의 유럽 도시보다 재능을 드러낼 수 있는 새로운 분야를 뛰어난 특파원에게 제시했는데, 미국으로 곧 보러 가겠다는 밴틀링 씨의 약속이 귀국길의 헨리에타를 위로했다. 이저벨은 터칫 부인에게 인사차 피렌쩨에 들르지 않아 죄송하다고 편지를 썼는데, 그녀다운 답장이 왔다. 터칫 부인은 사과나 변명은 거품처럼 쓸데가 없다고 하면서 자신은 그런 건 취급하지 않는다고 했다. 뭘 하든 하지 않든 둘 중 하나이고, '하려고 했던' 것은 미래의 삶을 상상하거나 사물의 기원을 가정하는 것처럼 무의미한 영역에 속한다는 것이다. 솔직한 편지였지만, (터칫 부인으로는 드물게) 겉으로 보이는 만큼 솔직한 건 아니었다. 그녀가 피렌쩨에 들르지 않은 조카딸을 쉽게 용서한 까닭은 그곳에 사는 길버트 오즈먼드가 예전과 달리 현안이 아니라는 신호로 받아들였기 때문이었다. 그녀는 물론 그가 로마에 갈 핑곗거리를 만드나 주시했고, 자신의 집에 머물고 있다는 사실을 알고 조금 마음을 놓았다.

한편 이저벨은 로마에 머문 지 보름도 안되어 마담 멀에게 동방

<hr>

6 아드리아 해의 항구도시.
7 상류사회의 미혼 여성에게 따라붙는 보호자.
8 그리스 이오니아 지방의 섬.

으로 순례 여행을 떠나자고 제안했다. 마담 멀은 이저벨이 역마살이 있어서 그런다고 했지만, 아테네와 콘스탄티노플에 너무나 가보고 싶었다고 덧붙였다. 이에 따라 탐험 여행을 떠난 두 숙녀는 그리스, 터키와 이집트에서 석달을 보냈다. 이 나라들이 여러가지로 이저벨의 흥미를 유발했지만, 마담 멀은 가장 고전적인 장소, 평정과 명상에 가장 적합한 풍경에서도 이저벨이 어딘지 조화를 이루지 못하고 있다는 의견을 계속 피력했다. 이저벨은 조급하고 무모하게 여행했다. 목마른 사람이 물을 마시고 또 마시는 것 같았다. 그동안 미복잠행하는 공주의 시녀로서 마담 멀은 뒤를 따르며 조금 숨을 헐떡거렸다. 이저벨의 초대로 여행에 나선 그녀는 샤쁘롱 없는 미혼 여성의 여행에 합당한 품위를 부여했다. 그녀는 기대와 다르지 않게 한발 물러서 경비를 풍부하게 지원받는 안잠자기의 위치를 받아들이면서 주어진 역할을 요령껏 수행했다. 그렇다고 힘들 건 없었고, 조용하지만 눈에 띄는 이들을 여행 중에 만난 사람이라면 누가 비용을 대는 사람이고 누가 수행원인지 알 수 없으리라. 시간이 지날수록 마담 멀을 더 좋아하게 됐다는 말은 이저벨이 그녀에게서 받은 인상을 빈약하게 전달할 따름이다. 마담 멀이 관대하고 유하다고 처음부터 생각한 이저벨은 석달을 같이 지내고 난 다음에 그녀를 더 잘 알게 되었다고 생각했다. 그녀의 성격이 드러났고, 이 훌륭한 여인이 드디어 자신의 관점에서 자기의 사연을 들려주겠다는 약속을 지켰기 때문이다. 이저벨이 이미 다른 사람의 관점에서 그녀의 이야기를 들은 터라 이런 약속의 실현이 더 바람직하게 느껴졌다. 아주 슬픈 사연이었다. (고인이 된 멀씨와 관련되는 한 그랬다는 건데, 처음에는 아주 그럴듯해 보였지만, 의문의 여지가 없는 협잡꾼이라고 해야 할 멀 씨는 오래전에 어리고 미숙하던 그녀를 속여넘겼다. 지금의 그녀를 알고 있는 사람들은 믿기 어렵겠지만 말이다.) 그녀의 이야기는 가슴이 철렁 내려앉는 개탄할 만한 사건으로 가득 차서 이저벨은 그런 시련을 겪은 사람이 어떻게 그처럼 생기와 삶에 대한 흥미를 유지할 수 있었을까 궁금해지기도 했다. 마담 멀의 생기에 관해 이저벨은 상당한 통찰을 갖게 됐다. 마담 멀은 그런 생기를 전문가가 바라보듯, 다소 기계적으로, 대가의 바이올린처럼 케이스에 넣어 들고 다니든가 기수의 '애마'처럼 담요로 싸고 고삐를 매놓았다. 이저벨은 그녀를 여전히 좋아했지만, 결코 들춰보지 않은 커튼의 한구석이 있었다. 주어진 역할과 의상을 갖춰입고서야 등장할 운명인 것처럼 마담 멀은 대중 연예인과 같은 존재로 남아 있었다. 언젠가 그녀는 먼 곳에서 왔다고, '아주아주 오래된' 세계에 속한다고 말한 적이 있었는데, 이저벨은 그녀가 자신과는 도덕적으로나 사회적으로 다른 풍토의 산물이며, 다른 운명을 타고나 자랐다는 인상을 끝까지 간직했다.

그러고는 그녀를 자신과 근본적으로 다른 도덕관을 가진 사람으로 간주했다. 물론 문명인들의 도덕관은 공통점이 많게 마련이다. 하지만 우리의 여주인공은 그녀에게서 오도된 가치 체계를, 혹은 상점에서 말하듯 가격 인하 같은 걸 감지했다. 젊음의 오만으로 자기와 다른 도덕관은 틀림없이 열등하다고 단정한 것이다. 그리고 이런 확신 덕분에 섬세한 친절을 예술의 경지로 올려놓은 사람, 속임수라는 옹색한 방편을 취하기에는 자존심이 너무 강한 사람의 대화에서 때로 악의가 번득이는 순간을, 이따금 정직함에서 벗어나는 순간을 간파할 수 있었다. 인간 행위의 동기에 대한 마담 멀의 관점은, 어떤 각도에서 보면 타락에 빠진 왕국의 궁정에서 습

득한 것 같았고, 그 목록에는 우리의 여주인공이 들어보지도 못한
게 포함되어 있기도 했다. 이저벨이 모든 걸 들어보지 못했음은 물
론이다. 그리고 세상사 중 듣지 않는 편이 유익한 것도 분명 있었
다. 한두번은 정말 겁이 나기도 했다. 마담 멀에 관해 이렇게 탄식
할 수밖에 없을 정도로 놀랐으니 말이다. "어머나, 저이는 나라는
사람을 모르는구나!" 우스꽝스럽게 보이겠지만, 이런 발견이 충격
으로 작용해서, 불길한 예감까지 깃든 막연한 당혹감을 남겼다. 물
론 당혹감은 불현듯 입증되곤 하는 마담 멀의 뛰어난 이해력을 생
각하면 진정되었다. 하지만 이것이 기울고 차는 신뢰의 여정에서
정점을 찍었다. 마담 멀은 우정이 더이상 자라지 않으면—더 좋
아하기와 덜 좋아하기 사이에 평형 상태는 없으므로—그 순간 쇠
하기 시작한다고 공언한 적이 있다. 다시 말해 정지 상태의 애정
은 불가능하며, 이쪽으로든 저쪽으로든 움직이게 되어 있다는 것
이다. 어찌 되었든 이즈음의 이저벨은 낭만적인 감성을 활용할 기
회가 무수히 있었는데, 그런 감성은 어느 때보다도 더 활발하게 작
동했다. 카이로에서 출발한 여행길에서 피라미드를 응시했을 때,
아크로폴리스의 부서진 기둥 가운데 서서 살라미스 해협이라고
들 하는 곳에 시선을 고정했을 때, 그런 감성에 가해진 충격을 내
가 언급하지는 않겠다. 이런 느낌들은 이저벨의 마음속 깊이 각인
되어 잊지 못할 추억으로 남았다. 그녀는 3월 말에 이집트와 그리
스 여행에서 돌아와 다시 로마로 갔다. 도착하고 며칠 후 길버트
오즈먼드가 피렌쩨에서 내려와 삼주간 머물렀다. 그동안 이저벨
이 그의 옛 친구인 마담 멀의 집을 숙소로 삼아 함께 지내고 있었
기 때문에 오즈먼드가 이저벨을 매일 만나는 건 사실 불가피했다.
4월 말이 되자 그녀는 터칫 부인에게 이전에 초대받은 대로 기쁜

마음으로 빨라쪼 끄레센띠니에 가뵙겠다고 편지를 썼다. 이번에는 마담 멀이 로마에 남아 있었다. 사촌 오빠가 아직 코르푸에 체류 중이라 이모는 혼자였다. 하지만 랠프도 피렌쩨에 언제든 도착할 예정이라 그를 일년 이상 보지 못한 이저벨은 애정이 넘치는 환영 준비를 했다.

32장

그렇다고 한동안 창문 옆에 서 있던 그녀가 사촌 오빠나 내가 간략하게 서술한 추억들을 떠올리고 있었던 것은 아니다. 그녀는 과거가 아니라 지금 현재, 임박한 시간을 향해 있었다. 소란이 벌어질 거라고 생각할 만한 이유가 있었지만 그녀가 소란을 좋아하는 건 아니었다. 손님에게 뭐라고 말해야 할까 하고 자문할 필요는 없었다. 이 질문에는 이미 대답이 준비되어 있었다. 그 사람이 그녀에게 뭐라고 할지 그게 흥미로운 쟁점이었다. 조금도 마음을 달래주는 말은 아니리라. 그렇게 생각할 충분한 이유가 있었고, 그리고 이런 확신이 그녀의 이맛살을 찌푸리게 한 게 분명했다. 하지만 그외에는 모든 것이 명료했다. 탈상한 후라 그녀는 광택이 나는 눈부신 의상을 걸치고 있었다. 나이가 아주 많이 들었다는, 그래서 골동품상이 수집한 진기한 소장품처럼 '더 가치가 생긴 듯' 기분이 들었다. 어쨌든 하인이 드디어 쟁반에 명함을 담아 들고 왔기 때문에 더이상 막연한 불안감에 시달리지 않아도 됐다. "신사분께 들어오시라고 하세요." 이렇게 말한 그녀는 하인이 나가고 난 다음에도 계속 창밖을 내다보았다. 곧 방에 들어온 사람이 문 닫는 소리를 듣고 난 다음에야 그녀는 고개를 돌렸다.

캐스퍼 굿우드가 거기 서 있었다. 거기 서서 그는 잠시 무미건조하게 빛나는 그녀의 눈길을 머리서부터 발끝까지 받았다. 그 눈길은 안부를 묻기보다는 유보하는 것 같았다. 이저벨이 성숙한 만큼 그도 성숙했는지 여부는 곧 알 수 있으리라. 당장은 이저벨의 빈틈없는 눈에 세월의 흔적이 조금도 드러나지 않았다는 사실 정도만 짚어두자. 곧고 강하고 단단한 그의 외양에는 젊음이나 노쇠를 단정적으로 가리키는 흔적이 없었다. 그에게 어린아이의 순진함과 노인의 쇠약함이 없다면, 삶에 적용할 수 있는 인생관도 없으리라. 그의 턱은 예전처럼 의지의 틀을 유지했다. 하지만 지금과 같은 위기 국면에서는 물론 완강한 느낌이 더해졌다. 그는 힘든 여행을 한 사람 같았다. 처음에는 숨이 찬 듯 아무 말도 하지 않았다. 그 사이에 이저벨은 이렇게 속으로 생각할 시간을 벌었다. '가엾은 친구, 정말 대단한 일을 할 수 있는 사람인데, 그 장한 힘을 이렇게 형편없이 낭비하다니! 모든 사람을 다 만족시킬 수 없다는 건 참 애석한 일이야!' 그 이상을 할 수 있는 시간, 1분쯤 지나고 나서 그녀는 "오시지 않았으면 하고 얼마나 바랐는지 몰라요"라고 말할 시간도 있었다.

"분명히 그렇겠지." 그리고 그는 어디 앉을까 둘러보았다. 그냥 온 게 아니라 자리를 잡을 기세였다.

"정말 피곤하겠어요." 의자에 앉은 이저벨이 딴에는 너그럽게 말문을 열 기회를 주었다.

"아니, 조금도 피곤하지 않아요. 내가 피곤한 걸 본 적이 있소?"

"한번도 없죠. 봤으면 좋았을걸! 언제 도착했나요?"

"어젯밤 늦게, 특급이라고 부르는 달팽이 속도의 기차를 타고 왔소. 이딸리아 기차들은 미국의 장례식 차량 속도로 가더군."

"앞뒤가 맞네요. 날 묻으러 오는 기분이었을 테니까!" 그리고 현 상황을 거북하게 받아들이지 말라는 듯이 억지웃음을 지었다. 그녀는 이 문제를 충분히 따져봤고, 그녀가 신의를 배반한 것도, 약속을 어긴 것도 아니라고 확신했다. 그럼에도 그가 두려웠다. 그녀는 두려움을 느낀다는 사실이 부끄러웠지만, 그것 말고는 부끄러울 게 없음을 진심으로 감사하는 마음이었다. 그는 뻣뻣하고 집요하게 그녀를 주시했다. 둔감한 듯한 검은 눈빛이 몸으로 짓누르듯이 압박할 때는 특히 요령이라고는 전혀 없는 집요함이 느껴졌다.

"아니오, 그런 기분이 아니었소. 당신을 죽은 사람으로 생각할 수는 없었소. 그럴 수 있었으면 좋을 텐데." 그가 솔직하게 털어놓았다.

"대단히 고맙네요."

"당신이 다른 남자와 결혼한다는 생각을 하니 차라리 죽은 셈 치는 게 낫지."

"정말 이기적이군요!" 그녀는 진짜 확신에 찬 듯이 받아쳤다. "당신은 행복하지 않더라도 다른 사람들은 행복할 권리가 있어요."

"이기적인 게 맞겠소. 하지만 그렇게 말해도 상관없소. 어떤 말을 해도 이젠 개의치 않소. 아무런 느낌도 없으니까. 당신이 생각해 낼 수 있는 가장 잔인한 말도 겨우 바늘로 콕 찌르는 정도에 불과할 거요. 그런 일을 당하고 나니 아무것도 느낄 수 없더군. 그 일 빼고는 아무것도. 그건 평생 느낄 테니까."

침착하게 감정을 배제한 주장들을 천천히 제시하는 굿우드의 딱딱한 미국적인 억양은 본래 투박한 말에 감정을 실어 부드러워지지 않았다. 그의 말투가 이저벨의 마음을 움직이기보다는 노염을 불러일으켰다. 하지만 자신을 제어할 이유가 하나 더 생겼다는 점에서 화가 난 것이 다행이었다. 자제력을 발휘해야 한다는 압박감을 느끼면서 잠시 후 그녀가 뜬금없는 질문을 했다. "언제 뉴욕을 떠난 건가요?"

그는 계산을 하려는 듯 고개를 젖혔다. "십칠일 전이군."

"기차가 느린데도 꽤 빨리 온 거네요."

"최대한 빨리 왔지. 할 수만 있었으면 닷새 전에 왔을 거요."

"그래도 달라질 건 없어요, 굿우드 씨."

"당신에게는 그렇겠지. 하지만 내 경우는 다르오."

"그래도 얻을 게 없을 텐데요."

"그건 내가 판단할 문제지!"

"물론이죠. 그래봐야 당신만 괴로울 따름이에요." 그러면서 화제를 바꾸기 위해 그녀는 헨리에타 스택폴을 만난 적이 있느냐고 물었다. 그는 헨리에타 스택폴 얘기나 하자고 보스턴에서 피렌쩨까지 온 건 아니라는 표정을 지었다. 하지만 미국을 떠나기 직전에 그녀와 만났다고 분명히 대답했다. 그러자 이저벨이 물었다. "당신을 만나러 왔던가요?"

"그렇소, 보스턴에 왔다고 사무실로 전화를 했더군. 당신 편지를 받은 바로 그날이었소."

"헨리에타에게 여기 온다는 말을 했나요?" 이저벨은 약간 걱정스럽게 물었다.

"아, 아니오," 캐스퍼 굿우드가 간략하게 답했다. "그러고 싶지 않았소. 곧 소식을 듣겠지. 그 친구는 모든 걸 듣는 사람이니까."

"내가 편지로 알릴 거예요. 그럼 편지로 야단을 치겠죠." 다시 웃으려 노력하면서 이저벨이 말했다.

그래도 굿우드는 엄숙하고 진지한 표정을 바꾸지 않았다. "곧 이곳으로 올 거요."

"날 야단치려고?"

"글쎄, 유럽을 속속들이 보지 못했다고 생각하는 것 같았소."

"말해줘서 고마워요." 이저벨이 말했다. "단단히 준비를 해둬야겠군요."

마룻바닥만 바라보던 굿우드가 이윽고 눈길을 들고 물었다. "그친구도 오즈먼드 씨를 알고 있소?"

"안면은 조금 있지만, 좋아하지 않아요. 물론 헨리에타 좋으라고 내가 결혼하는 건 아니니까." 그녀가 덧붙였다. 이저벨이 스택폴 양의 의견을 존중하려고 조금 더 노력했다면 가엾은 굿우드의 기분이 좀 나았을 것이다. 하지만 그 말은 하지 않았다. 조금 있다가 언제 결혼식을 치를 예정인지 물었을 따름이다. 이 질문에 그녀는 아직 모른다고 답했다. "곧 식을 올릴 거라는 말밖에는 못하겠네요. 당신과 오즈먼드 씨의 오랜 친구를 빼고는 아직 아무에게도 말하지 않았거든요."

"친척들이 달가워하지 않을 결혼이오?" 그가 다그쳤다.

"그건 전혀 모르겠네요. 앞에서도 말했지만 친척들을 위해 결혼하는 건 아니니까."

그는 감탄사나 논평 없이, 상대방에 대한 배려도 없이 질문만 했다. "그럼 길버트 오즈먼드는 누구고 뭘 하는 사람이오?"

"누구고 뭘 하느냐고요? 무명씨고 아무 일도 안 해요. 하지만 아주 훌륭하고 아주 존경할 만한 사람이에요. 사업가는 아니고요." 이저벨이 말했다. "부자도 아니에요. 특별히 이름을 날릴 무슨 일을 한 사람도 아니고."

그녀는 굿우드의 질문이 싫었다. 하지만 가능한 한 그를 만족시켜야 할 의무가 있다고 생각했다. 그럼에도 가엾은 굿우드는 별로 만족하는 표정이 아니었다. 그는 똑바로 앉아 그녀를 주시했다.

"어디 출신이오? 어디 사는 사람이오?"

그가 미국식 억양으로 '출신'을 발음하는 것이 그렇게 듣기 싫은 적이 없었다. "어디 출신이라고 할 수가 없네요. 평생을 대부분 이딸리아에서 보냈어요."

"편지에는 미국인이라고 말했잖소. 고향이 없는 건가?"

"미국인이지만, 고향을 기억하지 못해요. 아주 어렸을 때 떠났으니까요."

"미국에 돌아간 적이 없다는 거요?"

"왜 돌아가야만 하는데요?" 이저벨이 한껏 방어적으로 얼굴을 붉히며 물었다. "그 사람은 직업이 없어요."

"그냥 여행 삼아 가볼 수도 있잖소. 미국을 좋아하지 않는가보군?"

"알지를 못하는걸요. 게다가 아주 조용하고 소박한 삶을 사는 사람이라서 이딸리아에 자족하며 살아요."

"이딸리아에서 당신과 함께 자족하며 산다?" 굿우드가 침울한 목소리로 간략하게, 경구를 만들려는 시도도 없이 말했다. "그가 해놓은 일이 뭐요?" 그가 퉁명스레 덧붙였다.

"내가 결혼을 결심할 만큼 해놓은 일이 뭐냐고요? 아무것도 없죠." 이렇게 대답하는 동안 이저벨은 조금 뻣뻣하게 굴면서 인내심을 지켰다. "그 사람이 대단한 일을 했다면 용서하기 쉬웠을까요? 날 포기해요, 굿우드 씨. 전 완전히 별 볼 일 없는 사람과 결혼해요. 그 사람에게 관심을 가지려고 하지 마세요. 관심 가질 게 없으니까요."

"내가 그 사람 진가를 알아보지 못한다는, 그런 뜻으로 하는 말인 거겠지. 그리고 그 사람이 별 볼 일 없는 사람이라는 말도 전혀 진심이 아니고. 당신은 그 사람이 대단하다고, 위대하다고 생각하니까. 아무도 그렇게 생각하지 않지만."

이저벨의 안색이 변했다. 정말 예리한 통찰이라는 생각이 들었다. 섬세하다고 생각한 적이 없는 사람의 감각이 열정의 힘을 빌려서 정말 예민해질 수 있구나 하는 생각이 들었다. "왜 늘 다른 사람이 어떻게 생각하느냐로 돌아가는 거죠? 오즈먼드 씨를 두고 당신과 대화를 나눌 수는 없겠네요."

"물론 할 수 없겠지." 굿우드는 순순히 인정했다. 그리고 이것이 사실일 뿐 아니라 그외에는 다른 이야기를 할 수 없는 것처럼 그들은 뻣뻣한 무력감을 풍기며 앉아 있었다.

"내가 줄 수 있는 게 없다는 걸," 그러자 그녀가 갑자기 목소리를 높였다. "위로나 만족을 줄 수 없다는 걸 알잖아요."

"당신이 뭘 해주리라 기대하지 않았소."

"그럼 왜 왔는지 이해할 수 없네요."

"내가 온 건 당신을 한번 더 보고 싶어서요. 그냥 있는 그대로라도."

"고맙군요. 하지만 좀 기다렸다면, 조만간 만났을 게 분명하고, 지금보다는 서로에게 유쾌한 만남이 됐을 거예요."

"결혼하고 난 다음까지 기다리지 그랬느냐고? 그렇게는 하고 싶지 않았소. 그럼 달라졌을 테니까."

"달라질 게 별로 없죠. 당신의 좋은 친구로 남았을 텐데요. 두고 봐요."

"그건 더 견딜 수 없을걸." 굿우드가 완강하게 말했다.

"아, 양보라곤 모르네요! 단념시키기 위해 당신을 싫어하겠노라고 말할 수는 없어요."

"싫어해도 할 수 없지!"

이저벨은 짜증을 억누르는 듯한 몸짓으로 일어나 창가로 가서 잠시 밖을 내다보았다. 몸을 돌렸을 때도 손님은 미동도 하지 않고 자리에 앉아 있었다. 그녀는 그에게 다가서다 멈춰서 방금 일어선 의자의 등에 손을 올려놓았다. "단지 내 얼굴을 보겠다고 왔다는 말인가요? 나보다는 당신을 위한 일이었겠네요."

"당신 목소리를 듣고 싶었소." 그가 말했다.

"이제 목소리를 들었고, 듣기 좋은 소리가 아니라는 걸 알았겠군요."

"그래도 여전히 내게 기쁨을 주고 있소." 이 말을 하고 그는 일어섰다.

그날 일찍, 피렌쩨에 도착했는데 괜찮다면 1시간 내에 만나러 오겠다는 굿우드의 전갈을 받고 그녀는 심란하고 불쾌했다. 그가 보낸 심부름꾼에게 오고 싶을 때 오라고 구두로 전하기는 했지만 짜증이 솟구치고 속이 상했다. 그를 보고 난 다음에도 기분이 나아지지 않았다. 도대체 그가 거기 있다는 사실 그 자체에 견디기 힘든 뜻이 들어 있었다. 그의 존재는 그녀가 동의할 수 없는 것, 권리와 비난, 항의와 질책과 그녀의 목표를 수정하게 만들겠다는 기대를 암시했다. 하지만 이런 것들이 암시되었을 뿐, 표현되지는 않았다. 그래서 이상한 말이지만, 우리의 젊은 숙녀는 손님의 남다른 자제력에 화가 나기 시작했다. 그가 말로 나타내지 않는 비참함이 짜증을 불러일으켰고 분노를 자제하는 남자다움이 심장을 더 빨리 뛰게 만들었다. 그녀는 마음의 동요를 느꼈고, 잘못한 사람이 외려

화를 내는 격으로 그렇게 화가 난다는 생각이 들었다. 그녀는 잘못하지 않았다. 다행히도 그런 쓰라린 사실은 받아들이지 않아도 된다. 그럼에도 그가 자기를 조금은 대놓고 비난하기를 바랐다. 무의미하고 부적절한 그의 방문이 짧게 끝나기를 원했지만, 그가 돌아설 기색을 보이자 그녀는 한달 전 조심스럽게 단어를 골라 약혼 사실을 밝히는 편지에서 쓴 것 외에는 자신을 변호할 단 한마디도 입 밖에 내지 못하고 말았다는 사실에 가슴이 덜컹 내려앉았다. 하지만 그녀가 잘못하지 않았다면, 대체 왜 자기변호의 필요성을 느끼는 건가? 이저벨 입장에서 굿우드가 화풀이를 하길 바란다면 지나친 아량을 베푸는 격이다. 그리고 그때까지 그가 감정을 완전히 자제하지 않았더라면, 그녀가 느닷없이 — 자기를 비난했다고 그를 비난하듯이 — 목청을 높이는 걸 듣기 위해서리라. "난 당신을 속이지 않았어요! 난 완전히 자유였으니까."

"맞는 말이오. 알고 있소."

"내 마음 가는 대로 할 거라고 충분히 경고도 했어요."

"결혼 자체를 하지 않을 것처럼 말했지. 당신이 너무나 확신하는 것 같아서 곧이곧대로 믿어버렸소."

그녀는 잠시 그 점을 고려했다. "나도 내가 지금 이렇게 결혼하게 될 줄은 꿈에도 몰랐어요."

"약혼 소식을 듣더라도 믿지 말라고 당신 입으로 말했지." 굿우드가 말을 이었다. "이십일 전에 당신 편지를 받고 그 말을 떠올렸소. 뭔가 착오가 생겼을 수 있다는 생각이 들었지. 내가 온 건 그 때문이기도 하고."

"내 입으로 다시 듣기를 원한다면 그렇게 하죠. 조금의 착오도 없었어요."

"이 방에 들어서자마자 그건 알겠더군."

"내가 결혼을 하지 않는다고 당신에게 좋을 게 뭐가 있겠어요?" 그녀는 약간 사납게 덤벼들었다.

"난 당신이 미혼으로 남아 있는 쪽이 좋소."

"전에도 말했지만 당신은 아주 이기적이에요."

"그건 나도 알지. 무쇠처럼 이기적이지."

"무쇠도 녹을 때가 있어요! 말이 통해야 다시 만나든 하죠."

"지금 내가 말이 안 통한다는 말이오?"

"뭐라고 해야 할지 모르겠네요." 그녀는 갑자기 유순하게 대답했다.

"당신을 오래 괴롭히지는 않을 거요." 젊은이가 말을 이었다. 그는 문 쪽으로 한걸음 떼었다가 멈춰섰다. "여기까지 온 또다른 이유는 마음이 바뀐 이유를 당신이 어떤 식으로 해명하는지 들어보기 위해서였소."

유순한 태도가 갑자기 사라졌다. "해명이라고? 내가 당신에게 해명해야 한다고 생각하나요?"

그는 예의 무표정으로 그녀를 뚫어져라 쳐다보았다. "당신은 아주 단정적으로 말했소. 그래서 믿었던 거요."

"나도 그렇게 믿고 한 말이었어요. 내가 해명하려고 들면 해명할 수 있을 거라고 생각해요?"

"아니, 못하겠지. 그럼," 그가 덧붙였다. "난 이제 내가 하고 싶은 일은 했소. 당신을 봤으니까."

"끔찍한 대서양 횡단을 대수롭지 않게 여기네요." 이윽고 이렇게 대꾸했지만 미흡했다는 느낌이 들었다.

"내가 어떤 식으로든 제정신을 못 차릴까봐 걱정된다면 마음 놓아도 좋소." 그는 이번에는 본격적으로 등을 돌렸다. 둘은 악수나 어떠한 작별인사도 나누지 않았다. 문간에서 손잡이를 잡은 채 그가 멈춰섰다. "내일 피렌쩨를 떠날 거요." 그는 목소리를 떨지 않고 말했다.

"기쁜 소식이네요!" 울컥 화가 치민 그녀가 응수했다. 그가 나가고 5분 후 그녀는 울음을 터뜨렸다.

33장

한바탕 울음이 터졌지만 곧 잦아들었고, 1시간 뒤 이모에게 약혼 사실을 공표했을 때는 그 흔적도 남아 있지 않았다. 내가 이런 표현을 쓴 까닭은 이모가 기뻐할 소식이 아님을 그녀가 확신하고 있었기 때문이다. 이저벨이 이모에게 알리는 걸 미룬 까닭은 오로지 굿우드를 만나고 나서 말하려고 했기 때문이다. 굿우드가 무슨 말을 하는지 듣고 난 다음에야 약혼 사실을 공개하는 게 사리에 맞다는 묘한 생각이 들었던 것이다. 예상과 달리 그가 말을 많이 하지 않은 터라 이제는 시간만 허비했다는 다소 분한 마음이 들었다. 하지만 이젠 시간을 더 허비하지 않으리라. 그녀는 정오 오찬에 맞춰 터칫 부인이 응접실에 들어오기를 기다렸다가 말을 꺼냈다. "이모, 드릴 말씀이 있어요."

터칫 부인은 조금 움찔하더니 거의 사납게 그녀를 노려보았다. "말할 필요 없다. 무슨 일인지 알고 있으니까."

"어떻게 아시는지 모르겠네요."

"창문 열린 걸 외풍으로 알게 되는 것과 같은 이치다. 넌 그 남자랑 결혼하려는 거야."

"어떤 남자를 말씀하시는 건가요?" 이저벨이 근엄하게 물었다.

"마담 멀의 친구, 오즈먼드 씨 말이다."

"왜 그 사람을 마담 멀의 친구라고 부르시는지 모르겠네요. 주로 그렇게 알려졌나보죠?"

"그 사람이 그 여자의 친구가 아니라면 친구로 삼아야 마땅하지. 큰일을 해주었으니!" 터칫 부인이 큰 소리로 말했다. "그런 일을 벌일 사람으로는 안 봤는데, 실망했다."

"제 약혼에 마담 멀이 관여했다고 생각하신다면 오해예요."

"네 매력만으로 충분해서 그 신사를 부추길 필요가 없다는 뜻이니? 맞는 말이네. 네 매력은 엄청나지. 마담 멀이 그자를 부추기지 않았다면 언감생심 널 넘보지 못했을걸. 자기 자신을 아주 높이 평가하지만, 귀찮은 일을 할 작자는 아니야. 마담 멀이 그 사람을 위해 수고해준 거지."

"그 사람도 아주 많이 노력했어요!" 이저벨이 자기도 모르게 웃음을 터뜨렸다.

터칫 부인은 민첩하게 머리를 까딱했다. "그랬겠지. 네가 그 사람을 아주 좋아하게 만들었으니."

"까다로운 이모 마음에도 든 사람 아니었나요?"

"한때 그랬지. 그래서 괘씸하다는 생각이 든다."

"제게 화를 내세요. 그 사람 말고요." 처녀가 말했다.

"아, 네게는 언제까지라도 화를 낼 거야. 그래도 성이 차지 않을 걸! 이러려고 워버턴 경의 청혼을 거절한 거냐?"

"제발 그 이야기로 돌아가지 마세요. 다른 사람들도 오즈먼드 씨를 좋아했는데, 왜 저는 좋아하면 안된다는 거예요?"

"다른 사람들은 가장 열광적인 순간에도 그와 결혼하고 싶어하지 않았다. 내세울 게 '아무것'도 없으니까." 터칫 부인이 설명했다.

"그럼 제게 해를 끼치지도 않겠죠." 이저벨이 말했다.

"네가 행복할 수 있을 거라고 생각하니? 그런 식으로는 아무도 행복할 수 없다는 걸 알아야지."

"제가 새로운 유행을 만들면 되겠네요. 사람들이 왜 결혼하는데요?"

"네가 뭣 때문에 결혼하는지 아무도 모를 거다. 사람들은 가정을 이루기 위해 동맹을 맺지. 네 경우는 네가 모든 걸 다 대줘야 할 거야."

"오즈먼드 씨가 부자가 아니라고 이러시는 거예요? 그런 말을 하시고 싶은 건가요?"

"돈도 없고, 명성도 없고, 유력 인사도 아니야. 난 그런 것에 가치를 부여하고 그렇게 말할 수 있는 용기도 있어. 그런 게 아주 소중하다고 여기지. 대부분의 사람들도 같은 생각이고 그에 따라 행동하지. 다만 다른 이유를 댈 뿐이야."

이저벨은 잠시 망설였다. "전 소중한 모든 걸 소중하게 여겨요. 돈에 아주 관심이 많기 때문에 오즈먼드 씨에게 돈이 좀 있으면 좋겠다 생각한 거예요."

"그럼 그 사람에게 돈을 줘버려. 결혼은 다른 사람과 하고."

"저는 그런 집안에 시집가는 걸로 충분해요." 처녀가 말을 이었다. "아주 예쁜 성이잖아요. 우리 집안은 뭐 그렇게 대단한가요?"

"대단하지 않으니까 대단하게 만들어야지. 미국에는 명문이라고 할 만한 집안이 열두어개밖에 없잖니. 자선을 베풀려고 결혼하는 거니?"

"이모, 말씀드리는 게 제 의무이기는 한데 설명드릴 의무까지는 없다고 생각해요. 설명드리는 게 의무라 하더라도 할 수 없을 거예요. 그러니까 따지지 않으셨으면 좋겠어요. 이 문제를 갖고 이야기하는 것 자체가 절 불리한 입장에 서게 만들어요. 이야기할 수 없는 문제거든요."

"따지는 게 아니다. 단지 내 생각을 말할 따름이야. 나도 생각이 있다는 걸 보여줘야지. 그러려니 짐작을 했지만 아무 말도 하지 않았다. 난 절대 간섭하고 나서지 않으니까."

"절대 참견하지 않으시죠. 아주 감사하게 생각해요. 사려가 깊으셨어요."

"사려가 깊어서가 아니야. 내 속 편하자고 그랬다." 터칫 부인이 말했다. "하지만 마담 멀에게는 한마디 해줄 거다."

"왜 자꾸 그분을 끌어들이시는지 모르겠네요. 제 좋은 친구가 되어주셨어요."

"그렇겠지, 하지만 내게는 좋은 친구가 아니었다."

"이모에게 무슨 잘못을 했는데요?"

"날 속였지. 네 약혼을 막겠다고 약속한 거나 다름없었어."

"마담 멀이 막을 수 없는 일이었어요."

"무슨 일이라도 할 수 있는 여자야. 그 점이 늘 마음에 들었지. 그 사람이 어떤 역할도 연기할 수 있다는 건 알고 있었어. 하지만 한번에 하나씩만 하는 줄 알았지, 두가지 역할을 동시에 할 줄은 몰랐다."

"이모 앞에서 어떤 역할을 연기했는지는 모르겠는데요." 이저벨이 말했다. "그건 두분 문제고요. 제게는 정직하고 친절하고 헌신적이었어요."

"물론 헌신적이었겠지. 자기가 내세운 후보와 네가 결혼하기를

원했으니까. 나한테는 사태의 진전을 막기 위해 예의 주시하고 있
다고 했었고."

"이모의 기분을 맞추려고 한 말이었겠죠." 처녀가 대답했지만,
충분한 설명이라는 생각은 들지 않았다.

"날 속여서 내 기분을 맞추려고 했다는 거냐? 그 여자는 날 그렇
게 모르지 않아. 오늘 내 기분이 좋아 보이니?"

"이모는 기분 좋은 적이 거의 없잖아요." 이저벨은 별수 없이 이
렇게 대꾸했다. "사실이 밝혀질 걸 마담 멀도 아는데, 이모에게 거
짓말해서 뭘 얻으려고요?"

"너도 알다시피 시간을 벌었지. 나서서 막아주겠거니 내가 기다
리는 동안 너는 행진을 계속했고, 그 여자가 사실상 북도 치고 장
단도 맞춘 거지."

"그렇다 쳐요. 하지만 이모 스스로 인정한 대로 제가 행진하는
걸 보셨고, 마담 멀이 경종을 울렸다 하더라도 절 말리려고 나서지
않으셨을 거잖아요."

"안 나섰겠지. 하지만 다른 누군가가 나섰겠지."

"누구 말씀이세요?" 이저벨은 이모를 빤히 쳐다보면서 물었다.

반짝거리는 작은 눈을 늘 그렇듯 계속 깜빡거리면서 터칫 부인
은 이저벨의 눈길을 되받아치기보다는 붙잡아두었다. "랠프의 말
이라면 들었을까?"

"오빠가 오즈먼드 씨를 험담했다면 듣지 않았을 거예요."

"랠프는 험담하지 않아. 너도 그건 잘 알잖니. 걔가 널 얼마나 아
끼는데."

"알고 있어요." 이저벨이 말했다. "그리고 이제 그 애정의 진가
를 알 수 있겠죠. 제가 무슨 일을 하면 오빠는 그럴 만한 이유가 있

다고 생각할 거예요."

"네가 이런 짓을 할 거라고는 상상도 못했을 거다. 난 네가 그럴 수도 있다고 했지만 반박하더라."

"말씨름하는 재미로 그랬을 거예요." 처녀가 웃었다. "그런데 오빠가 이모를 속였다고는 비난하지 않으시면서 왜 마담 멀은 비난하시는 거죠?"

"걔는 결혼을 막겠다고 한 적은 없지."

"정말 기쁜 소식이네요!" 이저벨이 명랑하게 말하면서 곧 덧붙였다. "오빠가 오면 제일 먼저 제 약혼 사실을 알려주세요."

"물론 알려줘야지." 터칫 부인이 말했다. "이 결혼에 관해 네게는 더이상 아무 말도 하지 않겠다만, 다른 사람들과는 화제를 삼을 테니 그렇게 알고 있어."

"좋으신 대로 하세요. 제 말은 약혼 발표를 저보다 이모가 해주시는 게 더 좋겠다는 뜻이에요."

"동감이다. 그게 훨씬 적절한 처신이지!" 그리고 나서 이모와 조카는 아침식사를 하러 갔는데, 그곳에서 터칫 부인은 약속한 대로 길버트 오즈먼드에 대해 한마디도 하지 않았다. 하지만 잠시 침묵이 흐르고 난 다음 그녀는 이저벨에게 1시간 전에 방문한 손님에 대해 물었다.

"옛날 친구, 미국 신사예요." 이저벨이 얼굴을 붉히면서 말했다.

"물론 미국 신사지. 아침 10시에 방문하는 사람은 미국 신사밖에 없다."

"10시 반이었고요. 아주 일정이 바빠서요. 오늘 저녁에 떠나거든요."

"어제, 사람들이 으레 방문하는 시간에 올 수는 없었다니?"

"어제저녁에 도착한걸요."

"피렌쩨에 하루만 머물다 간다는 말인가?" 터칫 부인이 외쳤다. "정말 미국 신사답구나."

"정말 그래요." 이저벨은 캐스퍼 굿우드가 자기를 위해 한 일에 삐뚤어진 경의를 표하면서 말했다.

이틀 후 랠프가 도착했다. 이저벨은 터칫 부인이 이 중차대한 사실을 아들에게 즉각 알렸으리라고 확신했지만, 그는 알고 있다는 내색을 하지 않았다. 당연히 그의 건강이 즉각 화제가 되었다. 이저벨은 코르푸에 관해 질문할 게 많았다. 그녀는 방으로 들어서는 그의 모습에 충격을 받았다. 병색이 얼마나 짙은지 잊고 있었던 것이다. 코르푸에서의 요양에도 불구하고 그날 그는 아주 아파 보였다. 병세가 진짜 악화됐는지, 아니면 병자와 같이 사는 게 생소해져서 실제보다 더 아파 보이는 건지 알 수 없었다. 가엾은 랠프는 나이를 먹으면서 아름다움의 일반적인 기준과 더 멀어졌다. 건강을 완전히 잃음으로써 타고난 이목구비의 특이함이 완화되지도 않았다. 형편없이 여위고 기진맥진한 상태였지만, 그는 여전히 반응이 빨랐고 여전히 반어법을 구사했다. 얼굴은 종이로 덕지덕지 기운 호롱불을 떨리는 손으로 잡고 있는 듯한 느낌을 주었다. 성긴 구레나룻은 깡마른 뺨을 초췌하게 만들었고, 심하게 휜 코는 윤곽을 더 날카롭게 드러냈다. 완전히 뼈만 남아서 조임이 풀린 뼈마디가 우연히 접점을 이룬 듯 큰 키를 겨우 지탱했다. 밤색 벨벳 재킷은 사시사철 입는 옷이 되어버렸고, 언제나 주머니에 두 손을 찌른 채 발을 질질 끌면서 비슬비슬, 허청허청 걷는 모습은 극도의 육체적인 무력감을 드러냈다. 이 괴상한 걸음걸이가 어느 때보다 그가 유머러스한 성격의 환자임을, 자신의 장애를 포함해 모든 걸 농담으로 일반화할 수 있는 환자임을 말해주었다. 사실 랠프에게 그런 장애는 진지해질 수 없는 주요한 원인이라고 해도 무방할 텐데, 그렇게 해서 자신이 아직 살아 있는 이유를 더이상 설명할 수 없는 세상에 대해 자기 나름의 입장을 취한 것이다. 이저벨은 그의 못생긴 외모를 사랑하게 됐고, 어색한 거동을 애틋하게 여기게 되었다. 이런 면모들은 연상 작용을 통해 기분 좋은 느낌을 불러일으켰고, 바로 그런 요건 때문에 그가 매력적이라고들 한다는 생각이 들었다. 그녀에게 그는 너무 매력적이라 이제까지는 그가 아프다는 사실을 받아들이는 데 위안 비슷한 걸 느꼈다. 그의 건강 상태는 한계라기보다는 일종의 지적인 우월성으로 보였다. 모든 직업적이고 공식적인 삶의 감정에서 면제된 그는 오로지 사적인 존재로 남는 사치를 즐겼다. 그 결과 나타난 인물이 너무나 유쾌해서 질병이 생기를 빨아먹는다는 상투적인 생각에 반론을 제기하는 증거가 되었다. 끔찍하게 아픈 상태를 받아들인 건 틀림이 없지만, 공식적으로 병자가 되는 건 어쨌든 모면한 셈이다. 사촌 오빠에 대한 처녀의 인상은 이러했다. 그녀는 곰곰이 생각해보고 나서야 그를 동정했고, 그럴 때가 많다보니 이미 상당한 양의 동정심을 그에게 바쳤다. 그러나 그녀는 그 진수를 낭비할까봐 늘 겁이 났다. 동정심은 소중한 품목이라 다른 누구보다 베푸는 사람에게 더 가치가 있는 법이다. 하지만 이제 가엾은 랠프의 수명을 보통 그렇게 하듯 융통성 있게 잡을 여지가 없다고 인식하는 데 대단한 섬세함이 필요하지 않았다. 똑똑하고, 자유롭고, 아량이 넓고, 지혜의 통찰을 모두 갖추었으면서도 전혀 현학적이지 않은 사람이 비참하게 죽어가고 있었다.

이저벨은 어떤 사람들에게는 삶이 정말이지 힘겹다는 사실을 새삼 깨달았고, 자신에게는 이제 약속된 삶이 편안하게 펼쳐질 거라고 생각하면서 부끄러움에 얼굴이 달아오르는 걸 느꼈다. 그녀는 랠프가 자기의 약혼을 기뻐하지 않으리라는 사실을 받아들일 마음의 준비를 했다. 하지만 그를 향한 애틋한 마음에도 불구하고 그 때문에 분위기를 망치게 내버려두겠다는 마음의 준비는 하지 않았다. 함께 기뻐하지 않는 오빠를 원망하지 않겠다고, 적어도 그녀는 그렇게 생각했다. 그녀가 결혼의 방향으로 한걸음이라도 내딛으면 흠을 잡는 게 그의 특권이요, 정말이지 당연한 노선이다. 사촌 오빠란 언제나 사촌 여동생의 남편을 싫어한다. 그것은 예로부터 이어져온 전통이다. 여동생이 예뻐 죽겠다고 말하고 다니는 사촌 오빠는 다 그렇게 마련이다. 랠프는 비판을 빼면 시체다. 물론 같은 값이면 누구보다도 사촌 오빠 마음에 드는 결혼을 하겠지만, 그녀의 선택이 그의 견해와 맞아떨어지는 데 중요성을 부여하는 건 어불성설이다. 오빠의 견해라는 게 결국 뭔가? 워버턴 경과의 결혼을 반겼을 것처럼 말했지만, 그건 그녀가 그 훌륭한 남자의 청혼을 거절했기 때문이다. 그의 청혼을 받아들였다면 랠프 오빠는 분명 딴소리를 했을 터, 그는 언제나 반대 입장을 취한다. 사람들은 어떤 결혼도 비판할 수 있다. 결혼의 본질은 비판에 노출되어 있다는 것이다. 그녀도 자신의 결혼에, 그럴 마음을 먹기만 한다면, 얼마든지 비판적인 태도를 취할 수 있다! 하지만 자신은 달리 할 일이 있으니 랠프 오빠가 비판하겠다고 나선다면 대환영이다. 이저벨은 아주 참을성 있고 아주 너그럽게 랠프를 대할 준비가 되어 있었다. 그가 이런 분위기를 감지한 건 분명했다. 그러니 입을 다물고 있는 게 더 이상했다. 그가 약혼을 언급하지 않고 사흘이 지나자 그녀는 기다리는 데 지쳤다. 싫기야 하겠지만, 그래도 형식을 갖추는 게 낫지 않은가. 이 사촌 여동생보다 가엾은 랠프를 더 잘 알고 있는 우리로서는 빨라쪼 끄레셴띠니에 도착하고 내내 그가 마음속으로 대화의 여러가지 방식을 되짚어봤음을 믿어도 되리라. 터칫 부인은 사실상 이 중대 소식으로 인사말을 대신했는데, 어머니의 볼 키스보다 이 소식에 더 한기를 느꼈다. 랠프는 충격을 받았고 자괴감에 빠졌다. 예상이 빗나갔고, 그가 세상에서 가장 관심을 두고 있는 사람을 놓쳐버렸다. 그는 바위투성이의 개울에서 키 없는 배가 표류하듯 집 안을 떠돌아다니지 않으면, 긴 다리를 쭉 뻗고 고개를 뒤로 젖힌 채 모자를 눌러쓰고 정원 등의자에 앉아 있었다. 가슴 있는 데가 써늘했다. 이보다 더 싫을 수는 없었다. 뭘 할 수 있을까? 무슨 말을 해야 하나? 마음을 돌려놓을 수 없다면 기뻐하는 척이라도 할 수 있을까? 그녀의 마음을 돌려놓으려는 시도는 성공한다는 가정하에서만 해볼 만하다. 그녀가 납득할 때에만 교묘한 술책으로 그녀를 낚아버린 남자의 탐욕과 사악함을 납득시키려는 시도가 그럭저럭 신중한 행동이 되리라. 그렇지 않으면 자충수를 둔 꼴밖에는 안된다. 그는 진심으로 동조할 수도, 희망을 갖고 항변할 수도 없었다. 그 와중에도 약혼한 두사람이 매일 사랑의 맹세를 되풀이하고 있음을 그는 알고 있었다. 아니, 그러겠거니 했다. 그즈음 오즈먼드는 빨라쪼 끄레셴띠니에 오는 법이 거의 없었다. 하지만 이저벨은 그를 매일 다른 곳에서 만났다. 약혼 발표를 한 후에는 그렇게 해도 무방했기 때문이다. 이모가 못마땅해하는 일을 하는데 신세까지 질 수는 없기에 한달 단위로 빌린 마차를 타고 그녀는 아침마다 까시네[9]로 나갔다. 아침 이른 시간에 이 교외의 벌판에는 훼방꾼이 아무도 없었다. 우리의 젊은 숙녀는 그중 가장 조용

9 피렌쩨 외곽에 있는 대공원.

한 곳에서 애인과 만나 이딸리아의 잿빛 그늘을 거닐면서 나이팅
게일의 노랫소리를 들었다.

34장

어느날 아침, 점심 먹기 약 30분 전에 마차로 돌아온 이저벨은
빌라 안마당 앞에서 내려 큰 계단을 오르는 대신 안마당을 가로질
러 반대편 아치의 통로를 지나 정원으로 들어섰다. 그 순간 그보다
더 쾌적한 곳은 없을 것 같았다. 정오 즈음의 정적이 정원에 드리
웠고, 고요하게 에워싼 따뜻한 그늘이 정자를 널찍한 동굴처럼 보
이게 만들었다. 랠프는 윤곽이 분명하게 드러나는 어둠속 무도舞蹈
신의 대좌 아래 앉아 있었다. 베르니니[10]풍으로 날렵한 손가락과 옷
자락을 부풀리며 춤추는 정령이었다. 그의 몸이 축 처져 있어서 이
저벨은 그가 잠들었다고 생각했다. 풀밭 위의 가벼운 발걸음이 그
를 깨운 거 같지 않아서 발길을 돌리려고 하다가 잠시 그를 지켜보
았다. 그 순간 그가 눈을 떴고, 그녀는 오빠의 의자와 쌍을 이루는
투박한 의자에 마주 앉았다. 짜증이 나서 그의 무관심을 탓했지만,
그가 깊은 생각에 잠겨 있다는 분명한 사실을 간과한 건 아니었다.
하지만 이저벨은 그의 방심한 듯한 태도를, 점점 쇠약해지면서 느
끼는 무력감에다가 아버지에게서 물려받은 재산과 관련된 골칫거
리가 더해진 탓으로 돌렸다. 터칫 부인이 못마땅하게 생각하는 괴
팍한 결정에서 비롯된 골칫거리였는데, 이제는 은행의 다른 동업

---

10 조반니 로렌쪼 베르니니(Giovanni Lorenzo Bernini, 1598~1680), 바로끄 시대의
건축가·조각가.

자들도 반대하고 나섰다는 말을 이모에게서 들은 터였다. 피렌쩨가 아니라 영국으로 갔어야만 했다고 터칫 부인은 말했다. 그가 영국에 간 지 몇달도 더 됐고, 은행에는 빠따고니아[11]에 갖는 정도의 관심밖에 없다는 것이다.

"미안. 오빠를 깨우고 말았네요." 이저벨이 말했다. "너무 피곤해 보인다."

"너무 지친 느낌이야. 하지만 잠들지는 않았어. 네 생각을 하고 있었지."

"그래서 지쳤나봐요?"

"아주 많이. 결론이 나지를 않아. 길은 멀고 아무리 가도 끝이 보이지 않네."

"어떤 결론에 도달하고 싶은데요?" 양산을 접으면서 그녀가 물었다.

"네 약혼을 어떻게 생각하고 있는지 나 자신에게 제대로 설명해야 하니까."

"너무 많이 생각하지 마요." 그녀가 가볍게 응수했다.

"내가 상관할 문제가 아니라는 뜻인가?"

"맞아요, 어느 지점을 넘어서면 그래요."

"그 지점이 어디냐를 정하려는 거야. 내가 예의가 없다고 느꼈을 수도 있다는 생각은 했다. 널 축하해주지 않았으니까."

"물론 나도 그건 눈치챘지. 왜 오빠가 아무 말이 없나 궁금했으니까."

"꽤 많은 이유를 댈 수 있어. 지금 말해주지." 랠프가 말했다. 그

---

11 아르헨띠나 최남단의 황량한 지역.

는 모자를 벗어 바닥에 내려놓았다. 그러고 나서 바로 앉아 그녀를 지켜보았다. 그는 베르니니풍 조상으로 햇볕을 가리고 의자에 편하게 자리 잡은 다음 대리석 대좌에 머리를 기대고 팔을 양옆으로 내린 채 손을 널찍한 의자의 팔걸이에 올려놓았다. 그는 어색하고 불편해 보였고, 오래 머뭇거렸다. 이저벨은 아무 말도 하지 않았다. 사람들이 쩔쩔매면 대개는 딱한 마음이 들지만, 그녀의 중대한 결정을 존중하지 않는 발언을 하려는 랠프를 조금도 도와주지 않겠다고 마음을 다잡았다. "아직도 놀라움을 삭이지 못했어." 이윽고 그가 말했다. "네가 붙잡히는 걸 보게 되리라고는 생각 못했거든."

"왜 붙잡혔다고 말하는지 모르겠네."

"네가 새장에 들어가게 될 테니까."

"내가 새장이 좋다는데 오빠가 무슨 걱정이에요." 그녀가 대답했다.

"바로 그게 놀라워. 바로 그 점을 생각하고 있었지."

"오빠도 생각해봤다니 하는 말인데, 내가 얼마나 많이 생각해봤을지 짐작할 만하잖아요. 난 잘하고 있다는 확신이 섰어요."

"아주 많이 달라졌네. 일년 전의 넌 무엇보다 자유에 가치를 뒀어. 오직 세상을 알고 싶어했지."

"세상을 봤어요." 이저벨이 말했다. "이젠 세상이 그렇게 매혹적인 곳으로 보이지 않는다고 고백해야겠네요."

"나도 세상이 매혹적이라고 생각하진 않아. 다만 네 경우 긍정적인 관점에서 세상을 전체적으로 보려고 한다고 생각했지."

"그렇게 전체적인 관점을 가질 수 없다는 걸 알게 됐어요. 귀퉁이를 하나 잡아서 그곳을 가꿔야 하는 거예요."

"내 생각도 같아. 그러니까 가능한 한 좋은 귀퉁이를 골라잡아야지. 겨울 내내 네 유쾌한 편지들을 읽으면서 네가 고르고 있다는 생각은 정말 못했다. 넌 아무 말도 하지 않았고, 네 침묵이 날 방심하게 만들었지."

"오빠에게 편지로 쓸 내용은 아니잖아요. 게다가 어떻게 될지 알 수도 없었고. 최근에야 벌어진 일이에요. 그런데 오빠가 방심하지 않았더라면," 이저벨이 물었다. "어떻게 했을까?"

"좀더 기다려보라고 했겠지."

"뭘 기다리라는 거예요?"

"글쎄, 좀더 빛이 비출 때까지?" 이렇게 말한 랠프는 손을 주머니에 꾸겨넣으면서 다소 억지스럽게 웃었다.

"그 빛은 어디서 오는 거죠? 오빠에게서?"

"내가 불빛 한두개 정도는 밝힐 수 있었겠지."

이저벨은 장갑을 벗어 무릎에 올려놓고 판판하게 매만졌다. 표정이 우호적인 건 아니었으니 이런 온화한 동작은 우발적이라고 해야겠다. "에둘러 말하시네. 오즈먼드 씨가 싫다고 말하고 싶은데 겁이 나서 못하는 거잖아."

"상처를 입히고 싶지만 때리자니 겁이 난다?[12] 그 친구에게 상처를 줄 용의는 얼마든지 있어. 하지만 네게는 상처 주고 싶지 않아. 그가 아니라 네가 겁나는 거야. 네가 그 친구와 결혼한다면 괜한 말을 했다 싶을 테니까."

"'결혼한다면'이라니! 정말 날 설득해서 단념시킬 심산인가봐요?"

"물론 넌 아주 얼빠진 생각이라고 하겠지."

"천만에요," 이저벨이 잠시 후 말했다. "아주 감동적인걸요."

---

12 알렉산더 포프의 시 「아버스놋에게 보내는 서한」 1부 203행.

"그 말이 그 말이지. 내가 너무나 터무니없어서 날 측은하게 여긴다는 말이니까."

그녀는 다시 긴 장갑을 쓸어내렸다. "오빠가 날 아끼는 마음이 얼마나 큰지 알아요. 그 마음을 버릴 순 없죠."

"그런 생각은 하지도 마라. 내 마음을 잘 보이게 놔둬. 네가 잘되기를 얼마나 열렬하게 바라는지 확신하게 될 테니까."

"그런데 오빠는 날 정말 믿지 못하나봐!"

잠시 침묵이 흘렀다. 따뜻한 정오가 대화를 듣고 있는 것 같았다. "난 널 믿어. 하지만 그 사람은 믿지 않아."

그녀는 눈을 들어 뚫어져라 그를 바라보았다. "오빠는 지금 할 말을 했고, 그토록 분명하게 해줘서 기뻐요. 하지만 댓가를 치러야 할 거예요."

"네가 공정하다면 그렇게 되지 않을걸."

"난 아주 공정해요." 이저벨이 말했다. "오빠한테 화를 내지 않는 것보다 더 좋은 증거가 어디 있겠어? 왠지는 모르지만, 화가 나지는 않아요. 오빠가 이야기를 시작했을 때 화가 났지만 사그라졌어요. 화를 내야 할 것 같기도 해요. 오즈먼드 씨는 그렇게 생각하지 않겠지만요. 그 사람은 내가 모든 걸 알기 원해요. 그래서 내가 그 사람을 좋아하는 거예요. 오빠한테 무슨 이득이 있어서 이러는 게 아니라는 거 알아요. 미혼일 때 내가 오빠에게 너무 잘해서 결혼을 안했으면 하고 바랄 이유는 없다는 거죠. 오빠는 정말 좋은 조언을 해줘요. 자주 그래왔고. 아니에요, 나 아주 평온해요. 난 오빠의 지혜를 언제나 믿으니까." 그녀는 평정을 과시하면서 말을 이었지만, 고양된 기분을 억제하는 듯했다. 공정성을 견지하겠다는 게 그녀의 열렬한 욕망이었다. 이것이 랠프의 마음 깊은 곳에 와닿

왔다. 상처 입힌 동물에게 애무를 받는 듯 그를 감동시켰다. 그녀의 말을 가로막고 안심시키고 싶었다. 그 순간 그는 터무니없는 자가당착에 빠졌다. 앞서 한 말을 취소할 용의가 있었다. 하지만 그녀는 기회를 주지 않았다. 영웅적인 진로가 흘끗 보이자 그 방향으로 진군하고 싶었던 것이다. "오빠가 특이한 생각을 하고 있는 건 알겠는데, 들어보고 싶네요. 공평무사한 생각이겠죠. 그런 느낌이 들어요. 논쟁을 벌일 화제도 아니고, 결혼을 접으라고 설득할 작정이면 포기하는 게 좋겠다고 분명히 밝혀둬야겠네요. 오빠는 제 마음을 한치도 못 움직여요. 너무 늦었어요. 오빠 말대로 붙잡혔거든요. 이 일이 오빠에게 유쾌한 기억으로 남지 않을 건 확실해요. 하지만 아픔은 오빠의 생각 속에만 있을 거예요. 난 오빠를 절대로 비난하지 않을 거니까."

"네가 그럴 거라고는 생각하지 않아." 랠프가 말했다. "이건 내가 생각한 그런 종류의 결혼이 전혀 아냐."

"그럼 어떤 종류의 결혼이라는 거죠?"

"글쎄, 말로 하기는 어렵군. 구체적으로 생각해본 건 아니고, 그러지는 않겠거니 하는 정도였어. 네가 뭐랄까, 그런 타입의 남자를 선택할지 몰랐다."

"오즈먼드 씨 타입이 있다 치고, 그래서 문제가 뭔데요? 너무나 독립적이고 개성적이라는 점, 내가 그 사람에게서 사주는 건 바로 그거예요." 처녀가 단언했다. "반대의 근거가 뭐예요. 오빠는 그 사람을 잘 알지도 못하잖아."

"그래," 랠프가 말했다. "그 친구를 거의 알지 못해. 난 그 사람을 악당으로 입증할 사실이나 사건은 몰라. 하지만 그럼에도 네가 무모한 모험을 한다는 느낌을 떨칠 수가 없어."

"결혼은 언제나 무모한 모험이에요. 그 사람에게도 모험이기는 마찬가지라고요."

"그건 그 친구가 알아서 할 일이야! 겁이 나면 물러서라지. 그러길 간절히 빈다."

이저벨은 팔짱을 끼고 사촌 오빠를 지긋이 바라보면서 의자에 등을 기댔다. "오빠 말은 알아들을 수 없네." 이윽고 그녀가 차갑게 말했다. "무슨 말을 하는지 모르겠어요."

"난 네가 좀더 중요한 사람과 결혼할 줄 알았다."

그녀의 말투가 차갑다고 말했지만, 이 말에 그녀의 얼굴에 불길이 일었다. "누구한테 더 중요하다는 거죠? 내 남편은 나한테만 중요하면 되는 거 아닌가?"

랠프도 얼굴을 붉혔다. 자신이 취한 입장에 그는 당황했다. 그는 우선 자세를 바로잡았다. 몸을 똑바로 펴고 손을 무릎에 놓은 채 상체를 앞으로 굽혔다. 그는 아주 신중하게 생각에 잠겨 시선을 바닥에 고정했다. "조금 있다가 내가 무슨 뜻으로 한 말인지 얘기해 줄게." 이윽고 그가 말했다. 그는 무슨 말을 할까 궁리하면서 강렬하게 집중했다. 이야기를 꺼낸 만큼 작심하고 할 말을 하리라. 하지만 최대한 상냥하게 말하고 싶기도 했다.

이저벨은 조금 기다리다 당당하게 말을 이었다. "사람을 좋아하게 만드는 자질을 오즈먼드 씨는 모두 갖고 있어요. 그 사람보다 더 훌륭한 자질을 가진 사람도 있겠지만, 나는 그런 사람을 만나는 기쁨을 누리지 못했어요. 오즈먼드 씨는 내가 만난 사람 중에 가장 훌륭해요. 나한테는 그 사람이 제일 좋고, 제일 재미있고, 제일 똑똑해요. 난 그 사람에게 부족한 것보다는 그가 갖고 있고, 그가 나타내는 것에 훨씬 더 끌려요."

"난 네 미래를 멋지게 그려보면서 즐거웠다." 랠프는 그녀의 말에 반응을 보이는 대신 이렇게 말했다. "네가 개척해나갈 고귀한 운명을 설계하면서 즐겼지. 이런 일이 일어날 줄은 꿈에도 몰랐어. 넌 이렇게 쉽게, 이렇게 빨리 추락하면 안되는 거야."

"추락이라고 했어요?"

"음, 네게 일어난 일이 그런 느낌을 준다는 뜻이다. 넌 창공으로 솟아오르는 것 같았어. 사람들 머리 위로 밝은 빛을 타고 날아가는 것 같았지. 그런데 갑자기 누군가 시든 장미 봉오리를 던지자 — 널 맞춰서는 절대로 안될 물체였지 — 네가 곧바로 땅으로 떨어진 거야. 그게 난 고통스러워." 랠프가 과감하게 말했다. "내가 추락한 것처럼 아파!"

고통과 당혹감이 이저벨의 얼굴에 짙게 드리웠다. "오빠를 전혀 이해 못하겠어." 그녀가 되풀이했다. "내 미래를 설계하면서 즐겼다고 말하는데, 난 그걸 이해 못하겠어. 너무 즐기지 마요. 아니면 날 이용해서 재미를 본다고 생각할 테니까."

랠프는 고개를 저었다. "큰 기대를 품었다는 걸 네가 모르리라 생각하지는 않는다."

"높이 솟아올라 날아간다는 게 무슨 뜻이에요?" 그녀가 물고 늘어졌다. "난 지금보다 더 높은 곳에 올라간 적이 없는데, 처녀가 결혼하는 것보다, 자기가 좋아하는 사람과 결혼하는 것보다 더 높이 날아오르는 게 어디 있겠어요?" 가엾은 이저벨은 교훈 조로 엇나갔다.

"사랑하는 이저벨, 네가 문제의 그 사람을 좋아한다는 바로 그 점을 내가 비판하고 나선 거야. 너한테는 더 적극적이고, 더 호방하고, 더 자유로운 그런 기질의 남자가 맞을 거라고 말하고 싶은 거다.” 머뭇거리던 랠프가 덧붙였다. “오즈먼드는 어쨌든, 뭐랄까 그릇이 작다는 느낌을 떨칠 수가 없어.” 그는 ‘작다’는 단어를 그다지 확신 없이 발언했다. 그녀가 다시 발끈할까봐 걱정한 것이다. 하지만 놀랍게도 그녀는 잠잠했다. 곰곰 생각해보는 태도였다.

“작다고요?” 그녀는 이 단어를 ‘거대한’처럼 들리게 말했다.

“난 그 친구가 편협하고 이기적이라고 생각해. 자신을 너무 심각하게 받아들인다고.”

“그 사람은 자신을 아주 존중해요. 난 그게 잘못이라고 생각하지 않아요.” 이저벨이 말했다. “다른 사람들을 더 존중하게 만드니까요.”

랠프는 순간 그녀의 이성적인 말투에 상당히 자신이 붙었다. “그래, 하지만 모든 건 상대적이지. 자신의 위치를 다른 것, 다른 사람과의 관계에서 가늠해야 하거든. 난 오즈먼드 씨가 그렇게 한다고 생각하지 않아.”

“나한테는 그 사람과 나와의 관계가 주 관심사예요. 그 점에 관한 한 그 사람은 아주 훌륭해요.”

“그 사람은 취향의 화신이야.” 길버트 오즈먼드를 야비한 인물로 묘사하는 것처럼 보이는 잘못을 저지르지 않고 그의 불길한 속성을 어떻게 하면 가장 잘 표현할 수 있을지 랠프는 열심히 궁리했다. 그자를 객관적으로, 과학적으로 묘사하고 싶었다. “오직 그런 기준에 입각해 판단을 내리고, 평가하고, 찬사와 비난을 보내지.”

“그러니 그의 취향이 세련되었다는 게 얼마나 다행스러운 일이에요.”

“정말 세련됐지. 그 취향이 널 신부로 선택하게 이끌었으니. 하지만 그런 취향, 정말 세련된 취향을 가진 사람이 깃털을 곤두세운 걸 본 적이 있니?"

"내 남편의 기분을 거스르는 그런 불운이 내게 일어나지 않기를 바라요."

이 말에 랠프는 울컥 화가 치민 대로 말해버렸다. "아, 그건 억지고, 너답지 않은 말이다! 넌 그런 기준에 맞춰 살아야 할 사람이 아냐. 넌 황폐한 딜레땅뜨의 감수성을 지키고 사는 것보다는 더 나은 뭔가를 해야 할 사람이야!"

이저벨이 벌떡 일어나자 그도 일어났다. 그가 공공연하게 도발을 했거나 모욕을 준 듯이 둘은 서로를 노려보고 서 있었다. 하지만 그녀는 "도가 지나쳤어"라고 속삭였을 따름이다.

"내 속내를 털어놓았을 뿐이다. 그 말을 한 건 널 사랑하기 때문이야!"

이저벨은 하얗게 질렸다. 그도 그 지겨운 명단에 들어 있었나? 그녀는 그를 쳐내버리고 싶은 충동이 갑자기 일었다. "아, 그럼 사심이 없다고 할 수는 없네!"

"난 널 사랑해. 하지만 그건 네게 아무것도 바라지 않는 사랑이야." 랠프가 억지웃음을 지으며 얼른 말했다. 그리고 그는 이 마지막 고백에서 의도한 것보다 더 많은 걸 담아 말했다는 생각이 들었다.

이저벨은 좀 떨어져나와 햇볕이 잘 드는 정원의 정적을 응시했다. 하지만 조금 후 그녀는 다시 그에게로 돌아왔다. "그렇다면 오빠는 절망한 나머지 무모하게 말한 거네! 어떤 심정인지 이해가 안 돼요. 하지만 상관없어요. 오빠랑 논쟁하려는 것도 아니고, 그렇게 할 수도 없으니까. 난 그냥 오빠 말을 들어보려고 했어요. 설명하려고 애써줘서 정말 고마워요." 벌떡 일어나게 만든 분노가 이미 잦아든 듯 그녀는 부드럽게 말했다. "정말 걱정해서 경고해주는 건 고마운 일이죠. 하지만 오빠가 한 말을 생각해보겠다고 약속하지는 않을래요. 가능한 한 빨리 잊어버릴 거니까. 오빠도 잊어버려요. 오빠는 의무를 다했고, 누구도 그 이상을 할 수는 없어요. 내가 뭘 느끼는지, 뭘 믿는지 설명할 수도 없고, 할 수 있더라도 하지 않을래요." 그녀는 잠시 멈췄다 말을 이어갔다. 타협의 여지를 가늠하는 데 몰두한 랠프가 감지할 정도로 모순된 논리였다. "오즈먼드 씨에 대한 오빠의 의견에는 동의할 수 없어요. 난 그 사람을 전혀 다른 방식으로 바라보니까. 오빠의 의견을 제대로 평가해줄 수도 없고요. 그 사람은 중요한 인물이 아니에요. 아니, 남들이 중요하게 여기는 사람이 아니죠. 그런 의미의 중요성에는 전혀 무심한 사람이니까. 오빠가 그 사람을 '작다'라고 했을 때 그런 뜻이라면 마음대로 작다고 하세요. 난 그걸 크다고 말해요. 내가 아는 한 가장 큰 거예요. 내가 결혼할 사람에 관해 오빠와 입씨름할 생각은 없어요." 이저벨이 반복해 말했다. "난 오즈먼드 씨를 변호하는 데 조금도 관심이 없어요. 내 변호를 필요로 할 만큼 약한 남자가 아니니까. 내가 그 사람에 관해, 나랑 상관없는 사람인 듯, 이렇게 조용히, 냉정하게 말하니까 오빠까지도 이상하다는 생각이 들 수 있겠네. 오빠를 빼면 아무에게도 절대로 그 사람 이야기를 하지 않을 거고, 오빠가 그런 말을 하고 난 다음이니 오빠에게도 최종적으로 한마디만 할게요. 오빠는 내가 조건 따져 하는 그런 결혼을 하기 원해요? 사람들이 야심찬 결혼이라고 말하는 걸? 내게 야심은 단 하나예요. 좋은 느낌을 철저히 추구하는 자유를 누리는 거예요. 한때 다른 야심이 있었지만 그런 건 다 옛날 일이에요. 오즈먼드 씨가 부자가 아니라고 못마땅하게 생각하는 건가요? 바로 그래서 그 사람이 좋아요. 다행히도 난 돈이 많아요. 요즘처럼 그 사실에 감사한 적이 없었어요. 이모부의 무덤에 가서 무릎 꿇고 감사드리고 싶은 순간도 있으니까. 내가 가난한 남자, 그렇게 품위 있게, 그렇게 태연하게 가난을 견딘 남자와 결혼할 수 있게 해주셨을 때 이모부는 의도한 것 이상으로 좋은 일을 하신 거예요. 오즈먼드 씨는 뭘 손에 쥐려고 아등바등한 적 없어요. 어떤 세속적인 재화도 바란 적 없어요. 그런 게 편협하다면, 그런 게 이기적이라면, 난 그런 말이 겁나지 않고, 불쾌하지도 않아요. 오빠가 그런 실수를 하다니 유감이네요. 다른 사람들은 그럴 수 있어요. 하지만 오빠가 그러다니 놀랍네요. 오빠는 신사를 신사로 알아볼 줄 알았어요. 고양된 지성을 알아볼 줄 알았어요. 오즈먼드 씨는 실수를 저지르지 않아요! 그 사람은 모든 걸 알고 있고 모든 걸 이해해요. 가장 친절하고, 가장 점잖고, 가장 고상한 사람이에요. 오빠는 잘못된 편견에 사로잡혔어요. 유감이지만 내가 어쩔 수 있는 일은 아니네요. 나보다는 오빠 문제니까." 이저벨은 잠시 말을 멈추고 신중하고 침착한 태도에 반하는 감정으로, 랠프의 말이 불러일으킨 분노와 고통, 고귀하고 순수하다고 느낀 선택을 옹호하면서 상처받은 자존심이 뒤섞인 감정으로 빛나는 눈을 들어 그를 바라보았다. 그녀가 말을 멈추었지만 랠프는 응대하지 않았다. 할 말이 더 있다고 판단한 것이다. 그녀는 당당했지만 소심했고, 초연했지만 아주 열정적이었다. "내가 어떤 사람과 결혼했으면 오빠가 좋다고 할까요?" 그녀가 갑자기 물었다. "오빠는 하늘로 날아오르라고 하는데 일단 결혼을 하려면 땅으로 내려와야 해요. 누구에게나 인간적인 감정과 욕구가 있어요. 사랑하는 마음이 있고 특정한 사람과 만나 결혼해야 해요. 이모는 내가 워버턴 경의 청혼을 받아들이지 않은 걸 못마땅해하셨고, 워버

턴 경의 대단한 조건 중에서 아무것도 갖지 못한 사람에 내가 만
족한다고 질겁을 하세요. 그 사람에게는 재산, 작위, 명예, 저택들,
땅, 지위, 명성 같은 멋진 소유물이 없어요. 이 모든 게 전혀 없다는
점이 난 마음에 들어요. 오즈먼드 씨는 아주 외롭고, 아주 세련된
교양을 갖춘, 아주 정직한 사람일 뿐이에요. 엄청난 재산가가 아니
고요."

랠프는 그녀의 한마디, 한마디가 깊은 고려 대상인 듯 최대한 주
의를 기울여 경청했다. 하지만 실제로는 그녀가 하는 말을 생각하
는 데 주의를 절반만 기울였다. 나머지 절반은 그가 받은 전체적인
인상, 즉 열렬한 성심이 주는 인상의 하중에 그냥 적응해보려는 노
력이었다. 틀렸지만 믿고 있다. 현혹되었지만 끔찍이도 일관성이
있다. 길버트 오즈먼드에 관한 멋진 이론을 세우고 난 다음 그가
실제로 갖고 있는 자질이 아니라 명예로 포장된 그의 궁핍을 사랑
하다니 놀랄 만큼 그녀다웠다. 랠프는 이저벨이 상상력의 욕구를
충족시킬 수 있는 힘을 주고 싶다고 아버지에게 말했던 게 기억났
다. 그는 그렇게 했고 그녀는 주어진 사치의 이점을 최대한 활용했
다. 가엾은 랠프는 마음이 괴로웠다. 부끄러웠다. 이저벨은 확신에
찬 낮고 엄숙한 목소리로 마지막 변론을 함으로써 논의를 사실상
마무리했고, 등을 돌리고 집 쪽으로 걸어감으로써 논의를 공식적
으로 종결했다. 랠프는 그녀와 어깨를 나란히 하고 안마당을 지나
큰 계단에 다다랐다. 그는 여기서 멈춰섰고 이저벨도 걸음을 멈추
고 그를 향해 의기양양한 표정을 지었다. 단호하게 고집스러운 감
사의 표정이었다. 그의 반대에 맞서면서 자신의 행동을 더 명료하
게 이해할 수 있게 된 것이다. "식사하러 올라오지 않을 거예요?"
그녀가 물었다.

"아니, 먹고 싶지 않다. 배가 고프지 않아."

"먹어야 해요." 처녀가 말했다. "오빠는 공기만 먹고 살아요."

"그래, 정말 그래. 정원으로 나가서 다시 한입 먹어야겠다. 이 말을 하려고 여기까지 따라온 거야. 작년에 네가 곤경에 빠지면 난 엄청 속아넘어갔다는 느낌이 들 거 같다고 했지. 오늘 그런 느낌이 드네."

"내가 곤경에 빠졌다고 생각해요?"

"실수를 저지르면 곤경에 빠지는 법이지."

"잘 알겠어요." 이저벨이 말했다. "곤경에 빠지더라도 오빠한테 절대 우는소리하지 않을게요." 그리고 그녀는 계단을 올라갔다.

랠프는 주머니에 손을 찌른 채 그곳에 서서 눈으로 그녀를 따라갔는데, 안마당의 높은 담장에 서린 냉기 때문에 몸이 떨렸다. 그래서 그는 피렌쩨의 햇빛으로 식사를 대신하기 위해 정원으로 돌아갔다.

35장

연인과 까시네를 거닐면서 이저벨은 빨라쪼 끄레셴띠니에서 그를 얼마나 못마땅하게 여기는가를 털어놓고 싶은 충동을 느끼지 않았다. 이모와 사촌 오빠가 신중하게 결혼에 반대했지만, 반대의 요지가 단지 길버트 오즈먼드가 싫다는 것이었으므로 그녀에게 큰 영향을 끼치지 못했다. 그들의 반감이 이저벨을 불안하게 만들지도 않았다. 유감이라는 생각조차 들지 않았다. 다른 사람들의 반대는 자기 자신의 기쁨을 위해 결혼한다는 (모든 점에서 명예로운) 사실을 더욱 부각시키는 데 기여했을 따름이었다. 다른 일들이야 주변 사람들을 기쁘게 하기 위해 할 수 있다. 하지만 결혼은 무엇보다 개인적인 만족을 위해서 해야 하는데, 이저벨의 만족은 연인의 훌륭한 처신으로 확고해졌다. 길버트 오즈먼드는 사랑에 빠졌고, 소원이 성취될 날을 하루하루 손꼽아 기다린 고요하고 밝은 나날 만큼은 랠프 터칫이 가한 가혹한 비판을 받을 여지가 적었다. 이런 비판이 이저벨의 마음에 남긴 주된 인상은 열렬한 사랑에 빠지면 연인을 제외한 모든 이들과 완전히 갈라서게 된다는 것이었다. 그녀는 이전에 알던 모든 사람과 분리되었음을 느꼈다. 그녀의 행복을 충심으로 비는 편지를 보내왔지만, 화젯거리가 더 풍부하게 축적될 남자 주인공감을 배우자로 선택하지 않은 데 다소 막연하게 놀라움을 표시한 언니들로부터, 너무 늦기는 했지만 나무라기 위해 굳이 대서양을 건널 게 확실한 헨리에타로부터, 자기 자신을 알아서 잘 위로할 워버턴 경으로부터, 자기 자신을 위로하려 들지 않을 캐스퍼 굿우드로부터, 결혼관이 야박하고 천박해 경멸을 표해도 죄송할 게 없는 이모로부터, 그녀의 미래에 큰 기대를 걸고 있다는 말로 개인적인 실망을 기분 내키는 대로 위장한 게 분명한 사촌 오빠로부터. 랠프 오빠는 그녀가 결혼을 아예 하지 않았으면 했으리라. 결국은 그런 말이었다. 독신녀로서 그녀의 모험을 구경하는 재미를 보고 있었으니 말이다. 실망한 나머지 그는 사촌 누이가 자기보다도 더 좋아하게 된 남자에 관해 모진 말을 내뱉은 것이다. 이저벨은 그가 화가 났다고 믿고 싶었다. 그렇게 믿기가 그만큼 쉬웠던 것은, 이를테면 이젠 자잘한 요구에 신경을 쓸 여유나 감정이 그녀에게 남아 있지 않았고, 길버트 오즈먼드를 선택하는 식으로 선택한다는 것은 다른 모든 인연과 부득이하게 결별하기 마련이라는 생각을 자기 운명에서 일종의 사건으로, 사실상 운명에 빛을 더하는 사건으로 받아들였기 때문이다. 이런 선택의 즐거움을 맛보면서 그녀는 매혹되고 홀린 상태의 악의적이고 무자비한 경향을 — 사랑에 빠진 상태에 전통적으로 부여되는 특권과 가치가 크기는 했지만 — 두려움에 가까운 마음으로 의식했다. 이것이 행복의 비극적인 면모다. 내가 그 권리를 누리면 다른 사람은 피해를 본다.

오즈먼드의 마음에서 타오르는 성공의 의기양양함은 그렇게 빛을 발하는 불길치고는 거의 연기를 내지 않았다. 그의 경우, 만족도 통속적인 모양을 띠지 않았다. 자의식이 아주 강한 사람에게 흥분은 자제력의 절정 같은 것이었다. 그런데 이런 성향이 그를 훌륭한 애인으로 만들었다. 사랑에 홀린, 헌신적인 상태를 지속적으로 유지하게 만들었으니 말이다. 내가 말했듯이 그는 자기를 잊는 법이 없었다. 따라서 정중하고 사려 깊게 행동했고, 각성된 관능과 심오한 의미의 외피를 걸치는 일을 — 정말이지 별로 어려운 일도 아니었다 — 한시도 잊지 않았다. 그는 약혼녀가 굉장히 마음에 들었다. 마담 멀은 그에게 값을 헤아릴 수 없는 선물을 선사했다. 생기발랄함을 상냥함으로 조율한 사람과 함께 사는 것보다 더 멋진 일이 어디 있겠는가? 상냥함이 모두 자신을 향할 테고, 열정은 우월한 자태에 찬탄을 보내는 세상을 향하지 않겠는가? 반복해 말하는 수고를 덜어주고 자신의 생각을 세련되고 우아하게 표면으로 반사하는 영리함과 풍부한 상상력보다 더 적절한 배우자의 자질이 어디 있겠는가?

오즈먼드는 자기의 생각이 액면 그대로 재생산되는 걸 싫어했다. 그러면 진부하고 시시해 보였다. 그의 생각이 '낱말'로 재생산된다 하더라도 음악으로 새로워지기를 바랐다. 그의 이기심은 우둔한 아내를 원하는 조잡한 양상을 띤 적이 없었다. 이 아가씨의 총명함은 오지그릇이 아니라 은쟁반이 될 터 — 잘 익은 과일을 수북이 담을 수 있는, 장식적 가치를 더할 수 있는 접시 말이다. 그래서 대화는 그를 위해 차려준 디저트가 될 수도 있으리라. 그는 이저벨에게서 완벽한 은제품의 자질을 발견했다. 그는 손으로 그녀의 상상력을 톡톡 건드려 쨍하고 울리게 만들 수 있었다. 약혼녀가 뭐라고 하지는 않았지만 그녀의 친척들이 결혼을 반기지 않는다는 건 그도 잘 알고 있었다. 그러나 그녀를 완전히 독립적인 개인으로 여겨왔기 때문에 친척들의 태도에 유감을 표할 필요를 느끼지 않았다. 그러다 어느날 아침 그가 갑자기 그 문제를 언급했다. "기우는 혼사라 안 좋아하시는 거요." 그가 말했다. "내가 당신의 돈과 사랑에 빠졌다는 거지요."

"우리 이모, 사촌 오빠를 두고 하는 말인가요?" 이저벨이 물었다. "그분들이 무슨 생각을 하는지 어떻게 알아요?"

"그분들이 날 마음에 들어한다고 당신이 말하지 않았고, 지난번에 내가 이모님에게 짤막한 편지를 보냈는데 답신도 없었소. 그분들이 기뻐한다면 어떤 식으로든 기쁨을 표시했을 거요. 내가 가난하고 당신이 부자라는 사실이 침묵을 가장 명백하게 설명해주고 있소. 하지만 가난한 남자가 돈 많은 아가씨와 결혼할 때는 의당 이런 비방을 당할 마음의 준비를 해야 하오. 그 사람들은 신경 안 써요. 오로지 한가지, 당신이 한점의 의혹도 갖지 않는 것에만 마음을 쏠 따름이오. 내가 아무것도 바라지 않는데 그 사람들이 무슨 생각을 하든 무슨 상관이오. 알고 싶은 마음이 생기지도 않을 정도요. 이전에도 신경 쓴 적이 없는데, 정말이지, 모든 것에 대한 보상을 얻게 된 지금에 와서 내가 왜 그러겠소? 당신이 부자인 게 유감이라고는 하지 않을 테요. 난 아주 기뻐요. 당신의 것이라면 모두—그게 돈이 됐든 덕성이 됐든—내게 기쁨을 줘요. 돈이란 뒤를 쫓기엔 끔찍하지만, 마주치면 즐거운 물건이오. 어쨌든 내가 돈을 탐하지 않는다는 사실은 충분히 입증했다는 게 내 생각이오. 일생을 두고 한푼 벌어보려고 애쓴 적이 없으니 돈을 움켜쥐려고 혈안이 된 부류로 의심받을 소지는 적겠지. 당신 집안 입장에서는 일단 의심을 해야죠. 대체로 보아 그게 마땅하오. 언젠가 그분들이 날 더 좋아하게 될 날이 올 거요. 그 점에 관해서는 당신도 마찬가지고. 그동안 내가 할 일은 안달복달하는 대신 그냥 삶과 사랑에 감사하는 것이오." 또 한번은 이렇게 말하기도 했다. "당신을 사랑하면서 난 더 좋은 사람이 되었소. 더 현명하고 더 편안해졌고, 그리고—이 사실을 부정할 수 없네요—더 밝고 더 유쾌하고 더 강해졌어요. 이전에는 아주 많을 걸 원하는데 가질 수 없어서 화가 났소. 이론적으로는, 예전에 당신에게 말한 대로, 자족했고, 내 욕망에 선을 그었다고 자부했지. 하지만 울화가 치밀기도 했소. 갈망과 욕망에 사로잡혀 병적이고 헛되고 지겨운 발작을 일으키곤 했지. 이제 이보다 더 좋은 상태를 상상할 수 없기 때문에 난 정말 만족하오. 어두운 데서 책을 읽으려고 애쓰는 데 갑자기 누가 등불을 들고 오는 격이라고 할까. 인생의 책을 읽느라 눈알이 빠질 지경인데도 그런 수고에 대한 보상이 없었소. 하지만 제대로 보이는 지금 아주 즐거운 이야기를 읽을 수 있게 됐어요. 사랑하는 아가씨, 삶이 우리 앞에 어떻게 펼쳐져 있는지, 얼마나 긴 여름날의 오후가 우리를 기다리는지 알 수 없어요. 이딸리아의 하루로 치면 늦은 오후라고 해야겠지. 내가 평생 사랑해왔고 당신이 오늘 사랑하는, 황금빛

아지랑이와 막 길어지기 시작한 그림자, 그리고 빛과 공기와 풍경의 그 기막힌 어우러짐이 있는 시간 말이오. 정말이지, 우리가 행복하지 못할 이유가 없소. 우리는 좋아하는 것들을, 서로를 가진 건 말할 것도 없고, 감탄할 수 있는 능력과 훌륭한 신념을 가졌어요. 우둔하지도 야비하지도 않고, 어떤 종류의 무지나 따분함에 속박되어 있지도 않소. 당신은 놀랄 만큼 신선하고 난 놀랄 만큼 원숙하오. 가여운 내 딸이 우리를 즐겁게 해줄 테고, 그 아이를 위해 작은 삶의 무대를 만들어주려고 애써봅시다. 부드럽고 평온한 삶, 이 딸리아풍으로 채색한 삶이 될 거요.”

그들은 아주 많은 계획을 세웠지만 선택의 여지를 적잖이 남겨놓기도 했다. 그렇지만 당분간 이딸리아에서 사는 걸 당연하게 받아들였다. 그들이 이딸리아에서 만났고 이딸리아가 서로에 대한 첫인상의 일부였으니 이딸리아가 그들의 행복의 일부가 되어야 한다는 것이다. 오즈먼드에게는 오래 알고 지낸 사람들에 대한 애착이 있고, 이저벨에게는 새로워 호기심을 불러일으키는 곳이라 아름다움을 고도로 향유하는 미래를 보장할 곳 같았다. 무한히 팽창하고자 하는 욕망은 그녀의 영혼에서 에너지를 한곳으로 모으는 어떤 개인적인 의무를 다하지 않는 삶은 공허하리라는 깨달음으로 이어졌다. 그녀는 랠프에게, 한두해 ‘삶을 보았고’, 사는 게 지루해진 건 아니지만 삶을 관찰하는 데 벌써 지쳤다고 말했다. 그녀의 열정과 포부, 이론과 독립성에 부여한 큰 가치와 절대로 결혼하지 않겠다는 애초의 확신은 다 어디로 사라진 걸까? 이런 것들은 더 원초적인 욕구, 무수한 의문을 털어버리고 무한한 욕망을 충족시키는 그런 욕구에 흡수되었다. 그것은 단박에 상황을 단순화시켰고, 별들이 발하는 빛처럼 하늘에서 내려왔고, 설명을 요하지 않았다. 그가 그녀의 연인이자 남자이고, 그녀가 그에게 필요한 존재가 된다는 것으로 충분한 설명이 되었다. 그녀는 스스로를 낮추는 것과 비슷한 마음으로 자신을 그에게 내줄 수 있었다. 오만 비슷한 태도로 그와 결혼할 수 있었다. 받을 뿐만 아니라 줄 수도 있으니까.

오즈먼드는 팬지를 까시네에 두세번 데리고 오기도 했다. 팬지는 일년 전에 비해 키가 아주 조금 자랐고 나이도 더 들어 보이지 않았다. 딸이 언제나 어린아이로 남아 있으리라는 게 아버지의 확신이었다. 그는 딸이 열여섯살 되던 해 그녀의 손을 잡고 아버지가 예쁜 숙녀와 앉아 있는 동안 가서 놀라고 말했다. 짧은 원피스에 긴 상의를 걸친 팬지의 모자는 언제나 너무 커 보였다. 그녀는 골목 끝까지 잰걸음으로 갔다가 칭찬해달라는 듯 웃으며 돌아오는 걸 재미있어했다. 이저벨은 과하게 칭찬했고, 그런 과함에는 다정한 기질의 아이가 갈망하는 친밀감이 있었다. 이저벨은 아이의 반응을, 자신에게도 아주 중요하다는 듯, 주의 깊게 지켜보았다. 그녀가 줄 수 있는 도움의 일부를, 마주할 책임의 일부를 팬지가 이미 잘 예시했기 때문이었다. 팬지가 어린아이라는 관점을 고수하기 좋아하는 오즈먼드는 우아한 아처 양과 맺은 새로운 관계를 딸에게 아직도 설명해주지 않았다. "아이는 아직 몰라요." 그가 이저벨에게 말했다. "머릿속에 떠올리지도 않았소. 당신과 내가 그냥 좋은 친구로 여기 나와서 산책하는 게 더할 나위 없이 자연스럽다고 생각해요. 아이의 그런 면모에 매혹적으로 순수한 뭔가가 있는 것 같소. 내가 원하는 방식으로 자라줬어요. 이전에는 내가 실패했다고 생각했는데, 아니에요, 난 실패하지 않았어요. 난 두가지 일에 성공했소. 더없이 사랑하는 여자와 결혼하게 되었고, 내 아이를, 내가 원하는 방식으로, 옛날 방식대로 키웠어요."

그는 만사에 '옛날 방식'을 선호했는데, 이저벨은 이 점을 그의 섬세하고 은근한 성심의 특성으로 받아들였다. "팬지에게 말을 꺼내기 전에는 성공했는지 알 수 없잖아요." 그녀가 말했다. "어떻게 받아들일지 봐야 알죠. 거부감을 느낄 수도, 질투할 수도 있어요." "그 점은 걱정하지 않아요. 당신을 아주 좋아하니까. 얼마간 모르는 채로 놔두려고 하오. 우리가 약혼한 사이가 아니라면 약혼하는 게 마땅하다는 생각을 할지 보고 싶군."

이 문제에 더 마음을 졸이며 도덕적인 판단을 내린 이저벨로서는 팬지의 순수함에 대한 오즈먼드의 미학적이고 유연한 관점에 깊은 인상을 받았다. 그래서 며칠 후 그가 딸아이에게 사실을 말했고, 그녀가 귀엽게 "아, 그럼, 아름다운 언니가 생기는 거네요!"라고 했다는 이야기를 듣고 적잖이 기분이 좋았다. 팬지는 놀라지도 겁을 먹지도 않았고, 예상과 달리 울지도 않았다고 했다.

"짐작했나보네요." 이저벨이 말했다.

"그렇게 말하지 마오. 그렇게 생각하면 기분이 나빠질 거 같으니까. 약간의 충격이 있으리라고 생각했소. 하지만 우리의 약혼 소식을 받아들이는 태도를 보니 예법에 조금도 어긋나지 않았소. 그게 나의 바람이었지. 당신 눈으로 확인해요. 내일 당신에게 직접 축하인사를 하라고 했으니까."

만남은 이튿날 제미니 백작 부인의 집에서 이뤄졌다. 시누이 올케 사이가 될 거라는 소식을 듣고 백작 부인이 방문한 데 대한 답방으로 이저벨이 오후에 그곳을 찾을 예정임을 알고 팬지의 아버지가 딸을 그곳에 데려다주었기 때문이다. 백작 부인이 터칫 부인의 집에 갔을 때 이저벨은 집에 없었다. 하지만 우리의 여주인공이 백작 부인의 응접실로 안내를 받자 팬지가 들어와 고모가 곧 나올 거라고 말했다. 그녀 또래의 소녀라면 사람들 앞에서 처신하는 법을 배워야 한다고 생각하는 백작 부인이 조카딸을 하루 데리고 있기로 한 것이다. 이저벨이 보기에 소녀가 고모에게 품행을 교육시켜도 될 것 같았다. 그리고 함께 백작 부인을 기다리면서 팬지가 보인 몸가짐보다 그 점을 더 확실하게 확인해준 것도 없었다. 오즈먼드가 일년 전에 내린 결정은 결국 숙녀의 교양을 완성하기 위해 딸을 다시 수녀원으로 보내는 것이었는데, 까뜨린 수녀는 팬지가 사교계의 삶에 적합하다는 자신의 이론을 실행한 게 분명했다.

"아빠의 청혼을 흔쾌히 받아들이셨다고요. 아빠한테 들었어요." 까뜨린 수녀의 수제자가 말했다. "너무 기뻐요. 너무 잘 어울리신다고 생각해요."

"내가 너와도 잘 어울릴 거라고 생각하니?"

"더할 나위 없이요. 하지만 두분이 잘 어울리신다는 뜻이었어요. 두분 다 아주 조용하고 진지하잖아요. 아빠보다 — 아니, 마담 멀보다도 — 조용하지는 않지만, 다른 사람들보다는 조용하세요. 아빠는 예를 들어 우리 고모 같은 분이랑 짝을 이루시면 안돼요. 고모는 가만히 있는 법이 없고 늘 흥분 상태죠. 오늘은 특히 그러시네요. 들어오시면 아실 거예요. 수녀원에서 손윗사람을 흉보는 건 잘못이라고 배웠지만, 좋은 마음으로 그러면 나쁠 건 없다고 봐요. 당신은 아빠의 좋은 짝이 되실 거예요."

"네 좋은 친구가 되고 싶단다." 이저벨이 말했다.

"일부러 아빠 이야기를 먼저 한 거예요. 제 생각이 어떤지는 이미 말씀드렸죠. 저는 처음부터 당신을 좋아한걸요. 너무나 멋있는 분을 언제나 곁에서 뵐 수 있다는 게 얼마나 큰 행운이에요. 제 모범으로 삼고 닮으려고 노력할 거예요. 미약한 노력이 되겠지만요.

아빠를 위해서 아주 기뻐요. 저 말고 다른 뭔가가 필요하시니까요. 당신이 아니면 어떻게 그걸 얻었을지 모르겠어요. 제 계모가 되시는 거죠. 하지만 그렇게 부르지는 않을래요. 계모는 언제나 못되게 군다고들 하니까요. 하지만 당신은 꼬집거나 밀치거나 하지 않으실 거예요. 전 조금도 걱정하지 않아요."

"우리 착한 팬지," 이저벨이 상냥하게 말했다. "언제나 다정하게 대해줄게." 어떤 기괴한 방식으로 그럴 필요가 있을지도 모른다는 막연하고도 엉뚱한 생각에 그녀는 오싹한 기분이 들었다.

"그럼 됐어요. 전 두려울 게 없어요." 아이는 신속하게 준비된 말투로 응답했다. 그녀가 이제까지 어떤 교육을 받았는지, 불이행 시 어떤 벌을 받을까 두려워하는지, 그러한 목소리가 암시하는 것 같았다!

고모에 대한 팬지의 묘사는 틀리지 않았다. 제미니 백작 부인은 어느 때보다도 날개를 접을 생각이 없어 보였다. 퍼덕거리며 방으로 들어온 그녀는 오래전에 정해진 의식을 따르듯이 먼저 이저벨의 이마, 그다음 양쪽 뺨에 키스했다. 그리고 손님을 소파로 인도한 후 고개를 요리조리 돌려 관찰하더니 붓을 들고 이젤 앞에 앉아서 이미 스케치를 끝낸 인물 구성에 몇획 덧칠을 하려는 듯 말을 시작했다. "축하인사를 받으려고 기대했다면 무례를 용서해달라고 해야겠네요. 내가 축하하든 안하든 관심도 없겠죠. 영리한 걸로 정평이 났지만 당신은 자질구레한 일상사는 신경 쓰지 않는 사람이라고 믿어요. 하지만 난 거짓말을 할 때 신경을 쓰거든요. 뭐라도 얻을 게 있지 않으면 거짓말을 하지 않아요. 당신에게서 뭘 얻을 게 있는지 모르겠네. 무엇보다도 내 말을 믿지 않을 테니. 종이꽃이나 주름진 램프 갓을 만들지 않듯이 나는 신앙 고백도 하지 않아요. 어떻게 하는지 모르거든요. 내 램프 갓에 불이 붙을 게 뻔하고, 내 종이 장미와 거짓말은 실물보다 더 커 보이겠죠. 나로서는 당신이 오즈먼드와 결혼하는 게 아주 기쁜 일이에요. 하지만 당신을 위해 기쁜 척하지는 않겠어요. 당신은 아주 멋져요. 늘 그런 말을 듣겠죠. 상속녀고, 예쁘게 생겼고, 진부하지 않은 진품이죠. 그러니까 당신 같은 사람을 우리 집안에 맞아들이는 게 좋은 일이지. 알다시피 우리도 집안은 꽤 좋아요. 그건 이미 오즈먼드가 말해줬겠죠. 우리 어머니는 상당히 유명했어요. 미국의 코린나로 알려졌지요. 하지만 집안이 끔찍이도 기울었어요. 당신이 아마 일으켜세우겠죠. 당신을 믿어 의심치 않아요. 해주고 싶은 말이 너무 많아요. 난 어떤 처녀가 결혼한다고 해도 축하하지 않아요. 결혼을 그렇게 끔찍한 강철 덫으로 만들어서는 안된다는 게 내 생각이에요. 팬지가 이런 이야기는 안 들었으면 좋겠네. 하지만 그래서 걔가 나한테 오는 것이기도 해요. 사교계의 분위기를 익히기 위해서죠. 어떤 끔찍스러운 일을 겪을지 미리 알아둬서 해로울 건 없죠. 우리 오빠가 당신을 노리고 있다는 걸 눈치챘을 때 당신에게 편지 쓸 생각을 했어요. 넘어가지 말라고 강하게 권고하려고요. 그러다 그건 가문에 대한 배신이라는 생각이 들었는데, 난 배신 비슷한 건 다 싫어하거든요. 게다가 이 혼사가 아주 마음에 들었다고 했잖아요. 결국 난 아주 이기적이에요. 그나저나 당신은 날 손톱만큼도 존경하지 않을 거고, 우리는 절대 친해지지 않을 거예요. 난 그러고 싶지만, 당신은 그러지 않을걸요. 그래도 언젠가는 처음에 생각한 것보다는 가까워질 거라고 믿어요. 우리 남편이 인사차 방문할 거예요. 오즈먼드와 전혀 가깝지 않은 사이라는 건 알고 있겠지만요. 그 사람은 예쁜 여자들 만나는 걸 아주 좋아해요. 하지만 당신은 겁나지 않아요. 우선 그 사람이 무슨 짓을 하건 난 상관 안하고요, 두번째로 당신이 그 사람을 눈곱만큼도 좋아하지 않을걸요. 언제 만나더라도 그 사람이 당신의 관심사가 될 리 없고, 멍청한 사람이지만 그 사람도 당신이 그의 관심사가 될 수 없다는 것쯤은 알 테니까요. 조카딸애를 내보내야 하려나? 팬지, 내 침실에 가서 피아노 연습이나 좀 하렴."

"아, 그냥 놔두세요." 이저벨이 말했다. "팬지가 들어서는 안될 말은 나도 듣지 않겠어요!"

36장

1876년 어느 가을날 오후 어스름 무렵, 호감 가는 외모의 젊은이가 고대 로마 양식의 낡은 느낌이 나는 건물 삼층에 있는 작은 아파트의 초인종을 울렸다. 문이 열리자 그는 마담 멀을 찾았다. 프랑스인 같은 얼굴에 숙녀의 수발드는 사람처럼 단정하고 수수한 하녀가 그를 아주 작은 응접실로 안내하면서 존함이 어떻게 되느냐고 물었다. "미스터 에드워드 로지어"라고 답한 젊은이는 여주인이 나타날 때까지 자리에 앉아 기다렸다.

독자는 로지어 씨가 빠리의 미국 동포 사회를 빛내는 존재임을 기억하리라. 그가 그곳 동포의 시야에서 잠시 사라졌음 또한 환기할 필요가 있겠다. 그는 여러차례 겨울의 일부를 빠우에서 보냈는데, 규칙이 몸에 밴 신사였으므로 이후 이 매력적인 휴양지를 매년 찾아갈 수도 있었을 것이다. 하지만 1876년 여름에 그의 평소 생각의 관성뿐만 아니라 습관과 절차까지도 바꿔놓는 사건이 일어났다. 북쪽 엥가딘[13]에서 한달을 보내던 그는 쌩모리츠에서 매력적인 처녀를 만났다. 이 자그마한 처녀에게 그는 즉각 특별한 관심을 보이기 시작했다. 그가 찾고 있던 바로 그 가정의 천사라는 생각이 들었던 것이다. 그는 조급하게 구는 적이 없었고, 극도로 신중한 사람이라 당장은 사랑을 고백하지 않기로 했다. 하지만 아가씨는 이딸리아로 남하하고 그는 친구들과 합류할 약속이 잡혀 제네바로 가야만 해서 서로 헤어지게 되었을 때, 그녀를 다시 만날 수 없다면 낭만적으로 비참해질 수밖에 없다는 생각이 들었다. 가장 손쉬운 방법은 가을에 오즈먼드 양이 가족과 함께 살고 있는 로마로 가는 것이었다. 로지어 씨는 이딸리아의 수도로 순례를 떠나서 11월 초에 로마에 도착했다. 쾌적한 순례길이었지만, 이 젊은이로서는 영웅적인 기분으로 떠난 여정이었다. 로마의 기후에 익숙치 않은 그는 11월에 잠복해 있는 악명 높은 말라리아에 노출될 위험이 있었다. 그래도 행운의 여신은 용자의 편에 서는 법이라, 하루에 키니네를 세알씩 복용한 이 모험가는 11월 말이 될 때까지 자신의 만용을 개탄할 이유가 없었다. 어느정도까지는 시간을 잘 활용했다고 할 수 있다. 시간을 들여 팬지 오즈먼드의 자질에서 흠을 찾아내려고 했지만 무위로 돌아간 것이다. 그녀는 감탄스러울 정도로 완벽했다. 끝마감까지 깔끔했다. 정말이지 완벽한 작품이었다. 그는 연모의 상념에 빠져 드레스덴산 자기에 새겨진 양치기 소녀인 듯 그녀를 그려보았다. 꽃처럼 피어나는 오즈먼드 양은 로꼬꼬풍이었는데, 좋아하는 양식이 주로 그 시대인 로지어가 알아보지 못할 리 없는 면모였다. 그가 비교적 경박한 시대의 작품들을 높이 평가한

---

13 휴양지로 유명한 스위스의 골짜기.

다는 건 마담 멀의 응접실에 보이는 관심으로 분명하게 드러났다. (그곳에는 모든 시대의 견본이 다 갖추어져 있었지만 지난 두세기의 품목들이 특히 많았다.) 그는 즉각 외알안경을 쓰고 둘러보았다. "세상에, 정말 멋진 물건들을 소장하고 있군!" 그가 동경하듯 중얼거렸다. 방은 작았고 가구들이 빽빽이 들어섰는데, 빛바랜 비단과 움직이면 쓰러질 것 같은 작은 조상들이 주조를 이뤘다. 로지어는 일어서서 조심스럽게 발걸음을 떼어 돌아다니다 몸을 굽혀 장식용 골동품과 훌륭한 문장紋章을 도드라지게 수놓은 쿠션으로 채워진 테이블들을 들여다보았다. 방에 들어온 마담 멀은 그가 벽난로 선반의 능직 덮개에 달려 있는 훌륭한 레이스 주름 장식에 코를 박고 서 있는 것을 보았다. 그는 냄새라도 맡으려는 듯 섬세하게 천을 들어올렸다.

"오래된 베네찌아산 능직이에요." 그녀가 말했다. "꽤 훌륭하죠."

"이렇게 쓰기에는 너무 훌륭하네요. 옷을 해서 입으세요."

"로지어 씨 아파트에 더 훌륭한 레이스가 같은 용도로 쓰인다고 들었어요."

"아, 하지만 제가 레이스로 옷을 해 입을 수는 없죠."

"못할 게 뭐 있나요. 입을 옷으로는 저것보다 더 좋은 레이스도 있는데."

그는 아쉬운 듯 다시 방을 둘러보았다. "아주 좋은 물건들이에요."

"그렇죠, 하지만 꼴도 보기 싫은걸."

"팔 용의는 있으신가요?" 젊은이가 얼른 물었다.

"아니요, 싫어하는 걸 끼고 있는 것도 나쁘지는 않아요. 기분 전환이 되니까."

"전 소장품을 애지중지해요." 로지어 씨는 명품들을 감상한 흥분에 휩싸여 앉아 있었다. "하지만 제 소장품이나 부인의 소장품 이야기를 하러 온 건 아니에요." 그는 잠시 말을 멈추었다가 더 낮은 목소리로 말했다. "유럽에 있는 모든 골동품보다 오즈먼드 양을 더 사랑해요."

마담 멀은 눈을 크게 떴다. "그 이야기를 하러 왔나요?"

"조언을 구하려고 왔어요."

그녀는 큼직한 흰 손으로 턱을 쓰다듬으면서 우호적으로 미간을 모으고 그를 바라보았다. "사랑에 빠진 남자는 알다시피 조언 같은 건 구하지 않는 법인데."

"어려운 처지에 놓였는데 왜 안되죠? 사랑에 빠진 남자는 자주 그런 처지에 놓여요. 이전에도 그런 적이 있어서 알아요. 하지만 이번처럼 사랑에 빠진 적은 없어요. 정말이지 이 정도는 아니었어요. 무엇보다 가능성이 얼마나 있는지 알고 싶어요. 오즈먼드 씨에게 제가, 뭐랄까요, 진짜 수집가가 탐낼 물건이 아닐 거라는 걱정이 앞서서요."

"내가 중간에 나서주기를 바라는 건가?" 마담 멀은 당당한 팔을 포갠 채 잘생긴 입술의 꼬리를 왼쪽으로 올렸다.

"좋게 한 말씀 해주시면 정말 감사하겠습니다. 오즈먼드 양의 아버지가 결혼을 허락할 거라고 믿을 만한 확실한 이유가 없다면 그 아가씨의 마음을 어지럽혀봐야 소용이 없잖아요."

"아주 사려가 깊군요. 그러면 점수가 올라가지. 그런데 내가 로지어 씨를 대단한 신랑감으로 생각한다는 걸 당연하게 받아들이나봐요."

"그동안 아주 잘해주셔서요." 젊은이가 말했다. "그래서 뵈러온 거예요."

"난 루이 14세 시대의 훌륭한 가구를 가진 사람에게는 언제나 잘해줘요. 이제는 아주 구하기 힘들어서 얼마를 쳐줄지 알 수 없으니까." 이렇게 말하고 마담 멀의 왼쪽 입꼬리가 농담으로 한 말임을 가리켰다.

그럼에도 그는 사뭇 걱정스럽고 여전히 진지한 표정이었다. "아, 저를 있는 그대로 좋아하시는 줄 알았어요!"

"당신을 아주 좋아해요. 하지만 분석은 하지 않기로 합시다. 내가 손윗사람처럼 구는 걸로 들리면 미안. 나로 말하자면 로지어 씨를 완벽한 작은 신사라고 생각해요. 하지만 팬지 오즈먼드의 결혼에 내가 왈가왈부할 입장이 아니라는 점은 밝혀두어야겠네."

"그렇게 생각하는 건 아닙니다. 하지만 그분 가족과 가까우신 것 같아서 힘써주실 수도 있다는 생각이 들어서요."

마담 멀이 생각에 잠겼다. "그분 가족이라니 누구를 말하는 건가?"

"그야, 아가씨의 아버지, 그리고 영어로 뭐라고 부르죠? 그 아가씨의 계모를요."

"오즈먼드 씨는 물론 그 아가씨의 아버지지. 하지만 그 사람 아내야 가족이라고 할 수는 없지. 오즈먼드 부인은 팬지의 결혼에 의견을 낼 입장이 전혀 아니에요."

"그건 유감이네요." 로지어 씨가 선량하게 온화한 한숨을 내쉬며 말했다. "오즈먼드 부인은 절 지지해줄 텐데요."

"그럴 가능성이 높지요. 남편이 반대한다면."

그는 눈썹을 치켜떴다. "남편과 엇나가나요?"

"모든 면에서. 두 사람 생각이 아주 다르거든요."

"그래요," 로지어가 말했다. "그건 유감이네요. 하지만 제가 상관할 일은 아니죠. 팬지에게는 아주 다정하게 대하던데요."

"그래요, 팬지에게 아주 잘하지."

"그리고 팬지도 계모를 아주 좋아해요. 오즈먼드 부인을 친어머니처럼 사랑한다고 했어요."

"어쨌거나 그 가엾은 아이와 속이야기를 나눴나보군." 마담 멀이 말했다. "로지어 씨, 마음을 털어놓았나요?"

"천만에요!" 로지어가 단정하게 장갑을 낀 손을 들어올리면서 외쳤다. "부모님의 심중을 확신하기 전까진 그럴 수 없죠."

"그럼 언제까지라도 기다릴 건가? 로지어 씨는 훌륭한 원칙을 가지고 있네. 예법을 존중하니까."

"절 비웃으시나봐요." 의자에 도로 주저앉은 젊은이가 작은 콧수염을 어루만지면서 중얼거렸다. "그럴 분이라고는 생각 안했는데요."

그녀는 사물을 있는 그대로 바라보는 사람처럼 차분하게 고개를 가로저었다. "날 제대로 평가해주지 않네. 로지어 씨 행동은 품위 있고 또 최선의 처신이라고 생각해요. 그래요, 난 그렇게 생각해요."

"그 처녀의 마음을 어지럽힐 수는 없어요. 어지럽히기만 할 거라면. 그러기에는 너무 사랑해요."

"어쨌든 내게 털어놓기를 잘했어요." 마담 멀이 말을 이었다. "내게 잠시 맡겨둬요. 도울 수 있을 것 같으니까."

"도와줄 분이 바로 당신이라고 했잖아요!" 손님이 즉각 의기양양하게 외쳤다.

"정말 머리 잘 썼어요." 마담 멀이 더 메마른 말투로 말했다. "내가 돕겠다고 한 말은 로지어 씨가 청혼 자격을 갖췄다는 가정하에서라는 의미예요. 그 점을 좀 생각해봐야 하겠는데."

"아시다시피 전 아주 반듯한 사람입니다." 로지어가 진지하게 말했다. "단점이 없다고 말씀드리지 않겠지만, 악덕은 없다고 단언할 수 있어요."

"모두 뭐가 없다는 이야기이고, 게다가 반듯한가 여부는 사람들이 뭘 악덕이라고 부르느냐에 달려 있지. 적극적으로 내세울 면은 뭐가 있나요? 미덕이라고 할 수 있는 게 뭐죠? 에스빠냐산 레이스와 드레스덴 찻잔 말고 갖고 있는 게 뭐죠?"

"편하게 살 만한 재산은 있어요. 연수입이 사만 프랑이에요. 제가 규모 있게 돈을 쓰기 때문에 그 수입으로 저희 둘이 멋지게 살수 있어요."

"멋지게는 아니지. 충분히 살 수는 있겠지만. 그나마 그것도 어디 사느냐에 달려 있지."

"글쎄요, 빠리요. 빠리에서 살아보려고요."

마담 멀의 입꼬리가 왼쪽으로 올라갔다. "근사한 삶은 아닐걸. 찻잔을 사용해야만 할 테고, 그러다보면 찻잔이 깨질 테지."

"저희는 그런 삶을 원하는 게 아니에요. 오즈먼드 양이 예쁜 것들을 가질 수만 있으면 그걸로 충분해요. 그 사람처럼 예쁘면, 예컨대 싸구려 오지그릇을 써도 상관없어요. 그녀는 옥양목으로 만든 옷만 입어야 해요. 무늬도 없는 옥양목요." 로지어가 생각에 잠겨 말했다.

"무늬도 안된다고? 어쨌든 그 아이가 그런 논리를 펵도 고마워하겠네."

"그런 논리가 맞는 게 확실해요. 그녀도 공감할 거예요. 이런 걸다 이해해요. 그래서 제가 그 처녀를 사랑하는걸요."

"아주 착한 아이이고, 아주 단정하고 더할 나위 없이 우아하지. 하지만 개 아버지는 내가 아는 한 지참금을 한푼도 줄 수 없을걸요."

로지어는 거의 항변하지 않았다. "지참금은 조금도 바라지 않아요. 그래도 오즈먼드 씨가 재산가처럼 살고 있다는 점은 짚고 넘어가야겠네요."

"돈은 그의 아내 거예요. 큰 재산을 갖고 시집왔거든요."

"그런데 오즈먼드 부인이 의붓딸을 아주 사랑하거든요. 좀 생각해줄 수도 있겠죠."

"사랑의 열병에 빠졌다더니 볼 건 다 보고 있군!" 마담 멀이 웃음을 터뜨리면서 큰 소리로 말했다.

"전 지참금을 소중하게 생각해요. 없어도 살 수 있지만, 소중하게 생각한다고요."

"오즈먼드 부인은," 마담 멀이 말을 이었다. "자기 자식들에게 재산을 남겨주고 싶어하겠지."

"자기 자식들이라니요? 아이가 없잖아요."

"생길 수도 있으니까. 이년 반 전에 아들을 하나 낳았는데 가엾게도 육개월 만에 잃었어요. 그러니까 아이를 더 가질 수 있다는 거지."

"그렇게 되길 빕니다. 그래서 행복해진다면요. 정말 멋진 여자거든요."

마담 멀은 찬사로 화답하지 않았다. "아, 그녀에 관해서는 할 말이 아주 많지요. 물론 멋있다고 할 수 있겠지! 로지어 씨가 훌륭한 신랑감이라고 우리가 확실하게 입증하지는 못했네. 악덕이 없다고 해서 수입이 생기는 건 아닐 테니까."

"외람되지만 생길 수 있다고 생각해요." 로지어가 분명하게 말했다.

"애처로운 한쌍이 되겠군. 천진함을 호구지책을 삼다니!"

"절 과소평가하시는군요."

"그 정도로 천진하지는 않다고? 진지하게 생각해보면," 마담 멀이 말했다. "연수 사만 프랑과 점잖은 성격은 생각해볼 만한 조합이긴 해요. 반색하고 덤빌 조건은 아니지만 그보다 못한 혼처도 있을 수 있으니까. 하지만 오즈먼드 씨는 그보다 더 나은 결혼을 할 수 있다고 생각할걸요."

"오즈먼드 씨는 그럴 수 있겠죠. 하지만 따님은 어쩌고요? 사랑하는 남자와 결혼하는 거보다 더 나은 결혼을 할 수는 없죠. 그 처녀는 절 사랑하거든요." 로지어가 열심히 덧붙였다.

"그래, 알고 있어요."

"아," 젊은이가 외쳤다. "도와줄 분은 바로 당신이라고 했잖아요."

"그런데 그 아이에게 물어보지 않았다면서 어떻게 안다고 하는지 모르겠군." 마담 멀이 말을 이었다.

"이런 경우는 묻고 자시고 할 필요가 없는 거예요. 말씀하셨다시피 저희는 천진한 한쌍이니까요. 그런데 어떻게 아신 건가요?"

"천진하지 않은 내가 말인가? 아주 솜씨 있게 알아냈지. 내게 맡겨봐요. 알아봐줄 테니까."

로지어는 가려고 일어서서 모자를 쓰다듬었다. "좀 냉담하게 말씀하시네요. 알아보지만 마시고요, 어떻게 일이 좀 되게 해주세요."

"최선을 다할게요. 로지어 씨의 장점을 최대한 선전할게요."

"정말 감사드립니다. 그럼, 그사이 저는 오즈먼드 부인에게 귀띔할게요."

"그렇게 하지 않는 게 좋겠어요!¹⁴" 그리고 마담 멀은 일어섰다.

"오즈먼드 부인이 끼어들게 해서는 안돼요. 그랬다가는 일을 다 그르칠 테니까."

로지어는 그의 모자 안을 들여다보았다. 그녀를 찾아온 것이 과연 잘한 일인지 의구심이 들었다. "말씀을 알아듣지 못하겠네요. 오즈먼드 부인은 제 오랜 친구이고, 제가 팬지와 잘되길 바랄 겁니다."

"오랜 친구 노릇이야 좋으실 대로 잘해보시고. 그런 친구가 많으면 많을수록 오즈먼드 부인에게 좋겠지. 새로운 친구들과는 썩 잘 지내지 못하는 것 같으니까. 하지만 당분간은 부인의 지원을 받으려고 하지 않는 게 좋아요. 남편이 다른 생각을 갖고 있을 수도 있고, 오즈먼드 부인이 행복하기를 비는 사람으로서 둘이 다툴 거리를 더하지 말라고 충고하고 싶네요."

가엾은 로지어의 얼굴에 걱정스러운 표정이 떠올랐다. 정식 절차를 선호하는 그였지만 팬지 오즈먼드에게 구혼하는 건 생각보다 훨씬 복잡한 일이었다. 하지만 최상의 소장품 세트를 조심스럽게 간수한 사람의 것과 같은, 표면 아래 감춰진 매우 훌륭한 분별력이 그에게 도움이 되었다. "제가 왜 오즈먼드 씨 걱정을 해야만 하는지 모르겠군요!" 그가 큰 소리로 말했다.

"그러게요, 하지만 오즈먼드 부인 걱정은 해야지. 오랜 친구라고 하지 않았나요. 그 사람을 힘들게 할 생각인가요?"

"그럴 리가요."

"그럼 아주 조심해야지. 그리고 내가 상황을 좀 살펴볼 때까지 잠자코 있고."

"가만히 있으라고요? 친애하는 부인, 제가 사랑에 빠졌다는 사

---

14 (프) Gardez-vous en bien!

실을 기억하세요."

"아, 그렇다고 다 타버리지는 않겠지. 말을 듣지 않을 거면 왜 날 찾아왔나요?"

"당신은 정말 좋은 분이세요. 말씀을 따를게요." 젊은이가 약속했다. "하지만 오즈먼드 씨는 너무 냉혹한 분 같아요." 그는 문 쪽으로 가면서 온화한 목소리로 덧붙였다.

마담 멀은 코웃음을 터뜨렸다. "처음 듣는 이야기는 아니에요. 하지만 그 사람 아내도 만만치는 않을걸."

"아, 아주 대단한 여자예요!" 네드 로지어가 작별을 고하면서 되풀이해 말했다.

신중함의 본보기가 된 신랑 후보자로서 그에 값하는 처신을 해야겠다고 다짐했지만, 오즈먼드 양의 집을 때때로 방문해 사기를 북돋워도 마담 멀과의 약속을 깨뜨린 건 아니라고 로지어는 생각했다. 그리고 마담 멀이 한 말을 계속 되새겨보았고, 그녀의 다소 신중한 말투에서 받은 인상을 마음속으로 복기했다. 빠리에서 쓰는 말로, 그녀를 믿고 갔지만, 너무 성급했을 수도 있다. 자신이 경솔했다는 생각을 — 그런 질책을 당한 적이 거의 없었기 때문에 — 받아들이기 어려웠다. 하지만 마담 멀을 알게 된 건 지난달에 불과했고, 따지고 들자면 아주 호감 가는 여자라고 생각한다고 해서 그녀가 팬지 오즈먼드를 자기 팔에 안겨주려고 노력할 거라고는 사실 가정할 수 없었다. 그의 팔이 우아하게 팬지를 맞이할 준비가 되어 있기는 하지만 말이다. 마담 멀은 그에게 정말 다정하게 굴었고, 처녀의 집안에서 중요하게 생각하는 인물이기도 했다. 그 집에서 그녀가 무람없이 굴지 않으면서 친밀한 사이임을 인상적으로 드러내는 걸 보고 로지어는 어떻게 저렇게 처신을 잘하나 여러번 감탄해 마지않았다. 그러나 그가 그러한 장점들을 과대 평가했을 수 있다. 마담 멀이 자신을 위해 수고해줄 이유는 없었다. 호감이 가는 여자는 누구에게나 호감을 보이게 마련이니까. 마담 멀이 잘해준다는 이유만으로 가서 청을 넣었다는 생각에 로지어는 멍청한 짓을 했다는 기분이 들었다. 농담 삼아 말하는 것처럼 보였 지만, 실제로는 그가 소장한 골동품만 생각하고 있었을지 모른다. 그의 소장품 중에 일급을 두세점 내놓겠다는 제안을 하리라고 생 각한 걸까? 오즈먼드 양과 결혼하게 도와만 준다면, 자신의 소장품 전부를 그녀에게 선물로 내줄 수도 있었다. 대놓고 그렇게 말할 수 는 없었다. 너무 천박한 뇌물같이 보일 테니 말이다. 하지만 그녀가 자기의 진심을 믿어주었으면 했다.

이런 생각을 하면서 그는 다시 오즈먼드 부인의 집으로 갔다. 오 즈먼드 부인은 매주 목요일 저녁에 손님을 맞이했는데, 그때 그 집 을 방문하는 건 예의의 일반 법칙에 따라 설명할 수 있었다. 로지 어가 잘 제어한 연심의 대상은 로마 중심부에 소재한 높은 저택에 살고 있었다. 파르네세[15] 근처 양지바른 작은 광장이 내려다보이는 음산하고 육중한 건물이었다. 귀여운 팬지도 로마에서는 궁이라고 부르는 곳에서 살았지만, 가엾은 로지어의 걱정스러운 마음으로 보 면 토굴 감옥이었다. 까다로운 아버지의 환심을 살 수 있을지 의심 스러운 상황에서 결혼하고 싶은 아가씨가 요새 같은 성에 갇혀 있 는 게 불길한 전조로 느껴졌다. 장엄한 옛 로마식 이름이 붙은 이 커 다란 건축물에서는 길이 남을 만한 행위와 범죄, 술책과 폭력의 냄 새가 났고, 관광책자에도 언급이 된 건물이라 관광객들이 와서 건

---

15 16세기 로마의 화려한 궁전.

성으로 둘러본 다음 실망하고 우울한 기분에 빠졌고, 일층에는 까라바조[16]의 프레스꼬 벽화가, 이끼 긴 벽감에서 분수가 용솟음치는 습기 찬 안마당 위로 돌출된 아름다운 아치형의 널찍한 야외 회랑에는 훼손된 조상과 먼지투성이 항아리들이 줄지어 있었다. 정신이 딴 데 팔린 상태가 아니었다면 그는 빨라쪼 로까네라를 제대로 평가했으리라. 오즈먼드 부인이 이전에 그에게 말했듯 로마에 정착하기로 했을 때 남편과 둘이서 로마 고유의 특색 때문에 이 집을 선택했다고 말한 취지에 공감할 수도 있었으리라. 그 집은 로마 특유의 개성이 있었다. 리모주 에나멜[17]에 관해 정통한 것만큼 건축에 대해서 알지는 못하지만, 창문의 비율이라든가 벽 윗부분의 정교한 장식이 꽤 웅장한 분위기를 풍긴다는 것쯤은 알 수 있었다. 하지만 예스러운 시대에는 진실한 사랑을 갈라놓으려고 어린 처녀들을 그곳에 가둬놓았고, 수녀원으로 보낸다는 협박에 못 이겨 성스럽지 못한 결혼을 했다는 이야기가 로지어의 머리를 떠나지 않았다. 하지만 일단 오즈먼드 부인이 손님을 맞이하는 이층의 따뜻하고 화려한 방들로 들어서면, 그는 언제나 한가지 사실은 공정하게 평가했다. 이 사람들이 '좋은 물건들'을 알아보는 안목이 탁월하다는 점을 인정한 것이다. 오즈먼드 부인은 그건 남편의 안목이지 자신과 무관하다고 말해주었다. 그가 이 집에 처음 왔을 때였는데, 빠리에 사는 자기보다 이 집에 더 훌륭한 '프랑스' 물건이 있는가를 약 15분간 따져보다가, 그 자리에서 "그렇다, 훨씬 많이"라고 인정한 다음, 신사라면 마땅히 그래야 하듯 부러운 마음을 억누르

----

16 까라바조(Caravaggio, 1571?~1610). 이딸리아의 화가.
17 프랑스 리모주에서 생산되는 에나멜 제품. 16~17세기 유럽에서 만든 에나멜 도기 중 최고로 꼽힘.

고 안주인에게 소장품들을 진심으로 칭찬했다. 오즈먼드 부인은 남편이 결혼 전에 상당히 수집했고, 지난 삼 년 동안 좋은 물건들을 많이 추가했지만, 가장 훌륭한 소장품들은 그녀의 조언 덕분이라고 할 수 있기 이전에 구입했다고 말해주었다. 로지어는 자기 나름의 원칙에 따라 이 정보를 해석했다. '조언'을 '현금'으로 읽어야 한다고 생각한 것이다. 길버트 오즈먼드가 빈한한 시절에 가장 중요한 노획물을 손에 넣었다는 사실은 그가 신봉하는 원리를 확인해주었다. 골동품을 수집하는 사람은 인내심만 있다면 가난 정도는 가벼이 여겨도 된다는 원칙 말이다. 일반적으로 로지어가 목요일 저녁 모임에 참석할 때 그는 제일 먼저 큰 홀의 벽에 눈길을 주었다. 그가 간절히 소장하고 싶은 서너 점이 벽에 걸려 있었기 때문이다. 하지만 마담 멀에게 마음을 털어놓고부터는 자신이 정말 심각한 상황에 처했음을 실감하게 되었다. 저택에 들어선 지금 그는, 어느 집 문지방을 넘건 언제나 모든 것을 느긋하게 받아들이는 신사의 미소를 띠고, 그런 신사에게 허용되는 만큼 열심히 이 집 딸을 찾았다.

37장

첫번째 방, 요면으로 된 천장과 퇴색한 붉은 능직으로 벽을 장식한 큰 방에는 팬지가 없었다. 오즈먼드 부인은 대개 그곳에 자리를 잡고 앉아 있었지만, 오늘밤은 늘 있는 자리에 보이지 않았고 특별히 친한 사람들 한 무리가 벽난로 주변에 모여 있었다. 조명이 골고루 비쳐 차분하게 붉은빛을 띤 그 방에는 큼직한 가구가 배치되었고 거의 언제나 꽃향기가 났다. 이런 날이면 팬지는 젊은 축들이 모여 있는 그다음 방─그곳에서 차를 대접했다─에 있기 쉬웠다. 오즈먼드는 벽난로 옆 굴뚝에 뒷짐을 지고 기대서서 발을 하나 들어 발바닥을 녹이고 있었다. 주변에는 여남은명이 흩어져서 대화를 나누고 있었지만 그는 끼지 않았다. 종종 그러하듯이 눈앞에 비치는 실물보다 더 가치 있는 대상에 주의를 기울이고 있다는 눈빛이었다. 손님의 내방을 알리는 절차 없이 들어온 로지어는 그의 관심을 끄는 데 실패했다. 남편보다는 아내를 만나러 왔음을 어느 때보다 더 의식했음에도 불구하고, 격식을 중시하는 젊은이인지라 그에게 악수를 청하러 다가갔다. 오즈먼드는 자세를 바로 하지도 않고 왼손을 내밀었다.

"평안한가? 안사람은 어디 있을 거네."

"걱정 마세요. 찾을 수 있을 겁니다." 로지어가 기운차게 말했다.

하지만 오즈먼드는 그를 뚫어져라 바라보았다. 평생 이렇게 사무적인 관찰을 당한 적이 없다는 생각이 스쳤다. "마담 멀이 운을 뗐지만, 탐탁지 않으시다 이거지." 로지어는 마음속으로 생각했다. 마담 멀을 찾아보았는데, 역시 눈에 띄지 않았다. 다른 방에 있거나 아니면 늦게 나타날 모양이었다. 젠체한다는 느낌이 들었기 때문에 그는 길버트 오즈먼드에게 각별한 호감이 없었다. 하지만 로지어는 쉽게 화를 내는 사람이 아니었고, 예의범절에 관한 한 도리를 다하고자 하는 강한 욕구가 있었다. 상대방이 입을 봉하고 있는 가운데 주변을 둘러보면서 미소를 지은 그는 잠시 후 이렇게 말을 걸었다. "오늘 아주 훌륭한 까뽀 디 몬떼[18]를 한점 봤습니다!"

---

18 18세기 로꼬꼬풍 자기를 생산한 나뽈리 근교 지역 이름.

오즈먼드는 아무 말도 하지 않았다. 하지만 이윽고 난롯불에 장화 바닥을 쬐면서 대꾸했다. "난 까뽀 디 몬떼에는 조금도 흥미가 없네."

"흥미를 잃으신 건 아니겠죠?"

"낡은 항아리와 접시 말인가? 그렇군, 흥미가 없어졌네."

로지어는 잠시 자신이 난감한 입장에 처했다는 사실을 잊었다. "한두점 내놓으실 생각은 없으신가요?"

"아니, 전혀 내놓을 생각이 없소, 로지어 씨." 오즈먼드가 아직도 손님의 눈을 들여다보고 말했다.

"아, 갖고 계신 건 뇌두되 보태지는 않으신다는 거죠." 로지어가 밝은 목소리로 말했다.

"그렇지, 짝을 이룰 만한 게 전혀 없으니까."

가엾은 로지어는 얼굴이 붉어진 것을 의식했다. 자신감 부족이 속상했다. "아, 그러세요, 전 있는데요"라고 중얼거리는 게 그가 할 수 있는 전부였다. 돌아서면서 중얼거렸기 때문에 그나마 다 들리지도 않았으리라. 옆방으로 가다가 그는 깊이 들어간 문간에서 걸어나오는 오즈먼드 부인과 마주쳤다. 검은 벨벳 드레스를 입고 있는 그녀는 고상하고, 그가 말했듯이, 멋졌다. 게다가 빛이 날 정도로 상냥해 보였다! 우리는 로지어 씨가 오즈먼드 부인을 어떻게 생각하는지, 그리고 부인에 대한 찬사를 마담 멀에게 어떻게 표현했는지 알고 있다. 그 사랑스러운 의붓딸을 높이 평가하듯 그런 찬사도 부분적으로 장식적인 특성을 알아보는 안목, 진품을 분별하는 그의 직감에 근거했다. 하지만 목록으로 작성할 수 없는 가치를 알아보는 분별력도 한몫했다. 분실되었든 재발견되었든, 깨지기 쉬운 세공품에 심취했음에도 그는 기록과 무관하게 발하는 '광채'의 비밀을 알아볼 힘을 아직까지는 잃지 않았다. 현재의 오즈먼드 부인은 그의 취향을 만족시킬 만했다. 세월의 손길은 그녀를 더 풍요롭게 하는 데 기여했을 따름이었다. 젊음의 꽃은 시들지 않았고 가지 위에 더 차분하게 매달려 있었다. 남편이 내심 못마땅하게 생각한 성급한 열정 같은 건 사라졌다. 옛날보다는 더 참을 수 있다는 듯한 태도였다. 어쨌든 금빛으로 칠한 문틀을 배경으로 선 그녀는 우리의 젊은이에게 우아한 귀부인의 그림 같았다. "내가 꼬박꼬박 나타난다는 걸 알겠죠." 그가 말했다. "하지만 나 말고 그럴 사람이 누가 또 있겠어요?"

"그래요, 여기 있는 누구보다도 당신을 안 지 오래됐죠. 하지만 아련한 옛 추억에 빠져서는 곤란해요. 아가씨 한사람 소개해줄게요."

"아, 좋지요. 어떤 아가씨요?" 로지어는 아주 정중하게 답했지만, 그가 온 목적은 그게 아니었다.

"벽난로 옆에 앉아 있는 분홍색 드레스를 입은 처녀인데, 대화 상대가 아무도 없어요."

로지어는 잠시 머뭇거렸다. "오즈먼드 씨가 상대해주면 안되나요? 바로 가까이에 있잖아요."

오즈먼드 부인도 머뭇거렸다. "활기찬 아가씨가 아니라서요. 그이는 따분한 사람을 좋아하지 않아요."

"그런데 난 괜찮다는 건가요. 아, 이런, 그건 좀 심한데요!"

"로지어 씨에게는 두사람 몫의 화제가 있다는 뜻으로 한 말이에요. 그리고 자상한 마음씨를 가졌으니까."

"부군도 그렇죠."

"아니요, 그 사람은 그렇지 않아요. 나한테는." 그리고 오즈먼드 부인은 애매하게 웃었다.

"그렇다면 두배로 다른 여자들에게 자상하게 대해야 마땅하지요."

"나도 그래 마땅하다고 말해요." 그녀는 여전히 웃으면서 말했다.

"차 한잔 마시고 싶은데." 로지어는 저 너머를 동경하는 듯 말을 이었다.

"그거 잘됐네요. 가서 저 아가씨에게 한잔 갖다줘요."

"좋아요, 하지만 그다음 저 처녀는 운명에 맡길 거예요. 사실 전 오즈먼드 양을 만나고 싶어 죽을 지경이거든요."

"아," 이저벨이 돌아서 가며 말했다. "그건 내가 도와줄 수 없네요!"

5분 후에 분홍색 옷을 입은 규수를 다른 방으로 인도해 찻잔을 건네고 나서 그는 오즈먼드 부인에게, 내가 방금 인용했듯이, 고백한 게 마담 멀과 한 약속의 정신에 어긋나는지 자문했다. 그런 문제는 이 젊은이의 마음을 상당 기간 사로잡을 수 있었다. 하지만 그는 결국 무모해지기로 했다. (상대적으로 하는 말이다.) 약속을 어기게 되든 말든 개의치 않기로 했다. 분홍색 옷을 입은 규수를 운명에 맡기겠다는 그의 위협은 그렇게 끔찍한 결과로 이어지지 않았다. 손님을 위해 차를 만들어준 팬지 오즈먼드가 — 팬지는 여전히 차 준비하는 것을 좋아했다 — 곧 처녀에게 다가와 말을 걸었기 때문이다. 이들의 가벼운 대화에 에드워드 로지어는 끼어들지 않았다. 그는 사랑하는 작은 여인을 우울하게 지켜보았다. 우리가 지금 그의 눈으로 그녀를 바라본다면, 삼년 전 피렌쩨에서 오즈먼드와 아처 양이 어른들끼리 중요한 이야기가 있으니 까시네 주변을 돌아보고 오라며 보낸, 순종적인 작은 소녀의 모습이 처음에는 그렇게 많이 남아 있지 않다고 할 것이다. 하지만 잠시 후, 숙녀로 성장한 열아홉살 팬지는 그런 역할을 사실상 채워넣고 있지 못함을 우리는 알게 되리라. 그녀가 아주 예쁘게 자랐다 해도 여성의 외모에서 스타일로 불리고 평가되는 그런 자질이 애처로울 정도로 결여되었고, 새 옷은 잘 차려입었지만, 마치 특별한 행사를 위해 빌려 입은 듯이, 맵시 있는 옷을 잘 단속하려고 표나게 애를 썼다. 이런 결점에 주목할 사람이 있다면 바로 에드워드 로지어일 듯싶었다. 그리고 실제로 이 아가씨의 특성이라면 어느 것이든 그가 주목하지 않는 것이 없었다. 다만 그는 이 아가씨의 자질에 자기 나름의 명칭을 부여했고 실제로 그중 어떤 것은 아주 잘 어울렸다. "아냐, 그녀는 독특해. 절대적으로 독특해." 그는 이렇게 중얼거렸다. 그리고 단 한순간도 그녀가 스타일이 결여되었음을 인정하지 않았다고 믿어도 좋다. 스타일이라고? 이 아가씨에게는 작은 공주의 스타일이 있다. 그 점을 놓친다면 장님이나 다름없다. 그녀는 현대적이지 않고, 자의식이 없고, 브로드웨이에서는 주목받지 못하리라. 하지만 빳빳하고 작은 드레스를 입은 이 귀엽고 진지한 규수는 꼭 벨라스께스[19]의 명화에 그려진 바로 그 '공주'Infanta처럼 보였다. 팬지를 매력적인 구석이라고 생각하는 에드워드 로지어에게는 그것으로 충분했다. 그녀의 걱정스러운 눈, 매력적인 입술, 홀쭉한 몸매는 어린아이의 기도처럼 그의 마음을 움직였다. 순간 그녀가 어느 정도까지 자기를 좋아하는지 정확히 알고 싶은 강렬한 욕망에 사로잡혔다. 그 때문에 좌불안석이 되었고, 열이 나서 이마를 손수건으로 닦아야만 했다. 그는 이렇게 조바심이 난 적이 없었다. 그녀는 (프랑스 희곡에 등장하는) 너무도 완벽한 '천진한 소녀'였고, 그런 '천진한 소녀'에게는 그 점을 분명히 하는 데 필요한 질문을 할 수

19 디에고 벨라스께스(Diego de Velásquez, 1599~1660). 에스빠냐의 국왕 펠리뻬 4세 딸 마르가리따 떼레사의 초상화를 그린 것으로 유명한 에스빠냐의 화가.

없는 법이다. 로지어가 언제나 꿈꿔왔던 것이 '천진한 소녀', 프랑스인이 아닌 '천진한 소녀'였다. 왜냐하면 프랑스 국적은 문제를 복잡하게 할 것 같은 느낌이 들었기 때문이다. 그는 팬지가 신문도 읽은 적이 없고, 소설로 말하자면 월터 스콧 경의 소설 정도를 읽은 것이 고작이라고 확신했다. 미국 출신의 '천진한 소녀', 이보다 더 좋은 게 어디 있으랴? 그녀는 감정을 솔직히 드러냈고 쾌활했지만, 산책도 혼자 한 적이 없을 테고, 남자들에게 편지를 받아본 적도 없을 테고, 풍속희극을 보러 극장에 간 적도 없으리라. 이런 상황에서 이 순진한 아가씨에게 사랑을 직접 고백하는 건 분명 손님의 도리를 어기는 일임을 로지어는 부정할 수 없었다. 하지만 곧바로 손님의 도리가 세상에서 가장 신성한 도리인지를 자문하는 위험한 생각을 하게 되었다. 그가 오즈먼드 양에게 품은 감정이 훨씬 더 중요하지 않은가. 그렇다, 그에게는 아주 중요하다. 그러나 이 집 주인에게는 그렇지 않을 수 있다. 한가지 위안거리는 있었다. 마담 멀이 이 신사에게 주의할 것을 당부했지만, 그가 팬지에게까지 조심을 시키지는 않았으리라. 매력적인 젊은이가 그녀와 사랑에 빠졌노라고 알리는 게 오즈먼드의 방침 중의 하나는 아니리라. 하지만 이 호감 가는 젊은이는 그녀와 사랑에 빠졌고, 상황에 가해진 모든 규제는 그의 짜증을 돋우는 결과를 낳았다. 길버트 오즈먼드가 악수랍시고 왼손가락 두개만 내민 것은 도대체 무슨 뜻인가? 오즈먼드가 무례하게 군다면 과감하게 행동해도 되리라. 분홍색 옷으로 뽐내듯 차려입은 따분한 아가씨가 자기 어머니의 부름에 응답하고 나자, 그는 아주 과감하게 행동하고 싶었다. 방으로 들어온 그녀의 어머니는 로지어에게 의미심장하게 억지웃음을 지으며 딸에게 관심이 있는 다른 청년들이 있는 곳으로 데리고 가겠다고 말했다. 모녀는 함께 나갔고, 이제 팬지와 사실상 단둘이 있게 되느냐 여부는 순전히 그에게 달려 있었다. 그는 그녀와 단둘이 있은 적이 없었다. '천진한 아가씨'와 단둘이 있은 적도 없었다. 중요한 순간이었다. 가엾은 로지어는 다시 이마의 땀을 닦았다. 그들이 있는 방을 가로지르면 방이 하나 더 있었다. 문이 열려 있고 불도 켜 있었지만 모인 사람들의 수가 많지 않아서 저녁 내내 비어 있던 방이었다. 아직도 비어 있었다. 담황색으로 실내 장식을 한 방인데, 램프가 여러개 켜 있었다. 열린 문을 통해서 보니 공인된 사랑의 신전처럼 보였다. 로지어는 잠시 문틈으로 들여다보았다. 팬지가 가버릴까봐 걱정되어서 손을 뻗어 그녀를 붙잡을 뻔했다. 하지만 같이 있던 처녀가 자리를 뜬 다음에도 팬지는 남아 있었고, 방 저쪽 끝에 모여 있는 한 무리의 손님 쪽으로 가려는 움직임도 보이지 않았다. 잠시 그녀가 너무 겁이 나서, 움직이지 못할 정도로 겁이 나서 그러고 있다는 생각이 들었다. 하지만 다시 보니 그런 것 같지 않았고, 그러자 겁을 내기에 너무 순진한 거라는 생각이 들었다. 한참을 망설이고 나서 그는 아주 매력적이면서 정갈해 보이는 노란 방을 구경해도 되겠느냐고 그녀에게 물었다. 가구를 구경하기 위해 ― 제1제정 시대의 가구였다 ― 특히 그 시대의 거대한 고전적 구조물인 괘종시계에 찬사를 보내기 위해 (실제로는 좋다고 생각하지 않았지만) 오즈먼드와 이미 가본 방이었다. 그러므로 이제 작전 개시라는 기분이 들었다.

"물론이죠, 가보셔도 돼요." 팬지가 말했다. "괜찮으시다면 제가 안내해드릴게요." 그녀는 조금도 겁을 먹지 않았다.

"제 기대에 딱 맞는 말씀을 하시네요. 당신은 정말 상냥해요." 로지어가 낮은 목소리로 말했다. 둘은 함께 그 방으로 들어갔다. 사실

로지어는 그 방이 아주 흉하다고 생각했고, 한기를 느꼈다. 팬지도 같은 생각이 들었던 것 같다. "겨울 저녁나절을 보내기 좋은 방은 아니에요. 여름이 더 좋아요." 그녀가 말했다. "이 방은 아빠의 취향대로 꾸몄어요. 취향이 고상하세요."

로지어도 그렇다고 생각했다. 하지만 천박한 취향을 드러내는 면도 있었다. 그는 주변을 돌아보았다. 이런 상황에서 뭐라고 해야 할지 몰라서였다. "오즈먼드 부인은 방을 꾸미는 데 관심이 없으신가요? 그런 취미가 없으세요?"

"오, 아니에요, 아주 많으세요. 하지만 문학을 더 좋아하세요." 팬지가 말했다. "그리고 이야기하는 걸 좋아하세요. 물론 아빠는 둘 다 좋아하시죠. 모르는 게 없으세요."

로지어는 잠시 침묵했다. "부친께서 안다고 확신하시는 게 한가지 있어요!" 이윽고 그가 말문을 열었다. "제가 이곳에 온 건, 그분과 정말 매력적인 오즈먼드 부인께는 송구하지만, 사실은 당신을 보기 위해서예요!"

"절 보려요?" 팬지가 막연하게 걱정스러운 눈길을 들어 그를 보았다.

"당신을요. 그래서 오는 거예요." 로지어는 권위에 저항하는 흥분을 느끼며 반복했다.

팬지는 천진하고 진지하고 진솔하게 그를 바라보면서 서 있었다. 홍조가 그녀의 얼굴을 더 수줍게 만들지는 않았다. "그래서 오신다고 생각했어요."

"불쾌한 마음이 들지는 않았어요?"

"어떤 마음인지 몰랐어요. 알지 못했으니까요. 제게 아무 말씀도 안하셨잖아요." 팬지가 말했다.

"기분 상하실까봐 걱정했어요."

"기분 상하지 않았어요." 처녀는 천사가 키스를 해준 것처럼 웃었다.

"그건 날 좋아한다는 소린가요, 팬지?" 로지어는 너무나 행복해하면서 아주 부드럽게 물어봤다.

"네 — 당신을 좋아해요."

두 사람은 다른 사람들의 눈에 띄지 않을 정도로 방 깊숙이 들어가 커다란 제1제정 시대의 시계가 높이 자리 잡고 있는 벽난로 선반까지 걸어갔다. 이 세마디를 하는 그녀의 어조가 자연의 숨결 같아서 그는 대답 대신 그녀의 손을 잡고 잠시 후 입술로 가져갔다. 그녀는 여전히 청순하고 의심을 모르는 미소를 지으며, 이루 말할 수 없이 수동적인 태도로 가만히 있었다. 그녀는 그를 좋아했다. 그동안 그를 줄곧 좋아했다. 이제 무슨 일이 일어나도 좋았다! 그녀는 준비가 되었다. 그가 말할 때까지 기다리면서 전부터 준비가 되어 있었다. 그가 말하지 않았더라도 영원히 기다렸으리라. 그러나 말이 떨어지자 그녀는 흔든 나무에서 복숭아가 떨어지듯 다가왔다. 그녀를 끌어당겨 꼭 껴안는다면 아무런 말 없이 따를 거라고, 아무런 질문 없이 거기 그대로 있을 거라고 로지어는 생각했다. 그러나 그건 제1제정 시대풍의 노란 방에서 행하기에는 사실 성급한 실험이었다. 그녀는 그가 오는 이유를 알고 있었지만, 완벽한 꼬마 숙녀처럼 모른 척 처신해온 것이다!

"당신은 내게 아주 소중해요." 그래도 손님의 도리라는 게 있다고 생각하면서 그가 말했다.

팬지는 그가 키스한 자신의 손에 잠시 눈길을 주었다. "아빠가 아신다고 했죠?"

"모든 걸 다 아신다고 방금 당신이 말했잖아요."

"그래도 확실히 해둬야죠." 팬지가 말했다.

"아, 내 사랑, 당신의 마음을 확실히 하고 난 다음 하면 돼요!" 로 지어는 그녀의 귀에 대고 속삭였다. 그러자 팬지는 즉각 가서 허락을 구해야한다는 듯이 일관성 있는 태도로 귀엽게 다른 사람들이 있는 곳으로 돌아갔다.

그사이 마담 멀이 다른 사람들의 주목을 받으며 옆방에 도착했다. 그녀는 어디에 나타나든 눈길을 끌었다. 큰 소리로 이야기하는 것도, 헤프게 웃음을 터뜨리는 것도, 빨리 움직이는 것도, 화려하게 치장한 것도, 눈에 띄는 방식으로 청중을 사로잡으려고 하지 않는데, 어떻게 그렇게 하는지 주의 깊은 관찰자도 설명할 수 없으리라. 체격이 크고, 피부가 희고, 차분하게 웃음을 머금은 그녀의 바로 그 조용함 자체에 파문을 불러일으키는 뭔가가 있었다. 사람들이 돌아보는 건 사위가 갑자기 조용해지기 때문이었다. 이번 경우 그녀가 할 수 있는 최대한 조용히 입장했다. 오즈먼드 부인과 포옹을 나누고 나서 — 이것이 더 눈길을 끌었다 — 그녀는 집주인과 이야기하려고 작은 소파에 앉았다. 간단히 의례적인 인사말을 나누고 난 다음 — 사람들이 있는 데서 두사람은 일상적인 것에 공식적인 경의를 표했다 — 여기저기 둘러보던 마담 멀이 로지어 씨가 오늘 저녁 들렀는지 물었다.

"온 지 거의 1시간 되었는데 사라져버렸군." 오즈먼드가 말했다.

"팬지는 어디 있는데?"

"다른 방에. 그곳에 여러명이 있지."

"그 친구도 아마 거기 있을걸."

"만나고 싶어서 그러나?" 오즈먼드가 짜증 섞인 요령부득의 질문을 했다.

마담 멀은 그를 잠시 지켜보았다. 그녀는 그 말투의 미세한 높낮이를 구별할 줄 알았다. "그래, 그 청혼 건을 당신에게 전했더니 시큰둥한 반응을 보이더라고 말해주려고."

"그런 말은 안하는 게 좋아. 그러면 환심을 사려고 덤벼들걸 — 내가 원하지 않는 게 바로 그거야. 내가 그 작자의 청혼을 혐오한다고 해둬."

"하지만 싫어하는 건 아니지."

"그건 중요하지 않아. 마음에 들지 않으니까. 오늘 저녁에 내가 그 점을 분명히 해뒀지. 일부러 무례하게 굴었어. 그따위 일은 정말 지겨워. 결혼을 서두를 건 없어."

"당신이 시간을 두고 생각해볼 거라고 말해두지."

"아니, 그러지 마. 그럼 계속 달라붙을 거니까."

"내가 안될 일이라고 해도 소용없을걸."

"그래, 하지만 생각해본다고 하면 설득하려 들 테고, 그럼 정말 성가시겠지. 안될 일이라고 하면 입 다물고 은밀하게 책략이나 세울 거고. 그럼 날 성가시게 하진 않을 거 아닌가. 얼뜨기와 이야기하는 건 딱 질색이니까."

"가엾은 로지어 씨를 그렇게 불러도 되나?"

"아, 성가신 작자야. 만날 마욜리카 타령이지."

마담 멀은 눈길을 떨어뜨렸다. 희미한 미소가 입가를 스쳤다. "그는 신사야. 호감이 가는 성격이고, 뭐니 뭐니 해도 사만 프랑의 수입이 있다고!"

"그건 가난한 거야. 체면치레나 겨우 하는 가난이지." 오즈먼드가 말을 가로막았다. "내가 팬지를 위해 꿈꾼 삶이 아니야."

"그럼 좋아. 팬지에게 고백하지 않겠다고 약속했으니까."

"그 말을 믿나?" 오즈먼드는 건성으로 물었다.

"물론이지. 팬지는 그 친구를 꽤 마음에 두고 있는 것 같던데. 하지만 당신에게 그 점이 중요한 건 아니겠지."

"전혀 아니지. 게다가 난 팬지가 그자를 마음에 두고 있다고 생각하지 않아."

"그렇게 생각하는 게 마음은 더 편하겠네." 마담 멀이 나지막하게 말했다.

"팬지가 그자를 사랑한다고 털어놓던가?"

"걜 뭘로 보고 하는 말이야? 그리고 날 뭘로 보고?" 마담 멀이 잠시 후 덧붙였다.

오즈먼드는 날렵한 발목을 들어 무릎에 올려놓고 긴 집게손가락과 엄지손가락으로 고리를 만들어 발목을 편안하게 감싸안고 잠시 앞을 응시했다. "준비가 안된 상태로 이런 일을 당해선 안되지. 이런 상황에 대비해 애를 교육시킨 거니까. 바로 이거야. 이런 상황에 처하면 팬지가 내 뜻을 따르는 거."

"그러지 않을 것 같아서 걱정하는 게 아냐."

"그래, 그럼, 뭐가 걸리지?"

"걸리는 건 하나도 없어. 하지만 로지어 씨를 밀어내지는 않는 게 좋을 텐데. 붙들고 있어. 쓸모가 있을 수 있거든."

"난 그럴 수 없어. 당신이 맡아."

"알았어. 구석에 몰아넣고 혼쩌검을 내주지." 마담 멀은 대화를 나누는 동안 계속 주변을 살폈는데, 이런 상황에서는 그게 그녀의 습관이었다. 말하는 사이사이 여러번 무표정하게 숨을 돌리는 게 그녀의 습관이듯이 말이다. 내가 마지막으로 인용한 말 다음 긴 침묵이 흘렀다. 옆방에서 팬지가 나오고 뒤이어 에드워드 로지어가 나오는 것을 마담 멀이 볼 때까지 침묵은 이어졌다. 처녀는 몇걸음 떼다 멈춰서서 마담 멀과 아버지를 바라보았다.

"저 친구가 팬지에게 고백했군." 마담 멀이 오즈먼드에게 말했다.

그녀의 말상대는 고개도 돌리지 않았다. "약속을 지킬 거라고 믿더니만. 채찍으로 후려쳐도 싼 놈이야."

"고백할 작정이었어, 가엾은 친구!"

오즈먼드는 일어서서 딸을 힐난하듯 힐긋 쳐다보았다. "상관없어." 이렇게 중얼거리고 등을 돌렸다.

팬지는 잠시 후 그녀 특유의 서먹한 공손함을 드러내며 마담 멀에게 다가왔다. 이 숙녀도 그 이상 친밀하게 인사를 받지 않았다. 소파에서 일어나면서 다정하게 웃어주었을 뿐이다.

"아주 늦으셨네요." 어린 처녀가 부드럽게 말했다.

"얘야, 난 예정보다 늦는 법이 없어."

팬지에게 예의를 차리기 위해 마담 멀이 일어선 것은 아니었다. 그녀는 에드워드 로지어 쪽으로 갔다. 그도 그녀에게 다가와 마음에서 털어버리려는 듯 아주 빨리 말했다. "팬지 양에게 말했어요!" 그가 속삭였다.

"알고 있어요, 로지어 씨."

"말하던가요?"

"그래, 나한테 털어놓더군. 오늘 저녁은 얌전하게 굴고 내일 5시 15분에 오세요." 그녀는 쌀쌀맞았고, 등을 돌리는 태도에는 경멸감이 배어 있어서 그는 가벼운 저주를 웅얼거렸다.

로지어는 오즈먼드와 대화를 나눌 생각이 없었다. 그럴 때와 장소가 아니었다. 하지만 본능적으로 어슬렁거리다가 노부인과 이야기를 나누고 있는 이저벨 쪽으로 다가가서 그 반대편에 자리를 잡았다. 노부인이 이딸리아인이라 로지어는 영어를 알아듣지 못할 것으로 단정했다. "방금 날 돕지 않겠다고 하셨는데," 그는 오즈먼드 부인에게 말을 걸었다. "마음이 달라질 수도 있어요. 속사정을 안다면 ─ 안다면 ─ !"

이저벨은 그의 망설임과 맞섰다. "뭘요?"

"그녀가 확실하다는 걸."

"그게 무슨 말이에요?"

"그러니까 서로의 마음을 확인했다고요."

"팬지가 아주 잘못한 거네요." 이저벨이 말했다. "될 일이 아니에요."

갑자기 상기된 얼굴로 감정이 상했음을 드러낸 가엾은 로지어가 애원하는 듯, 화가 난 듯 그녀를 뚫어져라 바라봤다. "난 이렇게 대접받은 적이 없어요." 그가 말했다. "날 반대하는 이유가 대체 뭡니까? 난 이런 식으로 홀대받지 않았어요. 결혼을 스무번도 더 할 수 있었다고요."

"하지 않은 게 유감이네요. 스무번은 아니고, 편안하게 한번 했어야 했다는 말이에요." 이저벨이 다정하게 웃으면서 덧붙였다. "로지어 씨는 팬지의 짝으로 충분히 부자가 아니에요."

"팬지 양은 돈에 조금도 관심이 없어요."

"그래요, 하지만 그 아이의 아버지는 관심 있어요."

"아, 그럼요, 그 점을 입증해 보이더군요!" 젊은이가 외쳤다.

이저벨은 노부인에게 인사를 차리지 않고 그를 남겨둔 채 자리에서 일어났다. 그다음 10분 동안 로지어는 일련의 작은 벨벳 스크린에 깔끔하게 정리된 길버트 오즈먼드의 세밀화 소장품을 감상하는 척했다. 하지만 눈에 들어오지 않았다. 뺨이 불타올랐고 모욕감으로 가슴이 터질 것 같았다. 그가 지금까지 이런 식으로 대접받은 적이 없는 건 확실했다. 그는 사람들이 자기를 훌륭한 신랑감으로 보지 않는 상황에 익숙하지 않았다. 그는 자신이 얼마나 훌륭한지 알고 있었고, 그런 착오가 그에게 치명적인 타격만 아니라면 웃어 넘길 수도 있었다. 그는 다시 팬지를 찾아보았지만 어디 있는지 알 수 없었다. 이제는 집 밖으로 나갈 생각밖에 없었다. 나가기 전에 이저벨과 다시 이야기를 나눴다. 방금 그녀에게 무례한 말을 했다는 생각에 기분이 좋지 않았던 것이다. 이것이 그를 낮춰 보는 걸 정당화할 유일한 빌미였기 때문이다.

"좀전에 오즈먼드 씨에 관해 그렇게 말해서는 안되는 거였어요." 그가 말을 꺼냈다. "하지만 내 처지를 참작해주세요."

"뭐라고 말했는지 기억이 안 나요." 그녀가 쌀쌀맞게 대답했다.

"아, 기분이 상했군요. 이제는 절대로 날 도와주지 않겠네요."

그녀는 잠시 말이 없다가 말투를 바꿔, 거의 열정적으로 말했다. "돕고 싶은 마음이 없어서가 아니에요. 정말 도울 수가 없어요."

"아주 조금만 도와주면, 앞으로는 부군을 천사라고 부르겠어요."

"정말 구미가 당기는 제안이네요." 이저벨이 엄숙하게 ─ 그는 나중에 '불가사의하게'라고 표현했다 ─ 말했다. 그리고 그를 똑바로 쳐다보았는데, 그 표정 또한 불가사의했다. 그 표정은 어쨌든 로지어가 알고 있는 어린 시절의 그녀를 생각나게 했지만, 마음이 불편할 정도로 날이 서 있어서 그는 자리를 떴다.

38장

　로지어는 다음날 마담 멀을 찾아갔다. 예상을 뒤엎고 그녀는 그를 비교적 쉽게 용서해주었다. 하지만 어떤 식으로든 결정이 날 때까지 일을 더 벌이지 않겠다고 약속을 하게 만들었다. 오즈먼드 씨는 더 큰 걸 기대하고 있다. 딸에게 지참금을 줄 생각이 아닌 만큼 그런 기대가 비난을, 아니, 조롱을 면하기 어려운 게 사실이다. 하지만 로지어 씨에게 그런 태도를 취하지 말라고 충고하고 싶다. 참을성 있게 기다리면 행복을 누리는 날이 올 것이다. 오즈먼드 씨가 그의 구혼을 탐탁하게 여기지 않지만, 차차 마음을 돌리지 말라는 법도 없다. 팬지는 절대로 아버지의 뜻을 거역하지 못한다. 그건 장담한다. 그러니 서둘러서 득 될 게 없다. 생각에 떠올린 적이 없는 그런 종류의 제안에 오즈먼드 씨가 익숙해질 필요가 있다. 그리고 자연스럽게 결과를 도출해야지 억지로 하려고 해봐야 소용없다. 로지어는 그러는 동안 자신이 얼마나 거북한 상황이겠느냐고 푸념했고, 마담 멀은 공감을 표하면서 그를 다독였다. 하지만 그녀가 타당하게 지적했듯이 원한다고 모든 걸 가질 수는 없는 노릇이다. 그녀 자신도 그런 교훈을 배웠다. 길버트 오즈먼드에게 편지를 써봐야 소용이 없다. 그러니 그렇게 말해달라고 그가 그녀에게 부탁했다. 오즈먼드는 몇주간 이 문제를 꺼내지 않았으면 하고, 로지어 씨에게 할 말이 생기면 편지를 쓰겠다고 했다는 말도 덧붙였다.
　"로지어 씨가 팬지에게 고백한 걸 마땅치 않게 생각하더군요. 아, 영 마음에 들지 않나봐요."
　"전 오즈먼드 씨가 제게 직접 말씀하실 기회를 드릴 용의가 있어요!"

"그러면 싫은 소리를 듣게 되겠지. 다음 달에는 그 집 출입을 가급적 삼가고, 나머지는 나한테 맡겨요."

"가급적 삼가라니요? 가급적의 의미를 누가 정해주나요?"

"내가 정해줄게요. 다른 사람들도 다 오는 목요일 저녁에는 가되 시도 때도 없이 드나들지 말고. 팬지 문제로 공연히 초조해하지 마요. 그애가 알아듣게 내가 일러둘 테니까. 워낙 차분한 애라 이 일도 조용하게 받아들일 거예요."

에드워드 로지어는 팬지를 두고 아주 초조해했지만, 조언대로 빨라쪼 로까네라에 가는 건 그다음 목요일 저녁때까지 미루었다. 저녁에 파티가 열렸기 때문에 일찍 들렀는데, 이미 상당히 많은 사람들이 와 있었다. 오즈먼드는 언제나 그렇듯 첫번째 방의 벽난로 부근에서 문을 빤히 바라보고 있었다. 그래서 로지어는 무례를 표나게 범하지 않기 위해 다가가 말을 걸어야 했다.

"눈치가 없지 않으니 다행이로군." 팬지의 아버지가 날카롭고 자의식이 강한 눈을 살짝 가늘게 뜨며 말했다.

"눈치를 보는 게 아닙니다. 하지만 메시지를 받았습니다. 메시지 라고 생각했습니다만."

"메시지를 받았다고? 어디서 받았나?"

가엾은 로지어는 모욕당했다는 느낌이 들었고, 진정한 연인이라면 얼마나 더 숙이고 들어가야 하는지 생각하면서 잠시 뜸을 들였다. "마담 멀이 오즈먼드 씨의, 제가 이해하기로, 메시지를 전해주었습니다. 제가 원하는 기회, 제 소망을 피력할 기회를 주실 생각이 없다는 뜻으로 말입니다." 그리고 그는 자신이 다소 단호하게 말했다고 우쭐했다.

"마담 멀이 이 일과 무슨 상관인지 모르겠군. 왜 마담 멀에게 물어본 건가?"

"말씀을 듣고 싶어서요. 그뿐입니다. 두분이 친하신 것 같아서 그렇게 한 겁니다."

"그 사람이 생각하는 것처럼 친하지는 않네." 오즈먼드가 말했다.

"그렇다면 유감입니다. 그분이 조금이나마 희망을 가질 근거를 주었거든요."

오즈먼드는 잠시 불길을 응시했다. "난 내 아이에게 큰 가치를 부여하네."

"저보다 더 큰 가치를 부여하실 수는 없을 겁니다. 따님과 결혼하고 싶어하는 걸로 증명이 되지 않나요?"

"나는 내 아이가 결혼을 잘했으면 하네." 다른 상황이었다면 가엾은 로지어가 찬탄했을 수도 있을 무례를 냉담하게 범하며 오즈먼드가 말을 이었다.

"물론 저와 결혼하는 게 잘하는 거라고 자부합니다. 그녀를 더 사랑하는, 그리고 감히 덧붙이자면, 그녀가 더 사랑하는 남자와 결혼할 수는 없을 테니까요."

"내 딸이 누구를 사랑한다는 자네 이론을 내가 받아들여야 하는 건 아니지." 오즈먼드는 냉큼 차갑게 웃으며 그를 올려다보았다.

"저는 이론을 세우는 게 아닙니다. 따님이 제게 속마음을 털어놓았어요."

"내게 털어놓지는 않았네." 오즈먼드는 몸을 약간 굽히고 눈길을 발끝으로 떨어뜨리면서 말을 이었다.

"따님이 언질을 줬다고요!" 격앙된 로지어가 목소리를 높였다.

그전까지 두사람이 아주 낮은 목소리로 대화를 나눴기 때문에 로지어의 목소리는 주변 사람들의 주의를 끌었다. 오즈먼드는 그의 작은 흥분이 가라앉을 때까지 기다리고 난 다음 조금도 평정을 잃지 않고 말했다. "딸아이는 언질을 준 걸 기억하지 못하는 게 분명하더군."

그들은 벽난로를 바라보며 서 있었는데, 마지막 말을 뱉고 나서 집주인은 다시 방 쪽으로 몸을 돌렸다. 미처 대답하기 전에 로지어는 낯선 신사가, 로마의 관습이 그러하듯, 하인의 안내를 받지 않고 들어와 집주인에게 인사를 차리려는 걸 봤다. 집주인은 덤덤하게, 다소 무표정하게 웃어 보였다. 금빛 수염을 풍성하게 기른 잘생긴 얼굴의 손님은 영국인인 것이 확연했다.

"절 못 알아보시는 것 같군요." 그는 오즈먼드의 웃음보다 더 의미를 담은 웃음을 지으면서 말했다.

"아, 그래요, 이제 알아보겠네요. 여기서 뵈리라고는 꿈에도 생각 못했습니다."

자리를 비킨 로지어는 곧바로 팬지를 찾아나섰다. 늘 그렇듯이 옆방에 있겠거니 하고 그녀를 찾아나서다가 다시 오즈먼드 부인과 마주쳤다. 의분에 사로잡힌 그는 안주인에게 인사말을 건네는 대신 거칠게 소리를 내질렀다. "남편이 아주 냉혈한이더군요."

그가 이전에도 주목한 불가사의한 웃음이 그녀의 얼굴에 나타났다. "누구나 당신처럼 뜨거울 거라고 기대할 수는 없어요."

"난 냉혈한은 아니지만 냉정을 유지해요. 그쪽 남편은 딸에게 대체 무슨 짓을 한 거죠?"

"난 모르죠."

"관심이 없나요?" 그녀에게도 짜증이 난 로지어가 힐문했다.

그녀는 잠시 대답을 하지 않았다. 그리고는 "없어요!"라고 퉁명스럽게 말했는데, 눈에 반짝 스친 빛은 그녀의 말을 부정했다.

"그 말을 믿기는 어려울 것 같네요. 오즈먼드 양은 어디 있죠?"

"구석에서 차를 만들고 있어요. 제발 거기 그냥 놔둬요."

로지어는 사람들에 가려 보이지 않던 팬지를 즉시 발견했다. 그는 그녀를 주시했지만, 그녀의 관심은 온통 차 끓이기에 집중되었다. "오즈먼드 씨가 팬지에게 대체 무슨 짓을 한 거죠?" 그는 다시 애원하듯 물었다. "팬지가 날 포기했다고 단언하더군요."

"포기하지 않았어요." 이저벨이 그를 보지 않고 낮게 말했다.

"아, 그렇게 말해줘서 고마워요! 이제 당신이 하라는 대로 그녀를 놔둘게요!"

이렇게 말하자마자 그는 오즈먼드 부인의 안색이 바뀌는 것을 보았고, 오즈먼드가 방금 들어선 신사와 함께 다가오고 있음을 알아차렸다. 잘생긴 외모와 완연한 사회 경험에도 불구하고 그 신사도 조금은 당황한 빛을 띠었다. "이저벨," 그녀의 남편이 말했다. "당신 옛 친구를 모시고 왔소."

웃고 있었지만 오즈먼드 부인의 얼굴은 그녀의 옛 친구와 마찬가지로 완전히 침착해 보이지는 않았다. "워버턴 경, 다시 만나서 아주 기쁘네요." 그녀가 말했다. 로지어는 자리를 떴고, 그녀와 하던 이야기가 중단된 마당에 방금 한 작은 약속을 무효로 돌렸다. 오즈먼드 부인이 자기의 행동을 눈여겨보지 않을 거라는 생각이 즉각 떠오른 것이다.

사실 그의 판단대로 이저벨은 얼마 동안 로지어를 눈여겨보지 않았다. 그녀는 몹시 놀랐고, 자신의 느낌이 기쁨인지 고통인지 분간할 수 없었다. 하지만 워버턴 경은, 일단 그녀와 얼굴을 마주하자, 이 상황에 대한 자신의 느낌에 확신이 생긴 게 분명했다. 인지

하고 입증한 것의 진실성을 엄격하게 지키는 원래의 속성을 그의 회색 눈이 여전히 드러냈지만 말이다. 옛날보다 몸이 불어 나이가 들어 보이는 그가 아주 견실하고 확실하게 거기 서 있었다.

"절 만날 거라고는 생각도 못하셨겠죠." 그가 말했다. "온 지 얼마 안됐습니다. 정말이지 오늘 저녁에 여기 도착했지요. 안부인사를 여쭈러 즉각 온 걸 아시겠죠. 목요일에는 댁에 계신다는 걸 알고 있었습니다."

"당신의 목요일 저녁 모임이 영국까지 명성이 퍼졌나보오." 오즈먼드가 아내에게 말했다.

"워버턴 경께서 이렇게 곧바로 와주시는 호의를 베푸셨네요. 저희로서는 큰 기쁨입니다." 이저벨이 말했다.

"아, 그래요, 끔찍한 여관보다는 여기가 나을 겁니다." 오즈먼드가 말을 이었다.

"호텔은 아주 훌륭한걸요. 오즈먼드 부인이 사년 전에 머물던 바로 그 호텔인 것 같습니다. 저희들이 처음 만난 게 이곳 로마에서였죠. 아주 오래전 일이네요. 제가 어디서 작별인사를 했는지 기억나세요?" 워버턴 경이 안주인에게 물었다. "까삐똘리니 박물관의 첫번째 방에서였죠."

"기억납니다." 오즈먼드가 말했다. "저도 그곳에 있었지요."

"네, 그곳에서 뵌 기억이 납니다. 전 로마를 떠나는 게 너무 섭섭했어요. 너무 섭섭해서 로마 체류가 거의 우울한 추억이 되어버렸죠. 그래서 지금까지 다시 찾고 싶은 생각이 들지 않았어요. 하지만 부인이 여기 살고 계신 건 알고 있었습니다." 이저벨의 옛 친구가 말했다. "정말이지 부인 생각을 종종 했어요. 아주 멋진 저택이군요." 그는 세간을 갖춘 집을 둘러보고 덧붙였는데, 그의 눈길에서 그녀는 과거 비통함의 희미한 흔적을 감지한 것 같기도 했다.

"언제라도 뵙게 되면 저희야 기쁜 일입니다." 오즈먼드가 예의를 갖춰 말했다.

"감사드립니다. 그동안 영국을 떠난 적이 없습니다. 한달 전만 해도 이젠 정말 여행은 다 다녔다 생각하고 있었지요."

"어떻게 지내시는지 근황은 이따금씩 들었어요." 워버턴 경과의 재회가 어떤 의미인지 이미 가늠한 이저벨이 말했다. 그녀는 머릿속으로 그런 일을 가늠할 수 있는 남다른 능력이 있었다.

"나쁜 소문을 들으신 건 아니겠죠. 제 삶은 완전히 백지 상태였으니까요."

"태평성대가 그렇듯 말씀이지요." 오즈먼드가 거들었다. 그는 주인으로서 자신의 의무가 이제 끝났다고 생각하는 것 같았다. 그는 아주 세심하게 의무를 수행했다. 아내의 옛 친구에 대한 그의 정중함은 더할 나위 없이 적절하고 딱 들어맞게 정연했다. 격식을 차렸고 기탄없었지만 결코 자연스럽지는 않았는데, 대체로 본성 그대로를 드러내는 워버턴 경은 아마도 그런 결점을 알아차렸으리라. "아내와 이야기를 나누도록 해드리지요." 그가 덧붙였다. "제가 끼어들지 못할 추억이 있으실 테니까요."

"그러시면 많은 걸 놓치게 될 텐데요!" 워버턴 경이 멀어져가는 그의 등 뒤로 이렇게 말했는데, 배려에 감사하는 마음을 좀 지나치게 드러내는 듯한 어조였다. 그러면서 손님은 더 깊은, 자의식이 아주 강하게 드러나는 표정으로 이저벨을 향했고, 그의 표정은 점차 진지해졌다. "만나뵈니 정말 반갑네요."

"저도요. 와주셔서 정말 감사드려요."

"달라진 거 아세요, 조금?"

그녀는 약간 머뭇거렸다. "그럼요, 아주 많이 달라졌죠."

"물론 나쁜 쪽으로 달라졌다는 뜻은 아니에요. 하지만 저로서야 좋은 쪽으로 달라졌다고 말씀드릴 수는 없죠."

"좋은 쪽으로 달라지셨다고 저는 조금도 주저하지 않고 말씀드릴 수 있는걸요." 그녀가 멋지게 응수했다.

"아, 그래요, 달라졌죠. 시간이 많이 흘렀으니까요. 좋은 쪽으로 달라졌다는 걸 보여줄 만한 뭔가가 없다면 유감이겠죠." 자리를 잡고 앉아 누이들의 안부를 묻는 등, 이저벨이 다소 형식적인 질문을 했다. 그는 흥미로운 질문을 받은 듯 대답했다. 잠시 후 오즈먼드 부인은 그가 예전에 그러했듯이 온몸을 던져 밀어붙이지는 않을 거라는 생각을 했다. 아니, 그렇게 믿기로 했다. 시간이 그의 가슴에 숨결을 불어넣어 실의에 빠뜨리는 대신 바람 쐬기를 잘했다는 느낌을 갖게 한 것이다. 이저벨은 세월의 힘에 대한 자신의 평소 경의가 단숨에 커지는 것을 느꼈다. 워버턴 경의 태도는 분명히 만족한 남자의, 사람들이, 적어도 그녀가 그렇게 생각하기를 원하는 남자의 태도였다. "더 미룰 수 없는 소식이 있어요." 그가 말을 이었다. "랠프 터칫과 같이 왔어요."

"오빠와 같이 왔다고요?" 이저벨은 몹시 놀랐다.

"호텔에 머물고 있습니다. 외출하기에는 너무 지쳐서 잠자리에 들었지요."

"오빠를 보러 갈 거예요." 그녀가 즉각 말했다.

"그래주시기를 정말 바랐습니다. 결혼하신 후에 거의 만난 적이 없고, 사실 두분의 관계가 뭐랄까, 조금 소원해졌다는 생각이 들었어요. 그래서, 어줍은 영국인이 아니랄까봐, 저도 주저했지요."

"랠프 오빠를 예전과 다름없이 좋아해요." 이저벨이 대답했다.

"그런데 오빠가 로마에는 왜 온 거죠?" 부드럽게 말했지만 약간 날이 선 질문이었다.

"아주 기력이 쇠해져서요, 오즈먼드 부인."

"그럼 로마에 머무르면 안되죠. 해외에서 겨울을 나는 관례를 포기하고 오빠가 인위적인 기후라고 부르는 영국의 실내에서 지내기로 했다는 편지를 받았는데요."

"가엾은 친구, 그 친구는 인위적인 환경에 맞지 않아요! 삼주 전에 가든코트에 갔었는데 병색이 완연했습니다. 매년 나빠지고 있었지만 이제 기력이라고는 남아 있지 않아요. 담배도 더이상 못 피워요! 정말 인위적인 기후를 만들어놓았더군요. 집이 캘커타만큼 더웠으니까요. 그런데도 갑자기 씨칠리아로 떠나겠다고 하는 거예요. 저는 설마 했고, 의사들이나 친구들도 그랬죠. 아시다시피 랠프어머니는 미국에 체류하고 계시니 말릴 사람도 없었지요. 랠프는 까따니아[20]에서 겨울을 나는 게 살길이라고 고집했어요. 하인들을 대동하고 가구 등을 싸들고 가면 편안할 거라고 하더니 정작 맨몸으로 나서더군요. 여독을 줄이기 위해 최소한 뱃길로 가라고 권했지만, 바다는 질색이고 로마에 들러야 한다고 하더군요. 정말 말도 안된다고 생각하면서도 어쨌든 제가 동행하기로 했습니다. 저는 일종의 — 미국에서는 뭐라고 부르나요? — 중재자 노릇을 하고 있어요. 가엾은 랠프는 지금은 웬만해요. 이주 전에 영국을 떠났고, 오는 도중에는 아주 안 좋았지요. 계속 춥다고 하고, 남쪽으로 내려갈수록 더 추위를 탔습니다. 주치의는 좋은 사람을 만났지만, 사람의 힘으로는 어쩔 수 없는 지경인 것 같습니다. 유능한 친구 — 똑

---

20 씨칠리아의 항구도시. 겨울 휴양지로 유명함.

똑한 젊은 의사 말씀이에요 ─ 를 대동했으면 싶었는데 말을 들어 먹어야지요. 외람된 말씀입니다만, 랠프의 자당께서 어떻게 이런 비상사태에 미국에 가시기로 결정하셨나 몰라요."

이저벨은 열심히 듣고 있었다. 그녀의 얼굴에 아픔과 놀라움이 번졌다. "이모의 미국 방문 일정은 정해져 있고 무슨 일이 있어도 가세요. 그 날짜가 돌아오면 떠나시거든요. 랠프 오빠가 죽어가고 있어도 마찬가지셨을 거예요."

"그 친구, 정말 죽어가고 있다는 생각이 때때로 들어요." 워버턴 경이 말했다.

이저벨은 벌떡 일어났다. "지금이라도 오빠한테 가볼래요."

그는 만류했다. 그의 말이 즉각 효과를 드러낸 데 적잖이 당황했 던 것이다. "오늘밤에 어떻게 될 거 같다는 뜻으로 말씀드린 건 아 닙니다. 오히려 오늘 기차에서는 컨디션이 아주 좋았어요. 로마에 다 왔다는 생각에 기운이 났나봅니다. 아시다시피 그 친구는, 로마 를 아주 좋아하잖아요. 1시간 전에 잘 자라고 하니까 아주 피곤하 지만 자기는 정말 행복하다고 하더군요. 내일 아침에 보러 가세요. 그런 뜻으로 드린 말씀이에요. 랠프에게는 여기 온다고 말하지도 않았어요. 랠프가 잠자리에 들고 난 다음에야 찾아뵐 생각이 난 겁 니다. 그때서야 부인께서 한주에 한번은 저녁에 공식적으로 손님 을 맞는데, 그게 바로 목요일이라는 게 기억이 났지요. 들러서 온 것도 알리고, 랠프가 방문을 청하기 전에 먼저 찾아가보시라고 말 씀드려야겠다고 생각했습니다. 랠프가 부인께 편지를 하지 않았다 고 들었거든요." 워버턴 경의 말을 따르겠다고 이저벨이 말할 필요 도 없었다. 그녀는 날개 달린 존재가 자제하고 있는 듯이 거기 앉 아 있었다. "저도 부인을 만나고 싶었고요." 손님이 정중하게 덧붙였다.

"오빠가 무슨 생각으로 그러는지 모르겠네요. 너무 무모한 계획 같아요." 그녀가 말했다. "가든코트의 두꺼운 벽 안에 오빠가 있다는 생각에 마음을 놓고 있었는데요."

"완전히 혼자였습니다. 친구라고는 두꺼운 벽뿐이었어요."

"경께서 문병을 해주셨지요. 정말 마음 많이 써주신 거 알아요."

"아, 뭐, 딱히 할 일도 없어서 간 거예요." 워버턴 경이 말했다.

"말씀과는 달리 큰일을 하신다는 소식을 듣고 있어요. 모두 위대한 정치가라고들 하던걸요. 『타임』지에 수시로 거명되는 걸 봤고요. 그런데 『타임』지는 경의 이름에 경의를 표하는 것 같지 않더군요. 옛날 그대로 열혈 급진주의자신가봐요."

"이제 그렇게 열혈이라는 느낌은 안 듭니다. 아시다시피 세상이 절 얼추 따라잡았으니까요. 런던에서 오는 내내 터칫과 의회 토론 같은 걸 벌였어요. 전 랠프를 최후의 토리라고 불렀고, 그 친구는 절 고트족[21]의 왕이라고 했지요. 제 이목구비의 세세한 면모까지 야만인의 모든 특징을 갖췄다나요. 그러니 그 친구 아직 기력이 남아 있는 겁니다."

이저벨은 랠프에 대해 묻고 싶은 게 많았지만 더이상의 질문은 삼갔다. 다음날 자기 눈으로 보면 될 일이다. 워버턴 경은 다른 화제를 생각해낼 수 있는 사람이니 조금 있으면 그런 화제에 싫증을 내리라. 시간이 지날수록 그가 실연을 극복했다는 생각이 점점 더 확실해졌고, 더 중요한 요점은, 이저벨이 쓰라린 후회 없이 그런 생각을 떠올렸다는 것이다. 예전의 그는 맞서 저항하고 설득해야 할,

---

21 3~5세기에 로마 제국에 침입하여 이딸리아·프랑스·에스빠냐에 왕국을 건설한 튜턴족의 한갈래.

너무도 절박하게 주장하는 상대였기 때문에, 그녀는 다시 나타난 그가 처음에는 새로운 골칫거리를 안겨주는 게 아닌가 우려했다. 하지만 이제는 안심이 되었다. 그가 편안하게 지내고 싶어한다는 걸, 자기를 용서했고 꼬집어 빗대 말하는 고약한 취미도 없다는 걸 알 수 있었다. 그건 물론 복수의 한 형태도 아니었다. 환멸을 드러냄으로써 응징하겠다는 의도라는 의심도 들지 않았다. 자신이 체념했음을 이제 오즈먼드 부인이 흔쾌히 받아들이기를 바랄 뿐이라는 생각을 그냥 워버턴 경이 떠올렸다고 믿어줌으로써 그를 액면 그대로 받아들인 것이다. 건강한, 남자다운 기질의 체념이라 감정적인 상처가 덧날 수 없었다. 영국 정치가 그를 치유했다. 그럴 줄 알았다. 그녀는 행동이라는 치료용 온천으로 언제나 자유롭게 뛰어들 수 있는 남자들의 복 받은 운명이 부러웠다. 워버턴 경은 물론 과거를 화제로 삼았지만, 넌지시 빗대 말하지도 않았다. 심지어 로마에서 만났던 일도 아주 유쾌한 추억으로 언급하기까지 했다. 그리고 그녀의 결혼 소식에 지대한 관심을 가졌고, 오즈먼드 씨를 알게 돼서 (지난번에는 그를 알게 되었다고 말할 수 없으니) 아주 기쁘다고 했다. 그녀가 삶의 전기를 맞이할 때 축하 편지를 보내지는 못했지만, 그 점을 사과하지는 않았다. 그는 다만 그들이 옛 친구요, 친한 친구임을 암시했을 따름이었다. 한숨 돌린 그가 주변을 웃으며 둘러보면서 — 마치 스무고개 같은 촌스러운 여흥을 즐기는 사람처럼 — 불쑥 말한 것도 친한 친구의 느낌으로였다.

"그래요, 아주 행복하시고 기타 등등이시겠죠?"

이저벨은 쿡 웃음을 터뜨리며 대답했다. 그의 말투가 거의 희극적이라는 느낌이 들었다. "제가 행복하지 않으면, 아무럼 털어놓을 거 같아요?"

"글쎄요, 모르겠네요. 그러지 못할 이유가 뭐 있는데요."

"전 있거든요. 하지만 다행히도 아주 행복해요."

"저택이 아주 훌륭하군요."

"네, 아주 멋있게 꾸몄죠. 하지만 제 작품은 아니에요. 남편이 한 거예요."

"부군께서 실내 장식을 했다고요?"

"네, 저희들이 이 집을 샀을 때는 아무것도 없었어요."

"아주 재주가 많으신가봅니다."

"실내 장식에 관해서는 타고난 재주가 있어요."

"지금 그런 게 대유행이에요. 하지만 부인도 나름의 취향이 있으시겠죠."

"다 하고 나면 즐기는 편이죠. 제가 아이디어를 내지는 않아요. 아무런 제안도 하지 못한답니다."

"그럼 다른 사람들의 제안을 받아들이신다는 건가요?"

"아주 기꺼이, 대개의 경우는요."

"그건 좋은 정보군요. 뭔가를 제안해봐야겠습니다."

"그래주시면 감사하죠. 하지만 몇가지 작은 일에는 주도권을 쥘 때도 있어요. 예컨대, 여기 있는 사람들 중 몇명을 소개해드리는 일 같은 거요."

"아, 그러지 마세요. 여기 앉아 있는 게 더 좋아요. 푸른색 드레스를 입은 저 아가씨를 소개해주신다면 모를까. 아주 매력적인 얼굴이네요."

"홍안의 젊은이와 이야기를 나누고 있는 아가씨요? 남편의 딸이에요."

"부군은 행운아군요. 아주 사랑스럽고 귀여운 아가씨네요!"

"소개해드릴게요."

"기꺼이, 그런데 잠깐만요. 여기서 바라보는 게 더 좋습니다." 하지만 그는 곧 바라보는 걸 그만두었다. 그의 눈길은 계속 오즈먼드 부인에게로 돌아왔다. "방금 변하셨다고 말씀드렸는데, 착각이었습니다." 그가 곧 말을 이었다. "다시 보니까 그대로시군요."

"그래도 전 결혼한 게 큰 변화라고 봐요." 이저벨은 부드럽고 유쾌하게 말했다.

"다른 사람들은 몰라도 부인에게는 아니에요. 보시다시피 전 결혼하지 않았습니다."

"좀 의외네요."

"이해하실걸요, 오즈먼드 부인. 하지만 저는 정말 결혼하고 싶습니다." 그가 솔직하게 말했다.

"그거야 아주 쉬운 일이죠." 일어서면서 이렇게 말한 이저벨은 자기가 그런 말을 할 입장이 아니라는 생각에 너무 확연한 가책의 빛을 띠었다. 그런 가책을 짐작했는지 워버턴 경은 너그럽게도 그녀가 옛날에 결혼을 쉬운 일로 만드는 데 일조하지 않았다는 사실을 상기시키지 않았다.

둘이 대화를 나누는 사이 에드워드 로지어는 팬지의 다탁 옆 터키식 긴 의자에 앉아 있었다. 그가 우선 가벼운 화제를 꺼내는 척 이야기를 건네자 팬지는 계모와 대화를 나누는 새로 온 신사가 누구냐고 물었다.

"영국 귀족이래요." 로지어가 말했다. "그것밖에 몰라요."

"차를 마시고 싶어할지 모르겠네요. 영국인들은 차를 아주 좋아하잖아요."

"그런 건 신경 쓸 거 없어요. 당신에게 꼭 할 말이 있어요."

"그렇게 크게 말하지 마세요. 사람들이 다 듣겠어요." 팬지가 말했다.

"당신이 계속 그쪽을 바라보면 아무도 못 들을 거예요. 주전자 물이 끓나, 당신은 오로지 그 생각에 정신이 팔려 있는 것처럼 보여요."

"물을 금방 채웠거든요. 하인들은 신경도 안 써요!" 그리고 팬지는 책임감의 무게로 한숨을 내쉬었다.

"당신 아버지가 방금 내게 뭐라고 했는지 알아요? 당신이 일주일 전에 한 말은 진심이 아니래요."

"내가 하는 말이 다 진심은 아니에요. 어린 처녀가 어떻게 그럴 수 있겠어요? 하지만 당신에게 하는 말은 진심이에요."

"당신 아버지 말로는 당신이 날 잊었대요."

"아, 아니에요, 전 잊지 않아요." 팬지가 예쁜 치아를 드러내는 붙박이 미소를 띠고 말했다.

"그럼 아무것도 달라진 게 없는 거죠?"

"아, 아니에요, 똑같을 수는 없죠. 아빠한테 많이 혼났어요."

"뭐라고 하시던가요?"

"당신이 무슨 짓을 했느냐고 물으셔서 다 이야기했어요. 그랬더니 당신과 결혼하는 걸 허락하지 않으신대요."

"그런 말은 신경 쓸 거 없어요."

"아, 그럴 순 없어요. 아빠 말씀을 거역할 수는 없어요."

"나처럼 당신을 사랑하는 사람, 당신도 사랑한다고 말한 사람을 위해서도 그럴 수 없나요?"

그녀는 찻주전자의 뚜껑을 열고 잠시 그 안을 들여다보았다. 그리고 차 향기를 풍기는 주전자 속에 세마디를 떨어뜨렸다. "당신을 변함없이 사랑해요."

"그게 나한테 무슨 소용이 있겠어요?"

"아," 막연한 눈길을 상냥하게 들어 팬지가 말했다. "그건 모르겠어요."

"날 실망시키네요." 가엾은 로지어가 신음 소리를 냈다.

그녀는 잠시 입을 다물고 있다가 하인에게 찻잔을 건넸다. "이제 그만해요."

"이게 내가 누릴 기쁨의 전부인가요?"

"아빠가 당신과는 말도 섞지 말라고 하셨어요."

"날 그렇게 단념하겠다는 건가요? 아, 너무해요!"

"조금 기다려주세요." 처녀는 떨림이 간신히 감지될 정도의 작은 목소리로 말했다.

"물론 희망을 주면 기다릴게요. 하지만 당신 때문에 죽을 거 같아요."

"당신을 포기하지 않아요. 아, 절대로요." 팬지는 말을 이었다.

"당신 아버지가 다른 사람과 결혼시킬 거예요."

"전 절대로 그렇게는 안해요."

"그렇다면 뭘 기다려야 한다는 거죠?"

그녀는 다시 머뭇거렸다. "내가 오즈먼드 부인께 부탁드리면 우릴 도와주실 거예요." 그녀는 계모를 대체로 이렇게 지칭했다.

"우리에게 큰 힘이 되지 못할 거예요. 두려워하니까요."

"뭐가 두려운데요."

"당신 아버지겠죠."

팬지는 작은 머리를 흔들었다. "오즈먼드 부인은 아무도 두려워하지 않아요. 우린 인내심을 가져야 해요."

"아, 그건 끔찍한 말이에요." 깊은 시름에 빠진 로지어가 신음 소리를 냈다. 사교계의 예의도 아랑곳하지 않고 우아하고 우울한 모습으로 고개를 손에 묻은 채 카펫을 뚫어져라 바라보았다. 이윽고 그는 주변에서 사람들의 움직임을 느꼈다. 고개를 들자 오즈먼드 부인이 소개하는 영국 귀족에게 팬지가 무릎을 굽혀 인사하는 것이 보였다. 그녀는 아직도 수녀원에서 배운 무릎 인사를 했다.

39장

분별 있는 독자라면 랠프 터칫이 유부녀가 된 사촌 여동생을 이전보다 자주 만나지 못했다는 말에 놀라지는 않으리라. 그녀의 결혼에 그가 취한 입장이 서로의 친밀감을 확인하는 계기가 되지 않았으니 말이다. 그는 자신의 생각을 말로 표현했고, 우리가 알다시피, 그다음에는 입을 다물었다. 두 사람의 관계에서 새로운 국면을 연 논쟁을 이저벨이 재개하자고 요청하지도 않았다. 그 논쟁은 그들의 관계에 변화를, 그가 원하던 방향이 아니라 겁내던 변화를 가져왔다. 약혼을 관철시키겠다는 그녀의 열의를 식히지도 못하면서 우정을 망칠 지경에 처한 것이다. 길버트 오즈먼드에 관한 랠프의 평가는 이후 다시 언급되지 않았고, 이 화제를 신성불가침의 침묵으로 에워쌈으로써 그들은 그럭저럭 서로 터놓고 지내는 사이인 척했다. 하지만 옛날 같지 않았다 — 랠프가 종종 뇌까렸듯이 — 옛날 같지 않았다. 그녀는 그를 용서하지 않았다. 절대 용서하지 않으리라. 이것이 그가 얻은 전부였다. 그녀는 그를 용서했다고, 상관하지 않겠다고 생각했다. 마음이 넓은데다 자존심이 강했기 때문에 이런 확신은 어느정도 진실했다. 하지만 랠프의 말이 옳든 그르든 그는 어쨌든 실질적으로 그녀에게 잘못을 저질렀고, 그런 잘못은 여자라면 결코 잊지 않을 종류의 것이었다. 오즈먼드의 아내로서 그녀는 다시 그의 친구가 될 수 없었다. 아내의 역할에서 그녀가 기대한 대로 행복을 누린다면 그렇게 소중한 축복을 사전에 음해하려고 한 사람에게 경멸밖에 보낼 게 없으리라. 이와는 반대로 그의 경고가 정당화된다면 오빠에게 절대 알리지 않겠다는 그녀의 다짐이 마음을 짓눌러 그를 증오하게 만들리라. 사촌 여동생의 결혼 이후 일년 동안 미래에 대한 랠프의 전망은 너무 우울했다. 그의 생각이 병적으로 보인다면 우리는 그가 건강하지 않다는 사실을 기억해야 한다. 그는 할 수 있는 한 훌륭하게 처신함으로써 — 그렇게 처신했다고 자처했다 — 자위를 삼았고, 6월에 피렌쩨에서 거행된 이저벨과 오즈먼드의 결혼식에 참석했다. 그는 어머니로부터 다음과 같은 사실을 전해들었다. 애초에는 결혼식을 모국에 가서 자축하려고 했지만, 이저벨이 무엇보다도 간소한 예식을 원했으므로, 아무리 멀어도 가겠다고 오즈먼드가 공언했음에도, 가장 짧은 시간 안에 가장 가까운 곳에 있는 목사의 주례로 결혼함으로써 이런 바람을 가장 잘 구현할 수 있으리라는 결론을 내렸다는 것이다. 그러므로 결혼식은 아주 더운 날 피렌쩨 소재의 작은 미국 교회에서 터칫 부인과 랠프, 팬지 오즈먼드와 제미니 백작 부인만 참석한 가운데 거행됐다. 내가 방금 언급한 절차의 간소함은 부분적으로 이 행사에 참석하리라고 기대한 두사람이 불참한 결과였다. 그들도 함께했다면 조금 더 화려한 느낌을 더했으리라. 마담 멀은 초대를 받았지만 로마를 떠날 수 없다는 정중한 사과의 편지를 보냈다. 헨리에타 스택폴에게는 초대장이 발송되지 않았다. 굿우드 씨가 이저벨에게 예고해준 그녀의 출국이 사실상 직장 업무 때문에 좌절되었기 때문이다. 그녀는 마담 멀보다 덜 정중한 편지를 보냈는데, 대서양을 건널 수 있었다면 증인으로서뿐만 아니라 비판자로서 의식에 참석했을 거라고 암시했다. 그녀는 얼마 있다가 유럽에 왔고, 이저벨과는 가을에 빠리에서 다시 만났다. 이때 그녀는 자신의 비판적 재능을 ─ 다소 거리낌 없이 ─ 발휘했다. 주로 비판 대상이 된 오즈먼드가 너무나 날을 세워 발끈했기 때문에 헨리에타는 이저벨이 자기들의 우정에 금이 가는 일을 저질렀다고 선언하지 않을 수 없었다. "네가 결혼해서가 아니야. 네가 그 사람과 결혼했기 때문이야." 이렇게 한마디 해두는 것을 의무라고 생각한 그녀는 ─ 랠프처럼 망설임이나 자책감도 없이 ─ 그렇게 함으로써 자신이 생각하는 것보다 훨씬 많이 랠프와 의견을 같이했다. 하지만 헨리에타의 두번째 유럽 방문이 헛걸음으로 끝날 것 같아 보이지 않았다. 오즈먼드가 정말이지 신문사 여자를 견딜 수 없다고 이저벨에게 선언하고, 이저벨이 오즈먼드에게 과민반응하는 것 같다고 받아치는 바로 그 순간, 사람 좋은 밴틀링 씨가 그곳에 나타나 헨리에타에게 에스빠냐로 짧은 여행을 떠나자고 제안한 것이다. 헨리에타의 에스빠냐 기행 기사는 그녀가 쓴 것 중에 가장 반응이 좋았고, 그중에서도 특히 알람브라 궁전에서 송고한 '무어인들과 달빛'이라는 제목의 기사가 대체로 그녀의 수작으로 인정받았다. 이저벨은 이 딱한 처녀를 그냥 별나다 정도로 받아들이지 못하는 남편에게 속으로 실망했다. 심지어 웃고 즐기는 능력 혹은 우스운 것을 즐기는 능력이 ─ 그런 걸 유머감각이라고 하지 않는가? ─ 부족한 게 아닌가는 생각도 들었다. 물론 현재 행복을 누리고 있는 그녀 자신은 비분강개한 헨리에타에게 조금도 불만을 품지 않고 사태를 관망했다. 오즈먼드는 그들의 우정을 기형적인 것으로 규정했다. 두 사람 사이의 공통점은 상상할 수조차 없다고도 했다. 그의 관점에서 밴틀링 씨와 동행한 관광객은 한마디로 가장 통속적인 여자였다. 그는 헨리에타에게 가장 방탕한 여자라는 선고를 내리기도 했다. 이런 평결의 두번째 조항에 관해 이저벨이 열렬하게 항소해서 그는 새삼 아내의 취향이 이상하다는 생각을 하게 됐다. 이저벨은 자기와 가능한 한 다른 사람과 사귀는 게 좋다는 말로 설명을 대신할 수밖에 없었다. "그럼 당신이 부리는 세탁부와 사귀어보는 게 어떻소?" 오즈먼드가 물었고, 이에 이저벨은 이렇게 답했다. 유감스럽게도 세탁부는 그녀를 좋아하지 않는다. 하지만 헨리에타는 그녀를 아주 좋아한다.

이저벨이 결혼하고 이후 이년간 랠프는 그녀를 본 적이 거의 없다. 이저벨이 로마에 정착한 겨울을 그는 다시 싼레모에서 보냈다. 그곳으로 그의 어머니가 와서 머물다 봄에는 은행이 어떻게 돌아가나 보기 위해 함께 영국으로 떠났는데, 아들이 경영에 관심을 갖게 하지는 못했다. 랠프는 싼레모에 살던 작은 별장을 임대해서 한해 겨울을 더 보냈다. 하지만 두번째 해의 4월에는 로마로 내려왔다. 결혼 후 처음으로 이저벨과 맞대면한 것인데, 그녀를 다시 보고 싶은 그의 열망은 그때 극에 달했다. 그녀가 시시때때로 편지를 했지만, 편지는 그가 알고 싶은 어떤 것도 말해주지 않았다. 이저벨이 어떻게 지내느냐고 그의 어머니에게 물으면, 주어진 조건에서 잘 지내고 있겠지 하고 대꾸가 돌아올 따름이었다. 터칫 부인은 보이지 않는 것과 소통할 수 있는 상상력이 없었고, 그즈음에는 거의 만나지 못하는 조카딸과 가깝게 지내는 척도 하지 않았다. 이저벨이 꽤 번듯하게 사는 것처럼 보였지만, 터칫 부인은 그녀의 결혼이

볼썽사나운 사건이었다는 의견을 고수했다. 어설프기 짝이 없는 놀음인 게 확실하고 이저벨이 꾸린 가정이란 게 전혀 성에 차지 않는다고 했다. 피렌쩨에서 가끔 제미니 백작 부인과 맞닥뜨리면 터칫 부인은 기를 쓰고 접촉을 최소화했다. 백작 부인이 오즈먼드를 상기시켜 이저벨을 생각나게 만들었기 때문이다. 최근에는 백작 부인에 관한 소문이 없었지만, 터칫 부인은 그 사실을 상서로운 조짐으로 여기지 않았다. 그녀가 예전에는 이야깃거리였음을 입증할 뿐이니 말이다. 이저벨을 좀더 직접적으로 환기하는 인물은 마담 멀이라고 할 수 있지만, 그녀와 터칫 부인의 관계도 눈에 띄는 변화를 겪었다. 이저벨의 이모는 마담 멀에게 단도직입적으로 아주 교묘한 수작을 벌였다고 비난했다. 그러자 아무도 그럴 만한 가치가 없다고 생각하기에 누구와도 다투는 법이 없는 마담 멀이, 그리고 터칫 부인과 여러해 부대끼면서 짜증의 기미조차 내비치지 않은 기적을 행한 바로 그 마담 멀이 목소리를 높여 변명조차도 비루하게 만드는 비난이라고 선언했다. 하지만 (비루하게 몸을 굽히지 않고도) 자신의 행동을 아주 단순명료하게 해명할 수 있다고 덧붙였다. 보이는 대로 믿었을 따름이다. 이저벨은 결혼할 마음이 없다고 봤고, 오즈먼드는 환심을 살 생각이 없는 것처럼 보였다. (그가 로마를 연거푸 방문한 것은 별 의미가 없었다. 언덕 꼭대기 집에서 지루해 죽을 지경이라 기분 전환 삼아 왔던 것이다.) 이저벨은 속내를 털어놓지 않았고, 함께 그리스와 이집트 여행을 다녀왔기 때문에 자기도 사실상 깜빡 속아넘어갔다. 나 마담 멀은 그 상황을 받아들였고, 추문이라고 생각할 마음이 없다. 하지만 그녀가 혼자서든 공모해서든 기만적으로 행동했다는 비난에는 당당히 항의하지 않을 수 없다. 터칫 부인이 시비를 걸어와 즐겁게 보낸 세월로 소중해진 관습에 상처를 준 결과, 이 일이 있고 난 후 마담 멀은 자기의 신망이 전혀 손상되지 않은 영국에서 여러달을 보냈다. 터칫 부인은 그녀를 모욕했다. 그리고 어떤 일은 용서할 수 없는 법이다. 하지만 마담 멀은 묵묵히 참고 견뎠다. 고상하게 굴면 그녀는 언제나 멋져 보였다.

앞서 말했듯이 랠프는 자기 눈으로 확인하고 싶어했다. 그러나 그렇게 확인하는 과정에 착수하자 이저벨의 경계심을 발동시킨 게 얼마나 바보짓이었는지를 새삼 느꼈다. 그는 승부수를 잘못 던졌고, 그 결과 게임에서 졌다. 아무것도 눈치채거나 알게 되지 못할 게 뻔하다. 그녀는 언제까지나 가면을 쓰고 그를 대하리라. 그가 취했어야 할 입장은 결혼을 축하하고, 나중에 바닥까지 드러나면 — 랠프의 표현이다 — 이저벨이 즐거운 마음으로 그를 바보라고 부르게 해주는 것이었다. 그는 이저벨이 처한 진상을 알기 위해서라면 얼마든지 바보가 될 용의가 있었다. 그러나 현재의 그녀는 그의 착각을 조롱하지도, 자신의 믿음을 옹호하려고 하지도 않았다. 가면을 썼다면 그것은 그녀의 얼굴을 완벽하게 가리고 있었다. 가면에 그려진 평온함에는 뭔가 고정적이고 기계적인 데가 있었다. 저건 표정이 아니야 하고 랠프는 뇌까렸다. 그건 연출이요, 더 나아가 광고였다. 그녀는 아이를 잃었다. 그건 비통한 일이지만, 그녀가 거의 언급하지 않는 비통함이었다. 오빠에게 말로 할 수 있는 것보다 더 할 말이 많다는 식이었다. 게다가 그 일은 과거지사가 되었다. 육개월 전에 일어난 일이고, 이미 상중이라는 표식을 치워버렸다. 그녀는 사교계의 삶을 살아가고 있는 것처럼 보였다. 랠프는 사람들이 그녀를 두고 '멋진 지위'를 점하고 있다고 말하는 것을 들었다. 그녀가 특별히 부러움의 대상으로 부각되었으며, 심지어 많은 사람들이 그녀와 안면이 있는 것만으로도 특권으로 여긴다는 데 주목하기도 했다. 그녀의 집은 아무에게나 개방된 곳이 아니었고, 일주일에 한번 있는 만찬모임에 누구나 당연히 초대받는 것도 아니었다. 그녀는 꽤 호화롭게 살았다. 하지만 그녀와 친분이 있어야 그 점을 인식하게 된다. 오즈먼드 부부의 일상생활에는 감탄이나 비난, 혹은 찬사를 보낼 게 없었다. 랠프는 이 모든 것에서 대가의 솜씨를 알아보았다. 그는 이저벨에게 의도적으로 인상을 연출해내는 재주가 없음을 알고 있었다. 그는 그녀가 활동성과 유쾌함, 깊은 밤과 마차 오래 타기, 피로에 지치기, 기꺼이 환대를 받을 마음의 준비, 관심 갖기 혹은 지루해할 용의, 사람 사귀기, 화제의 인물 만나기, 로마 주변 탐사하기, 로마 구사교계의 케케묵은 인사들 중 몇몇과 사귀기 등을 몹시 즐긴다는 인상을 받았다. 이 모든 활동에서 과거의 분별력을 찾아보기 힘들었다. 랠프가 재치 있게 놀려먹던, 전인적인 성숙을 열망하면서 드러내던 분별력 말이다. 그녀가 무심코 하는 행동 중 어떤 면모에서는 과격함을, 새롭게 시도하는 행동 중 어떤 면모에서는 조잡함을 읽어내고 그는 흠칫 놀랐다. 그녀는 결혼 전보다도 더 빨리 말하고, 더 빨리 움직이고, 숨도 더 빨리 쉬는 것처럼 보였다. 과장하는 버릇이 생긴 건 분명했다. 있는 그대로의 진실을 그토록 중시했던 그녀가 말이다. 예전의 그녀는 논쟁과 지적 유희를 유쾌하게 즐겼다. (열을 내서 신나게 토론하다가 정면으로 결정적인 한방을 먹고는 깃털이 스쳐간 듯 털어낼 때만큼 그녀가 매력적으로 보인 적은 없었다.) 이제는 사람들이 의견을 달리하건 같이하건 아무 상관이 없다고 여기는 것 같았다. 옛날에는 호기심이 많던 그녀가 이제는 무관심해졌다. 그럼에도 활동은 더 왕성해졌다. 아직도 날씬하고 예전보다 더 아름다워진 그녀는 외모가 크게 원숙해지지는 않았다. 하지만 차림새의 풍만함과 화려함이 그녀의 미모에 오연함을 더했다. 사람의 온기가 느껴졌던 가련한 이저벨, 대체 무슨 일이 있었기에 저렇게 비뚤어진 걸까. 그녀의 가벼운 발걸음 뒤에는 거대한 휘장이 드리웠다. 그녀의 지적인 머리는 장엄한 장식물을 이고 있었다. 자유롭고 명민하던 처녀는 아주 다른 사람이 되었다. 랠프의 눈에는 뭔가를 구현하는 멋진 숙녀가 보였다. 이저벨이 뭘 구현하고 있는가? 랠프는 자문했다. 그리고 그녀가 길버트 오즈먼드를 구현한다는 말로 답변을 대신할 수밖에 없었다. 그러자 그는 참담한 마음으로 탄식했다. "하느님 맙소사, 그런 역할을 맡게 되다니." 그는 불가사의한 사태에 아연했다.

앞서 랠프가 오즈먼드의 솜씨를 알아보았다고 서술했는데, 고개를 돌릴 때마다 오즈먼드가 있었다. 랠프는 오즈먼드가 어떻게 모든 것을 경계선 안에 가둬놓는지, 어떻게 이저벨과의 생활방식을 매만져 바로잡고 통제하고 작동시키는지 지켜보았다. 오즈먼드는 물 만난 고기 같았다. 드디어 작업할 충분한 재료를 갖게 된 것이다. 그는 효과를 노리는 재주가 있었는데, 속속들이 계산된 효과였다. 저속한 방식으로 연출하지는 않았지만, 솜씨가 훌륭한 만큼 동기는 저속했다. 그의 내부를 배타적인 신성함으로 에워싸기 위해, 배제되었다는 느낌을 줌으로써 세상 사람들을 감질나게 하기 위해, 자기의 저택은 다른 모든 저택과 다르다고 사람들이 생각하도록 만들기 위해, 세상에 초연한 독창성을 표면적으로 전달하기 위해 ──이저벨이 우월한 도덕성을 가졌다고 말한 사람이 기울이는 정교한 노력은 그런 것이었다. "썩 좋은 재료를 갖고 작업하고 있으니까." 랠프가 혼잣말했다. "이전과 비교하면 아주 풍부한 자원을 갖게 되었으니까." 랠프는 영리했다. 하지만 오즈먼드가 내면적인 가치에 관심을 갖는 척하면서 오로지 세속적인 걸 위해 산다는 사실을 간파했을 때보다 자신의 영리함을 실감한 적은 없었다. 세상의 속박에서 자유로운 척했지만 오즈먼드는 세상의 주인이라기보다는 아주 비천한 노예였고, 세상 사람들의 관심 정도가 그가 가진 유일한 성공의 척도였다. 그는 아침부터 밤까지 세상에 눈길을 주고 살았다. 사람들은 너무 멍청해서 그의 속임수를 눈치채지 못했다. 그의 행동 하나하나가 포즈였다. 아주 미세한 부분까지 고려한 연출이라서 주의를 기울이지 않으면 충동적인 행동으로 오해할 수 있는 그런 포즈였다. 랠프는 모든 걸 그렇게 계산하는 사람을 본 적이 없었다. 그의 취향, 그가 해온 연구, 그가 쌓은 교양, 그의 수집품 모두가 어떤 의도의 결과였다. 피렌쩨의 언덕 꼭대기에서의 삶은 여러해 걸쳐 구축된 의식적인 포즈였다. 고독과 권태, 딸에 대한 애정, 예의 바름과 무례함——이 모두가 오만과 신비 전략의 모델로서, 그가 늘 마음에 두고 있는 정신적 이미지의 수많은 특징이었다. 그의 야심은 세상 사람을 즐겁게 하는 데 있지 않았다. 오히려 사람들의 호기심을 불러일으켜놓고 그런 호기심을 충족시키기를 거부함으로써 즐거움을 얻는 데 있었다. 세상을 속여넘기면 언제나 우쭐한 기분이 들었다. 그가 살면서 가장 직접적으로 자신의 즐거움을 위해 한 일은 아처 양과의 결혼이었다. 그러나 이 경우도 한껏 미혹된 가엾은 이저벨이 어떤 면에서는 그가 잘도 속여넘긴 세상을 대표한다고 할 수 있었다. 랠프는 물론 일관성을 지키는 게 옳다고 생각했다. 그는 소신을 밝혔고 그 결과 고통을 당했으니 도의상 이를 포기할 수는 없었다. 이런 소신의 조목들이 그때 그에게 얼마나 가치가 있었는지 모르지만, 나는 이를 간단하게 서술했다. 랠프가 아주 기술적으로 이론에 사실을 꿰맞춘 것은 확실하다. 로마에서 한달을 보내는 동안 그가 사랑하는 여자의 남편이 그를 전혀 적으로 간주하는 것처럼 보이지 않는다는 사실까지도 말이다.

길버트 오즈먼드에게 이제 랠프는 적으로서 중요하지 않았다. 그가 친구로서의 중요성을 갖게 돼서는 아니었다. 아무 중요성도 없다고 하는 게 맞다. 그는 이저벨의 사촌이고 불쾌하게 몸이 불편한 사람이었다. 오즈먼드는 이에 준해 그를 대우했다. 그의 건강 상태를, 터칫 부인의 안부를, 겨울 날씨에 대한 의견을, 호텔이 편안한지 여부를 적절하게 문의했고, 몇번 안되는 만남에서 불필요한 말은 한마디도 더하지 않았다. 그는 언제나 실패를 의식할 수밖에 없는 사람의 면전에서 성공을 의식하는 사람의 깍듯한 태도를 취했다. 그럼에도 한달이 다 돼갈 즈음 터칫 씨를 계속 손님으로 맞이해야 하는 건으로 오즈먼드가 이저벨을 불편하게 만들고 있는 모습을 랠프는 마음속으로 선명하게 상상할 수 있었다. 질투 때문은 아니었다. 그걸 핑계로 댈 수는 없었다. 그 누구에게도 랠프가 질투의 대상이 될 수는 없었다. 하지만 그는 이저벨이 이전에 랠프에게 다정하게 대한 것에, 그리고 아직도 많이 남아 있는 다정함에 댓가를 치르게 만들었다. 그녀가 얼마나 비싼 댓가를 치르는지 알 도리가 없는 랠프는 의심이 명료한 윤곽을 드러내자 그곳을 떠났다. 그렇게 함으로써 그는 이저벨에게서 흥미진진한 관심사를 빼앗아갔다. 그녀는 랠프를 살아 있게 만드는 고상한 원칙이 뭔지 늘 궁금하게 여겼다. 대화를 즐기기 때문이라는 게 그녀가 내린 결론이었다. 그와의 대화는 어느 때보다도 즐거웠다. 산책을 포기해서 유머러스한 만보가漫步家 노릇은 이제 더 할 수 없었다. 그는 하루 종일

의자에 ─ 어느 의자라도 좋았다 ─ 앉아 있었고, 다른 사람의 도움에 전적으로 의존해야 했기 때문에 그의 이야기가 고도로 관찰적인 성격을 띠지 않았다면 그를 장님으로 착각할 수도 있었다. 그에 관해서는 이저벨이 알게 될 것보다 독자가 더 많이 알고 있으므로 독자에게 비밀의 열쇠를 넘겨줘도 되리라. 랠프가 삶의 끈을 놓지 않는 것은 이 세상에서 그가 가장 흥미를 갖는 사람에 관해 아직 충분히 알지 못했다는 단순한 사실 때문이었다. 그는 아직 납득이 되지 않았다. 앞으로 일어날 일이 더 있다. 랠프는 그걸 놓치고 싶은 마음이 없었다. 그녀가 남편을 어떻게 생각할지, 혹은 그녀의 남편이 그녀를 어떻게 생각하게 될지 알고 싶었다. 이것은 연극의 1막에 불과했다. 그는 공연을 끝까지 지켜볼 결심이었다. 그의 결심이 효력을 발휘해서 그가 워버턴 경과 함께 다시 로마로 돌아올 때까지 약 십팔개월을 더 지탱할 수 있게 해주었다. 이런 결심이 정말이지 언제까지나 버틸 작정이라는 태도로 나타난 나머지, 이 특이하고 애쓴 보람 없는 ─ 애써준 것도 없지만 ─ 아들의 병세로 인해 어느 때보다 생각이 혼란스러울 수 있었음에도 터칫 부인은 우리가 알다시피 주저하지 않고 긴 여행을 떠났던 것이다. 긴장감이 랠프를 살아 있게 만들었다면, 워버턴 경이 그의 로마 도착을 알린 그다음 날 이저벨도 똑같은 기분으로, 어떤 상태의 그를 만나게 될까 궁금해서 흥분한 마음으로 그의 방으로 올라갔다.

이저벨은 사촌 오빠와 1시간을 보냈다. 여러번의 방문 중 첫번째였다. 길버트 오즈먼드는 그를 즉각 방문했고, 마차를 몇번 보내 랠프가 빨라쪼 로까네라로 올 수 있도록 해주었다. 이주가 지나갈 무렵 랠프는 워버턴 경에게 결국 씨칠리아에 갈 생각이 없다고 했다. 하루 종일 깜빠냐를 돌아다니다 온 워버턴 경과 저녁식사를 같이 했던 것이다. 식사를 마치고 굴뚝 앞에서 씨가에 불을 붙인 워버턴 경은 즉각 입술에 문 씨가를 떼었다.

"씨칠리아에 안 간다고? 그럼 어디로 가겠다는 건가?"

"글쎄, 아무 데도 갈 생각이 없는걸." 랠프가 소파에 앉아서 아주 뻔뻔스럽게 말했다.

"영국으로 돌아갈 작정인가?"

"천만에, 로마에 머물 거야."

"로마는 안되네. 더 따뜻한 곳이어야 해."

"안될 게 뭐람. 되게 만들어야지. 그동안 잘 지낸 걸 자네도 봤잖아."

워버턴 경은 잘 지내는 걸 확인하려는 듯 씨가 담배 연기를 뿜으며 그를 잠시 주시했다. "여행할 때보다 좋아진 건 확실하네. 여행에서 살아남은 게 놀라워. 하기는 난 자네의 건강 상태를 이해한 적이 없으니까. 씨칠리아를 한번 시도해보라고 권하고 싶네."

"난 못해." 가엾은 랠프가 말했다. "이젠 시도 같은 건 안하려고. 더이상 움직일 수 없어. 여행할 마음을 먹을 수가 없다네. 내가 오도 가도 못하는 처지가 된다고 생각해봐! 난 씨칠리아의 평원에서 죽고 싶지는 않아. 그곳 출신인 페르세포네처럼 황천길로 끌려가고 싶지는 않거든."

"그럼 대체 뭣 때문에 여기 온 건가?" 워버턴 경이 물었다.

"그냥 그런 생각이 들어서. 여기 있으면 안된다는 건 알지. 하지만 이젠 내가 어디 있든 사실 아무 상관 없어. 모든 치료법을 다 시도해봤고, 모든 기후도 다 시험해봤네. 이왕 여기 왔으니 남아 있을 걸세. 씨칠리아에는 사촌 하나 없어. 결혼한 사촌은 말할 것도 없고."

"자네 사촌이 확실한 동기를 부여했겠지. 그런데 의사는 뭐라고 하나?"

"묻지도 않았고 뭐라고 하든 상관 안해. 내가 여기서 죽으면 오 즈먼드 부인이 장례를 치러주겠지. 하지만 난 여기서 죽지는 않을 걸세."

"물론이지." 워버턴 경은 계속해서 씨가 연기를 피우며 생각에 잠겼다. "어쨌든 이 말은 해야겠네." 그가 말을 이었다. "자네가 씨 칠리아에 가겠다고 고집하지 않아서 나로서는 정말 다행이라고 생 각해. 그곳까지 가는 건 끔찍하거든."

"아, 하지만 자네가 고민할 문제는 아니었지. 자네를 내 기차에 태워 끌고 갈 생각은 아니었네."

"자넬 혼자 보낼 생각은 정말 아니었어."

"아, 워버턴, 나도 더이상 동행해달라고 할 생각은 아니었어." 랠 프가 소리쳤다.

"자네랑 같이 가서 안착하는 걸 보았을 걸세." 워버턴 경이 말 했다.

"자네는 훌륭한 기독교인이야. 동정심이 많은 친구야."

"그러고 나서 이곳으로 돌아왔을 거네."

"그러고는 영국으로 돌아갔겠지."

"아니, 아닐세, 난 여기 머물렀을 거야."

"그래," 랠프가 말했다. "우리 둘 다 그럴 계획이면 씨칠리아 이 야기는 왜 나오는지 모르겠군."

그의 친구는 가만히 앉아서 난롯불을 들여다보았다. 마침내 그 는 얼굴을 들고 불쑥 말했다. "이보게, 말해봐. 우리가 출발할 때 정 말 씨칠리아에 갈 작정이었나?"

"아, 자넨 내가 대답할 수 없는 걸 물어보는군!²² 내가 먼저 물어 보지. 자네는 순수하게 날 위해 따라나선 건가?"

"무슨 뜻으로 하는 말인지 모르겠군. 난 외국을 둘러보고 싶었네."

"우리 둘 다 나름 속셈이 있었군."

"나는 빼주게나. 난 여기에 얼마간 머물고 싶다는 마음을 숨긴 적이 없으니까."

"그래. 자네가 외무상을 만나고 싶다는 이야기를 한 게 기억이 나네."

"세번 만났어. 아주 유쾌한 사람이더군."

"자네가 왜 여기 왔는지 잊었다는 생각이 드는데." 랠프가 말했다.

"그럴지도 모르지." 그의 친구가 다소 심각하게 대답했다.

이 둘은 속내를 털어놓지 않는 습성을 지닌 종족의 신사들로서 각자의 마음에 맨 먼저 떠오르는 문제를 언급하지 않고 런던에서 로마까지 동행했다. 오랜 대화의 화제가 있었지만, 그들의 관심사에서 앞자리를 차지하고 있지 않았기 때문에 로마에 도착하고 나서 많은 일들이 그 화제를 상기시켜도 그들은 반쯤 수줍은, 반쯤 확신에 찬 침묵을 지킨 것이다.

"어쨌든 의사의 동의를 받는 게 좋겠어." 잠시 침묵이 흐르고 난 다음 워버턴 경이 불쑥 말했다.

"의사의 동의를 받으면 재미가 없지. 가능한 한 난 동의 같은 건 구하지 않아."

"그럼 오즈먼드 부인은 어떤가?" 랠프의 친구가 다그쳤다.

"말하지 않았네. 아마도 로마는 너무 추우니까 까따니아까지 같

---

22 (프) Vous m'en demandez trop!

이 가주겠다고 하겠지. 그녀라면 그럴 수 있어."

"내가 자네라면 좋다고 할 텐데."

"남편이 좋아하지 않을 거야."

"아무렴, 그건 충분히 그림이 그려지네. 하지만 자네가 그 사람의 호불호를 신경 쓸 의무는 없지 않은가. 그건 그 친구 문제지."

"둘 사이에 더 문제를 일으키고 싶지 않거든." 랠프가 말했다.

"벌써 문제가 많은가?"

"문제에 대비할 태세는 완벽하게 되어 있지. 이저벨이 나랑 같이 떠나면 폭발이 일어날 걸세. 오즈먼드는 아내의 사촌 오빠를 좋아하지 않는다네."

"그렇게 되면 물론 그 친구가 들고일어나겠지. 하지만 자네가 여기 머물러도 마찬가지 아닐까?"

"그걸 알고 싶어. 지난번에 내가 로마에 머무를 때 그랬거든. 그래서 사라지는 게 내 의무라고 생각했지. 하지만 이번에는 여기 남아서 이저벨을 방어하는 게 내 의무라는 생각이 드네."

"맙소사, 터칫, 자네의 방어력이란 건 —!" 워버턴 경은 웃으면서 이렇게 서두를 떼다 친구의 얼굴에 나타난 뭔가를 보고 말을 끊었다. 대신 이렇게 말했다. "이런 상황에서 자네의 의무 운운하는 건 신중을 기해야 할 문제 같네."

랠프는 잠시 아무 말도 하지 않았다. "내 방어력이 보잘것없는 건 사실이네." 그는 결국 이렇게 대답했다. "하지만 공격력도 아주 보잘것없으니 내게 화력을 낭비할 가치가 없다고 오즈먼드가 생각할 수도 있지. 어쨌든," 그가 덧붙였다. "난 궁금한 게 있어."

"그럼 호기심 때문에 자네 건강을 희생할 작정인가?"

"난 내 건강에는 별로 관심이 없는데, 오즈먼드 부인한테는 정말 관심이 있거든."

"그건 나도 마찬가지네. 하지만 옛날 같지는 않아." 워버턴 경이 얼른 덧붙였다. 이건 기회가 없어 그가 아직까지 하지 못한 말 중 하나였다.

"내 사촌이 정말 행복하다는 생각이 드나?" 친구의 솔직함에 힘입어 랠프가 물었다.

"글쎄, 모르겠네. 생각도 해보지 않은걸. 저번날 저녁에 행복하다고 하더군."

"아, 물론 자네에게야 그렇게 말했겠지." 랠프가 큰 소리로 말하며 웃었다.

"그건 모르지. 나는 오즈먼드 부인이 불평을 털어놓을 수도 있는 그런 사람이라는 생각이 드네만."

"불평이라고? 절대로 불평하지 않을 거야. 일은 저질렀고 그걸 알고 있거든. 이저벨이 저지른 일 말이야. 다른 사람도 아니고 자네에겐 더더욱 불평을 털어놓지 않을걸. 아주 조심하거든."

"그럴 필요 없는데. 다시 구애할 생각도 아니니까."

"반가운 말이네. 적어도 자네의 의무에 관한 한 의문을 제기할 여지가 없군."

"아, 그럼." 워버턴 경이 진지하게 말했다. "조금도!"

"뭐 하나 물어봐도 될까?" 랠프가 말을 이었다. "오즈먼드 부인을 사랑하지 않는다는 사실을 분명히 하기 위해 그 아담한 처녀에게 그렇게 다정하게 구는 건가?"

흠칫 놀란 워버턴 경은 일어서서 난롯불을 뚫어져라 바라보았다. "그게 우스꽝스럽다고 생각하나?"

"우스꽝스럽냐고? 천만에. 자네가 정말 그 처녀를 좋아한다면."

"아주 매력적인 꼬마 아가씨야. 그 나이의 아가씨가 내 마음에 그렇게 든 적이 없었거든."

"아주 호감이 가는 아가씨야. 아, 최소한 그녀는 진짜야."

"물론 나이 차이는 있지. 이십년 이상."

"이봐, 워버턴," 랠프가 말했다. "자네 진지한 건가?"

"더할 나위 없이 진지해. 현재로서는."

"아주 잘됐네. 하늘이여, 도우소서." 랠프가 외쳤다. "오즈먼드가 무척 기뻐하겠구먼."

그의 친구가 상을 찡그렸다. "이보게, 산통 깨뜨릴 일 있나. 그 친구 좋으라고 팬지 양에게 청혼하려는 건 아니니까."

"그럼에도 그는 기쁘다고 우길걸."

"그 정도로 날 좋아하지 않는다네." 우리의 귀족 나리가 말했다.

"좋아하지 않는다고? 이 사람아, 자네가 누리는 지위의 문제점은 자네와 인척 맺기를 원하는 사람들이 자네를 좋아할 필요가 전혀 없다는 거지. 자, 그런 경우 나라면 사람들이 날 좋아한다고 뿌듯하게 확신할 수 있지만 말이네."

워버턴 경은 일반적인 원칙의 정당성을 평가할 기분이 아닌 것 같았다. 그는 특별한 경우를 생각하고 있었다. "자네 판단으로는 그녀가 좋아할 것 같나?"

"당사자 처녀 말인가? 물론 아주 기뻐하겠지."

"아니, 아니, 오즈먼드 부인 말일세."

랠프는 잠시 그를 바라보았다. "이 친구야, 오즈먼드 부인이 무슨 상관인가?"

"무슨 일이든 그녀가 상관하기로 들면 말일세. 팬지를 아주 예뻐하거든."

"맞는 말이야, 맞는 말이야." 그리고 랠프는 천천히 자리에서 일어섰다. "흥미로운 문제야. 팬지에 대한 이저벨의 애정이 어디까지 갈지." 주머니에 손을 찌른 채 잠시 서 있는 그의 낯빛이 흐려졌다. "자네, 그러니까, 정말, 정말 확신이 서기를 바라네. 빌어먹을!" 그가 말을 멈췄다. "어떻게 말해야 할지 모르겠군."

"아냐, 자넨 알아. 모든 걸 어떻게 말해야 할지 알잖나."

"그래도 말하기 좀 거북하군. 아, 그러니까 오즈먼드 양이 계모와 아주 가깝다는 게 그녀의 주요 장점은 아니라는 걸 자네가 확신하고 있기를 바란다는 정도가 될까?"

"맙소사, 터칫!" 워버턴 경이 화를 내면서 외쳤다. "날 뭘로 보는 건가?"

40장

결혼 이후 이저벨은 마담 멀을 거의 만나지 못했다. 이 숙녀가 로마를 자주 비우고 — 한번은 영국에 가서 육개월을 머물고, 또 한번은 겨울의 일부를 빠리에서 보내는 식으로 — 여행을 즐겼기 때문이다. 그녀는 멀리 사는 친구들을 수없이 방문했고, 앞으로는 옛날처럼 로마에 붙박이로 살지 않을 거라는 인상을 심어주었다. 로마의 붙박이로 살았다는 게 삔초 언덕의 양지바른 곳에 자리 잡은, 종종 비어 있는 거처를 계속 유지했다는 의미였으므로 그런 인상은 앞으로도 로마를 비울 가능성을 시사했고, 이저벨은 그럴 가능성을 한때 크게 우려했다. 허물없이 친해지자 마담 멀의 첫인상은 다소간 수정되었다. 하지만 근본적으로 바뀌지는 않았다. 아직도 그녀에 대한 찬사와 경이로움은 상당히 남아 있었다. 이 유명 인사는 철저하게 무장했다. 사교계의 전투를 위해 완전무장한 인물을 바라보는 건 즐거움이었다. 깃발을 조심스럽게 들고 다녔지만 그녀의 무기는 날이 번득이는 강철제였고, 이를 능숙하게 사용하는 모습을 보고 역전의 용사 같다는 이저벨의 인상이 더 또렷해졌다. 그녀는 지치지도, 싫증을 내지도 않았다. 휴식이나 위안이 필요한 것처럼 보이는 적도 없었다. 자기 생각이 분명한 여자였고, 예전에 이저벨에게 아주 많은 자기 생각들을 털어놓았는데, 이저벨은 극히 세련된 이 친구가 극도로 자제력을 발휘하지만 그 이면에 풍부한 감성이 숨겨져 있음을 알고 있었다. 하지만 마담 멀은 의지가 삶을 지배했다. 그녀가 자신을 지탱하는 방식에는 어딘가 당당한 데가 있었다. 그녀는 그 비밀을 알아낸 것 같았다 ─ 삶의 기술이 그녀가 옳게 추측해낸 영리한 속임수라도 되는 것처럼 말이다. 이저벨은 나이가 들면서 감정의 격변과 혐오감에 익숙해졌다. 세상이 암담해 보이는 날들이 있었고, 뭘 위해 사는 척하고 있나 자신에게 신랄하게 묻기도 했다. 열정적으로 사는 것, 순간적으로 감지한 가능성과 새로운 모험의 예감과 사랑에 빠지는 것이 그녀의 오래된 습관이었다. 어릴 때 그녀의 삶은 하나의 작은 환희에서 또하나의 작은 환희로 이어졌고, 따분할 새가 거의 없었다. 하지만 마담 멀은 열정을 억제했다. 최근에는 어떤 것에도 마음을 주지 않았고, 전적으로 이성과 지혜에 입각해 살았다. 이저벨은 그런 기술을 배울 수만 있다면 뭐든 내주었을 것 같은 때가 있었다. 그 눈부신 벗이 곁에 있다면 이저벨은 도움을 간청했을 것이다. 그녀는 어느 때보다도 마담 멀처럼 되기, 즉 은으로 된 갑옷처럼 강한 표면을 가진 자아 만들기의 이점을 인식했다.

하지만 우리가 여주인공을 다시 만나게 된 겨울이 되어서야 문제의 인물이 로마에 상주하게 되었다. 이저벨은 결혼 후 처음으로 그녀와 자주 만나게 되었는데, 하지만 이 시기에 이르자 이저벨의 필요와 성향이 상당히 바뀌었다. 가르침을 청한다면 이제는 마담 멀에게 하지 않을 터였다. 이 숙녀의 영리한 속임수를 알고 싶은 마음이 사라진 것이다. 근심이 있다면 그녀 혼자만 알고 있어야 하고, 사는 게 어렵다고 패배를 고백해서 더 나아질 것은 없다. 마담 멀이 자신에게 큰 쓸모가 있고 어떤 무리에 속해도 광채를 더해주는 사람이지만, 미묘한 곤경에 처한 사람들에게도 쓸모가 있을까? 그녀의 덕을 보려면—이저벨은 그 점을 늘 염두에 두었다—그녀처럼 굳건하고 영리해져야 한다. 마담 멀은 곤경을 인정하지 않았고, 그런 사실을 생각하며 이저벨은 자기도 자신의 곤경을 털어버리겠노라고 수없이 다짐했다. 사실상 중단되었던 교제를 재개하자 그녀는 옛 동지가 변했다는 느낌, 비례를 범할 위험성을 부자연스러울 정도로 과도하게 부풀린 나머지 일부러 거리를 둔다는 느낌까지 들었다. 마담 멀이 과장한다고, 무리해서 높은음을 내곤 한다고, 통속적으로 표현하자면, '오버'하는 경향이 있다고 랠프 터칫이 말한 걸 우리는 알고 있다. 이저벨은 이런 비난을 인정하지 않았다. 정말이지 이해할 수도 없었다. 그녀가 봤을 때 마담 멀의 처신은 고상한 품위를 특징으로 하고, 언제나 '은근한' 편이었다. 하지만 오즈먼드가의 가정사에 끼어들고 싶지 않다고 역설하는 대목에서는 드디어 '오버'한다는 생각이 들었다. 그것은 품위와 거리가 멀었다. 너무 억지스러웠다. 그녀는 이저벨이 결혼했다는 사실을 지나치게 의식했다. 이제 다른 관심사가 있음을, 그녀가, 마담 멀이 길버트 오즈먼드와 꼬마 숙녀 팬지를 아주 잘 알고 있고, 누구보다도 더 잘 안다고 할 수 있지만, 어쨌든 자기가 가족의 일원이 아님을 지나치게 상기시켰다. 그녀는 조심했다. 그녀의 의견을 원할 때, 물어볼 때까지, 아니 졸라댈 때까지 말을 하지 않았다. 그녀는 간섭하는 것처럼 보일까봐 염려했다. 마담 멀은 우리가 알고 있듯이 솔직했고, 어느날 그런 염려를 이저벨에게 솔직하게 털어놓았다.

"난 조심해야만 해." 그녀가 말했다. "나도 모르는 새 자기 기분을 상하게 하기 너무 쉬울 테니까. 내가 아무리 순수한 의도를 가졌더라도 자기가 불쾌감을 느낀다면 그만이야. 내가 자기보다 훨씬 먼저 자기 남편을 알고 지냈다는 사실을 염두에 둬야 해. 그걸 부지불식간에 드러낼 수 있거든. 어리석은 여자라면 질투를 하겠지. 자기는 어리석은 여자가 아니고, 그건 내가 잘 알아. 하지만 나도 어리석지 않지. 그러니까 성가신 일에 말려들지 않기로 작정했어. 작은 상처를 주는 건 시간문제고, 무심결에 실수를 저지를 수도 있어. 물론 내가 자기 남편이랑 연애를 할 거면 십년이란 시간이 있었고, 장애물도 없었지. 하지만 그때보다 훨씬 덜 매력적인 지금 연애를 시작할 가능성은 없어. 내 자리가 아닌 걸 차지하고 있다는 인상을 주어서 자기를 언짢게 만들어도, 자기는 그렇게 생각하지는 않겠지. 상황이 달라진 걸 잊었다고 할 거야. 난 잊지 않기로 했어. 물론 좋은 친구라면 언제나 그 생각만 하고 있을 수는 없지. 친구가 부당하다고 공연히 의심해서는 안되잖아. 이저벨, 난 자기를 조금도 의심하지 않아. 하지만 난 인간성을 의심해. 내가 상황을 불편하게 만든다고 생각하지 마. 내가 언제나 경계태세를 취할 건 아니니까. 난 자기에게 지금 이런 말을 하는 걸로 충분히 증명했다고 생각해. 어쨌든 내가 하고 싶은 말은 자기가 질투를 한다면 조금은 내 잘못이라는 생각을 하게 될 거야. 자기 의심이 그런 형태를 취할 테니까. 자기 남편의 잘못이 아닐 건 분명해."

이저벨은 마담 멀이 길버트 오즈먼드의 결혼을 성사시켰다는 터칫 부인의 지론을 곰곰이 생각할 시간이 삼년이나 있었다. 그녀가 처음에 이를 어떻게 받아들였는지 우리는 안다. 마담 멀이 길버트 오즈먼드의 결혼을 성사시켰다고 할 수 있지만, 이저벨 아처의 결혼을 성사시킨 게 아님은 확실했다. 그걸 뭐라고 규정해야 할지 이저벨도 몰랐다. 자연의 법칙, 섭리, 숙명, 주어진 상황의 영원한 신비 등이 작용한 결과다. 이모가 문제 삼은 건 마담 멀의 행동보다는 이중성이었다. 그런 이상한 일을 꾸며놓고 오리발을 내밀었다는 것이다. 이저벨의 생각으로 그건 중죄가 아니었다. 마담 멀이 그녀가 맺은 가장 중요한 인간관계의 원인이 된 걸 범죄로 만들 수는 없었다. 이런 생각이 결혼하기 직전 이모와 짧은 대화를 나누었을 때 머리에 떠오르긴 했다. 그때까지 이저벨은 거의 이성적인 역사가의 논조로 자신의 빈약한 일대기를 폭넓게 마음속으로 짚어보았다. 마담 멀이 이저벨을 결혼시키려고 했다면 이저벨은 그걸 매우 적절한 생각이라고 했으리라. 게다가 마담 멀은 그녀에게 터놓고 다 이야기했다. 길버트 오즈먼드를 높이 평가한다는 사실을 감춘 적이 없었다. 결혼한 다음 이저벨은 남편이 이 문제를 마담 멀처럼 편안하게 받아들이지 않는다는 걸 알게 되었다. 그는 대화 중에 그들이 교제하는 사람들로 이뤄진 묶주에서 가장 원만하고 매끄러운 묶주알인 마담 멀을 기꺼이 어루만지는 법이 거의 없었다.

"마담 멀을 좋아하지 않아요?" 이저벨이 한번은 그에게 물었다. "그이는 당신을 대단하게 생각해요."

"딱 잘라 말하겠는데," 오즈먼드가 대답했다. "한때 좋아한 적이 있지만 지금은 아니오. 그 사람에게 싫증이 났는데, 그 사실이 좀 부끄럽거든. 부자연스러울 정도로 훌륭한 여자잖소! 그녀가 이탈리아에 없는 게 기뻐요. 휴식에 도움이 되오. 일종의 도덕적 데땅뜨랄까. 그 사람 이야기를 너무 많이 하지 마시오. 그녀가 돌아올 것 같으니까. 때 되면 어련히 알아서 돌아오려고."

마담 멀은 실제로 너무 늦기 전에 돌아왔다. 그게 뭐든 놓칠 수도 있을 이점을 만회하지 못할 정도로 늦지는 않았다는 뜻이다. 하지만 그사이, 앞서 언급한 것처럼, 마담 멀은 눈에 띄게 달라졌고, 이저벨의 감정도 예전 같지 않았다. 주어진 상황을 과거와 마찬가지로 예민하게 의식했지만, 훨씬 덜 만족스러웠다. 불만스러운 마음에 무엇이 결여되었건 이유야 6월에 미나리아재비가 만발하듯 많이 있게 마련이었다. 마담 멀이 길버트 오즈먼드와의 결혼에 관여했다는 사실은 더이상 그녀를 중요하게 고려할 근거가 되지 않았다. 요컨대 그녀에게 감사할 게 그리 많지 않다고 기록으로 남겨도 되리라. 시간이 지날수록 더 적어졌고, 한번은 그녀만 아니었더라면 이런 일들이 일어나지 않을 수도 있었다는 생각이 들기도 했다. 이런 생각이 떠오르자마자 그녀는 곧바로 억눌러버렸다. 그런 생각을 했다는 것에 즉시 몸서리가 쳐졌다. "내게 무슨 일이 일어나도 부당하게 굴지는 말자." 그녀는 다짐했다. "내가 그 부담을 지고 남에게 책임을 떠넘기지 말자!" 이런 다짐은, 내가 간략하게 서술한 것처럼, 마담 멀이 자신의 현재 처신에 관해 적절하다고 생각해서 둘러댄 묘한 변명에 의해 드디어 시험을 당하게 됐다. 그녀의 깔끔한 구별과 명료한 확신에는 짜증을 불러일으키는 무엇이, 조롱의 기미까지 있었다. 이저벨의 마음에는 이제 명료한 게 아무것도 없었다. 회한의 혼돈과 두려움의 혼란이 있을 따름이었다. 그녀는 내가 조금 전에 인용한 말을 끝낸 마담 멀에게서 등을 돌리면서 무력감을 느꼈다. 마담 멀은 그녀가 무슨 생각을 하는지 전혀 모른다! 게다가 그녀 자신도 어떻게 설명해야 할지 몰랐다. 질투한다고, 길버트와의 관계를 질투한다고? 그 순간 그런 생각은 전혀 현실성이 없었다. 질투라도 할 수 있으면 좋겠다는 생각이 들 정도였다. 그렇다면 어떤 의미로는 기분 전환이 될 수도 있으리라. 그런 질투는 어떤 의미에서는 행복의 징후가 아닌가? 하지만 마담 멀은 현명했다. 이저벨이 자기 자신을 아는 것보다 이저벨을 더 잘 아는 척할 수 있을 정도로 현명했다. 우리의 여주인공은 언제나 많은 다짐을 했는데, 그중 대다수는 숭고한 성격의 다짐이었다. 하지만 오늘처럼 마음속 내밀한 곳에서 다짐들이 많아진 적은 없었다. 사실 이 다짐들은 모두 친족처럼 닮았고, 그녀가 행복하지 못할 운명이라면 자기 잘못으로 그렇게 되지는 않겠다는 결심으로 요약할 수 있었다. 그녀의 날개 달린 영혼은 딱하게도 언제나 최선을 다하고자 했고, 아직까지는 크게 용기를 잃은 적이 없었다. 그러므로 그녀의 정신은 치사한 복수로 앙갚음하는 대신 공정성을 단단히 견지하고 싶어했다. 마담 멀을 자신의 실망에 연루시키는 것은 속 좁은 복수가 되리라. 거기서 얻을 즐거움은 전혀 진심이 아닐 테니 더욱 그러했다. 복수는 쓰라림을 되새김질할 수 있게 해주겠지만, 자신의 속박을 풀어주지는 않으리라. 무지의 소치로 돌리는 건 불가능했다. 행동의 주체로서 자기보다 자유로운 처녀는 없었다. 물론 사랑에 빠진 처녀가 자유로운 주체일 수는 없다. 하지만 과오의 유일한 기원은 그녀 안에 있었다. 음모나 덫이 있었던 것은 아니다. 그녀는 보고 생각하고 선택했다. 여자가 그런 과오를 저질렀을 때, 이를 교정하는 방법은 단 한가지, 그냥 무한히 (아, 최대한 당당하게!) 과오를 받아들이는 것이다. 어리석은 과오는 한번으로 족하다. 특히 그 결과가 죽을 때까지 지속되는 것이라면. 다시 어리석음을 범함으로써 벌충할 수는 없다. 이런 침묵의 서약에는 이저벨을 지탱하게 만드는 고귀함이 있었다. 그럼에도 마담 멀이 조심하기로 한 건 잘한 일이었다.

랠프 터칫이 로마에 도착하고 한달쯤 된 어느날, 이저벨은 팬지와 산책을 나갔다 돌아왔다. 그녀가 지금 팬지의 존재를 정말 고마워하는 건 공명정대하게 처신하겠다는 막연한 결심 때문만은 아니었다. 순수하고 약한 걸 애틋하게 사랑하는 마음도 작용했다. 팬지는 그녀에게 소중했다. 그녀의 삶에서 이 어린 소녀의 애착보다 더 진실하거나 그러한 애착에 관한 명료한 확신처럼 즐거운 건 없었다. 그것은 손에 쏙 들어오는 작은 손처럼 부드럽게 느껴지는 무엇 같았다. 팬지의 편에서 보면 그건 사랑 이상이었다 — 열렬하고 불가항력적인 신념이었다. 오즈먼드 부인으로서도 이 아이가 자기를 믿고 의지한다는 생각은 즐거움 이상이었다. 삶의 동기가 약해질 것 같은 위기 상황에서 그런 생각이 뚜렷한 동기로 작용했다. 그녀는 주어진 곳에서 의무를 다해야 한다고, 그리고 가능한 한 찾아서 의무를 다해야 한다고 다짐했다. 팬지의 애착은 직접적인 훈계였다. 여기 기회가 있다. 대단한 기회는 아닐지 모르지만 기회인 건 분명하다고 말하는 것처럼 보였다. 하지만 뭘 위한 기회인지 이저벨은 말할 수 없었다. 일반적으로, 아이가 그녀를 위해 해줄 수 있는 것보다 그녀 자신이 아이를 위해 더 해줄 수 있는 기회라고 해야 할까. 이 자그마한 말동무가 희미한 존재였던 시절을 떠올렸다면 이즈음의 이저벨은 쓴웃음을 지었으리라. 팬지를 그렇게 생각한 건 그녀의 감각이 둔해서 제대로 보지 못했을 뿐임을 알게 되었기 때문이다. 남을 기쁘게 하기 위해 그렇게 많이, 그렇게 엄청나게 마음 쓰는 사람이 존재할 수 있다는 걸 이저벨은 믿을 수 없었다. 하지만 그후 그녀의 다정한 마음이 작동하는 걸 보았고, 이제 그것을 어떻게 생각해야 할지 알게 됐다. 아이의 존재 자체가 그랬다. 그건 천성과도 같은 것이었다. 팬지는 자존심을 세워 이를 가로막지 않았고 끊임없이 더 많은 사람들의 마음을 사로잡았지만, 으스대는 법이 없었다. 둘은 언제나 같이 다녔다. 오즈먼드 부인이 의붓딸 없이 모습을 드러내는 법은 거의 없었다. 이저벨은 그녀와 함께 있는 걸 좋아했다. 한종류의 꽃으로 이루어진 꽃다발을 가지고 다니는 그런 느낌이었다. 그리고 팬지를 소홀히 하지 않기, 아무리 마음이 언짢아도 그녀를 소홀히 하지 않기, 이것을 그녀는 종교적 신조로 삼았다. 어린 처녀는 이저벨과 함께할 때 가장 — 아버지와 같이 있을 때를 제외하면 — 즐거운 게 분명했다. 그녀는 아버지를 열정적으로 사모했는데, 부권父權이 고상한 즐거움인 오즈먼드가 지나치다 싶을 정도로 딸에게 관대했기 때문에 사모하는 마음은 충분히 정당화되었다. 이저벨은 팬지가 그녀 옆에 있는 걸 얼마나 좋아하는지, 그녀를 기쁘게 하기 위해 얼마나 연구를 하는지 알고 있었다. 팬지는 이저벨을 힘들게 하지 않는 소극적인 방식이 그녀를 가장 기쁘게 하는 길이라고 마음먹었다. (이런 확신이 이미 존재하는 불화를 염두에 둔 건 분명 아니었다.) 그러므로 팬지는 영리하게 수동적이었으며 거의 창의적으로 유순했다. 이저벨의 제안을 따를 때조차도 이견의 느낌을 혹시라도 전달할까봐 자신의 열의를 조심스럽게 조절했다. 그녀는 말참견을 하거나 사교계에 관해 질문하지 않았고, 칭찬받으면 창백해질 정도로 크게 기뻐하면서도 칭찬을 받으려고 손을 내민 적이 없었다. 동경하는 듯 바라보았을 뿐이었다. 나이가 들면서 이런 자태가 팬지의 눈을 세상에서 가장 예쁜 눈으로 만들었다. 파티와 무도회에 나가기 시작한 빨라쪼 로까네라에서의 두번째 겨울 내내, 팬지는 오즈먼드 부인이 피곤할까봐 언제나 적당한 시간에 가자고 먼저 제안했다. 이저벨은 밤늦게까지 춤추는 걸 포기한 팬지를 고맙게 생각했다. 조심스러운 요정처럼 음악에 맞춰 스텝을 밟는 이 조그마한 말동무가 춤추기를 열렬하게 좋아한다는 걸 알고 있기 때문이었다. 팬지의 눈에 사교계는 결점이 없었다. 그녀는 사교계의 성가신 면모 — 무도장의 열기, 정찬의 따분함, 문간에서의 붐빔, 어정쩡한 마차 기다리기 — 까지도 좋아했다. 낮에는 마차 안 새엄마의 옆자리에서 마치 처음으로 마차를 타러 나온 듯, 몸을 굽히고 살짝 웃으며 가만히 감사하는 자세로 앉아 있었다.

내가 앞서 언급한 날 그들은 도시의 대문 중 하나로 마차를 타고 나갔다. 그리고 30분 후에 마차를 길가에 세워두고 깜빠냐의 풀밭 쪽으로 산책을 나갔다. 그곳에는 겨울에도 가냘픈 들꽃이 점점이 피어 있었다. 산책을 즐기는 이저벨은 거의 매일 이곳에 나왔다. 유럽에 처음 왔을 때처럼 날렵하지는 않아도 그녀는 잰걸음으로 성큼성큼 걸었다. 팬지는 산책을 아주 즐기지는 않았지만 모든 걸 좋아하듯 산책도 좋아했고, 아버지의 아내 곁을 종종걸음으로 따랐다. 로마로 돌아오는 길에 삔초 언덕이나 보르게세 궁 주변을 돌아봄으로써 이저벨은 팬지가 좋아하는 걸 챙겨주었다. 그녀는 로마의 성벽에서 멀리 떨어진 양지바른 계곡에서 꽃을 한다발 땄고, 빨라쪼 로까네라에 도착하자 꽃병에 꽂으려고 곧장 방으로 향했다. 이저벨은 계단을 통해 길버트 오즈먼드의 호사스러운 실내 장식조차도 그 오연한 적나라함을 바로잡을 수 없었던 두번째 대기실 —

그녀가 주로 응접실로 쓰는 방 — 을 지나가려던 참이었다. 그 응접실 문지방을 넘자마자 그녀는 발걸음을 멈췄는데, 그렇게한 건 어떤 느낌이 들었기 때문이었다. 그건 엄밀하게 말해서 완전히 전례 없는 느낌이라고 할 수는 없었다. 하지만 그녀는 뭔가 새로운 걸 느꼈고, 소리내지 않고 움직였던 터라 그 장면을 있는 그대로 관찰할 시간이 있었다. 모자를 벗지 않은 마담 멀이 거기 있었고, 길버트 오즈먼드는 그녀에게 이야기를 하고 있었다. 두사람은 그녀가 들어온 걸 얼마 동안 눈치채지 못했다. 이저벨은 물론 두사람이 자리를 같이한 걸 여러번 본 적이 있다. 하지만 그들의 대화가 순간적으로 친밀한 사이의 침묵으로 전환하는 것은 처음 봤고, 최소한 처음 주목했고, 이로부터 그녀가 들어가면 그들이 놀랄 거라는 느낌이 즉각 왔다. 마담 멀은 벽난로에서 조금 떨어진 양탄자 위에 서 있었고, 오즈먼드는 푹신한 의자에 등을 기대고 앉아 그녀를 바라보고 있었다. 마담 멀은 여느 때와 다르지 않게 고개를 꼿꼿이 세우고 있었지만 눈길은 그를 향했다. 이저벨의 시선을 먼저 사로잡은 건 마담 멀은 서 있는데 그가 앉아 있다는 사실이었다. 뭔가 이상한 느낌이 그녀의 주의를 끌었다. 그러자 그들이 이야기를 주고받다가 잠시 대화가 끊겼고, 때로 말없이 의견을 나눌 수 있는 오랜 친구들처럼 생각에 잠겨 허물없이 얼굴을 맞대고 있다는 느낌이 들었다. 놀랄 건 없었다. 그들은 실제로 오랜 친구다. 하지만 순간적으로 지나간 그 장면은 번쩍하는 섬광 같은 이미지를 불러냈다. 그들의 상대적 위치, 몰입해서 서로를 바라보는 응시에 뭔가가 있음을 직감한 것이다. 하지만 정면으로 마주 보자 그런 느낌은 사라졌다. 마담 멀이 그녀를 보았고, 움직이지 않은 채 인사를 했다. 반면에 그녀의 남편은 벌떡 일어났다. 이윽고 산책을 해야겠다고 중얼거리더니 손님에게 실례한다고 말하고 방에서 나갔다.

"귀가했겠지 싶어 보러 왔는데 아니더라. 그래서 기다렸지." 마담 멀이 말했다.

"그이가 앉으라고 권하지도 않던가요?" 이저벨이 웃으면서 물었다.

마담 멀은 주위를 둘러보았다. "아, 정말 앉으라는 말도 없었네. 가려던 참이라."

"이젠 좀 있다 가셔야지요."

"물론이지. 볼일이 있어서 왔거든. 할 말이 있어서."

"전에도 말씀드렸지만," 이저벨이 말했다. "우리 집엔 뭔가 특별한 일이 있어야만 오시는 거 같네요."

"전에 말한 거 기억할 텐데. 내가 찾아오건 얼씬도 하지 않건 의도는 한결같아. 자기에 대한 애정 말이야."

"그래요, 그렇게 말씀하셨지요."

"지금 그 표정은 내 말을 믿지 못하겠다는 거네." 마담 멀이 말했다.

"아," 이저벨이 대답했다. "깊은 뜻이 있으시다는 거, 그건 절대로 의심하지 않아요!"

"그보다는 내 말의 진정성을 의심하겠다는 거지."

이저벨은 엄숙하게 고개를 저었다. "제게 늘 친절하게 대해주신 거 알아요."

"자기가 곁을 줄 때는 늘 그렇게 했지. 친절을 언제나 받아들이지는 않았으니까. 그럼 자기를 내버려둘밖에. 내가 오늘 온 건 자기에게 친절을 베풀기 위해서가 아니야. 아주 다른 용건이 있어. 내 걱정거리를 치우려고, 떠넘기려고 온 거야. 오즈먼드 씨에게 그 이야기를 하고 있었어."

"놀라운 일이군요. 그 사람은 걱정거리를 좋아하지 않아요."

"다른 사람들 걱정거리는 더구나. 나도 잘 알아. 하지만 자기도 좋아하지 않기는 마찬가지겠지. 어쨌거나 좋든 싫든 날 좀 도와줘야겠어. 가엾은 로지어 씨에 관한 거야."

"아," 이저벨이 사려 깊게 말했다. "그건 그 사람 걱정거리네요. 걱정거리로 삼으실 일은 아니죠."

"그 친구가 나한테 덤터기를 씌우는 데 성공했거든. 일주일에 열 번이고 팬지 타령을 하러 찾아온다니까."

"그래요, 팬지와 결혼하고 싶어해요. 다 알고 있어요."

마담 멀이 머뭇거렸다. "오즈먼드 씨가 하는 말로 미루어 자기는 모르고 있구나 했지."

"내가 아는지 그이가 어떻게 알겠어요. 그 문제로 이야기를 나눈 적이 없는데."

"어떻게 말을 꺼내야 할지 몰라서 그럴 거야."

"그렇지만 그이가 곤혹스러워할 사안은 아닌 것 같은데요."

"그래, 일반적으로는 자신이 무슨 생각을 하는지 완벽하게 아는 쪽이니까. 오늘은 알지 못하더군."

"그래서 알려줬나요?" 이저벨이 물었다.

마담 멀은 밝고 자연스럽게 웃었다. "자기 좀 냉담한 거 알아?"

"네, 어쩔 수 없네요. 로지어 씨가 제게도 마음을 털어놓았으니까요."

"그럴 만한 이유가 있지. 자기가 팬지와 아주 가까우니까."

"아," 이저벨이 말했다. "위로하느라 애는 썼는데! 부인이 날 냉담하다고 생각했다면, 로지어 씨는 뭐라고 생각했겠어요."

"자기가 그보다는 더 많은 일을 해줄 수 있다고 생각했겠지."

"제가 할 수 있는 일이 없어요."

"적어도 나보다는 더 해줄 수 있겠지. 나와 팬지 사이에 어떤 불가사의한 연관을 찾아냈는지 모르지만, 내가 자기 운명을 좌우하는 사람인 양 처음부터 날 찾아왔어. 이제는 날 다그치고, 가능성을 재고, 신세 한탄을 하러 줄곧 찾아오는 거야."

"사랑에 흠뻑 빠졌으니까요."

"흠뻑 빠졌지, 그 친구로서는."

"팬지와 사랑에 흠뻑 빠졌다고 해도 될 것 같네요."

마담 멀은 잠시 눈을 내리깔았다. "팬지가 매력적이지 않아?"

"너무나 사랑스러운 꼬맹이지요. 하지만 한계도 아주 분명해요."

"그만큼 로지어 씨가 사랑하기 쉽겠지. 로지어 씨도 한계가 없다고 할 수 없으니까."

"네," 이저벨이 말했다. "손수건만 한 사람이지요. 레이스로 장식한 작은 손수건 말이에요." 그녀의 유머감각은 최근 상당 부분 야유의 형태로 발휘되었다. 하지만 곧 팬지의 청혼자처럼 순진한 사람을 조롱의 대상으로 삼는 것이 부끄러워졌다. "아주 상냥하고 아주 진실한 사람이에요." 그래서 이렇게 덧붙였다. "그리고 보기보다는 영리해요."

"팬지가 자신을 아주 좋아한다고 확언하던데." 마담 멀이 말했다.

"전 모르죠. 팬지에게 물어보지 않았으니까."

"떠보지도 않았어?"

"제 일이 아니죠. 걔 아버지 일이지."

"아, 너무 고지식하네!" 마담 멀이 말했다.

"각자 자신의 판단에 따라 처신해야 하니까요."

마담 멀은 다시 예의 미소를 띠었다. "자기를 돕기가 쉽지 않네."

"돕다니요?" 이저벨이 아주 심각하게 되받았다. "무슨 뜻이죠?"

"자기를 불쾌하게 만들기 쉽다는 말이야. 내가 미리 알고 조심한 게 얼마나 잘한 일인지 알겠지? 어쨌든 오즈먼드 씨에게 통지했고 자기에게도 통지하는 것으로 팬지 양과 에드워드 로지어 씨의 연애 사건에서 손을 떼야겠어. 내가 할 수 있는 일이 없고![23] 내가 팬지에게 그 친구 이야기를 할 수도 없고." 마담 멀이 덧붙였다. "일등 신랑감으로 생각하지 않으니 더더욱."

이저벨은 잠시 생각하다가 웃었다. "그럼 손을 떼는 게 아니네요!" 그녀가 말했다. 이렇게 말하고 나서는 말투를 바꿔 덧붙였다. "손을 떼지 못할걸요. 너무 관심이 많으니까."

마담 멀이 천천히 일어섰다. 그녀는 조금 전에 우리의 여주인공 앞에 번쩍 지나간 암시처럼 날카로운 눈길을 이저벨에게 주었다. 다만 이번에는 이저벨은 아무것도 보지 못했다. "다음번엔 그 신사에게 물어보지그래. 그럼 알게 될 테니."

"물어볼 수가 없네요. 이제 로지어 씨가 우리 집에 오지 않으니까요. 반가운 손님이 아니라고 길버트가 눈치를 줬지요."

"아, 그래," 마담 멀이 말했다. "그걸 잊었네. 그 친구의 징징거리는 후렴구가 바로 그거였는데. 오즈먼드 씨가 자기를 모욕했다고 했지. 어쨌거나," 그녀가 말을 이었다. "오즈먼드 씨는 자기가 생각하는 만큼 그를 싫어하지 않아." 대화를 끝내려는 듯 일어선 그녀는 주변을 살피며 꾸물거렸는데, 할 말이 더 있는 게 분명했다. 이저벨은 그걸 알아챘고, 무슨 저의로 그러는지도 알았지만 말문을

---

23 (프) Je n'y peux rien, moi!

뗄 여지를 주고 싶지 않은 자기 나름의 이유가 있었다.

"그 이야기를 해주었으면 로지어 씨가 좋아했겠네요." 그녀는 웃으면서 답했다.

"물론 말해줬지. 그 점에 관해서는 그의 용기를 북돋았어. 참을 성을 가지라고, 입을 다물고 가만히 있기만 하면 절망적인 상황은 아니라고 타일렀지. 그런데 불행히도 그 친구가 질투를 하기로 작정했거든."

"질투라니요?"

"워버턴 경을 질투하더군. 언제나 여기 와 있다고 하던걸."

피곤한 나머지 이저벨은 앉아 있었는데, 이 말을 듣고 일어섰다. "아!" 이렇게 감탄사만 내지르고 천천히 벽난로 쪽으로 걸어갔다. 마담 멀은 지나가는 그녀를, 벽난로 선반의 거울 앞에 잠시 서서 흐트러진 머리 한가닥을 매만지는 그녀를 주시했다.

"워버턴 경이 팬지와 사랑에 빠지지 말라는 법이 없다고 가엾은 로지어 씨가 입버릇처럼 말하던데." 마담 멀이 말을 이었다.

이저벨은 잠시 침묵하다 거울에 등을 돌렸다. "맞아요, 그러지 말라는 법은 없지요." 이윽고 진지하고 조금 더 온화하게 대답했다.

"나도 로지어 씨에게 그렇게 말했지. 자기 남편도 그렇게 생각하는 거 같았어."

"그건 제가 알 수 없지요."

"물어보면 알 거 아닌가."

"안 물어볼 거예요." 이저벨이 말했다.

"미안. 자기가 그 점을 분명히 한 걸 깜빡했네. 물론," 마담 멀이 덧붙였다. "워버턴 경이 어떤 사람인지는 나보다는 자기가 관찰할 기회가 훨씬 많았겠지."

"워버턴 경이 팬지를 아주 좋아한다는 걸 말하지 못할 이유는 없겠죠."

마담 멀은 다시 예의 재빠른 눈길을 던졌다. "좋아한다는 뜻은, 로지어 씨가 생각하는 그런 뜻인가?"

"로지어 씨가 생각하는 뜻이 뭔지 모르겠지만, 워버턴 경이 팬지에게 매료되었다고 그러더군요."

"그런데 오즈먼드에게 한마디 귀띔도 안한 거야?" 마담 멀의 입술에서 거의 튀어나오다시피 한 이 발언은 즉각적이고 다급했다.

이저벨의 눈이 그녀에게 머물렀다. "때가 되면 알게 되겠죠. 워버턴 경도 입이 있고 자기 생각을 말로 표현할 줄 아는 사람이니까."

마담 멀은 자신이 평소보다 훨씬 즉각적인 반응을 보였음을 이내 의식했고, 그런 생각에 얼굴이 붉어졌다. 그녀는 그 위험한 충동을 진정시킬 시간을 번 다음 조금 생각을 해본 것처럼 말했다. "가없은 로지어 씨와 결혼하는 것보다는 낫겠네."

"훨씬 낫죠."

"아주 기쁜 일이지. 대단한 결혼이 될 테니. 그 사람 정말 고맙기도 하네."

"고맙다니요?"

"하찮은 소녀에게 눈길을 주었으니 하는 말이지."

"전 그렇게 생각 안해요."

"마음을 그렇게 써주다니. 하지만 따지고 보면 걘 ──"

"따지고 보면 팬지 오즈먼드는 그가 만난 가장 매력적인 처녀지요!" 이저벨이 단언했다.

마담 멀은 눈을 크게 떴다. 그리고 사실 어리둥절한 게 당연했다. "아, 조금 전에는 팬지를 깎아내렸다고 생각했는데."

"한계가 있다고 말한 거죠. 그 아이는 한계가 있어요. 워버턴 경도 그렇고요."

"그렇게 말하기로 들면 우리 모두가 그렇지. 팬지가 결혼할 만해서 하는 거라면 더 좋고. 하지만 팬지가 로지어 씨를 고집한다면 굴러들어오는 복을 차버리는 격이야. 어깃장을 놓아도 유분수지."

"아, 지겨운 로지어!" 이저벨이 돌연 큰 소리로 말했다.

"동감이야. 그 총각 연애를 거들고 나서지 않아도 된다고 하니 정말 홀가분하네. 앞으로 로지어 씨가 찾아오면 문도 열어주지 않을 거야." 그리고 망또를 여민 마담 멀은 갈 준비를 했다. 하지만 이저벨의 모순된 요청 때문에 문 앞에서 가던 걸음을 멈췄다.

"아시잖아요, 그래도 잘해주세요."

어깨를 으쓱하면서 눈썹을 치켜뜬 그녀는 서서 이저벨을 바라보았다. "이랬다 저랬다 알 수가 없네! 단연코 그 작자에게는 친절을 베풀지 않을 거야. 거짓된 친절일 테니까. 난 팬지가 워버턴 경과 결혼하는 걸 보고 싶거든."

"그 사람이 청혼할 때까지 기다리세요."

"자기 말이 사실이라면 청혼하겠지. 특히," 마담 멀이 뜸을 들이다 말했다. "자기가 그러라고 한다면."

"제가 그러라고 하다니요?"

"자기의 힘이 닿는 일이지. 그 사람에게 큰 영향력이 있잖아."

이저벨을 약간 상을 찡그렸다. "그건 어디서 알게 됐나요?"

"자기한테서는 아냐. 자기 이모가 그러더군. 자기는 절대로 말 안하지." 마담 멀이 웃으면서 말했다.

"정말이지 그런 이야기는 절대로 한 적이 없네요."

"할 수도 있었지. 기회가 있었으니까. 서로에게 속마음을 털어놓는 걸로 되어 있을 때 말이야. 하지만 자기는 정말 거의 털어놓은 게 없었지. 그후 종종 그런 생각을 했어.”

이저벨도 그런 생각을 하면서 때로 뭐랄까, 다행이라는 기분이 들었다. 하지만 지금 그 점을 인정하지는 않았다. 의기양양해하는 것처럼 보이고 싶지 않아서이리라. “우리 이모가 훌륭한 정보원이군요.” 그녀는 그냥 그렇게만 말했다.

“워버턴 경의 청혼을 거절했다고 화가 난 자기 이모가 그런 말을 안하고는 못 배겨서 알게 된 거야. 물론 더 좋은 남자 만나려고 거절했다는 게 내 생각이지만. 어쨌든 자기가 워버턴 경과 결혼하지 않겠다고 했다면, 그가 다른 사람과 결혼하게 도와주는 것으로 보상을 해야지.”

의미심장하게 밝은 표정을 지어 보이는 마담 멀에게 이저벨은 무표정으로 일관하면서 이런 말을 듣고만 있었다. 하지만 잠시 후 그녀는 차분하게, 그리고 충분히 상냥하게 이렇게 말했다. “이 결혼이 성사된다면, 팬지를 위해서, 아주 기쁠 거예요.” 이 말이 떨어지자 손님은 상서로운 조짐으로 여긴 듯 예상보다 더 다정하게 이저벨을 안아주고 의기양양하게 철수했다.

41장

그날 저녁 아주 늦게 오즈먼드는 이저벨 혼자 앉아 있는 거실에 들어와 그 문제를 처음으로 언급했다. 저녁에 외출을 하지 않은 날이라 팬지는 잠자리에 들었고, 그는 저녁식사를 한 다음 자기 책을 정리해놓은, 서재라고 부르는 작은 방에 있었다. 10시에 워버턴 경이 방문했다. 그는 이저벨이 집에 있을 것으로 예상되면 언제나 찾아왔다. 다른 데 가는 길에 들러서 반시간 정도 앉아 있다 갔다. 이저벨은 랠프 소식을 묻고는 일부러 그에게 거의 말을 걸지 않았다. 워버턴 경이 팬지와 대화를 나누기 바랐기 때문이다. 책을 읽는 척하다가 얼마 후 피아노 쪽으로 자리를 옮겼고, 둘만 놔두고 나가면 어떨까 생각하기도 했다. 오즈먼드 부인은 팬지가 아름다운 로클리의 안주인이 된다는 생각이, 처음에는 그렇게 짜릿한 식으로 떠오르지는 않았지만, 차츰 마음에 들기 시작했다. 그날 오후 마담 멀이 쌓아놓은 인화성 물질에 성냥불을 그어댄 격이었다. 이저벨은 불행하면—얼마간 본능적으로, 얼마간 이론적으로—언제나 적극적으로 할 일을 찾아 주변을 둘러보았다. 그녀는 불행이 질병의 상태, 실행의 반대인 수동적 고통의 상태라는 느낌을 지울 수 없었다. '실행한다'는 건—뭘 하느냐는 별로 상관없었다—그러므로 일종의 벗어남이었고, 어느정도는 치유책이라고 할 수 있었다. 게다가 그녀는 남편을 위해 할 수 있는 모든 일을 했다는 확신을 갖고 싶었다. 남편이 도움을 청하는데 께느른하게 굴다가 자책하는 일은 없도록 하겠다고 결심한 것이다. 팬지가 영국 귀족과 결혼하게 되면 남편은 무척 기뻐할 테고, 이 귀족이 너무나 견실한 성격의 사람이니 기뻐할 만했다. 그런 일의 수행을 의무로 삼는다면, 좋은 아내 역할을 할 수 있다는 생각이 들었다. 그녀는 좋은 아내가 되고 싶었다. 증거를 대면서 좋은 아내였다고 진심으로 믿을 수 있기를 원했다. 게다가 그 일을 맡게 되면 다른 좋은 점들이 있었다. 할 일이 생기는 거고, 그녀는 몰두할 일을 원했다. 재미가 있을 수도 있다. 정말 즐길 수 있으면 구제받을 수도 있으리라. 마지막으로, 이 매력적인 처녀를 무척 마음에 들어하는 워버턴 경에게 좋은 일을 해주는 셈이 된다. 다른 사람도 아니고 그가 팬지를 좋아한다는 건 조금 '이상'했다. 하지만 좋아하는 감정을 설명할 수 없는 노릇이다. 팬지는 누구라도 —— 최소한 워버턴 경을 제외한 누구라도—— 사로잡을 수 있다. 그를 사로잡기에는 팬지가 너무 왜소하고, 너무 연약하고, 아마도 너무 인위적이라고 이저벨은 생각했을 터였다. 팬지는 언제나 조금은 인형 같았는데, 그런 여자를 그가 찾고 있었던 건 아니다. 하지만 남자들이 뭘 찾고 있는지 누가 알랴? 남자들은 만나게 된 여자에게서 좋아하는 걸 찾아낸다. 남자들은 보고 난 다음에야 뭐가 마음에 드는지 알게 된다. 이런 문제에는 어떤 이론도 들어맞지 않고, 이보다 더 불가해한 것도 없지만 이보다 더 자연스러운 것도 없다. 그가 이저벨 아처를 좋아했다면 너무나도 다른 팬지를 좋아하는 게 이상하게 보일 수 있지만, 생각만큼 그녀를 좋아한 게 아니었던 거다. 좋아했다 하더라도 이를 완전히 극복했거나, 자기에게 청혼했다 실패했으므로 아주 다른 여자와는 성공하겠지라고 생각하는 게 당연하다. 이저벨은, 앞서 말했듯, 처음에는 열의가 없었지만, 오늘 열의가 생겼고 이것이 그녀를 거의 행복하게 만들었다. 남편의 기쁨에 일조한다는 생각에서 아직도 큰 행복을 찾을 수 있다는 사실이 놀라웠다. 하지만 에드워드 로지어가 그 길을 가로막고 있다는 건 애석한 일이었다.

이런 생각을 하자 갑자기 그 길을 비추던 빛의 밝기가 조금 흐려졌다. 불행히도 팬지가 로지어 씨를 가장 멋진 젊은이로 생각한다는 확신이 들었다. 마치 이 문제를 두고 팬지와 이야기를 나눈 듯. 알고 싶지 않아서 조심했음에도 그렇게 확신할 수 있다는 건 성가신 일이었다. 가엾은 로지어 씨의 머리에 그런 확신이 떠오른 것만큼이나 성가신 일이었다. 그가 신랑감으로 워버턴 경보다 못한 건 분명했다. 재산의 차이를 두고 하는 말이 아니라 사람의 크기가 달랐다. 미국 청년은 정말이지 경량급이었다. 영국 귀족에 비해 그는 훨씬 더 부질없이 멋진 신사 타입에 가까웠다. 사실 팬지가 정치가와 결혼해야 할 특별한 이유는 없다. 하지만 정치가가 그 아이를 좋아하면, 그건 그의 문제이고, 그녀는 완벽한 작은 보석 같은 귀부인이 될 터였다.

이 장애물을 처리할 수 있을 거야 하고 결론을 내렸으니 독자는 오즈먼드 부인이 불현듯 불가사의하게 냉소적으로 변했다고 생각할 수도 있겠다. 가엾은 로지어로 표상되는 장애물은 그래봤자 위협이 될 수 없고, 별로 중요하지 않은 장애물을 제거하는 방법은 언제나 있게 마련이다. 팬지가 고집을 세울 수 있는 — 거북할 정도로 완강하게 버틸 수 있는 — 여지를 계산에 넣지 않았음을 이저벨은 분명하게 인식했다. 하지만 팬지는 반대보다는 동의의 기능을 고도로 발달시켜왔기 때문에, 넌지시 비추기만 해도 반대를 무릅쓰고 붙잡고 있기보다는 놓아버릴 거라고 믿고 싶었다. 그 아이는 매달리리라. 그렇다, 매달릴 것이다. 하지만 누구에게 매달리느냐는 팬지에게 그렇게 중요하지 않다. 로지어 씨가 된다면 워버턴 경도 되리라. 그 아이가 워버턴 경을 상당히 좋아하는 것처럼 보이니 더욱 그러하다. 그 아이는 한점 유보 없이 이저벨에게 그를 좋아한다고 털어놓았다. 워버턴 경의 이야기가 흥미진진하다고도 했다 — 그가 그녀에게 인도 이야기를 다 해주었다는 것이다. 팬지를 대하는 워버턴 경의 태도는 더없이 적절하고 편안했다. 이저벨은 그 점을 눈여겨보았고, 팬지가 어리고 순진하다는 점을 상기시키면서 짐짓 어른처럼 구는 법이 없고, 최근 유행하는 오페라를 따라갈 수 있으면 자신이 화제로 삼는 이야기를 충분히 이해할 수 있다는 듯이 대한다는 점도 눈여겨보았다. 그의 화제는 음악과 오페라 가수에 대한 관심 범위를 훨씬 넘어섰다. 가든코트에서 팔랑거리는 처녀에게 정중하게 대했듯 그는 조심스럽게 정중한 태도를 유지했다. 그런 태도가 처녀를 감동시킬 수 있다. 이저벨은 자기도 감동받았음을 기억했고, 자기가 팬지처럼 단순하다면 더 깊은 인상을 받았을 거라고 생각했다. 그의 청혼을 거절했을 당시 그녀는 단순하지 않았다. 나중에 오즈먼드의 청혼을 받아들인 것과 비슷하게 그 심리 작용은 복잡했다. 하지만 단순함에도 불구하고 팬지는 그의 화젯거리를 정말 잘 알아들었고, 워버턴 경이 그녀에게 말을 걸어주는 걸, 그녀의 춤 상대와 부께가 아니라 이딸리아의 정치 상황, 소작농들의 현실, 그 유명한 제분세製粉稅, 옥수수피부병, 로마 사교계에서 받은 인상에 관해 이야기해주는 걸 고맙게 생각했다. 그녀는 자수바늘을 잡아빼면서 귀엽고 순종적인 눈으로 그를 바라보았다. 그리고 눈을 내리깔 때 그녀는, 마치 그를 중요하게 생각한다는 듯, 그의 몸과 손발, 옷에 가만히 곁눈을 주었다. 외모까지도 워버턴 경이 로지어 씨보다 낫다고 이저벨은 팬지에게 일러줄 수 있었다. 하지만 그러고 싶은 순간 로지어 씨가 지금 어디 있을까 궁금해하는 걸로 대신했다. 그는 이제 빨라쪼 로까네라에 오지 않았다. 앞서 말했듯, 남편의 만족에 일조한다는 생각이 자신의 마음을 강하게 사로잡은 것에 이저벨은 놀랐다.

내가 곧 간단히 언급할 여러가지 이유 때문이라 치더라도 그건 놀라운 일이었다. 내가 말한 저녁에, 워버턴 경이 거기 앉아 있을 때, 그녀는 자리를 비켜주어 두사람만 남겨두는 바야흐로 거대한 일보를 내디딜 참이었다. 거대한 일보라고 말한 건 길버트 오즈먼드가 이저벨의 행동을 그런 관점에서 바라볼 것이기 때문이고, 그녀는 최대한 남편의 관점을 취하려고 노력했기 때문이다. 이저벨은 어느정도 성공했지만, 내가 언급한 바로 그 일을 해내지 못했다. 결국 뭔가가 그녀를 붙잡아 상황에 부응하지 못하게 만들었다. 그것이 꼭 치사하거나 교활한 방법이라고 생각해서는 아니었다. 여자들은 일반적으로 완전히 떳떳한 마음으로 그런 책략을 쓸 수 있는데, 이저벨도 본능적으로는 여성의 그런 일반적인 천성에 배치되기는커녕 일치되는 쪽이었기 때문이었다. 막연한 의혹이, 아직 확실하지 않다는 느낌이 들었다. 그래서 그녀는 응접실에 남아 있었고, 얼마 후 워버턴 경은 다음날 팬지에게 자세한 이야기를 들려주겠노라고 약속하고 연회 장소로 갔다. 그후 이저벨은 15분간 자리를 비워줬더라면 일어날 수도 있었을 일을 자기가 막은 걸까 하는 생각이 들었다. 하지만 그녀가 자리를 비켜주기를 바랐다면 손님이 그런 의사를 쉽게 전달할 방법을 찾아냈을 게 분명했다. 워버턴 경이 가고 난 다음 팬지는 그를 화제에 올리지 않았고, 이저벨도 일부러 아무 말도 하지 않았다. 그가 팬지에게 청혼할 때까지는 침묵하겠다고 마음먹었기 때문이다. 그가 이저벨에게 내비친 감정에 상응하는 고백을 하는 데 시간이 좀더 걸릴 듯싶었다. 팬지는 잠자리에 들었고, 이저벨은 의붓딸이 무슨 생각을 하는지 이제 짐작할 수 없음을 시인하지 않을 수 없었다. 투명하게 속생각을 알 수 있는 조그마한 말동무의 속내를 그 순간 꿰뚫어볼 수 없게 되었다.

그녀는 벽난로의 불꽃을 들여다보며 혼자 앉아 있었는데, 반시간쯤 지나자 남편이 들어왔다. 그는 아무 말 없이 한동안 서성거리다가 자리에 앉았다. 그도 그녀처럼 불꽃을 들여다보았다. 하지만 그녀는 이제 명멸하는 벽난로에서 오즈먼드의 얼굴로 눈길을 옮겼고, 침묵을 지키는 동안 그를 주시했다. 은밀한 관찰이 오즈먼드 부인의 습관이 되어버렸다. 어떤 본능이, 자기방어와 연합전선을 폈다고 표현해도 과장이 아닐 본능이 관찰을 습관으로 만들었다. 그녀는 대답을 준비할 수 있게 그의 생각을, 그가 뭐라고 말할지 최대한 미리 알기를 원했다. 예전에도 준비된 대답을 하는 건 그녀의 강점이 아니었다. 그 점에 있어서 이런 재치 있는 말을 할 걸 하고 나중에 후회하는 선에서 좀처럼 더 발전하지 못했다. 하지만 그녀는 조심성을 배웠다. 어느정도는 남편의 안색을 살피면서 그런 조심성을 터득했다. 피렌쩨에 있는 빌라의 테라스에서 아마도 마찬가지로 진지하게, 하지만 덜 예리하게 관찰한 ― 결혼 이후 오즈먼드의 체중이 약간 불었다는 점을 빼면 ― 바로 그 얼굴이었다. 하지만 그는 아직도 아주 버젓해 보였다.

"워버턴 경이 왔다 갔소?" 그가 곧 물었다.

"네, 반시간 정도 있었어요."

"팬지를 보고 간 거요?"

"그래요, 소파에 같이 앉아 있었죠."

"팬지와 이야기를 많이 나눴소?"

"거의 팬지하고만 이야기했어요."

"내가 보기엔 팬지에게 마음이 있는 것 같은데. 그런 걸 그렇게 말하지 않나?"

"난 뭐라고도 말하지 않았어요." 이저벨이 말했다. "당신이 이름 붙이기를 기다리고 있었으니까."

"당신이 언제나 그렇게 배려하는 건 아니지." 오즈먼드가 잠시 뜸을 들였다 답했다.

"이번에는 당신이 좋아하는 쪽으로 행동하려고 결심했어요. 너무나 자주 그렇게 하는 데 실패했으니까."

오즈먼드는 고개를 천천히 돌려 그녀를 바라보았다. "나와 싸우려는 거요?"

"아니요, 난 평화롭게 살아보려고 해요."

"그보다 쉬운 일은 없소. 당신도 알다시피 나 자신으로 말하자면 싸움을 하지 않으니까."

"날 화나게 만들려고 하는 건 뭐라고 부르나요?" 이저벨이 물었다.

"그런 적 없소. 내가 그랬다면 당연히 그럴 만한 일이었을 거요. 게다가 난 지금 전혀 당신 화를 돋우려고 하는 게 아니오."

이저벨은 미소를 지었다. "상관없어요. 다시는 화를 내지 않기로 결심했으니까."

"훌륭한 결심이오. 당신은 성질이 좋지 않소."

"그래요, 좋지 않아요." 그녀는 읽고 있던 책을 밀어놓고 팬지가 테이블에 놓고 간 자수의 띠를 집어들었다.

"내 딸 문제에 대해 당신에게 말을 꺼내지 않은 이유가 부분적으로는 그래서요." 오즈먼드는 늘 그렇게 팬지를 '내 딸'로 지칭했다. "반대에 부딪힐까봐 걱정이 되었소. 당신도 이 문제에 자기 의견을 갖고 있을까봐. 그 시답잖은 로지어는 꺼지라고 했고."

"내가 로지어 씨 편을 들까봐 걱정했나보죠? 내가 그 사람 이야기를 한마디도 하지 않았다는 건 알아채지 못했나요?"

"내가 말할 기회를 주지 않았지. 요즘 우리는 대화가 거의 없으니까. 그가 당신의 옛 친구라고 알고 있소."

"그래요, 옛 친구예요." 이저벨은 손에 들고 있는 자수품보다 그 친구에게 마음을 조금 더 쓰는 정도였다. 하지만 그가 옛 친구인 건 사실이었고, 그런 인연을 남편 앞에서 평가절하하고 싶지는 않았다. 오즈먼드의 말투가 그녀의 옛 친구들을 경멸하는 식이었기 때문에, 이번 경우처럼 그 자체로는 대단찮은 인연이라 하더라도 강한 애착을 느낀 것이다. 결혼하기 전의 삶에 속한 추억이라는 것만으로도 그녀는 애틋한 열정 같은 걸 느끼곤 했다. "하지만 팬지에 관해선," 그녀가 잠시 후 덧붙였다. "그에게 희망이 있다고 말하지 않았어요."

"그건 다행이군." 오즈먼드가 말했다.

"날 위해 다행이라는 뜻으로 하는 말이겠죠. 그에게는 아무래도 상관없으니까."

"그 친구 이야기는 할 필요 없소." 오즈먼드가 말했다. "말했다시피 집 밖으로 쫓아냈으니까."

"그렇죠, 하지만 집 밖에 있어도 연인은 연인이에요. 더 애틋한 연인이 될 수도 있죠. 로지어 씨는 아직도 희망을 갖고 있어요."

"그래서 위안을 받는다면 얼마든지! 내 딸은 가만히 앉아 있기만 해도 워버턴 경의 부인이 될 테니까."

"그러면 좋겠어요?" 이저벨은 담박하게 물었다. 짐짓 꾸민 듯 들렸겠지만 사실은 그렇지 않았다. 그녀는 어떤 것도 미리 전제하지 않기로 결심했다. 오즈먼드가 돌연 그녀의 생각들을 그녀에게 불리하게 반전시키는 재주를 부리곤 했기 때문이다. 오즈먼드가 자기 딸을 워버턴 경의 부인으로 만들고 싶은 열망이 얼마나 강한가는 최근 그녀의 생각 밑바닥에 늘 깔려 있었다. 하지만 혼자만의 생각이었다. 오즈먼드가 자기 입으로 말할 때까지 아무것도 아는 척하지 않을 작정이었다. 오즈먼드 집안 사람들이 예외적으로 노력을 기울일 만한 횡재로 워버턴 경을 간주하겠지라는 식으로 당연하게 받아들이지 않으리라. 삶에서 그 어떤 것도 열망의 대상이 아니라는 것, 세상에서 가장 고귀한 사람들과 어깨를 나란히 견주겠다는 것, 자기 딸은 눈길만 주어도 왕자를 골라잡을 수 있다는 것이 오즈먼드의 끊임없는 암시였다. 따라서 그가 워버턴 경을 간절히 원한다고, 이 귀족을 놓치면 그에 필적하는 사윗감을 찾지 못하리라고 대놓고 말한다면 일관성이 없음을 인정해야 한다. 게다가 자신이 수미일관하다는 게 그의 또다른 습관적인 암시였다. 그는 아내가 그 점을 모른 척 넘어가주기를 원했으리라. 이상하게도, 그와 얼굴을 맞대자, 1시간 전만 해도 그를 기쁘게 해줄 계획까지 세운 이저벨은 남편의 기분을 맞춰주고 싶은 마음이 사라졌다. 그럼에도 그녀는 자신의 질문이 그의 마음에 끼칠 영향을 정확히 파악하고 있었다. 그것은 모욕으로 작용하리라. 상관없어. '그녀'를 모욕할 수 있는 끔찍한 능력이 그에게 있으니까. 때로 그녀를 모욕할 작은 기회에 고개를 돌리는 거의 불가해한 행동을 하면서 결정적인 기회를 기다릴 수도 있다는 점에서 더더욱 그러하다. 이저벨로 말하자면 큰 기회를 잡을 수 없을 것 같아서 작은 기회들에 연연했다.

현재 상황에서 오즈먼드는 아주 점잖게 처신했다. "좋고말고. 대단한 결혼이 될 테니까. 그리고 워버턴 경에게는 다른 이점이 있지. 당신의 옛 친구잖소. 우리 가족이 되는 건 그 사람에게도 기쁜 일이 될 거요. 팬지의 구혼자들이 모두 당신의 옛 친구라니 정말 이상한 일이군."

"내 친구들이 날 만나러 오는 건 당연하고, 날 만나러 오면 팬지를 보게 되죠. 팬지를 보면 사랑에 빠지는 건 당연하고요."

"내 생각도 그렇소. 하지만 당신도 꼭 그렇게 생각하라는 법은 없지."

"팬지가 워버턴 경과 결혼한다면 나도 아주 기쁠 거예요." 이저벨이 진심으로 말했다. "훌륭한 사람이니까. 그런데 당신은 팬지가 가만히 앉아 있기만 해도 된다고 했죠. 가만히 앉아 있지 않겠다고 할 수도 있어요. 로지어 씨를 잃게 되면 펄쩍 뛸지도 모르니까!"

불꽃을 응시하고 앉아 있는 오즈먼드는 그녀의 충고를 유념하는 것 같았다. "팬지는 훌륭한 귀부인이 되는 걸 좋아할 거요." 그리고 잠시 후 약간은 다정한 어조로 덧붙였다. "그 아이는 무엇보다도 기쁨을 주려고 할 테니까."

"로지어 씨에게도 기쁨을 주려고 하겠죠."

"아니, 내게 주려고 할 거요."

"내게도 조금은 주려고 하겠죠." 이저벨이 말했다.

"그렇소, 당신을 아주 좋아하니까. 하지만 걔는 내가 원하는 일을 할 거요."

"그렇게 확신한다면, 다 잘되겠네요." 그녀가 말을 이었다.

"그동안," 오즈먼드가 말했다. "우리의 귀빈께서 운을 뗐으면 싶은데."

"운은 뗐죠. 내게. 팬지가 자기를 좋아한다고 생각할 수 있으면 큰 기쁨이 될 거라고."

오즈먼드는 고개를 홱 돌렸지만 아무 말도 하지 않다가 날을 세워 물었다. "왜 그런 말을 해주지 않았소?"

"기회가 없어서요. 우리가 어떻게 살고 있는지 알잖아요. 처음으로 말할 기회가 주어졌으니까 하는 거죠."

"그 사람에게 로지어 이야기를 했소?"

"아, 네, 조금은요."

"전혀 그럴 필요가 없었는데."

"알고 있는 게 좋을 거라고 생각했어요. 그러면, 그러면 ─ "이 저벨이 말을 멈췄다.

"그러면?"

"그 사람도 그에 맞게 처신하겠죠."

"물러서라, 그런 뜻이오?"

"아니요, 때를 놓치지 말고 일을 진행하라고요."

"그 말이 그런 효과를 낸 거 같지는 않군."

"인내심을 가져야 해요." 이저벨이 말했다. "영국인들이 숫기가 없는 걸 알잖아요."

"이 친구는 아니오. 당신에게 구애할 땐 주저하지 않았으니까."

이저벨은 남편이 그 이야기를 꺼낼까봐 염려하고 있었다. 그건 불쾌했다. 그녀는 이렇게 말대꾸를 했다. "미안하군요. 대단히 적극적이었지요."

그는 한동안 아무 반응도 보이지 않았다. 책을 한권 집어들어 책장을 넘겼고, 그녀도 말없이 팬지의 자수에 몰두했다. "당신이 그에게 상당한 영향력이 있는 게 틀림없소." 오즈먼드가 드디어 말을 이었다. "당신이 정말 원한다면 그가 청혼하게 만들 수 있을 거요."

이 말은 더더욱 불쾌했다. 하지만 그가 그렇게 말하는 게 당연하다는 생각이 들었고, 결과적으로는 그녀가 속으로 한 생각과 아주 비슷하기도 했다. "왜 내가 영향력이 있다는 거죠?" 그녀가 물었다. "내가 대체 뭘 했다고 그 사람이 내 말을 듣는다는 건가요?"

"청혼을 거절했잖소." 오즈먼드가 책에 눈길을 준 채 말했다.

"거기에 너무 많은 걸 기대해서는 안되죠." 그녀가 대답했다.

이윽고 그가 책을 던지고 일어서서 뒷짐을 지고 벽난로 앞에 서 있었다. "그런가, 난 당신의 손에 달려 있다고 생각하오. 이야기는 이 정도로 해두지. 기꺼워하는 마음이 조금만 있어도 해낼 수 있을 거요. 그 점을 잘 생각해보고 내가 당신에게 얼마나 기대를 걸고 있는지 염두에 두오." 대답할 시간을 주기 위해 잠시 기다려도 아무 대꾸가 없자 그는 천천히 방에서 걸어나갔다.

42장

그녀가 대답하지 않은 건 남편의 말이 그림처럼 환기한 상황을 들여다보는 데 몰두했기 때문이었다. 그 말의 뭔가가 불시에 깊은 동요를 일으켜 입을 열면 어떤 말이 튀어나올지 자신할 수 없었다. 그가 나가고 그녀는 의자에 기대앉아 눈을 감았다. 그리고 오랫동안, 밤늦게까지, 그리고 더 이슥하도록 고요한 거실에 앉아 깊은 생각에 잠겼다. 벽난로 불을 살피러 하인이 들어왔고, 이저벨은 새 양초를 갖다놓고 잠자리에 들라고 일렀다. 오즈먼드는 자기가 한 말을 생각해보라고 말했다. 그래서 문자 그대로 따랐고, 다른 많은 것들도 생각해보았다. 그녀가 워버턴 경에게 분명 영향력이 있다고 한 또다른 사람의 말, 그 말이 예기치 못한 사실을 일깨워서 그녀는 흠칫 놀랐다. 그녀와 워버턴 경과의 사이에 아직도 뭔가가, 그녀의 찬사에 민감하게 반응하는 감성이, 그녀가 좋아하는 걸 하고 싶은 욕망이 남아 있어서, 그 점을 이용해 팬지에게 청혼하게 만들 수 있다는 게 사실일까? 강요받지 않았기 때문에 이저벨은 아직까지 이렇게 자문한 적이 없었다. 하지만 코앞에 질문이 제기된 지금 답이 보였고, 그 답은 그녀를 겁나게 했다. 그렇다. 뭔가가 있다. 워버턴 경 쪽에 뭔가가 있다. 그가 처음 로마에 왔을 때 그녀는 자기와 워버턴 경을 연결한 고리가 완전히 끊어졌다고 생각했다. 하지만 차츰 감지할 수 있는 실체가 여전히 남아 있다는 느낌이 들었다. 머리카락처럼 가늘어도 진동 소리가 들리는 듯한 순간이 있었다. 그녀 자신으로 말하자면 아무것도 달라진 게 없었다. 워버턴 경에 관한 생각도 예전 그대로였다. 그런 감정은 변할 이유가 없었다. 사실상 호감은 이전보다 오히려 더 커졌다. 하지만 그는 어떤가? 다른 여자보다 그녀가 그에게 더 중요하다는 생각을 아직도 하고 있을까? 그들이 한때 공유한 몇번 안되는 친밀한 순간의 추억을 불러내 뭔가를 얻어내겠다는 바람을 갖고 있는 걸까? 이저벨은 자신이 그런 바람의 징후들을 이전에 읽었음을 알고 있었다. 그러나 그 사람이 희망하고, 요구하는 건 뭔가? 그리고 그런 희망과 요구가 가엾은 팬지의 진가를 진심으로 인정하는 것과 어떤 이상한 방식으로 얽혀 있는 걸까? 그는 길버트 오즈먼드의 아내를 사랑하는 건가? 만약 그렇다면 그런 사랑에서 어떤 위안을 얻겠다는 건가? 그가 팬지를 사랑한다면 그녀의 계모를 사랑하는 게 아니고, 계모를 사랑한다면 팬지를 사랑하는 게 아니다. 이저벨이 칼자루를 쥐었다고 해서 그로 하여금 팬지에게 청혼하도록 만들어야 하는가? 이 연약한 아가씨를 위해서가 아니라 이저벨을 위해서 그런다는 걸 알면서도? 이게 남편이 해달라고 하는 일인가? 어쨌든 그 일은 그녀가 감당해야 할 의무가 되었다. 워버턴 경이 아직도 자기 곁에 있고 싶은 마음을 뿌리 뽑지 못했음을 스스로 인정하는 순간 말이다. 기분 좋은 의무가 아니었다. 사실 혐오스러운 일이었다. 워버턴 경이 다른 만족을, 그리고 다른 기회라고 부를 수 있는 걸 얻기 위해 팬지와 사랑에 빠진 척하는 건가. 이같은 의문은 그녀를 아연실색하게 했다. 얼마 후 그녀는 교묘한 표리부동의 혐의에서 워버턴 경을 풀어주었다. 그가 완벽하게 성심으로 임한다고 믿고 싶었다. 하지만 팬지를 사랑한다는 생각이 미망일 뿐이라면 그건 가식보다 나을 게 없었다. 이저벨은 이러한 추한 가능성을 헤아리며 헤매다가 완전히 길을 잃었다. 그중 갑자기 마주하게 된 몇몇의 가능성은 충분히 추해 보였다. 그러다가 눈을 비비며 미로에서 빠져나온 이저벨은 이런 상상이 자신의 명예를 훼손하고, 남편의 상상이 워버턴 경의 명예를 훼손하는 건 더 말할 나위 없다고 단언했다. 워버턴 경은 필요에 따라 공명정대하게 행동할 거고, 그녀는 원하는 것 이상으로 그와 친교를 나눌 필요는 없다. 반대의 경우가 입증될 때까지 그녀는 이 지점에 머물러 있으리라. 오즈먼드의 냉소적인 암시가 더 실질적으로 입증될 때까지 말이다.

그러나 이런 결심이 그날 저녁에는 전혀 마음의 평화를 가져다주지 못했다. 그녀의 영혼에 드리운 두려움이 자리만 나면 얼른 생각의 전면에 비집고 들어왔기 때문이다. 그날 오후 남편과 마담 멀 사이에는 생각한 것보다 더 직접적인 교감이 있다는 이상한 인상을 받았다는 사실을 제외하면, 대체 무엇이 그런 두려움을 갑자기 촉발했는지 알 수 없었다. 그 장면이 시시때때로 떠올랐다. 다시 생각해보니 이전에 그런 인상을 받지 않은 게 이상했다. 게다가, 반시간 전에 나눈 오즈먼드와의 짧은 대화는 만지는 모든 걸 말라죽게 만들고, 바라보는 모든 걸 망가뜨리는 그의 능력을 놀랍게도 잘 보여주었다. 남편의 말을 충실하게 따른다는 증거를 제시하려고 한 건 아주 잘한 일이었다. 하지만 사실은 그가 뭔가를 기대한다는 걸 알기만 하면 그런 기대에 반대되는 추정의 근거가 제기되었다. 남편은 사악한 눈을 가진 것 같았다. 그의 존재가 역병을 초래하고 그의 호의가 불행을 야기하는 것 같았다. 그렇다면 문제는 그에게 있는가, 아니면 그녀가 그에게 품은 깊은 불신에 있는가? 그들의 짧은 결혼 생활에서 불신은 이제 가장 두드러진 결실이었다. 두 사람 사이에 심연이 벌어졌고, 그 양안에서 그들은 속았다는 눈으로 서로를 노려보았다. 그녀가 꿈에도 생각지 못한 기이한 대립이었다. 한사람에게는 생명의 원리가 다른 사람에게는 경멸의 대상이 되는 그런 대치 상태였다. 이저벨의 잘못이 아니었다. 그녀는 속이지 않았다. 다만 찬사를 보내고 믿었을 뿐이었다. 순수하기 그지없는 믿음을 품고 한걸음 한걸음 내디뎠는데, 무한하게 확대되는 것 같던 삶의 전망이 어둡고 좁은 막다른 골목으로 변했음을 갑자기 깨닫게 되었다. 고양되고 우월한 느낌으로 저 아래 펼쳐진 세상을 내려다보면서 판단하고 선택하고 동정할 수 있는 지복의 높은 위치로 올라서지 못하고, 다른 사람들이 느긋하고 자유롭게 살아가는 소리가 위에서 들리고, 그래서 실패의 자괴감이 더 깊어지는 구속과 억압의 세계로 떨어진 것이다. 세상을 어둡게 만든 건 남편에 대한 깊은 불신, 바로 그거였다. 쉽게 짚어낼 수는 있어도 그만큼 쉽게 설명할 수는 없는 그런 느낌의 성격은 너무나 복잡해서 현재의 상태로 완숙되기까지는 많은 시간과 더 많은 고통이 따랐다. 이저벨에게 고통은 능동적인 상태였다. 실의나 마비 상태, 절망이 아니라 모든 곤경에 맞선 열정적인 사유와 성찰, 반응이었다. 그러나 이저벨은 약해지는 자신의 신념을 아무에게도 들키지 않았다고 자부했다. 오즈먼드를 제외하면 아무도 의심조차 하지 않았다. 아, 그는 알고 있었다. 그리고 그걸 즐기고 있다는 생각이 드는 순간이 있었다. 조금씩 일어난 변화였다. 기막히게 친밀했던 신혼의 첫해가 끝나갈 무렵에야 그녀는 위험 신호를 감지했다. 그리고 어둠이 짙어지기 시작했다. 오즈먼드가 의도적으로, 거의 악의적으로 불빛을 하나씩 꺼나간 듯한 느낌이었다. 처음엔 어둠이 희미하게 살짝 깔린 정도여서 그때까지는 길이 보였다, 하지만 점점 더 어두워지더니, 이따금씩 어둠이 걷힐 때면 어떤 구석들은 앞이 안 보일 정도로 깜깜했다. 어둠은 그녀의 마음에서 발산된 게 아니었다. 그 점은 확실했다. 그녀는 올곧게 평정심을 지키려고, 진실만을 보려고 최선을 다했을 뿐이다. 어둠은 다름 아닌 남편의 존재 그 자체를 이루는 일부요, 그 산물이요, 결과였다. 그가 특별히 잘못을 저질렀거나 비열하게 굴어서가 아니었다. 한가지만 빼면 그를 비난할 거리가 없었다. 그리고 그것도 범죄라고 말할 수는 없었다. 그가 그녀를 부당하게 대우했다고 할 수도 없었다. 그는 폭력적이지도, 잔인하게 굴지도 않았다. 그녀는 그가 자기를 증오한다고 믿을 따름이었다. 그에 대한 비난거리는 그게 전부였고, 그것이 범죄는 아니라는 바로 그 사실이 그녀를 더 비참하게 만들었다. 범죄라면 그에 맞서 보상을 요구할 수도 있었을 테니까. 오즈먼드는 이저벨이 자기와 너무나 다르다는 사실을, 자기가 그러려니 예상한 여자가 아니라는 사실을 알게 되었다. 처음에는 이저벨을 바꿀 수 있다고 생각했다. 그리고 이저벨도 남편이 원하는 여자가 되기 위해 최선을 다했다. 하지만 그래봤자 이저벨 아처는 이저벨 아처였다. 어쩔 도리가 없었다. 그리고 이젠 가면을 쓰거나 꾸며대고 변장을 해봐야 아무 소용이 없었다. 오즈먼드는 이저벨을 파악했고, 마음을 정했기 때문이었다. 그가 두려운 건 아니었다. 해코지를 당할까 두려워하는 마음도 없었다. 그가 품은 악의는 그런 종류가 아니었기 때문이다. 가능하다면 오즈먼드는 자기 부인에게 어떤 빌미도 주지 않고, 잘못도 자기 탓으로 돌리지 못하게 하리라. 메마른 눈으로 미래를 뚫어져라 응시하면서 이저벨은 그 점에서는 남편이 자기보다 한수 위임을 깨달았다. 이저벨은 그에게 많은 빌미를 제공할 테고, 잘못도 자기 탓으로 돌려야 하는 입장에 처하리라. 이저벨은 오즈먼드를 거의 측은하게 생각하는 순간도 있었다. 의도적은 아니라 하더라도 자기가 실제로 그를 감쪽같이 속였음을 실감했기 때문이다. 그와 교제를 시작했을 때 이저벨은 자기 자신을 지웠다. 자신을 조그맣게 만들어, 실제의 자신보다 없어 보이는 척했다. 그리고 그녀가 특별히 그에게 매료되었기 때문에 그가 공을 들이는 수고를 한 것이었다. 그는 변하지 않았다. 일년간의 구애 기간에 오즈먼드가 이저벨보다 더 위장했다고 할 수도 없다. 하지만 그녀는 그때 그의 본성의 절반만 보았다. 지구의 그림자가 부분적으로 가려 달의 한 면만을 보게 되듯이. 이제 그녀는 만월을, 그를 전체로 보았다. 요컨대 이저벨은 숨을 죽였고, 그래서 그가 보란 듯이 자신을 과시했건만 그럼에도 그녀는 부분을 전체로 오인했다.

아, 그녀는 엄청난 마력에 사로잡혀 있었다! 그 느낌은 여전히 남아 있었다. 거기에 그대로 있었다. 그녀는 오즈먼드가 유쾌해지기로 마음먹을 경우 무엇이 그 남자를 유쾌한 사람으로 만드는지 여전히 잘 알고 있었다. 이저벨에게 구애를 할 때 그는 유쾌해질 준비가 되어 있었고, 그녀는 매료될 준비가 되어 있었으니 그가 성공한 건 당연했다. 진심이었기 때문에 성공했다. 지금에 와서 그것까지 부정하고 싶은 생각은 없었다. 오즈먼드는 이저벨에게 찬사를 보냈고, 그 이유도 말해주었다. 그가 지금까지 알아온 여자 중에서 가장 상상력이 뛰어나기 때문이라고 했다. 정말 그랬을 거다. 그녀는 그 몇달 동안 실체가 없는 세계를 상상했으니 말이다. 매혹된 오감과, 아, 그토록 고양된 상상력으로 그 남자에 대해 놀랄 만한 환상을 키워왔던 것이다! 그녀는 그를 제대로 읽지 못했다. 그가 가진 여러가지 특질들의 조합이 마음을 움직였고, 그런 특질들 속에서 가장 돋보이는 사람을 그려냈다. 오즈먼드는 가난하고 외롭지만 어딘지 고귀한 데가 있다 ─ 바로 그 점이 흥미를, 그녀에게 기회가 왔다는 생각을 불러일으킨 것 같았다. 그에게는, 그의 상황, 그의 기질, 그의 얼굴에는, 뭐라고 꼭 집어 말할 수 없는 아름다움이 깃들어 있었다. 동시에 그가 무력하고 무능하다고 느꼈지만, 그 느낌은 존경심의 정수라고 해야 할 애정의 형태를 띠었다. 그는 물때를 기다리며 해변을 거닐고 있는, 바다 쪽을 바라보고 있지만 아직 배를 띄우지 못한 의심 많은 항해자와 같았다. 이 모든 상황에서 그녀는 삶의 기회를 보았다. 그를 위해 배를 띄우리라. 그의 수호신이 되리라. 그를 사랑하는 건 좋은 일이다. 그래서 그녀는 그를 사랑했고, 마음 졸이면서도 열정적으로 자신을 내주었다. 상당 부분은 그에게서 발견한 것 때문이었지만, 그에 못지않게 자기가 그에게 내어줄 수 있는 것, 그 선물을 풍요롭게 만들 수 있는 것 때문이었다. 가슴 벅찼던 그 몇주를 돌이켜보면서 그녀는 그 열정에는 일종의 모성적인 경향이 있었음을 깨달았다. 자신이 뭔가를 내어줄 수 있다고 느끼는, 두 손에 뭔가를 가득 담아온 여자의 행복 같은 것 말이다. 지금에 와서 되돌아보면, 돈이 없었다면 절대로 그렇게 하지 않았을 텐데 하는 생각이 들었다. 그러자 종작없는 생각이 영국의 잔디 아래 잠들어 있는, 끝없는 비통의 자애로운 기원인 가엾은 터칫 씨에게 이르렀다! 터무니없지만 사실이었기 때문이다. 그렇게 물려받은 돈이 마음속 깊이 부담스러워 그 짐을 다른 사람에게, 더 준비된 사람에게로 옮기고 싶은 소망으로 가득 찼던 것이다. 취향이 으뜸가게 고상한 남자에게 그런 짐을 양도하는 것보다 더 효과적으로 양심의 짐을 더는 방법이 어디 있겠는가? 그녀가 병원에 기부하지 않는 한 그보다 더 나은 선택을 하기는 어려웠을 터, 게다가 길버트 오즈먼드만큼 이저벨의 관심을 끄는 자선의 대상은 없었다. 그녀가 재산을 더 편안한 마음으로 받아들이도록 오즈먼드는 돈을 잘 활용할 테고, 뜻밖의 유산을 물려받은 행운에서 묻어나는 천박함을 지울 수 있게 해주리라. 칠만 파운드를 유산으로 물려받는 건 섬세한 배려와는 거리가 멀었다. 섬세한 배려는 전적으로 돈을 물려준 터칫 씨가 발휘했다. 하지만 지참금을 갖고 길버트 오즈먼드와 결혼하면 자기도 그렇게 배려할 수 있다. 그에게는 그럴 기회가 적어지지만, 그건 그 사람 문제고, 그녀를 사랑한다면 부자라고 반감을 갖지는 않으리라. 부자라서 좋다고 말하는 호방함을 오즈먼드가 보여주지 않았던가?

물려받은 재산으로 멋들어진 일을 하기 위해 가짜 이론을 만들어 결혼한 게 아닐까 자문할 때면 이저벨의 뺨은 벌겋게 달아올랐다. 하지만 그녀는 이내 이건 이야기의 절반에 불과하다고 답할 수 있었다. 그의 사랑이 진지하다는 느낌, 그의 개인적 자질이 주는 즐거움과 어우러진 어떤 열정이 그녀를 사로잡은 것도 사실이었기 때문이다. 그는 어느 누구보다도 더 훌륭한 사람이었다. 이런 더할 나위 없는 확신이 여러달 동안 삶을 충만하게 했고, 그 확신의 여분이 아직도 남아 있어서 그때는 그렇게밖에 할 수 없었다는 것을 알았다. 그녀가 아는 한 가장 훌륭한 남자, 가장 섬세한 남자가 자기 차지가 되었고, 처음에는 손을 내밀기만 하면 가질 수 있다는 인식에는 헌신의 행위 같은 게 따랐다. 그의 정신의 탁월함을 잘못 파악한 건 아니었다. 그녀는 이제 그 기관을 완벽하게 파악했다. 그녀는 그것과 함께 살았고, 그 안에서 산다고 할 수도 있었다. 그게 그녀의 거처가 된 셈이다. 그녀가 붙잡혔다면 그 손아귀에서 움쭉달싹할 수 없었다. 그렇게 생각하는 게 어느정도 도움이 됐다. 그보다 더 영리하고, 더 유연하고, 더 교양 있고, 더 장한 활동을 하도록 훈련된 정신을 그녀는 그때까지 만난 적이 없었다. 그런데 이제 바로 이 섬세한 악기와 같은 존재가 대적해야만 할 적수가 되었다. 그가 당한 기만의 규모를 떠올릴 때면 그녀는 끝 모르는 당혹감에 빠져들었다. 이런 관점에서 보면 그가 아내를 더 혐오하지 않는 게 놀라울 지경이었다. 이저벨은 그가 처음으로 싫은 내색을 비친 순간을 정확하게 기억했다. 그들의 삶에서 진짜 서막을 올릴 종이 울리는 것 같았다. 그는 어느날 그녀에게 생각이 너무 많다고, 정리해야 한다고 말했다. 결혼하기 전에도 그런 말을 한 적이 있었지만, 당시에는 그런 말에 주목하지 않았고, 나중에야 돌이켜 생각하게 됐다. 정색을 하고 한 말이었기 때문에 이번에는 당연히 주목했다. 표면적으로는 아무것도 아닌 말이었다. 하지만 그간의 경험에 비추어 그 행간을 들여다보니 불길한 예감이 들었다. 그것이 그의 진심이었다 — 그는 그녀의 것이라곤 예쁜 외모 외에 남아 있는 게 아무것도 없기를 원했다. 이저벨도 자기가 독자적인 생각이 너무 많다는 걸 알고 있었다. 심지어 그가 상상하는 것보다 더 많았고, 청혼을 받았을 즈음 그에게 말한 것보다 훨씬 더 많았다. 그렇다. 그녀는 위선적이었다. 그건 그를 너무 좋아했기 때문이었다. 이저벨에게는 독자적인 생각도 아주 많았다. 그러나 바로 그렇기 때문에 사람들이 — 다른 사람과 의견을 공유하기 위해 — 결혼하는 게 아닌가. 물론 억누르고 속생각을 말하지 않으려고 조심할 수는 있지만 그런 생각들을 뿌리째 뽑을 수는 없지 않는가. 그런데 그가 그녀의 의견에 반대한다는 게 핵심이 아니었다. 그건 아무것도 아니었다. 사랑받는 기쁨을 누리기 위해 이저벨이 기꺼이 희생하지 않을 의견은 하나도 없었다. 그가 정리하라고 한 건 그녀의 모든 것, 성격, 느끼고 판단하는 방식 그 자체였다. 바로 이게 이저벨이 유보하고 안 보여준 것이었다. 이것이 그가 정면으로 마주하기 전에는, 말하자면 등 뒤로 문이 쾅 닫히기 전에는, 알지 못하던 점이다. 삶을 바라보는 이저벨의 어떤 방식이 그에게는 인신공격의 모욕으로 다가왔다. 이제는 자기를 낮춰서 맞춰주는 방식이 되었음을 하늘이 안다! 이상한 건 삶을 바라보는 그의 방식이 자기와 아주 다를 수 있음을 그녀가 처음부터 알아차리지 못했다는 사실이다. 그녀는 그의 방식이 호방하고 계몽적이고 완벽하게 진실한 남자요, 신사의 방식일 거라고 생각했다. 자기에게는 미신이나 따분한 제약, 진부해진 편견이 없다고 그가 확언하지 않았던가? 겉으로는 완전무결하게 세상사에 구애되지 않은 탁 트인 사람처럼, 좀스러운 일은 아랑곳없이 진실과 지식만을 사랑하고, 지성을 갖춘 두 사람이 진실과 지식을 함께 추구하되 결과와는 무관하게 적어도 추구의 과정에서 행복을 얻을 수 있다고 믿는 사람처럼 보이지 않았던가? 관습적인 걸 사랑한다고 말하기도 했지만, 그 말은 고상한 고백처럼 느껴졌다. 그 말의 의미가 조화와 질서와 품위 등, 삶의 모든 의젓한 노력을 뜻하는 것이라면, 그녀는 그와 기꺼이 함께할 용의가 있었고, 관습적이라는 그의 경고는 어떠한 불길한 징조도 담고 있지 않았다. 하지만 몇달 지나고 좀더 멀리까지 따라온 이저벨을 그가 그의 거주지로 이끌었을 때에야 비로소 그녀는 자기가 정말 어디에 와 있는지를 알게 되었다.

앞으로 살아야 할 곳을 가늠하면서 믿을 수 없는 공포에 사로잡혔던 기억을 그녀는 생생하게 되새기곤 했다. 이후 그녀는 사방 벽에 갇혀 살았다. 여생도 그런 벽에 둘러싸여 살게 되리라. 그곳은 어둠의 집, 침묵의 집, 질식의 집이었다. 오즈먼드의 탁월한 정신은 빛도, 공기도 들여보내지 않았다. 진정 오즈먼드의 아름다운 정신은 높고 조그마한 창문에서 그녀를 흘끗 내려다보면서 조롱하는 것 같았다. 물론 육체적인 고통을 당한 건 아니었다. 그런 고통에 대해서는 대처할 방법을 찾아낼 수도 있었으리라. 그녀는 마음대로 오갈 수 있었다. 자유도 있었고, 남편도 완벽하게 정중했다. 그는 자신을 대단한 존재로 여겼는데, 거기엔 섬뜩한 뭔가가 있었다. 그의 대단한 교양과 영특함과 상냥함 아래, 쾌활함과 태평함과 삶에 대한 지식 아래, 이기욕利己慾이 꽃으로 뒤덮인 비탈에 숨어 있는 뱀처럼 똬리를 틀고 있었다. 그녀도 남편을 대단하게 여겼다. 하지만 그 정도로 대단하게 생각하지는 않았다. 어떻게 그럴 수 있겠는가? 그를 정말 더 잘 알게 된 마당에? 그녀는 남편이 자신을 평가하는 그대로, 유럽의 제일가는 신사로 그를 받아들여야만 했다. 처음에는 그녀도 그를 그렇게 받아들였고, 사실 그래서 그와 결혼했던 것이다. 하지만 그런 평가가 뭘 뜻하는가를 알게 되자 이저벨은 뒷걸음쳤다. 그와의 결합은 그녀가 자신의 이름을 걸고 할 수 있는 것 이상을 요구했다. 그런 평가는 남편이 부러워하는 서너명의 아주 고귀한 사람을 제외한 모든 사람과 대여섯가지의 자기 생각을 제외한 모든 것을 철저히 경멸한다는 사실을 의미했다. 그것도 상관없었다. 그녀는 거기까지도 남편을 따라갈 용의가 있었다. 그가 삶의 비천함과 저속함을 너무도 많이 지적해 보여주었고, 인간의 어리석음과 악행과 무지를 눈을 크게 뜨고 보게 해주어서, 삶의 무한한 통속성과 자기 자신을 정결하게 지켜야 할 덕성을 통감했으니 말이다. 그러나 결국 바로 이 비천하고 비열한 세상이 그의 존재 이유로 드러났다. 세상을 언제나 염두에 두어야 한다. 세상을 계도하거나 바꾸거나 구원하기 위해서가 아니다. 자신의 우월함을 세상 사람들이 인정하게 만들기 위해서다. 세상이 한편으로는 경멸의 대상이었지만, 다른 한편으로는 기준이었다. 오즈먼드는 이 저벨에게 은둔과 무관심에 대해, 성공에 통상적으로 이로운 것을 얼마나 쉽게 단념했는지 털어놓았다. 그리고 그녀는 이 모든 것에 감복했다. 그녀는 그것이 당당한 무관심이요, 고상한 독립성이라고 생각했다. 하지만 무관심만큼 남편의 속성과 무관한 것도 없었다. 이저벨은 다른 사람들을 그렇게 의식하는 사람을 본 적이 없었다. 이저벨에게 세상은 명백히 언제나 흥미로운 곳이고, 동료 인간들을 탐구하는 건 언제나 즐거운 일이었다. 하지만 자기만의 삶을 살기 위해—그 삶을 함께할 사람이 그렇게 하는 편이 좋은 거라고 믿게만 해준다면!—그녀는 호기심과 관심을 끄는 모든 걸 포기할 용의가 있었다. 적어도 이것이 현재 이저벨의 확신이었다. 그리고 그편이 오즈먼드가 세상에 관심을 갖는 방식보다 분명히 더 쉬웠다.

그는 세상 없이 살 수 없고, 실제로 그렇게 산 적도 없었음을 그녀는 깨달았다. 세상으로부터 가장 초연한 것처럼 보일 때도 그는 창문으로 세상을 내다보고 있었다. 그녀가 자신의 이상을 추구하려고 노력하듯, 그에게도 삶의 이상은 있었다. 다만 그토록 다른 영역에서 정의를 추구한다는 게 기묘할 따름이었다. 그는 남부러울 것 없는 번영과 격에 맞는 삶, 귀족적 삶의 개념을 이상으로 삼았다. 적어도 본질에 관한 한 그는 그런 삶을 살아왔다고 자부하리라. 오즈먼드는 그런 이상에서 한시도 벗어난 적이 없었다. 벗어났다면 수치심을 견디지 못했으리라. 그것도 상관없었다. 그 점에도 그녀는 동의했을 것이다. 하지만 그들은 같은 공식에 각각 너무도 다른 생각과 너무도 다른 상상과 욕망을 대입했다. 귀족적인 삶에 대한 이저벨의 생각은 간단히 말해 탁월한 지식과 고귀한 자유의 결합이었다. 지식은 의무감을, 자유는 즐거움을 향유할 수 있는 힘을 부여할 테니 말이다. 하지만 오즈먼드에게 귀족적인 삶은 전적으로 형식과 의식적이고 계산된 태도의 문제였다. 그는 오래된 것, 신성시되는 것, 전승되어온 것을 선호했다. 이저벨도 마찬가지였지만, 그녀의 경우 그중 취사선택해서 하고 싶은 일을 한다고 자처했다. 그는 전통에 엄청난 경의를 품었다. 전통을 소유하고 있는 게 제일 좋지만, 불행히도 그렇지 못하다면 즉각 전통을 만드는 작업에 착수해야 한다고 언젠가 그녀에게 말한 적도 있다. 이 말을 이저벨은 전통이 없는 자기보다 그가 우위에 있다는 취지로 알아들었다. 그의 전통이 어디에 근거하는지 결국 알아내지 못했지만 말이다. 어쨌든 그가 아주 많은 전통을 수집해놓은 게 확실했고, 시간이 조금 지나자 눈에 들어왔다. 중차대한 일은 그에 맞춰 행동하는 것인데, 그뿐만 아니라 그녀에게 있어서도 그러했다. 이저벨은 원래 이어받은 전통이 아닌 걸 다른 사람에게 제시하기 위해서는 절대적으로 우월한 전통이어야 한다는 막연한 확신이 있었다. 그럼에도 그녀는 알지도 못하는 남편의 과거 어느 시기에서 흘러나오는 장중한 곡조에 맞춰 자기도 행진해야 한다는 암시에 동의했다. 예전에는 그렇게나 발걸음이 경쾌하던 그녀가, 옆길로 새기 일쑤요 길 잃기 선수요, 줄 맞춰 걷는 것과는 정반대였던 그녀가 말이다. 해야 하는 특정한 일이 있고, 취해야 할 특정한 태도가 있고, 알아야 하는 그리고 알아서는 안되는 특정한 사람들이 있다. 이렇게 경직된 삶의 방식이 —— 그림이 그려진 자수로 예쁘게 꾸며지긴 했지만 —— 그녀를 옥죄어오자, 내가 앞서 언급한 어둠과 질식의 느낌이 그녀를 사로잡았다. 곰팡이와 부패의 냄새가 밴 곳에 갇혀 있는 것 같았다. 그녀는 물론 저항했다. 처음에는 아주 유머러스하게, 아이러니를 구사하며 다정하게. 그러다 상황이 더 심각해지자 열심히, 열정적으로, 호소하듯이. 이저벨은 자유를 ── 하고 싶은 대로 해도 되고, 삶이 겉으로 어떻게 보이든, 남들이 뭐라고 부르든 관심 없음을 ── 명분으로 내세워, 다른 본능과 열망, 아주 다른 이상을 내세워 호소했다.

그러자 그렇게 도발당한 적이 없었던 남편의 성격이 전면에 드러나 꼿꼿이 버티고 섰다. 그녀가 하는 말에 오즈먼드는 경멸로 응수할 따름이었고, 그녀를 이루 말할 수 없이 수치스럽게 생각한다는 게 느껴졌다. 그녀를 어떻게 생각하느냐 ── 상스럽고, 통속적이고, 천하다고? 어쨌든 오즈먼드는 아내에게 문화적 전통이 없다는 걸 이제 알게 되었다! 그의 미래 설계에서 자기 아내가 그렇게 진부하리라는 예상은 들어 있지 않았다. 그녀의 견해는 급진주의적인 신문이나 유니테리언파 목사에게나 어울렸다. 결국 자기가 저지른 진짜 잘못은 자기만의 생각이 있다는 것 그 자체라는 사실을 이저벨은 깨달았다. 작은 정원이 대장원에 딸려 있듯이, 그녀의 생각은 그의 소유여야 했다. 흙을 갈퀴로 살살 긁고 꽃에 물을 주리라. 잡초를 뽑아주고 가끔 꽃을 꺾어 꽃다발을 만들리라. 드넓은 땅을 소유한 지주에게 예쁘장한 사유지 한필지가 더해진 것이니 말이다. 오즈먼드는 아내가 멍청하기를 바라지 않았다. 오히려 영리하기 때문에 마음에 들었다. 하지만 그는 이저벨의 영리함이 전적으로 자기 뜻대로 작동하기를 원했다. 자기가 선택한 여자의 마음이 비어 있기를 원하기는커녕 비옥한 토양처럼 자기 생각을 흡수할 거라고 의기양양했던 것이다. 그는 자신의 아내가 그와 함께, 그를 위해 느끼고, 그의 의견과 야심과 취향에 공감하기를 기대했다. 그리고 이저벨도 그토록 교양 있는 신사요, 적어도 처음에는 그토록 다정했던 남편 입장에서 보면 그런 기대가 지나친 오만이 아님을 인정하지 않을 수 없었다. 하지만 결코 받아들일 수 없는 게 있었다. 무엇보다 끔찍할 만큼 불결했다. 청교도의 딸은 아니었지만, 이저벨은 그래도 정절 같은 것, 아니 단정함 같은 걸 믿었다. 오즈먼드에게는 그런 믿음 같은 건 눈 씻고 찾아봐도 없어 보였다. 그가 받아들이는 관습 중에는 치마를 여미게 만드는 것들도 있었다. 모든 여자에게 애인이 있는가? 모든 여자가 거짓말을 하고 가장 훌륭한 여자에게도 가격표가 붙어 있는가? 남편을 속이지 않는 여자가 서너명밖에 없는가? 그런 말들을 들을 때마다 이저벨은 시골 이발소의 뒷말보다 더한 경멸감을 느꼈다. 지독하게 오염된 공기에서 신선함을 유지하는 그런 경멸 말이다. 시누를 둘러싼 추문이 돈 적이 있었다. 그렇다면 남편은 제미니 백작 부인을 기준으로 판단하는가? 이 숙녀는 걸핏하면 거짓말을 했고, 말에 국한되지 않는 속임수를 습관적으로 썼다. 이저벨은 오즈먼드의 전통에 그런 가정이 상정되어 있다는 사실을 알게 된 걸로 족했다. 그런 가정을 일반화해서 확대 적용할 필요도 없었다. 그를 정색하게 만든 건 그러한 가정들에 대한 이저벨의 경멸이었다. 경멸이라면 그에게도 충분히 많이 있어서, 자기 아내도 많이 있는 게 적절했다. 하지만 그녀가 경멸의 뜨거운 불꽃을 자신의 판단에 들이댄다는 것, 바로 그것이 그가 고려하지 않았던 위험이었다. 그는 위험해지기 전에 아내의 감정을 통제할 수 있으리라고 믿었다. 하지만 너무 자신만만했음을 깨닫고 귓불이 화끈거렸을 것임을 이저벨은 쉽게 상상할 수 있었다. 그런 기분이 들게 만드는 여자를 아내로 두었을 때 증오하는 것 외에 다른 할 일이 남아 있지 않았다.

처음에는 휴식처요 기분 전환이었던 그런 증오의 감정이 이젠 남편의 소일거리요 위안이 되었음을 이저벨도 사실상 확신했다. 그 감정은 진심이었기 때문에 뿌리 깊었다. 결국 아내에게 그가 꼭 필요한 존재가 아니라는 뜻밖의 사실을 알게 된 것이다. 이런 생각이 아내에게도 놀라움으로, 처음에는 부정不貞과 비슷한 뭔가로, 오염의 가능성으로 다가왔다면, 남편에게 얼마나 큰 변화를 야기했을지 미뤄 짐작할 수 있지 않겠는가? 그 내용은 아주 간단했다. 남편은 아내를 경멸했다. 아내에게는 전통이 없고 유니테리언파 목사 같은 도덕적인 지평이 있을 따름이었다. 가엾은 이저벨, 유니테리어니즘을 전혀 이해하지 못했건만! 목하 이런 확신을 갖게 된 그녀는 시간의 흐름을 재는 것도 그만두었다. 앞으로 어떤 일이 일어날까? 그들의 앞에 뭐가 놓여 있을까? 이것이 이저벨의 끊임없는 질문이었다. 그가 어떻게 나올까? 그녀는 어떻게 대처해야 할까? 남편이 아내를 증오한다면 어떤 결과로 이어지나? 이저벨은 오즈먼드를 증오하지 않았다. 그건 확실하다. 가끔씩 그에게 깜짝 기쁨을 선사하고 싶은 열렬한 소망을 느꼈으니 말이다. 하지만 내가 앞서 암시한 것처럼 처음부터 자기가 오즈먼드를 속였다는 생각이 엄습해올 때 이저벨은 자주 두려움에 휩싸였다. 여하튼 그들은 이상한 부부였고, 결혼 생활은 끔찍했다. 그날 아침에 말을 건네기 전까지 남편은 일주일간 아내에게 거의 한마디 말도 하지 않았다. 그의 태도는 다 타서 재만 남은 것처럼 냉랭했다. 특별한 이유가 있음을 그녀는 알고 있었다. 랠프 터칫이 로마에 머물고 있는 게 불쾌해서였다. 그는 아내가 사촌 오빠를 너무 자주 만난다고 생각했다. 일주일 전에는 그녀가 호텔로 찾아가 만나는 게 상스럽다고 했다. 공공연한 비난이 환자인 랠프에게 몰인정하게 구는 것처럼 비치지만 않는다면 더 심한 말도 했으리라. 하지만 감정을 억제해야 한다는 사실 때문에 그의 혐오감이 더 깊어졌다. 이저벨은 시침과 분침을 읽듯이 이 모든 상황을 읽을 수 있었다. 사촌 오빠에게 관심을 보이면 남편이 자기를 방에 가둬버렸으면 할 만큼 ― 그렇게 하고 싶어한다고 이저벨은 확신했다 ― 격노에 사로잡힌다는 걸 잘 알고 있었다. 자기가 대체로 엇나가는 성격은 아니라고 진심으로 믿었지만, 정말이지 랠프에게는 무관심한 척할 수 없었다. 이저벨은 그의 임종이 드디어 가까워졌다고, 그리고 다시는 그를 볼 수 없을 거라고 믿었고, 그런 믿음이 이전에는 느끼지 못한 애틋한 마음을 그에게 쏟게 만들었다. 이제는 아무것도 그녀에게 기쁨이 되지 못했다. 자신의 삶을 내던졌다는 사실을 알고 있는 여자에게 어떤 기쁨이 있을 수 있겠는가? 납덩이 같은 게 이저벨의 마음을 끊임없이 짓누르고 있었다. 으스스한 빛이 모든 것에 드리웠다. 하지만 랠프를 잠깐씩 만나는 건 어둠속의 빛이었다. 그와 같이 앉아 있을 때는 자기 자신에 대한 아픔이 그에 대한 아픔이 됐다. 이제 이저벨은 그가 친오빠 같은 생각이 들었다. 친오빠는 없었지만, 친오빠가 있고 그녀가 고통을 당하고 있고 그가 죽어가고 있다면, 랠프가 그녀에게 소중하듯이 그녀도 그에게 소중하리라. 아, 그렇다, 길버트가 질투한다면 전혀 근거가 없다고 하기는 어려웠다. 랠프와 반시간을 보내고 오면 길버트 오즈먼드가 더 멋있어 보이지는 않았으니 말이다. 그들이 오즈먼드를 화제로 삼은 것은 아니었다. 그녀가 남편에 대한 불만을 털어놓은 것도 아니었다. 이저벨과 랠프는 오즈먼드의 이름을 단 한번도 입에 올리지 않았다. 랠프가 너그러운 데 반해 남편은 그렇지 못할 따름이었다. 랠프의 이야기와 그의 웃음, 그가 로마에 있다는 사실만으로도 그녀가 갇혀 있는 지긋지긋한 원이 조금 넓어졌다. 랠프는 세상의 행복을, 다른 가능성을 느끼게 해주었다. 무엇보다 그는 오즈먼드만큼 머리가 좋았다. 더 좋은 사람인 것은 논외로 하더라도 말이다. 그렇기 때문에 이저벨이 자기의 불행을 감추는 건 헌신의 행위와도 같았다. 그와 이야기를 나누는 중에 이저벨은 커튼을 내리고 칸막이를 치면서 그런 사실을 주밀하게, 부단히 감추었다. 피렌쩨의 정원에서 그날 아침 랠프가 오즈먼드와 결혼하지 말라고 경고했던 장면이 다시 눈앞에 떠올랐다. 그 장면은 사라지지 않았다. 눈만 감으면 그곳이 보이고, 그의 목소리가 들리고, 따뜻하고 향기로운 공기가 몸에 와닿았다. 어떻게 알았을까? 지혜의 신비요 경이로움 아닌가! 오즈먼드만큼 머리가 좋다고? 그런 판단을 내리다니 랠프는 남편보다 훨씬 더 영리하다. 오즈먼드는 단 한번도 그렇게 심오하고, 그렇게 올바른 판단을 내린 적이 없었다. 그때 이저벨은 랠프에게 오빠가 옳더라도 적어도 그가 옳았음을 그녀에게서 알아낼 수는 없을 거라고 말했다. 지금 이저벨이 신경 쓰고 있는 것도 바로 그 점이었다. 그건 그녀에게 해야 할 많은 일거리를 부여했다. 그 일에는 열정과 흥분과 헌신이 따랐다. 여자들은 이상한 곳에서 헌신할 거리를 찾는데, 현재 이저벨은 사촌 오빠 앞에서 행복한 척하면서 그를 배려한다고 생각했다. 그가 단 한순간이라도 속았다면 배려라고 할 수 있으리라. 실상은 그렇지 않았으므로 배려의 주된 내용은 오빠가 다음과 같이 믿게 만들려고 애쓰는 걸로 이뤄졌다. 즉, 오빠가 한때 자기에게 큰 상처를 주었고 그 일로 면목이 없겠지만, 자기는 마음이 하해같이 넓고 오빠는 아주 아프니까 유감의 뜻을 표하지 않을 뿐 아니라 사려 깊게 오빠의 면전에서 자기의 행복을 과시하지는 않는다고. 랠프는 소파에 누워서 이런 예외적인 형태의 배려에 혼자 웃곤 했다. 하지만 그는 자기를 용서한 이저벨을 용서했다. 그녀의 불행을 알고서 마음 아파하는 걸 원치 않는 것이다. 그게 중요하다. 사실을 밝혀 그가 옳았음을 입증하는 건 중요하지 않았다.

불이 꺼진 이후에도 한참 동안 이저벨은 정적에 빠진 응접실을 떠나지 못했다. 열에 들떠 있었기 때문에 추위를 느낄 염려는 없었다. 새벽 1시 종이 쳤다. 시침 숫자가 늘어났다. 하지만 밤을 새우면서 시간의 흐름을 놓쳤다. 환영에게 시달리는 그녀의 마음은 어느 때보다도 각성된 상태였다. 그런 환영들이 침실로 찾아와 휴식을 헛수고로 만드느니 앉아서 맞이할 수 있는 이곳으로 찾아오게 하는 게 낫다. 나는 앞서 이저벨은 자기가 엇나가는 성격의 사람은 아니라고 생각한다고 했다. 편지는 우체국에서 부치는 것이 당연하듯이 팬지가 결혼하지 못할 이유가 없음을 자신에게 납득시키느라 날밤을 새우다시피 하면서 그 방에 머물렀다는 사실보다 그 점을 더 잘 보여주는 증거는 없으리라. 시계가 4시 종을 울렸을 때 그녀는 마침내 잠자리에 들려고 일어섰다. 등불은 오래전에 꺼졌고 촛불은 다 타들어 촛대 구멍으로 녹아내렸다. 하지만 일어서면서도 방 한가운데 멈춰서서 뇌리에 각인된 하나의 장면을, 남편과 마담 멀이 무심결에, 그리고 스스럼없이 함께 어울리는 장면을 응시했다.

43장

이후 사흘 밤이 지나고 이저벨은 팬지를 성대한 파티에 데리고 갔다. 오즈먼드는 무도회에 가는 법이 없어서 동행하지 않았다. 언제나 그렇듯이 팬지는 춤출 준비가 되어 있었다. 팬지는 인과관계를 따지는 성격이 아니라서 연애에 내려진 금지령을 다른 즐거움으로 확대 적용하지 않았다. 그녀가 때를 기다리고 있는 거라면, 아버지를 속여넘길 희망을 가진 거라면, 성공을 기대한 게 되리라. 이저벨은 그건 아니라고 생각했다. 팬지는 그냥 착한 딸이 되기로 결심했다고 보는 편이 훨씬 개연성이 높았다. 그동안 착한 딸 노릇할 기회가 전혀 없었고, 팬지는 주어진 기회를 나름 소중하게 여기는 성격이었기 때문이다. 그녀는 여느 때나 다름없이 옷매무새를 챙겼고, 여느 때나 다름없이 걱정스러운 눈길을 안개 같은 겹겹의 치맛자락에 주었다. 부께를 꼭 쥐고 스무번도 넘게 꽃송이를 세어보기도 했다. 그런 팬지를 보고 있자니 이저벨은 늙은 기분이 들었다. 무도회 때문에 가슴이 두근거린 게 너무나 오래전 일 같았다. 인기가 좋은 팬지는 늘 춤을 청하는 남자들이 많아서 무도회에 도착하자마자 자리를 지키고 있을 이저벨에게 부께를 맡겼다. 부께를 받아들고 얼마 지나지 않았을 때 그녀는 에드워드 로지어가 근처에 있음을 알아차렸다. 로지어는 그녀 앞에 서 있었다. 그의 얼굴에는 사근사근한 웃음이 사라졌고 거의 군인 같은 단호한 표정이 나타났다. 그가 정말 어려운 처지에 놓였다고 생각하지 않았다면, 이저벨은 이런 외모의 변화에 웃음을 금치 못했으리라. 언제나 화약 냄새보다는 향일성向日性 꽃내음이 나는 사람이었으니 말이다. 그는 자신이 위험 인물임을 공지하듯 다소 사나운 표정으로 그녀를 잠시 바라본 다음 부께로 눈길을 주었다. 부께를 유심히 살펴보면서 눈길이 부드러워진 그가 빠르게 말했다. "모두 팬지네요. 그녀의 부께군요."

이저벨은 다정하게 웃어주었다. "그래요, 팬지 거예요. 내게 들고 있으라고 맡겼어요."

"제가 잠시 들고 있어도 될까요, 오즈먼드 부인?" 가엾은 젊은이가 물었다.

"안돼요, 당신은 믿을 수 없어요. 안 돌려줄 수도 있으니까."

"왜 돌려드려야 하죠? 이걸 갖고 즉시 여기서 나가버릴까봐요. 그런데 꽃 한송이만 주시면 안될까요?"

이저벨은 잠시 주저했지만, 웃으면서 부께를 내밀었다. "하나만 고르세요. 당신을 위해 정말 마음 써주는 거예요."

"절 위해 해줄 수 있는 일이 그게 전부라면, 오즈먼드 부인!"로지어 씨는 꽃을 고르느라 한쪽 눈에 외알안경을 갖다대면서 큰 소리로 말했다.

"단춧구멍에 달지 마세요." 그녀가 말했다. "정말 그러지 마세요!"

"팬지 양이 봤으면 싶어서요. 춤을 청했는데 거절당했습니다. 하지만 전 그녀를 여전히 믿고 있다는 걸 보여주고 싶거든요."

"팬지에게 보여주는 건 좋지만, 다른 사람에게 보여주는 건 곤란해요. 팬지의 아버지가 당신과는 춤을 추지 말라고 했어요."

"그럼 이게 부인이 해줄 수 있는 전부인가요? 더 많은 걸 기대했는데요, 오즈먼드 부인," 젊은이가 고상하게 한담을 나누는 말투로 말했다. "아시다시피 우린 알고 지낸 지 아주 오래되었잖아요. 순수했던 어린 시절로 거슬러올라가지요."

"날 늙은이 취급하지 마요." 이저벨이 참을성 있게 대답했다. "옛날이야기를 너무 자주 하네요. 난 그 시절을 부정한 적이 없어요. 하지만 이 말은 해야겠어요. 우리가 오랜 친구이긴 하지만, 영광스럽게도 당신이 내게 청혼했다면 그 자리에서 거절했을 거예요."

"아, 그럼 절 시답지 않게 생각하시는군요. 빠리의 한량이라고 그냥 말해버려요!"

"아주 높이 평가하지만 당신에게 반한 건 아니거든요. 물론 팬지의 짝으로 반한 건 아니라는 뜻으로 한 말이에요."

"좋습니다. 알겠어요. 날 그저 가엾게 여긴다는 소리네요. 그뿐이군요." 그리고 에드워드 로지어는 뜬금없이 외알안경으로 주변을 둘러보았다. 사람들이 만족을 모른다는 건 새롭게 알게 된 사실이었다. 하지만 이런 결함이 만연했다는 인상을 받았다고 말하기에는 어쨌거나 그의 자존심이 너무 강했다.

이저벨은 잠시 아무 말도 하지 않았다. 그의 태도와 외양에는 심오한 비극의 장중함 같은 게 없었다. 다른 것도 그렇지만 그의 작은 안경은 비극과 거리가 멀었다. 하지만 갑자기 가슴이 뭉클해왔다. 그녀의 불행도 따지고 보면 그의 불행과 공통점이 있었다. 어느 때보다도 더 그런 생각이 들었다. 낭만적이라고 할 수는 없더라도 세상에서 가장 애처롭다고 여겨지는 일이 여기서 벌어지고 있었다. 역경과 맞서는 젊은이들의 사랑 말이다. "팬지에게 정말 잘해줄 건가요?" 그녀가 마침내 낮은 목소리로 물었다.

그는 경건하게 눈을 내리깔고 손가락에 쥐고 있던 꽃을 입술에 갖다댔다. 그리고 그는 그녀를 바라보았다. "절 동정하는군요. 그런데 그녀도 조금은 가엾지 않나요?"

"모르겠어요. 확실하지 않아요. 팬지는 언제나 삶을 즐길 테니까."

"즐기는 건 뭘 삶이라고 하느냐에 달려 있죠!" 로지어가 뼈있는 소리를 했다. "팬지가 고문을 당하는 걸 즐기지는 않을 겁니다."

"그런 일은 없을 거예요."

"반가운 이야기네요. 팬지는 자기가 뭘 하고 있는지 알고 있어요. 두고 보시면 알 거예요."

"알고 있다고 생각해요. 아버지를 절대 거역하지 않으리라는 것도요. 팬지가 돌아오고 있네요." 이저벨이 덧붙였다. "그러니까 이제 자리를 비켜줘요."

로지어는 파트너의 팔짱을 낀 팬지가 보일 때까지 자리를 지키고 서서 기어코 그녀와 눈을 맞췄다. 그러고 나서야 고개를 빳빳이 들고 물러났다. 이런 편법을 감수하는 걸 보고 이저벨은 그의 사랑이 깊다는 사실을 알 수 있었다.

팬지는 춤을 춰도 옷매무새가 흐트러지는 법이 거의 없는지라 생기 있고 단정한 모습으로 돌아와 잠시 기다렸다가 부께를 받아 들었다. 그녀가 꽃송이를 세어보는 걸 지켜보면서 이저벨은 예상보다 더 강한 힘이 작동함을 감지했다. 로지어가 등을 돌리고 나가는 모습을 보았지만 팬지는 그에 관해 아무것도 묻지 않았다. 파트너가 인사를 하고 물러난 다음에도 파트너, 음악, 무대, 벌써 드레스를 찢어먹은 유례없는 불운 등에 관해서만 이야기했다. 그럼에도 연인이 꽃 한송이를 뽑아갔음을 그녀가 알아챈 건 분명했다. 그녀가 그다음 파트너에게 공손하고 우아하게 화답한 걸 설명하는데 이 사실이 필요하지는 않겠지만 말이다. 심리적 압박이 심한 상황에서도 예의를 완벽하게 지키는 게 그녀가 익힌 예의범절의 일부였다. 팬지가 홍조를 띤 젊은이에게 이끌려, 이번에는 부께를 들고, 다시 춤추러 갔다. 그리고 얼마 지나지 않아 이저벨은 워버턴 경이 사람들을 헤치고 다가오는 걸 보았다. 가까이 다가온 그가 인사를 했다. 어제 만나고 처음이었다. 주위를 둘러본 다음 그가 물었다. "꼬맹이 아가씨는 어디 있나요?" 그는 이런 식으로 장난스럽게 오즈먼드 양을 언급하곤 했다.

"팬지는 파트너와 함께 있어요." 이저벨이 말했다. "어디 있을 테니 찾아보세요."

그는 춤추고 있는 사람들을 바라보고 드디어 팬지와 눈을 맞췄다. "절 봤는데, 눈인사를 하지는 않네요." 그런 다음 그가 말했다. "춤, 안 추세요?"

"보시다시피 전 '벽지의 꽃'[24]이랍니다."

"저랑 한곡 추실까요?"

"고마워요. 하지만 꼬맹이 아가씨와 추시는 게 더 낫겠어요."

"그렇다고 못 추실 거야 없잖아요. 오즈먼드 양은 짝이 있으니 말입니다."

"춤 상대를 모두 정한 건 아니니까 예약해두세요. 팬지는 아주 열심히 춤을 추니까, 기분 전환이 되실 거예요."

"춤추는 모습이 아름답네요." 워버턴 경이 그녀를 눈으로 따라가다가 말했다. "아, 드디어 제게 웃어 보이네요." 잘생기고 느긋한, 눈길을 끄는 얼굴로 그는 거기 서 있었다. 그를 지켜보다 이저벨은, 이전에도 느꼈듯이, 이런 기질의 남자가 저 작은 아가씨에게 관심을 갖는 게 이상하다는 생각을 떠올렸다. 아주 심한 부조화라는 느낌이 들었다. 팬지의 소소한 매력이나 그 자신의 친절함과 좋은 성격, 심지어 — 언제나 최대한 — 즐거움을 누리고 싶은 마음, 그 어떤 것도 그 느낌을 설명하지 못했다. "같이 춤을 추고 싶지만," 그는 잠시 후 이저벨에게로 눈길을 돌리면서 말했다. "이야기하는 쪽이 더 좋을 것 같다는 생각도 드네요."

"그래요, 그게 좋겠어요. 경의 품위에도 더 맞고요. 고명한 정치

---

24 무도회에서 파트너가 없어서 한쪽 구석에 대기하고 있는 여성을 일컫는 말.

가가 왈츠를 춰서야 되겠어요."

"너무 가혹하십니다. 그렇다면 오즈먼드 양과의 춤은 왜 권하셨어요?"

"아, 그건 다르죠. 저 아이와 춤을 추시면 그건 단지 워버턴 경이 친절을 베푸시는 것으로 보일 거예요. 저 아이를 즐겁게 해주기 위한 거라고 말이에요. 하지만 저랑 춤을 추시면 본인이 즐기기 위해서 그런다고 할 거예요."

"그럼 전 즐거움을 누릴 권리도 없다는 말씀인가요?"

"대영제국의 업무를 책임지고 있는 마당에 안될 말이지요."

"무슨 얼어죽을 대영제국입니까! 언제나 비웃으시면서."

"저와 이야기 나누면서 즐거움을 누리세요." 이저벨이 말했다.

"그게 정말 즐거움이 될지 모르겠네요. 당신은 너무 뾰족해요. 그래서 저는 계속 방어를 해야 하거든요. 그리고 오늘밤은 어느 때보다도 더 위험하다는 느낌이 드네요. 정말 춤 안 추시겠어요?"

"자리를 뜰 수 없어요. 팬지가 절 찾으러 여기로 올 테니까요."

그는 잠시 침묵을 지켰다. "팬지 양에게 정말 잘해주시네요." 그가 불쑥 말했다.

이저벨은 그를 조금 주시하다 웃었다. "그러지 않을 사람이 있을 거라고 상상하실 수 있으세요?"

"정말이지 그럴 수가 없네요. 저 꼬마 숙녀의 매력은 잘 알고 있지요. 하지만 헌신적으로 돌봐주시는 게 분명해요."

"외출할 때 데리고 다니고요," 이저벨이 계속 웃으면서 말했다. "그리고 옷을 제대로 차려입었나 봐주지요."

"부인과 함께 있는 게 팬지 양에게는 크게 도움이 되겠군요. 이야기도 나누고 충고도 해주고 발전하도록 도와주시니."

"아, 그래요, 저 아이 자신이 장미가 아니라면, 저 아이가 장미 곁에서 사는 셈이죠."

이저벨이 웃었고, 그녀의 말동무도 웃었다. 하지만 유쾌한 기분에 완전히 빠져들지 못하도록 만드는 어떤 강박이 그의 얼굴에 뚜렷이 나타났다. "우리 모두는 될 수 있는 한 장미 곁에 살고 싶어하지요." 그가 잠시 주저하다 말했다.

이저벨은 몸을 돌렸다. 팬지가 되돌아올 즈음이라 그런 농담을 기꺼이 받아들였다. 우리는 그녀가 얼마나 워버턴 경을 좋아하는지 알고 있다. 이저벨은 그의 장점들의 합이 정당화할 수 있는 것보다 더 기분 좋은 사람이라고 생각했다. 그와의 친분에는 막연한 필요를 느낄 때 의지가 되는 뭔가가 있었다. 마치 은행에 잔고가 많이 있는 기분이었다. 그가 방에 있으면 기분이 좋아졌고, 그녀를 대하는 그의 태도에는 뭔가 마음 든든한 데가 있었고, 그 목소리는 자연의 풍요로움을 상기시켰다. 그럼에도 그가 너무 가까이 있는 건, 그가 자신의 호의를 당연하게 받아들이는 건 마음에 걸렸다. 이저벨은 그게 겁났다. 피하고 싶었다. 그가 그러지 않기를 바랐다. 너무 가까이 온다면, 곧바로 거리를 유지하라고 말할 것 같았다. 팬지는 치마가 한군데 더 찢긴 채 돌아와—앞서 찢긴 자리 때문에 어쩔 수 없었다—심각한 표정으로 이저벨에게 보여주었다. 제복 입은 신사가 너무 많았는데, 그들은 무시무시한 박차가 달린 군화를 신고 있어서 아가씨들의 드레스에 치명상을 입혔다. 그러자 여자들의 임기응변이 무궁무진한 것으로 밝혀졌다. 이저벨은 팬지의 찢어진 드레스에 정신을 집중했다. 핀을 찾아내서 손상된 곳을 수선했고, 팬지의 모험담을 웃으면서 들어주었다. 이저벨의 배려와 공감은 즉각적이고 능동적이었다. 그리고 그런 배려와 공감은 전혀 연관이 없는 생각, 즉 워버턴 경이 그녀에게 구애하는 건지 촉각을 곤두세운 추리와 직접적으로 비례했다. 그가 방금 한 말 때문만은 아니었다. 다른 것들도 있었다. 계속되는 암시 때문이었다. 팬지의 드레스를 핀으로 수선할 때 그녀는 이런 생각을 하고 있었다. 걱정하고 있는 대로 워버턴 경이 이저벨을 마음에 두고 있다면, 그것은 물론 무의식적인 행동이다. 그 스스로가 자신의 의도를 확인해보지 않았기 때문이다. 하지만 그렇다고 더 다행스러울 것은 없었고, 상황을 덜 불편하게 만드는 것도 아니었다. 그가 원래 자기 자리를 빨리 찾아 돌아갈수록 더 좋았다. 워버턴 경은 곧바로 팬지와 이야기를 나누기 시작했는데, 그녀에게 열정을 억제한 헌신의 미소를 지어 보이는 걸 보고 이저벨은 정말이지 이해 불가라는 생각이 들었다. 팬지는 여느 때와 다름없이 조심스러운 열망의 태도로 응답했다. 대화를 하기 위해 그는 팬지 쪽으로 몸을 상당히 굽혀야만 했고, 워버턴 경이 팬지에게 보여주려고 내어놓은 듯, 그녀의 눈길은 언제나처럼 종작없이 그 건장한 체격을 위아래로 오갔다. 팬지는 언제나 조금 겁을 먹은 것처럼 보였다. 하지만 그녀의 두려움이 반감을 내색하는 고통스러운 성격은 아니었다. 오히려 팬지가 워버턴 경에게 호감이 있음을 그가 알고 있음을 의식하는 듯했다. 이저벨은 둘을 남겨놓고 근처에 아는 사람이 있는 걸 보고 그쪽으로 다가가서 그다음 춤곡이 시작할 때까지 이야기를 나눴다. 이저벨은 그 춤도 파트너가 정해져 있는 걸 알고 있었다. 곧 조금 흥분해 홍조를 띤 팬지가 그녀에게로 왔고, 딸이 완벽하게 의존적이라는 오즈먼드의 관점을 빈틈없이 따르는 이저벨은 귀중한 물건을 잠시 빌려준다는 듯이 정해진 파트너에게 팬지를 넘겨주었다. 이 모든 일에 있어서 이저벨은 그녀 나름의 생각과 유보 사항들이 있었다. 팬지가 곁에 딱 달라붙어 있는 모습이 때로 둘 다를 바보처럼 보이게 하는 건 아닌가 하는 순간들이 있었다. 하지만 오즈먼드가 양보와 구속을 우아하게 번갈아 구사하는 감독관으로서 아내의 위치를 일일이 규정했고, 아내인 이저벨은 그의 지시를 문자 그대로 따랐다고 생각하고 싶었다. 그의 지시들 중 어떤 것들을 우스꽝스럽게 보이게 하기 위해서 그랬을 수도 있다.

팬지가 파트너와 자리를 뜨자 다시 그녀 곁으로 다가오는 워버턴 경의 모습이 보였다. 그녀는 그를 뚫어져라 바라보았다. 그의 생각을 알아내고 싶었다. 하지만 그는 당황한 기색을 보이지 않았다. "저와는 나중에 춤을 추기로 했습니다." 그가 말했다.

"잘됐네요. 꼬띠용[25]을 추기로 약속하셨나요?"

그러자 그는 약간 어색한 표정을 지었다. "아뇨, 그걸 추자고 하지 않았는데요. 까드리유[26]로 약속했습니다."

"아, 머리를 쓰셨어야죠!" 이저벨이 거의 화를 내며 말했다. "워버턴 경이 청할지 모르니까 꼬띠용은 비워두라고 했는데."

"가엾은 아가씨, 그랬군요!" 그리고 워버턴 경은 허심탄회하게 웃음을 터뜨렸다. "물론 원하신다면 그렇게 할게요."

"원하신다면? 아, 제가 원한다는 이유로 팬지와 춤추시는 거라면—!"

"오즈먼드 양이 지루해할까봐 걱정이 돼서요. 파트너 명단에 젊

---

25 18세기 후반에서 19세기에 유행한 프랑스의 궁중 무용. 네쌍의 남녀가 사각 대형을 이루고, 첫번째와 세번째 쌍이 먼저 춤추고 뒤이어 두번째와 네번째 쌍이 따르면서 여러가지 기하학적인 대형을 이루는 춤.
26 남녀 네쌍이 정사각형으로 마주 보고 서서 추는 춤. 1815년 영국 귀족들이 빠리의 상류사회 무도회에서 들여왔으며, 복잡한 스텝보다는 협동적으로 이루는 대형에 비중을 둠.

은이들의 이름이 빼곡하던걸요."

이저벨은 시선을 떨어뜨리고 재빨리 생각을 가다듬었다. 워버턴
경이 지켜보고 서 있었기 때문에 그의 시선이 얼굴에 와닿는 것을
느꼈다. 그녀는 쳐다보지 말라고 하고 싶었지만 그렇게 하지 않았
다. 잠시 있다가 얼굴을 들고 이렇게 말했을 따름이다. "알아듣게
말씀해주세요."

"뭘요?"

"열흘 전에 팬지와 결혼했으면 좋겠다고 하셨잖아요. 잊으신 건
아니죠!"

"잊다니요? 오늘 아침에 오즈먼드 씨에게 편지를 쓴걸요."

"아," 이저벨이 말했다. "편지 받았다는 이야기는 못 들었어요."

워버턴 경이 조금 더듬거렸다. "제가, 제가 편지를 보내지 않았
습니다."

"보내는 걸 잊으셨나봐요."

"아뇨, 마음에 안 들어서요. 쓰기 거북한 그런 종류의 편지잖아
요, 하지만 오늘밤엔 보낼 겁니다."

"새벽 3시예요?"

"나중에, 날이 밝으면 말이지요."

"좋아요, 아직도 팬지와 결혼하고 싶은가요?"

"물론이죠."

"팬지를 지루하게 만들까봐 걱정은 안되시나요?" 그리고 이 질문
에 그녀의 말동무가 눈을 크게 뜨자 이저벨이 덧붙였다. "팬지가 경
과 30분도 춤을 못 춘다면, 어떻게 평생을 함께 춤을 추겠어요?"

"아," 워버턴 경이 얼른 말을 받았다. "춤은 다른 사람들과 추라
고 하죠! 꼬띠용 건은, 사실 제 생각으로는 당신이 — 당신이 —"

"제가 당신과 꼬띠용을 출 줄 알았다고요? 한곡도 추지 않겠다고 말씀드렸잖아요."

"바로 그거예요. 그러니까 무도회가 진행되는 동안 우리가 앉아서 이야기할 조용한 곳을 찾아보려고요."

"아," 이저벨이 근엄하게 말했다. "황송한 배려네요."

꼬띠용 순서가 되었을 때 팬지는—더할 나위 없이 겸손하게 워버턴 경이 자신과 춤출 의사가 없다고 판단해서—춤 상대가 있었다. 이저벨은 그에게 다른 파트너를 찾아보라고 권했지만, 워버턴 경은 그녀가 아니면 춤을 추지 않겠다고 다짐했다. 파티를 주최한 안주인의 항변에도 불구하고 춤을 출 생각이 없다는 이유로 춤 신청을 모두 거절했기 때문에 워버턴 경을 위해 예외를 만들 수는 없다고 말했다.

"어쨌든 난 춤을 추고 싶지 않아요." 그가 말했다. "야만적인 오락이에요. 이야기를 나누는 게 훨씬 좋습니다." 그리고 찾던 바로 그런 구석자리를 발견했노라고 했다. 작은 방들 가운데 음악 소리가 희미하게 들려서 대화를 방해하지 않는 조용한 곳이 있다고 했다. 이저벨은 그가 하자는 대로 하기로 했다. 확인하고 싶었기 때문이다. 딸을 시야에서 놓치지 말라는 게 남편의 바람이지만, 그와 함께 무도장에서 걸어나왔다. 그래도 딸의 구혼자와 함께 있는 것이니, 오즈먼드도 잘했다고 하리라. 무도장에서 나오는 길에 그녀는 팔짱을 끼고 문간에 서 있는 에드워드 로지어와 마주쳤다. 그는 아무런 희망이 없는 젊은이의 뻣대는 태도로 춤추는 사람들을 지켜보았다. 그녀는 잠시 걸음을 멈추고 그에게 춤을 안 추느냐고 물었다.

"어림없어요. 그녀와 춤을 못 출 거면!" 그가 대답했다.

"그럼 가는 게 좋겠네요." 이저벨이 조언자의 태도를 취하며 말했다.

"그녀가 갈 때까지는 나도 안 가요!" 그리고 지나가는 워버턴 경과는 눈도 맞추지 않았다.

그럼에도 워버턴 경은 이 침울한 친구를 눈여겨보고 저 저기압인 젊은이가 누구냐고 물었다. 이전에 어디선가 본 것 같다는 말도 덧붙였다.

"이전에 언급한, 팬지와 사랑에 빠진 그 젊은이에요."

"아, 그렇군요, 기억이 납니다. 기분이 안 좋아 보이네요."

"그럴 만해요. 남편이 청혼을 귓등으로도 안 듣거든요."

"뭐가 문젠가요?" 워버턴 경이 물었다. "법 없이도 살 사람 같은데요."

"돈도 충분히 많지 않고, 썩 영리하지도 않다네요."

워버턴은 흥미를 갖고 들었다. 에드워드 로지어에 대한 이런 평가에 깊은 인상을 받은 것 같았다. "저런, 아주 견실한 젊은이 같은데."

"그렇답니다. 하지만 제 남편이 워낙 까다로워서요."

"오, 알겠어요," 워버턴 경이 잠시 뜸을 들이다 질문을 덧붙였다. "재산이 얼마나 있는데요?"

"연수 사만 프랑 정도요."

"천육백 파운드요? 아, 상당한 액순데요."

"저도 그렇게 생각해요. 하지만 제 남편은 기대 수준이 높아요."

"네, 기대 수준이 아주 높다는 걸 알겠더군요. 저 젊은이, 정말 멍청한가요?"

"멍청하냐고요? 천만에요, 매력적이에요. 저도 열두살 때는 그와 사랑에 빠진 사람인걸요."

"지금도 그 나이보다 더 들어 보이지 않는군요." 워버턴 경이 주변을 둘러보며 막연하게 되받았다. 그러면서 좀더 요점에 맞는 질문을 했다. "여기 앉아도 괜찮으시겠어요?"

"편하신 대로 하세요." 차분한 장밋빛 조명이 비추는 방은 내실 분위기였다. 두사람이 들어가자 신사와 숙녀 한쌍이 그 방에서 나왔다. "로지어 씨에게 그렇게 관심을 가져주시니 정말 친절하시네요." 이저벨이 말했다.

"제대로 대접을 못 받은 거 같아서요. 침울하게 축 처진 얼굴이라 어디 아픈가 했어요."

"공정하시네요." 이저벨이 말했다. "경쟁자에게도 친절하게 마음 써주시니까요."

워버턴 경이 갑자기 몸을 돌려 빤히 쳐다보았다. "경쟁자라니요! 저 친구가 제 경쟁 상대라는 겁니까?"

"그럼요, 두분 다 같은 사람과 결혼하려고 하니까요."

"그렇군요, 하지만 그에게 승산이 없다고 하시니까!"

"그와 무관하게 로지어 씨의 입장에 서보는 워버턴 경이 좋아요. 상상력을 보여주니까요."

"그래서 좋다고요?" 워버턴 경은 확신이 없는 눈으로 그녀를 바라보았다. "그래서 조롱하시는 것처럼 들리기도 하네요."

"맞아요, 조금은 조롱하는 거예요. 하지만 저는 조롱할 수 있는 사람으로서 경을 좋아해요."

"아, 그렇다면 그 친구의 상황으로 좀더 들어가봅시다. 그를 위해 할 수 있는 일이 있다고 생각하세요?"

"워버턴 경의 상상력을 칭찬했으니 혼자 힘으로 상상하게 놔둘래요." 이저벨이 말했다. "팬지도 그런 당신을 좋아할 거예요."

"오즈먼드 양요? 아, 이미 절 좋아한다고 우쭐해 있는걸요."

"아주 많이 좋아하지요."

그는 잠시 뜸을 들였다. 그는 아직도 오즈먼드 부인의 표정을 읽고 있었다. "그렇다면 제가 부인의 말뜻을 제대로 이해 못한 것 같네요. 팬지 양이 로지어 씨에게 관심이 있다는 건 아니지요?"

"그렇게 생각한다고 분명히 말씀드렸는데요."

그의 얼굴이 즉각 상기되었다. "팬지 양은 아버지의 뜻을 따를 거라고 부인이 말씀하셨고, 아버지도 절 선호하리라 예상되기 때문에 —!" 그는 잠시 말을 멈추고 얼굴을 붉힌 채 넌지시 말했다. "무슨 말인지 아시겠지요?"

"그래요, 아버지를 기쁘게 하고 싶은 큰 열망이 그 아이에게 있고, 그 열망으로 아주 멀리까지 갈 수 있다고 말했지요."

"그건 마땅히 가져야 할 효심 같은데요." 워버턴 경이 말했다.

"그럼요, 마땅히 가져야 할 효심이죠." 이저벨은 잠시 입을 다물고 앉아 있었다. 아무도 방으로 들어오지 않았다. 사이에 방이 많아서 왕왕거리는 음악 소리가 그들의 귀에 은은하게 들렸다. 이윽고 그녀가 말했다. "하지만 남편이 아내에게 빚지고 싶은 그런 감정 같지는 않네요."

"잘 모르겠군요. 좋은 아내이고, 남편이 딸아이의 효심을 좋게 생각한다면!"

"네, 물론 그렇게 생각하셔야 할 테지요."

"그럼요, 당연히 그렇게 생각하죠. 물론 아주 영국적이라고 하실 겁니다."

"아니, 안 그래요. 워버턴 경과 결혼하면 팬지로서야 굉장히 잘하는 일이 될 거예요. 그리고 그걸 누구보다도 경이 더 잘 아시겠죠. 그렇지만 경은 사랑에 빠진 게 아니에요."

"아, 사랑에 빠졌어요, 오즈먼드 부인!"

이저벨은 고개를 저었다. "여기 저랑 같이 앉아 있을 땐 그렇게 생각하고 싶겠죠. 하지만 그렇게 보이지 않네요."

"저는 문간의 저 젊은이와 다릅니다. 그건 인정해요. 하지만 그게 뭐가 이상하다는 건가요? 오즈먼드 양보다 더 사랑스러운 사람이 세상에 어디 있겠어요?"

"아마 없겠죠. 하지만 사랑은 좋은 이유와 아무 관계가 없답니다."

"동의할 수 없는데요. 저는 좋은 이유들이 있어서 아주 기쁜걸요."

"물론 그러시겠죠. 진짜 사랑에 빠진 거라면 그런 것쯤은 전혀 개의치 않으실 테니까요."

"아, 진짜 사랑에 빠진 거라면, 진짜 사랑에 빠진 거라면!" 팔짱을 끼고, 고개를 젖힌 워버턴 경이 몸을 쭉 늘이고 큰 소리로 말했다. "제가 마흔두살이라는 걸 기억하셔야죠. 옛날의 저와 같다고 하지는 않겠어요."

"그래요, 확실하시면," 이저벨이 말했다. "괜찮아요."

그는 아무 대답도 하지 않았다. 고개를 젖힌 채 앉아서 앞을 바라보고 있었다. 하지만 돌연 몸을 돌려 이저벨 쪽을 향했다. "왜 그렇게 꺼려하고 의심이 많죠?"

그녀는 그의 눈을 똑바로 쳐다보았다. 일순 그들은 정면으로 마주 보았다. 확신을 얻고자 했다면 확신을 갖게 해주는 뭔가를 보았다. 오즈먼드 부인은 그의 표정에서 불현듯 스쳐지나가는 생각의 편린을 읽었다. 그녀 자신이 불안해한다는 것을 ─ 두려움에 빠졌을 수도 있다는 것을. 워버턴 경의 표정은 기대보다는 의구심을 드러냈지만, 그런대로 그녀가 알고 싶은 걸 말해주었다. 의붓딸에게 청혼하겠다는 제안을 오즈먼드 부인에게 더 가까이 다가겠다는 암시로 간파했구나, 그리고 그렇게 무심코 드러낸 암시를 불길한 징조로 받아들였구나 하는 식으로 그녀를 조금도 의심해서는 안된다고. 그러나 짧지만 극히 은밀한 시선을 통해 그들은 그 순간 자각한 것보다 더 깊은 생각을 나눴다.

"친애하는 워버턴 경," 그녀는 웃으면서 말했다. "저에 관한 한, 머리에 떠오르는 아무 생각이나 행동으로 옮기셔도 돼요."

이렇게 말하고 오즈먼드 부인은 일어나서 옆방으로 갔는데, 워버턴 경의 시야를 벗어나지 않은 곳에서 그녀를 찾아다닌 듯 보이는 로마 사교계의 명사 두사람과 마주쳤다. 그들과 이야기하는 동안 그녀는 자리를 뜬 걸 후회했다. 다소 도망가는 모양새였고, 워버턴 경이 그녀를 쫓아나오지 않아서 더 그랬다. 하지만 그래서 다행이고 잘됐다는 생각이 들었다. 확신이 생긴 터라 무도장을 가로질러 돌아가다가 에드워드 로지어가 문간에 붙박이로 서 있는 모습을 보고 멈춰서 다시 말을 걸었다. "여기 남은 건 잘한 일이에요. 위안거리가 있어요."

"전 위안이 필요해요." 젊은이가 낮은 소리로 구슬프게 말했다. "당신이 저 사람과 그렇게 친한 걸 보면 말이죠!"

"저분 이야기는 하지 마세요. 당신을 위해 내가 할 수 있는 일을 할게요. 큰 도움이 안되겠지만, 할 수 있는 한 해볼게요."

그는 영문을 모르겠다는 듯 우울하게 바라보았다. "왜 갑자기 마음이 돌아선 거죠?"

"당신이 문간에 서 있는 게 성가셔서!" 그녀는 미소를 띠고 지나치면서 대답했다. 반시간 후에 오즈먼드 부인은 팬지와 함께 자리를 떴다. 계단 밑에서 두 숙녀는 파티장을 떠나는 다른 손님들과 함께 잠시 마차를 기다렸다. 마차가 다가오자 워버턴 경은 저택에서 나와 그들이 마차에 오르는 걸 거들었다. 마차 문에 잠시 서서 팬지에게 즐거웠냐고 물었고, 그의 물음에 대답한 팬지는 다소 피곤한 기색을 드러내며 등을 기댔다. 그러자 이저벨이 마차의 창문에서 손짓으로 워버턴 경을 불러세운 다음 상냥하게 말했다. "팬지 아버지에게 편지 보내는 건 잊지 마세요!"

44장

제미니 백작 부인은 몹시 지루하다고, 그녀의 표현을 빌면, 죽도록 지루하다고 입버릇처럼 말했다. 하지만 죽지는 않았고, 고분고분하지 않은 피렌쩨 남자와 결혼한 불운을 그럭저럭 견뎠다. 그녀의 남편은 고향에 살기를 고집했는데, 노름에서 돈 잃는 재주가 사람이 좋다는 평판으로 이어지지 않는 그런 신사에게 부여되는 지위를 그곳에서 누렸다. 그런 제미니 백작에게서 돈을 따먹는 사람들도 그를 좋아하지 않았다. 그의 가문은 피렌쩨에서는 이름값을 했지만, 옛날 이딸리아 도시국가들이 발행한 지역주화처럼 반도의 다른 곳에서는 통용되지 않았다. 로마에서 그는 아주 따분한 피렌쩨 사람에 불과했다. 따라서 따분함을 애써 설명해야 그나마 지낼 수 있는 곳에 그가 가고 싶어하지 않는 건 놀랄 일이 아니었다. 백작 부인은 로마를 바라보고 살았고, 로마에 거처가 없다고 끊임없이 불평해댔다. 로마에 좀처럼 가지 못한다고 말하는 것도 수치로 여겼다. 피렌쩨의 귀족들 중에 로마에 가본 적이 없는 사람들도 있다는 사실은 위로가 되지 않았다. 기회가 있으면 언제든 간다, 이것이 그녀가 말할 수 있는 전부였다. 그게 전부는 아니었지만, 말할 수 있는 전부라고 했다. 사실 그녀는 이에 관해 할 말이 훨씬 더 많았고, 왜 피렌쩨가 싫은지 구구절절 설명하면서 성 베드로 성당의 그림자가 드리운 곳에서 노후를 마칠 수 있기를 염원했다. 백작 부인이 그러는 데는 이유가 있지만 우리의 이야기와는 밀접한 관련이 없다. 한마디로 로마는 영원의 도시이고 피렌쩨는 다른 많은 도시가 그렇듯이 작고 예쁜 도시에 불과하다는 정도로 요약하면 되겠다. 백작 부인은 영원의 개념을 자신의 여흥과 연결해야만 하는 것 같았다. 겨울 내내 만찬장에서 유명 인사를 만날 수 있는 로마의 사교계가 훨씬 더 재미있을 거라고 그녀는 확신했다. 피렌쩨에는 유명 인사라고 할 만한 사람이 없었다. 적어도 들어본 유명 인사는 없었다. 오빠의 결혼 이후 올케가 자기보다 멋진 삶을 살고 있으리라는 생각에 조바심은 커져만 갔다. 이저벨처럼 지적인 편은 아니었지만, 그녀도 로마를 제대로 평가할 만큼은 지적이었다. 폐허와 지하묘지는 물론, 십중팔구 기념비와 박물관, 교회의 의식과 자연풍경에도 흥미가 없었겠지만, 그외는 모두 그녀의 관심사였으니 말이다. 올케 이야기는 많이 들었고, 그녀가 멋진 시간을 보내고 있다는 사실을 아주 잘 알고 있었다. 딱 한번 빨라쪼 로까네라에 초대를 받았을 때 직접 눈으로 확인하기도 했다. 오빠가 결혼하고 첫 겨울의 일주일을 그녀는 그곳에서 보냈는데, 그런 즐거움을 다시 누리지는 못했다. 오즈먼드는 그녀를 반기지 않았다 — 백작 부인도 그 점은 잘 알고 있었다. 하지만 오즈먼드를 전혀 개의치 않았으니 어쨌거나 갔으리라. 가지 못하게 한 사람은 남편이었고, 돈 문제가 언제나 골칫거리였다. 이저벨은 아주 다정하게 대해주었다. 올케를 처음부터 마음에 들어한 백작 부인은 이저벨의 개인적인 미덕을 시샘해서 판단력을 잃지는 않았다. 그녀는 자기처럼 어리석은 여자들보다는 영리한 여자들과 더 잘 지낸다고 입버릇처럼 말하곤 했다. 어리석은 여자들은 자기의 지혜를 이해하지 못하는 반면 영리한 여자들, 정말 영리한 여자들은 언제나 자기의 어리석음을 이해한다는 것이다. 외모나 전체적인 스타일은 아주 달랐지만 이저벨과 그녀가 결국 어디에선가 한뙈기라도 공유할 수 있는 지점이 있으리라. 그 지점이 넓지는 않겠지만 단단할 테고, 실제로 발을 디디면 둘 다 그 사실을 알 수 있으리라. 그런 다음 기분 좋게 놀랄 준비를 하고 오즈먼드 부인과 같이 지냈다. 올케가 자기를 '경멸할' 거라고 끊임없이 예상하는 한편, 경멸의 시점이 끊임없이 지연되는 걸 보면서 말이다. 불꽃놀이를, 사순절을, 오페라 씨즌의 개막을 기다리듯이 언제 경멸하기 시작할까 자문하기도 했다. 그렇다고 마음을 쓴 건 아니지만, 왜 유예되는지 궁금했다. 올케로 말하자면 자기를 완전히 대등하게 대했고 칭찬하지 않는 만큼 경멸하지도 않았다. 사실 이저벨은 메뚜기에게 도덕적 판단을 내릴 생각이 없는 만큼이나 시누이를 경멸할 생각도 없었다. 그렇다고 남편의 여동생에 무관심한 건 아니었다. 오히려 시누이를 약간 두려워했다. 이저벨은 그녀를 놀라운 마음으로 바라봤고 아주 특이하다고 생각했다. 백작 부인에게는 영혼이 없는 것 같았다. 그녀는 매끈한 표면과 짙은 분홍색 주둥이가 달린 선명한 색깔의 희귀한 고둥 같았다. 흔들면 그 안에서 딸랑이 소리가 나는 고둥 말이다. 그녀의 내면에서 굴러다니는 도토리 같은 이 딸랑이가 백작 부인의 영적인 원리처럼 보였다. 멸시하기에는 너무 기묘했고, 다른 무엇과 비교할 수 없을 정도로 변종이었다. 이저벨은 그런 시누이를 다시 초대할 용의가 있었다. (그 남편은 고려 대상조차 못됐다.) 하지만 결혼하고 나자 오즈먼드는 서슴지 않고 에이미가 제일 고약한 종류의 멍청이라고, 천재처럼 억누를 수 없는 어리석음을 발현하는 멍청이라고 대놓고 말했다. 한번은 그녀에게는 심장이 없다고, 또 한번은 설탕 뿌린 웨딩케이크처럼 심장을 작은 조각으로 잘라 나눠줘버렸다고 말하기도 했다. 초대받지 못했다는 사실은 물론 백작 부인이 다시 로마로 가는 데 또다른 장애물이었다. 하지만 이 이야기가 지금부터 다룰 단계에 이르면 빨라쪼 로까네라에서 몇주를 보내라는 초청을 받아놓은 상태였다. 초청 편지는 오즈먼드로부터 왔는데, 아주 얌전하게 지낼 준비를 하고 오라는 내용이었다. 이 말로 그가 뜻한 바를 그녀가 모두 읽었는지는 알 수 없다. 하지만 어떤 조건을 걸었어도 백작 부인은 초대를 받아들였으리라. 게다가 호기심도 발동했다. 이전 방문에서 그녀가 받은 인상 중 하나는 오빠가 호적수를 만났다는 것이다. 결혼하기 전에 그녀는 이저벨이 불쌍하다는 생각을 했고, 너무 불쌍해서 그녀의 경각심을 불러일으킬까 진지하게 ─ 백작 부인이 진지한 생각을 할 수나 있다면 ─ 생각했다. 하지만 생각하다 말았고, 그다음에는 조금 안심이 되었다. 오즈먼드는 여느 때와 다름없이 거만하게 굴었지만, 그의 아내가 만만하게 당하지 않을 게 분명했다. 백작 부인이 대충 어림짐작하기로는, 꼿꼿이 서면 이저벨이 둘 중에서 더 기백이 있는 쪽일 것 같았다. 이제 그녀는 이저벨이 꼿꼿이 섰는지 알고 싶었다. 오즈먼드가 제압당하는 꼴을 보면 정말 통쾌하리라.

로마로 출발하기 며칠 전에 하인이 손님의 명함을 하나 갖고 들어왔다. 명함에는 '헨리에타 C. 스택폴'이라고만 적혀 있었다. 백작 부인은 손끝으로 이마를 눌렀다. 그런 이름의 헨리에타를 만난 기억이 나지 않았다. 그러자 하인은 백작 부인이 이름을 기억하지 못하더라도 얼굴을 보면 알아보실 거라는 손님의 전언을 덧붙였다. 손님이 나타날 즈음해서 그녀는 과연 터칫 부인의 집에서 문필을 업으로 하는 여자를 만난 사실을 기억해냈다. 그녀가 만난 유일한 여류 문인이었다. 그녀 자신 고인이 된 여류 시인의 딸이었으므로, 동시대인으로는 유일했다는 것이다. 그녀는 스택폴 양을 즉시 알아보았다. 하나도 변하지 않았기 때문에 알아보기 그만큼 쉬웠다. 성격이 아주 좋은 백작 부인은 저명 인사의 방문을 받는 게 꽤 멋지다는 기분이 들었다. 스택폴 양이 어머니 때문에 왔나 — 미국의 코린나에 대해 들어본 적이 있나 — 그런 생각이 들었다. 자신의 어머니는 이저벨의 친구와는 전혀 달랐다. 한눈에도 이 숙녀가 훨씬 현대적이라는 사실을 알 수 있었다. 그녀는 여류 문인들의 지위, 전문직으로서의 지위가 — 주로 먼 나라에서 — 나아지고 있다는 인상을 받았다. 그녀의 어머니는 어깨를 소심하게 드러낸 꼭 끼는 검은 벨벳 드레스 — 아, 옛날 옷들이라니! — 에 로마풍 스카프를 걸치고, 윤기 나는 풍성한 고수머리에 금으로 된 월계관을 쓰곤했다. 늘 내세우듯이, '크레올' 선조들의 억양으로 조심스럽고 불분명하게 말했고, 전혀 진취적이지 않았다. 하지만 헨리에타는 보다시피 단추를 언제나 끝까지 채우고 머리카락을 촘촘하게 땋았다. 외양은 활달하고 사무적인 데가 있었고, 거의 의식적으로 친밀하게 군다고 해야 할 태도를 취했다. 주소 없는 편지를 부치는 걸 상상할 수 없듯이 그녀가 막연히 한숨을 짓는 것도 상상할 수 없었다. 백작 부인은 『인터뷰어』지의 특파원이 미국의 코린나보다 훨씬 더 시대의 동향에 부응하고 있다고 생각하지 않을 수 없었다. 스택폴 양은 백작 부인이 피렌쩨에서 아는 유일한 사람이라 찾아왔고, 외국 도시를 방문할 때 피상적인 관광객보다 더 많은 것을 보려고 노력한다고 설명했다. 터칫 부인과는 안면이 있지만 지금은 미국에 가 있고, 설령 그녀가 피렌쩨에 있다 하더라도 높이 평가하는 사람 중 하나가 아니기 때문에 굳이 그녀를 방문하는 예를 갖추지 않았을 거라고도 했다.

"그럼 난 높이 평가한다는 뜻인가요?" 백작 부인이 우아하게 물었다.

"음, 그분보다는 당신이 더 좋아요." 스택폴 양이 말했다. "지난번에 만났을 때 아주 흥미로운 발언을 하신 걸 기억하고 있어요. 어쩌다 하신 말씀인지 원래 생각인지 모르겠지만요. 암튼 그 발언이 아주 인상적이었어요. 나중에 기사에 써먹기도 했지요."

"어쩌면!" 백작 부인이 눈을 동그랗게 뜨고 놀라서 소리쳤다. "내가 주목할 만한 발언을 한지 몰랐네요! 그때 알았다면 좋았을걸."

"이곳 여성들의 지위에 관한 이야기였어요." 스택폴 양이 말했다. "그 문제에 관해 도움이 되는 사실을 꽤 알려주셨지요."

"여자의 지위는 아주 형편없어요. 그런 이야기 한 거 말인가요? 그걸 글로 써서 인쇄했다고요?" 백작 부인이 말을 이었다. "아, 나 좀 보여줘요!"

"원하신다면 신문사에 연락해서 한부 보내드리라고 할게요." 헨리에타가 말했다. "성함을 언급하지는 않았어요. 신분 높은 귀부인이라고만 하고 말씀하신 걸 인용했지요."

백작 부인은 조급하게 몸을 뒤로 젖히면서 깍지 낀 두 손을 위로 들까불었다. "내 이름이 언급되지 않아 정말이지 유감이에요. 신문에 내 이름이 난 걸 봤으면 좋았을 텐데. 내 의견이 뭐였는지는 까먹었네요. 너무 많으니까! 하지만 내 의견을 부끄럽게 생각하지는 않아요. 난 오빠랑은 아주 달라요. 우리 오빠 아시죠? 신문에 나는 게 무슨 수치인 것처럼 군다니까요. 오빠의 말을 인용했다면 절대 용서하지 않았을 거예요."

"걱정 말라고 하세요. 절대로 인용하지 않을 테니." 스택폴 양이 냉담하게 말했다. "뵈러 온 또다른 이유가" 그녀가 덧붙였다. "바로 그거예요. 오즈먼드 씨가 제 절친한 친구와 결혼한 건 아시죠."

"아, 그래요, 이저벨의 친구였죠. 당신에 대해서 아는 게 뭐였나 생각하고 있었어요."

"전 이저벨의 친구로 알려져도 괜찮아요." 헨리에타가 확언했다. "하지만 오빠분은 그걸 받아들이려고 하지 않아요. 이저벨과 제 사이를 갈라놓으려고 했으니까요."

"그렇게 하게 놔두지 마세요." 백작 부인이 말했다.

"제 말이 바로 그거예요. 전 로마로 가요."

"나도요!" 백작 부인이 외쳤다. "우리 같이 가면 되겠네요."

"기꺼이 그러죠. 이번 여행에 관해 글을 쓸 때 부인과 같이 동행했다고 할게요."

백작 부인은 벌떡 일어나 손님이 앉아 있는 소파로 자리를 옮겼다. "아, 그 신문을 꼭 보내주세요. 우리 남편은 좋아하지 않겠지만. 눈에 안 띄게 하면 상관없어요. 게다가 그 사람은 글을 못 읽거든요."

헨리에타의 큰 눈이 휘둥그레졌다. "글을 못 읽는다고요? 그 이야기를 제 기행문에 써도 될까요?"

"당신 기행문에요?"

"『인터뷰어』지에요. 제가 기고하는 신문이거든요."

"아, 그래요, 좋으실 대로 하세요. 남편 이름을 실어도 돼요. 이저벨 집에 머무실 건가요?"

헨리에타는 고개를 꼿꼿이 들고 안주인을 아무 말 없이 응시했다. "초대를 하지 않더라고요. 간다고 편지했더니 숙소를 하나 예약하겠다고 답장이 왔어요. 이유는 설명하지 않고요."

백작 부인은 아주 흥미롭다는 듯 귀를 기울였다. "이유는 오즈먼드죠." 그녀는 의미심장하게 의견을 제시했다.

"이저벨이 가만히 당하고 있으면 안돼요." 스택폴 양이 말했다. "많이 변한 것 같아 걱정스러워요. 그렇게 될 거라고 말해주었건만."

"안타깝네요. 올케가 자기주장하면서 살기를 바랐거든요. 우리 오빠가 왜 당신을 싫어하나요?" 백작 부인은 천진난만하게 물었다.

"몰라요. 관심도 없어요. 얼마든지 싫어하라죠. 모든 사람이 절 좋아하는 건 원치 않아요. 어떤 사람들이 절 좋다고 나서면 뭘 잘못하고 있다는 생각이 들걸요. 기자는 흠뻑 미움을 받아야 좋은 일을 많이 할 수 있어요. 자기 일을 제대로 하고 있는지 그렇게 해서 알게 되거든요. 여기자도 마찬가지예요. 하지만 이저벨이 그럴 거라곤 예상 못했어요."

"이저벨이 당신을 싫어한다는 건가요?" 백작 부인이 물었다.

"모르겠어요. 알아보려고요. 그래서 로마에 가는 거예요."

"이런, 아주 성가신 용건이네!" 백작 부인이 탄식했다.

"편지가 예전 같지 않아요. 차이를 쉽게 느낄 수 있지요. 아시는 게 있으면," 스택폴 양이 말을 이었다. "미리 듣고 가려고요. 그래야 어떻게 대응할지 결정할 수 있으니까요."

백작 부인은 아랫입술을 내밀더니 천천히 어깨를 으쓱해 보였다. "난 아는 게 거의 없어요. 오즈먼드를 만나는 일도, 소식을 듣는 일도 거의 없으니까. 우리 오빠가 당신을 좋아하지 않듯이 나도 좋아하지 않거든요."

"하지만 부인은 여기자가 아니시잖아요." 헨리에타가 시름에 잠긴 듯 말했다.

"아, 싫어할 이유야 많지요. 그래도 전 초대를 받았어요. 그 집에 머물 거랍니다!" 그리고 백작 부인은 거의 사나운 미소를 지었다. 의기양양한 나머지 그녀는 그 순간 스택폴 양의 실망을 배려하지 않았다.

하지만 스택폴 양은 자신의 실망감을 평심으로 다스렸다. "이저벨이 초대했더라도 저는 받아들이지 않았을걸요. 그래서는 안된다고 생각했고, 초대받고 고민하지 않아도 돼서 다행이에요. 아주 어려운 결정을 해야 했을 테니까요. 이저벨을 외면하는 게 내키지 않았을 테지만, 그 지붕 아래서 즐거울 리 없어요. 숙소를 잡는 게 훨씬 마음 편해요. 그런데 그게 전부가 아니에요."

"로마는 지금이 아주 좋을 때예요." 백작 부인이 말했다. "온갖 근사한 사람들이 와 있대요, 워버턴 경이라고 들어봤어요?"

"들어봤느냐고요? 잘 알아요. 그 사람을 근사하다고 생각하시나요?" 헨리에타가 물었다.

"그 사람을 알지는 못해요. 하지만 아주 대단한 귀족이라고 들었어요. 이저벨에게 연애를 걸고 있다던데요."

"연애를 건다고요?"

"그렇게 들었어요. 자세히는 모르지만." 백작 부인이 가볍게 말했다. "하지만 이저벨은 비교적 안전해요."

헨리에타는 잠시 아무 말도 하지 않고 상대방을 진지하게 쳐다보았다. "언제 로마에 가실 건가요?" 그녀가 불쑥 물었다.

"한주는 더 있어야 할 거 같네요."

"전 내일 갈래요." 헨리에타가 말했다. "기다리지 않는 게 좋겠어요."

"저런, 미안하지만, 난 드레스를 몇벌 맞췄어요. 이저벨의 파티가 꽤 성대하다고 들었거든요. 암튼 거기서 만나게 되겠죠. 숙소로 찾아갈게요." 헨리에타는 생각에 잠겨 가만히 앉아 있었다. 그러자 백작 부인이 갑자기 외쳤다. "아, 하지만 저랑 같이 가지 않으면 우리 여행을 묘사하지 못할 거 아니에요!"

그 점을 고려해서 스택폴 양이 마음을 바꿀 것 같지 않았다. 뭔가 다른 생각을 하고 있었고, 곧 그것을 말로 표현했다. "워버턴 경에 관해 하신 말씀을 제가 제대로 이해했는지 모르겠네요."

"이해할 게 뭐 있나요? 아주 훌륭한 사람이라는 거죠. 그뿐이에요."

"유부녀에게 구애하는 게 훌륭하다는 건가요?" 헨리에타는 여태까지와는 달리 까칠하게 물었다.

백작 부인은 빤히 쳐다보다가 콧방귀를 터뜨렸다. "모든 훌륭한 남자는 그런답니다. 결혼해보세요. 알게 될 거예요!" 그녀가 덧붙였다.

"그것만으로도 결혼 생각이 없어지네요." 스택폴 양이 말했다. "내 남편으로 족하지 다른 여자 남편은 필요하지 않아요. 당신 말뜻은 이저벨이 그러니까, 그러니까……?" 그리고 그녀는 뭐라고 해야 할지 몰라 잠시 머뭇거렸다.

"이저벨이 유죄냐고요? 아, 아직은 아니에요. 아니길 빌어요. 오즈먼드가 아주 지겨운 인간이고, 내가 듣기로 워버턴 경이 그 집에 자주 온다는 것뿐이에요. 충격을 받은 거 같네요."

"아니요, 그냥 걱정스러워서 그래요." 헨리에타가 말했다.

"아, 이저벨을 과소평가하시네요. 좀더 믿음을 가지세요." 백작 부인이 얼른 덧붙였다. "내가 워버턴 경의 마음을 돌려놓을 작정이니 그걸 위안으로 삼으시든지."

스택폴 양은 자못 엄숙한 응시로 대답을 대신했을 따름이다. "제 말뜻을 오해하셨나보네요." 그녀는 잠시 후 말했다. "추측하시는 그런 생각은 하지도 않아요. 그런 방면으로 이저벨 걱정을 하는 건 아니니까요. 전 이저벨이 불행할까봐 걱정이에요. 그걸 알아보려고 하는 거예요."

수없이 고개를 까불거리며 백작 부인이 성급하게 빈정거렸다. "그럴지도 모르죠. 나로서는 오즈먼드가 불행한지 알고 싶네요." 그녀는 스택폴 양이 좀 따분해지기 시작했다.

"제 친구가 정말 변했다면 불행이 원인임에 틀림없어요." 헨리에타가 말을 이었다.

"알게 될 거예요. 이저벨이 말을 하겠죠."

"아, 제게 말을 안할지도 몰라요. 그게 걱정이에요!"

"저런, 오즈먼드가 — 자기 나름 옛날에 그랬듯이 — 즐겁게 지내지 못한다면, 난 분명히 알아낼 수 있어요." 백작 부인이 대꾸했다.

"전 관심 없어요." 헨리에타가 말했다.

"난 굉장히 관심이 많아요! 올케가 불행하다면 아주 유감이지만, 그건 제가 어떻게 해줄 수는 없죠. 올케를 더 불행하게 만들 말은 해줄 게 있지만, 위로해줄 건 없거든요. 그러게 왜 결혼한 거냐고요. 내 말을 듣고 차버릴 일이지! 그래도 오즈먼드에게 뜨거운 맛을 보여주었다면 용서해줄 거예요! 오빠가 짓밟도록 내버려두었다면 동정조차 하지 않을 거고요. 하지만 그럴 것 같지는 않아요. 올케가 비참하다면 적어도 오즈먼드도 그만큼 비참하게 만들었을 거라고 믿어요.”

헨리에타는 자리에서 일어섰다. 그녀에게 이건 물론 아주 끔찍한 예측이었다. 오즈먼드 씨가 불행한 걸 보고 싶지 않다는 게 그녀의 솔직한 심정이었다. 그리고 정말이지 그를 놓고 상상의 비약을 하고 싶지 않았다. 여기자는 백작 부인에게 대체로 실망했다. 예상보다 사고방식이 편협했고 심지어 상스러운 구석조차 있었다. “둘이 서로 사랑하는 게 나아요.” 그녀가 교훈적으로 말했다.

“그렇게 될 리 없거든요. 오즈먼드는 아무도 사랑할 수 없어요.”

“그럴 거라고 생각했죠. 그래서 이저벨이 더 걱정이네요. 무슨 일이 있어도 내일 출발해야겠어요.”

“이저벨은 정말 헌신적인 친구들을 두었군요.” 백작 부인이 발랄하게 웃으면서 말했다. “동정할 수가 없네요.”

“도움이 안될지도 몰라요.” 스택폴 양이 큰 기대를 하지 않겠다고 다짐하듯이 말을 이었다.

“돕고 싶은 마음은 있잖아요. 그게 어디예요. 그래서 미국에서 온 걸 테고요.” 백작 부인이 불쑥 덧붙였다.

“그래요, 잘 지내는지 보고 싶었어요.” 헨리에타가 담담하게 말했다.

반짝이는 작은 눈과 조바심이 드러나는 코, 양 볼이 상기된 백작 부인이 거기 서서 그녀에게 웃어 보였다. “아, 정말 멋지네요. 정말 다정한 마음이야!²⁷ 이런 걸 사람들이 우정이라고 부르지 않나요?”

“뭐라고 부르는지 몰라요. 가서 봐야겠다고 생각했어요.”

“올케는 아주 행복해요. 아주 복이 많아요.” 백작 부인이 말을 이

----

27 (프) C'est bien gentil!

었다. "당신 말고도 친구가 더 있잖아요." 그리고 갑자기 격한 소리를 내질렀다. "나보다 훨씬 운이 좋아요. 나도 올케처럼 불행한데 — 아주 형편없는 남편과 살고 있어요. 오즈먼드보다 훨씬 나빠요. 하지만 난 친구가 없어요. 있다고 생각했는데, 다 사라졌어요. 당신이 친구를 위해 한 일을 남녀 불문하고 아무도 날 위해 해주지 않을 거예요."

헨리에타는 딱한 마음이 들었다. 이 쓰라린 토로에는 진심이 들어 있었다. 그녀는 백작 부인을 잠시 지켜보다가 말했다. "그러시면 원하는 걸 제가 해드릴게요. 기다렸다가 같이 가드릴게요."

"신경 쓸 거 없어요." 백작 부인이 금방 말투를 바꿔 대답했다. "신문에 내 이야기를 써주시기만 하면 되니까."

하지만 작별인사 전에 헨리에타는 로마 여행을 꾸며내 쓸 수 없음을 알아듣게 분명히 해두지 않을 수 없었다. 스택폴 양은 엄밀하게 사실에 근거해 기사를 쓰는 기자였다. 작별인사를 하고 그녀는 누런 강 옆 양지바른 부두인 룽가르노를 따라갔는데, 관광객들에게 낯익은, 밝은색으로 페인트칠한 여관들이 줄지어 서 있었다. 앞서 피렌쩨 지리를 익혔기 때문에, (그녀는 이런 것들을 아주 빨리 습득했다) '성 삼위일체' 다리 입구의 작은 광장에서 아주 단호한 걸음으로 돌아나왔다. 그녀는 뽄떼 베끼오[28] 쪽을 향해 왼쪽으로 전진하다가 그 매력적인 구조물이 내려다보이는 한 호텔 앞에서 발을 멈췄다. 작은 수첩에서 명함과 연필을 꺼낸 그녀는 잠시 생각에 잠긴 다음 몇자 썼다. 어깨 너머로 보는 게 우리의 특권이니 이를 활용한다면 다음과 같은 메모를 읽을 수 있으리라. "오늘 저녁

---

28 보석상과 화랑으로 유명한 거리에 있는 다리 이름.

230

에 잠깐 만날 수 있을까요? 아주 중요한 문제예요." 헨리에타는 내일 아침에 로마로 떠날 거라고 덧붙였다. 이 쪽지를 가지고 그녀는 문간에 자리 잡은 수위에게 굿우드 씨가 있는지 물었다. 수위는, 수위들이 늘 대답하는 식으로, 굿우드 씨가 20분 전에 외출했다고 말했다. 그러자 헨리에타는 명함을 주고 그가 돌아오면 전해달라고 부탁했다. 호텔을 뒤로하고 부두를 따라걷다가 그녀는 우피찌 궁의 엄숙한 주랑현관을 통해 그 유명한 미술관 입구에 도착했고, 안으로 들어가 위층 전시실로 이어지는 가파른 층계를 올랐다. 전시실로 향하는 긴 복도의 한쪽 벽면에는 유리창을 달았고, 오래된 흉상으로 장식되어 있었는데, 텅 빈 채 길게 뻗은 대리석 복도에 밝은 겨울 빛이 반짝였다. 박물관은 아주 추웠고, 한겨울의 주중에는 방문객이 거의 없었다. 우리가 지금까지 받은 인상보다 스택폴 양이 예술의 아름다움을 열심히 추구하는 것처럼 보일지 모르겠다. 하지만 그녀도 선호하고 찬미하는 대상이 있었다. 찬미의 대상 가운데 하나가 라 뜨리부나의 꼬레조[29]라는 소품이었다. 성모 마리아가 마구간 구유 위에 누워 있는 아기 예수를 내려다보면서 두 손을 맞잡고 있고 아기가 기뻐하면서 까르르 웃는 그림이었는데, 그녀는 이 그림을 세상에서 가장 아름답다고 생각했다. 뉴욕에서 로마로 가는 이번 여행에서는 피렌쩨에 사흘만 할애했지만, 제일 좋아하는 예술작품을 다시 가서 보지 않고 지나쳐서는 안된다고 다짐했던 것이다. 그녀는 모든 점에서 미적 감각이 훌륭했고, 그런 감각에는 상당한 지적 책임이 따랐다. 막 라 뜨리부나로 들어서려고 하

---

29 우피찌 미술관의 유명 전시실 라 뜨리부나(La Tribuna)에 걸린 이딸리아의 화가 꼬레조(Antonio Allegri Correggio, 1494~1534)의 그림. 일명 '아기 예수에게 경배하는 동정녀'라고 불림.

는데, 신사가 그 방에서 나왔다. 감탄사를 내지르며 그녀는 캐스퍼 굿우드 앞에 섰다.

"호텔에 갔었어요." 그녀가 말했다. "명함을 남겨놓고 왔어요."

"분에 넘치는 영광이군요." 캐스퍼 굿우드는 진심인 듯 답했다.

"영광으로 여기라고 그런 건 아니에요. 이전에 내가 찾아갔을 땐 반기지 않았잖아요. 할 이야기가 좀 있어서요."

그는 순간 모자의 쥠쇠로 눈을 돌렸다. "말씀하세요. 기꺼이 경청하죠."

"저와 이야기 나누는 게 내키지 않으시죠." 헨리에타가 말했다. "하지만 상관없어요. 재미로 말하는 건 아니니까요. 와주십사 하는 메모를 남겨놓았는데 여기서 만났으니 됐어요."

"가려던 참이었지만," 굿우드가 말했다. "물론 더 있어도 됩니다." 그는 공손했지만 심드렁했다.

헨리에타는 대단한 인사말을 기대하지 않았고, 너무도 진지한 상태라 그가 들어주기만 해도 감지덕지였다. 그럼에도 그녀는 우선 그에게 그림을 다 봤느냐고 물었다.

"보고 싶은 건 다 봤습니다. 온 지 1시간 됐어요."

"꼬레조의 그림은 보셨는지 모르겠네요." 헨리에타가 말했다. "그 그림을 보려고 일부러 온 거거든요." 그는 라 뜨리부나로 들어선 그녀의 뒤를 천천히 따랐다.

"봤을 거예요. 하지만 좋아하는 그림인지는 몰랐네요. 전 그림을 잘 기억하지 못해요. 특히 그런 종류의 그림은." 그녀는 자기가 제일 좋아하는 그림을 가리켰고, 그는 할 이야기가 꼬레조의 그림에 관한 거냐고 물었다.

"아니요," 헨리에타가 말했다. "그보다 덜 유쾌한 문제예요." 그들은 화려한 작은 방과 보물을 진열한 훌륭한 진열장을 독차지했다. 안내인 한명만이 메디치의 아프로디테[30] 옆을 맴돌고 있었다. "부탁 하나 들어주셨으면 해서요." 스택폴 양이 말을 이었다.

캐스퍼 굿우드는 얼굴을 조금 찡그렸지만, 심드렁한 기분을 거북해하는 기색도 없었다. 그의 얼굴은 이전보다 훨씬 나이 들어 보였다. "제가 좋아하지 않을 부탁일 것 같군요."

"네, 좋아하지 않을 거예요. 좋아한다면 부탁이 아니죠."

"그래요, 들어봅시다." 그는 인내심이 한계에 다다른 사람의 말투로 대답했다.

"제 부탁을 들어줘야 할 특별한 이유가 없다고 하실지 몰라요. 사실 한가지 이유밖에는 댈 게 없네요. 기회를 주신다면 저도 기꺼이 굿우드 씨의 부탁을 들어줄 거라는 사실요." 효과를 전혀 노리지 않는, 부드럽고 명확한 그녀의 화법은 지극한 진심을 드러냈다. 표정은 딱딱했지만 그녀의 말동무는 그런 진심에 마음이 움직일 수밖에 없었다. 하지만 마음이 움직였을 때에도 통상적으로 나타나는 징후를 보이지 않았다. 얼굴을 붉히지도, 고개를 돌리지도, 자의식을 드러내지도 않았다. 그는 단지 관심을 좀더 직접적으로 기울였고, 더 확고하게 주의를 집중하는 것 같았다. 헨리에타는 그래서 다행이라고 생각할 겨를도 없이 초연하게 말을 이었다. "정말이지 지금에 와서 하는 말이지만 ── 적당한 때인 것 같기도 해서 ── 제가 당신을 성가시게 했다면 (때로 그런 적이 있다는 생각도 드니까요) 반대로 저도 그런 성가신 일을 받아들일 용의가 있어요. 당신에게 수고를 끼쳤죠. 틀림없어요. 하지만 저도 굿우드 씨를 위해

────────────

30 피렌쩨의 메디치가(家)에 전해온 1.53미터의 아프로디테 상.

수고할 거예요."

굿우드는 머뭇거렸다. "지금 수고하고 계시네요."

"그래요, 조금요. 당신이 로마에 가는 게 대체로 잘하는 일인지 고려해봤으면 싶어서요."

"그렇게 말할 거라고 생각했어요!" 그는 다소 어설프게 응수했다.

"그럼 고려해본 건가요?"

"물론이죠. 아주 조심스럽게요. 여러모로 생각해봤습니다. 그렇지 않았다면 이렇게 멀리까지 오지도 않았어요. 그래서 두달 동안 빠리에 머무른 겁니다. 곰곰이 생각하고 있었어요."

"하고 싶은 쪽으로 결정하신 것 같아 걱정이네요. 마음이 너무도 끌리는 일이라 그게 최선이라고 생각한 거예요."

"누구를 위해 최선이라는 거죠?" 굿우드가 힐문했다.

"글쎄요, 우선은 당신을 위해서고, 그다음은 오즈먼드 부인을 위해서죠."

"아, 부인에게 도움이 되지는 않겠죠! 제가 그렇게 잘났다고 생각하지 않아요."

"그런 결정이 이저벨에게 해가 되지 않을까요? 그게 문제죠."

"그게 오즈먼드 부인과 무슨 상관인지 모르겠군요. 난 오즈먼드 부인에게 아무것도 아니에요. 하지만 굳이 알고 싶다면, 제 눈으로 그녀를 보고 싶군요."

"네, 그래서 가시는 거겠죠."

"그렇고말고요, 더 좋은 이유가 뭐 있겠어요?"

"굿우드 씨에게 무슨 도움이 될까요? 그게 알고 싶어요." 스택폴 양이 말했다.

"바로 그걸 모르겠어요. 빠리에서 제가 생각하고 있던 게 바로 그겁니다."

"가서 보시면 마음이 더 괴로울 수도 있어요."

"왜 '더'라고 말하는 거요?" 굿우드가 다소 준엄하게 물었다. "제 마음이 괴로운지 어떻게 아시죠?"

"글쎄요," 헨리에타가 조금 주저하다 말했다. "이저벨 말고 좋아한 여자가 없는 거 같아서요."

"제가 뭘 좋아하는지 어떻게 아시는데요?" 얼굴이 벌게진 그가 큰 소리로 말했다. "지금은 로마에 가고 싶을 뿐입니다."

슬프지만 명료한 표정으로 헨리에타는 아무 말 없이 그를 바라보았다. "그래요," 그녀가 마침내 대답했다. "제가 무슨 생각을 하는지 말하고 싶었을 따름이에요. 마음에 두고 있었거든요. 물론 제가 상관할 일이 아니라고 생각하시겠죠. 하지만 그런 원칙을 따른다면 세상에 상관할 일이 뭐가 있겠어요."

"아주 친절하시네요. 관심에 정말 감사드립니다." 캐스퍼 굿우드가 말했다. "전 로마에 갈 거고 오즈먼드 부인의 마음을 다치는 일은 없을 겁니다."

"물론 그러시겠지요. 하지만 그녀에게 도움이 될까요? 그게 진짜 문제랍니다."

"도움이 필요한 상황인가요?" 그는 예리한 눈빛으로 천천히 물었다.

"대부분의 여자는 언제나 도움이 필요하지요." 평소보다 덜 희망적인 일반론으로 조심스럽게 말을 돌리면서 헨리에타가 말했다. "로마에 갈 거면," 그녀가 덧붙였다. "이기적인 친구가 아니라 진정한 친구가 되어주시길 빌게요." 그리고 그녀는 돌아서서 그림들을 보기 시작했다.

캐스퍼 굿우드는 멈춰서서 헨리에타가 방을 둘러보는 것을 지켜보았다. 하지만 잠시 후 그는 그녀에게 다가갔다. "여기서 오즈먼드 부인에 관해 무슨 말을 들었군요." 그리고 말을 이었다. "무슨 일인지 알고 싶습니다."

헨리에타는 평생 얼버무린 적이 없었다. 그리고 이번 경우 그러는 게 나을 수도 있었으나 잠시 생각한 다음 편리한 대로 예외를 둘 수는 없다고 결정했다. "그래요, 들었어요." 그녀가 대답했다. "하지만 당신이 로마에 가는 걸 제가 원치 않기 때문에 말하지 않을래요."

"좋으실 대로. 가서 직접 제 눈으로 볼 거니까." 그렇게 말하면서 그로서는 느닷없이 다음과 같이 덧붙였다. "그녀가 불행하다는 말을 들었군요!"

"아, 그런 모습을 볼 수는 없을걸요!" 헨리에타가 외쳤다.

"나도 보고 싶지 않소. 언제 로마로 떠날 건가요?"

"내일 저녁 열차로요. 당신은요?"

그는 주춤했다. 스택폴 양과 같이 로마로 가고 싶지는 않았다. 이런 특전을 대하는 그의 냉담함이 길버트 오즈먼드의 냉담함과 성격이 달랐지만, 지금 이 순간에는 그에 필적할 만큼 뚜렷이 드러났다. 그러나 그건 스택폴 양의 결점보다는 그녀의 장점에 경의를 표하는 냉담함이었다. 그는 이 여기자가 아주 훌륭하고 재기 발랄하다고 생각했고, 이론적으로는 그녀가 속한 부류의 사람들에 반대하는 것도 아니었다. 여기자는 진보적인 나라에서 일어나는 자연스러운 현상의 일환이요, 그들의 기사를 읽지는 않았지만 어떤 식으로든 사회의 번영에 공헌한다고 생각했다. 하지만 바로 그런 특별한 지위 때문에 그는 스택폴 양이 너무 많은 걸 당연시하지 않앴으면 했다. 오즈먼드 부인에 관한 이야기를 언제나 그가 듣고 싶어한다고 당연히 생각하는 식으로 말이다. 그가 유럽에 도착하고 육주 후 빠리에서 그녀를 만났을 때도 그랬고, 그후에도 기회가 있을 때마다 그런 추정을 되풀이했다. 그는 오즈먼드 부인을 입에 올리고 싶은 마음이 조금도 없었다. 언제나 그녀 생각만 하는 것도 물론 아니었다. 그는 누구보다도 내성적이고 과묵한데, 질문하기 좋아하는 이 여기자는 그 자신의 영혼의 고요한 어둠에 계속 불빛을 비춰댔다. 그녀가 너무 관심을 갖지 않기를 바랐고, 좀 모질게 구는 것 같기는 하지만, 자기를 좀 내버려두었으면 하는 바람까지 있었다. 그럼에도 그가 곧 떠올린 다른 생각들은 그같은 언짢음이 길버트 오즈먼드의 심통과 사실상 얼마나 다른지를 보여줬다. 그는 곧장 로마로, 밤차로 혼자 가고 싶었다. 여러시간 죔쇠로 쥔 듯이 낯선 사람과 무릎과 코를 맞대고 앉아 있어야 하는 유럽의 객차가 그는 끔찍했다. 가다가 보면 누구는 창문을 열겠다고 하는데 다른 누구는 격렬하게 반대하는 상황에 처하게 된다. 심지어 밤이 낮보다 더 나빴다. 하지만 최소한 밤에는 잠이 들어서 미국의 특등 열차 꿈을 꿀 수 있었다. 하지만 스택폴 양이 아침에 떠날 거라면 밤차를 탈 수는 없었다.[31] 그렇게 하는 건 보호자가 없는 여자에 대한 모욕이라는 생각이 들었다. 그녀가 가고 난 다음에 갈 수도 없었다. 그렇게 기다릴 만큼 참을성은 없었다. 그다음 날 떠나는 것도 안될 말이다. 그녀 때문에 마음이 괴롭고 답답했다. 유럽의 객차에서 스택폴 양과 한나절을 보내야 한다는 생각이 얽히고설킨 짜증을 불러일으켰다. 그래도 그녀는 혼자 여행하고 있는 숙녀였다. 그

---

31 약간의 착오가 있는 듯함. 앞에서 스택폴 양은 다음날 저녁 차로 떠날 예정이라고 말했음.

녀를 위해 성가신 일을 하는 게 그의 의무였다. 그건 의문의 여지
가 없었다. 두말할 것 없이 그렇게 해야 했다. 잠시 아주 근엄한 표
정을 지은 그는, 신사도를 조금도 과시하지 않고, 아주 또렷한 어조
로 말했다. "내일 떠나신다면 물론 같이 가겠습니다. 제가 도움이
될 수도 있을 테니까요."

"그래요, 굿우드 씨, 그랬으면 좋겠네요!" 헨리에타가 조금도 주
저하지 않고 대답했다.

45장

랠프의 로마 체류를 남편이 못마땅해한다는 사실을 이저벨이
감지했다고 볼 근거를 나는 이미 제시했다. 워버턴 경에게 진심임
을 보여줄 확실한 증거를 제시하라고 한 다음날 사촌 오빠가 묵고
있는 호텔로 향하면서 그녀의 마음은 그래서 무거웠다. 그리고 이
순간, 이전에도 그랬듯이, 오즈먼드의 반감이 어디서 나오는지 충
분히 인식하고 있었다. 그는 아내에게 정신의 자유가 없기를 원하
는데, 랠프가 자유의 사도임을 익히 알고 있었으니 말이다. 그래
서 랠프 오빠를 만나러 가면 상쾌한 기분이 되는 거야 하고 이저
벨은 중얼거렸다. 남편의 반감에도 불구하고 그녀가 상쾌한 기분
을 맛보기 위해 간다는 점에 ─ 그녀 자신은 '조심스럽게' 맛본다
고 자부했지만 ─ 주목할 필요가 있다. 이저벨은 남편의 뜻을 정면
으로 거스르는 행동을 아직까지는 한 적이 없었다. 그는 하늘이 정
해준, 혼인을 서약한 지아비였고, 그녀는 믿을 수 없다는 듯 이 사
실을 망연하게 응시했다. 그리고 그런 사실이 그녀의 상상력을 짓

눌렀다. 이저벨의 마음에 언제나 자리 잡고 있는 건 결혼의 전통적인 예절과 신성함이었다. 이것을 깨뜨린다는 생각은 두려움뿐 아니라 수치심을 불러일으켰다. 혼인 서약을 할 때, 오즈먼드 역시 너그러운 마음으로 임했다고 확신했기 때문에, 그녀는 이런 뜻하지 않은 사고가 일어날 수도 있음을 예상하지 못했다. 그럼에도 그녀가 엄숙하게 증여한 걸 도로 내달라고 할 날이 아주 빨리 다가오고 있는 듯 보였다. 그런 의식儀式은 불쾌하고 끔찍하리라. 이저벨은 그것을 당분간은 외면하고 싶었다. 오즈먼드가 먼저 이야기를 꺼내 도와주지는 않으리라. 마지막까지 부담을 그녀에게 지우리라. 랠프를 만나러 가지 말라고 아직까지는 대놓고 말하지 않았지만, 오빠가 곧 떠나지 않는 한 금지령이 내려질 게 분명했다. 가엾은 랠프 오빠가 어떻게 떠날 수 있겠는가? 날씨가 더 따뜻해지기 전까지는 여행이 불가능하다. 랠프가 갔으면 하는 남편의 바람은 충분히 이해가 간다. 공정하게 말하자면, 그녀가 사촌 오빠와 함께 있는 걸 남편이 좋아할 리 없다. 랠프 오빠는 그에 대해 단 한마디도 나쁘게 말한 적이 없지만, 그럼에도 오즈먼드의 짜증 어린 무언의 항의에 근거가 없다고 할 수는 없었다. 그가 적극적으로 개입하고 나선다면, 그가 가장으로서 권위를 내세운다면, 그녀는 결정을 내려야 한다. 쉽지 않으리라. 앞으로 일어날 일을 생각하면 지레 심장이 뛰고 얼굴이 달아올랐다. 공공연한 불화를 피하고 싶은 마음에 랠프 오빠가 위험을 무릅쓰고라도 떠나기를 바라는 순간들이 있었다. 이런 생각을 하고 있음을 문득 깨닫고 자신을 나약하다고, 비겁하다고 자책해봤자 아무 소용이 없었다. 랠프 오빠를 덜 사랑해서가 아니었다. 그 어떤 것도 그녀의 인생에서 가장 진지한 행위, 유일하게 신성한 행위를 부정하는 것보다는 나을 거라는 생각에서였다. 그러자 미래가 통째로 추해졌다. 오즈먼드와의 한번 결별은 영원한 결별이 되리라. 둘 사이에 조정 불가능한 욕구가 있음을 공개적으로 드러내면 그들의 모든 시도가 실패했음을 시인하는 격이 된다. 그들에게는 용서나 타협도, 손쉬운 망각이나 공식적인 재조정도 있을 수 없다. 그들은 단 한가지만을 시도했고, 그 한가지는 완벽해야만 했다. 그게 실패로 돌아가면 다른 어떤 것으로도 충분하지 않다. 그런 성공을 대신할 무엇을 상상할 수 없었다. 이저벨은 당분간 이 정도면 괜찮겠지 싶을 간격을 두고 빠리 호텔에 가기로 했다. 예의범절의 척도는 취향의 표준에 놓여 있다. 이를테면 도덕이 성심을 담은 판단의 문제라는 사실보다 그 점을 더 잘 입증하는 건 없다. 오늘 이저벨은 그 척도를 특별히 자유롭게 적용했는데, 랠프가 혼자 죽게 놔둘 수 없다는 일반론에 덧붙여, 그에게 물어볼 중대사가 있었던 것이다. 게다가 그건 그녀 자신뿐만 아니라 오즈먼드의 문제이기도 했다.

그녀는 하고 싶은 말을 얼른 꺼냈다. "물어볼 게 있는데 대답해주면 좋겠어요. 워버턴 경에 관한 거예요."

"질문이 뭔지 짐작이 간다." 안락의자에 가는 다리를 어느 때보다 더 길게 뻗고 앉아서 랠프가 대답했다.

"틀림없이 짐작했을 거예요. 그럼 대답해줘요."

"아, 답할 수 있다고 말한 건 아냐."

"친하잖아요." 그녀가 말했다. "관찰할 기회도 아주 많고."

"그렇지, 하지만 얼마나 시치미를 뗄지 생각해봐!"

"왜 시치미를 떼겠어요? 천성이 그렇지 않은데."

"아, 특수한 상황이란 걸 염두에 둬야지." 랠프가 혼자 재미있어하면서 말했다.

"어느정도까지는 ─ 그래요. 그런데 정말 사랑에 빠진 거예요?"

"내 생각엔 아주 많이. 그건 알아낼 수 있었지."

"아!" 이저벨이 조금은 무미건조하게 말했다.

랠프는 은근한 유쾌함에 신비감을 가미한 듯이 그녀를 바라보았다. "실망한 거 같구나!"

장갑에 시선을 주고 천천히 매만지던 이저벨이 자리에서 일어섰다. "따지고 보면 내가 상관할 문제도 아니죠."

"아주 달관했군." 그녀의 사촌이 말했다. 그러고 난 다음 잠시 후 덧붙였다. "무슨 이야긴지 물어도 될까?"

이저벨이 눈을 크게 떴다. "오빠는 아는 줄 알았는데요. 놀랍게도 워버턴 경이 팬지와 결혼하고 싶다고 했거든요. 오빠한테 그전에도 말했지만, 답을 끌어내지는 못했죠. 오늘은 한마디 하시면 어떨까요. 정말 팬지를 사랑한다고 생각해요?"

"아, 팬지는 아니지!" 랠프가 아주 단정적으로 말했다.

"하지만 방금 사랑한다고 했잖아요."

랠프는 잠시 뜸을 들였다. "오즈먼드 부인, 널 사랑한다는 말이었어."

이저벨은 심각하게 고개를 저었다. "말도 안돼."

"물론 말도 안되지. 그런데 말도 안되는 건 워버턴이지 내가 아니야."

"그렇다면 아주 성가신 일이 되겠네." 그녀는 미묘한 여운을 남겼다고 생각하면서 말했다.

"사실 이 말도 해야 할 것 같은데," 랠프가 말을 이었다. "나한테는 아니라고 하더라."

"두분이 내 이야기를 다 하시다니 고맙기도 하네요! 팬지와 사랑에 빠졌다는 이야기도 하던가요?"

"아주 칭찬하던걸. 아주 적절하게. 물론 팬지가 로클리와 아주 잘 어울릴 거라고 말하더라."

"정말 그렇게 생각한대요?"

"아, 워버턴의 생각이 정말 뭔지 ─!" 랠프가 말했다.

이저벨은 다시 장갑을 매만지기 시작했다. 쉽게 벗을 수 있는 헐렁하고 긴 장갑이었다. 하지만 곧 얼굴을 들고 불쑥 격하게 외쳤다. "아, 오빠도 아무 도움이 안되네!"

도움이 필요하다는 말을 그녀가 처음 꺼낸 것이라 한마디 한마디가 랠프의 마음을 강하게 흔들어놓았다. 그는 연민과 다정함이 깃든 긴 안도의 숨을 내쉬었다. 드디어 둘 사이의 심연에 다리가 놓였다는 생각이 들었다. 잠시 후 그가, "너 정말 불행한가보구나" 라고 탄식한 것은 그런 생각 때문이었다.

이 말을 듣자마자 그녀는 자제력을 회복했고, 즉각 이를 발휘해 못 들은 척했다. "오빠에게 도와달라고 말한 건 허튼소리였어요." 그녀가 재빨리 웃으면서 말했다. "곤란한 집안 문제로 오빠를 성가시게 할 생각을 하다니! 문제는 간단해요. 워버턴 경 혼자서 감당해야 해요. 내가 일을 떠맡아 도와줄 수는 없어요."

"그 친구야 간단히 성공하겠지." 랠프가 말했다.

이저벨이 반론을 제기했다. "그래요, 하지만 언제나 성공했던 건 아니죠."

"맞는 말이다. 그런데 그게 늘 놀랍거든. 오즈먼드 양이 우리를 놀라게 할 능력이 있나?"

"오히려 워버턴 경이 우리를 놀라게 할 거예요. 결국 포기할 거라고 봐요."

"불명예스러운 일은 절대 할 사람이 아니지." 랠프가 말했다.

"물론 그렇죠. 그 가엾은 아이를 놓아주는 게 그로서는 가장 명예로운 일이죠. 그 아이는 다른 사람을 사랑하는데, 대단한 조건을 제시해 포기하라고 매수하는 건 못할 짓이죠."

"그 다른 사람, 팬지 양이 사랑하는 사람에게는 못할 짓일 수 있겠지. 하지만 워버턴이 그런 걸 괘념해야 할 의무는 없지."

"아니에요, 팬지에게도 못할 짓이에요. 떠밀려서 가엾은 로지어 씨를 포기하게 되면 그애가 정말 불행해질 테니까. 오빠는 이런 상황이 재미있나봐. 오빠가 로지어 씨와 사랑에 빠진 건 물론 아니니까. 로지어 씨의 장점은 팬지와 사랑에 빠졌다는 거예요. 팬지에게 장점이란 말이에요. 워버턴 경의 경우 사랑이 아니라는 걸 그애는 한눈에 알아차렸어요."

"워버턴 경은 팬지에게 아주 잘해줄 거야." 랠프가 말했다.

"벌써 아주 잘해줬어요. 하지만 다행히도 워버턴 경은 그애 마음을 어지럽힐 말을 한마디도 하지 않았거든요. 내일 와서 작별을 고해도 전혀 예법에 어긋날 건 없어요."

"그럼 네 남편이 좋아할까?"

"조금도 좋아하지 않겠죠. 안 좋아하는 게 당연해요. 아무튼 혼사를 성사시키려면 본인이 나서야 할 거예요."

"네게 그 일을 떠넘긴 거니?"

"워버턴 경의 오랜 친구로서 — 내가 그 사람보다, 말하자면, 오랜 친구라는 말이에요. 워버턴 경의 의도에 관심을 갖는 게 당연하죠."

"워버턴이 단념하게 만드는 데 관심이 있다는 뜻인가?"

이저벨은 망설이면서 조금 얼굴을 찌푸렸다. "확실히 해둬야겠네요. 오빠는 그 사람의 청혼을 지지하는 건가요?"

"전혀 아니지. 워버턴이 네 의붓딸의 남편이 되지 않는 게 잘된 일이지. 너하고 아주 기묘한 관계가 되잖아!" 랠프가 웃으면서 말했다. "그런데 네가 워버턴을 충분히 압박하지 않았다고 네 남편이 생각할까봐 신경은 좀 쓰이네."

이저벨도 오빠만큼 태연하게 웃을 수 있었다. "내가 압박하리라는 걸 기대할 만큼 그 사람이 날 모르진 않아요. 본인도 밀어붙일 생각이 없을 테고. 나 자신을 변호하지 못할까봐 걱정하는 게 아니에요!" 그녀가 경쾌하게 말했다.

가면을 잠시 벗었지만, 랠프로서는 너무나 실망스럽게 이저벨이 다시 가면을 썼다. 그녀의 원래 얼굴을 홀깃 보고 나니 다시 보고 싶은 마음이 간절했다. 그는 남편에 대한 불평을, 워버턴 경이 청혼을 접고 물러나면 추궁당할 거라는 말을 그녀에게서 듣고 싶은 거의 맹렬한 욕망에 사로잡혔다. 랠프는 바로 그게 그녀가 처할 상황이라고 확신했다. 그는 그런 일이 일어날 경우 오즈먼드의 불쾌감이 어떻게 나타날지 본능적으로 예견했다. 가장 치사하고 잔인할 방식일 게 뻔했다. 그는 이저벨에게 그 점을 경고해주고 싶었다. 최소한 그가 그녀의 상황을 어떻게 생각하고 있는지, 어떻게 알게 되었는지 알려주고 싶었다. 이저벨이 사태를 더 잘 파악했으면 해서가 아니었다. 그녀를 납득시키기 위해서가 아니라 자기만족을 위해서, 자신이 속지 않았음을 보여주고 싶었다. 그는 이저벨이 오즈먼드를 험담하게 만들려고 무진 애를 썼다. 그렇게 하면서 자신이 거의 냉혹하고 무자비하고 비열하다는 느낌까지 들었다. 하지만 무위에 그쳤으니 아무래도 상관없었다. 그렇다면 그녀는 뭣 때문에 찾아온 걸까? 왜 그녀는 둘 사이의 암묵적인 합의를 깰 기회를 그에게 줄 것처럼 구는 걸까? 대답할 자유를 주지 않을 거면서 왜 조언을 구하러 온 걸까? 핵심적인 논점을 언급하지 않는다면 그녀가 익살스럽게 집안 문제라고 표현한 고민거리를 어떻게 의논할 수 있겠는가? 이런 모순들은 그 자체로 그녀가 안고 있는 고민거리의 징후였다. 그러니 방금 전에 그녀가 도움을 요청한 문제만 염두에 두어야 하리라. 잠시 후 그가 말했다. "어쨌든 불화가 생길 건 확실하네." 그리고 그녀가 무슨 말인지 모르겠다는 듯 아무 대답도 하지 않자 이렇게 덧붙였다. "서로 아주 다른 생각을 하고 있다는 걸 알게 될 거야."

"아무리 일심동체의 부부라 하더라도 그런 일은 흔하게 일어나요!" 그녀는 양산을 집어들었다. 그녀는 랠프가 무슨 말을 할지 걱정이 돼서 신경이 곤두선 모습이었다. "하지만 우리가 다툴 문제는 아니죠." 그녀가 덧붙였다. "거의 전적으로 그 사람에게 걸려 있는 이해관계니까. 그게 당연해요. 어쨌든 팬지는 그 사람 딸이지, 내 딸은 아니니까." 그리고 그녀는 작별인사를 하기 위해 손을 내밀었다.

랠프는 자기가 모든 걸 알고 있음을 알려주고 난 다음에야 그녀를 놓아주리라 속다짐했다. 놓치기에는 너무 좋은 기회 같았다. "네 남편이 이해관계에 입각해 뭐라고 할지 알고는 있어?" 그녀와 악수를 나누면서 그가 물었다. 그녀가 다소 무미건조하게 고개를 저었지만, 그렇다고 랠프의 말을 가로막지는 않았다. 그가 말을 이었다. "네가 열의가 부족한 것을 질투 때문이라고 할 거다." 그는 순간 말을 멈췄다. 그녀의 얼굴이 무섭게 변했기 때문이다.

"질투라고요?"

"자기 딸을 질투한다고 할걸."

얼굴이 빨개진 그녀는 고개를 홱 젖혔다. "오빠 나빠요." 한번도 들어본 적이 없는 목소리로 그녀가 말했다.

"나한테 다 털어놓으면 알게 될 거야." 그가 대답했다.

그녀는 대답하지 않았다. 그가 잡고 있던 손을 빼내서 재빨리 방을 빠져나갔을 따름이다. 팬지와 이야기해보기로 결심한 이저벨은 같은 날 정찬 전에 기회를 틈타 그녀의 방으로 갔다. 팬지는 이미 옷을 차려입었다. 그녀는 언제나 앞당겨 채비를 했다. 앉아서 기다릴 수 있는 귀여운 참을성과 우아한 평온함을 예시하는 것 같았다. 지금은 옷을 갈아입고 침실 벽난로 불 앞에 앉아 있었다. 몸단장을 끝내고 팬지는 배운 대로, 그리고 어느 때보다도 더 지키려고 노력하는 검소한 습관에 따라 촛불을 껐다. 빨라쪼 로까네라에는 방이 많을 뿐 아니라 널찍널찍했는데, 천장에 짙은 색깔의 목재를 댄 처녀의 방도 아주 컸다. 그 방 한가운데 있는 아주 조그마한 팬지는 한 점에 불과한 것 같았다. 그녀는 얼른 경의를 표하며 일어서서 새어머니를 맞이했고, 수줍은 진심이 어느 때보다도 더 이저벨의 마음에 와닿았다. 어려운 과업이다 ── 가능한 한 단순하게 수행하는 게 최선이리라. 비통하고 화가 났지만, 그러한 마음을 드러내지는 않겠다고 다짐했다. 너무 엄숙하게 보일까봐, 최소한 너무 엄격해 보일까봐 염려스러웠다. 팬지를 불안하게 만들까도 걱정스러웠다. 팬지는 새어머니가 고해신부로서 왔다고 생각하는 것 같았다. 앉아 있던 의자를 불 쪽으로 좀더 가깝게 당겨놓고 이저벨이 의자에 앉자 앞에 놓인 쿠션에 무릎을 꿇은 다음 두 손을 모아 새어머니의 무릎에 놓고 그녀를 올려보았다. 이저벨이 듣고 싶은 것은 워버턴 경에게 마음을 두고 있지 않다는 팬지 자신의 말이었다. 하지만 그런 확신이 필요하다고 해서 멋대로 그런 고백을 유도할 수는 없다고 생각했다. 그렇게 하면 팬지의 아버지는 이를 비열한 반역으로 규정할 터였다. 사실 팬지가 워버턴 경의 호감에 호응할 의향이 조금이라도 있다면, 이저벨은 입을 다물어야 한다는 것도 알고 있었다. 넌지시 떠보지 않고서 그녀의 속마음을 알아내기는 어려웠다. 팬지의 더없는 순박함은, 이저벨이 여태껏 생각한 것보다 더 완벽한 무구함은, 가장 기초적인 질문조차 훈계처럼 들리게 했다. 팬지는 어스름하게 빛을 발하는 예쁜 드레스를 입고 희미한 벽난로 불빛 아래에 무릎을 꿇고 앉아 있었다. 상황의 심각성에 가슴이 벅차, 반은 호소하는 듯 반은 순응하는 듯 두 손을 모으고 부드러운 두 눈을 고정한 채 이저벨을 올려다보았는데, 제물로서 꽃단장한 어린 순교자가 그 상황을 모면해보려는 생각조차 하지 않는 듯했다. 이저벨은 팬지에게 결혼 문제가 어떻게 진행되는지 언급한 적이 없지만, 침묵이 무관심이나 무지가 아니라 자유를 주기 위해서였다고 말하자, 팬지는 좀더 가까이 앞으로 머리를 숙이고 깊은 열망이 드러나는 낮은 목소리로 말씀해주기를 간절하게 바란다고, 이제는 조언을 부탁한다고 말했다.

"조언해주기가 쉽지 않네." 이저벨이 대답했다. "내가 어떻게 나서야 할지 모르겠어. 네 아버지가 알아서 하실 일이야. 아버지께 여쭤봐서 무엇보다 그에 따라 행동하렴."

이 말에 팬지는 눈을 내리깔았다. 잠시 그녀는 아무 말도 하지 않았다. "아빠보다는 새엄마의 조언을 듣고 싶어요." 잠시 후 그녀가 말했다.

"그래서는 안된다." 이저벨이 냉담하게 말했다. "나도 널 아주 사랑하지만, 네 아버지가 널 더 많이 사랑하셔."

"새엄마가 절 사랑하기 때문이 아니라 여자라서 조언을 구하는 거예요." 팬지가 아주 논리적인 어조로 대답했다. "남자보다 여자가 어린 처녀에게는 더 좋은 조언을 할 수 있잖아요."

"그렇다면 내 조언은 아버지의 바람을 최대한 따르라는 거야."

"아, 그래요," 처녀가 열성적으로 대답했다. "그렇게 해야죠."

"그런데 내가 지금 결혼 이야기를 꺼낸 건 네가 아니라 날 위해서야." 이저벨이 말을 이었다. "네가 뭘 기대하는지, 뭘 원하는지 알아야 그에 따라 행동할 수 있을 테니까."

팬지는 눈을 크게 뜨고 얼른 물었다. "제가 원하는 건 뭐든 해주실 건가요?"

"그러마고 말하기 전에 그게 뭔지 알아야겠다."

그러자 팬지는 로지어 씨와 결혼하는 게 삶의 유일한 소원이라고 말했다. 그 사람의 청혼을 받았고 아빠만 허락하신다면 결혼하겠다는 답을 주었는데 아빠가 허락해주지 않는다는 것이다.

"그렇구나, 그렇다면 불가능해." 이저벨이 단언했다.

"그래요, 불가능해요." 해맑은 작은 얼굴에 극도로 주의를 집중하면서 팬지가 한숨 한번 토하지 않고 말했다.

"그럼 다른 걸 생각해야지." 이저벨이 말을 이었다. 하지만 이 말에 한숨을 내쉰 팬지는 시도는 해보았지만 아무 소용이 없었다고 말했다.

"절 생각해주는 사람을 생각하게 되잖아요." 그녀가 희미하게 웃으면서 말했다. "전 로지어 씨가 제 생각을 하고 있는 걸 알아요."

"그 사람이 그래선 안되지." 이저벨이 고고하게 말했다. "네 아버지가 그렇게 하지 말라고 분명히 말했잖아."

"그 사람도 그럴 수밖에 없는 거죠. 제가 그 사람 생각하는 걸 아니까요."

"그 사람 생각을 하지 말아야지. 그에게는 변명의 여지가 있지만, 네게는 그런 여지가 없잖아."

"변명거리를 하나만 만들어주세요." 처녀는 성모 마리아에게 기도라도 드리듯 큰 소리로 외쳤다.

"후회할 일을 할 수는 없단다." 성모는 보통 때와는 달리 냉랭하게 말했다. "다른 사람이 널 생각하고 있는 걸 안다면, 그 사람 생각을 한번 해보겠니?"

"아무도 로지어 씨만큼 저를 생각할 수 없어요. 아무도 그럴 권리가 없어요."

"하지만 난 로지어 씨의 권리를 인정하지 않아!" 이저벨이 위선적으로 소리쳤다.

팬지는 눈을 크게 뜨고 그녀를 물끄러미 바라봤다. 혼란스러운 게 분명했다. 이저벨은 이 기회를 이용해 아버지의 뜻을 거역할 때 어떤 불행한 결과가 이어질지 이야기했다. 그러자 팬지는 확신에 찬 목소리로 말허리를 끊었다. 아버지의 뜻을 결코 거역하지 않을 거고, 아버지의 허락 없이 결코 결혼하지 않을 거라고. 그리고 그녀는 아주 차분하고 소박한 어조로 로지어 씨와 결혼하지 못할 수도 있겠지만 언제나 그를 생각할 거라고 했다. 그녀는 평생 독신으로 남을 생각을 한 것 같았다. 하지만 그것이 뭘 뜻하는지 알지는 못할 거라고 이저벨은 속으로 생각했다. 팬지는 너무나 진지했다. 그녀는 연인을 포기할 준비가 되어 있었다. 이것이 다른 사람을 택할 수 있는 중요한 단계처럼 보였지만, 팬지는 그런 방향으로 나가지 않았다. 아버지에 대한 원망도 없었다. 그녀의 마음에는 원망이라는 게 없었다. 에드워드 로지어에게 정절을 지키는 아름다움과 그와의 결혼보다 오히려 독신 생활이 그런 아름다움을 더 잘 증명하리라는 기묘하고 고상한 암시만 있었다.

"네 아버지는 네가 더 나은 결혼을 하길 바라시거든." 이저벨이 말했다. "로지어 씨는 재산이 많다고 할 수 없어."

"더 낫다는 게 무슨 말씀이신지 — 로지어 씨와의 결혼으로 충분히 좋은데요. 그리고 저도 지참금이 거의 없잖아요. 그런데 제가 어떻게 재산가를 바라겠어요?"

"네가 돈이 없으니까 재산가를 찾아봐야 하는 거지." 이 말을 할 때 이저벨은 방이 어두운 걸 다행으로 생각했다. 그녀의 얼굴이 끔찍하게 위선적으로 보일 것만 같았다. 이게 오즈먼드를 위해 하는 일이다. 오즈먼드를 위해 해야 하는 게 이런 일이었다! 자기의 눈을 똑바로 바라보는 팬지의 진지한 눈길에 오즈먼드 부인은 거의 당혹감을 느꼈다. 팬지가 원하는 걸 철저히 무시했다는 생각에 부끄러웠다.

"제가 어떻게 하면 좋으시겠어요?" 팬지가 부드럽게 말했다.

무서운 질문이었고, 이저벨은 소심하고 막연하게 피해갔다. "아버지께 네가 드릴 수 있는 모든 기쁨을 기억해보렴."

"다른 사람과 결혼하라는 뜻인가요, 아빠가 그러라고 하시면?"

이저벨의 대답은 잠시 목구멍에서 지연되었다. 주의를 집중한 팬지 때문에 사위가 더 조용한 가운데 입 밖에 낸 대답이 이저벨의 귀에 들려왔다. "그래, 다른 사람과 결혼하라는 뜻이야."

처녀의 눈이 점점 더 예리해졌다. 이저벨이 진심으로 하는 말이 아니라고 생각하는 것 같았고, 이런 인상은 팬지가 의자에서 천천히 일어나면서 더 강해졌다. 그녀는 맞잡은 작은 손을 풀고 떨리는 목소리로 말했다. "그럼 아무도 제게 청혼하지 않기를 빌어야겠네요."

"이미 문제가 생겼어. 청혼할 준비가 된 다른 사람이 있거든."

"그럴 리 없어요." 팬지가 말했다.

"그렇게 보였는데 ― 그 사람이 성공을 확신했다면 ―"

"만약 성공을 확신했다면요? 그렇다면 그 사람은 준비가 된 게 아니죠!"

이저벨은 팬지가 꽤 날카로운 지적을 했다고 생각했다. 그녀도 일어서서 잠시 벽난로의 불꽃을 들여다보았다. "워버턴 경이 너한 테 많은 관심을 보이셨지." 그녀가 다시 말을 꺼냈다. "물론 그 사람 이야기를 하고 있다는 걸 알 거다." 그녀는 예상과 달리 변명을 해야 할 처지에 놓였음을 깨달았는데, 그 결과 의도한 것보다 더 노골적으로 워버턴 경 이야기를 꺼내게 되었다.

"제게 아주 잘해주셨고, 그래서 저도 그분을 아주 좋아해요. 하 지만 그분이 제게 청혼할 거라는 뜻으로 말씀하신 거면 잘못 알고 계신 거예요."

"그럴 수도 있겠지. 하지만 네 아버지가 아주 기뻐하실 혼사란다."

팬지는 귀엽고 뜻있는 웃음을 지으면서 고개를 저었다. "워버턴 경이 단지 아빠를 기쁘게 하기 위해 청혼하지는 않겠죠."

"네 아버지는 네가 청혼할 여지를 주라는 거야." 이저벨이 기계 적으로 말을 이었다.

"청혼할 여지를 주라니요?"

"나도 모르지. 그건 네 아버지가 말해줘야겠지."

팬지는 잠시 말이 없었다. 확신으로 빛나는 듯한 웃음을 띠고 있 다가 이윽고 단언했다. "그럴 위험은 없어요. 위험하지 않아요!"

이렇게 말하는 그녀의 태도에는 확신이 있었고, 그런 확신을 담 은 더없는 기쁨이 이저벨을 거북하게 만들었다. 정직하지 못하다고 비난당한 기분이었고, 그건 생각만으로도 역겨웠다. 자존감을 회복하기 위해 워버턴 경에게서 직접 청혼 의사를 들었다고 말하려다가 그만두었다. 그리고 당황한 나머지 생뚱맞게 그 사람은 정말 친절을 베풀었고, 정말 다정하게 굴었다고 말했다.

"네, 그분은 아주 친절하세요." 팬지가 대답했다. "그래서 그분을 좋아해요."

"그렇다면 뭐가 그렇게 어려운 거지?"

"그분은 늘 알고 계셨어요. 제가 ─ 제가 뭘 해야 한다고 하셨죠? ─ 청혼할 여지를 줄 생각이 없다는 걸요. 그분은 제가 그분과 결혼할 뜻이 없다는 걸 아세요. 그래서 절 난처하게 만들지 않겠다는 걸 제가 알고 있기를 바라셨어요. 그분이 친절하다고 말한 건 그런 뜻이에요. 이런 뜻으로 말씀하시는 것 같았어요. '난 아가씨를 아주 좋아하지만, 아가씨가 날 좋아하지 않는다면 다시는 말을 꺼내지 않겠소.' 아주 친절하고 아주 고상하다고 생각해요." 팬지는 더 깊어지는 확신을 갖고 말했다. "우리가 서로에게 말한 건 그게 전부예요. 그리고 그분이 절 사랑하는 것도 아니고요. 아, 아니요, 그럴 위험은 없어요."

이 순종적인 작은 아가씨가 그토록 깊은 이해력을 드러낼 수 있다는 사실이 이저벨의 마음에 경이로 다가왔다. 팬지의 지혜가 두렵다는 느낌에 거의 뒷걸음치고 싶은 느낌마저 들었다. "그 이야기는 아버지께 말씀드려야지." 그녀가 유보적으로 말했다.

"하지 않는 게 나아요." 팬지가 거리낌 없이 답했다.

"아버지가 헛된 희망을 품게 만들어선 안된다."

"그래선 안되겠죠. 하지만 저한테는 그편이 좋아요. 말씀하신 대로 워버턴 경이 청혼할 의사가 있다고 믿으시는 한, 아빠가 다른 사람을 결혼 상대자로 내놓으시지는 않겠죠. 그게 저한테는 유리해요." 팬지가 아주 명료하게 말했다.

그녀의 그런 명료함에는 영리한 구석도 있어서 이저벨은 긴 한숨을 들이쉬었다. 중압감에서 해방된 느낌이었다. 팬지는 자기만의 빛을 충분히 발하고 있었고, 이저벨이 보잘것없는 빛을 보태줄 여력이 지금은 없다는 생각이 들었다. 그럼에도 오즈먼드에게 성실해야 한다, 그의 딸 문제에 자신의 명예를 걸어야 한다는 생각에 집착했다. 이런 생각에 사로잡혀 그녀는 자리를 뜨기 전에 다른 제안을 던졌다 — 할 수 있는 데까지 해본 거 같다는 생각이 드는 제안 말이다. "네 아버지는 네가 최소한 귀족과 결혼하는 게 마땅하다고 생각하셔."

팬지는 열려 있는 문간에 서 있었다. 그녀는 이저벨이 지나가게끔 커튼을 걷어주었다. "저는 로지어 씨가 귀족 같다고 생각해요!" 그녀가 아주 진지하게 소견을 말했다.

46장

워버턴 경은 오즈먼드 씨의 응접실에 여러날 모습을 보이지 않았다. 그리고 그에게서 편지가 왔다고 남편이 말하지 않았다는 사실을 이저벨은 예사로이 넘길 수 없었다. 또 남편이 편지를 기다리고 있다는 사실도 — 이 사실을 들키는 게 유쾌하지 않았겠지만 — 예사로이 넘길 수 없었다. 그는 이 명사 친구가 너무 오래 끈다고 생각했다. 나흘이 지나고 나서야 워버턴 경이 무소식임을 언급했다.

"워버턴은 어떻게 된 거요? 어쩌자고 사람을 외상값 받으러 온 장사치 취급하는 거지?"

"그 사람 일을 내가 어떻게 알겠어요." 이저벨이 말했다. "지난주 금요일에 독일 무도회에서 만났을 때 편지를 할 거라고 했어요."

"편지가 오지 않았소."

"이야기가 없어서 그러려니 했어요."

"특이한 친구야." 오즈먼드가 막연하게 말했다. 이저벨이 아무 대꾸도 하지 않자, 귀족 나리께서는 편지 한장 쓰는 데 닷새나 걸리느냐고 물었다. "문장을 작성하는 데 꽤나 어려움을 겪나보군?"

"모르죠." 이저벨은 부득이 대답하지 않을 수 없었다. "편지를 받아본 적이 없으니까요."

"편지를 받은 적이 없다고? 한때는 친밀하게 편지를 주고받은 걸로 알고 있는데?"

그녀는 사실이 아니라고 대답했고 대화가 끊겼다. 하지만 그다음 날 오후 늦게 응접실로 들어온 오즈먼드는 다시 이 문제를 꺼냈다.

"워버턴 경이 편지를 쓰겠다고 했을 때 당신은 뭐라고 했소?" 그가 물었다.

그녀는 조금 머뭇거렸다. "잊지 말라고 말한 것 같네요."

"그럴 위험이 있다고 생각한 거요?"

"당신 말대로, 좀 특이한 사람이니까요."

"잊어버린 것처럼 보이는군." 오즈먼드가 말했다. "당신이 기억을 되살려주는 수고를 해주면 좋겠는데."

"워버턴 경에게 편지라도 쓰라는 건가요?" 그녀가 물었다.

"난 조금도 반대할 의사가 없소."

"너무 많은 걸 기대하는군요."

"아, 그럼, 당신한테 아주 많은 걸 기대하지."

"실망하게 될 것 같네요." 이저벨이 말했다.

"엄청난 실망을 견뎌내고 아직도 기대하고 있소."

"물론 알고 있죠. 내가 날 얼마나 실망시켰을지 생각해봐요! 워버턴 경을 정말 손에 넣고 싶으면 손수 나서야 할 거예요."

몇분간 침묵하던 오즈먼드가 이렇게 말했다. "쉽지 않겠지. 당신이 훼방을 놓고 있으니까."

이저벨은 움찔했다. 몸이 떨리는 걸 느꼈다. 오즈먼드는 독특한 방식으로 그녀를 바라보는 습관이 있었다. 그녀 생각을 하고 있지만 보고 있지 않은 듯 반쯤 감은 눈으로 쳐다보았는데, 끔찍하리만큼 잔인한 의도가 느껴졌다. 불쾌하지만 불가피하게 고려해야 할 대상으로 인정은 하되, 그 순간에는 그녀의 존재를 묵살하는 듯한 눈길이었다. 그 효과가 지금처럼 뚜렷이 나타난 적이 없었다. "내가 아주 비열한 짓을 저질렀다고 비난한다는 생각이 드네요." 그녀가 대꾸했다.

"믿을 사람이 못된다고 비난할 따름이오. 그가 결국 청혼하지 않는다면, 그건 당신이 막았기 때문이지. 그게 비열한 건지는 모르겠군. 여자들은 언제나 그래도 된다고 생각하는 종류의 일이니까. 포장은 분명 아주 멋지게 했을 테지."

"할 수 있는 일을 하겠다고 했잖아요." 그녀가 말을 이었다.

"그랬지, 그래서 시간을 벌었지."

그가 이렇게 말하자 한때 자기가 남편을 아름답다고 생각했음을 상기하고 몸서리쳤다. "얼마나 그 사람을 손에 넣고 싶으면!" 잠시 후 그녀가 이렇게 외쳤다.

이렇게 말하자마자 입 밖에 낼 때는 의식하지 못한 전체적인 맥락이 보였다. 그가 그토록 소중하게 여기는 보물을 한때 손에서 놓아버릴 정도로 자신을 부자로 느꼈다는 사실을 상기함으로써 오즈먼드와 자신을 비교할 수 있게 된 것이다. 그녀는 순간적인 희열, 그에게 상처를 주었다는 끔찍한 쾌감에 사로잡혔다. 오즈먼드의 얼굴에 그녀의 발언이 가한 일격이 순간적으로 나타났다. 하지만 그는 달리 감정을 표현하지 않았다. 곧이어 이렇게 말했을 따름이다. "그래, 그걸 굉장히 갖고 싶군."

바로 그때 하인이 손님의 내방을 알리러 들어왔는데, 그 뒤를 따라 워버턴 경이 들어왔다. 오즈먼드를 보고 눈에 띨 정도로 흠칫한 그는 눈길을 재빨리 집주인에게서 안주인에게로 돌렸다. 끼어들기 주저되는 태도, 더 나아가 험악한 분위기를 감지했음을 말해주는 움직임 같았다. 그런 다음 영국식으로 인사말을 하면서 성큼 나섰다. 막연하게 숫기가 없는 모습도 좋은 집안에서 잘 자란 사람의 면모로 보였는데, 이런 사람의 유일한 단점은 분위기를 잘 바꾸지 못한다는 것이다. 오즈먼드는 당황해서 아무 말이 없었다. 하지만 이저벨은 냉큼 워버턴 경을 화제로 삼고 있었다고 말했다. 그러자 그녀의 남편이 그에게 무슨 일이 있는지, 혹시 떠났으면 섭섭해서 어떻게 하나 그러고 있는 중이었다고 덧붙였다. "떠난 건 아니었습니다." 그는 오즈먼드를 보고 웃으면서 해명했다. "떠나려는 참입니다만." 그리고 그는 영국에 갑자기 일이 생겨 가봐야 하는데, 내일 아니면 모레 떠날 예정이라고 말했다. "가엾은 터칫을 남겨놓고 가게 돼서 정말 유감입니다!" 이렇게 탄식하고 그는 말을 마쳤다.

이저벨과 오즈먼드 둘 다 잠시 입을 열지 않았다. 오즈먼드는 의자에 기대앉아 듣고 있을 뿐이었다. 이저벨은 남편 쪽을 바라보지 않고, 그가 어떤 표정일지 상상해볼 따름이었다. 그녀의 눈길은 손님의 얼굴을 향했는데, 워버턴 경이 조심스럽게 눈길을 돌렸기 때문에 더 마음껏 그의 얼굴을 지켜볼 수 있었다. 그럼에도 그와 눈길이 마주쳤다면 많은 의미를 읽을 수 있으리라는 확신이 있었다. "가엾은 터칫 씨도 데려가셔야지요." 잠시 후 남편이 그럭저럭 가벼운 어투로 말하는 게 들렸다.

"터칫은 날씨가 따뜻해질 때까지 기다려야 할 것 같습니다." 워버턴 경이 대답했다. "지금은 함께 가자고 권할 수가 없어요."

그는 15분쯤 앉아서 당분간 만나지 못할 것처럼 이야기했다. 그들이 몸소 영국 땅을 밟지 않는 한 곧 만나기는 글렀으니 영국 방문을 강하게 권하기도 했다. 가을에 오시면 어떻겠는가? 아주 멋진 계획이라는 생각이 든다. 오즈먼드 가족을 위해 그가 할 수 있는 일을 하게 된다면 ― 집에 초대해서 한달을 지낼 수 있다면 큰 기쁨이겠다. 오즈먼드 씨 말로는 영국에 딱 한번 가봤다는데, 여가와 지성을 갖춘 사람으로서는 말도 안된다. 영국은 그가 가봐야 할 나라다. 분명히 잘 지낼 수 있을 것이다. 그러면서 워버턴 경은 이저벨에게 영국에서 즐겁게 지낸 일이 기억나지 않는가, 다시 가보고 싶지 않은가 물었다. 다시 한번 가든코트를 보고 싶지 않은가? 가든코트는 정말 멋진 곳이다. 터칫이 제대로 관리하는 건 아니지만, 내버려둔다고 해서 훼손되는 곳이 아니다. 영국으로 와서 터칫을 찾아보면 어떻겠는가? 터칫이 분명 초대를 했을 터. 안했다고? 예의를 모르는 친구 같으니! 나 워버턴 경이 가든코트의 집주인에게 한마디 해야겠다. 물론 어쩌다보니 잊어버린 거다. 터칫도 두분 내외가 온다면 기뻐할 것이다. 터칫네서 한달 머무르고, 자기랑 한달 머무르면서 지인들을 다 만나보면 얼마나 좋겠는가. 워버턴 경은 팬지 양도 좋아할 거라고 덧붙였다. 팬지 양이 영국에 가본 적이 없다고 했을 때 가볼 만한 나라라고 장담했다. 물론 사람들의 눈길을 끌기 위해 그녀가 영국까지 갈 필요는 없다. 어디에서든 주목받을 운명이니까. 하지만 영국에 가면 대단한 인기를 누릴 게 틀림없다. 그게 동기로 작용할 수 있다면 말이다. 그는 팬지 양이 집에 있느냐고 물었다. 작별인사를 할 수 있을까? 작별인사 하는 걸 좋아해서가 아니다. 언제나 주춤하게 된다. 지난번에 영국을 떠날 때 누구와도 작별인사를 하지 않았다. 로마를 떠나면서 마지막으로 찾아본답시고 오즈먼드 부인을 귀찮게 하는 게 아닐까, 그냥 떠날까 하는 생각도 없지 않았다. 마지막 만남처럼 울적한 게 어디 있겠는가? 정작 하고 싶은 말은 하지 못하고 1시간 후에야 할 말이 모두 생각난다. 반면에 단지 뭔가 말해야 한다는 의무감 때문에 하지 않아야 할 말은 대체로 많이 하게 된다. 그런 느낌은 사람을 혼란스럽게 하고 어수선하게 만든다. 지금 그가 그런 느낌이고, 그 결과 허둥대고 있다. 비례를 범해도 마음이 어수선해서 그런다고 치고 오즈먼드 부인께서 이해해주시길. 오즈먼드 부인과 헤어지는 게 어디 쉬운 일이겠는가. 떠나는 게 정말 섭섭하다. 여기 오는 대신 편지를 할까도 생각했다. 하지만 편지는 어차피 쓸 테니까. 이 집을 나서자마자 분명 생각날 많은 일들을 적어 보내겠다. 로클리 방문을 진지하게 고려해주시기 바란다.

방문한 상황이나 작별 통보가 어딘지 어색했다 해도 어색함이 표면으로 나타나지는 않았다. 워버턴 경이 자신의 혼란스러움을 언급하기는 했다. 그러나 혼란스러운 태도를 조금도 드러내지 않았고, 후퇴하기로 결정한 이상 그가 당당하게 작전을 수행할 것임을 이저벨은 간파했다. 그를 위해 아주 기쁜 마음이 들었다. 그를 정말 좋아했기 때문에 멋지게 해내기를 바랐다. 어떤 상황에서도 그렇게 할 수 있는 사람이다. 뻔뻔해서가 아니라 언제나 잘해왔기 때문이었다. 그런 그를 좌절시키는 것은 남편의 능력 밖이었다. 그곳에 앉아 있는 그녀의 마음속에서는 복잡한 생각들이 오갔다. 한편으로는 손님의 말에 귀를 기울여 적절한 대답을 하고, 그가 하는 말의 숨은 뜻을 짐작하면서 단둘이 있었으면 뭐라고 말했을까 궁금해하기도 했다. 다른 한편 그녀는 오즈먼드의 감정 상태를 정확하게 인식했다. 욕을 해서 울화통을 풀지도 못하고 손실의 날카로운 고통을 감수해야 하는 처지였으니 딱하다는 생각이 들 지경이었다. 그는 큰 기대를 걸고 있었다. 그런데 이 모든 것이 연기처럼 사라지게 된 마당에 웃음을 띠고 손가락이나 비틀면서 앉아 있어야 했다. 그가 밝게 웃으려고 굳이 애썼다는 뜻은 아니다. 그렇게 영리한 사람이 어떻게 그런 표정을 지을 수 있을까 싶을 정도로 그는 손님에게 대충 멍한 얼굴을 보여주었다. 사실 오즈먼드의 약빠른 면모는 완벽하게 초연해 보일 수 있다는 데 일부 기인한다. 어쨌든 지금 그의 모습은 실망을 드러내지 않았다. 정말 뭘 원하면 정확히 그에 비례해 무표정해지는 게 그가 늘 취하는 방식이었다. 처음부터 이 전리품을 몹시 원했지만, 그런 바람이 그의 품위 있는 얼굴에 드러나게 내버려두지는 않았다. 그는 사위 후보를 다른 사람들과 마찬가지로 대했다. 이미 전체적으로, 완벽하게 모든 걸 갖춘 길버트 오즈먼드라는 사람에게 어떤 소득이 있어서가 아니라, 단지 상대방의 편의를 위해 관심을 보인다는 태도를 취했다. 이익을 얻을 전망이 사라진 지금, 그 결과 나타난 내면의 울화를 그는 조금도—희미하게든 미묘하게든—드러내지 않았다. 이저벨은 그의 울화를 확신할 수 있었다. 그런 확신이 어떤 식으로든 이저벨을 만족시켰다면 말이다. 이상하게도, 아주 이상하게도, 만족감이 있었다. 그녀는 워버턴 경이 오즈먼드에게 승리를 거두길 바랐고, 동시에 남편이 워버턴 경 앞에서 아주 오연해 보이기를 바랐다. 오즈먼드는 그 나름으로 훌륭했다. 그의 손님처럼 습성이 된 버릇의 이점을 갖고 있기 때문이다. 성공에 익숙해진 습성은 아니었지만, 그 못지않게 훌륭했다. 애써 얻으려고 하지 않는 습성 말이다. 의자에 기대앉아, 손님의 친절한 제안과 드러내지 않은 설명을 건성으로 들으면서 — 기본적으로는 이런 제안과 설명이 그의 아내에게 제시되었다고 추정하는 게 너무 당연하다는 듯이 — 그는 적어도 직접 나서지 않은 게 얼마나 잘한 일인가, 지금 짓고 있는 무관심한 표정이 얼마나 일관성의 미덕을 더해주는가, 그런 생각을 위안으로 (남아 있는 위안이 거의 없었으므로) 삼았다. 작별인사를 하러 온 사람의 거취가 그의 마음 상태에 아무 영향을 주지 않는 척하는 것만도 대단했다. 워버턴 경도 잘하고 있었다. 하지만 오즈먼드의 연기가 성격상 더 섬세함을 요했다. 따지고 보면 워버턴 경의 입장은 편안했다. 로마를 떠나지 못할 이유가 조금도 없었던 것이다. 청혼 생각이 있었지만, 결실을 맺는 기쁨을 누리지 못했다. 그 자신이 먼저 운을 뗀 것도 아니었고 명예도 지켰다. 영국에 와서 그의 집을 찾아주십사 제안하는 한편 그 방문에서 팬지가 얻어낼 수 있는 성공을 언급하는 데 오즈먼드는 대단한 관심을 보이지 않았다. 나직하게 감사의 말을 했지만, 진지하게 고려할 필요가 있는 문제라는 대답은 이저벨이 하게 내버려두었다. 이런 말을 하면서 이저벨은 남편의 머릿속에 갑자기 펼쳐진 대단한 전망을, 그런 전망의 한가운데를 작은 체구의 팬지가 당당하게 걸어가는 모습을 그려볼 수 있었다.

워버턴 경은 팬지에게 작별인사를 하겠다고 했지만, 이저벨과 오즈먼드 어느 쪽도 하인을 보내 그녀를 불러올 기색이 없었다. 그는 잠깐만 있다 갈 것처럼 굴었다. 잠시만 앉아 있을 양으로 작은 의자를 택했고 모자도 손에 들고 있었다. 하지만 그는 계속 남아 있었다. 이저벨은 그가 뭘 기다리나 의아한 마음이 들었다. 팬지를 기다리는 건 아니라고 생각했다. 그가 대체로 팬지를 만나지 않았으면 한다는 인상을 받았다. 그녀와 단둘이 남고 싶어서이리라. 그녀에게 뭔가 할 말이 있는 것이다. 이저벨은 듣고 싶지 않았다. 해명의 절차가 불필요한데, 해명하고 나설까봐 걱정이 됐다. 게다가 그녀는 해명 같은 건 조금도 필요없었다. 이윽고 붙박이 손님이 숙녀들에게 마지막으로 할 말이 있겠다는 생각이 떠오른 교양 있는 신사처럼 오즈먼드가 자리에서 일어섰다. "저녁식사 전에 쓸 편지가 있습니다." 그가 말했다. "실례합니다. 딸아이가 바쁘지 않은지 알아보고, 별일 없다면 경께서 왔다고 전하겠습니다. 로마에 오시면 꼭 우리 집을 찾아주시리라 기대합니다. 영국 여행 문제는 집사람과 상의하시고요. 이런 문제는 다 집사람이 정하니까요."

악수 대신 고개를 까닥함으로써 이 소략한 작별인사를 마무리한 게 인사치레로 불충분하다고 할 수 있다. 하지만 대체로 보아 그 상황에서는 그것으로 족했다. 남편이 방에서 나가고 "당신 남편이 아주 화가 났군요"라고 워버턴 경이 말할 구실은 주지 않았다는 생각이 들었다. 그런 구실을 줬다면 이저벨은 기분이 썩 좋지 않으리라. 어쨌거나 그가 그렇게 말했다면 이렇게 답했으리라. "걱정하지 마세요. 당신이 싫어서 그러는 게 아니니까요. 싫어하는 사람은 저랍니다."

둘만 남게 되어서야 손님은 비로소 막연하게 어색해하는 태도를 드러냈다. 다른 의자로 옮겨 앉은 그는 근처에 놓인 두세개의 물건을 만지작거리다 말을 꺼냈다. "부군이 따님을 부르면 좋겠네요. 정말 보고 갔으면 합니다."

"마지막이라 기뻐요." 이저벨이 말했다.

"저도요. 그 처녀는 제게 마음이 없어요."

"그래요, 없어요."

"놀랄 일도 아닙니다." 그가 대답했다. 그러더니 뜬금없이 이렇게 덧붙였다. "영국에 오실 거죠?"

"안 가는 게 좋을 것 같네요."

"아, 오겠다고 약속하신 적이 있잖아요. 옛날에 로클리를 방문하기로 하고 안 오신 거 기억나지 않으세요?"

"그후로 모든 게 변했어요." 이저벨이 말했다.

"나쁜 쪽으로 변한 건 분명 아니에요. 우리 두사람에 관한 한 말이죠. 당신을 우리 집에서 뵐 수 있다면," 그리고 그는 잠시 머뭇거렸다. "큰 기쁨이 될 겁니다."

그녀는 그가 설명하기 시작할까봐 겁이 났다. 하지만 그는 거기까지만 말했다. 랠프를 화제로 조금 대화를 나누는 중에 팬지가 정찬에 맞춰 벌써 옷을 차려입고 양 뺨에 홍조를 띤 채 들어왔다. 그녀는 워버턴 경과 악수를 한 다음 방긋 웃음을 머금은 채 그의 얼굴을 올려다보고 서 있었다. 우리 귀족 나리께서는 아마 눈치채지 못했겠지만, 이저벨이 보기에 그 미소는 울음보가 터지기 직전과 비슷했다.

"떠나게 됐어요." 그가 말했다. "작별인사를 하고 싶어서요."

"안녕히 가세요, 워버턴 경." 그녀의 목소리가 상당히 떨려 나왔다.

"내가 얼마나 팬지 양의 행복을 비는지 말하고 싶었어요."

"고맙습니다, 워버턴 경." 팬지가 대답했다.

그는 잠시 머뭇거리다 이저벨 쪽으로 눈길을 보냈다. "정말 행복해야 마땅하지요. 수호천사의 보호를 받으니까요."

"행복할 거라고 확신해요." 언제나 기분 좋게 확신하는 사람의 말투로 팬지가 말했다.

"그런 확신은 살아가는 데 큰 힘이 됩니다. 하지만 도움이 되지 않을 때, 기억 ── 기억해둬요 ──" 워버턴 경은 잠시 말을 더듬었다. "내 생각도 가끔은 해주는 거예요!" 그는 애매하게 웃으면서 말했다. 그리고 말없이 이저벨과 악수를 나누고 곧 사라졌다.

그가 방을 나갔을 때 이저벨은 의붓딸이 울음을 터뜨릴 거라고 생각했다. 하지만 팬지는 예상하지 않은 행동을 보여주었다.

"당신은 제 수호천사세요!" 그녀는 아주 다정하게 외쳤다.

이저벨은 고개를 저었다. "난 아무 천사도 아니야. 네 좋은 친구 정도지."

"그럼 아주 좋은 친구라고 해요. 아빠께 다정하게 대해주라고 말씀해주셨잖아요."

"난 네 아버지한테 아무런 부탁도 하지 않았어." 이저벨이 놀라서 물었다.

"방금 응접실로 오라고 하셔서, 아주 다정하게 안아주셨어요."

"아," 이저벨이 말했다. "그건 전적으로 아버지가 알아서 하신 일이야!"

그녀는 오즈먼드가 무슨 생각으로 그랬는지 잘 알았다. 아주 그다운 면모였고, 앞으로도 많이 보게 될 그런 면모였다. 팬지와의 관계에서조차 잘못을 조금도 자기 탓으로 돌리지 않겠다는 심산이었다. 그날은 저녁에 외출했고, 식사 후 또다른 파티가 있어서 밤이 늦어서야 그와 단둘이 있게 되었다. 잠자리에 들기 전에 팬지가 뽀뽀를 하자 아버지는 그녀의 포옹을 보통 때보다 더 다정하게 받아들였다. 계모의 음모 때문에 내 딸이 상처를 받았다는 암시를 하려고 저러나 하는 생각이 들었다. 어쨌든 그건 아내에게서도 뭔가를 계속 기대한다는 표시의 일환이기도 했다. 그녀도 팬지의 뒤를 쫓아 나가려고 하는데, 할 말이 있다고 남아주었으면 좋겠다고 그가 말했다. 그리고 그녀가 망또를 걸친 채 서서 기다리는 동안 그는 응접실을 배회했다.

"당신이 뭘 원하는지 알 수가 없군." 그가 잠시 후 말했다. "알고 싶소 ― 그래야 내가 어떻게 처신해야 할지 알 수 있을 테니까."

"지금은 잠자리에 들고 싶네요. 아주 피곤해요."

"앉아서 쉬어요. 오래 붙잡아두지는 않을 테니까. 거기 말고, 편안한 자리에 앉아요." 그리고 그는 큼직한 소파에 아무렇게나, 하지만 보기 좋게 흩어져 있는 수많은 쿠션을 정리해주었다. 하지만 그녀는 거기 앉지 않고 가장 가까운 의자에 털썩 주저앉았다. 난롯불은 꺼졌고, 큰 방에 불빛이 거의 없었다. 그녀는 망또를 여몄다. 뼛속까지 냉기가 스며들었다. "당신이 나에게 모욕을 주려고 하는 것 같은데," 오즈먼드가 말을 이었다. "정말 얼토당토않은 시도요."

"무슨 말을 하는지 전혀 모르겠네요." 그녀가 되받았다.

"아주 교활한 속임수를 썼지. 그리고 멋지게 해치웠소."

"내가 뭘 해치웠다는 거죠?"

"하지만 완전히 끝이 난 건 아니니까. 그 친구를 다시 보게 될 거요." 그리고 그는 주머니에 손을 찌른 채 그녀 앞에서 발걸음을 멈추고 생각에 잠긴 듯 그녀를 내려다보았다. 그가 늘 그렇게 하듯 아내가 생각의 대상이 아니라 머리에 떠오른 불쾌한 사건임을 알려주려는 의도를 암시하면서 말이다.

"워버턴 경이 돌아와야 할 의무가 있다는 뜻으로 하는 말이라면 잘못 알고 있는 거예요." 이저벨이 말했다. "그 사람은 아무런 의무도 없어요."

"내 불만의 요체가 바로 그거요. 하지만 그 친구가 돌아올 거라고 말했을 때, 의무감으로 돌아올 거라는 뜻은 아니었지."

"그게 아니면 돌아올 리 없죠. 로마 구경은 실컷 했으니까."

"아, 아니오, 그건 피상적인 판단이오. 로마는 끝이 없는 곳이오." 그리고 오즈먼드는 다시 걷기 시작했다. "하지만 그 문제라면 서두를 건 없지." 그가 덧붙였다. "영국을 방문해달라는 그 사람 제안이 꽤 마음에 드는군. 거기서도 당신 사촌을 맞닥뜨릴 걱정만 아니면 가자고 당신을 설득해볼 참이오."

"오빠를 맞닥뜨릴 일은 없을 거 같네요." 이저벨이 말했다.

"확실한 게 좋지. 어쨌든 가능한 한 확실하게 해두고 싶소. 그래도 당신 사촌이 소유한 저택은 보고 싶군. 한때 당신이 입이 닳도록 말한 그 저택 말이오. 이름이 뭐더라? 가든코트. 매력적인 물건일 거야. 게다가 알다시피 난 당신 이모부를 깊이 추모하는 마음이 있거든. 당신 덕분에 그분을 아주 좋아하게 됐으니까. 그래서 그분이 살다 세상을 뜬 곳을 보고 싶소. 그거야말로 세부 계획이네. 당신 친구 말이 맞소. 팬지는 영국을 가서 봐야 해."

"팬지가 좋아할 건 분명하죠." 이저벨이 말했다.

"하지만 한참 후의 일이오. 가을이 되려면 아직 멀었으니까." 오즈먼드가 말을 이었다. "그동안 우리의 관심을 끄는 현안이 있지. 날 아주 교만하다고 생각하나보군?" 그가 불쑥 물었다.

"아주 이상하다고 생각해요."

"당신은 날 이해하지 못하오."

"그래요, 당신이 날 모욕할 때도요."

"당신을 모욕하지 않았소. 난 모욕 같은 건 할 줄 모르니까. 구체적인 사실을 언급했을 뿐인데, 모욕으로 받아들였다면 그건 당신 잘못이지 내 잘못은 아니오. 당신이 이 모든 일을 좌지우지했다는 건 틀림없는 사실이지."

"다시 워버턴 경 이야기로 돌아갈 건가요?" 이저벨이 물었다. "그 이름이 아주 지겨워지네요."

"우리가 끝을 본 건 아니니 그 이름을 다시 듣게 될 거요."

그가 그녀를 모욕한다고 말했지만, 그로 인한 아픔은 불현듯 사라졌다. 그는 아래로, 바닥으로 떨어지고 있었다. 이런 추락을 상상하자 그녀는 거의 현기증을 느낄 지경이었다. 그것만이 유일한 아픔이었다. 그는 너무 이상하고 너무 이질적이어서 그녀의 마음에 와닿지 않았다. 그래도 그의 병적인 열정이 작동하는 방식이 너무도 기이해 그가 자기 자신을 어떤 관점에서 정당화하고 나설지 호기심이 생겼다. "들을 만한 가치가 있는 말을 당신이 할 거라는 생각은 안 든다고 말해두죠." 그녀가 잠시 후 응수했다. "하지만 내가 잘못 알았을 수도 있어요. 들어야 할 이야기가 하나 있기는 하네요. 뭣 때문에 날 비난하는 건지 알아듣기 쉽게 말해줘요."

"워버턴과 팬지의 혼사를 방해한 것. 그 정도면 쉬운가?"

"방해하기는커녕 큰 관심을 가졌어요. 내가 당신에게 그렇게 말했을 텐데. 당신이 기대하고 있다고 말했을 때 — 그렇게 말한 걸로 기억하는데 — 난 그 의무를 받아들였죠, 바보짓이었지만, 그렇게 했죠."

"하는 척했을 뿐이오. 심지어 내가 당신을 더 기꺼이 믿게끔 내키지 않는 척하기도 했지. 그리고 교묘하게 재간을 부리기 시작해서 결국 그 친구를 치워버렸고."

"무슨 소리를 하는 건지 이제야 알겠네요." 이저벨이 말했다.

"그 사람이 내게 보내겠다고 한 편지는 어디로 간 거요?" 남편이 추궁했다.

"전혀 몰라요. 물어보지도 않았고."

"당신이 중간에 차단한 거지." 오즈먼드가 말했다.

이저벨은 천천히 일어섰다. 발까지 내려오는 흰 망또를 걸치고 거기 서 있는 그녀는 연민의 천사와 사촌지간인 경멸의 천사로 분장한 것처럼 보였다. "아, 길버트, 그렇게 멋있던 사람이 ─!" 그녀는 긴 여운을 남기며 외쳤다.

"나도 당신처럼 솜씨가 뛰어난 적은 없었소. 당신은 모든 일을 하고 싶은 대로 했지. 안 그러는 척하면서 그를 치워버렸고, 날 딱한 처지로 만들었지. 딸을 귀족과 결혼시키려고 안달하다가 꼴사납게 실패한 아버지의 처지 말이오."

"팬지는 워버턴 경에게 마음이 없어요. 그 사람이 떠난 걸 아주 다행으로 생각해요." 이저벨이 말했다.

"그건 이 문제와 무관하오."

"그리고 워버턴 경도 팬지가 마음에 없고."

"그렇게 빠져나갈 수는 없지. 당신 입으로 그 사람이 팬지에게 관심이 있다고 했으니까. 난 당신이 왜 꼭 이런 식으로 해야 직성이 풀리는지 모르겠군." 오즈먼드가 말을 이었다. "다른 식으로 해도 될 텐데. 난 내가 주제넘었다고, 너무 당연하게 받아들였다고 생각하지 않소. 아주 겸허하게 조용히 있었지. 내가 먼저 아이디어를 낸 것도 아니었소. 내가 그런 생각을 하기도 전에 그 친구가 팬지를 좋아하는 기색을 보였으니까. 난 모든 일을 당신에게 일임했고."

"그래요, 나에게 떠넘기고 아주 좋아했죠. 다음부터는 이런 일이라면 본인이 챙기세요."

그는 그녀를 잠시 바라보았다. 그리고 등을 돌렸다. "당신이 내 딸을 깊이 사랑한다고 생각했소."

"과거 어느 때보다도 팬지를 사랑해요."

"단서가 아주 많이 붙는 사랑인가보군. 하지만 당연하다고 해야겠지."

"할 말은 다한 건가요?" 테이블 위에 있는 촛불을 하나 집어들면서 이저벨이 물었다.

"만족한 건가? 내가 충분히 실망한 건가?"

"전체적으로 보아 당신이 실망한 것 같지는 않네요. 날 또 한번 망연자실하게 만들 좋은 기회를 잡았으니까."

"그건 아니지. 팬지가 목표를 높이 잡아도 된다는 게 입증됐으니 실망할 건 없지."

"가엾은 팬지!" 이저벨이 촛불을 들고 몸을 돌려 나가면서 말했다.

47장

이저벨은 캐스퍼 굿우드가 로마에 왔다는 소식을 헨리에타 스택폴로부터 전해들었다. 워버턴 경이 떠나고 사흘 후의 일이었다. 이 일에 앞서 이저벨의 입장에서는 상당히 중요한 사건이 있었다.

뽀실리뽀[32] 소재 별장의 행복한 소유주인 친구와 잠시 지낸다면서 마담 멀이 나뽈리로 떠나 다시 잠시 자리를 비운 사건 말이다. 마담 멀은 이저벨의 행복에 더이상 도움이 되지 않았다. 가장 분별 있는 여자가 공교롭게 가장 위험한 게 아닐까 하는 생각이 문득문득 머리를 스쳤다. 밤에는 때때로 이상한 환영이 떠올랐다. 자신의 남편과 친구――남편의 친구이기도 했다――가 누가 누구인지 구별이 안되게 함께 있는 모습이 흐릿하게 보이는 것 같았다. 그녀와 아직 끝을 본 게 아니라는 생각이 들었다. 마담 멀은 뭔가를 소맷자락에 감춰두었다. 이저벨의 상상력은 적극적으로 이 아리송한 문제에 접근했지만, 시시때때로 엄습하는 알 수 없는 두려움 때문에 저지되었다. 그렇기 때문에 이 매력적인 여자가 로마를 떠나자 거의 한시름 놓은 기분이었다. 캐스퍼 굿우드가 유럽에 왔다는 소식은 헨리에타로부터 진즉 전해들어 알고 있었다. 빠리에서 그를 만난 헨리에타가 즉시 편지로 알려주었기 때문이다. 그는 편지를 하지 않았다. 유럽에 왔지만 자기를 만날 마음이 없을 수도 있다고 이저벨은 생각했다. 결혼 전 그와의 마지막 만남은 완벽한 결별의 성격을 띠었다. 기억이 정확하다면 그때 굿우드는 이저벨을 마지막으로 보러 왔다고 말했다. 이후 그 사내는 그녀의 과거에서 남아 있는 것 중 가장 뚜렷한 불협화음이요, 실제로 지속되는 고통을 연상시키는 유일한 존재였다. 그날 아침 그는 정말이지 불필요한 충격을 남기고 떠났다. 벌건 대낮에 배가 충돌한 형국이었다. 안개가 끼지도 않았고 해류를 놓쳤다고 변명할 여지도 없었다. 키를 잡은 이저벨은 거리를 두고 피해가려는 마음뿐이었다. 하지만 키를

---

32 나뽈리의 근교.

잡고 있는 와중에 굿우드가 뱃머리를 정면으로 들이받았고, 이 비유를 끝까지 밀고 가자면, 상대적으로 더 가벼운 그녀의 배에 타격을 주어 아직도 가끔 희미하게 삐꺼덕거리는 소리가 났다. 그를 만나기는 정말 싫었다. 세상에 태어나 (그녀가 알기로) 타인에게 단한번 심각한 피해를 입혔는데, 그 사람이 바로 굿우드였다. 그녀가 배상 요구에 응하지 못한 유일한 사람이 그였다. 그녀는 그 사내를 불행하게 만들었고, 그건 달리 어쩔 도리가 없었다. 그의 불행은 냉혹한 현실이었다. 그가 가고 난 다음 그녀는 격정에 사로잡혀 울었다. 뭣 때문인지도 몰랐다. 그의 배려심이 부족하기 때문이라고 생각하고 싶었다. 그녀의 행복이 완벽할 때 그 남자가 불행하다며 자기를 찾아왔다. 그리고 그 순수한 행복의 광휘에 그는 할 수 있는 최대한의 어둠을 드리웠다. 그가 과격하게 군 건 아니지만, 과격함의 인상은 남았다. 어쨌든 뭔가, 어딘가에 과격함이 있었다. 아마도 발작적으로 터뜨린 그녀의 울음이나, 앞서 말했듯이 사나흘 계속된 감정적 격발의 뒷맛에만 과격함이 있었을 수도 있다.

그의 마지막 항변이 야기한 효과는 곧 희미해졌고, 결혼한 첫해에 굿우드는 그녀의 인명록에서 사라졌다. 그는 배은망덕과 관련된 사람이었다. 나 때문에 상처를 입고 우울에 빠졌는데 마음을 풀어줄 방도가 없는 그런 사람 생각을 해야 한다는 건 불쾌했다. 굿우드가 단념하지 못했다는 사실에 조금이라도 의문을 제기할 수있다면 이야기가 달라진다. (워버턴 경의 경우 의문을 제기할 여지가 있었다.) 불행히도 의문의 여지가 없었고, 그 공격적이고 완고한 표정이 불쾌감만 불러일으켰다. 영국의 청혼자와는 달리, 고통을 받았지만 인생의 보상을 받은 사람이 여기 있다는 식으로는 절대로 생각할 수 없었다. 그녀는 굿우드 씨가 받은 보상에 믿음을 가질 수도, 경의를 표할 수도 없었다. 면화 공장은 절대로 그 무엇에 대한 보상이 될 수 없다. 이저벨 아처와 결혼하지 못한 데 대한 보상이 되지 못함은 더 말할 나위 없다. 그런데 그외에 그가 뭘 갖고 있는지 —물론 그가 본래 갖고 있는 자질들을 제외하고— 알수 없었다. 아, 그에게는 충분히 고유한 자질이 있었다. 그가 자신밖에서 인위적으로 도움을 구할 거라고는 생각조차 할 수 없었다. 그가 사업을 확장한다면 진취적인 일이고 사업에 유리해서이지, 과거를 덮어버리기 위해서는 아니다. 그녀가 알고 있는 한 그의 노력이 취할 유일한 형태는 그런 모양이었다. 이러한 사실이 그의 모습에 일종의 황량함과 음울함을 부여해, 기억으로서든 예감으로서든 그와의 만남을 특이한 충돌의 경험으로 각인시켰다. 그 만남에는 고도로 문명화된 시대에 인간관계의 모난 접촉을 두루뭉술하게 만드는 사교적 포장이 부족했던 것이다. 게다가 완벽한 침묵이, 편지도 없고 풍문으로도 그의 이름을 듣지 못한다는 사실이 적막감을 강화했다. 그녀는 이따금 언니 릴리에게 그의 근황을 물었지만, 릴리는 보스턴에 관해서는 아무것도 몰랐다. 그녀의 상상력은 매디슨 가의 동쪽 편에 한정되어 있었다. 시간이 지나자 이저벨은 더 자주, 더 거리낌 없이 그를 떠올렸다. 그에게 편지를 쓸까 하는 생각도 몇번 했다. 그녀는 남편에게 그의 이야기를 하지 않았고, 그가 피렌쩨로 만나러 왔다는 걸 알리지도 않았다. 교제 초기라 오즈먼드에 대한 믿음이 부족해서 함구한 건 아니었다. 단지 젊은이의 실연이 자기의 비밀이 아니라 그의 비밀이라는 배려 때문이었다. 그비밀을 다른 사람에게 말하는 건 잘못이라는 생각이 들었다. 그리고 어쨌거나 굿우드 씨와의 일은 오즈먼드가 상관할 바가 아니었다. 편지를 쓸까 하는 시점이 되어서도 이저벨은 결국 쓰지 않았다.

그의 노여움을 고려한다면 최소한 그를 혼자 내버려두어야 할 것 같았다. 그럼에도 그녀는 어떤 식으로든 그가 가까이 있으면 기뻐했으리라. 그녀가 그와 결혼할 수도 있었다는 생각이 떠올라서 그런 건 아니었다. 심지어 결혼 생활의 파행이 분명하게 드러나고 난 이후에도, 그와 결혼할 수도 있었다는 그런 생각은 — 아주 여러가지 상념에 빠져들기는 했지만 — 한번도 확실하게 마음에 떠오른 적은 없었다. 하지만 곤경에 처했음을 깨닫자 굿우드는 그녀가 바로잡아야 할 항목에 포함되었다. 그녀의 불행이 자신의 잘못으로 야기된 게 아니라고 그녀가 얼마나 열렬하게 믿고 싶었는지는 앞서 언급했다. 이저벨은 가까운 미래에 죽을 것 같지는 않았지만, 세상과 화해하고 싶었다. 영혼이 안식할 수 있게 정리하고 싶었다. 캐스퍼 굿우드와는 아직 정산하지 못한 게 있다는 생각이 시시때때로 떠올랐고, 과거 어느 때보다도 관대한 조건으로 그와 정산할 마음이 있고 또 그렇게 할 수 있었다. 그래도 그가 로마로 온다는 소식을 들었을 때 무척 심란했다. 자신의 헝클어진 개인사를 다른 누구보다도 그가 알아차린다면 마음이 불편할 것이다. 위조된 대차대조표 같은 것을 판독하듯 그는 알아낼 테니 말이다. 그녀의 행복에 그는 — 다른 사람들이 일부만 투자한 데 반해 — 자신의 전부를 걸었다고 그녀는 마음속 깊이 믿었다. 곤경을 감춰야만 하는 또 한사람이 그였다. 하지만 로마에 도착하고 며칠이 지나도록 만나러 오지 않아 적이 안심이 되었다.

헨리에타 스택폴은, 예상대로, 즉각 나타났고 이저벨은 주로 친구와 시간을 보냈다. 아주 몸 바쳐 그녀와 어울렸는데, 이제는 거리낌 없이 살겠다고 작정한 이상 그렇게 하는 게 자신이 피상적이지 않았음을 입증하는 한가지 방식이었다. 이저벨보다 헨리에타에게 덜 관심이 있는 사람들이 유머러스하게 비판하는 그녀의 성격적 특징들은 세월이 흘러감에 따라 희미해지기는커녕 더 선명해졌다. 헨리에타의 충실한 친구 노릇에 영웅적인 느낌이 가미될 정도로 그런 특징들은 아직도 뚜렷이 나타났다. 헨리에타는 예나 다름없이 명민하고 민첩했으며, 단정하고 밝고 고왔다. 기차역의 유리창처럼 빛을 내는 그녀의 남달리 솔직한 눈은 덧창을 내리지 않았다. 옷에서는 아직도 바삭거리는 소리가 났고, 여전히 미국적 관점이 기준이었다. 하지만 전혀 변하지 않았다고 할 수는 없었다. 이저벨은 그녀가 애매해졌다는 생각이 들었다. 옛날에는 애매한 적이 없었다. 여러가지 질문을 동시다발로 던지더라도 그녀는 각각의 질문에 대해 완벽하고 날카롭게 대처할 줄 알았다. 착수한 모든 일에 이유가 있었고, 정말이지 동기로 충만했다. 이전에는 유럽에 올 때는 유럽을 보고 싶어서였다. 하지만 이미 보고 난 지금은 댈 핑계가 없었다. 그녀는 단 한순간도 현재의 여행이 쇠락해가는 문명을 살펴보고 싶은 바람 때문인 척하지 않았다. 그녀가 온 것은 구세계에 대한 그녀의 독립선언이지 무슨 의무감이 있어서는 아니었다. "유럽에 오는 게 뭐 별거니." 그녀가 이저벨에게 말했다. "여기 오는 데 많은 이유를 댈 필요가 있다고 생각하지 않아. 고국에 머무는 게 더 가치 있는 일이지. 그게 훨씬 더 중요하니까." 그러므로 로마 순례를 다시 하는 게 아주 중요한 일인 듯이 의미를 부여하지도 않았다. 이전에 가봤고 꼼꼼하게 살펴보았으니 이번 여행은 익숙함을, 그곳에 대해 다 알고 있음을, 다른 사람과 마찬가지로 그곳에 가볼 권리가 있음을 보여줄 따름이었다. 다 좋았다. 헨리에타는 활동적이니까. 그리고 따지고 들면 활동적이어야 할 당연한 권리가 있었다. 하지만 어쨌든 별로 관심이 없는 로마에 온 더 좋은 이유가 있었다. 이저벨은 곧 이를 알아차렸고, 그러면서 친구의 성심을 인정했다. 그녀가 폭풍이 몰아치는 한겨울에 대서양을 건넌 건 이저벨이 슬픔에 잠겨 있다고 짐작했기 때문이었다. 헨리에타가 추측을 남발하기는 해도 이번처럼 적절하게 추측한 적은 없었다. 지금 이저벨을 기쁘게 하는 일이 거의 없었지만, 아주 많다고 하더라도 헨리에타를 늘 높이 평가한 게 옳았다는 느낌에서 어느정도 개인적인 기쁨을 얻을 수 있으리라. 헨리에타에 관한 한 이저벨은 많은 걸 있는 그대로 받아들였다. 그리고 그 모든 단점에도 불구하고 아직도 헨리에타가 아주 소중하다고 단언할 수 있었다. 그렇다고 자신이 옳았다는 승리감에 우쭐해진 건 아니었다. 다만 막역한 친구에게 그녀의 마음이 조금도 편치 않다는 사실을 고백하면서 위안을 얻었을 따름이다. (이저벨이 이 사실을 인정한 첫번째 사람이 그녀였다.) 헨리에타는 조금도 지체하지 않고 이 문제를 거론했는데, 이저벨의 면전에 대고 불행한 상황이라고 몰아붙였다. 이저벨은 그녀가 여자이자 자매라서, 랠프나 워버턴 경, 캐스퍼 굿우드가 아니라서 말할 수 있었다.

"그래, 나 불행해." 그녀는 아주 온화하게 말했다. 그렇게 말하는 자기 목소리를 듣는 게 싫었다. 그래서 가능한 한 공정하게 말하려고 했다.

"네 남편이 너한테 무슨 짓을 하는 거니?" 헨리에타가 돌팔이 의사의 시술에 관해 캐묻듯 얼굴을 찌푸리고 물었다.

"아무 짓도 안해. 그냥 날 좋아하지 않아."

"그 사람 정말 비위 맞추기 어렵네!" 스택폴 양이 외쳤다. "그냥 헤어져."

"그런 식의 변화는 안돼."

"왜 안되는지 알고 싶다. 넌 실수했다는 걸 인정하고 싶지 않은 거야. 자존심이 너무 강하다고."

"내가 자존심이 강한지는 잘 모르겠어. 하지만 내 실수를 만천하에 공표할 수는 없잖아. 그건 온당하지 않은 것 같아. 그러느니 차라리 죽는 게 나아."

"언제까지나 그렇게 생각하진 않을걸." 헨리에타가 말했다.

"내가 앞으로 어떤 불행한 상황에 처할지는 나도 몰라. 하지만 언제나 부끄러울 거 같아. 자기가 한 일에 책임져야 하는 거잖아. 난 만천하에 내놓고 그 사람과 결혼했어. 완벽하게 자유의사로. 그보다 더 의도적으로 한 일을 찾을 수 없을 거야. 그건 변하지 않아." 이저벨이 되풀이해 말했다.

"그럴 수 없다지만 네가 변한걸. 설마 네 남편을 좋아하는 건 아니겠지."

이저벨은 곰곰 생각에 잠겼다. "아니, 좋아하지 않아. 내 비밀이 지겨워져서 털어놓는 거야. 하지만 거기까지야. 지붕 꼭대기에 올라가서 광고할 수는 없잖아."

헨리에타가 웃음을 터뜨렸다. "너무 배려해주는 거 아니니?"

"남편을 배려해서가 아냐. 날 생각해서 그러는 거야." 이저벨이 대답했다.

스택폴 양을 길버트 오즈먼드가 반기지 않은 건 놀랍지 않았다. 아내에게 부부의 연을 끊으라고 권할 수 있는 숙녀를 그가 본능적으로 적대시한 건 당연했다. 그녀가 로마에 도착했을 때 그는 기자질 하는 친구와 상대하지 말라고 했고, 이저벨은 적어도 그가 걱정할 일은 없을 거라고 대꾸했다. 그리고 헨리에타에게는 오즈먼드가 싫어하니까 정찬에 초대할 수 없지만, 다른 방식으로는 얼마든지 만날 수 있다고 했다. 이저벨은 자신의 전용 거실에서 스택폴 양을 맞이했고, 그녀를 데리고 — 팬지와 얼굴을 마주한 채 — 자주 마차를 타고 나갔다. 마차의 건너편 자리에서 몸을 조금 앞으로 굽힌 팬지는 유명한 여류 작가를 존경스럽게 주목했는데, 이런 표정이 이따금씩 헨리에타의 짜증을 불러일으키곤 했다. 그녀는 오즈먼드 양이 자기가 한 말을 모두 기억할 듯한 귀여운 표정을 짓는다고 이저벨에게 불평했다. "난 그런 식으로 기억되고 싶지 않아." 스택폴 양이 단언했다. "내가 하는 말은 조간신문처럼 그 순간에 속한다고 생각해. 네 의붓딸은 지난 신문들을 다 모아놓고 있다가 언제든 날 반박하기 위해 들고 나올 기세로 거기 앉아 있거든." 그녀는 팬지를 좋게 생각하는 법을 배우지 못했다. 스무살의 처녀가 열정도, 화제도, 자기주장도 없다는 게 부자연스러울 뿐 아니라 비정상적이라는 것이다. 얼마 지나자 이저벨은 친구의 역성을 들면서 조금은 설득해주기를, 초대해야 한다고 조금은 고집 피우기를 오즈먼드가 원했음을 알 수 있었다. 그러면 예의상 친구의 존재를 견뎌낸다 시위할 수 있을 터였다. 그의 반대를 이저벨이 곧바로 수용해버려서 자기가 훨씬 더 잘못을 범한 쪽이 된 것이다. 사실 경멸을 드러내는 사람이 감수해야 하는 불이익 중 하나는 동시에 공감의 덕목을 인정받지 못한다는 것이다. 오즈먼드는 덕목을 인정받으려고 하면서 반감을 고수했는데, 결합하기 어려운 요소들이었다. 스택폴 양이 빨라쪼 로까네라에 한두번 정도 식사하러 와서, (언제나 탁월하게 발휘되는 그의 피상적인 공손함에도 불구하고) 그녀가 그의 마음에 얼마나 들지 않는지를 스스로 판단하게 만들었으면 딱 맞았으리라. 하지만 두 숙녀가 전혀 타협의 기미를 보이지 않자 오즈먼드는 뉴욕에서 온 숙녀가 떠나기만을 바라는 것

외에 달리 할 일이 없었다. 아내의 친구들이 어쩌면 그렇게 마음에 차지 않는지 놀라울 정도라 그는 기회를 틈타 이저벨의 주의를 환기했다.

"당신은 친구 복이 없는 게 분명하오. 새로 친구를 사귀면 어떨까 싶은데." 그는 어느날 아침 밑도 끝도 없이 그렇게 말했는데, 오랫동안 생각한 듯한 말투라서 새삼 억지를 부리는 것처럼 들리지는 않았다. "나와 전혀 공통점이 없는 사람들만 고르려고 작정하고 애썼나보군. 당신 사촌 오빠는 ─ 내가 알고 있는 가장 못생긴 종자라는 점에 덧붙여 ─ 잘난 척하는 멍청이라고 늘 생각해왔지만, 그런데 그렇게 말할 수도 없으니 성가시기 짝이 없지. 아픈 사람이라 봐줘야 하니. 병자인 게 그 친구의 최대 강점이라니까. 어느 누구도 누리지 못하는 특권을 누리거든. 병의 상태가 절망적이라면 이를 입증할 방법은 단 한가지 아닌가. 하지만 그럴 마음이 없는 걸로 보이더군. 고귀하신 워버턴 경이 그 친구보다 낫다고 할 수도 없겠지. 그 사람이 태연자약하게 무례를 범한 건 돌이켜보면 정말 어이가 없을 지경이야! 남의 딸을 세놓을 아파트라도 되는 양 둘러봤으니. 손잡이를 돌려보고 창밖도 내다보고, 벽도 두드려가면서 거의 마음을 굳힌 것처럼 굴었지. 그럼 임대차 계약서를 작성하실까요? 그랬더니 전체적으로 봐서 방들이 너무 작고, 삼층에서는 살 수 없을 것 같으니 일층에 있는 집을 찾아봐야겠다는 식이라. 그리고 한달간 아파트에서 공짜로 살아놓고 내뺀 거지. 하지만 당신의 가장 훌륭한 발명품은 스택폴 양이오. 괴물 같다는 생각이 든다니까. 온몸의 신경이란 신경을 다 곤두서게 만들거든. 스택폴 양이 여자라는 사실을 난 인정한 적이 없소. 그 여자가 뭘 연상시키는 줄 아오? 새로운 강철 펜이요. 세상에서 가장 끔찍한 물건이지. 강철

펜으로 글을 쓰듯이 말한다고. 그런데 기사도 폐지罷紙에다 쓰지 않
나? 생각하고 움직이고 걷고, 보이는 게 말하는 것과 똑같아. 만날
일이 없는데 무슨 해를 끼친다고 그러느냐고 하겠지. 보이지는 않
는데 들려. 하루 종일 들린다고. 그 여자의 목소리가 내 귀에서 왕
왕 울려서 벗어날 수가 없소. 그 여자가 뭐라고 말할지, 어떤 어조
로 말할지 정확히 알고 있으니까. 나에 대해서는 아주 '호의적'인
말만 할 테고, 당신에겐 큰 위안이 되겠지. 그 여자가 내 이야기를
한다는 건 생각만 해도 끔찍하오. 하인이 내 모자를 쓰고 있는 걸
보는 기분 같다고나 할까."

이저벨이 확언했듯 헨리에타는 길버트 오즈먼드가 의심의 눈길
을 보내는 만큼 그를 화제로 삼지는 않았다. 그녀에게는 다른 많은
화제가 있었는데, 특별히 독자의 관심을 끌 만한 것은 두가지다. 그
녀는 캐스퍼 굿우드가 혼자 힘으로 이저벨의 불행을 알아챘음을
알려주었다. 아무리 머리를 쥐어짜도 로마에 와 있으면서 이저벨
을 찾아오지 않고 어떻게 위로한다는 건지 정말 알 수 없다고도 했
다. 거리에서 두번 마주쳤지만, 그가 그들을 알아본 것 같지 않았
다. 그들이 마차를 타고 지나가는데, 그는 한번에 한가지만 보겠다
는 듯 앞을 똑바로 바라보고 걷는 습관을 고수했다. 바로 전날 그
를 만났다고 해도 될 정도라고 이저벨은 생각했다. 마지막으로 만
나고 터칫 부인의 집 현관을 나선 바로 그 얼굴과 걸음걸이가 틀림
없었다. 옷차림도 그날과 다르지 않았다. 넥타이 색깔도 기억하고
있는 대로였다. 하지만 낯익은 외관에도 불구하고, 그의 풍채에는
뭔가가, 그가 로마에 온 것 자체에 새삼 껄끄럽게 느껴지는 뭔가가
있었다. 그는 옛날보다 더 크고 더 껑충하게 솟아 보였다. 옛날에도
높이 솟아 보였지만 말이다. 이저벨은 그를 지나친 사람들이 뒤돌

아보는 걸 눈여겨봤다. 하지만 그는 2월의 하늘 같은 얼굴을 그들의 머리 위로 높이 들고 직진했다.

스택폴 양의 다른 화제는 아주 달랐다. 그녀는 밴틀링 씨의 최근 근황을 알려주었다. 한해 전 그가 미국을 방문했는데, 다행히도 시간을 꽤 내서 손님 접대를 할 수 있었다. 그가 얼마나 즐겼는지는 알 수 없지만, 좋은 경험을 했다고 장담할 수 있다. 왔을 때와는 다른 사람이 돼서 미국을 떠났다. 미국에서 그는 개안을 해서 영국이 전부가 아님을 알게 되었다. 어디를 가도 호감을 샀고, 아주 소탈하다고, 보통 생각하는 영국 사람들보다 아주 소탈하다는 평을 받았다. 그가 젠체한다고 생각하는 사람들도 있었다. 소탈함이 짐짓 꾸민 태도라는 말인지 알 수 없는 노릇이다. 그의 질문 중에는 너무 한심한 것도 있었다. 그는 호텔의 하녀가 모두 농부의 딸이라고, 또는 모든 농부의 딸은 호텔의 하녀라고 생각했다. 어느 쪽이었든지 기억은 안 난다. 그는 미국의 탁월한 교육제도를 전혀 이해하지 못했는데, 정말이지 그건 그의 이해 범위를 넘어섰다. 대체로 그는 모든 게 넘치도록 많다는 듯 —조금씩밖에는 받아들일 수 없다는 듯한 태도를 보였다. 그가 선호한 부분은 호텔 씨스템과 강을 운항하는 배였다. 그는 정말 호텔에 매료된 것 같았다. 투숙하는 호텔마다 사진을 찍어댔다. 하지만 그의 주요 관심사는 강의 증기선이었다. 큰 배는 언제 타느냐고 노래를 부르다시피 했다. 뉴욕에서 밀워키까지 함께 여행하는 도중에 가장 흥미로운 도시들에 들렀는데, 새로 출발할 때마다 증기선으로 갈 수 있느냐고 물었다. 그는 미국의 지리를 전혀 모르는 것 같았다. 볼티모어를 서부에 있는 도시로 알았고, 계속 미시시피 강이 나타나겠거니 기대했다. 그는 미시시피 강 이외의 다른 강들을 전혀 들어보지 못한 것 같았고, 허드슨 강의 존재를 인정하려고 하지 않다가 결국 별수 없이 라인 강과 맞먹는다고 실토했다. 그들은 특등 열차에서 유쾌한 시간을 보냈다. 그는 흑인 웨이터에게 언제나 아이스크림을 주문했다. 아무리 해도 열차에서 아이스크림을 먹을 수 있다는 생각에 익숙해지지 않았던 것이다. 아이스크림은 물론, 선풍기나 사탕 등 그 어떤 것도 영국의 열차에는 없었다! 더위에 헉헉거리는 그에게 헨리에타는 이런 더위를 겪어본 적이 없을 거라고 했다. 그는 지금 영국으로 돌아가, 헨리에타의 표현을 빌면, '사냥하며 쏘다니고' 있다. 이런 오락은 아메리카 대륙의 원주민이나 하던 짓이다. 우리는 사냥의 기쁨을 오래전에 과거지사로 돌렸다. 영국에서는 우리가 도끼를 차고 깃털로 치장하는 줄 아는데, 그런 의상은 영국 쪽의 관습과 더 어울린다. 밴틀링 씨는 이딸리아까지 그녀를 만나러 올 시간은 없지만, 그녀가 빠리로 오면 해협을 건널 작정이라고 했다. 혁명 전의 구체제를 아주 좋아해서 베르사유 궁을 다시 보고 싶어한다. 그들은 그 점에 대해 의견을 달리한다. 그녀는 구체제가 일소되었음을 알 수 있다는 점에서 베르사유 궁을 좋아한다. 이제 거기에는 공작이나 후작은 없다. 귀족은커녕 어느날 미국인 다섯 가족이 경내를 돌아다니는 걸 본 기억이 난다. 밴틀링 씨는 헨리에타가 다시 영국을 소재로 다뤄줬으면 하고 바랐다. 이제는 다루기 좀 쉬워졌을 거라고 했다. 영국은 최근 일이년 동안 아주 많이 변했다. 그녀가 그곳에 온다면 그의 누이인 레이디 펜슬을 보러 갈 테고, 이번에는 초청장이 곧바로 올 거다. 지난번 초청장 건은 해명되지 않았다.

캐스퍼 굿우드가 드디어 빨라쪼 로까네라를 방문했다. 이에 앞서 그는 이저벨에게 들러도 되겠느냐고 묻는 짧은 편지를 보냈고, 와도 좋다는 허락을 즉각 받았다. 이저벨은 그날 오후 6시에 집에 있을 예정이라고 했다. 그가 무엇 때문에 오는지, 무슨 소득을 기대하고 있는지 궁금하다는 생각이 하루 종일 머리를 떠나지 않았다. 그는 여태껏 협상 능력이 부족한 사람, 요구 사항을 얻어내지 못하면 아무것도 받아들이지 않는 사람이라는 인상을 주었다. 하지만 이저벨의 환대는 의심을 불러일으키지 않았고, 그를 속여넘길 만큼 행복한 척하는 데도 큰 어려움이 없었다. 그녀는 최소한 그를 속여넘겼다고, 잘못 안 거라고 생각하게 만들었다고 확신했다. 그렇다고 그가 실망한 것처럼 보이지 않는다고 그녀는 생각했다. 어떤 남자들은 실망할 게 분명한데 말이다. 그는 기회를 노리러 로마에 오지 않았다. 그녀는 그가 왜 왔는지 전혀 알아내지 못했다. 그는 아무런 설명도 제공하지 않았는데, 그녀를 보고 싶다는 아주 단순한 이유 말고 다른 설명이 있을 수 없었다. 다른 말로 하자면 그는 즐기러 온 것이다. 이저벨은 이런 귀납추리를 아주 열심히 따라가서 이 신사의 오래된 불만을 잠재우는 공식을 발견하고 기뻐했다. 그가 즐기러 로마에 왔다면 그거야말로 그녀가 바라는 바였고, 즐기기를 원한다면 그건 마음의 상처를 극복했기 때문이다. 마음의 상처를 극복했다면 만사가 잘된 셈이고 더이상 책임질 일도 없었다. 그가 다소 뻣뻣하게 여흥을 즐긴 게 사실이지만, 느긋하거나 편안한 적이 없는 사람이니 자기 눈으로 보고 확신을 갖게 됐다고 믿을 충분한 근거가 있었다. 헨리에타는 그에게 속마음을 털어놓아도 그는 헨리에타에게 속마음을 털어놓지 않았다. 따라서 이저벨은 그의 마음 상태가 어떤지 정보를 얻을 수가 없었다. 일반적인 화제로 이야기를 나눌 때 그는 대화에 별로 끼지 않았다. 이전에 한번 그에 관해 이렇게 말한 기억이 났다. "굿우드 씨는 표현력은 뛰어난데, 말수가 적어." 지금도 언변이 좋았지만 예전과 마찬가지로 말수는 거의 없었다. 로마에 화젯거리가 얼마나 넘쳐나는가를 고려한다면 말이다. 그의 출현은 남편과의 관계를 단순화하는 데 도움이 되지 않았다. 오즈먼드 씨가 그녀의 친구들을 좋아하지 않는 터에, 가장 오랜 친구 중 한명이라는 점을 빼면 굿우드 씨가 손님으로서 환대받을 이유는 없었다. 그에 관해서는 아주 오랜 친구라는 것 외에는 달리 할 말이 없었다. 이 빈약하고 포괄적인 설명이 사실의 전부였다. 그녀는 그를 오즈먼드에게 소개해야만 했고, 정찬에, 목요일 만찬모임에 초대하지 않을 수 없었다. 이저벨은 이 행사가 아주 지겨워졌지만 그녀의 남편은 사람들을 초대하기보다는 초대하지 않기 위해서 여전히 이 행사를 고수했다.

굿우드는 목요일의 만찬모임에 규칙적으로, 엄숙하게, 꽤 일찍 나타났다. 그는 이를 아주 진지하게 받아들이는 것 같았다. 융통성이라고는 없는 그에게 이저벨은 시시때때로 화가 치밀었다. 그녀가 어쩔 줄 몰라한다는 사실을 알면서 그런다는 생각이 들었다. 그렇다고 그를 우둔하다고 할 수도 없었다. 전혀 그렇지 않았다. 그는 예외적으로 정직할 따름이었다. 그 정도로 정직하다는 건 그를 대부분의 사람들과 아주 다르게 만들었다. 그와 거의 같은 수위로 정직하게 대하지 않을 수 없었다. 그녀가 이런 생각에 골몰한 건 자신이 가장 유쾌한 여자라는 인상을 주는 데 성공했다고 자처하는 바로 그 순간이었다. 그는 그 점에 의혹을 제기한 적이 없었고, 사적인 질문은 전혀 하지 않았다. 그는 생각보다 오즈먼드와 훨씬 더 잘 지냈다. 오즈먼드는 자신이 어떤 행동을 할 거라고 상대방이 기대하는 것을 아주 싫어했다. 그런 경우 그는 기대를 배반하고 싶은 억누를 수 없는 욕구를 느꼈다. 이런 원칙에 입각해 그는 환대를 기대하지 않았을 게 분명한 건장한 보스턴 사내에게 호감을 가진 척하면서 재미를 보기로 했다. 그는 이저벨에게 굿우드 씨도 결혼하자고 졸라댔느냐고 물었고, 그의 청혼을 받아들이지 않은 데 놀라움을 표현했다. 시간마다 종을 치고 위쪽에서는 이상한 진동이 울리는 높다란 종탑에 사는 것처럼 멋졌을 텐데 말이다. 굉장하신 굿우드 씨와 대화를 나누는 게 좋다고도 말했다. 처음에는 쉽지 않았다. 가파른 층계를 끝없이 올라가 탑의 꼭대기에 도달해야 하지만, 일단 그곳에 도착하면 사방이 다 보이고 바람도 살랑살랑 분다. 우리가 알다시피 오즈먼드에게 유쾌한 면모가 있는데, 그는 굿우드에게 그런 면모를 모두 보여주었다. 굿우드가 전혀 본의 아니게 그를 좋게 생각하게 되었음을 이저벨은 알 수 있었다. 피렌쩨에서의 그날 아침에는 그녀의 약혼자에게 좋은 인상을 갖는 게 불가능할 것 같았지만 말이다. 오즈먼드는 그를 계속 정찬에 초대했고, 정찬 후 함께 씨가를 피웠고 굿우드는 그의 소장품을 보고 싶다고 하기도 했다. 오즈먼드는 이저벨에게 그가 아주 색다른 존재라고 말했다. 영국제 대형 여행용 가방같이 튼튼하고 모양이 좋다. 절대로 닳는 법이 없는 가죽끈과 버클이 많이 달려 있고, 훌륭한 특허품 자물쇠가 장착되어 있는 가방이다. 굿우드는 로마 주변의 평원에 나가 말 타는 걸 좋아했고 승마에 많은 시간을 할애했다. 그래서 이저벨이 그를 만나는 건 주로 저녁 무렵이었다. 어느날 그녀는 괜찮다면 부탁을 하나 할까 생각 중이라고 말했다. 그리고 웃으면서 덧붙였다.

"하지만 무슨 권리로 당신에게 부탁을 할 수 있는지 모르겠네요."

"당신은 그럴 권리를 가장 많이 갖고 있는 사람이오." 그가 대답했다. "어느 누구에게도 주지 않은 권리를 내가 당신에게 보장해주었잖소."

부탁인즉슨 빠리 호텔에 혼자 앓아누운 사촌 오빠를 가서 보고 최대한 잘해주라는 것이었다. 둘이 만난 적은 없지만, 그녀가 잘못 안 게 아니라면 그녀의 사촌 오빠가 일전에 그를 가든코트에 초대한 일이 있으니 그 가엾은 사람이 누군지 알 거라고 했다. 굿우드는 초대 건을 잘 기억하고 있었다. 상상력이 풍부한 사람은 아니지만, 로마의 호텔에 누워 죽어가고 있는 가엾은 신사의 자리에 자신을 놓을 정도의 상상력은 있었다. 빠리 호텔을 찾아가서, 안내를 받아 가든코트의 집주인에게 가보니 소파 옆에 스택폴 양이 앉아 있었다. 사실 랠프와 이 숙녀의 관계는 현저한 변화가 있었다. 이저벨에게서 랠프를 가서 봐달라는 부탁을 받지 않았지만, 그가 너무 아파서 외출을 못한다는 소식을 듣자마자 자진해서 즉각 문병을 갔다. 그다음부터 그녀는 매일 랠프를 찾아갔는데, 대전제는 언제나 그들이 숙적 관계라는 것이었다. 랠프는 "아, 그래, 우리는 절친한 적이야"라고 말하곤 했다. 그리고 그녀가 자기를 마음껏 ―주어진 상황이 유머를 허락하는 한에 있어서 마음껏 ―귀찮게 만들어 지쳐떨어지게 만들려고 온다고 비난했다. 실제로 둘은 막역한 사이가 되어서, 헨리에타는 그를 좋아하지 않은 적이 있다는 사실을 의아하게 여기곤 했다. 랠프는 처음부터 여일하게 헨리에타를 좋아했다. 그는 단 한순간도 그녀가 훌륭한 사람임을 의심한 적이 없었다. 그들은 모든 걸 화제로 삼아 언제나 의견을 달리했는데, 요컨대 이저벨을 제외한 모든 화제에 관점을 달리했다. 이저벨 이야기가 나오면 랠프는 언제나 여윈 손가락을 입술에 갖다댔다. 반면에 밴틀링 씨는 훌륭한 화젯거리가 되어주었다. 랠프는 헨리에타와 몇시간이고 밴틀링 씨에 관해 토론할 수 있었다. 그들의 토론은 물론 관점의 필연적인 차이로 열기를 띠었다. 랠프는 친절한 전직 근위병이 골수 마끼아벨리라는 입장을 고수하면서 재미있어했다. 캐스퍼 굿우드는 이런 토론에 기여할 여지가 전혀 없었지만, 랠프와 단둘이 남게 되자 함께 나눌 여러가지 화제가 있음을 알게 되었다. 방금 나간 숙녀가 화제 중 하나는 아니었음을 분명히 해둘 필요가 있겠다. 굿우드는 스택폴 양의 장점을 모두 앞서서 인정했지만, 그 이상 언급하지는 않았다. 서두에 오즈먼드 부인을 언급하고 난 다음 두사람 다 그녀에 관해서도 더이상 말을 나누지 않았다. 랠프와 마찬가지로 굿우드도 이 화제에서 위험을 감지했기 때문이다. 굿우드는 이 특이한 인물이 아주 가엾다는 생각이 들었다. 이 유쾌한 사람이, 괴짜이기는 하지만 유쾌한 사람이, 아무 일도 할 수 없는 상황에 처한 게 너무 안쓰러웠다. 굿우드로 말하자면 언제나 할 수 있는 일을 했다. 이 경우 그는 빠리 호텔을 여러차례 찾아가보는 걸로 자기 할 일을 했다. 이저벨은 자신이 머리를 아주 잘 썼다고 생각했다. 부담스러운 캐스퍼 굿우드를 교묘하게 처리한 셈이었다. 그녀는 그에게 일감을 주었다. 랠프를 돌보는 일을 떠맡긴 것이다. 날이 풀리는 기미가 보이는 대로 그를 사촌 오빠와 함께 북쪽으로 여행을 보낼 계획이었다. 워버턴 경이 랠프를 로마로 데리고 왔으니 굿우드 씨가 그를 데리고 가야 하리라. 이는 아주 적절한 좌우대칭처럼 보였고, 이제 그녀는 랠프가 떠나기를 간절히 바라게 되었고, 자기 눈앞에서 죽을까봐 노심초사했다. 이런 일이 호텔에서, 그가 거의 초대받지 못한 그녀의 집 옆에서 일어날 거라는 두려움에 사로잡혔다. 랠프는 자신의 소중한 집에서, 희미하게 빛나는 창문의 가장자리에 짙은 색의 담쟁이덩굴이 다닥다닥 붙어 있는 가든코트의 깊이 파묻힌, 어두침침한 방에서 영면해야 맞다. 이즈음의 이저벨에게 가든코트는 뭔가 신성한 것으로 다가왔다. 그렇게 완벽하게 복원 불가능한 과거의 시기도 없었다. 그곳에서 보낸 몇달을 생각하면 눈에 눈물이 고였다. 그녀는 스스로 알아서 잘해낼 수 있다고 자부했지만, 할 수 있는 한 모든 힘을 동원해 분투해야만 했다. 그녀에게 맞서 도전장을 내미는 듯한 여러 사건들이 일어났기 때문이다. 피렌쩨에서 제미니 백작 부인이 여행용 가방과 드레스와 수다와 거짓말과 경박함과 애인이 몇명이나 된다는 이상하고도 불경스러운 소문과 함께 도착했다. 행방이 묘연했던 에드워드 로지어가—아무도, 팬지조차도, 그가 어디에 있었는지 몰랐다—로마에 다시 나타나 장문의 편지를 써서 보내기 시작했다. 그러나 그녀는 답장을 하지 않았다. 나뽈리에서 돌아온 마담 멀이 야릇하게 웃으면서 그녀에게 말했다. "도대체 워버턴 경을 어떻게 한 거야?" 마치 자기에게 간섭할 권리가 있기나 한 것처럼!

48장

2월 하순에 접어드는 어느날 랠프 터칫은 영국으로 돌아가기로 마음먹었다. 그런 결정을 내린 자기 나름의 이유가 있는데, 털어놓을 마음은 없는 것 같았다. 귀국할 뜻을 비치자 헨리에타 스택폴은 그 이유를 짐작할 수 있다는 생각에 우쭐해했다. 하지만 입 밖으로 표현하는 것은 삼갔다. 그의 소파 옆에 앉아 있다가 잠시 후 이렇게 말했을 따름이다. "혼자서 갈 수 없다는 건 알고 계시죠?"

"혼자 갈 생각은 아니에요." 랠프가 대답했다. "사람들과 같이 갈 거니까."

"'사람들'이라니요? 급료를 주는 하인들?"

"아," 랠프가 익살맞게 말했다. "어쨌거나 그들도 사람 아닌가?"

"그중에 여자가 한명이라도 있나요?" 스택폴 양이 알고 싶어했다.

"내가 하인을 열두엇이나 부리는 것처럼 말씀하시네. 아뇨, 시중드는 하녀는 없어요."

"그렇군요." 헨리에타가 평온하게 말했다. "그런 식으로 영국에 갈 수는 없어요. 당신은 돌봐줄 여자가 있어야 해요."

"지난 보름 동안 극진히 돌봐주셔서 약효가 오래갈 거예요."

"그걸로는 안돼요. 내가 같이 갈래요." 헨리에타가 말했다.

"나랑 같이 간다고요?" 랠프는 소파에서 천천히 몸을 일으켰다.

"그래요, 날 좋아하지 않는다는 걸 알지만, 그래도 같이 가려고요."

랠프는 잠시 그녀를 바라보다가 천천히 몸을 다시 기댔다. "난 당신이 정말 좋아요." 그가 잠시 뜸을 들이다 말했다.

그녀로서는 흔치 않은 웃음을 터뜨렸다. "그런 식으로 제 환심을 살 수 있다고 생각하시면 곤란하죠. 제가 함께 갈 거고, 게다가 돌봐주기도 할 거예요."

"당신은 아주 좋은 여자요." 랠프가 말했다.

"그 말은 집에 무사히 모셔다 드린 다음 듣도록 하죠. 쉬운 일은 아닐 테지만, 그래도 가는 게 낫겠어요."

그녀가 작별을 하기 전에 랠프가 말했다. "정말 날 데려다줄 생각이에요?"

"그럼요, 한번 해보려고요."

"그렇다면 제가 명령에 따를 것임을 알려드리지요. 아, 따르다마다!" 그리고 몇분 후 그녀가 그를 혼자 남겨두고 떠나자 큰 소리로 한바탕 웃음을 터뜨린 것도 아마 명령에 따르겠다는 표시이리라. 스택폴 양의 진두지휘를 받아 유럽 횡단 여행을 하게 되었다는 사실이 너무나 비논리적으로 느껴졌다. 이것은 랠프가 자신의 모든 기능을 양위했고, 모든 의지의 행사를 포기했다는 결정적인 증거였다. 그리고 정말 희한하게도 여행이 기대되었다. 그는 감사한 마음으로, 유쾌하게 순응했다. 빨리 떠나고 싶은 마음까지 들었다. 그리고 실제로 자기 집이 정말 다시 보고 싶어졌다. 모든 것의 끝이 다가왔다. 손만 뻗으면 목표물에 닿을 것만 같았다. 하지만 그는 집에 가서 죽고 싶었다. 이것이 그에게 남은 유일한 소망이었다. 누워 있는 아버지를 마지막으로 본 그 넓고 고요한 방에서 몸을 쭉 뻗고 여름날 새벽에 눈을 감고 싶었다.

같은 날 캐스퍼 굿우드가 그를 만나러 왔다. 랠프는 손님에게 스택폴 양이 책임지고 자기를 영국으로 데리고 갈 예정이라고 말했다. "아, 그럼," 굿우드가 말했다. "전 무용지물이 되겠네요. 저도 오즈먼드 부인에게 당신과 동행하겠다고 약속했거든요."

"하느님 맙소사, 오늘이 내 생일이네. 모두 너무 친절하십니다."

"제 경우 친절은 오즈먼드 부인에게 베푸는 거지 당신과는 무관합니다."

"그렇다면 그 점을 감안해서, '부인'이 친절하다고 해두죠." 랠프가 말했다.

"당신과 같이 가게 만들었다고요? 그래요, 그것도 일종의 친절입니다." 굿우드는 그의 농담을 받지 않고 대답했다. "그런데 저로 말하자면," 그가 덧붙였다. "스택폴 양과 단둘이 가느니 당신과 스택폴 양, 이렇게 함께 떠나는 편이 낫다고 말씀드릴 수는 있겠네요."

"하지만 어느 쪽이든 떠나는 것보다는 여기 남고 싶겠지요." 랠프가 말했다. "당신까지 따라나설 필요는 없어요. 헨리에타는 대단히 유능해요."

"그건 잘 압니다. 하지만 오즈먼드 부인에게 약속했습니다."

"그거야 없던 일로 하자면 그만이죠."

"절대 없던 일로 해주지 않을걸요. 오즈먼드 부인은 제가 당신을 돌봐주기를 바라기도 하지만, 그게 주목적이 아니거든요. 주목적은 제가 로마를 뜨게 만드는 겁니다."

"아, 너무 많은 의미를 부여하시네요." 랠프가 제안했다.

"제가 지겨운 거죠." 굿우드가 말을 이었다. "제게 할 말이 없으니까 그런 핑계를 만드는 겁니다."

"아, 오즈먼드 부인의 편의를 위해서라면 물론 당신을 끌고 가야겠군요. 어떻게 편의가 되는지 알 수가 없지만." 랠프가 잠시 후 덧붙였다.

"그래요," 캐스퍼 굿우드가 단순하게 말했다. "제가 부인을 관찰한다고 생각하거든요."

"관찰한다고요?"

"그녀가 행복한지 알아내려고 한다고요."

"그건 알아내기 쉽죠." 랠프가 말했다. "겉으로 드러나기로는 내가 아는 가장 행복한 여자입니다."

"바로 그렇지요. 확인했습니다." 굿우드가 건조하게 대답했다. 하지만 그런 건조함에도 불구하고 그는 할 말이 더 있었다. "저는 그녀를 지켜봤어요. 옛 친구로서 그럴 권리가 있는 것 같았습니다. 그녀는 행복한 척해요. 그렇게 하려고 작심했어요. 그리고 그게 뭘 의미하는지 제 눈으로 보고 싶었어요." 말을 이어가는 그의 목소리에 거친 울림이 있었다. "그런데 이제 더이상 보고 싶지 않습니다. 이젠 떠나고 싶습니다."

"나도 불현듯 당신이 떠나야 할 때라는 생각이 드는걸요?" 랠프가 대꾸했다. 그리고 이것이 두 신사가 이저벨 오즈먼드에 관해 나눈 유일한 대화였다.

헨리에타는 떠날 준비를 했다. 그런데 피렌쩨에서 방문을 받은 답례로 제미니 백작 부인이 숙소로 찾아왔는데, 스택폴 양은 출발 준비의 일환으로 그녀에게 몇마디 해둘 필요가 있다고 생각했다.

"워버턴 경 이야기는 아주 잘못 짚으셨어요." 그녀가 백작 부인에게 말했다. "알고 계셔야 할 거 같아서요."

"그 사람이 이저벨에게 구애한다고 말한 거요? 딱하시기도 해라. 하루에 세번씩 그 집에 왔다니까요. 그 사람은 오간 흔적을 남겼어요." 백작 부인이 큰 소리로 말했다.

"조카따님과 결혼할 마음이 있었나봐요. 그러니까 집에 왔던 거죠."

백작 부인은 빤히 쳐다보다가 무례한 웃음을 터뜨렸다. "이저벨이 그렇게 말하던가요? 그렇고 그런 이야기치고는 그럴듯하네요. 우리 조카와 결혼할 마음이 있다면 대체 왜 그러지 않은 건가요? 결혼반지를 사러 갔나보죠. 그래서 제가 떠나고 난 다음, 내달에나 돌아오려나."

"아니요, 워버턴 경은 돌아오지 않아요. 오즈먼드 양이 결혼하고 싶지 않다고 했대요."

"아주 편리하군요. 걔가 이저벨을 퍽 좋아한다는 건 알았지만, 그 정도까지 밀고 나갈 줄은 몰랐네."

"무슨 말씀인지 모르겠네요." 헨리에타는 백작 부인이 기분 나쁠 정도로 비꼰다는 생각에 쌀쌀맞게 응수했다. "전 제 생각을 고수할 수밖에 없네요. 이저벨은 워버턴 경이 딴맘 먹게 부추긴 적이 절대로 없다고요."

"그렇다고 쳐요. 우리가 내막을 어떻게 알겠어요. 우리가 아는 건 오즈먼드가 무슨 일이든 할 수 있는 사람이라는 것뿐이에요."

"댁의 오빠가 뭘 할 수 있는 사람인지 저는 몰라요." 헨리에타가 근엄하게 말했다.

"이저벨이 워버턴 경을 부추겼다고 뭐라고 하는 게 아니에요. 왜 보내버렸느냐는 거지. 전 정말 그 사람을 만나고 싶었는데. 제가 그 사람의 관심을 사로잡을 거라고 생각한 걸까요?" 백작 부인은 뻔뻔스럽게 우겨댔다. "어쨌든, 이저벨은 그 사람을 놓아버리지 않았어요. 그게 느껴지는걸요. 그 집에는 도처에 그가 있어요. 분위기에 배어든걸요. 아, 그래요, 그 사람은 흔적을 남겼어요. 그 사람 다시 나타날 게 분명해요."

"글쎄요," 헨리에타가 『인터뷰』지의 기자로 성공하게 만든 영감이 작동해 이렇게 말했다. "그 사람이 이저벨과 잘 안됐지만 당신과는 잘될 수도 있겠네요."

그녀가 랠프에게 동행 제안을 했다고 말하자 이저벨은 그보다 자기를 더 기쁘게 할 일은 없으리라고 답했다. 랠프와 헨리에타가 실제로는 서로를 이해하게 될 거라는 믿음이 늘 있었다고도 했다. "네 사촌 오빠가 날 이해하느냐 여부는 관심이 없어." 헨리에타가 말했다. "중요한 건 그가 객차에서 죽어선 안된다는 거야."

"그렇게 돼서는 안돼." 그렇게 믿고 싶은 이저벨이 고개를 저었다.

"내 힘이 닿는 한 그렇게 되지는 않을 거야. 넌 우리 모두가 떠나기를 원하네. 뭘 하려고 그러는지 모르겠다."

"난 혼자 있고 싶어." 이저벨이 말했다.

"집에 그렇게 사람이 드나드는데 그럴 수 없을 거야."

"아, 그건 희극의 일부야. 너나 다른 사람들은 관객이지."

"이저벨 아처, 넌 그걸 희극이라고 하니?" 헨리에타는 정색을 하며 물었다.

"비극이라고 해도 좋아. 모두들 날 쳐다보고 있어. 난 그게 불편해."

헨리에타는 한참 동안 그녀를 바라보다가 갑자기 소리를 질렀다. "넌 짙은 그늘 속으로 숨어든 상처 입은 사슴 같아. 아, 널 보면 딱 대책이 없다는 느낌이 와!"

"대책이 없진 않아. 나도 하려고 하는 일이 많이 있어."

"네가 아니라 내 이야기야. 마음먹고 여기까지 왔는데, 널 그냥 그대로 두고 가다니 그게 정말 싫어."

"그러지 마. 네가 와서 얼마나 기운이 났는데." 이저벨이 말했다.

"시시한 청량음료였겠지. 시큼한 레모네이드! 하나만 약속해줘."

"그건 못해. 난 다시는 약속 같은 건 안하기로 했어. 사년 전에 아주 엄숙하게 약속했는데, 정말이지 잘 지키지 못했어."

"용기를 북돋아줄 사람이 없었잖아. 이번에는 내가 최대한 도울게. 최악으로 치닫기 전에 남편이랑 헤어져. 그것만 약속해줘."

"최악이라고? 뭘 최악이라고 하는 건데?"

"사람 망가지기 전에 그만두라고."

"내 성품이 망가진다는 뜻이야? 그런 일은 없을 거야." 이저벨이 웃으면서 말했다. "내가 잘 간수하고 있으니까. 그런데 정말 기가 찬다." 그녀가 등을 돌리면서 덧붙였다. "남편과 헤어지라는 말을 그렇게 아무렇게나 하다니. 너 결혼 안했다는 건 누구나 알겠다!"

"그래," 헨리에타가 시비조로 말했다. "미국 서부 도시에는 독신녀가 아주 흔해. 그리고 결국 그곳에 우리의 미래가 있어." 하지만 그녀의 주장이 너무 많은 실타래를 풀어야 할 우리의 이야기와 관련이 있는 건 아니다. 그녀는 랠프 터칫이 지정하는 어떤 열차라도 타고 로마를 떠날 준비가 되어 있음을 알렸고, 랠프도 즉각 기운을 내 출발 준비를 했다. 이저벨은 마지막 순간에 그를 보러 갔다. 그는 헨리에타와 똑같은 말을 했다. 모두 다 떼어버려서 그녀의 기분이 아주 좋아 보인다고.

이에 대한 대답으로 그녀는 손을 다정하게 그의 손에 올려놓고 살짝 웃으면서 낮은 목소리로 이렇게 말했을 따름이었다. "사랑하는 우리 오빠 — !"

이 말은 대답으로 충분했고, 그도 사실상 만족했다. 그래도 그는 계속 익살맞게, 그리고 천진하게 말을 이었다. "생각만큼 너와 많은 시간을 보내지는 못했지만, 전혀 못 본 거보다는 낫지. 게다가 너에 관한 이야기를 많이 들었거든."

"병석에 누워서 누구한테 이야기를 들었는지 모르겠네."

"하늘에서 목소리가 들리던걸! 아, 누구에게 들은 건 아냐. 난 다른 사람들이 네 이야기를 못하게 하니까. 사람들은 언제나 널 '매력적'이라고 하는데, 너무 김빠진 말이잖아."

"물론 오빠랑 좀더 많이 만났으면 좋았을 텐데." 이저벨이 말했다. "하지만 결혼을 하고 나면 할 일이 너무 많아져요."

"다행히도 난 결혼을 안했지. 네가 영국에 오면 총각의 자유를 한껏 발휘해 널 즐겁게 해주마." 그는 다시 만날 게 확실한 듯 이야기를 계속했고, 그런 가정을 거의 지당하게 만드는 데 성공했다. 여생이 얼마 남지 않았다는 것, 여름을 넘기지 못하리라는 것에 관해서는 일언반구도 없었다. 그가 그러기로 했다면 이저벨도 그럴 용의가 있었다. 굳이 대화를 그 방향으로 몰고 가지 않더라도 현실은 충분히 명백했다. 이전에도 그렇게 하는 게 나을 뻔했다. 하지만, 다른 일에서 그렇듯이 이 경우에도 랠프는 자기중심적이지 않았다. 이저벨은 그의 귀국 여정에 관해서, 어떤 역을 기점으로 여정을 나눠야 할지, 어떤 예방책을 마련해야 할지 이야기했다. "헨리에타가 최대의 예방책이야." 그가 말을 이었다. "그 친구의 책임감은 탁월해."

"분명히 아주 세심하게 챙겨줄 거예요."

"세심할 거라고? 계속 세심하게 챙겨준걸! 오로지 자기 의무라고 생각하기 때문에 동행을 자청한 거야. 그게 의무감의 새로운 정의가 아니면 뭐겠니."

"맞아요, 아주 관대한 의무감이에요." 이저벨이 말했다. "그리고 날 몹시 부끄럽게 만들어요. 내가 오빠랑 같이 가야 하는 건데."

"네 남편이 좋아하지 않을 거야."

"그래요, 안 좋아할 거예요. 그래도 가려고 마음먹으면 못 갈 것도 없지."

"네 대담한 상상력에 가슴이 철렁할 지경이다. 내가 부부 싸움의 원인이 된다고 상상해봐라!"

"그래서 안 가는 거예요." 이저벨이 간결하지만 명료하지는 않게 말했다.

하지만 랠프는 충분히 알아들었다. "그렇겠지. 네 말대로, 해야 할 그 많은 일들을 생각하면 그렇겠지."

"그래서가 아니에요. 난 겁이 나." 이저벨이 말했다. 잠시 말을 끊은 이저벨은 그보다는 자신을 향해 말하듯 반복했다. "난 겁이 나."

랠프는 그녀가 무슨 뜻으로 하는 말인지 분간할 수 없었다. 이상할 만큼 의도적이면서 감정이 완전히 배제된 것처럼 들렸기 때문이다. 그녀는 유죄 판결을 받지도 않은 과오를 공개적으로 참회하려고 하는 걸까? 아니면 더 명료한 자기분석을 시도하려는 것뿐일까? 어쨌든 랠프는 그렇게 손쉬운 기회를 놓칠 수 없었다. "남편이 겁나는 건가?"

"나 자신이 겁나!" 그녀는 일어서면서 말했다. 그렇게 잠시 서 있더니 이렇게 덧붙였다. "남편을 두려워한다면 그건 내 의무일 따름이죠. 그걸 부덕婦德이라고들 하잖아요."

"아, 그래," 랠프가 웃었다. "하지만 그에 대한 보상으로 아내를 무척 두려워하는 남자들도 있어!"

그녀는 이런 농담을 흘려듣더니 갑자기 화제를 바꿨다. "헨리에타가 일행을 이끌게 되면," 그녀가 불쑥 큰 소리로 말했다. "굿우드 씨는 할 일이 없겠네."

"아, 내 사랑하는 이저벨," 랠프가 말했다. "그는 그런 데 익숙해졌어. 굿우드 씨는 할 일이 없어."

그녀는 얼굴을 붉히고 가봐야 한다고 얼른 덧붙였다. 그들은 두 손을 맞잡고 잠시 함께 서 있었다. "오빠는 나의 가장 좋은 친구예요."

"내가 살기를, 살기를 원한 건 너 때문이었어. 하지만 난 네게 아무 쓸모가 없구나."

그러자 그를 다시 만날 수 없을지도 모른다는 생각에 그녀는 가슴이 더 저려왔다. 이것이 마지막일 수는 없었다. 이런 식으로 그와 작별할 수는 없다. "오빠가 오라고 하면 갈게요." 그녀가 마침내 말했다.

"네 남편이 동의하지 않을 거야."

"아, 아니에요, 내가 어떻게 해볼 수 있어요."

"그걸 내 마지막 낙으로 삼으마." 랠프가 말했다.

이에 대한 대답으로 그녀는 그냥 그에게 키스했다. 이날이 목요일이었고, 그날 저녁에 캐스퍼 굿우드는 빨라쪼 로까네라에 왔다. 일찍 도착한 손님 중 하나인 그는 아내의 만찬모임에 거의 언제나 자리를 지키는 길버트 오즈먼드와 대화를 나눴다. 같이 자리를 잡고 앉자, 말이 많고, 수다스럽고, 화제가 풍부한 오즈먼드는 지적 유희를 즐길 기분에 들떠 있는 듯 보였다. 그는 한가롭게 잡담을 하면서 다리를 꼬고 등을 의자에 기댔고, 반면에 활기라곤 없는 굿우드는 좌불안석, 모자를 만지작거리면서 앉아 있는 작은 소파를 삐걱거리게 만들었다. 오즈먼드의 얼굴에는 기민하고 공격적인 웃음기가 배어 있었다. 좋은 소식으로 활력을 얻은 사람 같았다. 그는 굿우드에게 더이상 그를 손님으로 맞이할 수 없게 돼 섭섭하다고 했다. 그로서는 굿우드 씨가 특히 보고 싶을 거라고 말했다. 만나는 사람 중에 지적인 남자가 거의 없다. 로마에는 지적인 남자가 놀랄 정도로 드물다. 꼭 다시 찾아주셔야 한다. 자기처럼 이딸리아에 틀어박혀 있는 사람에게 진정한 외부인과 이야기를 나누는 건 뭔가 아주 신선한 경험이었다.

"나는 로마가 아주 좋아요." 오즈먼드가 말했다. "하지만 그런 미신을 믿지 않는 사람을 만나는 것만큼 유쾌한 일도 없지요. 어쨌거나 현대 세계는 아주 훌륭합니다. 그런데 굿우드 씨는 철저히 현대적이면서 전혀 평범하지 않아요. 주변에서 보는 수많은 현대인들은 보잘것없는 작자들이거든요. 그자들이 미래를 이끌어간다면 일찍 죽어버리는 게 낫다는 생각이 듭니다. 물론 옛날 사람들도 지겨울 때가 많지요. 내 처와 나는 진짜 새로운 것이면 ─ 그냥 그런 척하는 게 아니라 ─ 모두 좋아합니다. 그런데 불행하게도 무지와 우둔함이 새로울 건 없지요. 우리는 그런 것들이 진보와 빛의 계시로서 스스로를 드러내는 꼴들을 무수히 봅니다. 통속성의 계시죠! 정말이지 새로운 종류의 통속성이 생겨났습니다. 예전에는 그런 게 없었어요. 실제로 금세기 이전에는 통속성이 전혀 없었습니다. 지난 세기에도 여기저기서 희미하게 위협이 감지되기는 했지만, 오늘날에 와서는 통속의 분위기가 너무도 만연해서 섬세함은 말 그대로 알아볼 수조차 없게 됐죠. 자, 우리는 굿우드 씨를 좋아했거든요 — "이렇게 말하고 그는 잠시 머뭇거리더니 자기 손을 살짝 굿우드의 무릎에 올려놓고, 자신감과 어줍음이 뒤섞인 미소를 지었다. "제가 아주 무례하고 건방진 말을 할 작정인데, 실례를 무릅쓰고라도 말씀을 드려야만 하겠어요. 우리는 굿우드 씨를 좋아했어요. 왜냐하면 — 왜냐하면 미래와 조금 화해하게 해주었거든요. 선생 같은 분이 여러 명 있다면, 그럼 굉장한 거죠![33] 이건 내 생각일 뿐만 아니라 아내를 대변해서 하는 말입니다. 그 사람이, 내 아내가, 날 대변하는데, 내가 아내를 대변 못할 게 뭐 있나요? 우리는 바늘 가는 데 실 가듯 일심동체지요. 하신 말씀으로 미뤄보면 직업이 — 음 — 상업 쪽인 듯한데, 지나친 추정인가요? 상업이라는 직종은 위험이 따르지요. 하지만 선생께서 그런 위험을 피해갔다는 사실이 놀라운 겁니다. 몹쓸 취향의 하찮은 찬사를 용서하시길. 아내가 이런 말을 듣지 못하는 게 다행이군요. 내 말은 선생께서 — 뭐랄까 — 내가 방금 언급한 그런 존재가 될 수도 있었다는 겁니다. 미국이라는 세계 전체가 굿우드 씨를 그렇게 만드는 데 공모했어요. 하지만 선생께서는 저항했고, 선생의 뭔가가 스스로를

----

33 (프) à la bonne heure!

구원했습니다. 그럼에도 너무나, 너무나 현대적이에요. 내가 아는 한 가장 현대적인 분이에요! 언제라도 다시 만날 수 있다면 기쁠 겁니다.”

오즈먼드의 기분이 좋다고 말했는데, 이런 말들이 그 사실을 충분히 입증하리라. 평소 마음 내켜 그럴 때보다 훨씬 더 친근하게 굴었고, 캐스퍼 굿우드가 좀더 주의를 기울였다면, 엉뚱한 사람이 섬세함을 옹호하고 나선다고 생각했으리라. 그러나 오즈먼드는 자신이 뭘 하고 있는지 아주 잘 알고 있었다. 기질에 맞지 않게끔 그가 투박하게 윗사람연하는 말투였다면 이렇게 장난칠 만한 좋은 이유가 있었기 때문이었다. 그가 어떤 식으로든 입발림하고 있다는 게 막연하나마 굿우드의 느낌이었다. 하지만 어디다 써먹으려고 이렇게 뒤섞어 둘러대는 건지 알지 못했다. 사실 오즈먼드의 말이 귀에 들어오지 않았다. 그는 이저벨과 단둘이 있고 싶었고, 완벽한 높낮이를 유지하는 그 남편 목소리보다 그런 생각이 머릿속에서 더 크게 울렸다. 그는 이저벨이 다른 사람들과 이야기하는 걸 보고, 언제 그녀가 한가해질까, 다른 방 중 하나로 가자고 해도 될까 궁리했다. 그는 오즈먼드처럼 기분이 좋지 않았다. 사물에 대한 그의 의식에는 무지근한 분노가 자리 잡고 있었다. 지금까지 오즈먼드가 개인적으로 싫지는 않았다. 그가 아주 박식하고 정중한 데다 이저벨 아처가 결혼할 만한 남자로 머리에 그려본 것보다 더 훌륭하다고 생각했다. 이 집 주인은 공개적인 경쟁에서 크게 이겼지만, 그런 이유로 그를 깎아내리기에는 굿우드의 페어플레이 정신은 너무 확고했다. 그렇다고 그를 좋게 보려고 적극적으로 노력한 건 아니었다. 벌어진 사태를 어렵사리 받아들인 지금에 와서조차 그렇게 좋게 보려는 건 지나치게 감상적인 아량을 베푸는 꼴인

바, 굿우드는 그럴 수 없었다. 굿우드는 오즈먼드를 남아도는 여가를 주체 못해 세련된 대화를 즐기는 아마추어적인 재사ᅥᆨ士로 생각했다. 어쨌든 굿우드는 그를 절반만 믿었다. 오즈먼드가 도대체 뭣 때문에 자기에게 그따위 세련미를 과시하는가를 조금도 이해할 수 없었다. 자신만의 즐거움을 위해 그런다는 의심이 들었고, 이것이 승리에 도취한 그의 적수가 기질상 도착적이라는 인상을 전체적으로 강화했다. 물론 오즈먼드가 그에게 해코지할 이유가 없다는 사실은 알았다. 위협적인 존재가 아니니 말이다. 유리한 고지를 모두 차지한 마당이니 모든 걸 다 잃은 사람에게 친절하게 대할 수 있었던 것이다. 때로 굿우드는 그가 죽어버렸으면 하는 냉혹한 소원을 빌었고, 심지어 그를 죽여버리고 싶기도 했다. 하지만 오즈먼드가 그걸 알 리는 없었다. 오늘날까지 끊임없는 연습으로 이 젊은이는 어떤 강렬한 감정도 느끼지 않는 사람처럼 자신을 보이게 하는 기술을 익혔다. 자신을 속이기 위해 이 기술을 연마했지만, 다른 사람들을 먼저 속이게 되었다. 게다가 제한적인 성공밖에는 거두지 못했다. 오즈먼드가 위임이라도 받은 듯이 아내의 느낌과 생각을 대변할 때 그의 영혼을 사로잡는 강렬한 무언의 분노만큼 그 점을 잘 보여주는 것도 없었다.

　오늘 저녁 집주인이 그에게 하는 말 중에서 귀에 들어오는 건 그뿐이었다. 오즈먼드가 빨라쪼 로까네라를 지배하는 부부간의 화합을 평소보다도 더 강조해서 입에 올린다는 느낌이 들었다. 그는 어느 때보다도 그와 아내가 만사에 유쾌한 화합을 이루며, 둘 다 '우리'라고 말하는 게 '나'라고 말하는 만큼이나 자연스러운 듯이 용의주도하게 말을 골라 했다. 이 모든 것에는 우리의 가엾은 보스턴 친구를 어리둥절케 하고 화나게 만드는 어떤 저의 같은 게 있었다. 오즈먼드 부인의 부부관계가 자기의 관심사가 아니라는 생각을 위안으로 삼을 따름이었다. 오즈먼드가 자기 부인과의 관계를 왜곡한다는 증거는 없었고, 그녀를 겉으로 보고 판단한다면 삶을 즐기고 있다고 믿을 수밖에 없었다. 그녀는 아주 사소한 불만의 낌새도 굿우드에게 드러내지 않았다. 스택폴 양은 이저벨이 미망에서 깨어났다고 했지만, 신문기사를 쓰다보니 선정적으로 흐른 것이다. 조간 뉴스³⁴를 너무 좋아하게 된 것이다. 게다가 스택폴 양은 로마에 도착하고부터는 극도로 말을 아꼈다. 그를 향해 손전등 비추기도 거지반 그만두었다. 사실 그런 일이 그녀의 양심에 상당히 걸렸다고 말해야 하리라. 이저벨이 어떤 상황에 처했는지 진실을 알게 된 지금, 스택폴 양은 침묵하는 게 맞다는 생각을 했다. 이저벨의 상황을 개선하기 위해 뭘 하든 옛 연인에게 그녀가 부당한 대우를 받고 있다고 선동하는 게 가장 유용한 형태의 도움은 아닐 테니 말이다. 스택폴 양은 굿우드 씨의 감정 상태에 계속 깊은 관심을 보였다. 하지만 지금은 미국 신문에서 고르고 골라 발췌한 기사들—유머러스한 것도 있고 그렇지 않은 것도 있었다—을 보내는 걸로 자신의 관심을 표시했다. 그녀는 우편물이 배달될 때마다 딸려오는 여러종의 신문을 언제나 손에 가위를 들고 읽었다. 그렇게 자른 기사들을 굿우드 씨의 주소가 적힌 봉투에 넣어 호텔에 직접 배달하곤 했다. 그는 그녀에게 이저벨에 관해 한마디도 묻지 않았다. 자기 눈으로 보려고 오천 마일을 건너온 게 아닌가? 그러므로 그는 오즈먼드 부인이 불행하다고 생각할 권한을 조금도 인정받지 못했다. 하지만 권한이 주어지지 않았다는 바로 그 점이—

────────────

34 조간 뉴스는 오보의 위험이 있다는 의미임.

그녀에게 더이상 관심이 없다는 것이 그의 지론임에도 — 그녀에 관한 한 그에게 미래가 없음을 인정해야 하는 게 더 가혹하게 느껴졌다. 그는 사실을 확인했다는 만족스러움조차도 누리지 못했다. 이저벨이 불행해졌어도 그녀를 존중할 거라는 믿음을 그가 얻지 못한 게 분명했다. 굿우드는 절망했고 무력했고 아무런 쓸모도 없었다. 이저벨은 그렇게 쓸모없다는 사실에 주목하게 만들어 그가 로마를 뜨게끔 교묘한 계획을 세웠다. 굿우드는 랠프를 위해 할 수 있는 일을 해주는 데 반대할 생각이 없었다. 하지만 이저벨이 그에게 할 수도 있었을 수많은 부탁 중에서 일부러 그런 부탁을 했다는 생각을 하면 치가 떨렸다. 그가 로마에 남아 있을 위험성은 전혀 없었다.

오늘밤 그의 머릿속에서는 내일 이저벨의 곁을 떠나야 하고 그녀가 그를 원치 않는다는 점을 빼고는 이곳에 와서 얻은 게 없다는 사실만 맴돌았다. 오즈먼드 부인에 관해서는 아무것도 알게 된 게 없었다. 그녀는 침착했고, 수수께끼 같았고, 꿰뚫어볼 수 없었다. 그토록 받아들이기 힘들었던 옛날의 고통이 다시 목구멍으로 치밀어올랐고, 실망감이 죽을 때까지 지속될 것임을 절감했다. 오즈먼드는 계속 말을 이어갔고, 굿우드는 그가 아내와의 완벽한 친밀감을 다시 언급하고 있음을 어렴풋하게나마 의식했다. 순간적으로 이 작자가 악마적인 상상력을 가진 게 아닌가는 생각이 들었다. 악의가 아니라면, 그토록 이례적인 화제를 고르는 건 불가능했기 때문이다. 하지만 그가 악마적이든 그렇지 않든, 그녀가 남편을 사랑하든 말든 결국 무슨 상관이랴? 그녀가 남편을 죽도록 증오하더라도 그 자신을 위해 조금도 득 될 게 없을 테니까. "그런데 랠프 터칫과 함께 떠나신다고요?" 오즈먼드가 말했다. "그럼 천천히 움직이시게 되겠네요?"

"잘 모르겠습니다. 그가 원하는 대로 할 작정입니다."

"정말 아량이 넓으시군요. 대단히 감사하게 생각하고 있습니다. 이 말은 꼭 해야겠어요. 제 아내가 감사의 마음을 전했으리라 믿습니다만. 터칫은 겨울 내내 우리의 마음을 무겁게 했습니다. 로마를 영영 못 떠나겠구나 싶은 순간들이 여러번 있었지요. 애초에 와서는 안되는 거였어요. 그런 건강 상태로 여행하는 건 분별없는 행동보다 더 고약해요. 일종의 무례죠. 저라면 세상을 준다고 해도 터칫이 우리 부부에게 한 것처럼 폐를 끼치는 일은 하지 않았을 겁니다. 다른 사람들이 그를 불가불 돌봐야 하는데, 모두 굿우드 씨처럼 아량이 넓은 건 아니니까요."

"저는 따로 할 일도 없습니다." 굿우드가 건조하게 말했다.

오즈먼드는 잠깐 곁눈질로 그를 바라보았다. "결혼을 하셔야지요. 그럼 할 일이 많이 생깁니다. 그럴 경우 이런 자선을 베풀 여유는 거의 없게 되지요."

"결혼 후에 하실 일이 늘어난 모양이지요?" 젊은이가 기계적으로 물었다.

"아, 결혼했다는 것 자체가 일이거든요. 언제나 바쁘다는 뜻은 아닙니다. 가만있을 때도 많습니다. 그런데 그게 신경은 더 쓰이지요. 그리고 아내와 저는 많은 일을 같이 하거든요. 책도 같이 읽고, 공부도 하고, 연주도 하고, 산책을 하거나 마차로 나들이도 합니다, 서로 처음 알게 되었을 때처럼 아직도 대화를 많이 나누지요. 지금까지도 아내와 대화하는 걸 즐깁니다. 사는 게 지루해지시면 제 충고대로 결혼하세요. 아내가 정말 지겨워질 수도 있어요. 하지만 당신이 지루할 일은 없을 겁니다. 언제나 자신에게 할 말이, 언제나 생각할 거리가 있을 테니까요."

"전 지루하지 않습니다." 굿우드가 말했다. "생각할 거리도 많고, 나 자신에게 할 말도 많습니다."

"다른 사람보다는 자신에게 할 말이 더 많으시군요!" 오즈먼드가 가볍게 웃으며 외쳤다. "다음 행선지는 어디신지? 터칫을 본래의 보호자에게 인도하고 나서 말입니다. 그 친구 어머니가 드디어 간호하러 오나봅니다. 그 작은 숙녀분, 정말 대단해요. 당신의 의무를 끝까지 소홀히 한다니까 ─! 여름을 영국에서 보낼 수도 있겠네요."

"모르겠습니다. 아무 계획도 없어요."

"행복한 사나이라니까! 좀 적적하겠지만 아주 자유로우시네요."

"아, 그렇죠, 전 아주 자유롭습니다."

"로마로 돌아오실 만큼 자유롭기를 바랍니다." 오즈먼드가 들어오는 새로운 손님들을 보면서 말했다. "기억해두세요. 다시 오시면 우리가 꼭 뵙기를 바란다는 사실을!"

굿우드는 일찍 가려고 했지만, 여럿이 모여 함께 이야기할 때를 빼면 자리가 파할 때까지 이저벨에게 말할 기회가 없었다. 그녀가 그를 피하는 데는 어딘지 완강한 구석이 있었다. 억누를 수 없는 분노 때문에 그는 의도의 기미가 보이지 않는 데서 의도를 읽어냈다. 의도가 전혀 없는 것처럼 보였다. 그와 눈길이라도 마주치면 오즈먼드 부인은 붙임성 있는 밝은 미소로 이리 와서 손님 접대를 도와달라고 요청하는 것처럼 보이기까지 했다. 하지만 그는 그런 제안이 거북하고 짜증스러웠다. 그는 주위를 둘러보며 기다렸다. 안면이 있는 몇몇 사람들과 대화를 나눴고, 그들은 그가 앞뒤 안 맞는 이야기를 하는 걸 처음 보았다. 이건 정말이지 캐스퍼 굿우드로서는 드문 일이었다. 그가 남의 말을 반박하는 적은 종종 있어도 말이다. 빨라쪼 로까네라에서는 자주 음악을 연주했는데, 상당한 수준이었다. 음악을 듣는 척하면서 그는 겨우 감정을 억눌렀다. 그러나 파티가 끝날 무렵, 사람들이 작별인사를 나누기 시작하자 그는 이저벨에게 다가가 낮은 목소리로 아무 방이나 들어가서 말 좀 나눌 수 있겠느냐고 물었다. 그는 이미 비어 있는 방을 확인했다. 오즈먼드 부인은 그의 청에 응하고 싶지만, 정말 그럴 수 없는 상황이라는 듯이 미소를 지었다. "그럴 수 없을 것 같아요. 손님들에게 인사를 해야 하니까 보이는 데 있어야 해요."

"그럼 저 사람들이 다 갈 때까지 기다리겠소."

그녀는 잠시 주저했다. "아, 그러면 아주 좋겠어요!" 오즈먼드 부인이 말했다.

그리고 시간이 오래 걸렸지만 그는 기다렸다. 방 저쪽 카펫에 들러붙은 듯한 사람들이 몇명 있었다. 자정이 되어야 비로소 정신이 말짱해진다는 제미니 백작 부인은 파티가 파장이라는 생각을 전혀 하지 않는 것 같았다. 그녀는 아직도 한 무리의 신사들과 같이 벽난로 앞에 있었는데, 그들은 시시때때로 한목소리로 웃음을 터뜨렸다. 오즈먼드는 사라졌다. 그는 사람들에게 작별인사를 하는 법이 없었다. 그리고 백작 부인이 저녁 이 시간이면 늘 그러하듯이 활동 범위를 넓히고 있었기 때문에 이저벨은 팬지에게 잠자리에 들라고 했다. 이저벨은 조금 떨어져 앉았다. 그녀 또한 올케가 낮은 목소리로 대화를 나눴으면, 마지막까지 빈둥거리는 사람들이 조용히 떠나줬으면, 바라는 것 같았다.

"이제 이야기를 나눠도 될까요?" 굿우드가 이윽고 그녀에게 물었다.

그녀는 웃으면서 곧바로 일어섰다. "그럼요, 괜찮다면 다른 데로 가요." 백작 부인과 그 패거리들을 남겨두고 빈방으로 들어가 잠시 동안 둘 다 아무 말도 하지 않았다. 이저벨은 앉지 않았다. 그녀는 방 가운데 서서 천천히 부채질을 했다. 그녀는 다른 사람들과 마찬 가지로 그에게도 스스럼없이 우아하게 대했다. 그녀는 굿우드가 말하기를 기다리는 것 같았다. 이제 그녀와 단둘이 남자, 억누르지 못한 격정이 그의 오감을 덮쳐 눈이 윙윙거리면서 현기증이 났다. 환하고 텅 빈 방이 어둑하고 희미해졌고, 펄럭이는 베일 사이로 그녀가 자기 앞에서 어른거리는 모습을 입술을 벌린 채 어렴풋이 빛 나는 눈으로 바라보았다. 좀더 분명히 볼 수 있었다면 그녀가 억지 웃음을 짓고 있음을 — 그녀가 그의 얼굴에서 본 것에 겁을 집어먹 었음을 — 알아차렸을 것이다. "작별인사를 하시려는 거죠?"

"그래요, 하지만 하고 싶지 않소. 로마를 떠나고 싶지 않소." 그는 거의 애처로울 정도로 솔직하게 대답했다.

"물론 그러시겠죠. 정말 좋은 일 해주신 거예요. 친절에 얼마나 감사한지 말로 다 할 수 없어요."

그는 잠시 침묵을 지켰다. "그런 몇마디 말로 날 가게 만드는군."

"언젠가 다시 오세요." 그녀가 명랑함을 가장해 대꾸했다.

"언젠가? 가능한 한 오랜 시간이 흐른 후라는 뜻이겠지."

"아, 아니에요, 그런 뜻으로 말하지 않았어요."

"그럼 무슨 뜻이오? 이해가 안되는군! 하지만 가겠다고 했으니 갈 거요." 굿우드가 덧붙였다.

"언제라도 오고 싶을 때 오세요." 짐짓 가볍게 이저벨이 말했다.

"당신 사촌 오빠는 조금도 관심이 없소!" 굿우드가 버럭 소리를 질렀다.

"하고 싶은 말이 그건가요?"

"아니, 아니오, 당신에게 아무 말도 하고 싶지 않소. 묻고 싶은 건 있지만―"그는 잠시 멈추었다가 말했다. "도대체 어떻게 살고 있는 거요?"그는 낮고 빠른 어조로 말했다. 그는 대답을 기다리듯 다시 말을 멈추었다. 하지만 그녀가 아무 말도 하지 않자 말을 이었다. "이해할 수 없소. 당신을 읽어낼 수 없소! 내가 뭘 믿어야 하나―내가 어떻게 생각하면 좋겠소?"그래도 그녀는 더이상 편안한 척하지 않을 뿐 아무 말 없이 서서 그를 바라봤다. "당신이 불행하다고 하던데. 그렇다면 사실을 알고 싶소. 나에겐 중요한 일이오. 하지만 당신은 행복하다고 말하고, 뭐랄까, 너무 고요하고, 너무 매끈하고, 너무 단단하오. 당신은 완전히 변했소. 모든 걸 감추고 있소. 내가 조금도 가까이 갈 수가 없으니."

"아주 가까이 왔어요."이저벨은 상냥하게 말했지만 경고의 말투였다.

"그래도 당신에게 닿을 수 없소! 난 진실을 알고 싶어요. 잘 살고 있는 거요?"

"많은 걸 요구하시네요."

"그렇소, 난 항상 많은 걸 요구했소. 물론 당신은 말해주지 않겠지. 할 수만 있으면 내가 절대로 모르게 하겠지. 내가 상관할 바도 아니고."그는 자제력을 역연히 발휘했고, 남의 감정을 배려할 수 없는 마음 상태지만 사려분별의 모양새를 갖춰 말했다. 하지만 이 것이 그의 마지막 기회였고, 사랑했지만 그녀를 잃었고, 뭐라고 말하든 자기를 바보라고 생각할 거라는 직감이 갑자기 그를 자극해 그의 낮은 목소리에 깊은 울림을 주었다. "당신의 속마음을 전혀 알 수 없소. 그래서 뭔가 숨기는 게 있다는 생각을 하는 거요. 나는 당신 사촌 오빠에게 조금도 관심이 없다고 말했지만, 그렇다고 그 사람이 싫은 건 아니오. 그 사람이 좋아서 내가 같이 가는 건 아니라는 뜻이오. 그가 얼간이라 하더라도 당신이 부탁하면 갔을 거요. 당신 부탁이라면 내일 시베리아라도 갈 거요. 왜 당신은 내가 이곳을 떠나길 바라는 거요? 뭔가 이유가 있는 게 분명하오. 당신 말대로 잘 살고 있다면 내가 여기 있든 말든 무슨 상관이오. 여기 와서 아무것도 못 얻고 돌아가느니 끔찍한 진실이라도 알기 원하오. 진실을 알러 온 건 아니오. 난 상관하지 않을 거라고 생각했소. 당신 생각을 더 하지 않아도 된다는 것을 확인하러 왔소. 그 생각뿐이었으니까 당신이 내가 가기를 원하는 것도 무리가 아니지. 하지만 가야만 한다면, 잠시 내 생각을 말해서 나쁠 게 없겠지. 그렇지 않겠소? 당신 마음이 정말 다쳤다면, 그 남자가 당신을 다치게 했다면, 내가 하는 어떤 말도 당신을 아프게 하지는 않을 거요. 내가 여기에 온 건 당신을 사랑한다고 말하기 위해서요. 다른 이유 때문에 왔다고 생각했지만, 바로 그래서 온 거요. 다시 만날 거라고 생각했다면 이 말은 하지 않았을 거요. 마지막이오. 단 한마디라도 진실을 말해줘요! 내가 이런 말을 할 권리가 없다는 건 잘 알아요. 당신도 내 말을 들을 이유가 없고. 하지만 당신은 듣지 않지. 한번도 귀를 기울인 적이 없소. 언제나 딴생각을 하고 있고. 이 말을 하고 나면 물론 나는 가야만 하오. 적어도 가야 할 이유가 생긴 거지. 당신 부탁은 이유가 못돼요. 진짜 이유가 못돼요. 당신 남편을 봐서는 판단을 내릴 수 없소." 그는 맥락 없이, 거의 종잡을 수 없게 말을 이어갔다. "그 사람 말은 이해할 수 없소. 서로 엄청나게 사랑한다고 내게 말하더군. 왜 그런 말을 내게 하는 거지? 그게 나랑 무슨 상관이라고? 이런 말을 하니 야릇한 표정을 짓는군. 하지만 늘 야릇한 표정이지. 그래, 뭔가 숨기는 게 있어. 내가 상관할 일은 아니지. 맞는 말이오. 하지만 당신을 사랑하오." 캐스퍼 굿우드가 말했다.

그가 말하는 동안 그녀는 야릇한 표정을 짓고 있었다. 오즈먼드 부인은 문가에 눈길을 주고 경고하듯 부채를 들어올렸다. "그동안 처신을 아주 잘하셨는데, 망치지 마세요." 그녀가 나직하게 말했다.

"듣는 사람은 아무도 없소. 뭣 때문에 날 피하려 드는지 의아할 따름이오. 그 어느 때보다도 당신을 더 사랑하오."

"알고 있어요. 가겠다고 했을 때 알았어요."

"당신도 어쩔 수 없었다고―그건 물론 아니지. 당신은 마음만 있으면 할 수 있소. 하지만 불행하게도 그럴 마음이 없소. 내 불행이라는 뜻이오. 난 아무것도 바라는 게 없소. 아무것도 요구하지 않을 거요. 하지만 한가지만 묻고 싶소. 내게 말해줘요―내게 말해줘요―!"

"뭘 말하라는 거죠?"

"내가 당신을 동정해도 되는지."

"그러면 좋겠어요?" 이저벨이 다시 웃으려고 하면서 물었다.

"당신을 동정하는 것? 확실하오. 적어도 그건 내가 뭔가를 하는 게 될 테니까. 내 일생을 거기에 바치겠소."

그녀는 부채를 들었는데, 부채가 눈을 제외하고 얼굴을 전부 가렸다. 그녀의 눈길이 잠시 그의 눈에 머물렀다. "일생을 바치지는 마세요. 하지만 가끔 내 생각을 해줘요." 그리고 그녀는 제미니 백작 부인이 있는 데로 돌아갔다.

49장

마담 멀은 내가 서술한 몇가지 사건이 일어난 목요일 저녁 빨라쪼 로까네리에서 열리는 만찬모임에 모습을 보이지 않았다. 이저벨은 그녀의 불참을 의식했지만 궁금해하지는 않았다. 우정을 키우는 데 도움이 되지 않는 일들이 둘 사이에 일어났는데, 독자의 이해를 돕기 위해 조금 과거로 거슬러 올라갈 필요가 있겠다. 워버턴 경이 로마를 떠난 직후에야 마담 멀이 나뽈리에서 돌아왔다는 사실은 앞서 언급했다. 그녀는 이저벨을 만나자마자 —— 정확히 말하자면 도착하고 곧바로 이저벨을 방문하는 호의를 베푼바 —— 그 귀족이 어디 갔느냐고 물었다. 마치 자신의 다정한 친구가 해명할 의무라도 있는 것처럼.

"제발 그 이야기는 꺼내지 마세요. 최근에 그 사람 이야기를 너무 많이 들었어요." 이저벨은 이것으로 대답을 대신했다.

마담 멀은 항의하는 듯이 고개를 한쪽으로 갸우뚱하면서 왼쪽 입꼬리로 웃어 보였다. "자기는 많이 들었겠지. 그래, 하지만 난 나뽈리에 가 있었다는 걸 알잖아. 여기서 그 사람을 만나고 팬지에게 축하한다고 할 생각이었거든."

"팬지에게는 축하할 일이 있을 수도 있어요. 하지만 워버턴 경과의 결혼을 축하한다고 하지는 마세요."

"무슨 말을 그렇게 해! 내가 이 혼사에 마음을 두고 있는 걸 몰랐어?" 마담 멀은 열을 내서 물었지만 아직은 상냥한 어조를 유지했다.

기분이 상했지만 이저벨도 상냥하게 굴기로 마음먹었다. "그렇다면 나뽈리에 가지 마셨어야죠. 남아서 사태의 추이를 지켜보실 걸 그랬네요."

"자기를 너무 믿었나봐. 그런데 너무 늦은 건가?"

"팬지에게 물어보시는 게 나을 텐데요."

"자기가 걔한테 뭐라고 했는지 물어볼 거야."

이 진술이, 손님의 태도에서 가시를 느낀 이저벨의 편에서 보면, 자기방어적 충동을 정당화하는 듯싶었다. 우리가 알고 있듯이 마담 멀은 여태껏 신중했다. 그녀는 흠을 잡고 나선 적이 없었고, 간섭하는 것처럼 보일까봐 아주 조심했다. 하지만 그것도 이번 일에 나서기 위해 그동안 삼갔을 따름인 게 분명했다. 이제 마담 멀의 눈은 조급하면서 험악하게 빛났고, 그 대단한 평정심도 순화시키지 못한 짜증스러운 기색이 묻어났다. 우리의 여주인공은 팬지의 혼사에 관한 마담 멀의 열광적인 관심을 알지 못했던 터라, 실망감을 감추지 못하는 그녀를 보고 놀라움을 금치 못했다. 실망감을 드러내는 방식이 오즈먼드 부인의 경계심을 불러일으킨 것이다. 어디선지 모르게, 주변의 어스레한 허공에서, 이저벨은 자신을 차갑게 조롱하는 목소리를 어느 때보다도 확실하게 들었다. 그 목소리는, 밝고 강하고 명확하고 세속적인 이 여자가, 현실감각과 친밀감과 존재감의 화신인 이 여자가 자신의 운명을 좌우한 사람이라고 선언했다. 이저벨은 이 여자가 훨씬 더 가까운 곳에 있음을 깨달았고, 이 사실은 오래 그렇게 여겼듯이 즐거운 우연이 아니었다. 남편과 단둘이 은밀하게 앉아 있던 이 놀라운 여자의 모습이 눈에 각인된 그날부터 우연이라는 느낌은 사실 사그라졌다. 아직 의심이 확실히 뿌리를 내리지는 않았다. 하지만 그 장면은 그녀의 친구를 다른 눈으로 바라볼 충분한 근거가 됐고, 그때 느낀 것보다 마담 멀의 과거 행태에 더 큰 의미를 부여하게 됐다. 아, 그래, 저의가 있었어. 저의가 있었던 거야. 이저벨이 이렇게 혼잣말하자 사악한 긴 꿈에서 깨어나는 것 같았다. 무엇이 마담 멀의 의도가 선의가 아님을 절감하게 만들었는가? 가엾은 팬지를 대신해 도발하고 나선 마담 멀의 행동이 불러일으킨 놀라움이 최근에 구체화된 불신과 합쳐진 것 빼고는 아무것도 없었다. 그녀의 힐난에는 처음부터 그에 상응하는 반발을 불러일으키는 뭔가가 있었다. 섬세하고 조심성 있다고 자처하는 친구에게 그간 없다고 생각한 형언하기 힘든 활력이 느껴졌다. 물론 마담 멀은 간섭하는 게 내키지 않는다고 했다. 하지만 간섭할 거리가 없는 한에서만 그랬다. 독자는 여러해 동안 성심껏 돌봐준 마담 멀의 진심을 이저벨이 단지 혐의만 갖고 너무 성급하게 의심한다고 생각할 수도 있다. 정말이지 이저벨은 기민하게 움직였고 그럴 만한 이유도 있었다. 익숙지 않은 사실이 그녀의 영혼에 스며들었기 때문이다. 마담 멀의 관심사는 오즈먼드의 관심사와 일치했다. 그것으로 충분했다. "팬지에게 물어도 지금보다 더 화나게 할 건 없을 거예요." 이저벨은 손님의 마지막 말에 이렇게 대답했다.

"난 조금도 화가 나지 않았어. 어떻게든 상황을 만회해보려는 바람이 있을 뿐이지. 워버턴 경이 완전히 우리 손을 떠났다고 생각해?"

"전 모르죠. 이해가 안 가네요. 상황은 끝났어요. 그대로 그냥 놔두세요. 남편한테 귀가 따갑도록 들어서 더이상 할 말도 들을 말도 없네요. 그 사람은 분명 기꺼이," 이저벨이 덧붙였다. "부인과 이 문제를 상의하려고 들걸요."

"그가 어떻게 생각하는지는 알고 있지. 어제저녁에 날 만나러 왔으니까."

"여행에서 돌아오시자마자요? 그럼 다 알고 계실 테니 저한테 정보를 얻어내려고 애쓸 필요는 없겠네요."

"내가 원하는 건 정보가 아냐. 다만 공감을 원할 따름이지. 난 이 혼사에 마음을 두고 있었어. 그런 생각이 내 상상력을 만족시키거든. 정말 흔치 않은 일이지."

"부인의 상상력은 만족시키겠죠. 하지만 당사자의 상상력은 아닌 것 같더군요."

"물론 내가 당사자가 아니라는 뜻에서 하는 말이겠지. 물론 직접적으로는 아냐. 하지만 나처럼 오랜 친구라면 뭔가 걸려 있다는 생각이 들지 않을 수 없지. 내가 팬지를 안 지 얼마나 오래됐는지 잊었나보네. 자기 말뜻은 물론," 마담 멀이 덧붙였다. "자기가 당사자 중 한사람이라는 거겠지."

"아뇨, 그런 뜻은 전혀 아니에요. 모든 게 아주 진저리가 난다는 말이에요."

마담 멀이 잠시 머뭇거렸다. "아, 그래, 자기 일은 끝났으니까."

"말조심하세요." 이저벨이 아주 근엄하게 말했다.

"아, 난 조심하지. 가장 조심하지 않는 듯한 순간에 더 조심한다고. 자기 남편이 자길 심하게 비난하더군."

이저벨은 곧바로 이 말에 답하지 않았다. 쓰라린 고통에 목이 메었다. 오즈먼드가 그녀에게 아내를 비난하는 속내를 털어놓았다고 알려주는 무례함에 타격을 받은 건 아니었다. 의도적으로 무례하게 군다고 넘겨짚지는 않았으니 말이다. 마담 멀은 결례를 범하는 일이 거의 없고, 완벽하게 적절한 순간에만 그렇게 했다. 지금은 적절한 순간이 아니었고, 적어도 아직은 적절하지 않았다. 아물지 않은 상처에 부식성 염산이 한방울 떨어진 듯 이저벨을 욱하게 만든 건 오즈먼드가 생각으로서만 아니라 말로도 그녀를 모욕했기 때문이었다. "제가 그 사람을 어떻게 생각하는지 알고 싶으세요?" 그녀가 드디어 물었다.

"아니, 자기가 나한테 절대 말할 리 없으니까. 그리고 내가 아는 게 고통스러울 테니까."

잠시 침묵이 흘렀다. 마담 멀을 알고 지낸 이후 처음으로 이저벨은 그녀가 싫어졌다. 그녀가 갔으면 좋겠다는 생각을 했다. "팬지가 얼마나 매력적인 처녀인지 기억하시고 실망하지 마세요." 이것으로 대화가 끝나기를 바라면서 그녀가 퉁명스럽게 말했다.

하지만 마담 멀의 넉넉한 풍채는 위축되지 않았다. 그녀는 망또를 여미면서 희미하지만 향긋한 냄새를 풍겼다. "난 실망하지 않아. 오히려 기운이 나는걸. 그리고 자기를 야단치러 온 것도 아니야. 가능하면 진실을 알고 싶어 온 거지. 내가 자기에게 물어보면 대답해 줄 거라는 걸 알거든. 자기에게서 그런 걸 기대할 수 있다는 건 대단한 축복이야. 그래, 내가 거기서 얼마나 위안을 얻는지 모를걸."

"무슨 진실을 말하는 건가요?" 이저벨이 놀라서 물었다.

"바로 이거야. 워버턴 경이 자발적으로 마음을 바꾼 건지, 아니면 오즈먼드 부인이 그랬으면 좋겠다고 해서 바꾼 건지. 다시 말해, 본인이 하고 싶은 대로 한 건지, 아니면 자기가 원하는 대로 한 건지. 이런 질문을 하다니," 마담 멀이 웃으면서 말을 이었다. "내가 아직도 자기를 얼마나 믿는지 알 수 있겠지. 그 믿음에 조금 금이 갔지만!" 자신이 던진 말의 파장을 가늠하기 위해 그녀는 앉아서 이저벨을 지켜보다가 말을 이었다. "자, 감정을 과장하지도, 이성을 잃지도, 화를 내지도 마요. 이런 말을 하는 건 자기를 존중해서야. 내가 이런 질문을 할 여자는 자기 말고 없어. 자기 말고 다른 어떤 여자도 내게 진실을 말할 거라고 생각하지 않아. 그리고 자기 남편이 진실을 아는 게 낫다는 걸 모르겠어? 진실을 캔답시고 요령이라고는 없이 굴었겠지. 불필요한 가설에 빠져들었으니 말이지. 그렇다고 진상을 정확히 알면 딸의 장래에 대한 그의 관점이 달라질 거라는 사실이 바뀌는 건 아냐. 워버턴 경이 가엾은 아이에게 싫증이 난 것에 불과하다면 유감이지. 하지만 오즈먼드 부인의 뜻에 따라 그 아이를 포기한 거라면 아주 다른 문제가 되지. 그것도 유감이지만 아주 다른 방식의 유감이지. 후자의 경우라면 기분 내키는 대로 할 수 없다는 걸 받아들여. 의붓딸이 결혼하게 그냥 놔두란 말이지. 그 친구를 놔줘. 우리가 잠을 수 있게!"

마담 멀은 이저벨을 지켜보며 전진해도 안전하다는 판단 아래 침착하게 말을 이어갔다. 듣고 있던 이저벨의 안색이 창백해지더니 무릎에 놓은 손을 더 꼭 맞잡았다. 그녀의 손님이 드디어 무례를 범할 적절한 순간이라고 판단해서가 아니었다. 가장 뚜렷하게 와닿은 건 무례함은 아니었다. 그보다 더 끔찍한 것이었다. "당신 누구예요? 뭐 하는 사람이에요?" 이저벨이 중얼거렸다. "내 남편과는 무슨 관계죠?" 그 순간 그녀가 사랑하는 사람인 양 남편 곁으로 바짝 붙어선 건 이상한 일이었다.

"아, 그래, 감정을 과장하기로 했군! 유감이네. 하지만 나도 그럴 거라고 생각하지는 마."

"당신, 나하고는 무슨 관계죠?" 이저벨이 말을 이었다.

마담 멀은 모피 토시를 어루만지며 천천히 일어섰다. 하지만 이저벨의 얼굴에서 눈을 떼지는 않았다. "네 전부와 관계가 있지!" 그녀가 대답했다.

이저벨은 일어나지 않고 거기 앉아서 그녀를 올려다보았다. 이저벨의 얼굴에는 분명하게 알고 싶은 간절한 소원이 나타났다. 하지만 이 여자의 눈빛에는 어둠만이 있는 것 같았다. "아, 세상에!" 두 손으로 얼굴을 가리고 의자에 기댄 채 마침내 중얼거렸다. 이모 말이 맞았다는 생각이 거대한 파도처럼 그녀를 덮쳤다. 마담 멀이 자기를 결혼시킨 것이다. 이저벨이 손을 내렸을 때 이 숙녀는 자리를 뜨고 없었다.

이저벨은 그날 오후 혼자 마차를 타고 나갔다. 하늘이 다 보이는 먼 곳으로, 마차에서 내려 들국화가 지천인 곳으로 가고 싶었다. 이 일이 있기 훨씬 전부터 그녀는 고도古都 로마에게 비밀을 털어놓았다. 폐허의 세계에서는 폐허가 된 행복이 덜 부자연스러운 파국으로 보였기 때문이다. 수세기 동안 무너져내리고 있지만 아직도 꼿꼿이 서 있는 폐허에 자신의 피로를 내려놓았고, 자신의 은밀한 슬픔을 외진 곳의 정적에 ─ 그곳의 근대적 특징들은 분리되어 객관성을 띠었다 ─ 내맡겼다. 그래서 겨울날 햇볕으로 따뜻해진 모서리에 앉아 있거나 아무도 오지 않는 곰팡내 나는 교회에 서 있으면 자신의 슬픔을 사소한 일로 거의 웃어넘길 수 있었다. 로마의 광대한 기록과 비교하면 그녀의 슬픔은 사소했다. 불행한 인간사가 반복된다는 생각이 뇌리를 맴돌며 작은 운명에서 큰 운명으로 눈을 돌리게 만들었다. 그녀는 깊이, 애틋하게 로마와 친해졌다. 로마는 스며들어 그녀의 열정을 누그러뜨렸다. 하지만 그녀는 로마를 무엇보다도 사람들이 고통받은 곳으로 생각하게 되었다. 추운 교회에서 떠오르는 생각이 그랬다. 이교도의 유적지에서 옮겨온 대리석 기둥은 인내하는 데 벗이 되어주었고, 곰팡내 나는 향냄새는 오랫동안 응답 없는 기도와 어우러졌다. 이저벨보다 더 온화하고 더 일관성을 결한 이교도는 없으리라. 제단에 그려진 칙칙한 그림과

한 무리의 촛불을 응시하는 어떤 독실한 참배객도 이저벨보다 그 것들이 암시하는 바를 더 마음속 깊이 느끼지 못했을 테고, 그 영 적인 계시에 더 열려 있지도 않았으리라. 우리가 알고 있듯이 팬지 는 거의 언제나 그녀와 함께였고, 최근에는 분홍색 양산을 든 제미 니 백작 부인이 마차를 탄 일행에 화사함을 더했다. 하지만 오즈먼 드 부인은 아직도 가끔은 기분이나 장소가 내키면 혼자 나서기도 했다. 그럴 때 그녀가 잘 가는 곳이 몇군데 있었다. 가장 가까운 곳 이 높이 솟은 라떼라노의 성 요한 대성당[35]의 차가운 정면 앞에 펼 쳐진 드넓은 풀밭 끝에 놓인 낮은 흙벽이었다. 그곳에 자리를 잡으 면 멀리 펼쳐진 알바니 산의 윤곽이 보였고, 그곳을 지나간 모든 사물을 담고 있는 드넓은 평원이 그 가운데 놓여 있었다. 사촌 오 빠와 일행이 떠나고 난 후 그녀는 평소보다 더 돌아다녔다. 우울한 마음을 안고 낯익은 성소聖所 이곳저곳을 배회했다. 팬지와 백작 부 인이 함께 있을 때도 그녀는 사라진 세계를 느꼈다. 로마의 성벽에 서 멀어진 마차는 야생 인동덩굴이 엉켜든 산울타리 오솔길을 달 리다가 들판 근처의 조용한 곳에서 그녀를 기다렸다. 이저벨은 꽃 이 군데군데 피어 있는 풀밭에서 점점 더 멀리 떨어져 걸어가거나 한때 건물의 일부였던 돌에 앉아 개인적인 슬픔의 베일을 통해 그 장면의 장엄한 슬픔을, 짙게 드리운 따스한 빛, 색조의 점차적인 변 화와 차분한 빛의 섞임, 외로운 자세로 고정된 양치기들, 구름 그림 자가 홍조처럼 옅은 빛깔을 드리운 언덕을 응시했다.

내가 말한 그날 오후 그녀는 마담 멀 생각을 하지 않기로 마음먹 었다. 하지만 아무리 마음을 다잡아도 소용이 없었다. 그 숙녀의 모

---

35 싼조반니 인 라떼라노 대성당. 로마에서 가장 오래된 성당으로, 교황의 좌(座) 가 있음.

습이 눈앞에서 계속 아른거렸다. 그녀는 여러해 동안 친밀하게 지내온 사람에게 '사악한'이라는 역사적으로 심오한 형용사를 붙일 수 있을까 자문하면서 거의 어린아이처럼 두려움에 사로잡혔다. 그런 형용사는 성경과 문학작품에서 접했을 뿐, 그녀가 아는 한 사악함과 개인적으로 맞닥뜨린 적은 없었다. 그녀는 인간의 삶을 폭넓게 둘러볼 수 있기를 원했다. 그리고 어느정도는 성공적으로 그렇게 삶을 익혔다고 자부했음에도, 그런 초보적인 특권이 주어지지는 않았다. 아무리 깊이 거짓되다 하더라도 (역사적 의미에서) 사악하다고 할 수는 없을지 모른다. 깊이, 깊이, 깊이 거짓된 존재가 마담 멀이었으니까. 리디아 이모는 오래전에 이 사실을 알아내 조카딸에게 말해주었다. 하지만 그때 이저벨은 자기가 사물을 더 풍요롭게 보고 있다고, 특히 이모의 경직된 논리보다 자기의 삶이 더 자연스럽고, 삶에 대한 자신의 해석 방식이 더 고귀하다고 자부했다. 마담 멀은 원하는 걸 이뤘다. 자기와 가까운 두 지인을 결혼시킨 것이다. 돌이켜보면 그녀가 그런 일을 원했다는 것 자체에 놀라움을 금할 수 없었다. 예술을 위한 예술의 신봉자처럼 중매에 열정을 바치는 사람들이 있다. 하지만 마담 멀은 위대한 예술가임에도 전혀 그런 부류가 아니었다. 그녀는 결혼을, 심지어 삶 자체를 너무나 부정적으로 생각했다. 이 결혼이 성사되기를 원했지만, 다른 결혼에는 관심이 없었다. 그러므로 이 결혼에서 얻을 게 있다고 생각했을 텐데, 이저벨은 어디서 이익을 봤을까 자문했다. 사실을 알아내는 데 당연히 오랜 시간이 걸렸고, 그것조차 부분적인 발견이었을 뿐이었다. 가든코트에서 처음 만났을 때부터 마담 멀이 자기를 좋아하는 것 같았지만, 터칫 씨가 죽고 난 다음에는, 자기가 그 훌륭한 노인의 시혜를 받았음을 알고 난 다음에는, 곱절로 좋아했다는 생각이 떠올랐다. 그녀는 돈을 빌리는 상스러운 방식보다는 가까운 친구 중 한명을 이저벨의 새로 생긴 알짜배기 재산에 세련되게 소개함으로써 이익을 취한 것이다. 마담 멀은 당연히 가장 가까운 친구를 골랐고, 오즈먼드가 그 위치에 있었다는 사실이 이저벨에게 이미 선명하게 각인되었다. 이런 식으로 이저벨은 이 세상에서 가장 탐욕과 거리가 멀다고 생각한 남자가 야비한 협잡꾼처럼 돈을 보고 결혼했다는 확신과 마주하게 되었다. 이상한 말이지만 이전에는 그런 생각이 떠오른 적이 없었다. 오즈먼드의 나쁜 점을 충분히 숙고했지만, 그가 그런 짓을 했으리라고 생각한 적은 없었다. 이것이 그녀가 생각할 수 있는 최악이었는데, 그런데도 최악의 상황에 아직은 이르지 않았다고 중얼거리곤 했다. 남자가 돈을 보고 결혼하는 일은 얼마든지 있다. 그런 일은 종종 일어난다. 하지만 최소한 그런 사실은 알려줘야 하는 게 아닌가. 그녀의 돈을 원한 것이니, 그 사람이 지금 그걸 갖게 되면 만족할까 하는 생각이 떠올랐다. 돈을 취하고 그녀를 놓아주지 않을까? 아, 터칫 씨의 큰 자선이 지금 그녀에게 도움이 된다면 정말이지 큰 축복일 텐데! 마담 멀이 오즈먼드를 위해 수고를 했다 하더라도 은혜를 입었다는 오즈먼드의 고마움은 사그라졌음에 틀림없으리라는 생각이 곧바로 떠올랐다. 열심히 수고해준 은인을 그가 지금 어떻게 생각할까? 그리고 그 대단한 아이러니의 대가께서 그 생각을 어떻게 표현했을까? 아무 말 없이 마차로 돌아오는 길에 이저벨이 낮은 목소리로 이렇게 탄식을 터뜨린 것은 특이하지만 그녀다웠다. "가엾은, 가엾은 마담 멀!"

같은 날 오후, 그렇게 연민의 대상이 된 숙녀의 흥미진진한 작은 응접실을 장식한 — 신중한 로지어 씨와 함께 우리가 이전에 방문한 적이 있는 잘 꾸며놓은 그 응접실 말이다 ─ 오래되어 빛바랜 값비싼 능직 커튼 뒤로 이저벨이 몸을 숨길 수 있었다면 연민을 느끼는 게 맞다고 생각했으리라. 6시경에 오즈먼드는 그 응접실에 앉아 있었고, 안주인은, 표면으로 나타나는 것보다 실질적인 중요성 때문에 이 이야기에서 강조해야 마땅한 그 기념비적인 장면에서 이저벨이 봤듯이, 그의 앞에 서 있었다.

"당신은 불행하지 않아. 이 상황을 즐기고 있지." 마담 멀이 말했다.

"내가 언제 불행하다고 말했나?" 오즈먼드는 불행할 수 있다는 듯이 충분히 심각한 얼굴로 물었다.

"아니, 하지만 행복하다고 말하지도 않았지. 보통은 감사의 마음으로 그렇게 말해야 마땅한데."

"감사 같은 말은 꺼내지도 마." 그가 까칠하게 받았다. 잠시 후 덧붙였다. "그리고 내 성질도 건드리지 말고."

마담 멀은 천천히 자리에 앉았는데, 팔짱을 끼고 흰 손 하나로 다른 흰 손을 받쳐주면서, 말하자면 돋보이게 연출했다. 아주 평온해 보였지만 슬픈 인상을 풍기기도 했다. "당신도 날 겁주려고 하지 마. 내 생각을 짐작이나 했나 궁금하네."

"가능하면 신경 안 쓰려고. 내 생각만으로도 충분하니까."

"그건 즐거운 생각이니까 그렇겠지."

오즈먼드는 머리를 의자의 등에 기대고 말동무에게 내놓고 냉소적인 태도로 쳐다보았는데, 얼마간은 피로감의 표현처럼 보이기도 했다. "정말 부아를 돋우는군." 잠시 후 그가 이렇게 말했다. "난 아주 피곤해."

"그럼 난 어떻겠어!" 마담 멀이 소리쳤다.

"당신이 자초한 거야. 나로 말하자면 내 잘못은 아니지."

"내가 자초했다면 당신을 위해서 그런 거야. 난 당신에게 흥밋거리를 선사했어. 굉장한 선물이지."

"그걸 흥밋거리라고 부르나?" 오즈먼드는 초연하게 물었다.

"물론이지. 시간을 잘 가게 해주니까."

"이번 겨울보다 시간이 안 간 때도 없었어."

"어느 때보다도 신수는 훤해 보이는데. 그렇게 유쾌하고 재치를 발휘한 때도 없었으니까!"

"재치는 무슨 얼어죽을!" 그는 생각에 잠겨 중얼거렸다. "결과적으로 보면 당신이 날 잘 몰랐던 거야!"

"내가 당신을 모른다면, 난 아는 게 아무것도 없는 셈이야." 마담멀이 웃었다. "완벽한 성공을 이룬 기분이겠지."

"당신이 나를 판단하지 못하게 해야 완벽한 성공이지."

"그건 오래전에 그만둔걸. 과거의 경험에 근거해 하는 말이야. 게다가 당신은 말수도 많아졌어."

오즈먼드는 대거리하기 귀찮은 듯 말했다. "당신은 말을 좀 덜하면 좋겠군!"

"내 입을 봉하고 싶다고? 내가 언제 수다쟁이인 적이 있었나? 어쨌거나 우선 할 말이 몇가지 있어. 당신 아내가 평심을 잃을 정도로 어쩔 줄 몰라했어." 그녀가 분위기를 바꿔서 말을 이었다.

"천만의 말씀. 그 여자는 완벽하게 알고 있어. 방침을 확실하게 정했지. 자기 생각을 관철할 작정이고."

"오늘은 유별난 생각이 떠올랐을걸."

---

36 (프) Eh moi, donc!

"물론 그렇지. 예전보다 생각이 더 많아졌으니까."

"오늘 아침엔 아무 생각도 못했어." 마담 멀이 말했다. "아주 명한, 거의 얼빠진 상태였어. 어찌할 바를 모르는 기색이 역력했어."

"그냥 불쌍해 보였다고 한마디로 말하지그래."

"아, 안되지. 당신이 의기양양해하는 걸 보고 싶지 않아."

아직도 머리를 뒤의 쿠션에 기댄 채 그는 발목을 다른 쪽 다리의 무릎에 대고 잠시 앉아 있었다. "도대체 뭐가 문제인지 알고 싶군." 그가 드디어 말했다.

"문제 ── 문제라 ──!" 그리고 이 대목에서 마담 멀이 말을 멈췄다. 그리고 갑자기 오뉴월 마른하늘에 벼락 치듯 열정적으로 말을 이었다. "울 수만 있다면 내 오른손이라도 잘라줄 텐데 그럴 수가 없어. 그게 문제야!"

"운다고 무슨 뾰족한 수가 나나?"

"당신을 알기 전에 느낄 수 있던 걸 느끼게 되겠지."

"내가 당신의 눈물을 말라붙게 했다면, 대단한 일을 한 셈인데. 하지만 난 당신이 우는 걸 본 적이 있는걸."

"아, 당신이 아직도 날 울릴 수 있다고 생각해. 늑대처럼 울부짖게 만들 거라는 말이야. 그렇게 울부짖고 싶은, 그러고 싶은 마음이 절실해. 오늘 아침 난 야비하게 굴었어. 끔찍했다고."

"내 처가 얼이 빠졌다고 했는데, 그렇다면 당신의 야비함을 느끼지 못했을 수도 있겠군." 오즈먼드가 답했다.

"내가 악마처럼 굴어서 그녀가 얼이 빠진 거야. 나도 어쩔 수 없었어. 사악한 뭔가가 날 사로잡았어. 선한 뭔가일 수도 있겠지. 나도 모르겠어. 당신은 내 눈물만이 아니라 영혼까지도 말려버렸어."

"그렇다면 내 처의 상태가 내 책임이라고 할 수는 없겠군." 오즈먼드가 말했다. "당신이 그녀를 감화해 내가 덕을 볼 테니 기쁘군. 영혼은 불멸의 원리라는 걸 모르나? 어떻게 영혼이 변화를 겪을 수 있나?"

"난 영혼이 불멸의 원리라는 건 전혀 안 믿어. 영혼은 완벽하게 파괴될 수 있어. 그런 일이 내 영혼에 일어났어. 처음에는 아주 훌륭한 영혼이었는데. 당신 덕분이지. 당신은 '정말' 악질이야." 그녀는 근엄하게 강조했다.

"이런 식으로 우리 사이가 끝나는 건가?" 오즈먼드는 예의 의도적으로 냉랭한 말투로 말했다.

"우리 사이가 어떻게 끝나야 하는지 모르겠어. 알면 좋겠는데! 악질들은 어떻게 끝나는 거지? 특히 '같이' 저지른 범죄의 경우. 당신은 날 당신 같은 악질로 만들어버렸어."

"무슨 말인지 모르겠군. 내가 보기엔 당신은 어지간히 선량한데." 오즈먼드의 의식적인 무관심 때문에 그의 말이 최대의 효과를 거뒀다.

반면에 마담 멀은 자제력을 잃기 시작했다. 우리가 마담 멀을 알고 난 이후 그 어떤 때보다 자제력을 잃은 상태에 가까웠다. 빛나던 눈동자가 침침해지고 억지로 미소를 짓는 게 드러났다. "내가 저지른 어떤 짓에도 불구하고 선량하다고? 그런 뜻으로 한 말이겠지."

"언제나 매력적일 정도로 선량하다고!" 오즈먼드도 웃으면서 말했다.

"오, 하느님!" 마담 멀이 중얼거렸다. 원숙한 생기를 발하며 앉아 있던 그녀는 고개를 숙이고 두 손으로 얼굴을 가렸다. 오늘 아침 이저벨에게 하도록 만든 바로 그 몸짓에서 위안을 구한 것이다.

"결국 눈물을 흘리는 건가?" 오즈먼드가 물었다. 그녀가 꼼짝 안하고 가만히 있자 말을 이었다. "내가 당신에게 한번이라도 불평한 적이 있던가?"

그녀는 얼른 손을 내렸다. "아니, 당신은 다른 식으로 복수했지. 당신 처에게 복수했잖아."

오즈먼드는 고개를 더 뒤로 젖혀 천지신명에게 허물없이 호소라도 하는 듯 천장을 지긋이 올려다보았다. "아, 여자들의 상상력이란! 근본에서는 언제나 통속적이라니까. 삼류 소설가처럼 복수 이야기를 하는군."

"불평하지 않은 건 당연하지. 당신은 승리를 너무 즐겼으니까."

"어떤 근거로 승리 운운하는지 궁금하군."

"그 여자가 당신을 겁내게 만들었잖아."

오즈먼드가 자세를 바꿔 팔꿈치를 무릎에 대고 몸을 굽혀 발밑의 아름다운 페르시아 카펫을 바라보았다. 그는 무엇에 관한 그 누구의 판단도, 시간에 관한 판단이라 하더라도, 받아들이기를 거부하고 자기 판단을 고수하겠다고 고집하는 그런 태도를 취하곤 했는데, 이런 특성은 시시때때로 그를 짜증 나는 대화 상대로 만들었다. "이저벨은 날 두려워하지 않아. 그걸 내가 원하지도 않고." 그가 마침내 말했다. "대체 내가 무슨 짓을 하게 만들려고 그런 말을 하는 거야? 날 자극해서 무슨 짓을 하게 만들려고 그래?"

"당신이 내게 어떤 해를 입힐 수 있는지 다 꼽아봤어." 마담 멀이 대답했다. "당신 처가 오늘 아침에 날 겁내더군. 하지만 그 여자가 진짜 두려워한 건 내 안에 있는 당신이었어."

"당신이 아주 교양 없이 굴었겠지. 그건 내가 책임질 일이 아니지. 어쨌거나 뭣 때문에 내 처를 만났는지 모르겠네. 당신은 그 여자 없이도 일을 해낼 수 있어. 당신이 날 두려워하게 만드는 데 성공하지 못한 건, 그건 알겠어." 그가 말을 이었다. "그런데 어떻게 내처가 날 두려워하게 만들었겠나. 당신도 그녀만큼 용감하잖아. 어떻게 그런 허튼 생각을 하게 된 건지 모르겠군. 지금쯤은 날 알 만도 한데." 이렇게 말하면서 일어선 그는 벽난로로 다가가서 마치처음 보는 듯 그 선반에 빼곡히 놓인 희귀한 자기 제품의 우아한 표본들을 내려다보았다. 그리고 작은 찻잔을 집어들고 손에 쥐더니, 팔을 선반에 기대고 말을 이었다. "당신은 만사에 너무 많은 의미를 부여해. 그게 너무 지나쳐서 현실을 놓치지. 난 당신이 생각하는 것보다 훨씬 단순해."

"나도 당신이 아주 단순하다고 생각해." 그리고 마담 멀은 찻잔에 시선을 고정했다. "시간이 지나면서 그런 결론에 도달했지. 말했다시피 난 옛날에는 당신을 판단했어. 하지만 재혼하고 난 다음에야 이해하게 되었지. 당신이 내게 어떤 사람이었는가보다 당신의 아내에게 어떤 사람인가를 보고 더 잘 알게 되었다고. 그 소중한 물건을 조심해서 다뤄."

"이미 약간 금이 갔어." 오즈먼드가 무심하게 말하고 찻잔을 내려놓았다. "결혼 전의 날 이해하지 못했다면 당신이 날 그런 상자에 밀어넣은 건 정말 경솔한 일이었군. 하지만 내가 그 상자를 좋아하기는 했지. 내게 편하게 꼭 맞는다고 생각했거든. 난 많은 걸 요구한 게 아냐. 난 그저 그 여자가 날 좋아하길 바랐을 뿐이니까."

"아주 많이 좋아하길 바랐겠지!"

"물론 아주 많이. 그런 경우 최대치를 요구하게 되지. 그 여자가 날 숭배하기를 바랐다고 말해도 좋아. 아, 그래, 내가 그걸 원했군."

"나도 당신을 숭배하지 않았어." 마담 멀이 말했다.

"아, 하지만 당신은 그러는 척이라도 했지!"

"편하게 꼭 맞는다고 당신이 날 힐난한 적은 없었어. 그건 사실이야." 마담 멀이 말을 이었다.

"내 처는 거부했어. 그 비슷한 것도 되기를 거부했지." 오즈먼드가 말했다. "그걸 비극의 소재로 삼기로 든다면, 그 여자의 비극이라고 할 수는 없지."

"내 비극이야!" 마담 멀이 낮은 한숨을 길게 쉬고 일어섰지만 동시에 벽난로 선반의 내용물을 흘깃 바라보았다. "뜻하지 않게 난처한 입장에 처한 불편함을 호되게 학습하고 있는 것 같으니까."

"습자책의 문장처럼 생각을 말하는군. 위안을 얻을 수 있는 데서 위안을 얻을밖에. 내 처가 날 사랑하지 않는다 하더라도 적어도 내 아이는 날 사랑하거든. 팬지에게서 보상을 찾아야지. 다행히도 그 아이는 결점이라고는 없으니까."

"아," 그녀가 낮은 목소리로 말했다. "내게 아이가 있었다면 ─!"

오즈먼드는 잠시 기다리다 조금은 의례적인 태도로 이렇게 말했다. "다른 사람의 아이들이 아주 흥미로울 수도 있지!"

"나보다 더 습자책 같은 말을 하는군. 결국 우리를 하나로 묶는 뭔가가 있는 거야."

"내가 당신에게 해를 입힐 수 있다는 생각 말인가?" 오즈먼드가 물었다.

"아니, 당신을 위해 내가 도움이 되는 일을 할 수 있다는 생각이야. 그래서," 마담 멀이 말을 이었다. "그래서 이저벨에게 그토록 질투를 느끼는 거지. 난 그게 내 일이길 원하거든." 그녀는 험악하게 굳은 표정을 풀어 통상적인 평온함으로 돌아가면서 덧붙였다.

오즈먼드는 모자와 우산을 집어들고, 앞서 말한 찻잔을 외투의 소맷부리로 두세번 문질렀다. "대체로," 그가 말했다. "그 일은 내게 맡겨두는 게 좋겠군."

혼자 남은 다음 그녀는 제일 먼저 그가 금이 갔다고 말한 찻잔을 벽난로 선반에서 집어들었지만, 다소 멍하니 바라보았을 뿐이었다. "이러자고 내가 그렇게 비열하게 굴었던 건가?" 그녀가 입속으로 울부짖었다.

50장

제미니 백작 부인이 고대 로마의 유적지에 가본 적이 없기에 이저벨은 가끔 이런 흥미로운 유적을 소개하겠다고 제안해 오후의 마차 드라이브에 고고학적 목표를 설정했다. 올케를 박식한 영재로 간주하는 백작 부인은 이의를 제기하는 법이 없었고, 로마제국이 남긴 수많은 벽돌 건물을 산더미처럼 쌓아놓은 최신식 옷감인 양 참을성 있게 지그시 쳐다보았다. 역사 의식은 없지만 어떤 방면에서는 비화를, 자신에 관해서는 변명을 늘어놓을 준비가 된 그녀는 로마에 와 있는 게 너무 기뻐서 시키는 대로 할 생각이었다. 빨라쪼 로까네라에 머무는 조건으로 어둡고 축축한 티투스 황제의 공중목욕탕[37]에서 매일 1시간씩 보내라고 해도 기꺼이 받아들였으리라. 그렇다고 이저벨의 관광 일정이 빡빡했다는 건 아니다. 그녀는 시누가 지치지도 않고 제공하는 피렌쩨 숙녀들의 연애 사건이 아닌 다른 화제를 꺼내도록 하기 위해 유적지로 향하곤 했다. 유적

---

37 로마의 티투스 황제가 건설한 공중목욕탕. 콜로세움 근처에 있으며, 여러개의 연결된 방을 장식한 프레스꼬화가 유명함.

지를 방문하는 동안 백작 부인은 어떤 식으로든 적극적인 관심을 보이지 않았다는 사실을 덧붙여야 하겠다. 그녀는 마차에 머무르면서도 모든 것이 너무 흥미롭다고 말하는 쪽이었다. 여태껏 이런 식으로 콜로세움을 음미했는데, 그녀의 조카딸은 — 고모를 어른으로 공경함에도 — 왜 마차에서 내려 콜로세움에 들어가보지 않는지 이해를 못했다. 산책할 기회가 거의 없는 팬지로서는 이 문제에 관한 한 전혀 사심이 없는 건 아니었다. 일단 건물로 들어가면 고모에게 계단식 관람석 위로 올라가보자고 해야지 내심 바란 것 같았다. 어느날 백작 부인이 이 대단한 위업에 도전해볼 마음이 있다고 선언했다. 바람이 많이 부는 3월의 따뜻한 오후였는데, 때때로 바람결에 봄기운이 느껴졌다. 세사람은 콜로세움에 함께 들어갔지만 이저벨은 두사람이 앞질러가게 놔두었다. 봄철에 고대 로마의 관중이 함성을 내지르던 계단 관중석에는 깊이 갈라진 틈으로 들꽃이 만발했다. 그녀는 거기에 여러번 올라가보았고, 오늘은 기운이 없어서 황량한 경기장에 앉아서 쉬고 싶었다. 배려하는 법이 없으면서 많은 배려를 요구하는 백작 부인에게서 떨어져 휴식 시간이 필요하기도 했다. 조카딸과 단둘이 있으면 아르노 강변의 케케묵은 추문을 들춰내지는 않으리라. 그래서 그녀는 아래 머물렀고, 그동안 팬지는 수위가 열어주는 키가 높은 목재 개찰구로 철 없는 고모를 이끌고 가파른 벽돌 계단을 올라갔다. 거대한 경내에는 반쯤 그늘이 드리웠다. 서녘 하늘의 지는 해는 온천 침전물 덩어리 같은 엷은 붉은색을 드러냈다. 남아 있는 햇살이 광대한 폐허에서 생명의 유일한 요소였다. 여기저기 농부나 관광객이 오가다면 지평선을 응시하는 모습이 보였고, 맑게 갠 정적을 뚫고 한 무리의 제비가 맴돌다 땅으로 돌진하곤 했다. 이윽고 이저벨은 경기장 한가운데 서 있는 관람객 중의 하나가 자기를 주목하고 있음을 알게 되었다. 몇주 전 알게 된, 좌절했지만 꺾이지 않는 결의를 선명하게 드러내는 고개의 각도였다. 요즘 그런 분위기를 풍기는 사람은 에드워드 로지어 씨뿐이었다. 사실 이 신사는 그녀에게 말을 걸어도 될까 재보는 중이었다. 그녀가 혼자라는 사실을 확인하고 다가온 그는 자기의 편지에 묵묵부답이어도 그가 토하는 열변에 전적으로 귀를 막을 수는 없을 거라고 말을 붙였다. 그녀는 의붓딸이 근처에 있고 5분밖에 시간을 내줄 수 없다고 했다. 그러자 그는 시계를 꺼내놓고 깨진 건축용 석재에 앉았다.

"이야기는 아주 간단해요."에드워드 로지어가 말했다. "제 소장품을 모두 팔았어요!"이저벨은 경악한 나머지 자기도 모르게 비명을 질렀다. 그가 이를 모두 뽑아버렸다고 말한 거나 진배없었다. "드루오 호텔 경매에 넘겨서 몽땅 팔았어요."그가 말을 이었다. "사흘 전에 경매가 진행되었는데, 결과를 전보로 알려줬지요. 엄청난 액수예요."

"기쁜 소식이긴 한데, 그 예쁜 물건들을 그냥 갖고 있지 그랬어요."

"그 대신 돈이 생겼잖아요. 오만 달러요. 이제 오즈먼드 씨가 날 부자라고 생각할까요?"

"그래서 판 거예요?"이저벨이 상냥하게 물었다.

"그것 말고 다른 이유가 뭐 있겠어요? 그 생각뿐이었는데. 빨리에 일을 처리하러 갔죠. 경매할 때까지 머무르지는 않았어요. 팔리는 걸 어떻게 보겠어요. 보고 있으면 너무 가슴이 아플 거 같아서요. 하지만 믿을 만한 사람에게 맡겨서 좋은 값을 받았어요. 에나멜은 남겨뒀다고 말씀드려야겠네요. 이제 주머니에 돈이 있으니 가난하다는 말은 못하겠지."젊은이가 도전적으로 외쳤다.

"이젠 현명하지 않다고 하겠죠." 길버트 오즈먼드가 이전에 이런 평가를 내린 적이 없는 것처럼 이저벨이 말했다.

로지어는 그녀에게 날카로운 시선을 던졌다. "골동품이 없는 전하잖은 존재라는 건가요? 제 가장 훌륭한 면모가 그거라는 건가요? 빠리에서는 그렇게들 말하더군요. 아, 아주 까놓고 그러더군요. 하지만 그 사람들은 그녀를 보지는 못했으니까!"

"친애하는 로지어 씨, 당신은 사랑을 얻을 자격이 있어요." 이저벨이 아주 친절하게 말했다.

"목소리가 너무 슬퍼서 그럴 수 없다는 말처럼 들리네요." 그리고 그는 오즈먼드 부인의 눈을 의심스럽게 바라보면서 자신의 불안감을 명백하게 드러냈다. 일주일간 빠리에서 화제가 된 결과 키가 반자는 커진 사람의 태도로 말했지만, 그럼에도 한두명은 아직도 고집스레 그를 왜소하다고 생각할 거라는 고통스러운 의심을 잠재울 수 없었던 것이다. "제가 자리를 비운 사이에 무슨 일이 일어났는지 알고 있어요." 그가 말을 이었다. "팬지 양이 워버턴 경의 청혼을 거절했으니 오즈먼드 씨는 이제 뭘 바란답니까?"

이저벨은 곰곰 생각해보았다. "다른 귀족과 결혼하기를 바라겠죠."

"다른 어떤 귀족 말인가요?"

"그 사람이 골라잡은 귀족요."

로지어는 시계를 조끼 주머니에 넣으면서 천천히 일어섰다. "당신이 누군가를 조롱하고 있는데, 이번에는 제가 아니라는 생각이 드네요."

"웃자고 한 말은 아니에요." 이저벨이 말했다. "난 거의 웃지 않아요. 이제 그만 가는 게 좋겠어요."

"전 아주 안심이 돼요!" 로지어는 꼼짝하지 않고 말했다. 그럴지도 모른다. 콜로세움이 청중으로 가득 찬 양 둘러보고 발끝으로 좀 더 느긋하게 균형을 잡으면서 꽤 큰 목소리로 선언한 모습이 그런 느낌을 준 게 확실했다. 이저벨은 그의 안색이 갑자기 바뀌는 것을 보았다. 예상치 않은 청중이 나타난 것이다. 고개를 돌린 이저벨은 산책에서 돌아오는 제미니 백작 부인과 팬지를 보자 얼른 말했다. "이제 정말 가는 게 좋겠어요."

"아, 절 가엾게 여기시길!" 내가 방금 인용한 그의 말과 이상한 괴리를 이루는 목소리로 에드워드 로지어가 중얼거렸다. 그러다가 비참한 처지에서 좋은 생각을 떠올린 사람처럼 열심히 덧붙였다. "저 숙녀분이 제미니 백작 부인인가요? 인사를 드릴 수 있게 소개해줘요."

이저벨은 잠시 그를 바라보았다. "저 사람은 오빠한테 아무런 영향력이 없어요."

"아, 당신은 오즈먼드 씨를 괴물이라고 생각하는군요!" 그리고 로지어는 팬지보다 앞서 활기차게 걸어오는 백작 부인과 얼굴을 마주했다. 백작 부인은 올케와 이야기를 나누는 예쁘장한 젊은이를 보고 걸음을 재촉하는 것 같았다.

"에나멜 도기를 팔지 않았다니 다행이에요!" 이렇게 말한 이저벨은 그를 남겨둔 채 곧장 팬지에게 갔고, 에드워드 로지어를 본 팬지는 걸음을 멈추고 눈을 내리깔았다. "마차로 가야겠다." 이저벨이 상냥하게 말했다.

"네, 늦었어요." 팬지는 더 상냥하게 되받았다. 그리고 군말 없이, 머뭇거리거나 뒤돌아보지 않고 걸어갔다.

하지만 이저벨은 마지막으로 뒤돌아서서 백작 부인과 로지어 씨의 만남이 즉각 이뤄진 걸 봤다. 그는 모자를 벗고 웃으면서 인사했다. 누구라고 자신을 소개한 모양인데, 이저벨이 보기에 표정이 풍부한 백작 부인의 뒷모습에 상냥한 호감이 나타났다. 어쨌든 두 사람은 곧 시야에서 사라졌고, 이저벨과 팬지는 다시 마차에 자리를 잡았다. 계모의 맞은편에 앉은 팬지는 처음에는 시선을 무릎에 고정했다가 눈길을 들고 이저벨을 바라보았다. 그녀의 눈에서 빛나는 슬픔의 작은 빛이, 소심한 열정의 불꽃이 이저벨의 가슴을 짠하게 만들었다. 한편, 아이의 떨리는 갈망, 구체적인 이상과 자신의 메마른 절망을 대비하자 부러움의 파도가 그녀를 엄습했다. "가엾은 팬지!" 이저벨이 다정하게 말했다.

"아, 괜찮아요!" 팬지가 적극적인 변명조로 답했다.

그리고 침묵이 흘렀다. 백작 부인은 한참을 기다려도 오지 않았다. "고모에게 모든 걸 보여드렸니? 그러니까 좋아하시디?" 이저벨이 이윽고 말했다.

"네, 다 보여드렸어요. 아주 좋아하시는 것 같았어요."

"피곤하지 않아야 할 텐데."

"아, 아니에요. 저 피곤하지 않아요."

백작 부인이 미적거리며 나타나지 않아 이저벨은 하인을 콜로세움에 보내 기다리고 있다고 전하라고 했다. 하인은 이내 부디 기다리지 말라는 백작 부인의 전갈을 갖고 돌아왔다. 승합마차로 돌아오겠다는 것이다!

이 숙녀가 즉각적으로 로지어 씨에게 호감을 보인 지 일주일이 지나고 정찬에 옷을 차려입기 위해 좀 늦게 방으로 간 이저벨은 앉아 있는 팬지를 발견했다. 팬지는 기다리고 있었다는 듯 낮은 의자에서 일어섰다. "무례를 용서하세요." 그녀는 작은 목소리로 말했다. "앞으로 이런 일은 없을 거예요. 적어도 당분간은." 팬지의 목소리는 이상했고, 그녀의 커진 눈에는 흥분과 두려움의 기색이 역력했다. "어디 가는 건 아니지!" 이저벨이 외쳤다.

"저 수녀원으로 가요."

"수녀원이라니?"

팬지는 이저벨을 팔로 감싸안아 어깨에 머리를 기댈 만큼 가까이 다가왔다. 이렇게 잠깐 완벽하게 숨을 죽이고 서 있었지만, 이저벨은 그녀가 떨고 있음을 감지했다. 작은 몸의 떨림이 말로 다할 수 없는 모든 걸 표현했다. 그럼에도 이저벨은 다그쳤다. "왜 수녀원에 간다는 거야?"

"아빠가 그렇게 하는 게 좋겠다고 해서요. 짧은 피정이 때로는 어린 처녀들에게 유익하다고 말씀하세요. 속세는, 언제나 속세는 어린 처녀들에게 아주 나쁘다고 하세요. 이번이 좀 떨어져 있을, 약간의 명상을 할 그런 기회라고요." 팬지는 자신을 믿지 못하겠다는 듯 짧게 끊어진 문장으로 말을 이어갔다. 그런 다음 자제력을 발휘해 덧붙였다. "아빠 말씀이 맞아요. 이번 겨울은 너무 속세에 파묻혀 살았어요."

팬지의 말은 이저벨에게 이상한 느낌으로 다가왔다. 팬지 자신이 이해한 것보다 더 큰 의미를 담고 있는 것 같았다. "언제 결정된 거지?" 그녀가 물었다. "난 아무 말도 못 들었는데."

"아빠가 30분 전에 말씀하셨어요. 미리 이야기해서 좋을 게 없다고 생각하셨대요. 까뜨린 수녀님이 7시 15분 전에 절 데리러 오실 텐데, 원피스도 두벌만 갖고 갈 수 있어요. 몇주만 가 있을 거니까요. 아주 유익할 게 확실해요. 제게 아주 다정하게 대해주신 분들이 다 거기 계시고, 거기서 공부하는 어린 소녀들도 만나게 될 테니까요. 전 그 아이들을 아주 좋아해요." 팬지가 조그맣게 위엄을 지키며 말했다. "그리고 전 까뜨린 수녀님도 아주 좋아해요. 아주 조용히 지내면서 생각을 많이 해볼 거예요."

이저벨은 숨죽이며 듣고 있다가 거의 두려움에 휩싸였다. "나도 가끔 생각해주렴."

"아, 빨리 면회 오세요!" 팬지가 외쳤다. 방금 그녀가 영웅적으로 말한 태도와는 아주 상반되는 외침이었다.

이저벨은 더이상 말할 수 없었다. 이해가 되지 않았다. 남편이라는 사람을 아직도 거의 알지 못한다는 느낌이 들 따름이었다. 대답을 대신해 그녀는 남편의 딸에게 오래 다정한 키스를 해주었다.

반시간 후 까뜨린 수녀가 승합마차를 타고 와 아가씨를 데리고 갔다고 하녀로부터 보고를 받았다. 정찬 전에 거실로 간 그녀는 혼자 있는 제미니 백작 부인을 발견했다. 이 숙녀는 고개를 멋지게 흔들더니 큰 목소리로 이 사태를 이렇게 규정했다. "자, 어때요, 폼은 있는 대로 잡는다니까!³⁸" 하지만 이저벨은 남편이 폼을 잡는다면 뭘 노리는 건지 알 수 없었다. 남편에게는 생각한 것보다도 따라야 할 관습이 더 많다는 느낌이 막연하게 들 따름이었다. 남편에게 말을 걸 때 아주 조심스럽게 단어를 고르는 습관이 생겨서, 이상하게 들릴지도 모르지만, 그가 들어오고 몇분 후에도 팬지가 갑자기 수녀원으로 떠난 이야기를 꺼내기가 주저됐다. 식탁에 앉고 나서야 말을 꺼낼 수 있었다. 하지만 오즈먼드에게는 질문을 절대 하지 않기로 했다. 그녀는 느낌을 표명할 수 있을 따름이었고, 아주 자연스러운 느낌이 하나 있었다. "팬지가 정말 보고 싶을 거예요."

---

38 (프) En voilà, ma chère, une pose!

그는 고개를 조금 숙이고 식탁 중앙에 놓인 꽃바구니를 잠시 바라보았다. "아, 물론," 그가 이윽고 말했다. "나도 그 생각을 했소. 당신도 보러 가야겠군. 하지만 너무 자주 가지 않는 게 좋겠군. 왜 아이를 수녀원으로 보냈는지, 아마도 궁금할 거요. 하지만 당신을 이해시킬 수 있을지 모르겠군. 상관없소. 신경 쓰지 마시오. 그래서 말하지 않은 거요. 당신이 이해하지 못할 거라는 생각이 들었거든. 하지만 언제나 염두에 두고 있었소. 수녀원을 딸자식 교육의 일부라고 늘 생각해왔으니까. 딸내미들이란 신선하고 아름답고, 순진하고 상냥해야 하는데, 요즘 세태에서는 때가 타고 구겨지기 쉽지. 팬지도 조금 때도 타고 헝클어진 상태였소. 너무 나다녔지. 스스로를 사교계로 자처하는 부산하고 뻔뻔스러운 무리들, 가끔씩 거기서 딸아이를 떼어내야 하오. 수녀원은 아주 조용하고 아주 편리하고 아주 건전하지. 나는 걔가 그곳에, 오래된 정원에, 지붕이 아치를 이룬 야외 복도 아래, 차분하고 덕이 높은 여인들과 함께 있는 모습을 그려보는 게 좋소. 대부분 양갓집 규수들이지. 귀족 출신도 몇 있고. 팬지는 책을 읽고 그림을 그리고 피아노도 칠 거요. 아주 안락하게 지낼 수 있게 조처를 취해놓았소. 고행 같은 건 전혀 없을 거고 ― 은거하는 기분을 약간 느껴보라는 거지. 생각할 시간도 있을 테고, 걔가 생각했으면 하는 일이 있기도 하고." 오즈먼드는 꽃바구니를 바라보는 양 아직도 머리를 한쪽으로 기울이고 유유히, 조리 있게 말을 이었다. 하지만 설명을 제공하기보다는 주어진 상황이 어떻게 보일까 스스로 그려보기 위해 말하는 ― 거의 그림을 그리는 ― 사람의 말투였다. 그는 잠시 자신이 환기한 그림을 주시했고 크게 만족했다. 그리고 말을 이었다. "누가 뭐래도 가톨릭들이 현명해. 수녀원은 없어서는 안되는 위대한 제도요. 가정이

나 사회의 본질적인 요구에 부응하니까. 예의범절과 평정을 배울 수 있는 곳이지. 아, 내 딸을 속세에서 떼어내고 싶어서가 아니오." 그가 덧붙였다. "내세에 마음을 두었으면 하는 것도 아니고. 아이가 제대로 받아들인다면 속세도 아주 좋고, 속세 생각을 마음껏 해도 좋소. 다만 올바른 방향으로 생각해야만 하오."

이저벨은 그가 그린 이 작은 그림에 극도의 관심을 기울였다. 정말이지 아주 흥미로웠다. 효과를 노리기 위해 남편이 얼마나 멀리까지 — 딸의 가녀린 몸에 이론적인 잔재주를 부리는 데까지 — 갈 수 있는가를 보여주는 듯했다. 그녀는 그의 의도를 이해할 수 없었다. 전적으로 이해한다고는 할 수 없었다. 하지만 그가 생각하는 것보다 혹은 원하는 것보다 더 잘 이해했다. 이 모든 조처가 그녀를 겨냥한 정교한 신비화요, 그녀의 상상력을 작동시키기 위한 의도라는 확신이 들었다. 그는 뭔가 갑작스럽고 즉흥적인 일을, 예측 불허의 교묘한 일을 벌여서 팬지에 대한 그의 헤아림과 그녀의 헤아림이 어떻게 다른지 명시하고, 자기의 딸을 귀중한 예술작품으로 간주한다면 마지막 손질에 더욱 공을 들이는 게 당연하다는 점을 보여주고자 했다. 효과를 노렸다면 그는 성공했다. 이 일은 이저벨의 가슴을 철렁하게 만들었다. 팬지는 어린 시절을 수녀원에서 보냈고 그곳이 자기 집인 양 행복하게 지냈다. 그녀가 수녀들을 좋아하고 수녀들도 그녀를 아주 좋아하니, 당장은 특별히 고초를 겪는 처지라고 할 수는 없으리라. 하지만 그럼에도 팬지는 겁을 집어먹었다. 아버지가 노린 효과는 분명 날카롭게 각인되었으리라. 오래된 신교도 전통이 이저벨의 생각에서 결코 지워지지 않았다. 그리고 남편이 과시한 비상한 두뇌 회전에 정신을 집중하자 — 그녀는 남편과 마찬가지로 꽃바구니를 바라보고 있었다 — 가엾은 팬지가 비극의 여주인공처럼 느껴졌다. 오즈먼드는 어떤 짓이라도 할 수 있다는 사실을 알리기 원한 거고, 아내는 밥이 어디로 넘어가는지 모를 지경이었다. 이윽고 들려오는 시누의 높고 부자연스러운 목소리에 오히려 안도감이 들 정도였다. 백작 부인 역시 이 문제를 곰곰 생각하고 있었지만, 이저벨과는 다른 결론에 도달했다.

"정말 웃기네, 오빠." 그녀가 말했다. "가엾은 팬지를 귀양 보내면서 그렇게 그럴듯한 이유를 가지가지 갖다붙이는 게. 그냥 내 곁에서 치워버렸다고 단번에 말하지그래? 내가 로지어 씨를 아주 마음에 들어한다는 걸 알아챈 거야? 진짜 그래. 정말 느낌이 좋아. 난 그 사람 덕분에 진정한 사랑을 믿게 됐어. 이전에는 조금도 믿지 않았거든! 그러니 그런 소신을 가진 내가 팬지와 같이 지내는 걸 두고 보지 않겠다는 심보인 거지."

오즈먼드는 와인을 조금 맛보았다. 그는 더할 나위 없이 기분이 좋아 보였다. "우리 에이미," 그는 여성에게 정중한 말을 늘어놓는 사람처럼 웃으면서 이렇게 말했다. "난 네 소신이 뭔지 몰라. 하지만 내 소신과 충돌한다는 생각이 들면 널 추방하는 편이 훨씬 간단할 거다."

51장

백작 부인은 추방을 모면했지만, 오빠 집에서 환대받는 기간이 끝날 거라는 불안감을 느꼈다. 이 일이 있고 일주일 후 이저벨은 영국에서 전보를 받았다. 터칫 부인이 가든코트에서 보낸 전보였다. '랠프, 오래 못 버팀.' 전보는 이렇게 이어졌다. '형편이 좋으면 보고 싶어함. 다른 의무가 없을 시 오라는 전갈임. 노상 말하던 의무가 뭘까 궁금했음. 알아냈는지. 랠프 정말 죽어가고 있고 곁에 다른 사람 없음.' 수고에 감사하는 환자와의 영국 여행에 관해 헨리에타 스택폴의 자세한 편지를 받은 터라 이저벨은 마음의 준비가 되어 있었다. 랠프는 초주검이 되어 영국에 도착했지만 어찌어찌 가든 코트로 후송했고, 침대에 눕혔을 때 다시는 일어나지 못할 게 명약 관화했다고 스택폴 양은 썼다. 사실은 한명이 아니라 두명의 환자를 돌봐야 했다고 덧붙였다. 병의 성격은 달랐지만 터칫 씨만큼이나 병든 상태인 굿우드 씨는 전혀 도움이 안되었다는 것이다. 나중에 쓴 편지에는 미국에서 막 돌아온 터칫 부인에게 현장의 주도권을 내주지 않을 수 없었고, 가든코트에서는 어떤 기자질도 허용하지 않겠다는 뜻을 그 부인이 즉각 분명히 하더라고도 썼다. 이저벨은 랠프가 로마에 오자마자 이모에게 그의 병세가 위중한 상태임을 알리고 곧바로 유럽으로 돌아오는 게 좋겠다는 취지의 편지를 보냈다. 터칫 부인은 그런 권고를 담은 편지를 받았다고 전보로 알렸지만, 기별을 보낸 건 내가 방금 인용한 두번째 전보가 전부였다.

이저벨은 잠시 서서 이 전보를 들여다봤다. 그런 다음 주머니에 쑤셔넣고, 곧장 남편의 서재 앞으로 갔다. 여기서도 잠시 멈춰섰지만 문을 열고 들어갔다. 오즈먼드는 창가 테이블에 2절판 책을 몇권의 책에 기대 세워놓고 앉아 있었다. 색칠한 작은 도판 페이지를 펼쳐놓은 걸 보고, 이저벨은 그가 오래된 주화의 그림을 모사하고 있었음을 금방 알 수 있었다. 그림물감 상자와 가는 붓 몇개 옆에 놓인 깨끗한 종이 한장에 정교하게 색칠한 원형의 동전이 이미 옮겨져 있었다. 등을 돌리고 있었지만, 그는 돌아보지 않고도 아내가 들어왔음을 알았다.

"방해해서 미안해요." 그녀가 말했다.

"당신 방에 들어갈 때 난 언제나 노크를 하오." 일을 계속하면서 그가 대답했다.

"잊었어요. 정신이 딴 데 가 있어서. 랠프 오빠가 죽어가고 있어요."

"아, 못 믿겠는걸." 오즈먼드가 확대경으로 도판을 들여다보며 말했다. "우리가 결혼할 때도 죽어가고 있었소. 그 친구, 우리보다 더 오래 살 거요."

이저벨은 자로 잰 듯한 냉소를 담은 그의 발언을 곱씹을 겨를이 없었다. 그냥 목표를 향해 빨리 말을 이었다. "이모가 전보를 보냈어요. 가든코트에 가야 해요."

"왜 가든코트에 가야 하는데?" 오즈먼드는 단순히 호기심 때문에 묻는 것처럼 말했다.

"랠프 오빠가 죽기 전에 가봐야 해요."

이 말에 그는 아무 대답도 없었다. 그는 해오던 작업에 계속 주의를 기울였는데, 그렇게 하지 않고 할 수 있는 일은 아니었다. "그럴 필요가 있는지 모르겠군. 당신을 보러 그 친구가 여기 왔었지. 난 그게 싫었소. 로마에 온 건 큰 실수라고 생각했거든. 하지만 당신이 그 친구를 마지막으로 만난다는 생각에 참아줬지. 그런데 그게 마지막이 아니라는 거군. 아, 당신은 감사할 줄 모르오."

"내가 감사할 게 뭐가 있죠?"

길버트 오즈먼드는 작은 도구들을 내려놓고 그림에서 먼지 한 점을 훅 불어버리더니 천천히 일어나 처음으로 아내를 바라봤다. "그 친구가 여기 있는 동안 내가 간섭하지 않은 거 말이오."

"아, 그럼요, 감사하죠. 얼마나 싫은 기색을 보였는지 잘 기억하고 있어요. 오빠가 떠났을 때 기뻤을 정도였으니까."

"그럼 그대로 놔두지. 쫓아가지 말고."

이저벨은 그를 외면하고 눈길을 작은 그림으로 돌렸다. "난 영국에 가야 해요." 짜증이 난 고상한 취향의 남자가 자기 말투에서 우둔한 고집불통의 인상을 받았겠지 하고 십분 의식한 발언이었다.

"당신이 그런다면 내가 좋아하지 않을 거요." 오즈먼드가 말했다.

"그걸 왜 내가 신경 써야 하는데요? 안 가도 마찬가질 텐데. 내가 뭘 하든 말든 당신은 좋아하지 않아요. 내가 거짓말을 한다고 생각할 거니까."

조금 창백해진 오즈먼드는 싸늘하게 웃었다. "그래서 가야겠다는 거요? 사촌 오빠를 보러 가는 게 아니라 내게 앙갚음하려고?"

"앙갚음이라니 무슨 소린지 모르겠네요."

"난 알고 있소." 오즈먼드가 말했다. "골칫거리를 만들지 마시오."

"골칫거리를 만들고 싶은 건 바로 당신이에요. 내가 어리석은 행동을 하길 바라고 있겠죠."

"날 거역하다 어리석은 짓을 저지른 경우라면 기분이 좋을 거요."

"거역한다고?" 이저벨이 온순하게 들리는 낮은 어조로 말했다.

"분명히 말하지. 당신이 오늘 로마를 떠난다면 그건 아주 의도적이고 계산적인 도발이 될 거요."

"그걸 어떻게 계산적이라고 하는 거죠? 이모 전보를 받은 지 3분밖에 안됐는데."

"당신은 계산을 빨리 하니까. 그쪽으로는 재주가 비상하지. 우리가 왜 이런 토론을 계속하고 있는지 모르겠군. 내가 원하는 바를 알고 있잖소." 그리고 그는 아내가 물러나길 기대하는 듯이 거기서 있었다.

하지만 그녀는 움직이지 않았다. 움직일 수 없었다. 이상하게 들릴지 모르지만 자신이 정당하다는 사실을 천명하고 싶었다. 그는 아내로 하여금 그럴 필요를 느끼게 만드는 특별한 재주가 있었다. 머리로는 거부해도 이저벨의 상상력에는 언제나 그의 호소에 호응하는 뭔가가 있었다. "내가 가지 않기를 바랄 이유가 당신에겐 없어요." 이저벨이 말했다. "그리고 난 갈 이유가 있고. 당신이 얼마나 부당한지 말로는 못하겠네요. 그건 당신도 알고 있겠죠. 계산적인 건 바로 당신의 반대예요. 악의적이기도 하고요."

남편에 대한 최악의 생각을 그녀가 말로 내뱉은 적이 없었기 때문에 이런 말을 듣는 건 분명 오즈먼드에게 낯선 느낌이었으리라. 하지만 그는 놀라지 않았다. 그의 침착함은 아내를 교묘히 자극해 속내를 드러내게 하려는 시도가 결국 먹힐 거라고 믿고 있음을 일견 입증했다. "그만큼 더 강한 반대인 거지." 그가 응수했다. 그리고 그는 아내에게 다정하게 충고하듯 덧붙였다. "이건 아주 중요한 문제요." 그녀도 인정했다. 이번 일의 중요성을 오즈먼드 부인도 충분히 의식하고 있었다. 둘의 관계가 위기 국면에 도달한 것이다. 심상치 않은 상황에 조심스러워진 그녀는 아무 말도 하지 않았고, 그가 말을 이었다. "내가 아무 이유 없이 그런다고? 아주 좋은 이유가 있지. 내 가슴 깊숙한 곳에서부터 당신이 하려는 일이 싫소. 모욕적이고 상스럽고 꼴사나운 짓이오. 당신 사촌 오빠는 내게 아무것도 아니고, 그 사람을 위해 내가 양보할 의무는 전혀 없소. 이미 양보할 만큼 양보했고. 그자가 여기 있는 동안 당신과 그자의 관계 때문에 나는 바늘방석이었소. 하지만 이제나저제나 가겠지 싶어 내버려뒀던 거요. 난 그자를 좋아한 적이 없고 그자도 날 좋아한 적이 없소. 당신은 그래서 그자를 좋아하는 거요. 그가 날 싫어하니까."오즈먼드의 목소리에서 들릴 듯 말 듯한 떨림이 얼른 지나갔다. "내 아내라면 해야 할 일과 하지 말아야 할 일을 구별해야 한다고 생각하오. 내 간절한 소망을 거스르고 다른 남자의 병상을 지키기 위해 혼자 유럽을 횡단하는 건 안된단 말이오. 당신 사촌 오빠는 당신에게 아무것도 아닌 존재요. 우리에게 아무것도 아닌 존재요. 내가 우리라고 말하면 당신은 아주 야릇하게 웃는데, 우리, 우리가, 오즈먼드 부인, 내가 알고 있는 전부임을 분명히 해두지. 나는 우리의 결혼을 심각하게 받아들여요. 당신은 그렇게 하지 않기로 한 모양이군. 우리가 이혼했거나 별거 중은 아니라고 알고 있는데, 내 관점에서 보면 우리는 분리할 수 없는 하나요. 당신은 다른 어떤 사람보다도 내게 더 가까운 존재고, 나도 당신에게 마찬가지로 그렇소. 그렇게 가깝다는 게 싫을 수는 있겠지. 하지만 어쨌든 우리들이 의도적으로 만든 결합이오. 당신은 기억하고 싶지 않은 모양인데, 난 기껍게 그 기억을 되살리오. 왜냐하면 ― 왜냐하면 ―" 그리고 그는 아주 적절한 말을 할 것처럼 잠시 말을 멈췄다. "왜냐하면 행동의 결과를 받아들여야 한다고 나는 생각하니까, 그리고 내가 삶에서 가장 소중하게 생각하는 건 무슨 일에서든 명예니까!"

그는 진지하게, 거의 온화하게 말했다. 빈정거림의 느낌이 그의 말투에서 사라졌다. 이 진지함이 이저벨의 급한 성미를 억제했다. 이 방을 들어설 때의 결의가 가는 실로 된 그물에 걸려버렸다. 그의 마지막 말은 명령이 아니었다. 일종의 호소였다. 결국 용의주도한 자기중심성에 경의를 표하고 있을 뿐이라고 느꼈지만, 그의 말은 뭔가 ―성호나 모국의 국기같이 ―초월적이고 절대적인 것을 대변했다. 그는 뭔가 성스럽고 소중한 것의 이름을 걸고 훌륭한 형식의 준수를 선언했다. 그들은 환상이 깨진 어떤 연인들보다도 더 감정적으로 거리가 벌어졌다. 하지만 아직까지는 이런 분리를 행동으로 옮긴 건 아니었다. 이저벨은 달라지지 않았다. 공정성에 대한 예전의 열정은 그대로 남아 있었다. 남편이 불경스러운 궤변을 구사한다고 뼛속 깊이 실감하는 지금도, 그녀의 열정은 그 순간 그에게 승리를 약속하는 곡조에 장단을 맞춰 쿵쾅거렸다. 결혼의 외양을 지키고자 하는 그의 바람이 결과적으로는 진심이라고, 그것도 그 나름으로는 장점이라는 생각이 들었으니 말이다. 10분 전만 해도 그녀는 생각하지 않고 행동을 취하는 기쁨을 한껏 느꼈다. 그건 오랫동안 그녀가 느끼지 못한 그런 기쁨이었다. 하지만 행동은 갑자기 오즈먼드의 저주 어린 숨결에 의해 변질되어 굼뜬 체념으로 바뀌었다. 하지만 체념해야 한다면 그녀가 바보가 아니라 피해자임을 분명히 해둬야 했다. "당신이 냉소의 대가라는 걸 알아요." 그녀가 말했다. "어떻게 영원불변의 결합을 말할 수 있죠? 어떻게 만족한다고 말할 수 있나요? 나보고 거짓말한다고 비난할 때 우리 결혼은 뭐가 되는 거죠? 마음속에 끔찍한 의심만 가득한데 당신은 뭐가 만족스럽다는 건가요?"

"그런 문제점에도 불구하고 우리가 번듯하게 함께 사는 것으로 만족하오."

"우리는 번듯하게 함께 살고 있지 않아요!" 이저벨이 외쳤다.

"당신이 영국에 간다면 정말 그렇게 되겠지."

"그거야 별것도 아니죠. 아무것도 아니지. 더한 일도 할 수 있으니까."

그는 눈썹을 치켜떴고, 어깨도 약간 으쓱하는 것 같았다. 이런 습관을 습득했을 정도로 그는 이딸리아에 오래 살았다. "날 협박하러 온 거라면 내 그림으로 돌아가겠소." 그리고 그는 책상으로 돌아가 작업하던 종이를 집어들고 꼼꼼하게 들여다보았다.

"내가 가면 돌아올 거라고 기대는 하지 않겠군요." 이저벨이 말했다.

그는 몸을 홱 돌렸는데, 의도된 움직임이 아님을 알 수 있었다. 그는 아내를 잠시 바라보다가 물었다. "당신 제정신이오?"

"이게 파경이 아니면 뭔가요?" 그녀가 말을 이었다. "더군다나 당신이 하는 말이 모두 사실이라면?" 그녀는 이제 파경만이 남았다고 생각하지 않을 수 없었다. 파경이 아니라면 이게 뭔지 정말이지 알고 싶었다.

그는 책상 앞에 앉았다. "정말이지 당신이 내 뜻을 거역한다고 가정하면서 입씨름을 할 수는 없소." 그가 말했다. 그리고 작은 붓을 다시 집어들었다.

그녀는 잠시 더, 의도적으로 무관심을 드러내며 자신의 뜻을 강렬하게 몸 전체로 표현하는 남편을 눈에 담을 만큼 머물렀다. 그리고 방에서 나왔다. 몸의 모든 기능과 기운, 열정이 다시 흩어져 사라졌다. 차갑고 어두운 안개가 갑자기 덮쳐온 것 같았다. 오즈먼드는 어떤 약점이든 유도하는 고도의 기술을 갖고 있었다. 자기 방으로 돌아가면서 이저벨은 잡다한 책들을 정리해놓은 작은 거실 문간에 제미니 백작 부인이 서 있는 모습을 봤다. 백작 부인은 책을 펼쳐들고 있었는데, 훑어본 책이 관심을 사로잡지 못한 것 같았다. 이저벨의 발걸음 소리에 그녀는 고개를 들었다.

"아, 새언니," 그녀가 말했다. "새언니는 책을 많이 읽으니까 좀 재미있는 읽을거리를 추천해줘요. 여기 있는 건 모두 따분하네요! 이건 재미있으려나?"

이저벨은 그녀가 내민 책의 제목을 흘깃 봤지만, 눈으로도 머리로도 인식할 수 없었다. "그럴 수 있는 상황이 아니에요. 나쁜 소식이 있어서요. 우리 사촌 오빠가 임종이 가깝다고 해요."

백작 부인은 책을 내던졌다. "아, 굉장히 유쾌한 사람인데. 정말 마음이 아프겠어요."

"사실을 알면 더 마음이 아플걸요."

"그게 뭔데요? 안색이 아주 안 좋아요." 백작 부인이 덧붙였다. "오즈먼드와 같이 있었나봐요."

반시간 전이라면 자신이 시누의 위로를 원하리라는 암시 같은 건 아주 냉담하게 귓등으로 흘려버렸으리라. 시누가 보이는 부산스러운 관심을 덥석 받아들이다시피 한 행동만큼 현재 이저벨의 곤경을 더 잘 입증하는 것도 없었다. "남편과 같이 있었어요." 백작 부인의 빛나는 눈이 번쩍이는 동안 그녀가 말했다.

"지랄같이 굴었을 게 분명해!" 백작 부인이 외쳤다. "터칫 씨가 다 죽어가서 기쁘다고 합디까?"

"내가 영국에 가는 건 불가능하다네요."

이해관계가 걸려 있으면 백작 부인의 마음은 기민하게 움직였다. 그녀는 일찌감치 로마에서의 빛나는 나날들이 종료되리라 예견했다. 랠프 터칫이 죽으면 이저벨은 상복을 입을 테고, 그러면 정찬 파티는 더이상 열리지 않으리라. 이를 예상하면서 백작 부인의 얼굴에는 찡그린 표정이 선명하게 나타났다. 하지만 얼핏 스쳐간 생생한 안면근육의 움직임이 실망감의 유일한 표시였다. 어쨌거나 재미난 일도 거의 끝나간다는 게 그녀의 생각이었다. 이미 초대받은 기간보다 더 오래 머물렀으니 말이다. 그리고 자기 문제를 잊을 만큼 이저벨의 고통에 공감했고, 그녀가 심한 고통을 당하고 있음을 알 수 있었다. 그 고통은 사촌 오빠의 죽음 때문만은 아닌 것 같았다. 백작 부인은 분통 터지게 만드는 오빠를 새언니의 눈에 나타난 표정과 서슴없이 연결했다. 그녀의 심장은 거의 기쁨에 넘치는 기대감으로 뛰기 시작했다. 오즈먼드가 제압당하는 꼴을 보는 게 소원이라면 지금이 호기였기 때문이다. 물론 이저벨이 영국으로 간다면 그녀도 곧바로 빨라쪼 로까네라를 떠날 것이다. 무슨 일이 있어도 오즈먼드와 이곳에 남아 있지는 않으리라. 그럼에도 그녀는 이저벨이 영국에 가겠다고 우기기를 바랐다. "새언니에게 불가능이란 없어요." 그녀가 어르듯 말했다. "그럼 뭣 때문에 돈 많고 똑똑하고 멋진 건데?"

"정말 왜 그런 거죠? 난 바보 같은 느낌이 들 정도로 무력해요."

"오빠가 안된다고 하는 이유가 뭔가요?" 백작 부인은 도저히 상상이 안 간다는 말투로 물었다.

하지만 그녀가 이렇게 질문하자 이저벨은 물러섰다. 백작 부인이 다정하게 잡은 손도 뺐냈다. 하지만 질문에는 까놓고 신랄하게 대답했다. "우리가 너무 행복하게 지내서 보름도 떨어져 지낼 수가 없다네요."

"아," 이저벨이 돌아서는데 백작 부인이 외쳤다. "내가 여행을 떠나려고 하면 우리 남편은 그냥 돈을 안 주겠다고 하는데!"

이저벨은 자기 방으로 가서 1시간을 서성거렸다. 일부 독자들은 그녀가 괜한 고민을 한다고, 기백 있는 여자로서 너무 쉽게 좌절한 게 분명하다고 생각하리라. 하지만 그녀는 이제 와서야 결혼이 뭘 의미하는지 완벽하게 가늠했다는 느낌이 들었다. 결혼이란, 선택해야 할 경우, 당연히 남편을 선택해야 하는 걸 의미한다. "그렇게 해야 해. 그래, 그렇게 해야 해." 그녀는 걷다가 멈춰서고는 이렇게 되뇌었다. 하지만 남편이, 그의 불만과 증오, 그의 앙갚음이 겁이 나서는 아니었다. 자신의 행동을 나중에 심판하게 될까봐 — 그래서 행동을 종종 자제하기도 했다 — 겁이 나서도 아니었다. 다만 오즈먼드가 가지 말라고 하는데 갈 경우 야기될 충돌 때문이었다. 둘 사이에 불화의 심연이 놓여 있지만, 그럼에도 아내가 남아 있어야 한다는 게 그의 바람이었고, 그녀가 기어코 간다는 데 질색하는 것이었다. 반대에 부딪힐 때 그가 얼마나 신경질적으로 민감하게 반응하는지 그녀는 알고 있었다. 자기 아내를 어떻게 생각하는지 알고 있었고, 어떤 말까지 할 수 있을지 상상이 갔다. 하지만 그럼에도 그들은 부부이고, 결혼은 엄청난 서약을 입 밖에 내면서 제단 앞에 함께 선 남자에게 충실하기로 한다는 것을 의미했다. 마침내 소파에 주저앉은 이저벨은 쌓여 있는 쿠션에 머리를 묻었다.

다시 머리를 들자 제미니 백작 부인이 이저벨 곁을 맴돌며 서 있었다. 그녀가 들어오는 것조차 몰랐다. 백작 부인의 얄팍한 입술에는 야릇한 미소가 서려 있었고, 1시간 만에 얼굴 전체가 암시의 빛을 발하는 변화가 나타난 듯했다. 이렇게 말해도 된다면, 그녀는 마음의 창가 근방에서 서성거린 게 확실한데, 이젠 그런 창밖으로 몸을 쑥 내밀었다. "노크를 했어요." 그녀가 입을 열었다. "대답이 없어서, 그래서 들어와봤죠. 5분 동안이나 지켜보고 있었어요. 정말 불행해 보여요."

"그래요, 하지만 날 위로할 수는 없을 거예요."

"정말 그런지 해볼까요?" 그리고 백작 부인은 소파의 옆자리에 앉았다. 미소를 머금은 채 입이 근지러운 듯 의기양양한 표정을 짓고 있었다. 하고 싶은 말이 아주 많은 것 같았고, 이저벨은 백작 부인이 처음으로 정말 인정 어린 말을 할지 모른다고 생각했다. 깜빡

깜빡 번쩍거리는 그녀의 두 눈에는 불쾌한 호기심이 어려 있었다. "요컨대," 그녀는 곧 다시 말을 이었다. "새언니 심리 상태를 이해할 수 없다고 우선 말할 수밖에 없네요. 새언니는 너무 많이 망설이고, 너무 이유가 많고, 너무 구속이 많아요. 십년 전, 날 비참하게 만드는 걸 내 남편이 지상 목표로 삼았다는 사실을 깨달았을 때, 아, 사는 게 놀랄 만큼 단순해지더라고요! 최근에는 날 그냥 놔둔다니까요. 가엾은 새언니, 새언니는 충분히 단순하지 않아요."

"그래요, 난 단순하지 않아요." 이저벨이 말했다.

"새언니가 알아야 할 일이 있어요." 백작 부인이 선언했다. "알아 마땅한 일이니까요. 어쩌면 알고 있을지도 몰라. 짐작했을 수도 있고. 그런데 알고 있다면 왜 맘대로 하지 않는지 도대체 알 수가 없네요."

"내가 알아야 할 게 뭔데요?" 불길한 예감에 이저벨의 심장이 더 빨리 뛰었다. 백작 부인은 자신의 주장을 정당화하려고 하는데, 이것만으로도 불길했다.

그럼에도 백작 부인은 이 화제로 좀더 재미를 보고 싶은 모양이었다. "내가 새언니라면 옛날에 알아차렸을 텐데. 정말 의심한 적도 없어요?"

"없어요. 뭘 의심해야 했는데요? 무슨 말인지 모르겠어요."

"그건 새언니가 진저리 나게 순수하기 때문이야. 새언니처럼 마음이 순수한 여자를 본 적이 없다니까!" 백작 부인이 외쳤다.

이저벨이 천천히 일어섰다. "뭔가 끔찍한 말을 하려는 거죠."

"뭐라고 부르느냐는 새언니 마음이죠!" 그러자 백작 부인도 일어섰고, 악의가 더 생생하고 더 무시무시하게 부풀었다. 그녀는 의도를 가득 담은, 그 순간에도 이저벨에게 추해 보이는 눈초리로 희번덕거리며 잠시 서 있었다. "우리 첫째 새언니는 아이가 없었어요." 잠시 후 뱉은 말이었다.

이저벨은 그녀를 빤히 쳐다보았다. 실망스러운 반전이었다. "첫째 새언니라니요?"

"오빠가 한번 결혼한 적이 있다는 건, 이게 거론해도 되는 화젯거리라면, 알고 있겠죠! 내가 옛날 새언니 이야기를 꺼내지 않은 건 새언니에 대한 예의가 아니라고 생각했기 때문이에요. 하지만 무딘 사람들은 분명 말밥에 올렸겠죠. 그 불쌍한 여자는 겨우 삼년 살고 애 하나 없이 죽었어요. 팬지가 태어난 건 새언니가 죽고 난 이후예요."

이저벨은 얼굴을 찡그렸다. 창백하고 멍한 놀라움에 입술이 벌어졌다. 이저벨은 의미의 가닥들을 쫓아가려고 했지만, 이해할 수 없는 가닥들이 너무 많았다. "팬지가 내 남편 아이가 아니라는 말인가요?"

"완벽하게 새언니 남편의 아이죠! 다른 누구 남편 아이가 아니라 다른 누구 아내의 아이라는 거죠. 하, 이것 참," 백작 부인이 외쳤다. "새언니에게는 구구절절 설명을 해줘야 하네요!"

"무슨 말인지 모르겠어요. 누구 아내의 아이라는 거죠?" 이저벨이 물었다.

"끔찍한 어떤 스위스 남자의 아내죠. 그 인간이 죽은 건, 언제더라? 십년, 십오년도 더 됐어요. 그는 팬지를 자식으로 인정하지 않았고, 돌아가는 상황을 알 만한 사람으로, 가타부타 말도 없었어요. 그래야 할 이유도 없었고요. 오즈먼드가 맡겠다고 나서서 다행이었죠. 아내가 아이를 낳다 죽었는데, 비탄과 혐오에 사로잡힌 나머지 딸이 보기 싫어 유모에게 보냈고, 한참 있다가 데려왔다는 그런

데데한 이야기를 나중에 꾸며대야 했지만. 아내가 죽은 건 사실이었거든요. 죽은 이유와 장소가 달라서 그렇지. 어느해 여름에 신선한 공기가 그녀에게 좋을 거라고 해서 피드몬뜨 산으로 갔는데, 거기서 건강이 악화되고 죽을병에 걸린 거였어요. 오즈먼드가 지어낸 이야기가 통했어요. 그걸로 충분했죠. 아무도 관심 두지 않았고, 아무도 속사정을 알려고 하지 않았으니 그럴듯하게 덮을 수 있었죠. 하지만 난 물론 알았죠. 따져보지 않고도.” 백작 부인이 명쾌하게 말을 이어갔다. “그리고 미뤄서 짐작하겠지만 우리들 사이에 일언반구도 오가지 않았어요. 오즈먼드와 나 사이 말이에요. 그 문제를 덮기 위해 오즈먼드가 말없이 날 지켜보는 걸 눈치채지 못했나요? 뭐라고 하기만 하면 날 가만두지 않겠다는 식으로. 난 전후좌우 아무 말도 안했어요. 누구에게 입도 뻥긋한 적이 없다니까. 내가 그럴 수 있다는 걸 믿기 어렵겠지만. 맹세코 그동안 새언니에게 지금 하는 말을 누구에게도 한 적이 없어요. 나로서는 처음부터, 오빠의 딸이라고 하는 순간부터, 그 아이가 내 조카라는 걸로 충분했으니까. 진짜 아이 엄마로 말하자면 —!” 하지만 이렇게 말하던 팬지의 훌륭한 고모는 새언니의 얼굴 표정을 보고 부지불식간에 말을 멈추었다. 이저벨의 얼굴에 눈만 살아 있는 듯이, 이전에는 본 적이 없는 강렬한 눈길로 그녀를 주시했기 때문이다.

거명이 된 건 아니었지만, 이저벨은 시누가 입 밖에 내지 않은 이름을 입술이 메아리로 되받는 걸 겨우 억눌렀다. 그녀는 다시 자리에 주저앉아 고개를 떨어뜨렸다. “왜 나한테 이런 말을 하는 거예요?” 이저벨은 백작 부인에게 거의 낯설게 들리는 말투로 물었다.

“새언니가 모르는 게 너무 지겨워져서요. 새언니에게 말하지 않는 게, 솔직히, 지겨워졌어요. 여태껏 내가 바보 같아서 하지 못한 거 같잖아요! 주변의 모든 일을 알아내지 않기로 작정한 건, 이렇게 말해도 된다면, 나로서는 이해불가네요.[39] 순진한 무지를 일깨우는 그런 식의 도움을 주는 데 난 늘 서툴렀거든요. 그리고 그 연장선에서 오빠를 위해 침묵을 지키고자 한 미덕이 결국 고갈되어버렸어요. 이건 악의적인 거짓말이 아니에요. 게다가," 백작 부인은 독특한 말투로 덧붙였다. "내가 말한 건 정확한 사실이에요."

"난 전혀 몰랐어요." 이윽고 이저벨이 답했고, 넋이 나간 듯 보이는 그녀의 고백은 시누를 올려다보는 눈길과 짝을 이루었다.

"그런 줄 알았어요. 믿기는 어려웠지만. 오즈먼드가 육칠년간 그 여자의 애인이었다는 생각을 떠올리지도 못한 거죠?"

"모르겠어요. 떠올린 생각들이 있었는데, 그게 모두 그런 의미였네요."

"그 여자가 아주 영리하게 굴었고, 팬지에게는 아주 멋진 일을 해주었죠." 백작 부인은 사태를 전체적으로 조망하고 탄성을 올렸다.

"아, 나한테 떠오른 생각 중에," 이저벨이 말을 이었다. "명확하게 그런 형태를 띤 건 없었어요." 그녀는 무슨 일이 일어났고 일어나지 않았나를 가늠해보려는 것 같았다. "그리고 사실, 이해가 안 되네요."

이저벨은 괴롭고 혼란스러운 심경을 드러냈지만, 우리의 가엾은 백작 부인은 자신의 폭로가 기대 이하의 효과를 거뒀다고 생각하는 것 같았다. 폭로에 걸맞은 감정의 격발이 일어나리라고 기대했는데, 겨우 불꽃 하나가 튀었을 뿐이었다. 상상력이 풍부하다고 호가 난 젊은 여자에게 이 사건이 남긴 인상은 공적인 역사서의 어떤

----

39 (프) Ça me dépasse.

불길한 한 구절에서 받은 인상보다 큰 것 같지 않았다. "아이가 그 녀 남편의 아이로 통할 수 없었던 이유를 알겠어요? 멀 씨의 아이로 말이에요." 그녀의 시누이가 말을 이었다. "그러기에는 너무 오래 떨어져 있었거든요. 멀 씨가 먼 나라로 떠났는데, 남미로 갔던 거 같아요. 확실히는 모르지만, 이전에도 아이가 있었다면 잃었을 거예요. 긴박한 처지에 — 너무나 거북한 처지에 빠진 거죠 — 오즈먼드가 딸을 인정할 수 있게끔 주변 상황이 딱 맞아떨어졌어요. 그의 아내는 죽었고, 그건 사실이에요. 하지만 날짜를 융통성 있게 조정 못할 정도로 오래전에 죽은 건 아니었거든요. 처음부터 의혹 같은 건 없었어요. 두사람이 신경 쓴 게 바로 그 점이었으니까. 가엾은 오즈먼드 부인이 멀리 떨어진 곳에서, 사소한 일엔 무심한 세상에 가여운 작은 아이를, 그녀의 생명으로 값을 치른 짧은 행복의 서약을 남겨두고 간 것보다 더 자연스러운 일이 어디 있겠어요? 거처를 옮김으로써 지어낸 이야기가 성공적으로 먹혀들었죠. 알프스에 머무르는 동안 오빠 부부의 거처는 나뽈리였는데, 이내 그곳을 떠났거든요. 불쌍한 새언니는 무덤에서 어쩔 수 없었을 테고, 진짜 엄마는 면피하기 위해 아이에 대한 모든 명시적인 권리를 포기했죠."

"아, 가엾은, 가엾은 여자!" 이저벨이 이렇게 외치면서 울음을 터뜨렸다. 눈물을 흘린 지 오래되었다. 절대 울지 않겠다고 마음을 다잡았던 것이다. 하지만 이제 눈물이 펑펑 나왔고, 이 역시 제미니 백작 부인이 예상 못한 반응이었다.

"남편의 전처를 동정하다니 정말 인정이 많네요." 그녀는 시끄럽게 웃어댔다. "그래요, 정말이지 특이하네요 — !"

"그럼 아내를 배신한 게 틀림없네요. 그것도 결혼하자마자!" 이저벨이 갑자기 감정을 제어하면서 말했다.

"그것만으로 충분하지 ─ 새언니가 '그 여자' 편을 드는 데!" 백작 부인이 말을 이었다. "하지만 동감이에요. 너무 빨리 바람을 피운 거죠!"

"그런데 내겐, 내겐 ─?" 그리고 이저벨은 백작 부인의 말을 듣지 못한 것처럼, 자신의 질문이 ─ 눈앞에 확실히 놓여 있었지만 ─ 자신만을 위한 질문인 것처럼 말을 멈추었다.

"새언니에게는 충실했느냐고? 글쎄, 뭘 충실이라고 부르느냐에 달려 있죠. 새언니와 결혼했을 때는 더이상 다른 여자의 애인은 아니었어요. 그 일이 지속되는 동안 위험을 무릅쓰고 조심스럽게 처신한 그런 의미의 애인 말이죠. 불륜 관계는 끝난 거예요. 여자 쪽에서 회개를 했거나, 어쨌거나 나름의 이유가 있어서 발을 뺀 거죠. 게다가 그 여자는 언제나 체면을 몹시 중시해서 오즈먼드도 그게 지겨워졌겠죠. 그러니 어떤 상황인지 상상이 갈 거예요. 오즈먼드가 원하는 어떤 것에도 편리하게 끼워맞출 수 없게 되었을 때! 하지만 둘 사이의 과거는 고스란히 남아 있지."

"그래요," 이저벨이 기계적으로 되풀이했다. "그들의 과거는 남아 있죠."

"아, 이후의 과거는 아무것도 아니에요. 하지만 아까 말했듯이 그들은 육칠년 동안 관계를 유지했어요."

이저벨은 잠시 말이 없었다. "그럼 그 여자는 왜 그 사람이 나랑 결혼하기를 원한 거죠?"

"아, 그래요, 그게 그 여자의 출중한 점이죠! 새언니는 돈이 있고, 팬지에게 잘해줄 거라고 생각했으니까."

"가엾은 여자, 팬지는 그 여자를 좋아하지 않아요!" 이저벨이 외쳤다.

"그러니까 팬지가 좋아할 사람을 원한 거예요. 그 여자는 알아요. 모든 걸 다 안다니까."

"아가씨가 내게 이런 말을 한 것도 알까요?"

"그건 새언니가 말을 하느냐에 달렸죠. 그 여자는 준비가 되어 있어요. 그 여자가 자기를 어떻게 변호하고 나설 작정인지 알아요? 내가 거짓말한다고 새언니가 생각할 거라는 거죠. 그렇게 생각할 수도 있겠지. 거북살스럽게 감추려고 할 거 없어요. 다만 이번 경우에는 내가 거짓말을 하는 게 아니거든요. 천치같이 사소한 거짓말은 무수하게 했지만, 나 말고 다른 사람을 해친 적은 없으니까."

이저벨은 떠돌이 집시가 발치에 놓인 카펫 위에 여러가지 멋진 물건을 펼쳐놓은 듯 앉아서 시누이의 이야기에 귀를 기울였다. "왜 오즈먼드는 그 여자와 결혼하지 않았죠?" 이저벨이 마침내 물었다.

"돈이 없었으니까." 백작 부인은 모든 질문에 대답이 준비되어 있었고, 그녀가 만약 거짓말을 하는 거라면 능수능란했다. "아무도 몰라요. 그 여자가 무슨 돈으로 사는지, 어떻게 그 아름다운 골동품들을 수집했는지 아무도 알아내지 못했죠. 오즈먼드도 모를걸. 게다가 그 여자는 오즈먼드와 결혼할 생각이 없었어요."

"그렇다면 사랑했다고 할 수는 없잖아요?"

"그런 식으로 사랑하지는 않은 거죠. 처음에는 사랑했고, 그땐 오즈먼드와 결혼하고 싶었을 거라는 생각도 들어요. 하지만 당시에는 남편이라는 작자가 살아 있었거든요. 선조라고 할 게 없었으니까 선조들에게로 돌아갔다고 할 수도 없는데 아무튼 멀 씨가 죽고 나서는 오즈먼드와의 관계도 변했고, 야심이 더 커졌죠. 게다가 그 여자는 오즈먼드에 관한 한," 백작 부인이 말을 이었다, "지적인 망상 같은 게 전혀 없었어요. (이 말은 나중에 이저벨을 너무도 비참하게 움츠러들게 만들었다.) 그 여자는 고명한 남자와 결혼하기를 바랐거든요. 언제나 그게 그 여자의 고정관념이었지. 기다리고 주시하고 계획을 꾸미고 시도했지만 성공하지는 못했고. 마담 멀이 성공했다고 할 수는 없잖아요. 앞으로 뭘 이룰지 모르지만, 현재로서는 보여줄 게 없어요. 물론 모든 사람과 안면을 트고 공짜로 그들 집에 머무는 걸 제외하면 말이에요. 그녀가 여태껏 성공이라고 할 만한 유일한 성과는 새언니와 오즈먼드를 엮어준 거예요. 아, 그건 그 여자 작품이지. 설마 하는 표정 지을 필요 없어요. 그들을 오랫동안 관찰했으니까. 난 모든 걸 알고 있어요. 모든 걸. 내가 아주 산만하다고들 하지만, 두사람을 끝까지 추적할 정도로 집중력은 있어요. 그 여자는 날 몹시 싫어하는데, 그걸 드러내는 방식이 끝없이 날 변명해주는 척하는 거예요. 사람들이 내게 애인이 열댓씩 있었다고 하면 펄쩍 뛰면서 그중 절반은 입증된 적이 없다고 공언하는 식이지. 그 여자는 오랫동안 날 두려워했어요. 그래서 사람들이 나에 대해서 떠들어대는 새빨간 거짓말에서 큰 위안을 얻었죠. 내가 자기 비밀을 까발릴까봐 겁이 났을 테니까. 오빠가 새언니에게 구애할 즈음, 한번은 나한테 으름장을 놓기도 했어요. 피렌쩨에 있는 오빠 집에서였죠. 새언니를 그 집에 데리고 와서 정원에서 차 마시던 날 오후, 기억나요? 그날 내가 고자질하면 자기도 가만히 안 있겠다고 했어요. 자기보다 나에 대해 떠들어댈 게 더 많은 척하더라니까. 재보면 재미있을 텐데! 그 여자가 뭐라고 떠들든 난 조금도 신경 안 써요. 새언니도 조금도 신경 안 쓸걸, 뭐. 지금도 머리가 복잡한데 나 때문에 신경 쓸 겨를이 어디 있겠어요. 맘대로 복수를 하라지. 그 여자도 새언니를 겁줄 엄두를 내지 못할걸.

그 여자의 위대한 이상은 전혀 흠잡을 데가 없는 존재가 되는 거였어요. 활짝 핀 백합이라고 할까, 예법의 화신이라고나 할까. 언제나 그 우상을 섬겼죠. 카이사르의 아내에게 추문이 있어서는 안되는 거니까. 아까 말했듯이 그 여자는 언제나 카이사르와 결혼하고 싶어했어요. 그게 오즈먼드와 결혼하지 않은 이유 중의 하나였죠. 팬지와 함께 있는 걸 보면 사람들이 퍼즐을 맞출까봐 — 닮았다고 알아볼까봐 — 겁이 난 거죠. 모녀 관계가 본의 아니게 드러날까봐 두려워했거든요. 그 여자는 엄청 조심했어요. 모성은 결코 비밀을 드러낸 적이 없으니까.ˮ

"아니, 아니, 모성이 비밀을 드러냈어요."이저벨이 말했다. 이 모든 이야기를 듣는 동안 그녀의 얼굴은 점점 더 창백해졌다. "지난번에 나한테 비밀을 드러냈으니까요. 그때는 알아차리지 못했지만. 팬지가 굉장한 결혼을 할 기회가 있었는데, 일이 잘 안 풀리자 실망한 나머지 가면을 거의 벗을 뻔했어요."

"아, 제 꾀에 넘어갔군."백작 부인이 외쳤다. "자기가 처절하게 실패했기 때문에 딸을 통해 보상을 받을 작정이었거든요."

이저벨은 시누가 아주 스스럼없이 내뱉은 ‘딸’이라는 말에 흠칫했다. "놀라운 일이네요."그녀가 중얼거렸다. 혼란스러운 느낌에 휩싸인 이저벨은 이 이야기가 불러일으킨 동요를 잊을 지경이었다.

"자, 그렇다고 그 죄 없는 가여운 아이를 미워하지 마세요!"백작 부인이 말을 이었다. "아주 좋은 아이니까. 태생이 구접스러워 그렇지. 나도 팬지를 좋아하게 됐어요. 자연스럽게 그렇게 된 건 아니에요. 팬지가 그 여자의 딸이라서가 아니라 새언니의 딸이 되어서죠."

"그래요, 그 아이는 내 딸이 됐어요. 그 가엾은 여자가 날 보면서 얼마나 괴로웠겠어요!" 그 생각에 얼굴이 빨개진 이저벨이 큰 소리로 외쳤다.

"괴로웠을 거라고는 생각 안하는데. 그러기는커녕 즐겼을걸요. 오즈먼드가 결혼하는 바람에 딸이 꽤 짭짤하게 덕을 보게 됐으니까. 그전에는 누추한 곳에서 살았잖아요. 아이 엄마가 무슨 생각을 했는지 알아요? 새언니가 걔를 좋아해서 뭔가를 해주길 기대한 거죠. 오즈먼드는 물론 지참금을 줄 형편이 못됐으니까. 정말 궁색한 처지였거든요. 물론 새언니도 그건 다 알고 있겠죠. 아," 백작 부인이 외쳤다. "도대체 유산은 어쩌다가 물려받은 거예요?" 이저벨의 얼굴에서 야릇한 표정을 읽은 듯 백작 부인은 잠시 말을 멈췄다. "팬지에게 지참금을 주겠다고 하지는 마요. 새언니는 그럴 수도 있는 사람이지만 설마 그러진 않겠지. 너무 착하려고도 하지 마요. 조금 느긋하고 자연스럽고 심술도 부리고. 인생에 단 한번이라도 마음 가는 대로 좀 사악하게 굴어도 돼요!"

"아주 이상한 기분이 드네요. 내가 알고 있어야 할 이야기겠지만, 유감스럽네요." 이저벨이 말했다. "말해줘서 정말 고마워요."

"그래요, 고마워하는 것 같네." 백작 부인이 조롱하는 듯한 웃음을 터뜨렸다. "고마울 수도, 고맙지 않을 수도 있겠지. 내 예상과는 반응이 다르네요."

"어떤 반응을 보였어야 하는데요?" 이저벨이 물었다.

"글쎄, 이용당한 여자가 보일 반응이라고 해야겠죠." 이저벨은 대답하지 않았다. 그냥 귀를 기울였고, 백작 부인이 말을 이었다. "두사람은 언제나 연합전선을 폈죠. 그 여자가 헤어지자고 한 다음에 ― 그가 그랬는지도 모르지만 ― 그건 변함이 없었어요. 하지만 그가 그녀에게 중요한 만큼 그녀가 그에게 중요하지는 않았어요.

그들만의 작은 파티가 끝나고 난 다음, 서로에게 완벽한 자유를 주되 상대방에게 도움을 주기 위해 최선을 다한다고 약속했죠. 내가 이런 걸 어떻게 아느냐고 물을지도 모르겠네. 둘이 하는 행동을 보고 알았죠. 이것만 봐도 여자들이 남자들보다 훨씬 훌륭하다는 걸 알 수 있다니까! 그 여자는 오즈먼드에게 아내를 구해줬는데, 오즈먼드는 그 여자를 위해 손가락 하나 까딱한 게 없어요. 그 여자는 오즈먼드를 위해 진력을 다했고, 계획을 짰고, 고통도 당했어요. 돈을 구해준 것도 한두번이 아니라니까. 그런데도 결국에는 그 여자가 지겨워졌나봐. 오래된 습관이라 때로는 그 여자가 필요하겠지만, 사라져버려도 아쉽지는 않을걸요. 게다가 이젠 그 여자도 그 사실을 알고 있죠. 그러니 질투할 필요는 없어요!" 백작 부인이 익살스럽게 덧붙였다.

이저벨이 다시 소파에서 일어섰다. 마음이 아파서 숨을 헐떡였다. 새롭게 알게 된 사실 때문에 머리가 윙윙 울렸다. "말해줘서 정말 고마워요." 그녀가 반복했다. 그러면서 아주 다른 말투로 불쑥 덧붙였다. "그런데 어떻게 이 모든 걸 아는 거죠?"

백작 부인은 이저벨의 감사에 기분이 좋아지려다가 이 반문에 발끈한 듯했다. 백작 부인은 이저벨을 빤히 쳐다보다가 이렇게 외쳤다. "그럼 내가 다 꾸며냈다고 생각해요!" 하지만 그녀도 갑자기 말투를 바꾸고 이저벨의 팔에 손을 올려놓고 날카롭고 밝게 웃으면서 꿰뚫어보듯이 말했다. "자, 이래도 영국 가는 걸 포기할래요?"

이저벨은 흠칫 놀라 몸을 돌렸다. 하지만 맥이 풀려서 잠시 기대서려고 벽난로 선반에 팔을 올려놓았다. 그렇게 잠시 서 있다가 눈을 감고 현기증이 나는 머리를 팔에 내려놓았다. 그녀의 입술은 창백했다.

"내가 괜히 말했나봐. 새언니를 아프게 만들었네." 백작 부인이 외쳤다.

"아, 랠프 오빠를 만나야만 해요!" 이저벨은 소리내어 울었다. 백작 부인이 예상한 원망이나 성마른 격정보다는 멀리멀리 퍼져가는 무한한 슬픔의 목소리였다.

52장

그날 저녁 또리노를 경유하는 빠리행 기차가 있었다. 백작 부인이 자리를 뜨자 이저벨은 신중하고 헌신적이고 활달한 하녀와 협의해 신속하고 단호한 결정을 내렸다. 그런 다음 (여행을 빼고는) 한가지 일만 생각했다. 가서 팬지를 만나야 한다. 그 아이에게 등을 돌릴 수는 없었다. 오즈먼드가 면회를 가기에는 너무 이르다고 했기 때문에 이저벨은 아직 팬지를 보러 가지 않았다. 마차로 나보나⁴⁰ 방향 좁은 길 쪽으로 난 높은 문에 5시경 도착한 이저벨은 지나치게 친절한 수녀원 여자 수위의 안내를 받아 들어갔다. 이전에도 수녀원 학교에 온 적이 있었다. 팬지와 함께 수녀들을 만나러 왔었다. 이저벨은 그들이 좋은 사람들이란 걸 알고 있었고, 큰 방들이 깨끗하고 밝다는 걸, 아늑한 정원이 겨울에는 양지바르고 봄에는 그늘이 지는 걸 눈여겨봤다. 그래도 불쾌감에 더해 거의 두려움까지 불러일으키는 그곳이 싫었다. 세상을 준다 해도 그곳에서 하룻밤도 보내고 싶지 않았다. 어느 때보다도 지금 이곳은 시설이 잘

---

40 판테온 근처에 소재한 거대한 광장.

갖춰진 감옥이라는 느낌이 들었다. 팬지가 이곳에서 마음대로 나갈 수 있다는 생각을 할 수 없었으니 말이다. 비밀을 알게 되면서 이저벨은 이 죄 없는 아이를 낯설고 모진 관점에서 바라보게 됐지만, 이어진 행동은 아이에게 손을 내미는 것이었다.

수위는 수녀원 응접실에 그녀를 기다리라고 해놓고 나가면서 팬지 양에게 방문객이 한명 더 있다는 사실을 알려주었다. 응접실은 널찍하고 썰렁한 방으로, 새것처럼 보이는 가구가 비치되어 있었다. 불을 지피지 않은, 큼지막하고 깨끗한 흰 자기 난로와 유리판 아래 수집해놓은 밀랍으로 봉한 꽃들이 있었고, 판화로 찍어낸 일련의 종교화가 벽에 걸려 있었다. 지난번에 왔을 때는 이곳이 로마라기보다는 필라델피아 같다는 생각을 했지만, 오늘은 아무 느낌도 없었다. 방이 그냥 텅 비었고 아주 조용하다는 느낌이 들 뿐이었다. 수위는 약 5분 후에 다른 사람을 안내하면서 돌아왔다. 이저벨은 수녀 중 한명인 줄 알고 일어섰는데, 마담 멀과 맞닥뜨리게 되어 기겁하듯이 놀랐다. 마담 멀이 마음속에 이미 너무도 생생하게 자리 잡고 있어서 실물로 나타난 그녀를 보자 이상한 느낌이 들었다. 갑자기, 그리고 다소 섬뜩하게 색칠한 그림이 움직이는 것 같았다. 이저벨은 하루 종일 이 여자의 거짓과 뻔뻔함, 재능과 겪었을 법한 고통을 생각했다. 마담 멀이 방에 들어서자 그런 음험한 것들이 돌연 번쩍 빛을 받아 드러났다. 이 여자가 이곳에 있다는 것 자체가 추악한 육필 증거물, 불경스러운 유물, 법정에 제출되는 엄연한 사실의 성격을 띠었다. 이저벨은 현기증이 났다. 그 자리에서 말을 해야 할 필요가 있다 하더라도 하지 못했으리라. 하지만 그래야 할 필요를 뚜렷이 느낀 건 아니었다. 정말이지 마담 멀에게 한마디도 하지 못할 것 같다는 생각이 들었다. 하지만 이 숙녀와의 관계

에서 꼭 해야 하는 일은 아무것도 없었다. 마담 멀은 자신의 결함
뿐 아니라 다른 사람들의 결함까지도 그럴듯하게 없는 척 넘길 수
있는 여자였다. 하지만 그런 그녀도 평소와 달랐다. 천천히 수위 뒤
를 따라들어온 그녀는 평소의 능수능란함을 발휘하지 않을 것처
럼 보였다. 그녀에게도 예외적인 상황이라, 그 순간의 직감에 따라
대처하기로 한 것이다. 이것이 마담 멀을 유달리 근엄하게 만들었
다. 웃는 시늉조차 하지 않았다. 어느 때보다도 역할을 연기하고 있
음을 알 수 있었지만, 크게 보면 이 놀라운 여자가 이보다 더 자연
스러운 모습을 보인 적이 없다는 생각이 들었다. 마담 멀은 손아래
친구를 머리끝부터 발끝까지 훑어보았다. 비판적이거나 무례하다
기보다는 냉랭한 고상함을 풍기는 눈길이었고, 지난번 만남을 간
접적으로나마 암시하지도 않았다. 그녀는 구분을 짓고 싶어하는
것 같았다. 그때는 화가 났지만, 지금은 마음이 풀렸다고.
  "우리 둘이 잠깐 이야기를 나눌 수 있게 해주세요." 그녀가 여자
수위에게 말했다. "5분 있으면 이 숙녀분께서 종을 울려 부를 거예
요." 그러면서 그녀는 이저벨을 바라보았다. 이저벨은 그녀가 하는
말을 듣고 관심을 딴 데로 돌려 방의 가장 먼 곳 여기저기로 시선
을 보냈다. 이저벨은 다시는 마담 멀을 만나고 싶지 않았다. "여기
서 날 만나 뜻밖인 모양이네. 그리고 불쾌한 것 같기도 하고." 이 숙
녀가 말을 이었다. "내가 왜 면회를 왔는지 알 수 없다고 하겠지. 마
치 선수를 치려고 한 것처럼 보이겠네. 신중하지 못했다는 건 인정
해. 허락을 구했어야 하는 건데." 비꼬기 위해 에둘러 하는 말은 아
니었다. 단순하고 상냥하게 말했을 뿐이다. 하지만 놀람과 고통의
바다로 멀리 떠내려간 이저벨은 그 여자가 어떤 의도로 하는 말인
지 알 수 없었다. "하지만 그렇게 오래 앉아 있지는 않았어." 마담

멀이 계속했다. "팬지와 오래 있지 않았다고. 오늘 오후 들어 팬지가 많이 외롭고 조금은 슬프겠구나 그런 생각이 들었어. 피정이 어린 처녀들에게 유익할 수는 있지. 어린 처녀들에 대해 아는 게 없어서 확실하게 말할 수는 없지만. 어쨌든 좀 우울한 일이야. 그래서 온 거야. 혹시나 하는 마음으로. 자기도 당연히 면회를 올 거고, 오즈먼드 씨도 오겠지. 하지만 다른 면회객은 사절이라는 말은 못 들었거든. 그 수녀 — 이름이 뭐더라? — 까뜨린 수녀는 조금도 문제 삼지 않으셨고. 팬지와 20분 정도 같이 있었어. 수녀원티가 나지 않는 아주 매력적인 작은 방이더라. 피아노와 꽃도 있고. 아이가 아주 멋지게 꾸며놓았지. 취향이 정말 대단하니까. 물론 내가 상관할 바는 아니지. 하지만 아이를 봐서 행복하다는 느낌이 드네. 원한다면 하녀를 둘 수도 있다지만 옷을 차려입을 일이 없을 테니까. 검은 드레스를 입었는데 아주 매력적으로 보였지. 그리고는 까뜨린 수녀를 만나러 갔는데 그 방도 아주 훌륭했어. 여기 수녀들은 조금도 금욕적이지 않아. 까뜨린 수녀의 방에는 아주 요염하게 생긴 화장대가 있는데, 향수병과 아주 비슷하게 생긴 게 있더라니까. 팬지 이야기를 즐겁게 하셨지. 걔가 와서 여간 기쁜 게 아니라고. 하늘에서 내려온 작은 성녀인데다 가장 나이 든 학생들에게도 귀감이 된다고. 마담 까뜨린과 작별하고 가려는데 수위가 들어와 팬지에게 숙녀 손님이 왔다고 하는 거야. 당연히 자기라고 짐작했지. 그래서 내가 대신 가서 맞이해도 되겠느냐고 부탁했지. 그녀가 망설이면서 — 이 이야기는 해야겠네 — 수녀원장님께 보고드리는 게 의무라고 하더군. 오즈먼드 부인을 정중히 접대하는 일이 아주 중요한 모양이야. 난 수녀원장님께 말씀드릴 건 없고, 내가 어떻게 맞아야 의전에 어긋나지 않을지 알려달라고 했지!"

이런 식으로 마담 멀은 오랫동안 화술의 대가로 군림한 여자답게 재기를 드러내면서 말을 이어갔다. 하지만 그녀의 말에는 국면과 단계가 있었고, 얼굴에 눈길을 주지는 않았지만 이저벨은 그 변화를 하나도 놓치지 않았다. 얼마 안 가서 이저벨은 그 여자의 목소리가 갑자기 끊기고 말의 흐름이 매끄럽지 않은 걸 느꼈는데, 그 자체로서 완벽한 극적 변화라고 할 만했다. 이 미묘한 변화는 중대한 발견을, 말을 듣고 있는 상대의 전적으로 새로운 태도를 인지했음을 의미했다. 마담 멀은 순간적으로 그들 사이에 모든 게 끝났음을 알아차렸고, 그리고 다음 순간 그 이유도 짐작했다. 저기 서 있는 사람은 여태껏 알고 지낸 사람이 아니라 아주 다른 사람, 요컨대 자신의 비밀을 아는 사람이다. 이런 발견은 엄청난 동요를 불러일으켰는데, 그 순간 능수능란하기로 으뜸가는 여자가 움찔했고 의연함조차 흔들렸다. 하지만 잠시뿐이었다. 완벽한 처신의 의식적인 흐름이 다시 기운을 모아 그런대로 매끈하게 끝까지 말을 이어갔다. 하지만 끝이 보였기 때문에 계속할 수 있었으리라. 날카로운 것에 찔린 터라 떨림을 억누르려면 최대한 의지를 발동시켜야만 했다. 유일한 안전망은 동요를 드러내지 않는 데 있었다. 그렇게 하려고 애썼지만 놀라움이 담긴 목소리는 진정되지 않았고 — 어쩔 수 없었다 — 무슨 말인지도 모를 소리를 지껄이고 있다는 생각이 들었다. 자신감은 썰물처럼 빠졌고, 배 밑바닥을 조금씩 긁으면서 겨우 항구에 다다랐다.

이저벨은 커다란 거울에 선명하게 비친 것처럼 이 모든 동요를 명확하게 알아차렸다. 지금이 그녀에게 중요한 순간이라고 할 수 있으리라. 승리의 순간이라고 할 수 있으니 말이다. 마담 멀이 겁을 집어먹고 비밀이 폭로될 가능성을 눈앞에 떠올렸다는 것, 그것 자

체가 복수였고, 더 나은 미래를 약속하는 것만 같았다. 그리고 몸을
반쯤 돌리고 창밖을 바라보는 척 서 있는 동안 이저벨은 이 사실을
즐겼다. 창밖으로는 수녀원의 정원이 펼쳐졌다. 하지만 정원이 그
녀의 눈에 들어오지는 않았다. 꽃봉오리를 피우는 식물과 빛을 발
하는 오후가 하나도 보이지 않았다. 이미 경험의 일부가 된 폭로
된 비밀의 조잡한 빛에 비추어 ── 매개가 된 팬지의 연약함 자체
가 그 비밀에 고유의 가치를 부여하기는 했지만 ── 자기가 이모저
모 써먹고 걸어놓은 도구, 단순히 형태만 부여된 나무나 쇠처럼 이
용에 편리한 물건으로 취급되었다는 노골적인 사실을 바라보았다.
이 사실의 쓰라림이 그녀의 영혼에서 다시 끓어올랐다. 입술에 치
욕의 맛이 감도는 느낌이었다. 이저벨이 마담 멀 쪽으로 몸을 돌려
말했다면, 채찍을 휘두르는 소리 같은 말을 내뱉을 것 같은 순간
이 있었다. 하지만 눈을 감자 끔찍스러운 환영도 사라졌다. 비열함
의 끝이 무엇인지 전혀 알지 못하는 세상에서 가장 영리한 여자가
1미터 정도의 거리에 서 있을 따름이었다. 이저벨은 그럼에도 침묵
하는 것 ──마담 멀을 이런 전무후무한 상황에 남겨놓는 것으로 복
수를 대신했다. 침묵이 깨지지 않고 계속되자 마담 멀은 급기야 무
력감의 고백이라고 해야 할 몸짓으로 좌정했다. 그러고 난 다음에
야 이저벨은 느릿느릿 눈을 돌려 그녀를 내려다봤다. 마담 멀은 아
주 창백했고, 그 눈은 이저벨의 얼굴에 꽂혔다. 그녀가 보고자 했다
면 볼 수도 있었겠지만, 마담 멀의 위기는 지나갔다. 이저벨은 그녀
를 비난하지도 따지지도 않기로 했다. 마담 멀이 자신을 변호할 기
회를 주지 않기 위해서라고 해도 되리라.

　"팬지에게 작별인사를 하러 왔어요." 우리의 여주인공이 이윽고
말했다. "오늘밤 영국으로 떠나요."

"오늘밤 영국으로 간다고!" 마담 멀이 거기 앉아서 그녀를 올려다보면서 말했다.

"가든코트로 가요. 랠프 오빠가 세상을 뜰 거 같아서."

"아, 타격이 크겠네." 냉정을 되찾은 마담 멀이 위로의 말을 꺼낼 기회를 놓치지 않았다. "혼자 가는 건가?"

"네, 남편과 같이 안 가요."

마담 멀은 사물의 보편적인 슬픔을 인정하는 듯 낮게 분명치 않은 소리를 냈다. "터칫 씨는 날 좋아하지 않았지. 하지만 임종이 임박했다니 마음이 아프네. 이모도 만나게 되겠지?"

"그래요, 미국에서 돌아오셨어요."

"나한테 아주 잘해주셨는데, 하지만 변했어. 다른 사람들도 변했지." 마담 멀은 고요하고 고고한 비애를 드러내며 말했다. 그녀는 잠시 말을 멈추었다 덧붙였다. "그리고 그리운 가든코트도 다시 보겠네!"

"그곳을 즐기지는 못하겠죠." 이저벨이 대답했다.

"당연하지. 슬플 테니까. 그런데 내가 가본 저택 중에서 — 가본 곳이 아주 많거든 — 살고 싶은 집을 꼽으라면 단연 가든코트야. 그곳 사람들에게 안부 전해달라고 하지는 않겠지만," 마담 멀이 덧붙였다. "그곳에는 내 사랑을 보내고 싶네."

이저벨은 등을 돌렸다. "팬지에게 가야 해요. 시간이 많지 않아요."

그녀가 어디로 나가야 할지 출구를 찾는 동안, 문이 열리고 수녀 한 사람이 살짝 미소를 띠고 긴 헐렁한 소매에 덮인 통통한 흰 손을 가볍게 부비면서 다가왔다. 이저벨은 이미 안면을 튼 까뜨린 수녀를 알아봤고, 그녀에게 오즈먼드 양을 즉각 만나게 해달라고 했다. 까뜨린 수녀는 어느 때보다도 신중해 보였지만 아주 온화하게 웃으면서 말했다. "부인을 보면 걔가 좋아할 거예요. 제가 직접 모시지요." 그리고 수녀는 편안하지만 조심스러운 시선을 마담 멀 쪽으로 돌렸다.

"조금 더 있어도 될까요?" 이 숙녀가 물었다. "여기 있으니까 너무 좋네요."

"좋으시다면 언제까지라도 계세요." 그리고 수녀가 그 심정을 안다는 듯이 웃었다.

수녀는 이저벨을 방 밖으로 인도해 여러개의 복도를 거쳐 긴 계단을 올라갔다. 이 모든 구역들은 가구 하나 없이 견고하고 밝고 깨끗했다. 훌륭한 형무소가 이렇지 하고 이저벨은 생각했다. 까뜨린 수녀는 팬지의 방문을 조용히 밀어 열고, 방문객을 안내했다. 그리고 둘이 만나서 포옹하는 동안 손을 맞잡고 웃음을 머금고 서 있었다.

"팬지가 좋아하네요." 그녀가 반복했다. "아이에게 도움이 될 게 분명해요." 그리고 이저벨을 위해 제일 좋은 의자를 조심스럽게 내주었다. 하지만 본인은 자리에 앉으려고 하지 않고 물러갈 채비를 했다. "보시기에 아이가 어떤 거 같아요?" 수녀는 잠시 발길을 멈추고 이저벨에게 물었다.

"창백해 보이네요." 이저벨이 대답했다.

"당신을 만나서 좋아서 그러지요. 아주 행복한 아이예요. 수녀원을 밝게 해요.[41]" 수녀가 말했다.

팬지는 마담 멀이 말한 대로 검은 드레스를 입고 있었다. 그래서 창백해 보일 수도 있었다. "모두 너무 잘해주세요. 모든 걸 다 배려

---

41 (프) Elle éclaire la maison.

해주세요!" 늘 그렇듯 팬지는 상황에 순응하려는 열망을 담아 외쳤다.

"언제나 그럴 거다. 넌 우리의 소중한 학생이야." 까뜨린 수녀는 친절이 몸에 배어 있고 모든 걸 다 챙기는 일을 의무로 받아들인 여자의 말투로 말했다. 그 말투가 이저벨의 가슴을 답답하게 짓눌렀다. 개성의 포기와 교회의 권위를 나타내는 것 같았다.

까뜨린 수녀가 둘만 남겨놓자 팬지는 무릎을 꿇고 계모의 무릎에 얼굴을 묻었다. 이저벨이 그녀의 머리카락을 다정하게 쓰다듬는 얼마 동안 그들은 그렇게 남아 있었다. "방을 잘 꾸몄죠? 집에서 지내던 그대로예요."

"아주 예쁘네. 아주 편안하게 지낼 수 있겠어." 이저벨은 팬지에게 뭐라고 해야 할지 알 수 없었다. 새어머니가 날 위로하러 왔구나 생각하게 만들 수는 없었고, 그렇다고 그녀와 함께 즐거운 척하는 것도 따분한 연극일 터였다. 그래서 이저벨은 잠시 후 그냥 이렇게 덧붙였다. "작별인사 하러 왔어. 영국에 가야 하거든."

팬지의 작고 하얀 얼굴이 붉어졌다. "영국으로요! 안 돌아오실 건가요?"

"언제 돌아올지 모르겠네."

"아, 어떻게 해요." 팬지는 힘이 빠지는 듯 숨을 쉬었다. 팬지는 비판할 권리가 없는 것처럼 말했지만, 그녀의 목소리에는 깊은 실망감이 배어 있었다.

"사촌 오빠인 터칫 씨가 아주 아파서. 임종이 가까운 것 같아. 그래서 오빠를 만나고 싶어." 이저벨이 말했다.

"아, 그래요, 오빠분이 세상을 뜰 거 같다고 말씀하셨죠. 물론 가보셔야죠. 그런데 아빠도 가세요?"

"아니, 나 혼자 가."

팬지는 잠시 말이 없었다. 겉으로 드러나는 아버지와 새어머니의 관계를 그녀가 어떻게 생각하는지 이저벨은 종종 궁금했다. 하지만 둘 사이에 친밀감이 부족하다고 생각한다는 티를 팬지가 눈짓으로든 말로든 비춘 적은 없었다. 그래도 자기 생각이 있을 것이라고 이저벨은 확신했다. 그들보다는 더 친밀한 부부가 있다고 생각할 게 분명하다. 하지만 팬지는 생각에서조차도 조심스러웠다. 훌륭한 아버지를 비판할 생각이 없듯이, 상냥한 계모를 비판하려고 들지 않았다. 그런 생각만으로도 심장이 거의 멎었으리라. 수녀원 예배실에 걸려 있는 훌륭한 그림에서 성자 두 명이 등을 돌리고 상대방이 못마땅한 듯 고개를 가로젓는 걸 그녀가 봤다면 그랬을 것처럼. 그러나 그런 굉장한 현상이 일어났다 해도 (엄숙한 일이라는 바로 그 사실 때문에) 절대로 발설하지 않았으리라. 자신의 삶보다 더 큰 삶의 비밀에 관한 모든 지식을 팬지는 따로 치워놓았다. "아주 멀리 가시는 거네요." 이윽고 팬지가 말을 이었다.

"그래, 멀리 가. 하지만 별 차이가 없겠지." 이저벨이 설명했다. "네가 여기 있는 한 네 곁에 가까이 있는 건 아니니까."

"그래요, 하지만 절 보러 오실 수 있잖아요. 자주 오시지는 않았지만요."

"네 아버지가 허락하지 않아서 보러 올 수 없었지. 오늘은 아무것도 갖고 오지 못했어. 널 즐겁게 해줄 수 없구나."

"전 즐거움을 누려선 안돼요. 그건 아빠가 원하시는 게 아니에요."

"그럼 내가 로마에 있든 영국에 있든 차이가 없지."

"행복하지 않으시죠, 새엄마." 팬지가 말했다.

"별로. 하지만 상관없어."

"저도 저 자신에게 그렇게 말하곤 해요. 상관없다고요. 그래도 전 나가고 싶어요."

"정말이지 그렇게 되면 좋겠구나."

"절 여기 남겨두지 마세요." 팬지가 온화하게 말을 이었다.

이저벨은 잠시 아무 말도 하지 않았다. 가슴이 뛰었다. "지금 나랑 같이 갈래?" 그녀가 물었다.

팬지는 애원하듯 이저벨을 바라보았다. "아빠가 절 데려오라고 하셨어요?"

"아니, 나 혼자 생각이야."

"그럼 기다리는 게 좋을 거 같아요. 아빠가 전하라는 말씀은 없었고요?"

"내가 이곳에 온지도 모르실걸."

"아빠는 이게 충분치 않다고 생각하시나봐요." 팬지가 말했다. "하지만 아니에요. 수녀님들은 아주 다정하시고 어린 소녀들도 절 만나러 와요. 아주 작은 아이들도 있고요. 아주 귀여운 애들이에요. 그리고 제 방도 — 눈으로 보시잖아요. 모든 게 아주 쾌적해요. 하지만 이걸로 충분해요. 아빠께서는 제게 좀 생각해보라고 하셨는데, 전 아주 많이 생각했거든요."

"무슨 생각을 했니?"

"저, 아빠를 절대로 거스르면 안된다고요."

"그건 이전에도 알고 있었잖아."

"그래요, 하지만 이젠 더 잘 알게 됐어요. 무슨 일이라도 — 무슨 일이라도 할 거예요." 팬지가 말했다. 이렇게 말하는 자기 목소리를 들은 그녀의 얼굴이 짙은 순홍색으로 물들었다. 이저벨은 그 의미를 읽었다. 가엾은 아이는 두 손을 든 것이다. 에드워드 로지어 씨가 에나멜 자기를 팔지 않은 건 잘한 일이다! 이저벨이 팬지의 눈을 들여다보자 거기에는 자기를 살살 다뤄달라는 청원만이 있을 뿐이었다. 이저벨은 팬지의 손에 손을 올려놓았다. 그녀의 표정이 팬지를 존중하는 마음의 감소를 의미하지 않음을 알려주려는 듯이. 처녀의 일시적인 저항이 무너져내린 건 (무언의 조심스러운 저항에 불과했건만) 사태의 진실을 그녀가 받아들였음을 보여줄 따름이었다. 팬지는 다른 사람들을 판단하려고 들지 않았지만, 자신에 대한 판단을 내렸다. 그녀는 현실을 보았다. 현실에 직면해 일련의 교묘한 술수와 싸워보겠다는 사명감은 없었다. 격리의 근엄함에는 팬지를 압도하는 뭔가가 있었다. 팬지는 권위에 예쁜 고개를 숙이고 자비를 베풀어달라고 빌 뿐이었다. 그렇다. 에드워드 로지어가 물건 몇점을 팔지 않고 남겨놓은 건 잘한 일이었다!

이저벨이 일어섰다. 출발 시간이 얼마 남지 않았다. "그럼 잘 있어. 난 오늘 로마를 떠나."

팬지가 그녀의 옷자락을 붙잡았다. 아이의 얼굴에 갑작스러운 변화가 나타났다. "표정이 이상해요. 얼굴이 무서워 보여요."

"내가 무섭긴 뭐가." 이저벨이 말했다.

"안 돌아오실 건가요?"

"아마도. 나도 모르겠다."

"아, 새엄마, 절 두고 가시는 건 아니죠!"

이저벨은 팬지가 상황을 파악했음을 알 수 있었다. "얘야, 널 위해 내가 할 수 있는 일이 뭘까?" 그녀가 물었다.

"저도 몰라요. 하지만 새엄마 생각을 하면 더 행복하거든요."

"그럼 늘 내 생각을 하렴."

"그렇게 멀리 떠나시면 할 수 없어요. 저는 겁이 나요." 팬지가 말했다.

"왜 겁이 나는 거지?"

"아빠도 조금. 그리고 마담 멀요. 방금 절 보러 왔어요."

"그렇게 말하면 안돼." 이저벨이 말했다.

"아, 그분들이 시키시는 대로 다 할 거예요. 새엄마가 여기 있어만 주시면 그렇게 하기 좀 쉬울 거 같아요."

곰곰이 생각에 잠긴 이저벨이 마침내 입을 열었다. "난 널 버리지 않을 거야. 잘 지내라, 얘야."

그들은 아무 말 없이 — 마치 자매처럼 — 서로를 안아주었다. 그리고 팬지는 방문객과 나란히 복도를 걸어 나와 층계 꼭대기에 도달했다. "마담 멀이 여기 왔었어요." 가면서 팬지가 말했다. 이저벨이 아무 대답도 하지 않자 그녀는 불쑥 덧붙였다. "전 마담 멀이 싫어요!"

이저벨은 머뭇거리다 멈춰섰다. "그런 말을 해선 안돼. 마담 멀이 싫다는 말."

팬지는 놀라서 이저벨을 바라보았다. 하지만 팬지에게 놀라움이 불복종의 원인이 된 적은 없었다. "다시는 안 그럴게요." 그녀는 섬세하게 상냥함을 드러내며 말했다. 층계 꼭대기에서 그들은 헤어져야만 했다. 팬지에게 적용되는, 엄하지는 않지만 명료한 규율에 층계를 내려가면 안된다는 조항이 포함되어 있는 듯했다. 이저벨은 층계를 내려갔고, 바닥에 닿았을 때 처녀는 그대로 위에 서 있었다. "돌아오실 거죠?" 이후 이저벨의 기억에 남을 목소리로 팬지가 호소했다.

"그래, 돌아올 거야."

까뜨린 수녀가 아래층에서 오즈먼드 부인을 맞이해 응접실 문

쪽으로 안내했다. 문밖에서 둘은 잠시 서서 이야기를 나눴다. "전 들어가지 않겠어요." 수녀가 말했다. "마담 멀이 부인을 기다리고 있습니다."

이 말에 이저벨이 굳어졌다. 수녀원에 다른 출구는 없냐는 말을 막 하려다가 이 훌륭한 수녀에게 팬지의 다른 친구를 피하고 싶은 마음을 들키지 않는 편이 좋겠다는 생각이 들었다. 수녀는 그녀의 팔을 가볍게 잡고 거의 친밀하게 프랑스어로 이렇게 말했다. "그래, 어떻게 생각하세요, 부인?[42]"

"팬지에 대해서요? 아, 이야기하려면 길어요."

"저희 생각으로는 그걸로 충분해요." 까뜨린 수녀가 또렷이 말했다. 그리고 그녀는 응접실의 문을 열었다.

마담 멀은 아까와 같은 자세 그대로, 생각에 너무 몰두해 손가락 하나 까딱하지 않은 여자처럼 앉아 있었다. 까뜨린 수녀가 문을 닫자 그녀는 일어섰고, 상당히 효과적으로 생각에 몰두했음을 눈치챌 수 있었다. 그녀는 평정을 되찾았다. 능수능란한 본래의 모습을 완벽하게 되찾은 것이다. "기다리고 싶은 마음이 들더라." 그녀가 품위 있게 말했다. "하지만 팬지 이야기를 하려고 그런 건 아니야."

이저벨은 그외에 할 이야기가 뭐가 있을지 의아했다. 마담 멀의 말에도 불구하고 잠시 후 이렇게 대답했다. "까뜨린 수녀님이 이걸로 충분하다고 하시더군요."

"그래, 내 생각에도 충분한 것 같아. 가엾은 터칫 씨에 관해 한마디 더 묻고 싶었어." 마담 멀이 덧붙였다. "정말 임종이 가까웠다고 생각할 근거가 있는 건가?"

---

42 (프) Eh bien, chère Madame, qu'en pensez-vous?

"전보 한통 외에 전해들은 소식이 없어요. 안타깝지만 그럴 개연성이 높음을 전보로 확인했죠."

"묘한 질문을 하나 하려고 하는데." 마담 멀이 말했다. "사촌 오빠를 아주 좋아하지?" 그리고 묘한 질문만큼이나 야릇한 미소를 지었다.

"그래요, 아주 좋아해요. 하지만 무슨 말을 하려는 건지 모르겠군요."

마담 멀은 꾸물거렸다. "설명하기 좀 어렵거든. 어떤 생각이 머리를 스쳤는데, 미처 생각을 못했을 거 같아서 이야기를 해주려고. 그쪽 사촌 오빠가 예전에 큰 도움을 준 적이 있지. 그거 짐작 못했어?"

"오빠는 내게 많은 도움을 주었죠."

"그래, 하지만 그중 하나는 두드러졌지. 오빠가 자기를 부자로 만들어줬으니까."

"오빠가 절 —?"

마담 멀은 의도한 결과가 나타나는 걸 보고 좀더 의기양양하게 말을 이었다. "굉장한 결혼 상대로 만드는 데 필요한 광채를 하나 더 추가해준 거지. 따지고 보면 오즈먼드 부인이 감사해야 할 사람은 랠프 씨지."

"그게 무슨 소리예요. 그건 이모부 돈이었어요."

"그래, 이모부 돈이었지. 하지만 아이디어는 그쪽 사촌 오빠에게서 나왔지. 그가 아버지를 설득했지. 아, 액수가 컸잖아!"

이저벨은 서서 빤히 쳐다보았다. 섬뜩한 섬광이 비추는 세계에 살고 있다는 느낌이 들었다. "왜 그런 말씀을 하시는지 모르겠네요. 당신이 뭘 알고 있는지 난 몰라요."

"추정해서 하는 말일 따름이야. 하지만 내가 그걸 유추해냈지."

이저벨은 문 쪽으로 가서 문을 열고는 빗장을 손에 잡고 서 있었다. 그리고 말했다. 이저벨의 유일한 복수였다. "제가 감사해야 할 사람은 당신인 줄 알았는데!"

마담 멀이 눈길을 떨어뜨렸다. 그녀는 자존심을 세우며 속죄하는 사람처럼 서 있었다. "정말 불행한 모양이군. 하지만 난 더 불행해."

"그래요, 그 말은 믿어요. 당신을 다시는 만나고 싶지 않아요."

마담 멀이 눈길을 들었다. "난 미국으로 갈 거야." 밖으로 나가는 이저벨의 등 뒤로 마담 멀이 조용히 말했다.

53장

채링크로스[43] 역에 도착한 빠리발 열차에서 내렸을 때, 다른 상황이었다면 놀라움보다는 기쁨처럼 보이는 그런 감정으로 헨리에타 스택폴의 팔에 안겼다. (말하자면 그랬다는 이야기다. 손을 잡았다고 해도 된다.) 그녀는 또리노에서 친구에게 전보를 쳤고 헨리에타가 마중을 나올 거라는 생각을 분명히 마음속으로 하지는 않았지만 전보가 도움이 되기는 하겠지 하는 기대는 있었다. 로마에서부터의 긴 여정 내내 그녀는 아무 생각도 할 수 없었고, 미래에 질문을 던질 수도 없었다. 눈에 아무것도 들어오지 않는 상태의 여정인 셈이라, 신선한 봄이 절정으로 장관을 이루었음에도 지나쳐 가는 창밖의 풍광을 즐기지 못했다. 이저벨의 생각은 다른 곳들, 낮

---

43 런던 도심 트래펄가 광장 동쪽에 있는 번화가.

설고 희미한 빛만 비추는, 길도 없는 곳들을 헤매고 있었다. 그곳에
는 계절의 변화도 없이 겨울의 황량함만 끝없이 이어지는 것 같았
다. 생각할 거리는 많았다. 하지만 그녀의 머리에 깊은 생각이나 의
식적인 목표가 빼곡히 채워진 건 아니었다. 단편적인 장면들이 스
쳐지나가다가 갑자기 기억과 기대감의 흐릿한 빛이 번쩍 빛나곤
했다. 과거에서 미래로 장면이 멋대로 바뀌었지만, 그 나름의 논리
에 따라 끊어졌다 이어지는 단속적인 영상일 따름이었다. 이저벨
이 기억하는 것들은 터무니없이 많았다. 비밀이 가려져 있을 때 그
녀의 삶은 짝이 맞지 않은 카드로 하는 카드게임과 비슷했지만, 그
비밀을, 그녀의 삶과 너무나 밀접하게 관련된 비밀을 알게 된 지금
사태의 진실과 그 상호관계와 그 의미, (가장 크게는) 그 혐오스러
움이 그녀의 눈앞에 광대한 건축물처럼 솟아올랐다. 이저벨은 수
천가지 사소한 일들을 기억했는데, 부지불식간에 몸서리를 쳤다.
그런 기억들이 살아움직이기 시작했다. 당시에는 사소하다고 치
부한 일들에 납과 같은 추가 달려 있음을 알게 되었다. 그럼에도
지금도 사소한 일이다. 그녀가 그것들을 알게 됐다고 무슨 소용이
있겠는가? 이제는 아무 쓸모가 없는 것 같았다. 모든 목표, 모든 의
도, 모든 욕망이 보류된 상태였다. 넉넉하게 품어줄 은신처에 도달
하고 싶은 유일한 욕망을 제외하면 말이다. 가든코트가 이저벨의
출발점이었다. 그리고 소음이 차단된 그 방이 최소한 귀향의 잠정
적인 해결책은 되어주리라. 힘차게 출발했지만 지쳐서 돌아가게
되었다. 그리고 그곳이 이전에는 휴식처였다면, 이제는 성소聖所가
되리라. 이저벨은 죽어가는 랠프가 부러웠다. 휴식을 원한다면 죽
음이 가장 완벽한 휴식이다. 완전히 정지하기, 모든 걸 포기하고 더
이상 아무것도 알려고 하지 않기. 이런 생각은 더운 나라의 그늘진

방에서 대리석 욕조에 시원하게 몸을 담그는 장면을 상상할 때처럼 감미로웠다.

사실 로마를 떠나오는 여정에서 이저벨은 거의 죽은 거나 다름없는 순간도 있었다. 그녀는 구석에 앉아 있었다. 죽은 듯 꼼짝도 하지 않고, 가고 있다는 느낌뿐, 너무나 수동적으로, 희망과 회한으로부터 너무나 멀리 떨어져 나온 나머지 유골함에 웅크리고 있는 고대 에트루리아의 조상影像이 떠올랐다. 이제 와서 후회할 것은 없다. 다 지나간 일이다. 어리석은 일을 저지른 시간뿐 아니라 후회의 시간도 아득히 멀어졌다. 단 한가지 유감은 마담 멀이 그토록 ── 뭐라고 해야 할까 ── 그토록 상상을 불허하는 존재였다는 점이다. 이 지점에서, 마담 멀이 무엇이었다고 표현할 말을 정말 찾을 수가 없어서, 그녀는 생각을 멈췄다. 마담 멀이 무엇이었든 후회는 마담 멀의 몫이다. 그리고 공언한 대로 그녀는 미국으로 가서 틀림없이 후회하게 되리라. 더이상 이저벨과는 무관하다. 다시는 마담 멀을 볼 일이 없을 거라는 느낌만 남아 있었다. 이런 느낌으로 미래를 생각한 이저벨은 시시때때로 미래의 파편들을 보았다. 그녀는 살아야 할 삶이 있는 여자의 자세로 먼 훗날의 자신을 바라봤고, 그것이 시사하는 바는 현시점의 느낌과는 상반되었다. 멀리, 정말 멀리 떠나는 것, 잿빛과 푸름이 섞여 있는 작은 영국보다 더 먼 곳으로 떠나는 게 바람직할 테지만, 그런 특권이 그녀에게 허용되지 않을 건 명약관화했다. 영혼 깊은 곳에, 체념해버리고 싶은 마음보다 더 깊은 곳에, 삶을 살아내는 것이 앞으로 다가올 긴 시간 동안 그녀가 해야 할 일이 되리라는 직감이 있었다. 그리고 그런 확신에는 뭔가 고무적인, 기운을 북돋는다고 해야 할 뭔가가 있었다. 그것은 힘의 증거, 자기도 언젠가는 다시 행복해질 수 있으리라는 증거였다. 살면서 고통만 당할 수는 없다. 어쨌든 그녀는 아직 젊었고, 수많은 일이 일어날 여지가 있다. 고통을 당하기 위해 사는 것, 삶의 상처가 도지고 커지는 것 ― 그렇게 살기에는 자기가 너무 소중하고 재능이 있다는 생각이 들었다. 그러다가 자신을 그렇게 높이 평가하는 게 허황되고 어리석은 거 아닐까 하는 의구심이 들었다. 가치가 뭔가를 보장한 적이 있던가? 모든 역사는 가치 있는 것들의 파괴로 가득하지 않았던가? 훌륭하면 고통을 당한다는 게 더욱 그럴 법하지 않은가? 그렇다면 내 안에 어떤 결함이 있음을 인정해야 하리라. 그 결함이 눈앞을 스쳐갈 때 이저벨은 쏜살같이 지나가는 긴 미래의 어렴풋한 그림자를 알아보았다. 결코 놓여나지 못하리라. 끝까지 가게 되리라. 그러자 그사이의 세월이 이저벨을 다시 휘감았고 냉담한 회색 커튼이 포위해왔다.

헨리에타는 평소대로, 키스하다 들킬까봐 겁내듯이 그녀에게 키스했다. 그러고 나서 이저벨은 사람들로 붐비는 와중에 서서 하녀를 찾았다. 그녀는 아무것도 묻지 않았다. 그냥 기다리고 싶었다. 도움을 받을 수 있으리라는 느낌이 불현듯 들었다. 이저벨은 헨리에타가 마중 나와서 기뻤다. 런던에 도착하고 보니 어딘지 끔찍한 데가 있었다. 음침하고 연기가 자욱한 역의 높고 둥근 천장, 낯선 창백한 조명, 빽빽이 밀치고 들어오는 어렴풋한 사람들의 무리가 불안한 두려움을 불러일으켜 이저벨은 친구의 팔을 꼭 붙잡았다. 자기가 한때는 이런 것들을 좋아했다는 사실이 떠올랐다. 그것들이 마음을 사로잡는 뭔가 거대한 스펙터클의 일부라고 생각했던 것 같다. 오년 전 겨울 어스름, 유스턴 역에서 인파로 북적이는 거리로 걸어나갔던 기억이 났다. 오늘은 그렇게 할 수 없으리라. 그렇게 길을 배회한 과거는 마치 딴사람 일처럼 보였다.

"네가 와서 너무 좋아." 헨리에타는 자신의 말에 이저벨이 반박이라도 할 듯 그녀를 바라보았다. "네가 오지 않았다면, 오지 않았다면, 그래, 난 모르겠다." 반대 의견을 제시할 수 있는 힘을 은근히 암시하면서 스택폴 양이 덧붙였다.

하녀가 보이지 않아 이저벨은 주변을 둘러보았다. 그러다가 이전에 봤지 싶은 사람이 하나 시야에 들어왔고, 이내 밴틀링 씨의 온화한 얼굴을 알아보았다. 그는 약간 거리를 두고 서 있었다. 두 숙녀가 포옹을 나누는 동안 삼가는 태도로 거리를 두고서 주변의 사람들이 밀어붙이는 와중에도 그 자리에서 움직이지 않았다.

"저기 밴틀링 씨가 있네." 이저벨이 상냥하게, 뜬금없이, 이제 하녀를 찾든 말든 별로 상관하지 않는다는 투로 말했다.

"아, 그래, 저 사람은 내가 가는 데라면 다 따라와. 밴틀링 씨, 이리 와요!" 헨리에타가 외쳤다. 그러자 이 정중한 총각은, 상황의 중대성에 따라 강도를 조절하는 웃음을 머금고 앞으로 나섰다. "내 친구가 온 게 너무 멋지지 않아요?" 헨리에타가 말했다. "이 사람은 전부 알고 있어." 그녀가 덧붙였다. "우리 둘이 논쟁을 벌였지 뭐야. 밴틀링 씨는 네가 안 올 거라고 했고, 난 올 거라고 했어."

"두 사람은 언제나 생각이 같은 줄 알았지." 이저벨도 웃었다. 이제 웃을 수 있을 것 같았다. 밴틀링 씨의 씩씩한 눈에서 좋은 소식이 있다는 걸 이저벨은 금방 알아차렸다. 그의 눈은 자기가 사촌 오빠의 옛 친구임을 기억하기를 바란다고, 이해한다고, 다 잘될 거라고 말하는 것 같았다. 이저벨은 그에게 손을 내밀었다. 그러다 엉뚱하게도 그가 아름답고 흠잡을 데 없는 기사라는 생각이 들었다.

"아, 전 언제나 같은 의견인데요." 밴틀링 씨가 말했다. "스택폴 양이 동의를 안해요."

"내가 하녀는 성가신 존재라고 했지?" 헨리에타가 말했다. "그 아가씨는 깔레⁴⁴에 남았나보다."

"상관없어." 이저벨이 어느 때보다도 더 흥미롭게 보이는 밴틀링 씨를 바라보며 말했다.

"내가 가서 찾아볼 테니까 이저벨과 같이 있어요." 헨리에타가 다짐해두고 잠시 둘을 남겨두었다.

처음에는 둘 다 아무 말 없이 거기 서 있었는데, 밴틀링 씨가 이저벨에게 도버 해협을 건널 때 날씨가 어땠느냐고 물었다.

"아주 좋았어요. 아니에요, 아주 안 좋았어요." 이 말에 밴틀링 씨는 놀란 것이 분명했다. 그러면서 이저벨이 덧붙였다. "가든코트에 다녀오신 거 알아요."

"그걸 어떻게 아셨어요?"

"그건 저도 몰라요. 가든코트에 갔다 온 분처럼 보인다는 걸 빼면."

"제가 아주 슬퍼 보이나요? 그곳은 아주 슬픔에 잠겼거든요."

"밴틀링 씨가 아주 슬퍼 보이신 적은 없을 거 같아요. 아주 친절해 보이세요." 이저벨은 조금도 힘들이지 않고 여유 있게 말했다. 다시는 피상적인 어색함을 느끼지 않을 것 같았다.

가엾은 밴틀링 씨는 아직도 거북함을 느끼는 듯했다. 얼굴이 벌게진 그는 웃으면서 자기도 기분이 종종 우울하며, 우울하면 아주 사나워진다고 단언했다. "스택폴 양에게 물어보면 아실 거예요. 이틀 전에 가든코트에 갔다 왔어요."

"제 사촌 오빠를 만나보셨어요?"

"아주 잠깐 봤어요. 랠프가 사람들을 만나고 있었거든요. 워버턴

....
44 프랑스 북부의 항구도시.

은 그 전날 왔다 갔고요. 병상에 누워 있고, 몹시 아파 보이고, 말을 잘 못한다는 점만 빼면 랠프는 예전과 똑같았지요."밴틀링 씨가 말을 이었다. "그래도 그 친구는 아주 유쾌하고 재미있었어요. 여느 때처럼 영리했고요. 너무 가엾은 일이에요."

사람들로 북적거리는 소란한 역에서도 그 소박한 모습이 생생하게 떠올랐다. "오후 늦게였나요?"

"네, 일부러 늦게 갔지요. 부인께서 소식을 궁금해하실 거라고 생각했거든요."

"정말 감사드려요. 오늘밤에 내려가도 될까요?"

"아, 스택폴 양이 내려가시게 놔두지 않을걸요."밴틀링 씨가 말했다. "오늘밤은 같이 지냈으면 하더라고요. 터칫의 하인에게 오늘 전보를 넣어달라고 부탁했어요. 1시간 전에 전보가 제 클럽회관에 도착했는데, '평온하고 편안함'이라는 내용에 2시 소인이 찍혔더군요. 그러니까 내일 가셔도 됩니다. 많이 피곤하시잖아요."

"네, 아주 피곤해요. 다시 감사드려요."

"아,"밴틀링 씨가 말했다. "부인께서 최근 소식을 알고 싶어하실 거라고 저희 둘이 생각했거든요."그 말에 이저벨은 그래도 두 사람이 어쨌든 생각이 통하는 것 같다고 작은 소리로 말했다. 스택폴 양은 자신의 쓸모를 입증하고 있는 이저벨의 하녀와 맞닥뜨려 데리고 돌아왔다. 이 훌륭한 아가씨는 사람이 북적이는 데서 길을 잃기는커녕 여주인의 가방을 챙기고 있었던 것이다. 그래서 이저벨은 곧바로 역을 떠날 수 있었다. "오늘 가든코트로 내려갈 생각은 하지도 마."헨리에타가 말했다. "열차편이 있냐는 중요하지 않아. 윔폴 가에 있는 내 숙소로 바로 가자. 지금 런던에서는 귀퉁이 방도 어렵지만, 그래도 하나 구해놨거든. 로마의 대저택에 비할 바는 아니겠지. 그래도 하룻밤은 지낼 만할 거야."

"네가 하자는 대로 할게." 이저벨이 말했다.

"가서 내 말에 대답이나 해줘. 그게 내가 원하는 거야."

"저녁식사에 관해서는 한마디도 안하네요, 그렇죠, 오즈먼드 부인?" 밴틀링 씨가 익살스럽게 물었다.

헨리에타는 예의 생각에 잠긴 눈으로 그를 잠시 지켜보았다. "저녁식사를 빨리 드시고 싶은 모양이군요. 내일 오전 10시에 패딩턴 역[45]으로 오세요."

"저 때문에 오지는 마세요, 밴틀링 씨." 이저벨이 말했다.

"나 때문에 오게 될 거야." 헨리에타가 이저벨을 승합마차에 태우면서 단언했다. 그리고 나중에 윔폴 가의 어두침침한 커다란 객실에서 ─ 여기에 저녁식사가 넉넉하게 준비됐음을 분명히 할 필요가 있으리라 ─ 그녀는 역에서 언급한 질문을 했다. "간다니까 네 남편이 한바탕 난리를 치디?" 이것이 스택폴 양의 첫번째 질문이었다.

"아니, 난리랄 것까지는 없었어."

"그럼 반대하지 않았어?"

"아니, 아주 많이 반대했지. 하지만 난리를 쳤다고 말할 만한 건 아니었지."

"그럼 뭔데?"

"아주 조용한 대화였어."

헨리에타는 잠시 친구를 주시하다 한마디 던졌다. "끔찍했겠구나." 이저벨은 끔찍했음을 부정하지 않았다. 그리고 헨리에타의 질

---

45 런던의 하이드파크 북쪽에 위치한 정거장.

문에 답하는 데 집중했는데, 상당히 명료한 질문이었기 때문에 답하기 어렵지 않았다. 당장은 헨리에타에게 더이상의 새로운 정보를 제공하지 않았다. "그래," 스택폴 양이 이윽고 말했다. "꼬집을 게 딱 한가지 있네. 왜 네가 그 꼬마 오즈먼드 양에게 돌아가겠다고 약속했는지 모르겠다."

"지금은 나도 왜 그랬는지 확실하게 모르겠어." 이저벨이 대답했다. "하지만 그땐 알았어."

"이유를 잊어버렸으면 돌아가지 않아도 돼."

이저벨은 잠시 뜸을 들이다 말했다. "다른 이유를 찾을지도 몰라."

"좋은 이유를 찾지 못할 게 확실해."

"더 나은 이유가 없을 땐 내가 약속했다는 사실이 이유야." 이저벨이 넌지시 말했다.

"그래, 내가 싫은 게 바로 그거야."

"지금 이런 이야기는 하지 말자. 시간이 좀 있으니까. 떠나오는 게 복잡한 문제였다면, 돌아가는 건 뭘까?"

"어쨌거나 네 남편이 야료를 부리지는 않을 거야." 헨리에타가 의미심장하게 말했다.

"그래도 소동은 벌어질걸." 이저벨이 심각하게 대답했다. "한순간이 아니라 내 여생의 한 장면으로 남을 그런 소동이 될 거야."

몇분간 두 여인은 앉아서 그 여파를 고려해봤다. 그러다 이저벨의 요청으로 스택폴 양이 화제를 바꾸려고 갑자기 외쳤다. "나 레이디 펜슬 집에서 지내다 왔어!"

"아, 초청장이 드디어 왔구나!"

"그래, 오년 걸렸지. 하지만 이번에는 날 만나고 싶다고 했어."

"당연히 그랬겠지."

"네 생각보다는 당연히 만날 이유가 더 있었지." 눈길을 먼 데 두고 헨리에타가 말했다. 그러다가 갑자기 얼굴을 돌리면서 덧붙였다. "이저벨 아처, 용서해줘. 왜 그런지 모르겠어? 내가 널 비난했는데 난 너보다 한술 더 떴어. 오즈먼드 씨는 최소한 대서양 저쪽에서 태어났잖아!"

잠시 후에야 이저벨은 친구의 말뜻을 알아들었다. 그 의미가 아주 조심스럽게, 어떻든 아주 교묘하게 덮여 있었기 때문이다. 지금은 세상을 익살스럽게 바라볼 마음의 준비가 되어 있지 않았지만, 이저벨은 이 말을 듣고 친구가 불러일으킨 이미지에 웃음을 터뜨렸다. 하지만 이저벨은 즉각 웃음을 멈추고 적절한 강도의 엄격함으로 말했다. "헨리에타 스택폴, 너 고국을 포기할 작정이니?"

"그래, 이저벨, 그렇게 됐어. 아닌 척하지 않을 거야. 사실을 직시할래. 나 밴틀링 씨와 결혼해서 여기 런던에 정착하기로 했어."

"아주 낯설게 들려." 이저벨이 다시 웃으면서 말했다.

"그래, 그럴 거야. 아주 조금씩 깨닫게 됐어. 나 자신은 내가 무슨 일을 하고 있는지 알지만, 설명할 수 있을지는 모르겠다."

"왜 결혼하는지 설명할 수 있는 사람은 없어." 이저벨이 대답했다. "그리고 네 결혼은 설명할 필요도 없어. 밴틀링 씨는 수수께끼가 아니니까."

"물론 서툰 말장난 같은 사람은 아냐. 분방한 미국식 유머 같은 이는 더더욱 아니고. 성격이 좋아." 헨리에타가 말을 이었다. "여러해 동안 눈여겨봤는데 환하게 보이더라. 그는 훌륭한 계획서의 문체처럼 명료해. 지적이지는 않지만 지성을 높이 평가하고. 그렇다고 지성의 권리를 과장하지도 않아. 미국에서는 때로 그러기도 하잖아."

"아," 이저벨이 말했다. "너 정말 변했네! 네가 조국을 꼬집는 건 처음 보네."

"지력에 불과한 것에 우리가 너무 혹한다는 뜻일 뿐이야. 그게 따지고 보면 저속한 허물은 아니지. 하지만 나 변하기는 했어. 여자가 결혼하려면 변해야 하잖아."

"행복하길 빌어. 드디어, 여기서 살게 되면, 영국의 삶을 안에서 볼 수 있겠네."

헨리에타는 조그맣게 의미심장한 한숨을 쉬었다. "그게 비밀의 열쇠인 거 같아. 내가 끼어들 수 없는 게 견딜 수 없었어. 이제 나도 누구 못지않게 권리가 있다고!" 그녀는 천진하게 의기양양한 표정으로 덧붙였다.

이저벨은 아주 즐거웠지만, 약간은 우울한 기분이 들기도 했다. 헨리에타도 스스로 결국 사람이요, 여자라고 고백한 것이다. 여태껏 밝고 선명한 불꽃이요 육신을 초탈한 목소리라고 여긴 헨리에타가 말이다. 그녀에게도 개인적인 감정이 있고 남들처럼 연애 감정에도 사로잡힌다는 것, 밴틀링 씨와의 친밀함이 완전히 새로운 남녀관계가 아니라는 사실을 알고 이저벨은 실망했다. 헨리에타가 밴틀링 씨와 결혼하는 데는 독창성이라고는 없었고, 오히려 우둔함 같은 것이 있었다. 순간 이저벨의 마음에 세상의 황량함이 더 짙어졌다. 물론 잠시 후 최소한 밴틀링은 독창적이라는 생각이 들었다. 하지만 헨리에타가 어떻게 조국을 버릴 수 있을지 알 수 없었다. 이저벨 자신은 그 끈을 느슨하게 유지하고 있지만, 헨리에타의 모국이 그녀의 모국과 같은 것은 결코 아니었기 때문이다. 그녀는 이윽고 레이디 펜슬 집에 머무른 동안 즐거웠냐고 물었다.

"아, 그럼," 헨리에타가 말했다. "레이디 펜슬은 내가 파악이 잘 안되나봐."

"그래서 그게 아주 재밌든?"

"아주. 레이디 펜슬은 사람들 머리꼭대기에 앉아 있는 사람으로 알려져 있거든. 자기가 모든 걸 다 안다고 생각하는데, 나 같은 최신식 여성은 이해가 안되나봐. 내가 약간 더 훌륭하거나 약간 더 모자라면 훨씬 쉬웠을 텐데. 아주 어리둥절한 상태야. 뭔가 부도덕한 일을 하러 나다니는 게 내 의무라고 생각할걸. 자기 동생과 결혼하는 게 부도덕하다고 생각하는 것 같아. 하지만 충분히 부도덕하지는 않은 거지. 레이디 펜슬은 내 복잡한 면모를 이해하지 못할 거야. 절대로!"

"그렇다면 남동생만큼 머리가 좋은 건 아닌가보다." 이저벨이 말했다. "밴틀링 씨는 이해한 것 같은데."

"아, 아냐, 이해하지 못했어." 스택폴 양이 단호하게 외쳤다. "그래서 나랑 결혼하려고 한다는 생각이 드는걸. 그 비밀을, 그 비밀의 크기를 알아내기 위해서. 그게 그 사람의 고정관념이야. 일종의 홀린 상태지."

"거기에 장단을 맞춰주다니 너도 정말 착하네."

"아, 그래," 헨리에타가 말했다. "나도 알아낼 게 있거든!" 그리고 이저벨은 헨리에타가 조국에 대한 충성을 포기한 것이 아니라 공격 태세를 갖추고 있음을 느꼈다. 그녀는 마침내 영국과 본격적으로 씨름할 준비를 하고 있는 것이다.

다음날 아침 10시, 패딩턴 역에서 스택폴 양과 밴틀링 씨와 함께 있으면서, 이저벨은 이 신사가 그 비밀을 가벼운 마음으로 품고 있음을 알 수 있었다. 모든 것을 다 찾아내지 못했다면 최소한 가장 중요한 것, 스택폴 양이 결단력이 부족하지 않음을 알아낸 것이다. 아내를 고르는 과정에서 그가 그런 결점을 가진 여성을 피하려고

한 게 분명했다.

"헨리에타한테 들었어요. 정말 기쁜 소식이에요." 이저벨이 손을 내밀며 말했다.

"아주 이상하다고 생각하시겠지요." 밴틀링 씨는 단정한 우산에 몸을 기대며 대답했다.

"네, 정말 특이하다는 생각은 들어요."

"저보다 더 이상하다고 생각하실 수는 없을걸요. 하지만 전 언제나 새롭게 치고 나가는 걸 좋아했습니다." 밴틀링 씨가 나직하게 말했다.

54장

처음 가든코트에 도착했을 때도 떠들썩하지는 않았지만, 이저벨의 두번째 방문은 더 조용했다. 랠프 터칫은 하인 수를 줄였고, 새로 고용된 하인들은 오즈먼드 부인을 알지 못했다. 그래서 자신이 쓰던 방으로 안내를 받는 대신 냉랭하게 응접실로 인도되었고, 하인이 명함을 이모에게 전달하는 동안 그곳에 남아 있어야 했다. 그녀는 오래 기다렸다. 터칫 부인은 조카딸을 만나러 서둘러 내려올 생각이 없는 듯했다. 더이상 가만히 앉아 있을 수 없었다. 초조해졌고 겁이 났다. 주변의 물체들이 감각이 있어서 자기의 고통을 기괴한 표정으로 지켜보고 있는 것 같았다. 어둡고 추운 날이었다. 어스름이 널찍한 밤색 방 구석구석에 짙게 깔렸다. 저택은 정적에 휩싸였는데, 그건 이저벨이 기억하는 정적, 즉 이모부가 타계하기 전 며칠 동안 집의 모든 공간을 채운 정적이었다. 그녀는 응접실을 나와 돌아다니다 서재를 통해 그림이 걸려 있는 회랑으로 갔다. 깊은 침묵에 빠진 회랑에서는 발걸음 소리가 더 크게 울렸다. 조금도 변하지 않았다. 몇해 전의 모습들이 모두 생생하게 되살아났다. 그곳에 서 있던 게 바로 어제 같았다. 그녀는 한치의 변화도 없는 귀중한 '작품들'의 안정성이 부러웠다. 작품의 소장인은 젊음과 행복과 아름다움을 조금씩 잃어가는 반면, 작품의 가치는 커질 뿐이니 말이다. 그러다 이모가 올버니로 자신을 만나러 온 날 그랬던 것처럼 나도 서성거리고 있구나 하는 생각을 했다. 모든 것의 시작인 그때로부터 많은 변화가 있었다. 문득 리디아 이모가 그날 그렇게 찾아와 혼자 있는 자신을 발견하지 않았더라면 모든 게 달라졌으리라는 생각이 들었다. 다른 삶을, 더 행복한 삶을 살 수 있었을지도 몰랐다. 이저벨은 회랑에서 자그마한 그림, 보닝턴[46]의 매력적인 소품 앞에 멈춰서서 오랫동안 눈길을 주었다. 하지만 그림을 보고 있던 건 아니었다. 그날 이모가 올버니에 오지 않았더라면 캐스퍼 굿우드와 결혼했을까 하는 생각에 잠겨 있었다.

이저벨이 사람 기척이라고는 없는 커다란 응접실로 막 돌아오자 터칫 부인이 드디어 나타났다. 훨씬 늙어 보였지만, 눈은 어느 때보다 형형했고 자세도 꼿꼿했고, 얇은 입술에는 숨은 의미를 담고 있는 듯했다. 전혀 장식이 없는 간편한 회색 드레스를 입고 있는 그녀를 보고 이저벨은 저 유별난 이모가 섭정여왕과 감옥의 여간수 중 어느 쪽에 더 가까울까 하는 생각을 처음으로 떠올렸다. 이저벨의 뜨거운 뺨에 그녀의 입술은 아주 살짝 와닿았다.

"랠프를 간호하느라 기다리게 했네." 터칫 부인이 말했다. "간호

---

46 보닝턴(Richard Parkes Bonington, 1801~28). 영국의 풍경화가.

사가 점심 먹으러 가서 교대해줬거든. 남자 간병인이 하나 있긴 한데, 아무짝에도 쓸모가 없어. 계속 창밖을 쳐다보고 있다니까. 내다볼 게 뭐가 있다고! 랠프가 잠이 든 거 같아서 가만히 앉아 있었지. 소리내면 깰까봐 간호사가 돌아올 때까지 기다렸다. 네가 집안을 잘 알지 싶어서."

"생각보다 더 잘 알고 있더라고요. 여기저기 돌아다녔어요." 이저벨이 대답했다. 그리고 랠프가 잠을 많이 자느냐고 물었다.

"눈을 감고 누워 있다. 움직이지 않아. 하지만 계속 잠만 자는 건지는 확실하지 않아."

"오빠가 절 만나겠다고 할까요? 저랑 이야기를 나눌 수 있을까요?"

터칫 부인은 답변의 의무를 사절했다. "말을 걸어보렴." 이것이 그녀가 낭비한 말의 전부였다. 그러면서 이저벨을 방에 데려다주겠다고 했다. "널 그리로 안내한 줄 알았지. 하지만 이건 내 집이 아니고 랠프 집이니까. 하인이라는 게 뭘 하는 사람인지 모르겠다. 그래도 네 가방 정도는 올려다놓았나보네. 짐을 많이 갖고 오지는 않았겠지. 내가 상관할 문제는 아니다만. 네가 예전에 쓰던 방을 청소해놓았을 거야. 네가 온다는 말을 듣더니 랠프가 그 방이어야만 한다고 하더라."

"다른 말은 하지 않았나요?"

"아, 얘야, 랠프는 옛날처럼 말이 많지 않아!" 조카딸에 앞서 층계를 올라가면서 터칫 부인이 큰 소리로 말했다.

같은 방이었다. 그녀가 떠난 이후 아무도 그 방에서 잔 적이 없다는 느낌이 들었다. 가방은 그곳에 있었고, 부피는 크지 않았다. 터칫 부인은 가방에 눈길을 주더니 잠시 자리에 앉았다. "정말 아무 희망도 없는 건가요?" 그녀 앞에 선 우리의 여주인공이 물었다.

"전혀 없다. 애초에 희망이 없었어. 성공적인 삶이 아니었어."

"그래요, 아름다운 삶이었을 뿐이죠." 이저벨은 벌써 이모의 말을 반박하는 자신을 발견했다. 그녀의 냉담함에 짜증이 난 것이다.

"그게 무슨 말인지 모르겠다. 건강 없이는 아름다움도 없어. 여행 옷차림은 아니네."

이저벨은 자기 옷을 내려다보았다. "연락받고 1시간 만에 로마를 떠났거든요. 첫번째 열차를 잡아탔어요."

"미국에 있는 네 언니들은 네가 어떤 옷을 입는지 알고 싶어하더라. 그게 주요 관심사였어. 내가 답해줄 수는 없었다만 제대로 알고 있는 것 같네. 보통 때도 까만 수단繡緞 드레스만 입을 거라고들 하더라."

"언니들은 절 실제보다 더 대단한 멋쟁이라고 생각해요. 사실을 알려주기 겁이 나요." 이저벨이 말했다. "이모랑 저녁을 먹었다고 릴리 언니가 편지했어요."

"네번 초대했는데 한번 갔다. 두번째 거절했을 때 날 내버려둘 일이지. 식사 대접은 아주 잘 받았어. 돈을 많이 썼을걸. 걔 남편은 아주 예의가 없더군. 미국 방문이 좋았냐고? 왜 좋았어야 하지? 놀러 간 게 아니었다."

이야기꽃을 피울 만큼 흥미로운 화제들이었지만, 터칫 부인은 30분 후 점심식사 때 만나기로 하고 조카딸을 혼자 두고 나갔다. 점심식사 때 두 숙녀는 침울한 식당에서 길이를 줄인 식탁 앞에 얼굴을 마주했다. 시간이 조금 지나자 이저벨은 이모가 보기보다 냉담하지 않음을 알 수 있었고, 감정 표현을 하지 못하는, 후회나 실망을 토로할 줄 모르는 가엾은 이모에 대한 예전의 안쓰러운 마음이 되살아났다. 패배를, 실수를, 한두가지 부끄러움을 지금 느낄 수만 있다면 위로를 얻을 게 틀림없으련만. 이저벨은 이모가 그러한 내면의식의 풍성함을 — 그리워하기까지 하는 건 아닌가 — 그래서 삶의 뒷맛, 만찬의 찌꺼기, 고통의 증언 혹은 회한이라는 시들한 오락거리를 찾으려고 한다는 생각을 떠올렸다. 다른 한편 두려워서 그러는 것일 수도 있다. 일단 회한을 조금이라도 느끼기 시작하면 어디서 끝내야 할지 모를 테니 말이다. 어쨌든 이저벨은 이모가 어렴풋하게나마 실패를 자인했음을, 추억이 없는 노파로 스스로의 미래를 내다보고 있음을 눈치챌 수 있었다. 이모의 작고 뾰족한 얼굴은 비극적으로 보였다. 그녀는 조카딸에게 랠프가 아직 잠에서 깨지는 않았지만, 저녁식사 전에 볼 수 있을지도 모른다고 했다. 그리고 잠시 후 어제 워버턴 경을 만났다고 덧붙였는데, 이 말에 이저벨은 약간 흠칫했다. 그가 로클리에 머무르고 있고 우연히 만날 수 있다는 암시 같았기 때문이다. 우연히 만난다면 반갑지 않으리라. 워버턴 경과 씨름하기 위해서 영국에 온 건 아니었다. 그래도 곧바로 그가 오빠를 아주 잘 돌봐줬다고, 로마에서 그랬다고 이모에게 말했다.

"그 신사는 이제 생각할 거리가 새로 생겼지." 터칫 부인이 대답했다. 그리고 말을 멈추고 송곳 같은 눈으로 이저벨을 쏘아보았다.

이저벨은 이것이 뼈가 있는 말임을 알아챘고, 곧바로 그 의미를 추측했다. 하지만 그녀는 짐짓 모른 척했다. 심장이 더 빨리 뛰었고 시간을 잠시 벌고 싶어서 이렇게 말했다. "아, 그래요, 상원의원으로서의 공무 같은 거요."

"귀족 나리들 생각을 하고 있는 게 아냐. 숙녀들 생각을 하는 거지. 적어도 그중 한명 생각을 하고 있어. 랠프에게 약혼했다고 하더란다."

"아, 결혼한다고요!" 이저벨이 상냥하게 말했다.

"파혼하지 않는 한 결혼할 거야. 랠프에게 알려야 한다고 생각한 것 같더라. 결혼식을 곧 올리겠지만 가엾은 랠프는 참석할 수 없겠지."

"어떤 아가씨래요?"

"귀족 집안 아가씨지. 레이디 플로라, 레이디 펄리시아 ─ 뭐 그런 이름이더라."

"아주 잘됐네요." 이저벨이 말했다. "갑작스러운 결정이었나봐요."

"꽤 갑작스러운 셈이지. 석주 만에 청혼했다니까. 약혼 발표한 지 얼마 안됐다."

"아주 잘됐네요." 이저벨은 좀더 과장해서 강조했다. 기분이 언짢겠지 짐작하면서 자신의 기색을 살피기 위해 이모가 주시하고 있음을 알았고, 그런 기색을 조금도 읽지 못하게 하려는 마음에 재빨리 만족감을, 거의 안도감을 토로하는 말투로 대답한 것이다. 터칫 부인은 여자들이란 ─ 결혼한 여자들조차도 ─ 옛 구혼자의 결혼을 모욕으로 받아들인다는 속설을 믿었다. 그러므로 이저벨은 우선, 그런 속설이 일반적으로 통용된다 할지라도, 자신은 언짢은 기분이 아님을 보여주려고 애썼다. 하지만 그 와중에 심장이 더 빨리 뛰었다. 이저벨이 잠시 생각에 잠겨 앉아 있었던 건 ─ 이모가 관찰하고 있다는 사실은 이내 잊었다 ─ 구혼자를 잃었기 때문은 아니었다. 그녀의 상상력은 유럽의 절반을 가로질러 헐떡거리면서, 조금은 떨면서, 로마라는 도시에 멈춰섰다. 남편에게 워버턴 경이 아내를 맞이했다고 말하는 자신의 모습을 그려본 것이다. 이렇

게 머릿속으로 상상해보려고 하는 동안 자신이 얼마나 창백하게
보일지는 물론 의식하지 않았다. 하지만 드디어 마음을 가라앉히
고 이모에게 말했다. "그 사람도 언젠가는 결혼하게 마련이죠."

터칫 부인은 침묵했다. 그리고 고개를 약간 격하게 흔들었다.
"아, 넌 정말 이해 불가야!" 그녀가 갑자기 소리쳤다. 그들은 말없
이 점심식사를 계속했다. 이저벨은 워버턴 경의 사망 소식을 들은
것 같은 기분이었다. 그녀에게 그는 구혼자일 뿐이었는데, 이제 모
두 끝난 것이다. 가엾은 팬지에게도 그는 죽은 사람이 되었다. 팬
지와 결혼해 살 수도 있었을 텐데. 하인이 근처를 맴돌아서 급기야
터칫 부인이 둘만 있고 싶다고 말했다. 식사를 마친 그녀는 식탁
가장자리에 두 손을 포개놓은 채 앉아 있었다. "질문이 세개 있다."
하인이 나가자 터칫 부인이 말했다.

"세개는 너무 많네요."

"더 줄일 수는 없고. 생각해봤는데, 다 아주 좋은 질문이더라."

"그래서 겁이 나네요. 제일 좋은 질문들이 제일 고약한 법이니까
요." 이저벨이 대답했다. 터칫 부인은 의자를 뒤로 뺐고, 식탁에서
일어나 조금은 자의식적으로 깊숙이 낸 창문 쪽으로 다가가는 조
카딸을 눈으로 좇았다.

"워버턴 경과 결혼하지 않은 걸 후회한 적이 없니?" 터칫 부인이
물었다.

이저벨은 고개를 천천히, 가볍게 저었다. "없어요, 이모."

"그렇구나, 네 말을 내가 믿기로 했다고 해두는 게 좋겠다."

"이모가 절 믿으신다는 건 정말 큰 유혹이네요." 그녀가 여전히
웃으면서 말했다.

"거짓말의 유혹? 그러지 않는 게 좋아. 난 잘못된 정보를 받으면

쥐약 먹은 쥐처럼 위험하니까. 네게 거봐라 하는 식으로 이죽거릴 생각은 없다."

"저랑 잘 지내지 못하는 사람은 남편이에요." 이저벨이 말했다.

"네 남편에게 그럴 거라고 말해줄 수도 있었지. 너한테 이죽거리는 건 아니다." 터칫 부인이 말했다. "너 아직 쎄리나 멀을 좋아하니?" 그녀가 말을 이었다.

"옛날처럼은 아니에요. 하지만 상관없어요. 미국으로 간다니까요."

"미국으로? 아주 나쁜 짓을 한 모양이군."

"네, 아주 나쁜 짓을 했어요."

"그게 뭔지 물어봐도 되겠니?"

"자기 편할 대로 절 이용해먹었어요."

"아," 터칫 부인이 큰 소리로 말했다. "나도 당했지. 모든 사람을 이용하는 여자니까."

"미국도 이용해먹을 거예요." 이저벨이 다시 웃으면서 말했다. 이모의 질문이 끝난 게 기뻤다.

이저벨은 저녁때가 되어서야 랠프를 만날 수 있었다. 그는 하루 종일 선잠을 자거나 의식불명 상태로 누워 있었다. 아버지의 주치의였고 랠프가 좋아한 의사가 왕진을 와서 얼마 있다가 갔다. 그는 하루에도 서너번씩 왔고, 환자에게 깊은 관심을 보였다. 매슈 호프 경의 진료도 받았지만, 이 유명 인사에게 싫증이 난 랠프는 아들이 유명을 달리했으니 더이상 의학적 조언이 필요치 않다는 편지를 어머니에게 보내라고 부탁했다. 터칫 부인은 매슈 경에게 까놓고 아들이 그를 싫어한다는 편지를 보냈다. 앞서 서술했듯이 랠프는 이저벨이 도착했을 땐 상당 시간 의식이 없었다. 하지만 저녁 무렵에 몸을 일으켜 그녀가 온 걸 안다고 말했다. 그가 흥분 상태에 빠질까봐 아무도 말해주지 않았는데 어떻게 알았는지 모를 일이었다. 이저벨은 방에 들어가 침대 머리맡의 희미한 빛을 받고 앉았다. 방 한구석에 가리개를 한 촛불이 하나 있을 뿐이었다. 이저벨은 저녁 시간에는 자기가 병상을 지킬 테니 간호사에게 가도 좋다고 말했다. 눈을 뜬 랠프는 그녀를 알아봤고, 옆에 힘없이 놓여 있는 손을 움직여 그녀가 손을 잡도록 했다. 하지만 말을 하지는 못했다. 그는 다시 눈을 감았고 아주 가만히 누워 있었는데, 손은 계속 잡고 있었다. 그렇게 오랫동안─간호사가 돌아올 때까지─앉아 있었지만, 의식이 돌아온 기색은 없었다. 그녀가 지켜보고 있는 동안 그가 죽을 수도 있었다. 그는 이미 죽음의 형상이요 원형이었다. 로마에서도 병세가 심각하다고 생각했지만, 지금은 더 악화됐다. 이제 가능한 변화는 단 한가지였다. 기묘한 평온함이 서린 그의 얼굴은 상자의 뚜껑처럼 고요했다. 게다가 뼈로 격자무늬를 얼기설기 이어놓은 형국에 불과했다. 그가 눈을 뜨고 반갑다는 표시를 했을 때 이저벨은 무한한 심연을 들여다보는 듯했다. 자정이 되어서야 간호사가 돌아왔다. 하지만 긴 시간이 흐른 것 같지는 않았다. 바로 이걸 위해 온 것이다. 그가 사흘 동안 감사의 침묵 속에 누워 있었으니, 그냥 기다리기 위해 왔다면 그럴 기회가 충분히 주어진 셈이다. 랠프는 이저벨을 알아봤고 때로 말을 하려는 것 같았지만, 목소리를 내지는 못했다. 그리고 랠프도 뭔가를 기다리고 있는 듯이, 분명히 올 뭔가를 기다리고 있는 듯이 다시 눈을 감았다. 그의 고요함이 너무도 완벽했기 때문에 올 게 이미 왔다는 생각이 들기도 했다. 하지만 이저벨은 랠프와 아직도 함께 있다는 느낌을 놓치지 않았다. 하지만 언제나 함께 있었던 건 아니다. 빈집을 헤매다니면서 가엾은 랠프의 목소리가 아닌 목소리에 귀를 기울이며 시간을 보낼 때도 있었다. 그녀는 계속 불안감에 시달렸다. 남편이 편지할 수도 있다는 생각 때문이었다. 하지만 그는 침묵했고, 제미니 백작 부인이 피렌쩨에서 보낸 편지를 한통 받았을 뿐이었다. 그런데 랠프가 드디어 입을 열었다. 셋째 날 저녁이었다.

"오늘밤은 기운이 좀 난다." 이저벨이 철야로 간호하는 중에 고요한 어스름 속에서 그가 불쑥 작은 소리를 냈다. "말을 할 수 있을 것 같아." 머리맡에 얼른 무릎을 꿇고 앉은 그녀는 그의 여윈 손을 감싸안고 애쓰지 말라고, 지치면 안된다고 말했다. 그의 얼굴은 당연히 심각해 보였다. 안면근육을 움직여 웃을 여력도 없었으니 말이다. 하지만 랠프는 그런 부조화를 놓치지 않고 인식한 것 같았다. "영원히 쉬게 될 텐데 좀 피곤한들 무슨 대수겠니? 정말 마지막이라면 노력해서 나쁠 거 없겠지. 임종 직전에 사람들이 좀 기운을 차린다고들 하지 않니? 그런 이야기를 종종 들었거든. 나도 바로 그걸 기다리고 있어. 네가 오고 나서 그런 순간이 올 거라고 생각했어. 두세번 말하려고 했지. 거기 앉아 있는 데 네가 싫증을 낼까봐 겁이 나서." 그는 고통스럽게 말을 끊고 한참 쉬었다가 천천히 말을 이었다. 먼 데서 들려오는 목소리 같았다. 말을 멈춘 랠프는 이저벨 쪽으로 고개를 돌리고 눈도 깜박이지 않고 그녀의 눈을 들여다보았다. "와줘서 정말 고맙다." 그가 말을 이었다. "네가 올 거라고 생각했지만 확신은 없었거든."

"나도 떠나기 전에는 확신이 없었어." 이저벨이 말했다.

"넌 천사처럼 내 머리맡을 지키고 있었어. 사람들이 죽음의 천사 이야기 하는 거 너도 들어봤겠지. 가장 아름다운 천사—네가 그랬어. 마치 날 기다리고 있는 것처럼."

"난 오빠의 죽음을 기다리고 있지 않았어. 난 이걸, 이걸 기다리고 있었어. 이건 죽음이 아니야, 오빠."

"네게는 아니지, 아니고말고. 다른 사람의 죽음을 지켜보는 것보다 살아 있음을 강렬하게 느끼게 해주는 것도 없지. 그게 삶에 대한 감각, 살아남아 있다는 느낌이야. 나도 그런 느낌을 가졌었지. 나 같은 사람조차도. 하지만 이제 그런 느낌을 다른 사람들에게 주는 것 외에 쓸모가 없게 됐지. 모든 게 끝날 거야." 그러고서 그는 말을 멈췄다. 이저벨은 고개를 더 숙여 그의 손을 맞잡은 두 손에 머리를 뉘였다. 이젠 그를 바라볼 수 없었다. 하지만 멀리서 들리는 듯한 그의 목소리가 귓전을 스쳤다. "이저벨," 그가 갑자기 말을 이었다. "네게도 끝이 있으면 좋겠다." 이저벨은 아무런 대답도 하지 않았다. 그러다 아무 말 없이 목메어 울기 시작했고, 얼굴을 파묻은 채 그렇게 흐느꼈다. 흐느낌을 들으며 가만히 누워 있던 그가 이윽고 긴 신음 소리를 냈다. "아, 날 위해 넌 무슨 일을 한 거니?"

"오빠가 날 위해 한 건 뭐지?" 웅크린 자세 때문에 극도의 흥분을 반쯤 억제한 그녀가 외쳤다. 이저벨은 수치심을, 진상을 감추려는 마음을 모두 털어버렸다. 이제 그는 알아야만 한다. 그녀는 그가 알기를 원했다. 그래야 완벽한 화해가 가능하다. 그는 고통이 미치지 못하는 곳에 있었다. "오빠가 언젠가 내게 베풀어준 일이 있잖아 ―알잖아. 아, 오빠가 모든 걸 다 해준 거야! 난 오빠를 위해 뭘 했지? 지금 내가 뭘 해줄 수 있지? 오빠가 살 수 있다면 내가 죽을 거야. 그렇다고 오빠가 살기를 원하는 건 아냐. 오빠를 잃지 않기 위해서 따라 죽을 거야." 그녀의 목소리는 랠프의 목소리처럼 간간이 이어졌고 비탄과 번민으로 가득했다.

"넌 날 잃지 않아. 날 간직할 거야. 마음속에 날 간직해줘. 난 어느 때보다도 네게 가까이 있을 거니까. 사랑하는 이저벨, 사는 편이 더 나아. 삶에는 사랑이 있으니까. 죽음도 좋지. 하지만 죽음에는 사랑이 없어."

"난 오빠에게 고맙다고 하지도 않았어. 말도 안 했어. 난 삶을 허비했어." 이저벨이 말을 이었다. 그녀는 큰 소리로 자신을 비판하고픈, 슬픔에 몸을 맡기고픈 열망에 사로잡혔다. 모든 고통이 그 순간 하나가 되어 현재의 고통으로 녹아들어간 것 같았다. "오빠가 날 어떻게 생각했겠어? 하지만 내가 어떻게 알았겠어? 난 전혀 몰랐어. 그리고 이제라도 내가 알게 된 건 나보다 덜 어리석은 사람들이 있기 때문이야."

"다른 사람들은 신경 쓸 거 없어." 랠프가 말했다. "난 사람들을 떠나는 게 기뻐."

이저벨은 고개를 들고 두 손을 맞잡았다. 그 순간 그녀는 그에게 기도를 드리는 것 같았다. "그게 사실이야? 그게 사실이야?" 그녀가 물었다.

"네가 어리석었다는 게? 아니, 천만에." 재치 있게 눙치려고 랠프가 말했다.

"오빠가 날 부자로 만들었다는 게 — 내 전재산이 오빠 거라는 게."

그는 고개를 돌리고 잠시 아무 말도 하지 않았다. 그러다 마침내, "아, 그 이야기는 하지 말자. 운이 나빴으니까" 하며 그는 천천히 다시 이저벨 쪽으로 얼굴을 돌렸고, 다시 한번 서로를 마주 보았다. "그것만 아니었으면 — 그것만 아니었으면 —!" 그는 말을 멈추고 목 놓아 울었다. "내가 널 망쳐놓은 거야."

이저벨은 랠프가 고통의 경계를 넘어섰음을 확신했다. 이미 이 세상 사람이 아닌 것 같았다. 설사 그런 확신이 없었다 하더라도 그녀는 말했을 것이다. 이제 순전한 고통이 아닌 진실의 인식만이, 그들이 함께 진실을 바라보고 있다는 것만이 중요했기 때문이다. "그 사람은 내 돈을 보고 결혼했어." 그녀가 말했다. 이저벨은 모든 걸 말하고 싶었다. 그러기 전에 그가 죽을까봐 겁이 났다.

랠프는 이저벨을 잠시 주시하다가 처음으로 응시의 눈길을 내리깔았다. 하지만 이내 다시 눈길을 들고 이렇게 말했다. "그 사람은 널 열렬하게 사랑했어."

"그래, 날 사랑했어. 하지만 내가 가난했다면 결혼하지 않았을 거야. 오빠의 마음을 아프게 하려고 이런 말을 하는 거 아냐. 내가 어떻게 그러겠어? 난 오빠가 이해하길 바랄 뿐이야. 난 오빠가 상황을 알지 못하게 하려고 애썼어. 하지만 이젠 아냐."

"난 알고 있었어." 랠프가 말했다.

"나도 그럴 거라고 생각했고, 그게 싫었어. 하지만 이젠 오빠가 아는 게 좋아."

"넌 내 마음을 아프게 하지 않아. 아니, 날 아주 행복하게 해. 넌 내게 기쁨을 줘." 이 말을 하는 순간 랠프의 목소리는 유달리 기쁨에 들떠 있었다. 이저벨은 다시 고개를 숙여 그의 손등에 키스했다. "난 알고 있었어." 랠프가 말을 이었다. "너무 이상하고 가여운 일이었지. 넌 네 눈으로 삶을 바라보길 소망했는데, 그게 허용되지 않았어. 그런 소망 때문에 벌 받은 거야. 넌 바로 그 인습의 맷돌에 갈려버린 거야!"

"아, 그래, 난 벌을 받았어." 이저벨이 흐느꼈다.

랠프는 이저벨이 흐느끼는 소리를 듣고 있다가 말을 이었다. "네가 여기 오는 문제를 놓고 그 사람이 지독하게 굴디?"

"내가 결정을 내리기 아주 어렵게 만들었어. 하지만 상관 안해."

"그럼 너희 사이는 모두 끝난 거고?"

"아, 아냐, 아무것도 끝난 건 없어."

"그럼 돌아갈 거야?" 랠프가 헐떡거렸다.

"몰라, 어떻게 해야 할지 모르겠어. 여기 있고 싶은 만큼 있을 거야. 생각하고 싶지 않아. 생각할 필요도 없고. 오빠 외에는 아무것도 상관없어, 지금은 이걸로 충분해. 아직 시간이 좀 있을 거야. 여기 이렇게 무릎을 꿇고 오빠가 내 팔에 안겨 죽어가는 지금, 이렇게 행복한 건 정말 오랜만이야. 그리고 오빠도 행복했으면 좋겠어. 슬픈 건 아무것도 생각하지 마. 내가 오빠 곁에 있고 오빠를 사랑한다는 것만 생각해. 왜 고통이 있어야 해? 이 순간에 고통 따위가 다 뭐야? 그런 건 마음 가장 깊은 곳엔 없어. 더 깊은 곳에 다른 뭔가가 있어."

시간이 지날수록 말하는 게 더 힘이 부치는 듯 랠프는 띄엄띄엄 말을 이어갔고, 기운을 모으기 위해 점점 더 오래 기다려야만 했다. 처음에는 이저벨의 말에 반응을 보이지 않았고, 오랜 시간이 지나도록 가만히 있었다. 그러고 나서 그냥 이렇게 중얼거렸다. "여기 머물도록 해."

"그러고 싶어. 그러는 게 옳다는 생각이 드는 한 오래."

"옳다는 생각이 드는 한 ── 옳다는 생각이 드는 한?" 그는 그녀의 말을 반복했다. "그래, 넌 옳고 그름을 아주 많이 따졌어."

"물론 그래 마땅하지. 오빠 너무 피곤하겠다."

"그래, 너무 피곤하다. 방금 고통은 마음 가장 깊은 곳에 있는 게 아니라고 했지. 그래, 아니야. 하지만 아주 깊은 곳에 있어. 내가 여기 남아 있을 수 있다면 ──"

"나한테 오빠는 언제나 여기 남아 있을 거야." 이저벨이 나직한 목소리로 말을 가로막았다. 그의 말을 가로막기는 쉬웠다.

하지만 잠시 후 랠프가 말을 이었다. "결국 모든 건 사라져. 지금 도 사라지고 있어. 그래도 사랑은 남아. 왜 우리가 이렇게 고통을 당해야 하는지 모르겠다. 그 이유를 알게 될지도 모르지. 삶에는 많은 게 있어. 넌 아직 젊어."

"아주 늙어버린 느낌인걸." 이저벨이 말했다.

"다시 젊어질 거야. 그게 내가 생각하는 너야. 난 믿지 않아. 난 믿지 않아." 그는 다시 말을 끊었다. 기력이 달렸던 것이다.

그녀는 이제 그만 말하라고 애원했다. "우린 말 안해도 서로 통하잖아." 그녀가 말했다.

"네가 저지른 그런 대범한 실수가 그리 오래 아픔을 줄 수는 없어."

"아, 오빠, 난 지금 정말 행복해." 눈물이 앞을 가린 이저벨이 흐느꼈다.

"그리고 이걸 기억해." 랠프가 말을 이었다. "널 싫어하는 사람이 있다면 사랑하는 사람도 있다는 걸. 그 정도가 아니지, 아, 이저벨. 많은 사람들이 널 흠모했어!" 그는 간신히 들릴 수 있게 말을 이었다.

"아, 우리 오빠!" 이저벨은 몸을 더 낮게 엎드리면서 외쳤다.

55장

가든코트에 온 첫날 저녁에 랠프는 이저벨에게 고통을 충분히 겪을 때까지 산다면 언젠가 이런 고택을 떠돌게 마련인 유령을 볼 수 있을 거라고 했다. 필요한 조건을 충족한 게 분명했다. 다음날 아침, 희미하고 차가운 새벽빛으로 그녀는 침대 옆에 서 있는 혼령을 느꼈다. 랠프가 그날밤을 넘기지 못하리라 생각했기 때문에 이저벨은 옷을 갈아입지 않고 누워 있었다. 잠은 조금도 오지 않았다. 그녀는 기다리고 있었고, 그런 기다림은 불면으로 이어지게 마련이었다. 하지만 눈을 감았다. 밤이 깊어지면 노크 소리가 들릴 거라고 생각했다. 그런 소리를 듣지 못했지만, 어둠이 희미하게 잿빛을 띠면서 이저벨은 호출받은 것처럼 베개에서 머리를 번쩍 들었다. 한순간 랠프가 그곳에 서 있다는 느낌이 들었다. 어둑한 방에서 어렴풋하게 맴도는 형상을 본 것이다. 그녀는 잠시 뚫어져라 바라보았다. 그의 창백한 얼굴과 다정한 눈을 보았다. 그러다 다시 보니 아무것도 없었다. 무섭지 않았다. 확신이 생겼을 따름이었다. 방에서 나온 그녀는 확신하면서 어두운 복도를 지나 현관 창의 희미한 빛이 비추는 오크재 계단을 내려갔다. 이저벨은 랠프의 방 밖에서 잠시 멈춰 귀를 기울였지만, 들리는 건 방을 채우고 있는 정적뿐이었다. 시신의 얼굴에서 베일을 걷듯이 손으로 살짝 문을 열자 터칫 부인이 침상 옆에서 아들의 손을 잡고 꼿꼿이, 미동도 하지 않고 앉아 있는 모습이 보였다. 반대편에 있는 의사는 가엾은 랠프의 다른 손목을 손가락으로 노련하게 짚고 있었다. 그사이 침대맡에는 두 명의 간호사가 서 있었다. 터칫 부인은 이저벨 쪽으로 눈길을 주지 않았지만, 의사는 그녀를 뚫어져라 바라보았다. 그러고 나서 랠프의 손을 가만히 제자리에, 그의 몸 가까이에 갖다놓았다. 간호사도 이저벨을 뚫어져라 바라보았고, 아무도 입을 열지 않았다. 그래도 이저벨은 보러 온 것을 바라볼 뿐이었다. 랠프의 시신은 생전 어느 때보다도 더 아름다운 모습이었다. 그리고 육년 전에 바로 그 베개를 베고 누워 있던 아버지의 얼굴과 기묘하게 닮은 데가 있었다. 이저벨은 다가가서 이모를 팔로 얼싸안았다. 대개는 포옹 같은 건 하지 않는 터칫 부인이 포옹을 받아들이려는 듯 일어서서 잠시 몸을 내맡겼다. 하지만 몸은 뻣뻣했고 눈은 메말라 있었다. 뾰족하고 창백한 얼굴이 섬뜩했다.

"리디아 이모." 이저벨이 중얼거렸다.

"자식이 없는 걸 하느님께 감사해라." 터칫 부인이 몸을 빼면서 말했다.

사흘 뒤 적지 않은 사람들이 런던 '사교계 씨즌'의 가장 분주한 때 짬을 내서 아침 기차로 버크셔의 조용한 역에 내려 저택과 가까운 작은 회색 예배당에서 반시간을 보냈다. 터칫 부인은 이 건물 야외 묘지에 아들을 묻었다. 묘지 가장자리에 자리 잡은 이모 옆에 이저벨이 섰다. 터칫 부인은 묘지 관리인보다도 장례 절차에 더 실질적인 관심을 보였다. 엄숙한 행사였지만, 참담하거나 울적하지는 않았다. 겉으로 보기에는 쾌적한 느낌마저 있었다. 날씨는 화창한 쪽으로 돌아섰다. 날씨가 변덕스러운 5월 끝자락의 따뜻하고 바람 한점 없는 날이었고, 산사나무와 지빠귀의 산뜻함이 대기에 배어 있었다. 가엾은 터칫을 생각하면 슬펐지만, 너무 슬프지 않았던 건 죽음이 그에게 모질었다는 느낌이 없었기 때문이다. 그는 오랫동안 죽어가고 있었고, 준비도 되어 있었다. 모두 예측하고 각오한 바였다. 이저벨의 눈에 눈물이 고였지만 눈앞을 가리지는 않았다. 눈물을 통해 그녀는 아름다운 날을 보았고 자연의 찬란함과 영국 교회 묘지의 사랑스러움을, 고개 숙인 다정한 벗들의 머리를 보았다. 워버턴 경이 참석했고, 이저벨이 모르는 신사들이 한 무리 있었다. 그중 일부는 은행 관계자라고 나중에 들었다. 그녀가 아는 사람도 있었다. 충직한 밴틀링 씨와 동행한 스택폴 양을 우선 손꼽을 만하고, 머리가 껑충 솟아오른, 고개를 덜 숙인 캐스퍼 굿우드도 있었다. 장례식 내내 이저벨은 굿우드의 시선을 의식했다. 평소에 그녀를 내놓고 주시하지 않는 그가 다른 사람들이 교회 묘지의 뗏장에 시선을 고정하고 있는 동안 뚫어져라 바라보고 있었다. 하지만 이저벨은 그와 눈을 맞추지 않았다. 아직 영국에 남아 있구나 하는 생각을 떠올렸을 따름이다. 가든코트까지 랠프와 동행한 후 당연히 귀국했으려니 했다. 그녀는 굿우드가 영국이라는 나라를 별로 좋아하지 않았음을 상기했다. 하지만 그는 아주 눈에 띄는 모습으로 그곳에 있었고, 그의 뻗대는 태도에는 복잡한 의도를 품고 이곳에 남아 있다는 뜻을 전달하는 듯했다. 그의 눈에서 조의를 확실히 읽어냈지만, 이저벨은 그와 눈인사를 나누지 않았다. 굿우드는 그녀를 불안하게 했다. 문상객들이 흩어지자 그도 사라졌다. 이저벨에게 말을 걸어온 이는 — 터칫 부인에게는 여러 명이 말을 건넸다 — 헨리에타 스택폴뿐이었다. 헨리에타는 울고 있었다.

랠프는 이저벨에게 가든코트에 머물렀으면 좋겠다고 했고, 그녀도 곧바로 떠날 채비를 하지는 않았다. 도의상으로도 이모 곁에 좀더 머물러야 한다고 생각했다. 그렇게 좋은 구실이 있어서 다행이었다. 그렇지 않았다면 정말 핑곗거리를 하나 만들어야만 했으리라. 이저벨의 용무는 끝났다. 남편 곁을 떠나서 해야 할 일을 마무리한 것이다. 그리고 그 남편은 이국의 도시에서 그녀가 얼마나 자리를 비울지 시간 계산을 하고 있었다. 이런 경우 아주 적절한 동기가 있어야 한다. 그가 최고의 남편에 속하지는 않았지만, 그렇다고 상황이 달라지는 건 아니다. 결혼이라는 바로 그 사실에는 일정한 의무가 따르고, 의무는 결혼에서 얻어지는 즐거움의 양과 전혀 무관하다. 이저벨은 가능한 한 남편 생각을 하지 않았다. 하지만 멀리 떨어져 그 마력에서 벗어나자, 로마를 떠올리면 영혼까지 떨려왔다. 로마의 이미지에는 뼛속까지 스며드는 냉기가 있었다. 그래서 이저벨은 가든코트의 가장 깊은 그늘로 물러섰다. 뒤로 미뤄놓은 채, 눈을 질끈 감고, 생각하지 않으려고 애쓰며 하루하루를 지냈다. 결정해야 한다는 건 알고 있었지만, 아무런 결정도 하지 않았다. 영국행 그 자체는 결단이 아니었다. 일이 닥쳐서 떠났을 따름이었다. 오즈먼드는 침묵으로 일관했고, 이제 와서 뭐라고 할 리도 없었다. 오즈먼드는 그녀에게 모든 걸 맡겨놓으리라. 팬지도 소식이 없었지만, 그건 아주 간단하게 설명할 수 있는 일이었다. 아버지가 편지를 하지 말라고 한 것이다.

이저벨과 함께 지내는 걸 받아들였으나 터칫 부인이 협조적이었던 건 아니었다. 자신이 처한 새로운 상황의 이점들을 골똘히 ─ 열렬하게는 아니라도 아주 명쾌하게 ─ 따져보는 것처럼 보였으니 말이다. 낙관주의자는 아니어도 터칫 부인은 괴로운 일에서조차 일정한 유용성을 추출할 줄 알았다. 이 경우 유용성은 이런 일이 결국 내가 아니라 다른 사람에게 일어났다는 생각에 놓여 있었다. 죽음은 불쾌한 일이지만, 이번 경우 자신이 아니라 아들에게 일어난 일이다. 자신을 제외한 어느 누구에게라도 자신의 죽음이 불쾌한 일이 될 수 있으리라는 우쭐한 생각을 터칫 부인은 해본 적이 없었다. 삶의 모든 편의를, 그리고 정말이지 모든 안전장치를 뒤로한 가엾은 랠프보다 그녀의 형편이 더 나았다. 터칫 부인이 생각하기에 죽음의 가장 나쁜 점은, 망자가 되면 속수무책으로 당하는 입장에 놓인다는 것이었다. 그녀로 말하자면 삶의 현장에 있었다. 그보다 더 좋은 게 없었다. 그녀는 때맞춰 ─ 아들을 묻은 날 저녁이었다 ─ 이저벨에게 랠프가 남긴 유언장의 세목 몇가지를 알려주었다. 아들이 모두 이야기해줬고, 다 상의했다고 했다. 랠프는 어머니에게 돈을 남기지 않았다. 물론 돈이 더 필요한 것도 아니었다. 그림과 서적을 제외한 가든코트의 가구들은 어머니에게 남겼고, 가든코트를 일년간 사용할 권리도 주었다. 그 기간이 지나면 집은 매각하게 되어 있었다. 그렇게 해서 생긴 돈은 그를 죽음에 이르게 한 병으로 고통받는 가난한 사람들을 위한 기금으로 병원에 기부하기로 했다. 그리고 유언장의 이 대목은 워버턴 경이 집행하기로 되어 있었다. 은행에서 회수한 나머지 재산은 여러명에게 유증해 나누어줄 예정인데, 아버지가 이미 너그럽게 베푼 버몬트의 사촌 몇명도 거기에 포함되어 있었다. 그리고 소액의 유증이 다수 있었다.

"어떤 것들은 아주 특이해." 터칫 부인이 말했다. "내가 이름도 들어본 적이 없는 사람들에게 상당한 액수의 돈을 남겼어. 내게 명단을 주길래 그중 몇사람은 누구냐고 물었더니 삶의 여러 국면에서 자기를 좋아한다는 느낌이 든 사람들이라고 하더라. 넌 좋아하지 않았다고 생각했나보더라. 네게는 한푼도 남겨주지 않았으니까. 아버지가 후한 대우를 했다는 게 그애 생각이었고, 나도 같은 생각이야. 그렇다고 걔가 불평하는 걸 들었다는 뜻으로 하는 말은 아니다. 그림들은 뿔뿔이 흩어지게 됐지. 유품으로 하나씩 나눠주었고. 그중 제일 값나가는 건 워버턴 경에게 주기로 했어. 서재 책들은 어떻게 하기로 했을 거 같니? 몹쓸 농담 같다는 생각이 들지 뭐니. 네 친구 스택폴 양에게 남겨줬어. '문학에 대한 그녀의 공헌을 인정하여.' 그 아가씨가 자기를 로마에서 데리고 왔다는 뜻으로 한 말일까? 그게 문학에 대한 공헌이라는 거니? 장서 중에는 값나가는 희귀본이 아주 많았어. 트렁크에 넣어 세상을 돌아다닐 수 없

으니까 랠프는 경매에서 팔라고 하더라. 물론 그 아가씨는 크리스
티 경매에 내놓을 테고 그렇게 해서 얻은 수익금으로 신문사를 차
리겠지. 그런 게 문학에 공헌이 된다니?"

이저벨은 이 질문에 답하지 않았다. 도착했을 때 받아들이기로
한 작은 청문회의 범위를 넘어선 질문이라고 생각했기 때문이다.
게다가, 요즘처럼 문학에 흥미를 잃은 적도 없었다. 터칫 부인이 언
급한 희귀본을 서재에서 가끔 뽑아들 때 그런 사실을 실감하게 됐
다. 책을 읽는 건 정말 불가능했다. 주의를 집중하기 그렇게 힘든
것도 처음 있는 일이었다. 교회 묘지에서 장례식을 치르고 약 일주
일이 지난 어느날 오후 이저벨은 서재에서 1시간가량 책을 보려고
했다. 하지만 눈길은 손에 쥔 책보다 긴 가로수 길이 내려다보이는
열린 창가를 향했다. 그러다가 수수한 마차 한대가 현관으로 다가
오는 것을 봤는데, 그 구석에 워버턴 경이 다소 불편한 자세로 앉
아 있음을 알게 되었다. 남달리 예절이 바른 사람이라 이런 상황에
서도 터칫 부인의 안부를 묻기 위해 런던에서 수고스럽게 내려온
건 놀랄 일이 아니었다. 당연히 오즈먼드 부인이 아니라 터칫 부인
을 만나러 온 것이다. 그리고 이런 가설의 정당성을 입증하기 위해
이저벨은 곧장 집에서 나와 정원으로 향했다. 가든코트에 오고 난
다음부터 경내 산책을 할 수 있을 만큼 날씨가 좋지 않았기 때문에
문밖을 나선 적이 거의 없었다. 하지만 그날 저녁은 날씨가 좋았고,
처음에는 나오기를 잘했구나 하고 생각했다. 내가 조금 전에 언급
한 오즈먼드 부인의 가설은 충분히 그럴 법했지만, 그렇다고 그녀
의 마음이 편한 건 아니었다. 그녀가 왔다 갔다 하는 모습을 누가
봤다면 뭔가 떳떳치 못한 일이 있나 의심할 수도 있었으리라. 15분
이 지나고도 마음의 평정을 찾지 못한 채 집 쪽을 향해 발걸음을

옮기고 있는데, 손님과 함께 정원 쪽으로 난 문을 빠져나오는 터칫 부인의 모습이 보였다. 이모가 워버턴 경에게 나가서 그녀를 찾아 보자고 제안한 게 분명했다. 이저벨은 손님을 맞을 기분이 아니었 고, 할 수만 있다면 커다란 나무 뒤에 숨고 싶었다. 하지만 저쪽에 서 그녀를 이미 본 터라, 인사를 하기 위해 앞으로 나설 수밖에 없 었다. 가든코트의 잔디밭이 워낙 넓다보니 만나는 데 시간이 좀 걸 렸다. 그동안 안주인과 나란히 걸어오는 워버턴 경이 뻣뻣하게 뒷 짐을 지고 시선은 땅에 떨어뜨리고 있다는 사실이 눈에 띄었다. 두 사람 다 침묵을 지키고 있는 듯했다. 하지만 터칫 부인의 가느다란 눈이 이저벨을 향해 흘깃 던진 시선에는 그 먼 거리에서 봐도 표 정이 있었다. 그 표정은 날카롭고 신랄하게 이렇게 말하는 듯했다. "자, 봐라, 네가 결혼할 수도 있었던 정말 사람 좋은 귀족이 여기 있 다!" 하지만 워버턴 경이 눈길을 들었을 때 그의 표정은 그런 말을 하지 않았다. "이거 좀 어색하네요. 당신이 도와주리라 믿어요"라 고 말할 뿐이었다. 그는 아주 근엄했고 공손했지만, 미소를 띠지 않 은 채 인사를 차렸다. 이저벨이 그를 알고 나서 처음 있는 일이었 다. 실연으로 상심했을 때도 워버턴 경은 언제나 웃으면서 이야기 를 시작했었다. 그는 극도로 어색해 보였다.

"워버턴 경이 친절하게도 날 만나러 먼 길을 왔지 뭐니." 터칫 부 인이 말했다. "네가 아직도 여기 머물고 있는지는 몰랐다더라. 둘 이 알고 지낸 지도 오래됐고 해서, 네가 정원으로 나갔다는 말을 듣고 만나게 해주려고 같이 나와봤지."

"아, 마침 6시 40분 급행열차가 있습니다. 그걸 타면 정찬 시간에 맞춰 돌아갈 수 있어요." 워버턴 경이 딴전을 피우며 설명했다. "아 직 떠나지 않으셨다는 말을 듣고 정말 기뻤습니다."

"여기 오래 머무를 건 아니에요." 이저벨이 조금 적극적으로 대꾸했다.

"그러시겠죠. 하지만 몇주 더 계시기 바랍니다. 계획보다, 음, 영국에 빨리 오신 거네요."

"네, 갑자기 오게 됐어요."

터칫 부인이 잔디 상태를 살피려는 듯이 등을 돌렸는데, (사실 상태가 좋지 않았다) 그사이에 워버턴 경은 잠시 머뭇거렸다. 이저벨은 그가 당황한 나머지 남편의 안부를 물으려다가 그만뒀나 하는 엉뚱한 생각이 들었다. 상중에는 의당 그래야 한다고 생각해서인지 아니면 좀더 개인적인 이유가 있는지 그는 시종일관 근엄했다. 개인적인 이유로 그러는 거라면 상중이라는 핑계를 댈 수 있어서 아주 다행이었다. 워버턴 경은 그 점을 최대한 이용할 수 있었다. 이저벨은 이 모든 걸 생각하고 있었다. 그의 얼굴이 슬퍼 보여서 그런 생각이 든 건 아니었다. 그건 별개의 문제였기 때문이다. 하지만 그의 얼굴은 이상하게 무표정했다.

"아직 여기 계신 걸 알았다면 제 누이들이 기꺼이 찾아뵀을 텐데요. 만나겠다고 하셨다면 말이죠." 워버턴 경이 말을 이었다. "영국을 떠나시기 전에 누이들이 부인을 만나뵐 수 있으면 좋겠네요."

"저도 정말 기쁠 거예요. 만나뵀던 일이 따뜻한 추억으로 남아 있으니까요."

"하루 이틀 정도 로클리에 머무시면 어떨까요. 옛날 그 약속 기억나시죠." 이런 제안을 하면서 워버턴 경은 약간 얼굴을 붉혔는데, 그러자 그의 얼굴이 약간 낯익어 보였다. "지금 이런 말씀을 드릴 계제가 아닐 수도 있어요. 물론 방문 초대를 받아들일 경황은 없으시겠죠. 하지만 초대랄 것도 없어요. 누이들은 성령강림절 주간에 닷새 동안 로클리에 머물 겁니다. 그때 오실 수 있으면 — 영국에 오래 머물 것은 아니라고 하시니까 — 아무 방해도 받지 않고 쉬실 수 있게 해드리겠습니다."

이저벨은 그가 결혼할 여자와 장모 될 사람이 그곳을 찾지 않을까 궁금한 생각이 들었다. 하지만 이런 생각을 말로 표현하지는 않았다.

"정말 고맙습니다." 그녀는 이렇게 말하는 것으로 만족했다. "성령강림절까지 머물지는 모르겠네요."

"그럼 다른 때라도 오신다는 약속은 유효한 거죠, 그렇죠?"

이 말에는 신문訊問의 느낌이 있었다. 하지만 이저벨은 모른 척하기로 했다. 그녀는 잠시 말상대를 바라보았다. 그리고 관찰의 결과 — 이전에도 그런 적이 있었듯이 — 그가 안쓰럽다는 생각이 들었다. "기차를 놓치시면 안되잖아요." 이렇게 말하고 덧붙였다. "모쪼록 행복하시기를 빌게요."

그는 다시 이전보다 더욱 얼굴을 붉히면서 시계를 봤다. "아, 그래요, 6시 40분 차죠. 시간이 얼마 남지 않았지만, 마차가 현관에서 기다리고 있으니까요. 정말 고맙습니다." 이 감사의 말이 기차 시간을 환기해줘서 고맙다는 건지 감상적인 인사말에 대한 답례인지는 분명치 않았다. "안녕히 계세요, 오즈먼드 부인. 안녕히 계세요." 워버턴 경은 그녀와 눈을 마주치지 않고 악수를 한 다음 다시 그들 곁으로 돌아온 터칫 부인 쪽으로 몸을 돌렸다. 터칫 부인과의 작별도 간단하게 끝났다. 곧 두 숙녀는 그가 잔디밭을 성큼성큼 가로질러가는 것을 지켜보았다.

"저 사람 결혼하는 거 확실해요?" 이저벨이 이모에게 물었다.

"내가 확실하다고 할 수야 없지. 하지만 본인은 확실하다고 생각하는 거 같더라. 축하한다고 했더니 고맙다고 했다."

"아," 이저벨이 말했다. "이해가 안되네요!" 그사이 그녀의 이모
는 집 안으로 돌아가 손님이 방해한 일을 다시 집어들었다.

이해가 안된다고 했지만 이저벨은 여전히 그 생각을 했다. 넓은
잔디밭에 길게 드리운 떡갈나무 그늘로 다시 돌아가서도 마찬가지
였다. 몇분이 지난 후 통나무 벤치가 보였는데, 잠시 눈여겨보니 눈
에 익은 벤치였다. 이전에 봤거나 앉아봤다는 뜻이 아니라 그곳에
서 중요한 일이 일어난, 뭔가를 연상시키는 곳이라는 뜻이다. 그러
자 육년 전 그곳에 앉아 있을 때 유럽까지 자기를 따라왔노라고 통
보하는 캐스퍼 굿우드의 편지를 하인이 갖다주었고, 편지를 읽고
올려다보니 워버턴 경이 청혼했던 곳이라는 생각이 났다. 정말이
지 역사적이고 흥미로운 벤치였다. 이저벨은 벤치가 자기에게 말
이라도 걸 것처럼 그곳에 서서 벤치를 바라보았다. 오늘은 여기에
앉지 않으리라. 좀 겁이 나기까지 했다. 그래서 그냥 그 앞에 서 있
었는데, 그러자 감성적인 사람들에게는 시도 때도 없이 덮치는 감
정의 파도가 밀려오면서 과거가 떠올랐다. 그런 동요의 결과로 이
저벨은 심한 피로를 느꼈고, 그 바람에 망설임을 떨쳐버리고 통나
무 벤치에 앉았다. 그녀가 불안하게 마음을 정하지 못하고 있다는
점은 앞서 말한 바 있다. 사실 여부야 여하간에 그 순간 거기 있는
그녀를 독자들이 봤다면 이런 표현이 참으로 적절하다고, 한가해
서 어쩔 줄 모르는 사람으로 비친다고 생각했으리라. 이저벨은 아
무런 목적도 없는 사람처럼 앉아 있었다. 손은 옆에 축 늘어져서
풍성한 검은 드레스 자락으로 자취를 감추었고, 눈은 멍하니 앞을
응시했다. 집으로 돌아가야 할 이유도 없었다. 단둘이서만 지내는
두 숙녀는 일찍 식사를 했고 티타임이 정해진 것도 아니었다. 얼마

나 오래 이런 자세로 앉아 있었는지도 알 수 없었다. 하지만 어스름이 짙어지면서 혼자가 아니라는 느낌이 들었다. 얼른 허리를 펴고 주위를 둘러보자 자신이 혼자가 아니었음을 알게 되었다. 얼마쯤 떨어져서 그녀를 바라보고 있는 캐스퍼 굿우드와 — 잔디밭이 발걸음 소리를 빨아들여 그가 가까이 오는 소리를 듣지 못했다 — 고독을 나누고 있었던 것이다. 그 와중에도 옛날에 워버턴 경이 바로 그렇게 불시에 나타났다는 생각이 스쳤다.

이저벨은 벌떡 일어섰고, 그녀가 봤다고 알아차린 순간 굿우드가 앞으로 나섰다. 겨우 몸을 일으킨 이저벨의 손목을 그는 난폭해 보이는 몸짓으로 — 하지만 느낌은 뭐라고 형언하기 어려웠다 — 낚아채 벤치에 다시 주저앉게 만들었다. 그녀는 눈을 감았다. 아파서가 아니었다. 그냥 가볍게 잡아당긴 데 몸을 맡겼을 따름이었다. 하지만 그의 얼굴에는 보고 싶지 않은 뭔가가 나타났다. 지난번 교회 묘지에서도 그런 식으로 바라보았는데, 지금은 더 뚫어져라 응시했다. 처음에는 침묵이 흘렀다. 그가 가까이 있음을, 벤치 옆자리에서 간절히 그녀에게 호소하고 있음을 느낄 뿐이었다. 아무도 그렇게 가까이 다가온 적이 없다는 생각까지 들었다. 하지만 이 모든 상념은 순간적으로 스쳐지나갔고, 결국 손목을 빼낸 이저벨이 손님을 바라보고 말했다. "깜짝 놀랐어요."

"놀라게 할 생각은 없었소." 그가 대답했다. "하지만 조금 놀란들 무슨 대수요. 런던에서 기차로 얼마 전에 도착했는데, 곧장 이리로 올 수 없었소. 정거장에서 어떤 남자가 나보다 한발 앞서 역에 대기 중인 마차를 잡아 여기로 가자고 하는 소리를 들었지. 그 사람이 누군지 몰랐지만 함께 오고 싶지는 않았소. 당신과 단둘이 만나고 싶었으니까. 그래서 기다리면서 여기저기 걸었소. 주변을 돌아다니다 집으로 들어가던 길에 당신이 여기 있는 걸 본 거요. 사냥터지기인지 뭐 그런 사람을 마주쳤는데, 당신 사촌 오빠를 이리로 데리고 왔을 때 안면을 튼 터라 문제는 없었지. 그 신사는 간 거요? 정말 혼자인 거요? 당신에게 할 말이 있소." 굿우드는 아주 빨리 말했다. 로마에서 헤어질 때처럼 흥분 상태였다. 이저벨은 그가 흥분을 가라앉히기를 바랐지만, 도리어 본격적으로 흥분이 고조되는 걸 보고 움츠러들었다. 새로운 느낌이었다. 그는 한번도 그런 느낌을 불러일으킨 적이 없었다. 그건 위험의 예감이었다. 그의 단호함에는 정말 무서운 데가 있었다. 이저벨은 앞을 똑바로 응시했고, 양 무릎에 손을 얹은 그는 몸을 앞으로 굽혀 그녀의 얼굴을 골똘히 바라보았다. 주위의 어스름이 더 짙어졌다. "당신에게 할 말이 있소." 그가 반복했다. "꼭 해야 할 말이오. 지난번 로마에서처럼 당신을 괴롭힐 생각은 없어요. 그건 아무 소용도 없는 일이었소. 당신 마음을 어지럽힌 데 불과하지. 그래서는 안된다는 건 나도 알았소. 어쩔 수 없었소. 하지만 지금은 아니오. 제발 그렇게 생각하지 마시오." 잠시 호소로 녹아내린 금속성의 낮고 굵은 목소리로 그가 말을 이었다. "내가 오늘 여기 온 건 목적이 있어서요. 상황이 전혀 달라졌으니까. 그때는 내가 말해봐야 소용이 없었지만 지금은 내가 당신을 도울 수 있소."

겁이 나서인지 아니면 어둠속에서 들리는 그런 목소리가 은총임에 분명하다는 느낌이 들어서인지 알 수 없었지만, 이저벨은 어느 때보다도 그의 말에 집중했다. 그가 하는 말 한마디 한마디가 영혼에 깊이 박혔다. 굿우드의 말이 그녀의 존재 전체를 정적 같은 것에 휩싸이게 만들었다. 잠시 후 이저벨은 애써 그의 말에 대답했다. "어떻게 날 돕겠다는 거죠?" 그가 한 말을 한껏 진지하게 받아들여 흉금을 터놓고 묻는 것처럼 낮은 목소리로 물었다.

"당신이 날 믿게끔 만들어서. 이제 난 아니까. 이제 알게 되었소. 로마에서 내가 했던 질문 기억해요? 그때는 알지 못했지. 하지만 확실한 정보통을 통해 알게 되었고, 이제 모든 게 분명해졌지. 당신이 내게 당신 사촌 오빠와 함께 떠나라고 한 건 잘한 일이었소. 선량하고 훌륭한 사람이었지. 좋은 사람이었소. 당신의 처지를 이야기해주더군. 모든 걸 설명해줬소. 당신에 대한 내 감정을 짐작한 거지. 당신 친척인 그 사람이 당신을 ― 당신이 영국에 머무는 동안 ― 돌봐주라고 했소." 굿우드는 중요한 사실을 입증하듯이 말했다. "내가 마지막으로 그 사람을 만났을 때 뭐라고 했는지 알아요? 임종한 그 침대에 누워서 말이오. '그녀를 위해 할 수 있는 건 다 해주세요. 그녀가 허락하는 한 모든 걸.' 그렇게 말했소."

이저벨이 벌떡 일어났다. "두사람이 내 이야기를 할 권리는 없어요!"

"왜 안된다고 ― 우리가 그런 이야기를 했을 뿐인데 왜 안된다고 하는 거요?" 굿우드는 이저벨의 말을 곧바로 받아 다그쳤다. "게다가 그 사람은 죽어가고 있었소. 죽기 전에 한 말은 특별한 법이지." 그녀는 굿우드를 남겨두고 가려다가 멈춰섰다. 그녀는 어느 때보다도 그의 말에 집중했다. 굿우드가 지난번 만남 때와 다른 건 사실이었다. 그땐 목적도 없고 부질없이 열정적이기만 했다면, 지금의 그는 그녀의 온몸이 감지하는 생각을 품고 있었다. "하지만 상관없소!" 그는 그녀의 옷자락도 건드리지 않은 채 이저벨을 더욱 밀어붙이면서 외쳤다. "터칫이 끝까지 입을 다물었어도 난 알았을 테니까. 당신 사촌 오빠의 장례식에서 당신을 바라보기만 해도 뭐가 문제인지 알 수 있었소. 더이상 날 속일 수는 없어. 당신을 그토록 정직하게 대하는 남자에게 제발 솔직해봐요. 당신은 더없이 불행한 여자고 당신 남편은 악마 중의 악마요."

이저벨은 한대 맞은 것처럼 굿우드에게 대들었다. "당신 미쳤어요?" 그녀가 외쳤다.

"이보다 더 제정신일 수는 없소. 이제 전모가 보여요. 남편을 옹호해야 한다고 생각하지 마요. 하지만 그 작자를 비난하는 말은 한마디도 더 하지 않겠소. 당신 이야기만 하겠소." 굿우드가 얼른 덧붙였다. "가슴이 찢어지는데 왜 감추는 거요? 당신은 어쩔 줄 모르고 있소. 어디에 기대야 할지 몰라서지. 행복한 아내 역할 하기에는 너무 늦었소. 그런 건 모두 로마에 남기고 온 게 아니요? 터칫은 다 알고 있었소. 그리고 나도 알고 있지. 당신이 이곳에 오기 위해 어떤 댓가를 지불해야 할지. 당신의 목숨이 댓가인가? 그럴 거라고 말해요." 그는 거의 화를 내다시피 말했다. "한마디만이라도 진실을 말해줘요! 그런 끔찍한 일을 알고 있는데, 어떻게 내가 당신을 구해야 한다는 소망을 외면할 수 있겠소? 당신이 돌아가 앙갚음을 당할 판인데, 팔짱만 끼고 방관하고 있다면 대체 당신이 날 뭘로 보겠소? '끔찍한 일이오. 누이가 어떤 댓가를 치러야 할지!' 터칫이 내게 그렇게 말했소. 이 말은 해도 되겠지. 그렇지 않소? 터칫은 아주 가까운 친척이었소!" 굿우드가 특이하고도 단호하게 주장을 되풀이하면서 소리쳤다. "다른 남자에게서 그런 말을 듣느니 난 차라리 죽는 게 낫다고 생각하는 사람이오. 그러나 터칫은 달랐소. 그럴 권리가 있는 것 같았으니까. 가든코트에 돌아오고 나서 자기가 죽으리라는 걸 그 자신도 알고 나도 알게 됐을 때 한 말이오. 난 모든 걸 다 파악했소. 당신은 돌아가기 겁이 나는 거요. 당신은 완전히 고립무원이고, 어디로 가야 할지 모르고 있소. 어디로도 갈 수

없지. 그건 당신도 너무 잘 알고 있고. 바로 그래서 당신이 날 생각
했으면 하는 거요."

"'당신'을 생각하라고?" 어스름을 배경으로 그 앞에 선 이저벨
이 말했다. 조금 전에 흘끗 본 생각이 불현듯 거대한 모습을 드러
냈다. 그녀는 고개를 약간 뒤로 젖히고, 그가 하늘에 나타난 혜성이
라도 되는 것처럼 눈을 빤히 뜨고 보았다.

"어디로 갈지 모르고 있잖소. '내게로' 곧바로 와요. 날 믿어주면
좋겠소." 굿우드가 되풀이해 말했다. 그리고 빛나는 눈으로 이저벨
을 바라보며 말을 멈췄다. "왜 돌아가야 하는 거요? 왜 그 끔찍한
겉치레를 유지하려고 하는 거요?"

"'당신'에게서 벗어나려고!" 그녀가 대답했다. 하지만 이 말은
그녀가 느낀 것을 일부만 표현했을 뿐이었다. 나머지는 과거에 단
한번도 사랑받은 적이 없다는 느낌이었다. 사랑을 받았다고 믿었
지만, 이건 달랐다. 짐짓 정원의 감미로운 향기처럼 다가와 사람들
을 거꾸러뜨리는 사막의 열풍과 같았다. 그런 열풍이 이저벨을 감
쌌다. 그것이 그녀를 들어올렸는데, 그 느낌은 꽉 다문 입을 억지로
벌리게 해서 맛보게 한 무엇처럼 강력하고 역하고 생소했다.

처음에는 굿우드가 그녀의 말을 반박하면서 더 격렬하게 폭발
할 거라고 생각했다. 하지만 그는 곧 평정을 되찾았다. 자기가 제정
신이고 모든 걸 합리적으로 따져보았음을 보여주려고 했다. "그걸
막으려고 하는 거요. 그리고 난 그렇게 할 수 있을 것 같소. 당신이
한번만 내 말을 들어준다면 말이오. 당신이 그 불행의 늪으로 다시
빠져든다는 건, 독기가 가득한 공기를 숨 쉰다는 건 생각만 해도
억장이 무너져요. 정신 나간 사람은 당신이오. 내가 당신을 보호해
줄 거라고 생각하고 날 믿어줘요. 왜 우리가 행복할 수 없다는 거

요. 우리 바로 앞에 행복이 놓여 있고, 너무나 쉬운데. 난 당신의 사람이오. 영원히, 영원히. 여기 난 서 있소. 바위처럼 굳건하게. 대체 뭘 걱정하는 거요? 아이가 있는 것도 아니잖소. 아이가 걸림돌이 될 수도 있겠지. 하지만 그렇지 않으니 생각할 것도 없소. 당신 삶에서 건질 수 있는 부분을 건져야 하오. 단지 일부를 잃었다고 전부를 잃을 수는 없소. 남들 눈을 의식해서, 남들이 뭐라 할까봐, 세상의 끝없는 어리석음이 신경 쓰여서 그러는 건 당신에 대한 모욕이오. 우리는 그런 모든 것과 무관하오. 우리는 거기서 완전히 벗어났소. 현실을 있는 그대로 보는 거요. 로마를 벗어남으로써 당신은 큰 걸음을 내디뎠소. 그다음은 일도 아니오. 저절로 되게 되어 있소. 의도적으로 고통이 가해진다면 그 여자는, 당하는 여자라면, 무슨 일을 해도 된다고, 도움이 된다면 가출을 해도 된다고 나는 단언하오! 난 당신이 고통스럽다는 걸 알아요. 그래서 내가 여기 온 거요. 우리는 완전히 하고 싶은 대로 할 수 있소. 하늘 아래 우리가 누구에게 빚졌다는 거요? 우리를 가로막을 게 뭐며, 누가 이런 문제에 눈곱만큼이라도 간섭할 권리가 있다는 거요? 이건 우리 둘만의 문제고, 그렇게 말하면 끝나는 거요! 우리가 불행으로 썩어 없어질 운명을 타고난 거요? 두려워하면서 살아야 할 운명인 거요? 당신은 두려울 게 없는 사람이었소! 날 믿기만 하면, 결코 실망하지 않을 거요! 세상이 우리 앞에 펼쳐져 있소. 세상은 아주 넓어요. 그건 이미 내가 경험한 바요.”

이저벨은 상처 입은 짐승처럼 긴 신음 소리를 냈다. 뭔가가 그녀를 아프게 짓누르는 것 같았다. “세상은 아주 작아요.” 그녀가 아무렇게나 말했다. 저항하는 것처럼 보이고 싶은 바람이 너무 컸다. 그녀는 자신이 뭐라도 말하는 걸 듣기 위해 무작정 대꾸했다. 하지만 그런 말을 하려고 한 건 아니었다. 사실 세상은 어느 때보다도 커 보였다. 사방이 거대한 바다처럼 열려 있었고 깊이를 알 수 없는 물 위에 떠있는 느낌이었다. 이저벨은 도움을 원했고, 여기 도움이 있었다. 도움은 급류처럼 덮쳐왔다. 굿우드의 말을 그녀가 모두 믿었는지는 알 수 없다. 그러나 그 순간, 그의 품에 자기를 맡기는 게 죽음에 버금간다고 그녀는 믿었다. 이런 믿음은 그 순간 말하자면 황홀했고, 그 황홀감 속으로 이저벨은 계속 가라앉았다. 그러는 와중에도 그녀는 발 디딜 뭔가를 찾듯이 발장구를 쳤다.

"아, 난 당신의 사람이오. 당신도 내 사람이 돼줘요." 그의 외침이 들렸다. 논리적인 설득을 갑자기 포기한 듯, 그의 목소리는 거칠고 무섭게, 분명치 못한 소음의 혼돈을 통해 새어나오는 것 같았다.

하지만 이것은 철학자들이 말하듯이 주관적인 사실일 따름이었다. 혼돈과 물소리, 그리고 이 모든 것들이 이저벨의 머리에 현기증을 일으켰다. 순간적으로 이를 의식한 그녀가 숨을 헐떡거리며 말했다. "제발 가줘요! 그게 당신이 나에게 베푸는 가장 큰 친절이에요."

"아, 그렇게 말하지 마요. 날 죽일 작정이오!" 그가 소리쳤다.

그녀는 손을 맞잡았다. 눈에서 뜨거운 눈물이 흘렀다. "날 사랑한다면, 날 가엾게 여긴다면 내버려둬요."

굿우드는 어스름 속에서 번득이는 눈으로 그녀를 잠시 노려보았다. 그리고 다음 순간 이저벨은 그의 팔에 안겼고 그의 입술이 그녀 입술에 포개졌다. 그의 키스는 번개의 섬광, 퍼지고 다시 퍼지다 멈춘 번뜩임 같았다. 키스를 받아들이는 동안 이저벨은 굿우드의 단단한 남자다움에서 가장 마음에 들지 않았던 모든 것, 그의 얼굴과 체격과 태도의 고압적인 요소 하나하나가 강렬한 독자성을 띠면서 이런 소유의 행위와 하나가 되었음을 뚜렷이 느꼈다. 그녀는 난파당해 물에 빠진 사람들이 익사하기 전에 일련의 영상들이 주마등처럼 스쳐지나간다는 말을 들은 적이 있었다. 하지만 어둠이 다시 찾아왔을 때 이저벨은 자유였다. 그녀는 주변을 둘러보지 않고 다만 거기서 내달렸을 뿐이다. 집의 창문에서 새어나온 불빛이 잔디밭을 멀리까지 비추었다. 거리가 상당히 멀었음을 감안하면 놀라울 정도로 빠르게 어둠을 (눈에 아무것도 보이지 않았으므로) 통과해 현관에 도착했다. 그곳에 이르러서야 그녀는 멈춰섰다. 사방을 둘러보았고, 잠시 귀를 기울였고, 그리고 나서 문고리를 잡았다. 어느 쪽으로 가야 할지 몰랐다. 하지만 이제는 알았다. 직선으로 뻗은 길이 있었다.

이틀 후 캐스퍼 굿우드는 헨리에타 스택폴이 머물고 있는 윔폴 가의 현관문을 두드렸다. 그가 노커에서 손을 떼자마자 문이 열렸고, 스택폴 양이 그의 앞에 서 있었다. 모자를 쓰고 웃옷을 입은 그녀는 막 외출을 하려던 참이었다. "아, 안녕하세요." 그가 말했다. "오즈먼드 부인을 만날 수 있을 거라고 생각하고 왔습니다."

헨리에타는 대답을 하지 않고 잠시 뜸을 들였다. 하지만 스택폴 양은 말이 없을 때도 아주 많은 감정을 표현했다. "왜 여기 있다고 생각한 거죠?"

"오늘 아침에 가든코트로 내려갔더니 하인이 런던으로 갔다고 하더군요. 당신에게 갔을 거라고 했소."

스택폴 양이 다시—완벽하게 상냥한 의도로—뜸을 들였다. "어제 여기서 하룻밤 지냈어요. 하지만 아침에 로마로 출발했어요."

캐스퍼 굿우드는 그녀를 보고 있지 않았다. 그의 눈은 현관 계단에 고정됐다. "아, 로마로—?" 그가 말을 더듬었다. 말을 마무리하지도 눈길을 들지도 않고 뻣뻣하게 고개를 돌렸다. 하지만 더 움직이지 못했다.

헨리에타는 문을 닫고 밖으로 나와서 손을 내밀어 그의 팔을 잡았다. "저기요, 굿우드 씨," 그녀가 말했다. "그냥 기다려보세요."

그러자 굿우드는 얼굴을 들어 그녀를 보았다. 단순히 그가 젊다는 뜻으로 하는 말이라는 걸 그녀의 얼굴에서 읽은 그는 진저리를 쳤다. 헨리에타는 값싼 위안을 제시하며 밝은 얼굴로 서 있었는데, 그런 위안이 그 자리에서 그를 삼십년은 더 나이 들게 만들었다. 그러나 헨리에타는 굿우드를 끌고 나왔다. 마침내 그에게 인내심의 열쇠를 쥐여준 것처럼.

헨리 제임스와 세계문학
──『한 여인의 초상』을 중심으로

작품 소개를 시작하면서

우리 독자들에게 헨리 제임스(Henry James, 1843~1916)은 얼마나 인지도가 있는 작가일까? 그다지 높지는 않을 듯하다. 그 점은 제임스의 동시대 작가 한명을 떠올리면 단박에 확인된다.『톰 쏘여의 모험』(*The Adventures of Tom Sawyer*, 1876)과『허클베리 핀의 모험』(*Adventures of Huckleberry Finn*, 1884)의 저자인 마크 트웨인을 생각해보시라. 아니면 제목 자체가 죄의 보통명사로 통용되는『주홍 글자』(*The Scarlet Letter*, 1850)의 너새니얼 호손이나 이른바 아메리칸 드림의 허상과 비극을 아름답게 그려낸『위대한 개츠비』

(*The Great Gatsby*, 1925)의 스콧 피츠제럴드와 대비해도 이들과 필적하는 대중성을 제임스가 한국의 독서 시장에서 확보했다고 보기 힘들다. 왜 그런지 그 이유를 간단하게나마 짚어보자.

무엇보다 작품에도 다양한 방식으로 반영된, 제임스 가계(家系)가 표상하는 당대 서구의 '고급문화'는 범속한 대중성과 거리가 있었다. 잘 알려져 있다시피 헨리 제임스의 부친(Henry James Senior, 1811~82)은 1789년에 아일랜드에서 미국으로 건너와 명성을 날린 신학자이자 교육자였다. '실용주의' 철학을 창시한 당대의 철학자인 윌리엄 제임스(William James, 1842~1910)는 한살 터울의 형이다. 물론 다양한 계층의 독서 대중에 폭넓게 호소하지 못하는 탓을 전적으로 가계의 고급문화 탓으로만 돌릴 수는 없을 것이다. 그러나 그 자신도 존경한 찰스 디킨스(Charles Dickens, 1812~70) 같은 소설가와 비교하면 그런 결핍은 뚜렷이 부각되는데, 실제로 후기 제임스는 이른바 문학 시장의 대중적 취향과 불화한 작가로 평가받고 있다.[1] 그와 무관치 않은 사안으로, 초·중기와는 사뭇 다른 후기의 난해, 난삽한 — 하지만 모더니즘의 파격적인 형식 실험과는 다른 — '문체'도 적잖이 작용했으리라 본다. 바로 그런 의미에서 영미의 (강단) 제임스 학자들이 후기 대표작으로 지목들을 하는 『대사들』(*The Ambassadors*, 1903)이 제임스의 여타 초·중기 작품보다 앞서 우리 독자들에게 선보인 것은 그리 다행한 사건만이 아니었다.

아무튼 비평과 창작을 넘나든 제임스의 방대한 작품세계에서도

---

1 이 문제에 관해서도 연구가 적잖이 축적되어 있지만 특히 Jonathan Freeman, *Professions of Taste: Henry James, British Aestheticism, and Commodity Culture* (Stanford UP 1990) 참조.

『한 여인의 초상』(*The Portrait of a Lady*, 1881)을 낳은 중기 국면이 그의 가장 원숙한 시기라고 생각하는 학자들은 상대적으로 소수이다. 그러나 그 경우에도 『한 여인의 초상』(이하 『초상』)의 대표성을 부정하는 이는 거의 없다. 19세기 미국 소설가로서 1917년에 영국에 귀화하여 영미 문학사에 모두 이름을 올린 제임스가 갖는 복잡하고 특이한 면모에 걸맞게 총체적으로 발휘되는 언어 예술과 상상력의 산물이 『초상』이라는 데는 비평가들의 중론이 모아진 듯하다. 그중 영국에 귀화하여 영국 문학사에 이름을 올린 또다른 미국 작가 엘리엇의 다음과 같은 발언은 『초상』, 더 나아가 제임스의 여타 작품에 대한 온당한 읽기를 어떻게 할 것인가에 대해서 흥미로운 암시를 준다.

> 헨리 제임스는 영국의 독자들에게는 어려운 작가인데, 그건 그가 미국인이기 때문이다. 그는 또한 미국의 독자들에게도 어려운 작가인데, 그건 그가 유럽인이기 때문이다. 그가 다른 독자에게 대체 어떻게 읽힐 수 있을지 모르겠다. 반면에 영국인도 아니고 미국인도 아니면서 예외적으로 예민한 독자라면, (두 독자에게는 결여된) 적절한 거리의 이점을 누릴 수 있을지 모른다.[2]

그렇다고 엘리엇의 권위를 빌미 삼아 "예외적으로 예민한" 비서

----

2 "Henry James is an author who is difficult for English reader because he is an American; and who is difficult for American, because he is a European; and I do not know whether he is possible to other readers at all. On the other hand, the exceptionally sensitive reader, who is neither English nor American, may have a position of detachment which is an advantage," T.S. Eliot, "A Prediction," *Henry James: Collection of Critical Essays*, ed. Leon Edel (Prentice Hall 1965) 55면.

구 독자를 이상적인 해석자로 상정할 수는 없는 일이다. 오히려 서구 독자든 비서구 독자든 이 작품의 소설적 성취가 과연 어떤 의미에서 보편적인지를 성찰하는 일이 앞서야 마땅하다. 엘리엇의 통찰을 적용해 『초상』을 한국 독자들에게 '세계문학'으로 소개한다면, 이 장편소설이 정확히 어떤 의미에서 제임스 당대의 서양을 넘어서 현재 우리 삶의 현장에 도달하고 있는가를 — 바로 그런 맥락에서 '세계성'을 성취한 작품인가를 — 엄밀하게 규명하는 작업이 우선해야 한다는 것이다. 이 글에서는 장편서사문학의 본령을 구현함으로써 시대적 구속을 벗어난 『초상』의 면모를 집중적으로 소개하고자 한다.

'국제주제'와 이저벨 아처

중요한 개념이 으레 그렇듯이 '세계문학'도 맥락에 따라, 쓰는 논자에 따라 그 함의가 얼마든지 달라질 수 있다. 그런데 만약 『초상』을 "근대 세계체제의 상흔이 텍스트에 가장 첨예하게 각인된 — 바로 그렇기에 성찰하는 독자로 하여금 그 상흔을 자신이 속한 생활의 현장에서 되새김질하게 만드는 — 사례"로서의 세계문학으로[3] 정의할 수 있다면 어떤 논의가 가능할까? 논의에 앞서 근대 세계체제니 그 상흔이니 하는 말부터 좀더 간명하게 풀어볼 필요가 있겠다.

근대 세계체제는 주로 미국의 사회과학자인 이매뉴얼 월러스틴의 세계체제 분석에서 끌어온 개념이다. 그에 따르면 대략 서유럽

---

3 졸고 「민족문학, 한국문학, 87년체제」, 『한국문학의 최전선과 세계문학』(창비 2013) 25면.

의 봉건체제 속에서 발흥한 자본주의의 발전은 16세기 이래 오백 여년에 걸쳐 지구 상의 지역이 핵심부, 반주변부, 주변부로 재편되어 상호작용하는 과정과 일치한다. 그런 발전은 그 과정에서 체제라 일컬을 만한 내구적 특성을 띠게 된바, 이윤을 지상 최대의 목적으로 삼는 자본주의는 우리가 지금 알고 있는 세계를 만든 체제적 동력이다. 그 동력은 성적·인종적·계급적 모순을 원료로 삼아 발동된다. 그런 체제는 이제 모종의 분기점에 ──더 나은 세계가 자동적으로 보장되지는 않는, 그래서 더 인간의 분투가 요구되는 체제적 갈림길에 ──도달했다는 것이 월러스틴의 지론인데,[4] 근대 세계체제의 상흔이란 바로 그 세가지 모순의 역사적 착종과 파괴적 발현을 가리키는 표현이다.

그렇다면 『초상』이 그런 상흔과 어떤 연관성이 있다는 것인가? 『초상』이 고도로 복합적인 상상력과 정밀한 현실 인식을 통해 '세계'를 드러낸 경우라면 그런 작품을 근대 세계체제에서 폭력적으로 관철되는 모순의 상흔과 결부시키는 비평 작업이 간단할 리가 없다. 우선 주인공인 이저벨 아처부터가 어떤 체제적 모순으로 환원하거나 추상적 이념이라는 틀로써 잡아두기에는 너무도 생동하는 인물이다. 그러한 인물의 삶이 펼쳐지는 무대가 되는 작품 역시 몇개의 개념어로써 세계체제와 연결할 수도 없다. 따라서 약동하는 여주인공, 나아가 여주인공을 그렇게 살아 있도록 하는 작품을 세계체제의 패권국으로 부상하고 있던 당대 미국의 미국주의 이념과 연관짓는 작업일수록 세밀한 분석이 따라야 한다.

일단 유럽을 배경으로 하고 있지만 『초상』의 거의 모든 주요 등

────────────────

4 자본주의에 관한 월러스틴의 지론을 간명하게 요약한 저작으로는 나종일·백영경 공역으로 출간된 『역사적 자본주의/자본주의 문명』(창비 1993)이 있다.

장인물은 미국인으로 설정되어 있다는 간단한 사실에 주목하자. 동시에 세계체제에서 후발주자에 속하지만 민주주의 이념을 가장 선도적으로 구현했다고 선전한 — 전적으로 허위의식만은 아닌 — 미국 특유의 정신사적 맥락을 떠나서 이저벨 아처를 비롯한 여타 미국인 인물들의 삶의 동기를 온전하게 해명하기 어렵다는 좀더 복잡한 사실에도 주목하자.

알다시피 자유와 독립, 평등의 이념은 프랑스 혁명 이래 근대세계의 기저를 이루는 보편적 가치이다. 서구 열강의 각축장이기도 했던 당대의 북아메리카도 그런 이념의 생생한 실험장이었다. 그 점은 1776년에 출간되어 미국 독립의 사상적 기폭제 역할을 했던 토머스 페인의 『상식』(*Common Sense*)이 불러일으킨 가히 열광적인 반응들을 생각해보면 단적으로 확인된다. 그러나 이미 국민국가 체제를 갖춘 서유럽의 주요 나라와는 실험 조건들이 사뭇 달랐던 식민지적 현실이 독립 이후에도 한동안 지속된 나라가 신생국 미국이기도 했다. 게다가 노예제를 안고 있는 처지에서도 이미 구세계의 낡은 봉건적 잔재에서 해방된 나라라는 허위의식이 근절되기는커녕 더욱 악화일로를 걷고 있기도 했다. 『초상』이 출간되던, 남북전쟁에 이어진 미국의 재건기에도 상황은 크게 다르지 않았다.

이저벨 아처 자체도 그런 문화적 상황과 무관치 않음은 분명하다. 남북전쟁을 거치면서 인종주의·성차별주의가 더 심화되었으면서도 근대의 해방적 역사를 구현했다고 믿은 북부 특유의 뒤틀린 신념 체계를 '반영'하는 인물이 이저벨 아처인바, 그녀는 그런 뒤틀림 속에서도 성과 인종, 계급의 굴레에 맞서는 해방의 과업을 운명적으로 담지하게 된다. 그 과업은 완전한 진실도 아니고 그렇다고 허위도 아닌 여주인공의 '자기의식'에 의해 추동된다. 19세기

후반 미국의 전형적 현실, 즉 아메리카 원주민과 흑인을 비롯한 소수인종의 처절했던 상황, 전대미문의 자본주의적 발전을 이끈 산업부르주아지의 반생태적 낭비, 가정의 굴레에서 놓여나기는 했으나 좀더 유연해진 가부장적 자본주의 체제로의 귀속 외에는 거의 대안이 존재하지 않았던 여성들의 현실은 이저벨이 그토록 알고 싶어한 삶의 '진경'이기도 했다. 미국의 그러한 전형적 현실을 뒤로한 채 영국으로 건너간 이저벨이 그 세계에서 맞닥뜨리는 것은 뿌리를 상실하고 떠도는 미국인들의 각양각색의 미몽(迷夢)들이다. 각기 색깔과 성격은 사뭇 다르지만 이저벨, 랠프, 마담 멀, 오즈먼드 등이 품은 미몽은 미국적 이상주의의 변색 과정에서 싹튼 것이다. 마담 멀과 오즈먼드의 경우는 변색이 아니라 타락이라고 규정해야겠지만 말이다.

영국을 비롯한 서유럽 소설에 등장하는 숱한 비극적인 여주인공들과 이저벨을 비교한다면 그런 미몽들이 왜 미국적인가를 좀더 분명히 실감할 수 있다. 19세기 후반 부상하는 '제국'으로서의 미국을 '등에 업은' 이저벨 아처는 당대 영국 소설의 여주인공들과는 판이한 동선을 그린다. 쇠락하는 제국으로서의 영국을 무대로 자유와 독립이라는 근대 세계체제의 이상을 시험하는 듯한 이저벨 아처의 궤적을 면밀하게 따라간다면 『초상』 자체가 노골적으로, 또는 은밀하게 여성해방의 이념을 작품화한 여성주의적 텍스트들보다 오늘날 더 강렬하고도 미묘한 해방적 여운을 남기고 있다는 점도 새롭게 해명할 수 있을 것이다.

그 점을 역사적인 맥락에서 성찰할 때 여성주의와는 직접적인 연관성이 희박한 것으로 보이는 주제, 즉 제임스가 평생에 걸쳐 다각도로 천착한 이른바 '국제주제'도 생략할 수 없다. 제임스는 '순진한' 미국인들이 "미국의 문화적 과거가 존재하는 중심으로서의"[5] 유럽대륙에서 겪는 — 정반대의 경우, 즉 유럽인이 미국의 문화를 탐사하는 『유럽인들』(*The Europeans*, 1878) 같은 작품도 적지 않다 — 사건들을 다양한 시각으로 조명한바 있다. 그같은 조명은 영국, 더 나아가 유럽과 미국의 삶의 방식, 가치관, 윤리의식, 감수성 등의 차이 등을 비교·대조하면서 양자의 한계를 지양하는 이상적 문명의 탐색 과정이기도 했다. 그런 일련의 탐색이 갖는 함의를 작가 자신 국제주제라는 용어로 집약했다. 영국과 미국의 문명적 성취 및 한계를 서로 비춰보는 이런 주제는 지구화 시대로 일컬어지는 오늘날 그 보편적 함의가 더 뚜렷해지기도 한다. 동시에 "근대 세계체제의 상흔"으로서의 세계문학이라는 발상에 구체적인 내용을 부여하는데, 제임스의 국제주제는 19세기 세계체제의 패권 이양기 국면에서 시험된 문명의 이상(理想)에 관한 — 좀더 엄밀하게 말한다면 그런 이상의 좌절에 대한 — 소설적 분석에 해당하기 때문이다.

『초상』을 그런 맥락에서 이해한다면 이저벨 아처가 갖는 역사적 전형성도 분명해진다. 물론 작가 자신도 1908년 뉴욕판 「서문」(이하 「서문」)에서 『초상』이라는 문학적 건축물을 온전하게 세울 수 있는 주춧돌로서의 여주인공이 갖는 중요성을 거듭 역설했다. 저자의 창작 의도를 작품 자체로 되돌려 생각해보면 이저벨 아처는 복잡다단한 사회사적 현실'들'을 한 몸에 구현하는 인물로서 플롯의 핵심적 동력으로 기능하는 것 이상의 역할을 담당하게 된다. 근대의 대표적 이념인 — 현재는 물론이고 제임스 당대의 깨인 여성이

---

5 Christof Wegelin, *The Image of Europe in Henry James* (Southern Methodist UP 1958) 13면.

라면 누구나 공감하고 받아들였을 — 민주주의, 자유와 평등의 이상에 관한 한 이저벨은 '살아 있는 표본'에 가깝다. 바로 그런 이상을 무의식에 내장한 미국 처녀로서 유럽으로 건너가는 것은 그 자체로 하나의 사건인바, '구세계'로서의 유럽은 미국적 이상의 현실성을 시험할 수 있는 최적의 무대이다.

국제주제의 탐사에 관한 한 가장 총체적이고 성공적이라고 평가해야 할 『초상』은, 구세계에서 새로운 삶의 실험에 나선 여주인공이 벌이는, 제임스의 표현을 빌리자면, '소동'(ado)을 다룬다. 그렇다면 뭐가 대단해서 또는 특별해서 우리가 그런 소동에 '세계문학'이라는 꼬리표를 붙이는 것인가? 두말할 것도 없이 그 소동은 이저벨의 사랑과 결혼을 둘러싼 것이다. 그런데 사랑과 결혼만큼 — 또 결혼의 현실적 부산물인 '불륜'만큼 — 근대소설에서 흔해빠진 주제도 드물다는 점을 생각해보면 과연 이저벨의 소동이 뭐가 그렇게 특이한가 하는 의문이 생길 법도 하겠다.

워버턴 경과 굿우드의 구애를 물리치고 오즈먼드를 선택하는 이저벨의 행보는 오늘날의 독자가 봐도 별나다. 『파멜라』(*Pamela*, 1740)에서 『미들마치』(*Middlemarch*, 1871~72), 『오만과 편견』(*Pride and Prejudice*, 1813)을 거쳐 『더버빌의 테스』(*Tess of the D'urbervilles*, 1891)에 이르는 영국 가정소설의 패턴과 사뭇 다르게 느껴질 것도 분명하다. 이 각각의 장편소설은 당대 영국사의 특정한 계급적 국면이 안고 있는 사회현실의 모순을 탁월하게 그려냈고 해당 여성 주역이 유일무이한 서사적 존재임도 틀림없다. 그러나 "영혼의 율동이 세상의 진동과 연속선상에 놓여 있음을 느낄 때 가장 큰 기쁨을 느"끼는 이저벨이 특별한 것은,(1권, 73면) 영국 소설에 등장하는 여성 인물들의 인생사적 궤적에서 탈피하려는 어떤 도약이 그녀의 삶에서 ─ 삶의 지평에 대한 근본적인 물음을 동반한 모험이 ─ 의식적으로 감행되고 있기 때문이다. 그런 모험은 무엇보다 구애와 사랑, 결혼의 완성 또는 실패라는 가정소설의 프레임 자체의 해체를 동반하기도 한다. 워버턴 경과 굿우드만 해도 모두 당대의 결혼 시장에서는 최고의 신랑감이랄 수 있는, 적어도 작품에 언표된 차원에서 각기 영국 정신과 미국 정신의 어떤 진취적 기상을 대표하는 인물이다.

「서문」에서 해명했다시피 제임스는 두 남성을 "여주인공을 중심으로 도는 위성들"에(1권, 23면) 비유한 바 있다. 적어도 그런 맥락에서는 이들이 각기 당대 영미의 시대적 정신을 대변한다는 것도 과장이기 십상이지만, 두 남성의 열렬한 청혼에 관한 한 "스물이면 열아홉의 처녀가 고민 없이"(1권, 175면) 받아들였으리라는 데는 이론의 여지가 없을 듯하다. 그런데 앞서 주로 결혼을 둘러싼 것으로 규정한 이저벨의 '소동'은 결혼보다 훨씬 넓은 사회사적 맥락에 놓고 읽어야 옳다. 아널드가 설파한바 최선의 자아(the best self)에 대한 모색으로도[6] 규정할 수 있을 이저벨의 소동에서 결혼은 그녀가 품은 문명적 이상으로 가시화된 것일 뿐이다. 그 저변에는 결혼으로 결코 환원할 수 없는 문제가 도사리고 있다는 뜻이다. 그것은 주인공 자신도 가능성만을 어렴풋이 예감하면서 그런 예감에 장애가 되는 모든 것, 특히 남자들이 저마다 내놓은 이상적 가정이라는 '뇌물'에 저항하는 '정신적 모험'이다. 한마디로 그 모험은 경험

---

6 Matthew Arnold, *Culture and Anarchy and Other Writings*, ed. Stefan Collini (Cambridge UP 1993) 참조. 아널드의 사상에서 이 '최선의 자아'는 '일상적 자아'(the ordinary self)를 극복한 상태의 교양인을 뜻하는데, '구세계'에서 앎과 배움의 기회를 발견한 아저벨의 지향점이 일반적 자아의 초극이라고 해도 크게 빗나간 표현은 아닐 것이다.

과 배움으로 표상되는 — 적어도 그런 의미에서는 인문주의적 삶이랄 수도 있는 — 궤적을 그리는바, 그 과정에서 '결혼'으로써 모험을 봉쇄하려는 남성주의 세계에 대한 발본적인 물음도 제기되는 것이다.

이중의 '협잡'과 미국주의

남성들의 내적·외적 조건이 아무리 이상적으로 보인다 할지라도 행복의 상(像)을 세상이 아닌 가정에서 찾으라고 강요하는 한 이저벨의 저항은 여전히 인류의 절반에 해당하는 여성들의 응원과 공감을 얻을 수 있으리라 본다. 아니, 남자들이 만들어놓은 근대 세계가 이저벨의 모험이 필요할 만큼 엉망이라면 오늘날의 남성 독자들도 기꺼이 그 모험에 박수를 보내야 하리라. 그런데 『초상』은 이저벨의 모험이 좌절되는 이야기이다. 쎄리나 멀과 길버트 오즈먼드가 이저벨을 상대로 벌이는 협잡 과정은 감탄스러울 정도로 정교하고도 정밀한 언어를 통해 그려진다. 다소 진부한 비유를 동원한다면 그 협잡은 타락한 경험의 세계가 아침 이슬처럼 생기 발랄한 순수의 세계를 '접수'한 사건이다. 여기서 그 접수 과정에 대한 세세한 논의는 어렵지만 개요는 짚어야 세계문학으로서 『초상』을 내건 이 글의 문제의식을 제대로 드러낼 수 있을 것 같다.
우선 주범을 간단히 지목할 수 있는 협잡이지만 무엇이 협잡을 가능하게 했는가는 간단한 문제가 아니다. 간단하기는커녕 끝없이 이어지는 원인들의 연쇄 과정을 추적하노라면 협잡의 주범들이 오히려 조연처럼 느껴질 정도이며, 형이상학의 차원으로 비약한다면 차라리 '운명'이라고 단정하고 싶어진다. 알다시피 올버니에 살던 이저벨 아처는 이모인 리디아 터칫 부인를 따라 영국으로 건너왔다. 자유와 독립이라는 미국적 이상을 뼛속 깊이 내면화했으면서도 완강하게 계급적 질서를 옹호하는 이모의 후견인 역할이 아니었던들 이저벨은 애초에 마담 멀과 오즈먼드를 만날 기회가 없었던 셈이다. 그러나 이건 시작에 불과하다. 여주인공을 협잡의 매력적인 대상으로 만든 결정적인 계기는 사촌인 랠프 터칫의 '작전'에서 나온다. 그의 아버지 대니얼 터칫이 질녀에게 물려준 칠만 파운드의 유산이 마담 멀과 오즈먼드의 협잡을 가동시킨 동력이었으니 말이다.

이 유산은 랠프의 몫이었다. 그는 영국과 미국의 최고 대학에서 두루 수학한 일급 지성이지만 폐병으로 인해 자신의 뜻을 펼칠 기회가 철저하게 봉쇄된 상황에 놓여 있다. 미국에서 가든코트로 건너온 이저벨에게서 그가 '최고급의 오락거리'를 발견한 것은 바로 그런 상황에서다. 폐병으로 인해 '관조적 삶'에 만족할 수밖에 없었던 그는 생동감 넘치는 이사벨 아처를 통해 자신의 불구의 삶을 보상받고 싶은 — 어떤 면에서는 병든 삶에 대한 가히 니체적 복수의 욕구라고 해야 할 — 심리가 작동한 나머지 아버지를 설득해 자기 몫의 유산을 절반으로 나눠 나머지 절반을 이사벨에게 넘긴 것이다. 그런 사실을 까맣게 모르는 채로 막대한 재산을 물려받게 된 이저벨은 결과적으로 '재색'을 겸비한 매력적인 상속녀로 '승격'된다. 적어도 여기까지 보면 마담 멀-오즈먼드 협잡을 가능케 한 인물은 랠프 터칫이라고 해야 맞다.

마담 멀 및 오즈먼드의 협잡과는 성격이 전혀 다르지만 이저벨 아처에게는 비밀에 부친 채 철저하게 자기만족을 위해 실행했다는 점에서, 그리고 결과적으로 그 협잡을 불러온 원인이 되었다는 점에서 랠프의 유산 상속은 이저벨이 겪는 모든 불행의 근원이라 할 만하다. 격언대로 지옥으로 가는 길이 선의(善意)로 깔려 있다면 이저벨의 삶의 행로는 바로 그런 종류의 선의에서 비롯된다고 해도 지나친 말이 아니다.

여기서 잠시 랠프라는 인물의 역사적 성격을 국제주제적 맥락에 놓고 생각해보자. 그 맥락은 흥미롭게도 마담 멀의 다음과 같은 발언에 의해 드러난다.

사람은 모름지기 자기 나라에서 살아야 해. 어떤 곳이든 자기 나라가 자연스러운 터전이야. 우리가 훌륭한 미국인이 아니라면, 형편없는 유럽인인 게 분명해. 이곳이 우리의 자연스러운 터전은 아니야. 땅에 뿌리를 내리지 못했으니, 우리는 그 표면을 기어다니는 기생적인 존재에 불과하지. 적어도 그 정도는 알고 환상을 갖지 말아야 해. 여자 중에는 버틸 사람이 있을지 몰라. 여자에게 자연스러운 터전은 아무 데도 없는 셈이니. 어디 있든 표면에 남아 있어야 하고, 대개는 네발로 기어야 하지. 동의할 수 없다고? 끔찍한 소리 하지 말라고? 절대로 네발로 기지는 않을 거라고? 자기는 그렇게 기지 않을 공산이 커. 아주 많은 불쌍한 여자들보다 훨씬 당당하게 서 있지. 좋아, 맞아, 자기가 그럴 것 같지는 않아. 그러나 남자들, 미국 남자들 말이야. 한번 물어볼까. 그치들은 여기 건너와서 뭘 이룬 거지? 난 그들이 앞가림하려고 노력하는 게 부럽지 않아. 가엾은 랠프 터칫을 보라고. 그 친구는 어떤 종류의 남자라고 해야 할까?(1권, 293면)

이 대사는 이저벨 아처뿐만 아니라 마담 멀 자신도 결코 피해갈 수 없는 가부장적 근대 세계와 여성의 고단한 삶을 암시하기도 한다. 그런 진실이 마담 멀의 입을 통해 나오기 때문에 더 통렬한 바 있는데, 마지막 문장 역시 그러하다. "그 친구는 어떤 종류의 남자라고 해야 할까?" 우리는 앞서 뿌리를 상실하고 '구세계'를 떠도는 미국인들의 다채로운 미몽을 언급한 바 있다. '관조적 삶'이라는 유형(流刑)에 처해진 자신의 운명에 행동하는 이저벨을 앞세워 복수하려는 매우 특이한 동기가 작용한다는 차이가 있기는 해도 랠프 역시 그러한 미몽에 사로잡힌 인물임에는 분명하다. 이저벨 앞에 더 많은 남자들이 무릎 꿇기를 바라는 복수이기에 랠프의 미몽이 세속적 성공과 야망이라는 조야한 형태를 띠지 않을 뿐이다.

그런데 바로 그렇기 때문에 개츠비의 '낭만적 자기기만'과도 유사한 랠프의 허위의식은 더 강렬하게 부각된다. 물론 이저벨의 약혼 발표 후에 결혼을 막기 위해 혼신의 힘을 다해 그녀를 설득하는 랠프의 진정성마저 의심하기는 어렵다. 또 그의 임종 장면에서 '위대한 멜로드라마'의 형식으로 연출되는 랠프와 이저벨의 '이루지 못한 사랑'이 애달픈 진실을 담고 있는 것도 사실이다. 하지만 그 점을 인정할수록 랠프의 이중성은 그만큼 더 분명하게 확인되는 바 있다. 작품 자체도 랠프의 진정성을 부각시키면서도 이저벨을 통해 자신의 불구의 삶을 보상받고자 하는 그의 ─ '선의의 협잡'이라고 표현할 수도 있는 ─ 유산 양도가 얼마나 치명적인 결과를 초래했는가를 시종 증언하는 것이다.

그런데 여기서도 무엇이 마담 멀과 오즈먼드의 협잡을 가능케 했는가에 대한 물음을 제기하는 순간 랠프조차도 궁극적인 원인이 되지 못한다. 어쩌면 그 이상의 원인 제공자는 이저벨 자신이라고 해야 할지 모른다. 워버턴 경과 굿우드의 청혼을 내리 거절하는 이저벨을 보고서 불구의 삶을 보상받고 싶은 '사욕'을 불태운 랠프가 유산 상속이란 유인구를 던진 건 사실이다. 그 사욕은 '행동하는 삶'에 대한 랠프의 억누를 수 없는 욕망에서 나온다. 그러나 워버턴과 굿우드의 청혼을 거절함으로써 랠프의 기대치를 최고도로 끌어올린 이저벨 아처의 특이한 '심리'가 작동하지 않았던들 협잡은 애초에 이뤄질 수 없었다. 과연 이저벨은 모든 사태의 동인(動因)처럼 보인다. 리디아 터칫, 대니얼 터칫, 랠프, 마담 멀, 오즈먼드 등으로 이어지는 인연의 사슬을 따라가다 보면 그런 사슬을 하나로 꿰는 인물이 이저벨임이 분명해진다.

하지만 이 대목에서조차(!) 인과관계의 최종점을 이저벨로 단정하기는 어렵다. 미국 백인 중산층의 ─좁게는 여주인공의 자기모순적 심리를 형성한 아버지의 자유주의적 방임 교육으로 그 원인을 돌릴 수도 있을 ─세계관으로 집약되는 미국주의(Americanism)라는 이데올로기야말로 이저벨의 '소동'을 만들어낸 역사적 요인이라는 주장이 가능하기 때문이다. 오즈먼드가 굿우드에게 "미국이라는 세계 전체가 굿우드 씨를 그렇게 만드는 데 공모했"다고(2권, 297면) 말한 바 있지만, 바로 그와 같은 공모에서 태어난 인물을 논할 것 같으면 이저벨 아처만큼 더 실감나는 인물도 없다. 단적으로 그녀가 '구세계'에서 '앎'이라는 이름으로 그토록 갈구하는 예술에 대한 지식과 인문적 교양이야말로 당대의 '젊은 미국'이 가장 필요로 한 '문화 자본'이라는 점에서도 그렇다.

따라서 이 모든 정황을 종합한다면 이저벨의 '소동'도 단순히 한 미국 처녀의 일탈로 단정할 수 없다는 점이 더 확실해진다. 하지만 이 대목에서 정작 새겨 읽어야 할 점은, 이저벨의 행보가 미국주의 이데올로기를 반영하는 차원을 넘어선다는 사실이다. 아니, 자신이 충분히 의식하지 못하는 허위의식을 안고 있으면서도 미국적인 것이든 유럽적인 것이든 일체의 기성관념에 대한 도전의 양상을 띠고 있으며, 그 양상은 삶의 실험이라고 할 만한 모험에 가까운 것이다. 이저벨의 그러한 모험이 플라톤의 '동굴의 우화'에 등장하는 수인 (囚人)의 그것에 비견된다면,[7] 이는 그 자체로 하나의 역사성을 띠는 해방의 모험이기도 할 것이다. 그렇다면 바로 그런 차원의 도전을 탁월하게 재현한 하나의 범례를 『초상』의 한 장면에서 찾아보면 어떨까? 이저벨의 '철야 장면'으로 명명된 42장이 특히 약여한 사례가 될 듯하다.

『초상』과 사실주의의 새로운 경지

작가 자신이 "스무개의 사건으로 할 수 있는 것보다 더 소설을 앞으로 전개시킨다"고(1권, 29면) 말한 42장은 이전까지 이저벨 아처의 복잡한 심리에 대한 탁월한 비평적 해부인 동시에 그녀의 삶의 궤적들을 총정리하는 양상을 띤다. 「서문」에서 제임스는 이 장을 "탐색하는 비평정신의 철야(徹夜)"로(1권, 29면) 규정한 바 있는데, 그런 철야는 이저벨 아처가 마담 멀과 오즈먼드의 '관계'를 희미하게나마 눈치채면서 발동하는 '생각들'로 채워져 있다. 이같은 "비평정신의 철야"가 사실주의 소설의 새로운 경지라는 것이 역자들을 포함, 많은 비평가들의 중론이기도 하다. 그러면 사실주의적 재

---

7 그에 관한 구체적인 논의는 Ben Underwood, "Purely Platonic Relations with Isabel: Henry James's *The Portrait of a Lady* and Plato's Allegory of the Cave," *ANQ: A Quarterly Journal of Short Articles*, 19:2 (Spring 2006) 49~53면 참조.

현과 연관하여 제임스의 소설관을 대표하는 구절로 흔히 인용되는 서문 한 대목에서 시작하여 그 철야의 면모를 가늠해보자.

한마디로 소설이라는 집에는 창문이 하나가 아니라 수없이 많다. 있음직한 수많은 창문들은 계산에 넣지 않는다고 해도 말이다. 이 집의 거대한 정면에 각자 상상력을 발현해야 할 필요성과 각자의 의지가 가하는 힘에 의해 창문이 하나하나 뚫렸고, 앞으로도 뚫리리라. 모양이나 크기가 제각각인 그 구멍들은 모두, 인간의 삶을 내려다보고 있기 때문에 실제 상황보다 천편일률적인 이야기를 전할 것이라고 생각할 수도 있다. 하지만 그것들은 기껏해야 창문이요, 꽉 막힌 벽의 높은 곳에 놓인 연결되지 않은 구멍들에 불과하다. 곧장 삶을 향해 열리는 여닫이문이 아니라는 것이다. 그러나 각각의 창문에는 두 눈을 가진 인물이, 최소한 야외용 쌍안경을 가진 인물이 서 있다는 나름의 특징이 있는데, 눈과 쌍안경은 그것을 사용하는 사람에게 매번 다른 모든 사람이 받는 인상과 구별되는, 관찰의 독특한 수단을 확보해준다. (…) 그러나 관찰자라는 붙박이 존재, 즉, 예술가의 의식 없이는 주제든 형식이든 아무것도 아니다. 예술가가 무엇이라고 말해주면 나는 그가 어떤 것을 의식하고 있는지 말해주리라. 그로써 나는 예술가의 무한한 자유와 그의 '도덕적' 준거점을 설명할 수 있으리라.(1권, 16~17면)

그런데 이 대목을 두고 소설이라는 집과, 가능한 시각으로서의 창문들이라는 비유를 소설의 형식 차원에서 논하는 논자들도 적지 않지만, 내용 대 형식의 이분법 구도로 환원되기 일쑤인 논의에 기대서 제임스의 소설관을 해명하기는 어렵다. 창문의 비유에서 핵심은, 소설에서의 시각도 형식이나 문체의 문제라기보다는 인간의 삶에 대한 총체적 탐사를 위한 하나의 발견적, 탐구적 수단을 어떻게 확보할 것인가가 관건이라는 취지다. 또 넓게 보면 소설이라는 서사가 전개된 소설사 자체도 그런 수단의 의식적 확대·심화 과정이라는 인식도 함축하고 있다. 그런데 소설의 집에 창문을 뚫어온 여정을 소설의 역사로 해석할 때 되새겨볼 점은, 모든 것을 보는 '눈'을 상정하지는 않으면서도 상대적으로 작용할 수밖에 없는 '시각들'의 잠재성을 ─ 또 그런 잠재성을 구현함으로써 "도덕적 준거점"이 되는 예술가의 의식을 ─ 제임스가 앞세우고 있다는 사실이다.

42장에서는 최대한의 '가시 범위'를 확보하기 위해 소설이라는 집에 창문들을 뚫어놓는 집중적인 시도가 나타난다. 이저벨에 대한 호기심으로 생명을 부지한다고 해도 과언이 아닐 랠프가 워버턴과 로마에 나타남으로써 '사건'이 본격화된다. 그런데 사건이라고 표현했지만 그 진상은 극도로 미묘하다. 무엇보다 이저벨, 오즈먼드 부부의 저택인 빨라쪼 로까네라를 방문하면서 팬지에게 호감을 보이는 워버턴의 진짜 연심이 누구를 향하고 있는지가 명확하지 않을 뿐더러, 그렇게 호감을 보이는 옛 구혼자에 대한 이저벨의 야릇한 반응도 시종 애매하게 제시되기 때문이다. 퍼즐들을 맞춰보면 워버턴이 이저벨 곁에 가까이 남아 있기 위해 팬지에게 구애하고 있다는 랠프의 암시적 해석이 전개되는 상황에 가장 부합되는 듯하지만,[8]

---

8 이런 상황은 후기작 『황금 주발』(*The Golden Bowl*, 1904)에서 실제로 재연되기도 한다. 한때의 구애 상대가 장모가 될 수 있는 『초상』의 '부조리한 관계'가 더 고약하게 꼬여 있는 형국이지만 말이다. 물론 후기작에서 재연되는 『초상』의 모티프는 그뿐이 아니다. 상속녀 이저벨 아처를 대상으로 하는 마담 멀-오즈먼드의 협잡은 『비둘기의 날개』(*The Wings of the Dove*, 1902)에 오면 천애 고아에 억만장자로, 불치병에 걸린 밀리 씰(Milly Theale)을 대상으로 하는 케이트 크로이와 머

그런 상황이 일단 정리되는 것과 동시에 오즈먼드와 마담 멀이 드리운 어둠을 점점 뚜렷하게 의식하는 이저벨의 처지가 부각됨으로써 극적 위기도 고조된다.

다른 한편 『초상』 2권에서 전개되는 사건에는 새로운 인물이 간여한다. 즉 로지어의 등장이다. 로지어를 중심으로 본다면 그가 팬지에게 열렬하게 구애하는 상황에 워버턴이 끼어든 것이 사건의 표면적인 양상이다. 이는 1권에서 이저벨을 가운데 두고 형성된 워버턴-굿우드라는 삼각 구도의 변주에 해당한다. 아무튼 이렇게 구도가 형성되면서 파열음도 증폭된다. 이저벨은 마담과 대화하는 중에 ── '미필적 고의'가 그런 것처럼 ── 무심코 워버턴 경이 팬지에게 '관심'을 두고 있다는 정보를 흘리게 된다. 그러자 마담 멀은 오즈먼드와 다시 공모하여 '작전'에 돌입한다. 왕년의 영향력을 발휘하여 워버턴의 청혼을 성사시키라는 압력을 이저벨에게 가하는 것이다. 이저벨을 열렬하게 사랑했던 워버턴의 마음이 완전히 식지 않은 만큼, 그가 그녀의 곁에 있기 위해서라도 팬지에게 청혼하지 않겠느냐는 식의 압력 말이다.[9] 이저벨이 우연히 엿보게 된 문제의 그 장면은 그 청혼 건을 가지고 무언(無言)으로 계략이 진행되는 현장이다. 42장은 그 장면이 촉발한, 과거와 현재를 오가는 이저벨의 간단치 않은 상념들로 채워진다.

턴 덴셔의 사기극으로 변주된다. 그같은 변주의 양상이 과연 『초상』의 '초극'인가 하는 물음도 제기할 수 있는데, 그 점에 대해서는 필자 자신 부정적인 판단을 내린 바 있다. 졸고 「『비둘기의 날개』: 이사벨 아처의 로마 회귀 이후」, 『안과밖』 12호(2002년 하반기) 42~70면 참조.

9 이 모든 과정은 앞서 언급한 이저벨에게 남아 있는 워버턴의 연심과 직결되지만, 이저벨의 결혼 생활에 대한 랠프의 '호기심'이 아니었던들 일어날 수 없는 상황 설정이다.

독자도 숨 가쁘게 연쇄적으로 이어지는 그 생각들을 따라가면
서 실감하리라 보지만 그런 관계의 진상과 이저벨 의식의 내면 풍
경을 추적·분석하는 작가의 '의식'은 강력하다. 그러나 우리는 이
저벨의 의식을 탐사하는 화자로서 작가가 어른거리고 있음을 알고
있는 순간조차 그렇게 탐사하는 존재가 다름 아닌 이저벨 자신임
도 실감하게 된다. 이율배반이라면 이율배반일 수 있는 실감인데,
그것이 결코 부조화로 느껴지지 않는다는 점이야말로 제임스가 보
여준 최고의 서사적 곡예에 해당한다. 작가가 이저벨의 생각들을
독자에게 제시하면서도 그런 생각들에는 전혀 손을 대지 않고 있
다는 느낌을 주는 것이다. 과연 "아무도 이저벨에게 다가가지 않
고, 그녀가 의자에서 일어서지도 않으면서"(1권, 29면) 그 모든 사건
의 진상에 육박하는 성찰이 다각도로 제시된다.

삶으로 향하는 '창문'을 뚫으려는 42장의 이같은 시도가 서구
사실주의 소설사에서 전무후무한 것은 아니지만 가히 총체적이라
고 할 만큼 다면적으로 펼쳐지는 이저벨의 상념들을 소설의 형식
차원에서 성찰하는 작업에는 루카치의 고전적인 평문인 「묘사냐
서술이냐」(Narrate or Describe?, 1936)가[10] 흥미로운 자극이 될 것
같다.

졸라의 『나나』(Nana) 11장과 똘스또이의 『안나 까레니나』
(*Анна Каренина*) 2부에 각각 등장하는 경마 장면을 비교하는 것으
로 운을 뗀 이 평문은 루카치의 비평가적 솜씨를 증언하는 사례에
속한다. 바로 그렇기 때문에 간단한 정리를 불허하는 글이기도 하
다. 졸라와 똘스또이의 대비에서 요점만 짚기로 하자.

---

10 Georg Lukács, "Narrate or Describe?", *Writer and Critic and Other Essays*, trans.
Arthur Kahn (Merlin Press 1978) 110~47면 참조.

경마 장면을 그릴 때 두 작가의 일치점은 말과 기수, 경마 트랙, 관중 등을 세밀하게 그린다는 것이다. 그러나 졸라의 작품에서는 경마 장면이 하나의 전체로서 소설의 극적 구성과 유기적인 연관성을 맺지 못하고 있는 반면 똘스또이의 작품에서는 경마의 진행이 핵심적 사건과 직간접적으로 연계됨으로써 그 자체로 서사의 필수적인 일부를 이룬다. 루카치의 이같은 해석과 상대적 평가는 발자끄의 『잃어버린 환상』(*Illusions perdues*, 1837~43), 월터 스콧의 『묘지기 노인』(*Old Mortality*, 1816), 플로베르의 『보바리 부인』(*Madame Bovary*, 1857) 등과의 대비로 확대되는 한편, 1848년 혁명 이후 비판적 사실주의에서 자연주의로 넘어가는 — 내지는 '타락하는' — 부르주아 소설 형식의 쇠락을 서사시와 드라마 장르에 대한 비교 분석으로 점검하기도 한다. 서사시와 드라마에서 상이한 방식으로 표출되는 '행동'(action)에 관한 루카치의 논의를 일일이 소개할 계제는 아니다. 묘사 대 서술은 관찰(=정태성) 대 경험(=역동성)을 전제하는 가치 평가적 구도라는 점만 확인하면서, 19세기 서구와 프랑스의 역사적 현실은 물론 그런 현실에 대한 작가의 태도까지를 문제 삼는 루카치라면 『초상』을 소설 형식의 쇄신이라는 차원에서 어떻게 평가했을까 하는 '상상'을 덧붙이고자 한다.

그에 대한 후대의 대답은 추측을 크게 넘어서지 못할 것이다. 다만 역자로서 확신할 수 있는 것은, 극중 사건에 관한 한 "인물들이 대체로 관객에 불과한" 졸라나 플로베르의 작품과는 달리 제임스의 경우 묘사를 동원하되 서술의 활력을 한껏 살리면서 인물 자체도 사건을 역동적으로 구성, 추동하는 살아 있는 동인(動因)이 된다는 점을 루카치 역시 인정했으리라는 것이다. 또 남북전쟁을 거치면서 새롭게 국가적 질서가 재편되는 당대 미국 문화 특유의 생기도 이저벨 아처를 분석하는 과정에서 감안하리라는 점까지 짐 작할 수 있다. 전체적으로, "자본주의사회를 토대로 한 장편소설 이 자본주의사회의 "인간 타락" 경향에 저항하며 '탈(脫)-사물화' 하는 예술의 사명을 수행하는 기본적인 방식이라는 것이 루카치의 생각이"라면[11] 『초상』이야말로 바로 그런 장편소설의 탁월한 본보 기의 하나라는 평가를 내릴 가능성이 크다. 그런 맥락에서 궁극적 으로는 해체의 대상인 묘사 대 서술의 구도에 초점을 맞추기보다 는 과연 제임스가 똘스또이나 발자끄의 '서술'에 비춰 봐도 새롭다 할 만한 소설 형식의 혁신을 이룩했는가를 되물어봄직하다. 이런 물음을 염두에 두고 여기서 다시 『초상』의 42장으로 돌아가보자.

42장을 읽으면서 확인되는 사실 중 하나는, 우선 경마로 대변되 는 외부의 대상을 그리는 것과 한 인간의 내면세계를 그리는 것 중 에 후자가 더 어려우리라는 상식이다. 더욱이 단순한 내면세계가 아니라 탐구하는 정신이 기민하게 활동하는 내면세계라면, '전형적 상황에서 전형적인 인물들을 진실되게 묘사'하는 것과도 다른 차 원의 어려움이 가중될 것임은 두말할 나위 없다. 그런데 그런 정신 을 구현하는 문제에 관한 한 주로 제임스 조이스로 표방되는 '의식 의 흐름'을 떠올릴 독자들도 적지 않으리라 본다. 『젊은 예술가의 초상』(*A Portrait of the Artist as a Young Man*, 1916)이나 『율리시스』 (*Ulysses*, 1922)에서 재현한 인간 내면의식의 전개에 대한 소설사적 평가를 여기서 시도할 계제는 아니고, 나 자신 루카치의 모더니즘 비판에 전폭적으로 공감하는 것도 아니다. 그럼에도 42장에서 제 임스가 보여주는 이저벨 아처의 역동적인 내면세계가 조이스적 의

---

11 김경식, 「루카치 장편소설론의 역사성과 현재성」, 『창작과비평』 2013년 여름호 337면.

식의 흐름과 분명한 차이가 있음은 강조할 만하다. 그리고 그 차이는 루카치가 정태적 서술 양식으로 격하한 '묘사'를 포함한 모든 방식의 서술을 총동원한 결과이기도 하다는 점도 짚어둠직하다.

제임스의 초기 국면에서는 거의 처음으로 자유간접화법이 다채롭고 생기발랄하게 구사되는 작품이 『초상』이기도 한데, 그렇다면 이저벨의 탐구하는 정신이 전면적으로 펼쳐지는 양상을 드러내는 42장에서 몇 '컷'만 읽어보기로 하자.

남편은 사악한 눈을 가진 것 같았다. 그의 존재가 역병을 초래하고 그의 호의가 불행을 야기하는 것 같았다. 그렇다면 문제는 그에게 있는가 아니면 그녀가 그에게 품은 깊은 불신에 있는가? 그들의 짧은 결혼 생활에서 불신은 이제 가장 두드러진 결실이었다. 두사람 사이에 심연이 벌어졌고, 그 양안에서 그들은 속았다는 눈으로 서로를 노려보았다. 그녀가 꿈에도 생각지 못한 기이한 대립이었다. 한사람에게는 생명의 원리가 다른 사람에게는 경멸의 대상이 되는 그런 대치 상태였다. 이저벨의 잘못이 아니었다. 그녀는 속이지 않았다. 다만 찬사를 보내고 믿었을 뿐이었다. 순수하기 그지없는 믿음을 품고 한걸음 한걸음 내디뎠는데, 무한하게 확대되는 것 같던 삶의 전망이 어둡고 좁은 막다른 골목으로 변했음을 갑자기 깨닫게 되었다. 고양되고 우월한 느낌으로 저 아래 펼쳐진 세상을 내려다보면서 판단하고 선택하고 동정할 수 있는 지복의 높은 위치로 올라서지 못하고, 다른 사람들이 느긋하고 자유롭게 살아가는 소리가 위에서 들리고, 그래서 실패의 자괴감이 더 깊어지는 구속과 억압의 세계로 떨어진 것이다.(2권, 185~86면)

이저벨과는 달리 마담 멀과 오즈먼드의 관계를 이미 알고 있는 독자는 이런 대목을 읽으며 이저벨의 딱한 처지에 한껏 공감할 것이다. 하지만 처음부터 철저하게 계산된 결혼의 "가장 두드러진 결실"이 불신으로 제시되어 있고 그 불신의 원인 제공자가 오즈먼드라고 해도 "그들은 속았다는 눈으로 서로를 노려보았다" 같은 문장에는 잠시 멈칫할 것이다. 이저벨 아처야 철저한 정략적 술수에 넘어간 것이 명백하지만 애초에 마담 멀의 '작전'에 응한 오즈먼드가 대체 무슨 사기를 당했다는 건지 의문이 발생할 법하기 때문이다. 그 의문에 대한 해명은 뒤에 이어지는 분석에서 자연스럽게 드러나지만, 이때 독자로서도 새겨봐야 할 점은 여주인공의 불행이 일방적인 시각에서 분석되고 있지 않다는 사실이다. 이처럼 쌍방향적 시각과 해석을 전제하면서도 이저벨의 곤경에 한껏 공감하는 화자는 이어서 이렇게 말하고 있다.

조금씩 일어난 변화였다. 기막히게 친밀했던 신혼의 첫해가 끝나갈 무렵에야 그녀는 위험 신호를 감지했다. 그리고 어둠이 짙어지기 시작했다. 오즈먼드가 의도적으로, 거의 악의적으로 불빛을 하나씩 꺼나간 듯한 느낌이었다. 처음엔 어둠이 희미하게 살짝 깔린 정도여서 그때까지는 길이 보였다, 하지만 점점 더 어두워지더니, 이따금씩 어둠이 걷힐 때면 어떤 구석들은 앞이 안 보일 정도로 깜깜했다. 어둠은 그녀의 마음에서 발산된 게 아니었다. 그 점은 확실했다. 그녀는 올곧게 평정심을 지키려고, 진실만을 보려고 최선을 다했을 뿐이다. 어둠은 다름 아닌 남편의 존재 그 자체를 이루는 일부요, 그 산물이요, 결과였다. 그가 특별히 잘못을 저질렀거나 비열하게 굴어서가 아니었다. 한가지만 빼면 그를 비난할 거리가 없었다. 그리고 그것도 범죄라고 말할 수는 없었다. 그가 그녀를 부당하게 대우했다고 할 수도 없었다. 그는 폭력적이지도, 잔인하게 굴지도 않았다. 그녀는 그가 자기를 증오한다고 믿을 따름이었다. 그에 대한 비난거리는 그게 전부였고, 그것이 범죄는 아니라는 바로 그 사실이 그녀를 더 비참하게 만들었다. 범죄라면 그에 맞서 보상을 요구할 수도 있었을 테니까.(2권, 186~87면)

여기서도 이저벨과는 달리 독자는 오즈먼드가 마담 멀과 함께 저지른 것이 '범죄'임을 알고 있다. 좀더 엄밀하게 규정한다면 그건 형사상의 범죄라기보다는 호손이 『주홍 글자』에서 파헤친 바 있는 '용서받을 수 없는 죄'의 양상에 가깝다. 바로 그렇기 때문에 오즈먼드의 증오가 이저벨 개인에 대한 것이면서도 그녀가 잠재적으로 대변하는 삶 자체에 대한 것임이 확실하게 드러난다. 이저벨 삶에 드리운 "어둠은 다름 아닌 남편의 존재 그 자체를 이루는 일부요, 그 산물이요, 결과였다"면 오즈먼드의 존재도 한 가정의 폭군이라는 테두리에 국한되지 않는다. "브라우닝이 그린 페라라 공작의 유형들은 제임스의 전작품에 걸쳐 놀라울 정도로 일관되게 등장하는바, 여자들을 일종의 예술적 장식품으로 수집해서 그들이 약간이라도 주체적인 움직임을 보일라치면 즉각 파괴해버리는 남성 인물들로 가득 차 있"기에 더욱 그렇다.[12]

....
12 Melissa Valiska Gregory, "From Melodrama to Monologue: Henry James and Domestic Terror," *The Henry James Review* 25:2 (Spring 2004) 149면. 그러나 그레고리의 이 평문에서도 충분히 분별, 규명하지 못한 문제가 남아 있다. 즉 적어도 『초상』의 경우 브라우닝의 그 극적 독백시가 온전히 재현할 수 없었던 공작 부인의 내면 갈등을 장편소설의 차원에서 여실하게 살려냈다는 점 외에도 그 갈등이 (역시 니체적 의미에서) '운명에 대한 사랑'으로 비약된다는 데에도 독자들은 주목해야 하리라 본다.

이때 파괴의 대상은 무엇보다 '정신'이다. 특별히 "폭력적이지도, 잔인하"지도 않은 방식의 파괴라는 말인데, 이런 파괴의 본질적 양상은 '수집'(collect)이라는 표현에 의해 집약된다. 동시에 그 수집은 '자본'에 의해 가능해진다는 점에도 유의할 필요가 있다. (그렇다면 이저벨을 수집한 오즈먼드는 '문화'로써 자본을 획득한 사례라는 해석도 가능하다.) 그 자본의 실체를 파고들어가면 우리는 근대 세계체제를 형성한 남성중심주의적 가부장제와 그런 체제의 이데올로기적 동력인 근대주의와 맞닥뜨린다. 하지만 그같은 실체와의 대면에 관한 한 이저벨의 분투는 하나의 역사적 가능성으로 남아 있다고 해야 할 것 같다. 42장이 드러내는 진실은 심지어 오즈먼드가 대변하는 세계의 비판에서 한걸음 더 나아가기 때문이다.

메마른 눈으로 미래를 뚫어져라 응시하면서 이저벨은 그 점에서는 남편이 자기보다 한수 위임을 깨달았다. 이저벨은 그에게 많은 빌미를 제공할 테고, 잘못도 자기 탓으로 돌려야 하는 입장에 처하리라. 이저벨은 오즈먼드를 거의 측은하게 생각하는 순간도 있었다. 의도적은 아니라 하더라도 자기가 실제로 그를 감쪽같이 속였음을 실감했기 때문이다. 그와 교제를 시작했을 때 이저벨은 자기 자신을 지웠다. 자신을 조그맣게 만들어, 실제의 자신보다 없어 보이는 척했다. 그리고 그녀가 특별히 그에게 매료되었기 때문에 그가 공을 들이는 수고를 한 것이었다. 그는 변하지 않았다. 일년간의 구애 기간에 오즈먼드가 이저벨보다 더 위장했다고 할 수도 없다. 하지만 그녀는 그때 그의 본성의 절반만 보았다. 지구의 그림자가 부분적으로 가려 달의 한 면만을 보게 되듯이. 이제 그녀는 만월을, 그를 전체로 보았다.(2권, 187~88면)

이 대목에서도 독자는 골똘해질 수밖에 없다. 무엇보다 이저벨이 "의도적은 아니라 하더라도 실제로 그를 감쪽같이 속였음을 실감했"다는 문장 자체가 마담 멀-오즈먼드의 협잡에 대한 통념적인 이해를 뒤집는 진술이기 때문이다. 하지만 42장, 더 나아가 『초상』의 '탐구하는 정신' 자체를 성찰한다면 이런 진술이 뜻하는 바도 말 그대로 기만의 문제로 한정할 수 없다는 점 역시 분명해지리라 본다. 여자는 마땅히 그래야 한다는, 여성들이 굴종적으로 학습하고 체화하는 남성주의 사회의 인습적 규범에서 이저벨 아처도 결국 자유로울 수 없었다는 — 워버턴과 굿우드처럼 그 나름으로 남성성의 미덕을 최고로 발휘할 줄 아는 남자들에 대한 거부가 그렇게 체화한 인습과 무관할 수 없다는 점에서 더 뼈아프다 할 수 있는 — 진실을 일러주기 때문이다. 그 점을 자각하면서 오즈먼드를 "전체로 보"고 있는 이저벨의 로마 귀환이 독자에게도 특별한 생각거리를 던지는 것도 결국 우연이 아니다.

『초상』의 열린 결말: 이저벨의 로마 회귀

여주인공의 로마 회귀는 『초상』 비평사에서도 여전히 가장 뜨거운 쟁점 가운데 하나로 남아 있다. 그런데 결말이 얼마나 잘됐느냐를 떠나 일단 확인해둘 점은, 각자의 성격에 역시나 어울리는 워버턴과 굿우드의 마지막 구애 공세를 뿌리치고 "어둠의 집, 침묵의 집, 질식의 집"으로(2권, 193면) 되돌아가는 결말이 가정소설의 상투적인 도식을 해체하고 있다는 사실이다. 그 결말은 『인형의 집』의

노라가 감행하는 '가출'의 양상을 띠지도 않으며, 그렇다고 '집안의 천사' 역할을 수용하는 것과는 더욱 거리가 멀다.

그렇기 때문에 『초상』의 대미가 독자에게도 두고두고 하나의 대안적 가능성을 성찰하도록 하는, 바로 그런 의미에서의 '열린 결말'이라는 점이 핵심이다.[13] 근대주의적 가부장제에 대한 투항도 아니고 급진적 여성주의로의 투신과도 다른, 현재의 자신을 만든 역사와 주어진 현실을 있는 그대로 대면하고자 하는 이저벨 아처의 결단은 랠프가 이저벨의 '소동'을 통해 희구한 불구의 인생에 대한 '복수'와도 다른 차원에 있다. 그것은 좁게 보면 오즈먼드와 마담 멀에 속박된 팬지와의 해방적 유대 가능성을 떠올릴 수도 있는 끝맺음이기도 하다. 그러나 여성해방에 대한 작가 개인의 생각이 무엇이었든, 그런 가능성은 『초상』이 오늘날의 여성주의와 더 행복하게 만날 수 있는 작품임을 말해주기도 한다. (하지만 그같은 만남의 여지가 이저벨의 불행한 결혼에 대한 일종의 서사적 완화제로서 제시된 헨리에타와 밴틀링의 뜻밖의 결합을 뜻하는 것은 아님을 독자로서도 냉철하게 인식해야 하리라 본다.)

이저벨의 로마 회귀도 『초상』을 여성주의와 대국적으로 연결 짓는 시각으로 읽을 때 그 해방적 지평을 좀더 건강한 방식으로 확대할 수 있다. 요컨대 이저벨의 로마 회귀는 이저벨의 '여성적 약점'을 끝까지 추적했으면서도 여성의 자립과 여성해방의 잠재적 가능

---

13 소설의 끝맺음에 대한 제임스 자신의 비평적 지론이 단순치 않았음은 두말할 나위 없지만, '해피 엔드'에 적대적인 논자들의 그 나름의 편벽에 대해서뿐만 아니라 '엔딩'을 훌륭한 식사 뒤에 따르는 후식 정도로 여기는 사람들의 통념에도 비판적이었음은 환기할 필요가 있을 듯하다. 소설의 엔딩에 관한 제임스의 견해는, Henry James, "The Art of Fiction"(1884), *Tales of Henry James* (Norton 1984) 348~49면 참조.

성만은 살려놓은 결말이다. 그런 가능성으로서의 결말은 가령『안나 까레니나』의 안나가 결단하는 육체적 자살과 브론스끼의 정신적 자살에 가까운 참전, 레빈의 이타주의적 삶의 회귀 등에서는 온전히 예감하기 힘든 새로운 삶의 장(章)을 남겨둔 것이기도 하다. 이저벨이라는 한 여자의 약점에 방점을 찍는 대신 가능성의 실험장인 역사적 현실에 자리매김함으로써 독자로 하여금 그런 현실을 성찰하게 하는 서사적 마무리라는 것이다. 이렇게 보면『초상』은 이저벨이 품은 미국적 이상의 좌절을 한편으로 극화하면서도 다른한편으로 이상의 좌절을 좌절시키기 위한 ── 그 과정에서 영혼의 내상(內傷)을 감수해야만 하는 ── 여주인공의 지난한 해방의 궤적을 되밟아간 예외적인 작품이 된다. 그 궤적의 퇴색하지 않은 역사성을 독자가 온당하게 파악할 때『초상』이 '세계문학'으로서 우리의 당대와 어떻게 만나고 있는가도 좀더 구체적으로 드러날 것이다.

번역을 마치고

판본에 관한 한두가지 이야기와 번역의 소회에 대해 간단히 덧붙이겠다. 역자들이 선택한 판본은 작가 자신이 말년에 선별하고 각각의 작품에 서문을 붙인 1908년 뉴욕판『초상』이다. 1908년판을 기본으로 하고 1881년에 출간된 초판본과 달라진 부분들을 비교하기 좋게 '부록'으로 실은 노턴 출판사(WW Norton & Company, Inc.)의 텍스트를 번역의 '원본'으로 삼았다. 초판본과 저자 수정본인 뉴욕판에 대한 비평적 평가에 대해서도 제임스 학자들의 견해가 완전히 일치하는 것은 아니다. 역자들로서는 저자의 개고가 반영된 뉴욕판을 최종본으로 판단한 셈인데, 그렇다고 초판본의 비교적 명료하고 단순한 문장을 존중하는 마음이 덜할 것은 아니라는 사실도 적어두고 싶다.

번역 과정에 대해서도 덧붙인다. 해설을 필자가 쓰기는 했어도 처음 번역을 시작했고 줄곧 작업을 주도해온 유명숙 교수의 제안으로 공역자로 이름을 올리게 됐다. 필자가 삶의 힘든 고비를 넘고 있을 때 우정으로써 공역을 제안해준 유명숙 교수께 이 자리를 빌려 감사드린다. 연민이라는 감상(感傷)과는 차원이 다른 우애이기도 했기에 번역 작업을 하는 내내 개인적으로 행복했다. 사실『초상』정도의 작품을 함께 번역하는 경우 이견이 안 생긴다는 건 거의 불가능한데, 심각할 수 있는 이견들조차 서로에게 즐거운 공부거리가 되는 특별한 경험을 하기도 했다.

또 하나,『초상』의 「서문」부터 읽을지도 모를 독자들께 귀띔해드린다. 서양의 고전 장편을 재미있게 읽으려면 무엇보다 번역이 우리말답게 되어야 한다는 것은 상식에 속한다. 독자들이 일단 이야기에 빠져들면 리듬감 있게 이 번역본을 즐길 수 있으리라 확신하지만,「서문」은 상당한 집중을 요구하는 비평문임도 알려드려야하겠다. 국내에서 출판된 두종의『초상』한국어판과 (그중 하나는 절판된 상태이다) 일본의 이와나미쇼뗀(岩波書店) 출판사에서 출간된『ある婦人の肖像』(1996) 모두 헨리 제임스가 붙인 뉴욕판 서문을 번역하지 않았다. 서구 영문학계에서 노턴판이든 옥스퍼드판이든 반드시 서문을 텍스트의 일부로 취급하고 있음을 감안하면 의아스러운 삭제다.『초상』의 「서문」은 제임스가 뉴욕판 전집에 실은 적지 않은 서문들 중에서도 손꼽히는 '작품'인데, 역자들은 후

기 제임스의 난삽한 구문으로 이뤄진 서문의 한국어 '완성본'을 만들어내기 위해 각별히 공을 들였음도 밝히고 싶다. 물론 고전의 번역 앞에서는 겸허가 앞서야 한다는 점도 역자들 자신 작업 과정에서 절감한 바 있다. 독자 제현의 질정을 바라마지 않으며, 남아 있을 미흡한 부분들은 차후 수정을 약속드린다. 마지막으로, 번역 과정에서 여러 분들의 귀한 도움을 받았다. '일반 독자'로서 교정지를 세심하게 읽어주신 장진 님과 대학원생으로 원문과 번역문을 꼼꼼하게 대조해준 정서현 씨께 고맙다는 인사를 전한다. 또 실무를 맡아 좋은 번역을 위해 끝까지 애쓰신 권은경 선생님의 노고에도 감사드린다.

유희석(전남대 영어교육과 교수)

작가연보

1843 뉴욕의 워싱턴 스퀘어 공원 부근에서 4남 1녀 중 둘째 아들로 4월 15일 출생. 한살 위인 형이 미국의 손꼽히는 철학자이자 심리학자인 윌리엄 제임스임.

1843~44 첫번째 가족 유럽 여행.

1845~55 뉴욕에서 유년 시절을 보냄. 신학자인 아버지는 랠프 월도우 에머슨 등 당대의 손꼽히는 지식인, 문필가와 교유.

1855~58 두번째 가족 유럽 여행. 제네바, 런던, 빠리 등지에 머무르다 귀국해서 로드아일랜드의 뉴포트에 거주.

1859 다시 유럽 여행을 떠남. 제네바와 본에서 학교를 다님.

1860~62 뉴포트의 집으로 돌아옴. 프랑스 문학과 너새니얼 호손의 소설 탐

독. 의용 소방수로 불 끄는 것을 돕다가 허리를 다쳐서 남북전쟁에 참전할 수 없게 됨. 남동생 둘은 참전.

1862~63   법학 공부를 위해 하버드 대학에 진학하지만 흥미를 잃음.

1864   가족과 함께 보스턴으로 이사. 단편소설 「실수의 비극」(A Tragedy of Errors)을 익명으로 발표. 미국의 유수한 잡지에 서평을 쓰기 시작.

1865   본명으로 「한 해의 이야기」(The Story of a Year)를 『애틀랜틱 먼슬리』(Atlantic Monthly)에 발표.

1869~70   영국, 프랑스, 스위스, 이딸리아 여행. 사촌 여동생 미니 템플의 죽음에 충격을 받음.

1871   귀국 후 첫 장편소설 『파수꾼』(Watch and Ward)을 『애틀랜틱 먼슬리』에 연재.

1872~74   유럽 여행. 기행문, 서평, 단편 등을 기고해 받은 원고료로 경제적으로 자립함.

1875~76   『로더릭 허드슨』(Roderick Hudson) 출간. 신문사 특파원으로 빠리에 거주하면서 플로베르, 졸라, 도데, 뚜르게네프 등과 교유. 특파원을 그만두고 런던으로 이주.

1877   『미국인』(The American) 발표. 다시 프랑스와 이딸리아 여행.

1878   『프랑스의 시인들과 소설가들』(French Poets and Novelists)을 영국에서 출간. 영국의 유수 잡지에 「데이지 밀러」(Daisy Miller)를 발표해 큰 반향을 일으키며 대서양 양안에서 소설가로서 입지를 굳힘. 이 중편은 같은 해 발표한 『유럽인들』(The Europeans)과 함께 '국제주제'(international theme)의 출발점이 됨. 유럽 문화와 미국 문화의 비교와 대조를 통한 이상적 문명의 탐구라고 할 수 있는 국제주제는 제임스가 평생에 걸쳐 천착한 문제임.

1879	『호손 평전』(*Hawthorne*) 발표. 미국을 문화의 불모지로 묘사해 물의를 일으킴.
1880	『워싱턴 스퀘어』(*Washington Square*) 출간.
1881	『한 여인의 초상』(*The Portrait of a Lady*) 출간.
1881~82	귀국 후 뉴욕과 워싱턴 방문. 어머니와 사별. 영국으로 돌아가 프랑스를 여행하다 아버지의 임종이 임박해 귀국. 임종을 지켜보지는 못함.
1883	맥밀런(Macmillan Publishers) 출판사에서 14권으로 된 소설 전집 출간. 연말이 되어서야 영국으로 돌아옴.
1884	빠리를 다시 찾아 도데, 졸라와 재회. 소설론 「소설의 예술」(The Art of Fiction) 발표.
1886	『보스턴 사람들』(*The Bostonians*) 『까사마시마 공작 부인』(*The Princess of Casamassima*) 출간.
1887	이딸리아에 장기 체류하며 여행.
1888	「대가의 교훈」(The Lesson of the Master) 『애스펀 문서들』(*The Aspern Papers*) 등 발표.
1890	『비극적인 시신(詩神)』(*The Tragic Muse*)의 실패에 낙담하고 극작으로 관심 이동.
1891	『미국인』을 희곡으로 만들어 런던에서 공연, 비교적 성공을 거둠.
1895	런던에서 공연된 연극『가이 돔빌』(*Guy Domville*)의 작가로서 커튼콜을 할 때 관객들로부터 심한 야유를 받고 다시 소설로 돌아옴.
1897	『포인턴 가의 전리품』(*The Spoils of Poynton*)『메이지가 안 것』(*What Maisie Knew*) 발표. 비서를 고용해 구술로 소설을 쓰기 시작.
1898	『나사의 회전』(*The Turn of the Screw*) 발표.『데이지 밀러』이후 가

장 대중적 인기를 얻음.

1899	『사춘기』(*The Awkward Age*) 출간.
1901	『성스러운 샘』(*The Sacred Fount*) 출간.
1902	『비둘기의 날개』(*The Wings of Dove*) 출간.
1903	『대사들』(*The Ambassadors*) 출간.
1904	『황금 주발』(*The Golden Bowl*) 출간.
1904~05	이십년 만에 귀국, 여행하며 강연을 다님.
1906	새로 출간될 소설 전집에 넣을 18편의 소설을 골라 개고하고 각 작품에 서문을 붙임.
1907	『미국 기행』(*The American Scene*) 출간.
1907~09	24권으로 된 '뉴욕판' 소설 전집 출간.
1908	뉴욕판 전집의 저조한 판매로 우울증에 시달림.
1911~12	하버드와 옥스퍼드 대학에서 명예박사 학위를 받음.
1913	자서전의 첫째 권 『작은 소년과 다른 사람들』(*A Small Boy and Others*) 출간.
1914	자서전의 둘째 권 『아들과 동생의 비망록』(*Notes of a Son and Brother*) 출간. 1차대전 발발에 정신적 충격을 받음.
1915	미국이 참전에 소극적이라는 점에 실망해 영국으로 귀화.
1916	신년에 영국 국왕으로부터 메리트 훈장을 수여받고 73세의 나이로 2월 28일 별세.
1917	자서전 셋째 권 『중년의 세월』(*The Middle Years*) 사후 출간.
1921~23	맥밀런 출판사에서 전집 출간.

고전의 새로운 기준, 창비세계문학

오늘날 우리는 인간의 존엄과 개성이 매몰되어가는 시대를 살고 있다. 물질만능과 승자독식을 강요하는 자본주의가 전지구적으로 확산되면서 현대사회는 더 황폐해지고 삶의 질은 크게 훼손되었다. 경제성장만이 최고의 선으로 인정되고 상업주의에 물든 문화소비가 삶을 지배할수록 문학은 점점 더 변방으로 밀려나고 있다. 삶의 본질을 성찰하는 문학의 자리가 위축되는 세계에서는 가진 자와 못 가진 자 할 것 없이 모두가 불행할 수밖에 없다.

이 시대야말로 인간답게 산다는 것의 의미가 무엇인지 근본적인 화두를 다시 던지고 사유의 모험을 떠나야 할 때다. 우리는 그 여정에 반드시 필요한 벗과 스승이 다름 아닌 세계문학의 고전이라는 점을 강조한다. 고전에는 다양한 전통과 문화를 쌓아올린 공동체의 경험이 녹아들어 있고, 세계와 존재에 대한 탁월한 개인들의 치열한 탐색이 기록되어 있으며, 새로운 세상을 꿈꾸는 아름다운 도전과 눈물이 아로새겨 있기 때문이다. 이 무궁무진한 상상력의 보고이자 살아 있는 문화유산을 되새길 때만 개인의 일상에서 참다운 인간적 가치를 실현하고 근대적 삶의 의미와 한계를 성찰하는 지혜를 얻을 수 있을 것이다.

'창비세계문학'은 이러한 문제의식에서 출발한다. 세계문학의 참의미를 되새겨 '지금 여기'의 관점으로 우리의 정전을 재구성해야 할 필요성이 그 어느 때보다 절실하다. '정전'이란 본디 고정된 목록으로 존재하는 것이 아니라 그때그때 주어진 처소에서 새롭게 재구성됨으로써 생명을 이어가는 것이다. 우리는 먼저 전세계 문학들의 다양성과 차이를 존중하면서 국가와 민족, 언어의 경계를 넘어 보편적 가치에 기여할 수 있는 가능성에 주목하고자 한다. 근대를 깊이 성찰한 서양문학뿐 아니라 아시아와 라틴아메리카, 중동과 아프리카 등 비서구권 문학의 성취를 발굴하고 재평가하는 것 역시 세계문학의 지형도를 다시 그리려는 창비의 필수적인 작업이 될 것이다.

여러 전집들이 나와 있는 세계문학 시장에서 '창비세계문학'은 세계문학 독서의 새로운 기준이 되고자 한다. 참신하고 폭넓으면서도 엄정한 기획, 원작의 의도와 문체를 살려내는 적확하고 충실한 번역, 그리고 완성도 높은 책의 품질이 그 기초이다. 독서시장을 왜곡하는 값싼 유행과 상업주의에 맞서 문학정신을 굳건히 세우며, 안팎의 조언과 비판에 귀 기울이고 독자들과 꾸준히 소통하면서 진정 이 시대가 요구하는 세계문학이 무엇인지 되묻고 갱신해 나갈 것이다.

1966년 계간 『창작과비평』을 창간한 이래 한국문학을 풍성하게 하고 민족문학과 세계문학 담론을 주도해온 창비가 오직 좋은 책으로 독자와 함께해왔듯, '창비세계문학' 역시 그러한 항심을 지켜 나갈 것이다. '창비세계문학'이 다른 시공간에서 우리와 닮은 삶을 만나게 해주고, 가보지 못한 길을 걷게 하며, 그 길 끝에서 새로운 길을 열어주기를 소망한다. 또한 무한경쟁에 내몰린 젊은이와 청소년 들에게 삶의 소중함과 기쁨을 일깨워주기를 바란다. 목록을 쌓아갈수록 '창비세계문학'이 독자들의 사랑으로 무르익고 그 감동이 세대를 넘나들며 이어진다면 더없는 보람이겠다.

2012년 가을
창비세계문학 기획위원회

창비세계문학 26

한 여인의 초상 2

초판 1쇄 발행/2013년 12월 30일

지은이/헨리 제임스
옮긴이/유명숙·유희석
펴낸이/강일우
책임편집/권은경
펴낸곳/(주)창비
등록/1986년 8월 5일 제85호
주소/413-120 경기도 파주시 회동길 184
전화/031-955-3333
팩시밀리/영업 031-955-3399 편집 031-955-3400
홈페이지/www.changbi.com
전자우편/lit@changbi.com

한국어판 ⓒ (주)창비 2013
ISBN 978-89-364-6426-4 03840